KB017224

As Good As Dead

Originally published in English by Farshore,
an imprint of HarperCollins Publishers Ltd,
The News Building, 1 London Bridge St, London,
SE1 9GF under the title:

AS GOOD AS DEAD

As Good

누가 제이슨 벨을 죽였나

여고생 핍의 사건 파일 3

As Dead

홀리 잭슨 지음 | 장여정 옮김

북레시피

여러분 모두를 위한 책입니다.

끝까지 함께해주셔서 감사합니다.

차례

1부

1

영혼 없는 눈빛이라고들 하던가? 생기 없이 멍하니 공허한 눈. 눈을 한번 깜박일 때나 예외일까, 이제 그 영혼 없는 눈은 언제나 핍을 따라다녔다. 머릿속 한구석에 숨어 있다가 핍을 꿈속으로 안내했다. 생사가 교차하던 순간 맞닥뜨린 영혼 없는 그 두 눈. 아주 찰나의 순간, 가장 깊은 그림자 속에서 핍은 그 눈을 보았다. 그리고 때로는 거울 속에 비친 자신도 그 눈을 하고 있었다.

방금도 핍은 그 눈과 마주쳤다. 현관 앞 진입로에 죽어 늘어진 비둘기가 그 눈을 하고 있었다. 딱히 찔러볼 생각은 없었지만 그냥 가까이서 살펴볼 요량으로 핍은 비둘기를 향해 다가갔다. 생기라곤 없는 멍한 눈동자엔 허리를 숙이며 다가오는 핍의 모습만이 비쳤다.

"딸, 이제 슬슬 출발할까?" 등 뒤에서 아빠가 물었다. 현관문이 닫히는 소리, 그리고 뒤이어 조용히 울리는 잔향 속 총성. 죽은 눈과 더불어 핍을 늘 따라다니는 그 소리에 핍은 다시금 움찔했다.

"음, 네." 핍은 허리를 펴고 목을 가다듬었다. 심호흡하자. 그냥 진정하고 심호흡하자. "이것 좀 보세요." 핍은 굳이 손가락을 펴 가리켰다. "비둘기가 죽어 있어요."

아빠가 눈을 가늘게 뜨고 핍의 손가락 방향을 따라 허리를 숙였다. 아빠의 눈가에, 그리고 말쑥한 스리피스 정장 바지의 무릎 주변에 주름이 잡혔다. 이내 아빠의 얼굴은 핍에게도 너무나 익숙한 그 표정으로 바뀌었다. 터무니없는 우스갯소리를 하려고 시동을 걸 때 아빠는 늘 저런 표정을 지었다.

"오늘 저녁 메뉴로 비둘기 파이 어때?" 아빠가 말했다.

예상 적중이었다. 요즘 아빠는 한마디 걸러 한마디가 농담일 정도로 핍을 웃기려는 데에 여념이 없었다. 결국 핍은 마음의 경계를 풀고 아빠를 향해 미소를 지어 보였다.

"사이드 메뉴는 무조건 으갠 들줘요." 핍은 초점 없는 죽은 비둘기 눈을 뒤로하고 한쪽 어깨 위로 구리색 배낭을 걸쳤다.

"하!" 아빠가 눈을 반짝이며 핍의 등 뒤에서 두 손을 마주쳤다. "하여간 저승사자가 따로 없어." 그러다 말실수란 걸 깨달은 아빠의 표정이 다시 바뀌었다. 다른 모든 의미가 그 짧은 한마디 속에 휩쓸려 사라졌다. 이토록 쾌청한 8월의 어느 아침, 아빠 옆에서 무방비 상태로 있어도 되는 이런 순간조차 핍은 죽음을 피할 수 없었다. 요즘 핍의 일상엔 그야말로 온통 죽음이 가득했다.

별것 아닌 양 아빠는 어색함을 떨쳐내리고 고갯짓으로 차를 가리켜 보였다. "핍, 오늘은 늦으면 안 돼."

"넵." 핍이 문을 열고 차에 타며 말했다. 달리 뭐라 답해야 할지 알 수 없었다. 차는 출발했지만 핍은 머릿속으로 아직도 아까 그 비둘기를 생각하고 있었다.

리틀 킬턴 기차역 주차장에 들어서자 그제야 정신이 들었다.

주차장은 통근하는 직장인들이 세워둔 차로 붐볐다. 열 맞춰 서 있는 차들이 햇빛에 반짝였다.

아빠가 한숨을 쉬었다. "어휴, 저 포르쉐충이 또 내 자리에 차를 대놨네." 그 말을 듣자마자 핍은 아빠에게 유행어를 가르쳐준 것을 후회했다.

빈자리라곤 저 멀리 CCTV 카메라에도 안 찍히는, 사슬로 연결해둔 펜스 가까이 공간뿐이었다. 그 옛날 하위 바워스의 지정석. 한쪽 주머니엔 현금을, 다른 한쪽엔 작은 종이봉투를 들고 그가 대기하던 곳. 안전벨트를 딸깍 푸는 동시에 콘크리트 바닥을 또각또각 걸어오는 스탠리 포브스의 발소리가 등 뒤에서 들려왔다. 어느새 주변은 밤이 되어 있다. 하위는 감옥이 아닌 바로 저 주황색 불빛 아래 서 있고, 그의 눈은 그림자에 가려 보이지 않는다. 스탠리가 그에게 다가가 자기 목숨과도 같은 비밀을 지켜주는 대가로 돈을 한 뭉치 건넨다. 그런 다음 영혼 없는 눈빛으로 핍 쪽을 향해 돌아서는 순간 여섯 발의 총알이 스탠리의 가슴팍을 뚫고 지나가며 셔츠에, 콘크리트 바닥에 피가 흥건히 흐르기 시작한다. 그리고 왜인지 핍의 손에도 피가 묻어 있다. 핍의 손은 이제 피범벅이 되어 있…….

"가볼까?" 아빠가 차 문을 잡아주었다.

"네." 핍은 바지에 손을 닦으며 대답했다.

런던 메릴본행 기차는 무척이나 붐볐다. 어깨가 닿을 정도로 빽빽하게 들어선 승객들은 서로 부딪히면 '죄송합니다' 대신 입술을 닫고 어색하게 미소를 지어 보였다. 기둥을 잡은 손들 사이로 빈틈이 없어서 핍은 아빠 팔을 붙들고 균형을 잡으며 서 있었다. 그래봤자 큰 도움은 안 되었지만 말이다.

기차 안에서 핍은 두 번이나 찰리 그린을 보았다. 처음엔 찰리의 뒤통수가 보였다. 이내 그가 「메트로」 신문을 더 자세히 읽으려고 자세를 틀자 찰리 그린의 모습은 사라졌다. 두 번째로 찰리를 보았을 때 그는 총을 품에 안고 플랫폼에 서서 열차를 기다리고 있었다. 그러나 그가 열차에 오르는 순간 얼굴이 바뀌면서 찰리의 모습은 사라지고, 총은 우산으로 바뀌어 있었다.

벌써 넉 달이 지났지만 아직도 경찰은 찰리를 찾지 못했다. 그의 아내 플로라는 8주 전 헤이스팅스 경찰서에 자수했다. 도주 중에 두 사람이 갈라선 모양이었다. 플로라는 남편의 소재를 알지 못했지만, 인터넷에 떠도는 소문에 따르면 찰리는 용케 국경을 넘어 프랑스까지 갔다고 한다. 어쨌거나 핍은 찰리의 행방을 찾고 있었다. 찰리가 잡히길 바라서가 아니라, 찰리를 찾아야 했기 때문에. 그건 엄밀히 차이가 있었다. 더는 예전으로 돌아갈 수 없는 이유도 거기 있었다.

아빠와 눈이 마주쳤다. "긴장되니?" 아빠의 목소리 너머로 서서히 메릴본 역에 들어서며 정차를 준비 중인 열차 소리가 들려왔다. "괜찮을 거야. 그냥 로저가 하라는 대로만 해, 알겠지? 훌륭한 변호사고 어떻게 해야 하는지 잘 알고 있는 사람이니까."

로저 터너는 아빠네 로펌의 사무변호사인데, 명예훼손 사건이라면 알아주는 전문가인 모양이었다. 잠시 후 콘퍼런스 센터 앞에서 두 사람을 기다리고 있는 로저 터너가 눈에 들어왔다. 저 붉은 벽돌 건물에서 오늘 조정 면담이 있을 예정이었다.

"핍, 잘 지냈어요?" 로저가 손을 내밀며 인사했다. 핍은 로저의 손을 잡기 전 재빨리 제 손에 혹시 피가 묻어 있지는 않은지 확인했다. "빅터도 주말 잘 보냈어요?"

"잘 보냈지요. 주말에 먹고 남은 음식도 점심으로 싸 왔겠다, 근사한 월요일이 될 거 같은데요."

"자, 이제 슬슬 들어가봐야 할 것 같은데, 준비됐어요?" 로저가 손목시계를 확인하며 핍에게 물었다. 로저의 다른 한 손에는 반짝반짝 광이 나는 서류 가방이 들려 있었다.

핍이 고개를 끄덕였다. 핍의 손이 다시 축축해졌다. 땀이다. 그냥 땀이었다.

"괜찮을 거야, 우리 딸." 아빠가 핍의 목깃을 펴주며 말했다.

"그럼요, 내가 이런 일 한두 번 해본 사람도 아니고." 로저가 흰머리를 쓸어 넘기며 씩 웃었다. "걱정 마요."

"끝나고 전화해." 아빠는 고개를 숙여 핍의 머리 위에 꾸욱 입을 맞췄다. "저녁에 집에서 보자. 로저, 이따 사무실에서 봅시다."

"이따 봐요, 빅터. 이제 가죠, 핍."

예약해둔 회의실은 맨 위층 4E호였다. 핍은 계단으로 올라가자고 했다. 그러면 심장이 쿵쾅대고 뛰는 걸 계단을 걸어 올라온 탓이라고 얼버무릴 수 있으니 말이다. 핍은 이런 식으로 합리화를 했다. 가슴이 답답해질 때마다 뛰러 나가는 이유도 그 때문이었다. 뛰다 보면 괴로울 정도로 숨이 차니까, 그때까지 그냥 달리는 것이다.

드디어 꼭대기 층에 도착했다. 로저 변호사님은 핍보다 몇 걸음 뒤에서 가쁜 숨을 몰아쉬었다. 4E호 회의실 밖 복도에 서 있던 멀끔한 차림의 남자가 두 사람을 향해 웃어 보였다.

"아, 피파 피츠-아모비 양 되시는군요." 핍은 자신을 향해 손을 뻗는 그를 보고 재빨리 다시금 손에 혹시 피가 묻어 있는지 확인했다. "이쪽이 로저 터너 변호사님 되실 테고요. 저는 하산 바시르라고 합니다. 제가 오늘 중립적인 입장에서 회의를 진행할 조정인이고요."

그는 날렵한 콧날 위로 안경을 올리며 미소를 지어 보였다. 친절하긴 했지만 너무 파이팅 넘쳤다. 핍은 그에게 힘든 하루를 선사하고 싶진 않았지만, 사실상 그러지 않긴 어려울 터였다.

"만나서 반갑습니다." 핍이 목소리를 가다듬으며 말했다.

"저도 반갑습니다." 그가 제 손을 마주치며 낸 박수 소리에 핍은 화들짝 놀랐다.

"상대방 측은 회의실에서 대기 중입니다. 시작 전에 혹시 하실 말씀 있을까요?" 그가 로저를 쳐다보았다. "따로 없다면 이제 회의를 시작해야 할 것 같습니다."

"네, 좋습니다." 로저가 핍을 지나쳐 앞장섰다. 하산 바시르가 문을 잡아주었고 로저는 회의실로 들어서며 감사의 표시로 고개를 끄덕해 보였다. 회의실 안은 고요했다. 이제 핍이 들어갈 차례다. 핍은 어깨를 쭉 펴고 숨을 깊이 들이마신 다음 이를 꽉 물고 내쉬었다.

준비는 끝났다.

회의실 안으로 들어서자 가장 먼저 핍의 눈에 들어온 것은 긴 탁자 저편에 보이는 저 얼굴이었다. 각진 광대뼈, 처진 입매, 손으로 대충 쓸어 넘긴 금발 머리. 그가 고개를 들더니 펍과 눈이 마주쳤다. 표정은 어두웠지만 어딘가 쌤통이라는 듯한 눈빛도 느껴졌다.

맥스 헤이스팅스였다.

2

발이 차마 떨어지지 않았다. 핍의 의지가 아니었다. 한 발짝 더 나아가면 저 존재와의 거리가 너무 가까워진다. 핍이 주춤하는 건 배우지 않아도 아는 어떤 본능 같은 것이었다.

"핍, 이쪽으로 앉아요." 로저가 맥스 바로 맞은편 자리의 의자를 내어주며 핍에게 앉으라고 신호를 해 보였다. 맥스 옆자리, 그러니까 로저의 맞은편에는 재판 때에도 맥스를 대리했던 사무변호사 크리스토퍼 엡스가 앉아 있었다. 핍은 참고인 자격으로 법정에 섰을 때 이 남자와 대면한 적이 있었다. 엡스가 사냥개처럼 자신을 몰아붙이던 그때 입었던 그 옷을 핍은 오늘도 입고 나왔다. 엡스도 진저리 나게 싫었지만 탁자 하나를 사이에 두고 바로 맞은편에 앉아 있는 저 존재에 대한 증오심이 엡스에 대한 감정을 덮고도 남았다.

"좋습니다. 모두들 안녕하십니까." 하산 바시르가 쌍방이 마주 앉은 탁자 끝에 위치한 자기 자리에 앉으며 활기차게 입을 열었다. "소개 같은 건 생략하도록 하지요. 오늘 조정인으로서 제 역할은 양측 모두 받아들일 수 있는 합의점에 도달하도록 여러분을 돕는 것입니다. 그러니까 제 관심사는 여러분 모두가 만족하는 것뿐이다, 이 말입니다. 아시겠죠?"

아무래도 하산 바시르는 아직 회의실 분위기 파악이 제대로 안 된 것 같았다.

"조정의 목적은 기본적으로 법정 소송을 피하자는 것이지요. 재판을 하게 되면 복잡한 일들이 많이 수반되고 관계 당사자 모두 상당한 비용을 지불해야 하다 보니, 늘 그렇듯 소송을 제기하기 전에 합의에 도달할 방법이 있는지를 먼저 모색하는 것이 더 나은 대안이고요." 하산은 먼저 핍 쪽을 향해, 그런 다음 맥스 쪽을 향해 씩 웃어 보였다. 양측에 공평한 미소였다.

"합의에 도달하지 못할 경우 헤이스팅스 씨 측은 올해 5월 3일 트위터 및 블로그에 폄훼성 진술 및 음성 파일을 게시했다는 이유로 피츠-아모비 양에 대해 명예훼손 소송을 제기할 예정입니다." 하산 바시르가 메모 내용을 흘깃 확인했다. "청구인 헤이스팅스 씨를 대리하는 엡스 변호인은 해당 폄훼성 진술로 인해 청구인은 정신건강이 악화되고 회복할 수 없을 만큼 평판에 금이 가는 등 막심한 피해를 입었다고 주장합니다. 그리고 이러한 피해가 결국 금전적 어려움으로 이어져 보상을 청구하기에 이르렀고요."

핍은 주먹을 꽉 쥐었다. 무릎 위에 놓인 핍의 양손에서는 마치 선사시대 화석마냥 피부를 뚫고 나갈 것처럼 손등뼈가 날카롭게 솟아 있었다. 이따위 소리를 가만히 앉아 듣고 있어야 한다니, 이따위 개소리를 꾹 참고 들어야 한다니. 그래도 핍은 심호흡을 하며 아빠와 로저를 위해, 그리고 저기 앉아 있는 저 불쌍한 하산 바시르 씨를 봐서라도 노력해보았다.

맥스 앞 탁자 위에는 보기만 해도 재수 없는 그 물병이 놓여 있었다. 불투명한 짙은 파란색 플라스틱에 원터치 고무 음용구가 달린 물병이었다. 그래, 안 들고 왔을 리가 없지. 맥스가 저 물병을 들고 다니는 걸 처음 보는 건 아니었다. 리틀 킬턴처럼 작은 동네에선 러닝 코스도 겹치거나 교차하게 마련이었다. 이제 핍은 뛰러 나갈 때면 재가 혹시 일부러 저러나 싶을 정도로 맥스를 마주치는 것이 일상이 되었다. 그리고 저 망할 파란 물병은 언제나 맥스와 함께였다.

파란 물병을 향한 핍의 시선을 맥스가 눈치챘다. 맥스는 물병에 손을 뻗어 딸깍 버튼을 눌러 입구를 연 다음 입 주위로 물을 흘려가며 한참이나 요란하게 물을 마셨다. 그렇게 물을 마시는 동안 맥스는 한순간도 핍에게서 눈을 떼지 않았다.

바시르가 넥타이를 조금 느슨하게 풀었다. "그럼 엡스 변호인께서 먼저 시작하시겠습니까?"

"그러지요." 크리스토퍼 엡스가 서류를 뒤적이며 대답했다. 핍이 기억하는 것처럼 날카로운 목소리였다. "맥스 헤이스팅스 씨는 피츠-아모비 양이 5월 3일 저녁 명예훼손에 해당하는 진술을 게시한 이후 끔찍한 고통에 시달려왔습니다. 특히 피츠-아모비 양은 당시 30만 명이 넘는 팔로워를 보유하는 등 인터넷에서 상당한 영향력을 갖고 있었지요. 맥스 헤이스팅스 씨는 명문대에서 우수한 교육을 받은 청년입니다. 즉, 졸업 후 구지 시장에서 전도유망한 구직자라는 얘기지요."

맥스가 다시 물병을 빨았다. 마치 방금 엡스의 말을 강조라도 하려는 것처럼 말이다.

"하지만 지난 몇 달간 헤이스팅스 씨는 그러한 배경에 부합하는 일자리를 찾는 데 어려움을 겪어왔으며, 이는 피츠-아모비 양의 폄훼성 진술로 인해 헤이스팅스 씨의 평판에 직접적 피해가 발생했기 때문입니다. 그 결과, 헤이스팅스 씨는 마땅한 일자리를 찾지 못했고 자연히 런던에서 집세를 낼 수 없어 아직도 부모님과 함께 기거해야 하는 상황입니다."

'어이구, 강간범 따위가 퍽도 불쌍해라.' 핍은 눈빛으로 그렇게 말했다.

"피해를 입은 것은 제 고객인 맥스 헤이스팅스 씨만이 아닙니다." 엡스가 말을 이어갔다. "그의 부모인 헤이스팅스 씨 부부 역시 스트레스를 호소하며 최근 출국해 두 달 정도 일정으로 피렌체 별장에 머물고 있습니다. 피츠-아모비 양이 폄훼성 진술을 게시한 그날 밤 이들 가족의 집 역시 훼손되었습니다. 집 앞에 '강간범, 널 잡고야 만다'라고 그라피티 낙서가 되어 있었죠."

"엡스 변호인," 로저가 끼어들었다. "그 그라피티 관련해서 제 고객의 관련성을 시사하려는 의도는 아니시겠지요? 해당 부분에 대해 경찰은 관련성을 전혀 의심하지 않았고 조사조차 진행하지 않았습니다."

"그럴 리가요, 터너 변호인." 엡스가 고개를 끄덕여 보였다. "제가 이 내용을 언급한 이유는 피츠-아모비 양의 명예훼손 발언과 그 그라피티 사이에 막연한 관계를 유추할 수 있기 때문입니다. 그 발언이 있고 몇 시간 후에 누군가 그 그라피티를 그려두었으니까요. 그로 인해 헤이스팅스 씨 가족은 자신들의 집에서조차 안전하지 않다고 느껴 집 앞에 보안 카메라를 설치하기에 이르렀습니다. 이런 점들을 미루어 볼 때 피츠-아모비 양의 악성 발언으로 인하여 단순히 맥스 헤이스팅스 씨의 금전적 피해를 넘어 당사자 및 가족들에 이르기까지 극심한 고통에 시달렸음을 알 수 있으리라 봅니다."

"악성이요?" 핍은 볼이 달아오르는 것이 느껴졌다. "강간범을 강간범이라고 부르지 그럼……."

"터너 변호인," 엡스가 날카롭게 목소리를 높였다. "변호인의 고객이 정숙을 유지할 수 있게 해주시죠. 더불어 오늘 발언이 구두 폄훼가 될 수 있음을 상기시켜주시면 감사하겠습니다."

하산 바시르가 양손을 들어 보였다. "네, 좋아요. 다들 잠깐 진정하시고요. 피츠-아모비 양, 나중에 본인 입장을 얘기할 기회가 있으니까요." 그가 넥타이를 더 느슨하게 풀었다.

"괜찮아요, 핍. 내가 알아서 할게요." 로저가 조용히 말했다.

"혹시나 해서 피츠-아모비 양에게 다시 말씀드리는데," 엡스는 핍에게 눈길 한번 던지지 않고 로저를 향해 말을 이어갔다. "맥스 헤이스팅스 씨는 4개월 전 형사 재판에서 모든 혐의에 대해 '무죄 판결'을 받았습니다. 해당 5월 3일 진술이 명예훼손에 해당한단 건 이 재판 결과만으로도 충분히 입증이 되겠지요."

"엡스 변호인 말씀 모두 일리는 있습니다만," 로저가 서류를 뒤적이며 끼어들었다. "어떤 진술을 명예훼손이라고 할 수 있으려면 그 진술이 사실로 제시되어야 합니다. 제 고객이 트위터에 게재한 내용은 다음과 같습니다. '맥스 헤이스팅스 재판 결과 최종 업데이트. 배심원이 어떻게 생각하든 상관없고 맥스는 유죄임.'" 로저가 목소리를 가다듬었다. "여기 '상관없고'라는 부분에서 확실히 이후 뒤따르는 진술 내용이 주관적인 것, 즉 사실이 아니라 개인의 주장임을 보여주……."

"진짜 그렇게 나올 거예요?" 엡스가 말을 끊었다. "의견특권론 카드를 쓰시겠다? 정말로? 너무하시네. 그 진술은 분명 사실로 발화된 것이고, 음성 파일도 사실인 것처럼 첨부돼 있었습니다."

"사실 맞아요." 핍이 대꾸했다. "들어보실래요?"

"핍, 잠깐만……."

"터너 변호인."

"누가 봐도 조작이죠." 맥스가 양손을 맞잡으며 처음으로 입을 열었다. 놀랍게도 차분한 목소리였다. 그는 오로지 조정인만 쳐다보며 말을 이었다. "평소 제 말투도 아니고요."

"평소 말투? 그럼 평소 강간범 말투는 뭔데?" 핍이 건너편을 향해 쏘아붙였다.

"터너 변호인."

"핍."

"자, 여러분!" 하산 바시르가 자리에서 일어났다. "일단은 모두 진정하시고요. 다 각자 발언 기회가 있을 거니까요. 모두에게 흡족한 결과를 위해 우리가 이 자리에 모였다는 점을 기억해주세요. 엡스 변호인, 변호인의 고객께서 보상을 요구하는 피해 내용에 대해 말씀해주시겠습니까?"

엡스는 고개를 끄덕하고는 서류 뭉치 아래쪽에서 종이 한 장을 끄집어냈다. "특수한 피해부터 말씀드리겠습니다. 취업이 되었어야 마땅한 제 고객이 지난 4개월간 구직을 하지 못한 상태였던 만큼 아마도 고용되었을 법한 일자리에 준하는 월급을 기준으로 계산할 때 피해액은 최소 매월 3천 파운드 정도로 산정됩니다. 그러니까 보상액은 1만2천 파운드가 되겠지요."

맥스가 다시 물병을 빨았다. 목구멍을 타고 물이 꿀렁꿀렁 내려갔다. 핍은 저놈의 물병을 당장 저 면상에 집어 던져 박살을 내버리고 싶었다. 핍의 손에 피가 묻는다면 그건 맥스의 피여야 하리라.

"제 고객과 그 가족이 겪은 고통과 정신적 불안은 물론 숫자로 산정될 수 없을 것이나, 이 부분에 대한 보상은 8천 파운드 정도면 적당한 것으로 판단합니다. 따라서 총보상액은 2만 파운드 되겠습니다."

"말도 안 됩니다." 로저가 고개를 저었다. "제 고객은 이제 겨우 열여덟 살이에요."

"터너 변호인, 제 말 아직 안 끝났습니다." 엡스는 비웃으며 손가락에 침을 묻혀 페이지를 넘겼다. "그러나 제 고객과 이야기를 나눈 결과, 맥스 헤이스팅스 씨에게 지금까지 가장 힘든 부분은 명예훼손 진술이 철회되지 않았다는 점, 그리고 사과가 없었다는 점입니다. 그래서 사실 다른 어떤 금전적 보상보다 진술 철회와 사과, 이 두 가지가 더욱 큰 가치가 있고요."

"피츠-아모비 양은 몇 주 전에 이미 해당 게시글을 삭제했어요. 최초 요구서 발송 시점에요." 로저가 반박했다.

"터너 씨, 잠시만요." 엡스가 대꾸했다. 한 번만 더 '잠시만요'라고 하면 핍은 엡스의 면상에도 주먹을 날릴지 모를 일이었다. "해당 사실 발생 이후 트위터 게시물을 삭제한다고 해서 고객의 평판에 입힌 피해가 없던 일이 되진 않지요. 자, 저희 측 제안은 이렇습니다. 피츠-아모비 양이 해당 공개 계정에 최초 게시한 명예훼손 진술을 철회하고 잘못을 인정하며 자신의 언동으로 인해 맥스 헤이스팅스 씨에게 상처를 준 데 대해 사과한다는 내용의 성명을 게시하는 것입니다. 더불어 — 이게 가장 중요한 부분이니까 잘 들어주세요 — 이 성명에는 피츠-아모비 양이 문제의 그 녹음파일을 조작했으며 제 고객은 결코 그런 말을 한 적이 없다는 사실을 전면 인정하는 내용이 포함되어야 합니다."

"지랄."

"핍!"

"피츠-아모비 양." 하산은 마치 넥타이 때문에 목이 답답하기라도 한 것처럼 괴로워하며 애원했다. 물론 소용없는 시도였다.

"그쪽 고객분의 감정 분출은 제가 못 본 걸로 하지요." 엡스가 말을 이었다. "저희 측 요구가 모두 성사된다고 하면 금전적 피해액에 대해 절반 할인을 적용하여 보상액은 1만 파운드만 청구하겠습니다."

"좋습니다, 좋은 시작점이네요." 하산은 다시 조정인으로서 대화의 주도권을 잡으려고 노력하며 고개를 끄덕였다. "터너 변호인, 제안에 응하시겠습니까?"

"고맙습니다, 바시르 씨." 로저가 자기 차례를 넘겨받으며 말했다. "제안하신 보상액은 여전히 너무 높은 금액입니다. 엡스 변호인께서는 고객의 고용 잠재력을 상당히 후하게 추정하시네요. 저는 엡스 변호인의 고객께서 대단히 전도유망한 구직자인진 잘 모르겠습니다. 특히 작금의 고용시장에선 더더욱이요. 제 고객의 나이는 겨우 열여덟입니다. 고객의 수입원이라곤 팟캐스트 광고 수입이 전부이고, 몇 주 후면 곧 대학생이 됩니다. 머지않아 무거운 학자금 대출이라는 부담을 지게 되겠지요. 이런 점을 감안하면 변호인 측 요구는 비합리적입니다."

"좋습니다, 그럼 7천으로 하죠." 엡스는 눈을 가늘게 뜨며 말했다.

"5천." 로저가 대꾸했다.

엡스가 재빨리 맥스를 쳐다보았고, 의자에 반쯤 비스듬히 앉아 있던 맥스가 아주 가볍게 고개를 끄덕였다. "그 조건이면 수락하지요." 엡스가 말했다. "다만 진술 철회와 사과가 동반되어야 합니다."

"좋습니다. 진전이 좀 있는 것 같군요." 하산의 얼굴에 조심스러운 미소가 돌아왔다. "터너 변호인, 피츠-아모비 양, 제시된 조건에 대해 의견을 말씀해주시겠습니까?"

"음." 로저가 입을 열었다. "제 생각에는……."

"합의 안 해요." 핍이 의자를 뒤로 밀며 말했다. 잘 닦인 바닥에 의자 다리가 끌리며 요란한 소리가 났다.

"핍." 핍이 자리에서 일어나기 전에 로저가 재빨리 핍을 돌아보며 말했다. "우리 따로 나가서 이야기를 좀 해……."

"진술 철회는 없어요. 음성 파일이 조작됐단 거짓말도 안 할 거고요. 제가 저 인간더러 강간범이라고 한 건 저 인간이 강간범이라서입니다. 너한텐 죽어도 사과 못 해." 핍은 맹수처럼 맥스를 향해 이를 드러내 보였다. 분노가 등줄기를 타고 올라와 피부를 뒤덮었다.

"**터너 변호인!** 고객 좀 진정시켜주시죠!" 엡스가 테이블을 탕 내리쳤다.

하산은 손을 휘저으며 어찌할 바를 몰랐다.

핍은 자리에서 일어났다. "날 상대로 소장을 낼 거라면 이거 하난 알아둬, 맥스 헤이스팅스." 핍은 제 혀에 올리는 것조차 불쾌하다는 듯이 그 이름을 내뱉었다. "나한텐 진실이라는 무기가 있어. 그러니까 어디 한번 해봐. 소송? 그래, 걸어봐. 내가 퍽이나 무서워하나. 법정에서 만나. 일단 법정으로 가면 어떻게 되는지 알지? 내 진술의 진위 여부를 입증해야 할 테고, 그럼 네 강간죄 재판의 반복이야. 같은 증인들, 피해자들 진술, 증거, 전부 다. 이번은 형사 재판이 아니니 죄목은 없겠지만 최소한 만천하에 네 정체를 제대로 밝힐 순 있겠지. 맥스는 강간범이다, 이렇게."

"피츠-아모비 양!"

"핍!"

핍은 탁자에 두 손을 짚고 앞으로 몸을 기울였다. 핍의 두 눈 속 불길은 맥스의 눈을 멀게 하기 충분했다. 불이 붙기만 한다면 그대로 맥스의 얼굴을 모조리 태워버릴 수 있을 것 같은 눈빛이었다. "이번에도 빠져나갈 수 있을까? 네가 괴물이 아니라고 또 다른 12명의 배심원들을 설득할 수 있을까?"

맥스의 눈빛이 핍의 시선을 날카롭게 파고들었다. "너 제정신이 아니구나." 맥스가 비웃었다.

"그럴지도 모르지. 그러니까 겁먹고 있으라고."

"자, 여러분!" 하산이 일어나며 손뼉을 쳐 보였다. "차라도 한잔 하면서 잠깐 쉬어가도록 할까요?"

"전 됐어요." 핍은 어깨에 배낭을 걸치고 문을 열며 말했다. 어찌나 세게 열었는지 문이 쾅 하고 벽에 부딪혔다.

"피츠-아모비 양, 다시 착석하시죠." 하산의 절박한 목소리가 복도까지 흘러나왔다. 발소리도 뒤따랐다. 핍이 뒤를 돌아보았다. 로저가 허둥지둥 가방에 서류를 챙겨 넣고 있었다.

"핍," 로저가 가쁜 숨을 몰아쉬며 말했다. "내 생각엔 우리……."

"합의 안 해요."

"잠깐만!" 엡스의 날카로운 목소리가 복도에 울려 퍼졌다. 엡스가 서둘러 두 사람 쪽으로 걸어왔다. "1분만 줘요." 그가 희끗희끗한 머리를 다시 매만지며 말했다. "앞으로 한 달 정도는 소장 접수 안 할 거예요, 알겠어요? 재판까진 안 가는 게 정말 모두한테 나아요. 그러니까 몇 주만 다시 곰곰이 생각해봐요. 지금은 감정이 너무 격한 것 같으니까." 엡스가 핍을 쳐다보았다.

"다시 생각할 필요도 없어요." 핍이 대꾸했다.

"제발 일단……." 엡스가 겨우 양복 재킷 주머니에서 빳빳한 아이보리 색 명함 두 장을 꺼냈다. "내 명함입니다." 그는 핍과 로저에게 하나씩 건넸다. "거기 내 휴대폰 번호도 있어요. 생각 좀 해보시고, 마음 바뀌면 언제든 전화 줘요."

"안 바뀌어요." 핍은 마지못해 명함을 받아 쓰지 않는 재킷 주머니에 쑤셔 넣었다.

크리스토퍼 엡스가 잠시 핍을 쳐다보았다. 걱정스러운 듯 처진 눈썹을 하고 있었다. 핍도 질세라 엡스를 쳐다보았다. 여기서 시선을 피하면 지는 거다.

"그리고 충고 한마디만 할게요." 엡스가 말했다. "안 들어도 상관은 없는데 내가 자멸의 나락으로 빠지는 사람들을 많이 봐서 하는 말이에요. 사실 대부분 내가 변호한 사람들이었지. 결국엔 본인도, 주변 사람들도 다 상처받아요. 그래도 그땐 손쓸 수가 없다고. 다 잃게 되기 전에 마음 바꾸는 편이 나아요."

"편견 없는 충고 감사합니다, 엡스 씨." 핍이 말했다. "하지만 저를 과소평가하신 것 같네요. 저는 자멸해도, 모든 걸 다 잃어도 상관없어요. 그렇게 해서 변호사님 고객을 무너뜨릴 수만 있다면 말이죠. 그럼 공정한 거래일 테고요. 그럼 즐거운 하루 되세요, 엡스 변호사님."

핍은 그에게 씨익 웃어 보였다. 정중하지만 가시가 있는 미소였다. 그러곤 뒤돌아서서 걸음을 옮겼다. 발걸음은 빨라졌고 핍의 또각또각 굽 소리에 맞춰 심장 박동도 요동쳤다. 바로 거기, 쿵쾅대는 심장 아래, 근육과 힘줄 바로 그 아래 깊숙이에서 총성이 여섯 발 울렸다.

3

그가 핍의 시선을 눈치챈 모양이었다. 쏟아지는 짙은 색 머리칼, 핍의 새끼손가락이 꼭 들어맞게 파인 턱 보조개, 짙은 눈동자. 그 눈동자 속에선 엄마의 새 어텀 스파이스 향초 불꽃이 춤을 추고 있었다. 저 눈은 안구 안쪽에 무슨 불이라도 켜진 것처럼 늘 환하고 반짝였다. 영혼 없는 죽은 눈이란, 라비 싱과 전혀 어울리지 않았다. 아니, 그런 눈조차 살려내는 게 라비였다. 가끔 핍은 그 사실을 떠올릴 필요가 있었다. 그래서 핍은 라비를 지긋이 바라보며 그의 기운을 모조리 흡수했다.

"어이, 변태." 라비가 소파 건너편에서 씩 웃었다. "뭘 그렇게 쳐다봐?"

"내가 뭘?" 핍은 시선을 거두지 않고 어깨만 으쓱해 보였다.

"근데 '변태'가 정확히 무슨 뜻이야?" 바닥에 앉아 놀던 조쉬가 쫑알댔다. 조쉬는 레고를 갖고 놀고 있었는데 뭘 만드는 건지는 도통 알아볼 수가 없었다. "포트나이트 게임 하는데 누가 나한테 '변태'래. 이게 그, 제일 센 욕보다 더 심한 말이야?"

앙다문 입술, 이마 끝까지 솟은 눈썹. 겁에 질린 라비의 표정에 핍은 코로 웃음이 터졌다. 라비는 어깨 너머로 부엌 쪽을 흘깃 살펴보았다. 부엌에선 핍의 부모님이 저녁 먹은 것을 치우느라 달그락달그락 분주했다. 핍과 라비는 오늘 요리 담당이었다.

"음, 아니. 그렇게 나쁜 말은 아냐." 라비가 최대한 별것 아니라는 듯이 말했다. "하지만 굳이 남 앞에서 쓸 필요는 없는 말이지 아마도? 특히 엄마 앞에서라든가 말이야."

"변태가 뭐 하는 사람인데?" 조쉬는 라비를 빤히 쳐다보았다. 아주 찰나였지만 핍은 혹시 조쉬가 알면서 저러는 걸까, 당황해서 어쩔 줄 모르는 라비의 모습을 즐기고 있는 걸까 싶은 생각도 들었다.

"뭐 하는 사람이냐면……" 라비는 쉽사리 말을 잇지 못했다. "남들을 좀 이상하게 쳐다본달까?"

"아," 조쉬가 이해가 된다는 듯이 고개를 끄덕였다. "우리 집 쪽 쳐다보던 그 사람처럼?"

"그렇지. 아니, 잠깐만……" 라비가 말했다. "너희 집을 쳐다보는 변태라니?" 라비는 핍 쪽을 쳐다보며 눈빛으로 도움을 요청했다.

"왜 날 봐?" 핍이 능글맞게 웃으며 속삭였다. "자기가 자초한 일을 나더러 어쩌라고."

"위대하신 핍푸스 막시무스 님, 고오맙습니다."

"아, 그 '막시무스'는 이제 좀 그만하지?" 핍이 쿠션을 던지며 말했다. "그거 싫어. 그냥 전처럼 '핍 경사'라고 해주면 안 돼? 난 그게 좋아."

"나는 누나한테 '히포피포'라고 하는데, 누나는 그것도 싫대." 조쉬가 다시 끼어들었다.

"하지만 너한테 너무 잘 어울리잖아." 라비가 발가락으로 핍의 옆구리를 찔렀다. "이렇게 핍다운 사람이 너 말고 또 있어?

말하자면 너는 천 퍼센트, 만 퍼센트 핍스럽잖아. 주말에 우리 가족들한테도 '핍푸스 막시무스'라고 소개하려고 했는데?!"

핍이 눈을 위로 굴리며 발가락으로 라비를 쿡 찔렀다. 라비가 높고 짧은 비명을 토해냈다.

"누나가 형네 가족 처음 보는 거 아니잖아." 조쉬가 혼란스러운 듯한 표정으로 고개를 들었다. 이제 곧 열한 살이 되는 조쉬는 요즘 제 딴에 나름 새로운 성장 단계를 거치는 중인지, 집안의 대화라는 대화는 모두 참견을 해야 속이 시원한 모양이었다. 어제는 심지어 탐폰 이야기까지 미주알고주알 끼어들려고 했을 정도였다.

"아, 방금 가족이라고 한 건 친척들 얘기야. 훨씬 무시무시하지. 사촌들이랑 **이.모.님.들**도 계실 거라서." 라비가 손가락을 흔들어 보이며 과장된 목소리로 말했다.

"걱정 안 되는데." 핍이 대꾸했다. "준비 다 끝났거든. 가기 전에 엑셀 시트만 두어 번 더 읽어보면 돼."

"아, 그리고 또……" 라비의 눈썹이 눈가까지 내려왔다. "뭐? **엑셀 시트**?"

"아…… 응." 핍은 볼이 달아오르는 것이 느껴졌다. 말할 생각은 아니었는데. 라비가 무엇보다 좋아하는 게 핍 놀리기인데, 굳이 멍석을 깔아줄 이유가 없었다. "별거 아니야."

"아닌데? 별거 아닌 게 아닌데? 무슨 엑셀 시트?" 라비가 자세를 바로 하고 앉았다. 이미 싱글벙글 벌어진 입이 이제 곧 찢어질 것 같았다.

"별거 아니라니까." 핍이 팔짱을 껴 보였다.

라비는 핍이 방어 자세를 취하기 전에 재빨리 다가가 핍이 가장 간지럼을 많이 타는 목과 어깨 사이를 공략했다.

"아이, 하지 마." 핍이 웃음을 터뜨렸다. 참을 수가 없었다. "하지 말라고. 머리 아프단 말이야."

"그럼 그 엑셀 시트에 대해 설명 좀 해봐." 라비는 물러설 기세가 아니었다.

"알았어, 알았다고." 핍이 곧이라도 숨이 넘어갈 것 같은 상태에 이르자 그제야 라비가 간지럼을 멈췄다. "그냥…… 그냥 그동안 들은 가족들 이야기를 엑셀 시트로 만들었어. 기억할 수 있게, 사소한 정보 같은 거 적은 거야. 그럼 혹시라도 직접 만났을 때, 누가 또 알아? 날 좋게 보실지도 모르잖아?" 지금쯤 라비의 표정은 안 봐도 비디오란 생각에 핍은 굳이 그의 얼굴을 쳐다볼 필요도 없었다.

"사소한 정보라는 게 그러니까 어떤 거?" 라비의 목소리에는 즐거움이 묻어났다.

"예를 들면…… 음, 프리야 이모님. 어머님 동생 말이야. 프리야 이모님도 트루 크라임 다큐멘터리를 정말 좋아하시니까 이모님과는 그 주제로 대화하면 좋겠다는 거. 그리고 사촌 디바는 내가 제대로 기억하는 게 맞는다면 달리기랑 운동에 관심이 엄청 많고." 핍이 다리를 접어 무릎을 끌어안으며 말했다. "그리고 자라 이모님은 내가 뭘 어떻게 해도 날 예뻐하실 리 없으므로 그걸로 너무 실망할 필요는 없다, 등등."

"그건 맞아." 라비가 소리 내어 웃었다. "자라 이모 눈에 드는 사람은 없어."

"응, 그렇다면서."

라비는 잠시 핍을 가만히 쳐다보았다. 서서히 라비의 얼굴에 웃음이 퍼져나갔다. "몰래 그걸 적어두고 있었단 말이야?" 그러더니 라비는 벌떡 일어나 자연스럽게 핍의 양팔 아래 손을 끼워 넣고 핍을 안아 올렸다. 핍이 저항해도 개의치 않고 라비는 핍을 안은 채 부드럽게 흔들며 말했다. "이렇게 강인한 겉모습 속에 이렇게 작고 귀여운 괴짜가 숨어 있다니."

"누나가 귀엽진 않지." 조쉬가 굳이 또 끼어들었다.

라비는 핍을 소파 위에 내려놓았다. "자, 그럼." 라비가 허리를 펴고 일어섰다. "난 이제 가볼게. 토 나오게 이른 꼭두새벽부터 출근하는 로펌 인턴이 얼마나 되겠냐만 아무래도 내 여자친구가 나중에 좋은 변호사가 필요할 것 같으니……." 라비는 핍을 향해 윙크를 해 보였다. 맥스와의 조정 면담 이야기를 해주었을 때도 라비는 같은 반응이었다.

아직 인턴십 첫 주에 불과했지만, 일찍 일어나는 걸 좀 힘들어하긴 해도 라비가 이미 그 일을 무척 좋아한다는 게 느껴졌다. 인턴으로 첫 출근을 앞두고 핍은 라비에게 '변호사 로딩 중……'이라는 프린트가 새겨진 티셔츠를 선물했다.

"그래, 그럼 잘 있어, 조쉬." 라비가 발로 조쉬를 찌르며 말했다. "내가 조쉬 널 제일 좋아하는 거 알지?"

"정말?" 조쉬가 눈을 반짝였다. "그럼 누나는?"

"아, 너희 누나는 아슬아슬하게 두 번째지." 그러고서 라비는 다시 핍 쪽을 향했다. 라비는 핍의 이마에 키스했다. 라비의 입김이 핍의 머리칼에 닿았다. 조쉬의 눈을 피해 라비는 재빨리 핍의 입술에 입을 맞췄다.

"소리 다 들렸거든." 조쉬가 말했다.

"부모님께 인사드리고 갈게." 그러다 라비는 잠시 걸음을 멈추고 돌아서더니 다시 핍에게 돌아와 귀에 속삭였다. "어머니께 말씀드려. 너희 집을 기웃대고 지켜보는 사람이 있는데, 그게 너 때문이다, 그런데 이 집 막내 아드님은 안타깝게도 그게 변태인 줄 안다, 나랑은 별로 상관없는 일이다, 이렇게."

핍은 라비의 팔꿈치를 꼬집었다. 두 사람 사이에 '사랑해'란 말 대신 쓰는 비밀스러운 애정 표현 중 하나였다. 라비가 걸어가는데 핍은 웃음이 터졌다.

라비가 떠난 후에도 미소는 꽤 오래 머물러 있었다. 정말 그랬다. 그러나 위층으로 올라가 방 안에 혼자 남아 있으려니 미소는 이미 온데간데없이 사라져버렸음을 깨달았다. 다시 미소를 되찾을 방법도 핍은 알지 못했다.

창밖에 시선을 고정하고 있으니 관자놀이로부터 두통이 시작되었다. 창밖의 어둠은 깊어지고 구름도 짙은 하늘과 하나가 되어가고 있었다. 핍은 휴대폰으로 시간을 확인했다. 이제 막 9시가 넘은 시각이었다. 모두들 잠자리에 들어 깊은 잠에 빠질 때까지는 오래 걸리지 않을 터였다. 그러나 핍만은 예외였다. 온 동네가 서서히 잠들 때 핍은 혼자 뜬눈으로 이 밤이 빨리 지나가길 빌고 있었다.

더는 안 된다고 이미 스스로와 약속한 터였다. 지난번이 정말 마지막이었다. 핍은 주문처럼 머릿속으로 몇 번이고 그 말을 반복했다. 그러나 지금 다시 그 약속을 되새겨보아도, 주먹을 쥐고 관자놀이를 꾹꾹 누르며 두통을 잊어보려 해도 소용없단 것을, 결국 자신의 패배라는 것을 핍은 알고 있었다. 늘 핍이 졌다. 그리고 싸우는 것도 이제 지쳤다. 너무 지쳐버렸다.

핍은 혹시라도 누가 지나갈까 싶어 조용히 문을 닫았다. 가족들은 절대 알면 안 된다. 라비도. 라비는 더더욱 안 된다.

핍은 아이폰을 책상 위에 올려두었다. 아이폰 양옆으로 노트북과 커다란 검정 헤드폰이 놓여 있었다. 핍은 오른쪽 두 번째 서랍을 열고 내용물을 꺼냈다. 압정이 든 통, 붉은색 실패, 오래된 흰색 이어폰, 딱풀.

핍은 A4 용지 패드를 꺼낸 후 서랍 아래를 향해 손을 뻗었다. 핍이 흰색 카드보드지로 만든 가짜 서랍 바닥이었다. 핍은 한쪽 구석으로 손가락을 찔러넣어 카드보드 바닥을 들어 올렸다.

그 아래에는 추적되지 않는 선불폰이 숨겨져 있었다. 야구모자를 깊이 눌러쓴 채 각기 다른 가게에 가서 현금으로 구매한 선불폰 6대였다.

휴대폰은 나란히 열을 맞춰 핍을 쳐다보고 있었다.

딱 한 번만 더. 그리고 정말 끝이었다. 핍은 스스로에게 약속했다.

핍은 가장 왼쪽에 있는 구형 회색 노키아 폰을 꺼냈다. 전원 버튼을 꾹 눌러 전원을 켜자 압력에 손가락이 떨렸다. 심장 박동 사이에 익숙한 소리가 들려왔다. 반가운 녹색 배경 화면이 켜졌다. 메뉴는 단순했다. 핍은 문자를 클릭해 이 휴대폰에 저장된 유일한 연락처를 눌렀다. 다른 폰엔 저장되지 않은 번호였다.

핍은 엄지로 숫자 '1' 버튼을 세 번 눌러 첫 글자를 입력했다.

'지금 가도 돼요?' 펍은 문자를 보며 마지막으로 스스로에게 약속했다. 이게 정말 마지막이다.

문자를 보낸 뒤 그 아래 텅 빈 화면을 보며 기다렸다. 답이 오길 간절히 기다리며 가슴속에서 점점 커져가는 소리는 무시하고 오로지 휴대폰 화면에만 집중하려고 해보았다. 그러나 일단 머릿속에 그 소리에 대한 생각이 떠오른 이상 그 생각, 그 소리를 쉽사리 무시할 순 없었다. 펍은 숨을 멈추고 더욱 간절히 답을 기다렸다.

통했다.

'응.' 답이 왔다.

4

흡사 팔딱대는 심장과 보도를 밟는 운동화 사이의 경주라도 되는 것 같았다. 소음차단 헤드폰 때문에 적나라하게 느끼지 못할 뿐 목 아래서부터 발끝까지 핍의 온몸은 소리로 생동하고 있었다. 그러나 핍은 달리고 있어 심장이 빨리 뛰는 것뿐이라고 그렇게 스스로를 속일 순 없었다. 뛰러 나온 지 불과 4분밖에 지나지 않았건만 핍은 이미 비컨클로즈로 들어서고 있었다. 심장이 발보다 앞서 달려간 셈이었다.

핍은 언제나처럼 남색 레깅스, 흰색 스포츠 톱 차림으로 집을 나서면서 부모님에겐 잠깐 뛰고 오겠다고 했다. 그러니까 지금 이렇게 달리는 것이 전적으로 거짓말은 아니고 여기에 일말의 진실이 있긴 했다. 핍이 기댈 곳이라곤 그런 일말의 조각들뿐이었다. 이렇게 뛰는 것만으로 충분히 도움이 되는 날도 있기는 하지만 오늘은 아니다. 오늘 밤 핍에게 도움이 될 수 있는 건 딱 하나뿐이었다.

13번지에 다다라 핍은 속도를 늦추고 헤드폰을 벗어 목에 걸었다. 뒤꿈치를 땅에 딛고 잠시 가만히 서서 정말 이렇게까지 해야 하는 건지 다시 한번 생각했다. 한 발 더 앞으로 내디디면 그땐 돌이킬 수 없다.

핍은 테라스 하우스 진입로를 걸어 올라갔다. 번쩍이는 흰색

BMW가 비스듬히 주차되어 있었다. 진한 붉은색 문 앞에 다다라 핍은 손가락을 펴고 초인종을 누르는 대신 둥글게 주먹을 쥐고 나무로 된 문을 두드렸다. 초인종은 금지였다. 초인종을 누르면 그 소리 때문에 이웃집에서 알아챌 수도 있다.

다시금 핍이 문을 두드리자 곧 간유리 너머로 비치는 실루엣이 점점 커졌다. 슬라이딩 잠금장치가 열리더니 안쪽에서 문을 열며 루크 이튼이 나타났다. 목덜미를 둘둘 감고 있는 문신과 그의 옆얼굴이 어둠 속에선 마치 피부가 한 겹 분리된 것처럼, 마치 살이 촘촘하게 엮인 그물처럼 보였다.

루크는 핍이 들어올 수 있을 만큼만 문을 열었다.

"빨리 들어와." 몸을 돌려 안으로 들어가며 루크가 무뚝뚝하게 말했다. "또 올 사람 있으니까."

핍은 집 안으로 들어가 문을 닫은 다음 루크를 따라 작은 정사각형 공간의 부엌으로 향했다. 루크는 짙은 색 농구복 반바지 차림이었다. 핍이 루크를 처음 봤을 때, 그러니까 제이미 레이놀즈 실종 관련해서 나탈리 다 실바와 이야기를 하러 이곳을 찾아왔을 때도 루크는 저 반바지를 입고 있었다. 나탈리가 루크와 헤어진 게 얼마나 다행인지. 집은 텅 비어 있었고 집 안엔 둘뿐이었다.

루크가 허리를 숙여 부엌 찬장 문 하나를 열었다. "지난번이 마지막이라고 한 것 같은데. 다시는 안 올 거라고."

"그러게 말이에요." 핍은 손가락 거스러미를 뜯으며 태연하게 대답했다. "잠이 필요해서요. 그냥 그게 다예요."

루크는 찬장에서 뭔가 부스럭대더니 종이봉투를 쥐고 나왔다. 그러고는 봉투 입구를 열어 핍에게 내용물을 보여주었다.

"이번엔 한 알당 2밀리그램이야." 루크가 봉투를 흔들어 보였다. "그래서 개수가 적은 거고."

"네, 괜찮아요." 핍은 루크를 슬쩍 쳐다보았다. 그러지 말걸, 괜히 그랬다. 핍은 늘 루크의 얼굴을 분석하며 스탠리 포브스와 닮은 점을 찾아보곤 했다. 리틀 킬턴 남성 모두를 용의선상에 두었던 찰리가 결국 범위를 좁히고 좁혀 살인마 브런즈윅의 아들로 마지막까지 고민했던 두 사람 중 하나가 루크였다. 그러나 루크는 어쩌다 휘말렸을 뿐 찰리의 타깃이 아니었고, 루크는 다행히 아직 살아 있었다. 핍은 피 흘리는 루크를 마주치지도, 스탠리 때처럼 루크의 피를 뒤집어쓰지도 않았다. 핍의 손에 다시 피가 묻어났다. 손가락 끝으로 부서진 갈비뼈가 느껴졌다. 리놀륨 바닥 위로 피가 뚝뚝 떨어졌다.

아니다, 그냥 땀이다. 손이 떨려 그런 것뿐이다.

핍은 그 생각을 떠올리지 않으려고 서둘러 손을 움직였다. 레깅스의 허리춤에서 현금을 꺼내 루크가 보는 앞에서 지폐를 세어 보였다. 루크가 고개를 끄덕였고, 핍은 현금을 넘겨주는 동시에 루크를 향해 손을 뻗었다. 핍의 손아귀에 들어온 봉투는 구겨져 있었다.

잠시 멈칫하던 루크의 눈빛이 달라졌다. 거의 동정에 가까운 눈빛이었다. "저기." 루크가 다시 찬장에서 투명한 작은 봉투를 들고 왔다. "많이 힘들면 자낙스보다 센 것도 있어. 이거 먹으면 바로 기절할걸." 루크가 흔들어 보이는 봉투 안에는 밝은 녹색의 타원형 알약이 가득 들어 있었다.

핍은 알약을 쳐다보며 입술을 깨물었다. "더 세요?"

"엄청."

"그-그게 뭔데요?" 핍의 시선은 봉투를 떠나지 못했다.

"이건," 루크가 다시 봉투를 흔들어 보였다. "로히프놀이야. 먹자마자 기절하는 약."

핍은 배 속이 꼬이는 것 같았다. "됐어요." 핍은 시선을 떨구었다. "먹어본 적 있어요." 먹어본 적 있다는 건 열 달 전 그 약을 탄 차를 베카에게서 건네받아 마신 적이 있다는 얘기였다. 베카의 언니 앤디가 죽기 전 맥스 헤이스팅스에게 팔았던 바로 그 약이었다.

"좋을 대로." 루크는 작은 봉투를 주머니에 넣으며 말했다. "원하면 언제든 말만 하라고. 물론 이게 더 비싸긴 해."

"그렇겠죠." 핍도 루크의 말을 따라 대꾸했다. 정신은 이미 다른 데 팔려 있었다.

핍은 문을 향해 돌아섰다. 루크 이튼은 잘 가라든지, 잘 지냈는지 같은 인사는 하지 않았다. 하지만 핍은 다시 뒤돌아 루크에게 이번이 진짜 마지막이라고, 다시는 안 올 거라고 해야 하는지도 모른다. 그렇지 않고서는 이 결심을 지킬 방법이 없을 것 같았다. 그러나 그때 머릿속에서 문득 다른 생각이 떠올랐고, 핍은 다시 부엌으로 발걸음을 돌렸다. 입에선 다른 말이 흘러나왔다.

"루크." 입 밖으로 튀어나온 핍의 목소리가 원래 의도보다 더 날카로웠다. "그 로히프놀이란 약이요. 그거 이 동네에서 사는 사람 있어요? 루크 통해 사는 사람?"

루크가 눈을 깜박였다.

"혹시 맥스 헤이스팅스? 맥스, 여기서 약 사요? 키 크고 금발에 머리는 살짝 긴 편이고, 약간 고상한 말투를 써요. 맥스 맞아요? 맥스가 여기서 약 사죠?"

루크는 대답하지 않았다.

"맥스 맞죠?" 다급한 마음에 핍의 목소리가 갈라졌다.

루크의 눈빛은 차가워졌고 동정 어린 눈빛은 사라진 지 오래였다. "이제 규칙 정돈 알 텐데. 물어봤자 소용없어. 나도 묻지 않고, 너도 묻지 않는 거야." 얼굴에 삐딱한 미소가 희미하게 비쳤다. "너도 예외는 아니고. 네가 특별한 줄 아는 모양인데 아니거든. 또 보자."

루크의 집을 나서면서 핍은 손에 든 종이봉투를 짓이겨버렸다. 분노가 달아올라 문을 쾅 닫고 나올까도 생각했지만 마음을 바꿨다. 이제 핍의 심장은 쿵쾅대고 가슴을 때리며 더욱 빠르게 뛰고 있었고 머릿속은 갈비뼈 부서지는 소리로 가득 찼다. 그리고 영혼 없는 죽은 눈, 그 눈이 가로등 그림자 바로 뒤에 숨어 있었다. 눈을 깜박이면 어둠 속에서 그 눈이 핍을 기다리고 있었다.

맥스가 루크한테서 로히프놀을 샀던 건가? 맥스는 앤디 벨한테서 로히프놀을 샀고, 앤디는 하위 바워스에게서 약을 구해왔다. 하지만 하위의 공급책은 언제나 루크였고, 이제는 루크만 남고 나머지 두 연결고리는 사라졌다. 맥스가 여전히 로히프놀을 구하고 있다면 루크를 통해서라는 게 가장 합리적인 추정이었다. 러닝 중 서로 지나치듯 루크 집 앞에서도 맥스와 스쳐 지나쳤던 걸까? 맥스는 아직도 여자들 술에 몰래 약을 타고 있을까? 나탈리 다 실바, 베카 벨에게 그랬듯 아직도 다른 여자들의 인생을 망가뜨리고 있을까? 그 생각을 하니 핍은 길 한복판에서 구역질이 날 것 같았다.

핍은 허리를 숙이고 심호흡을 해보았다. 떨리는 손에 들린 종이봉투가 달랑이고 있었다. 더는 지체할 수가 없었다. 핍은 나무가 우거진 길 저편으로 힘겹게 걸어갔다. 봉투 속에서 투명 지퍼백을 꺼냈지만 손가락에 피가 흥건하게 묻어 지퍼백이 잘 열리지 않았다.

아니다, 땀이다. 그냥 땀이다.

핍은 전에 먹던 것과 다른 긴 흰색 알약을 꺼냈다. 한쪽 면에는 세로줄이 세 개 그려져 있고 '자낙스'라는 글씨가, 다른 면에는 '2'라는 숫자가 새겨져 있었다. 최소한 그럼 가짜나 다른 게 섞인 약은 아니다. 개 짖는 소리가 가까이서 들려왔다. 서둘러야 한다. 핍은 중간선을 따라 알약을 자른 다음 반쪽을 입속에 밀어 넣었다. 입안은 이미 침이 가득 고여 있었고 핍은 물 없이 약을 삼켰다.

모퉁이 쪽에서 작은 흰색 테리어와 함께 다가오는 누군가의 인기척을 느끼고 핍은 겨드랑이 아래 봉투를 끼워 넣었다. 핍과 같은 거리에 사는 게일 야들리였다.

"아, 핍이었구나." 게일이 어깨에 힘을 빼며 말했다. "깜짝 놀랐네." 게일은 핍을 위아래로 훑어보았다. "정말 거짓말 않고 방금 너 뛰고 들어오는 거 집 앞에서 본 것 같은데. 내가 헛걸 봤나?"

"그럴 수도 있죠." 핍은 표정 관리를 하며 대꾸했다.

"그러게 말이야." 게일이 어색하게 콧소리로 웃었다. "더 방해 안 할게." 개는 킁킁대며 핍의 운동화 냄새를 맡다가 게일이 목줄을 당기자 총총 사라졌다.

핍은 게일이 지나왔던 모퉁이를 돌았다. 알약이 목을 타고 내려가면서 목 안쪽에 상처가 났는지 목이 아팠다. 이제 다른 감정이 핍을 덮쳤다. 이 짓을 또 하다니, 죄책감이 들었다. 믿을 수가 없었다. '오늘이 마지막이야.' 집으로 걸어가며 핍은 스스로 되뇌었다. '마지막이야. 이젠 정말 끝이야.'

최소한 오늘 밤은 조금이나마 잠을 청할 수 있을 터였다. 효과가 곧 나타날 것이다. 얇은 피부를 덮는 따스한 방어막 같은 비정상적인 차분함, 턱 근육의 긴장이 드디어 풀어질 때 찾아오는 안도감이 곧 핍을 덮칠 것이다. 그래, 오늘은 잠이 들 수 있을 것이다. 그래야만 한다.

처음 이런 일이 있고 나서 의사는 핍에게 바리움을 처방해주었다. 핍이 처음으로 죽음을 목격하고 제 손에 죽음을 느껴보았던 그때 말이다. 그러나 의사는 얼마 안 가 약을 끊었다. 핍이 제발 약을 달라고 애원해도 소용없었다. 아직도 핍은 의사의 말을 토씨 하나 틀리지 않고 기억했다.

"*본인 스스로가 트라우마와 스트레스를 관리할 수 있는 방법을 찾아내야 해요. 약을 복용해봤자 장기적으로 볼 때 외상 후 스트레스 장애를 극복하기까지 시간만 더 오래 걸려요. 핍은 이 약 필요 없어요. 이겨낼 수 있어요.*"

그의 진단은 철저히 틀렸다. 핍은 약이 필요했다. 잠이 간절한 만큼, 잠이 들 수 있게 해줄 약도 그만큼 간절했다. 약이 바로 핍이 트라우마를 관리하는 '방법'이었다. 물론 핍도 의사의 말이 틀리지 않단 걸 잘 알고 있었다. 상황을 더욱 악화시키는 건 핍이었다.

"*가장 효과적인 치료법은 이야기를 나누는 거예요. 그러니까 우리 매주 만나기로 하지요.*"

핍도 노력했다. 정말로 노력했다. 그리고 상담 8회차 후 핍은 주변 사람들에게 이제 상태가 정말로 훨씬 좋아졌다고, 괜찮다고 얘기했다. 거짓말이 얼마나 자연스러웠으면 아무도 핍의 말을 의심하지 않았다. 심지어 라비조차 핍의 말을 믿었다. 상담을 한 번 더 가느니 차라리 죽고 말지. 그 일에 대해 대체 어떻게 이야기란 걸 나눌 수 있겠는가? 그건 말로, 이성적으로 설명할 수 있는 일이 아니었다.

핍은 스탠리 포브스가 꼭 죽어 마땅한 사람이었다고 생각하진 않았다. 진심이었다. 스탠리 포브스도 살아 마땅한 사람이었고, 핍도 그를 살리기 위해 정말 할 수 있는 건 다 했다. 어린 시절 그가 저지른 일, 그것도 강요받아 한 일이 과연 절대 용서받지 못할 일인가? 아니다. 스탠리는 잘못을 깨우쳤고 더 나은 사람이 되려고 매일매일 노력했다. 핍은 그 점에 대해선 한 치의 의심도 없었다. 게다가 스탠리를 죽인 그 살인범이 스탠리를 결국 찾아낸 것이 핍 자신 때문이었다는 데에서 오는 끔찍한 죄책감도 있었다.

그러나 동시에 핍은 정반대의 생각도 들었다. 이건 보다 근본적인, 어쩌면 영혼 깊숙한 데서부터 비롯되는 의문이기도 했다. 물론 영혼이라는 게 있다고 할 때 얘기지만 말이다. 아무리 어린아이였다지만 그래도 스탠리 때문에 찰리 그린의 누나가 죽었다. 핍은 자문해보았다. 누군가 조쉬를 유인해 아주 끔찍한 방법으로 죽였다고 하자. 과연 핍은 그 살인범을 20년이 걸려서라도 끝끝내 찾아내 제 손으로 처단할 것인가? 답은 '그렇다'였다. 핍은 조금도 주저하지 않을 터였다. 아무리 긴 시간이 걸린다 한들 핍은 조쉬를 데려간 자를 기어이 찾아내 죽일 것이다. 찰리가 옳았다. 찰리와 스탠리, 둘은 결국 본질적으로 그리 다르지 않았다. 그 둘 역시 그걸 알고 있었다.

핍이 이 사건에 대해 말할 수 없는 이유가 바로 그 때문이었다. 전문가가 됐든 누가 됐든 아무에게도 이야기할 수 없었다. 불가능한 일이니까, 동시에 존재할 수가 없는 생각이니까. 핍은 완전히 두 갈래로 갈라졌고, 수렴이란 없었다. 애초에 말이 안 되는 얘기였다. 이성적으론 설명할 수 없었다. 이걸 이해할 수 있는 사람은 아무도 없을 터였다. 아니, 어쩌면 딱 한 사람…… 그 한 사람만은 이해할지도 모른다. 핍은 선뜻 집에 들어가지 못하고 집 앞 진입로에서 서성였다.

찰리 그린. 그가 경찰에 잡혔으면 하는 마음보다 핍은 그냥 그를 만나고 싶었다. 찰리는 과거에도 핍에게 도움이 된 적이 있었다. 무엇이 옳고 무엇이 그른지, 옳고 그름을 결정하는 것은 누구인지 핍이 눈을 뜨게 해주었다. 어쩌면…… 어쩌면, 그에게만큼은 다 털어놓을 수 있을지 모른다. 찰리라면 이해해줄 것이다. 핍의 말을 알아들을 수 있는 사람은 찰리뿐이었다. 찰리라면 자신이 벌인 짓을 평생 가슴에 품고 살아갈 방법을 분명 찾았을 터이고, 그럼 핍에게도 앞으로 어떻게 살아가야 하는지 알려줄 수 있을지 모른다. 망가지고 부서진 핍의 일상을 수습할 방법, 스스로를 추스르는 방법을 보여줄 수 있을지 모른다. 그러나 이마저도 핍은 자신이 없었다. 완벽하게 말이 되는 생각 같기도, 전혀 말이 안 되는 생각 같기도 했다.

길 건너 나무에서 바스락 소리가 들렸다.

숨이 막혀왔다. 핍은 재빨리 주변을 둘러보며 어둠 속에서 사람의 형상을 찾으려 해보았다. 바람 소리 가운데 사람 목소리에 귀를 기울여보았다. 혹시 나무 사이에 숨어 핍을 지켜보는 사람이 있었나? 누가 핍을 미행했나? 저건 나무인가, 아니면 사람 다리인가? 찰리? 혹시 찰리인가?

핍은 잎사귀와 나뭇가지 뒤에 숨은 것의 정체를 파악하려 애를 썼다.

아니다. 저기 누가 숨어 있었을 리 없다. 바보 같긴. 그냥 지금 핍의 머릿속을 어지럽히는 수많은 존재 중 하나였을 뿐이다. 이젠 모든 것이 두려웠다. 모든 것에 화가 났다. 방금 본 것은 현실이 아니었다. 핍은 무엇이 현실이고 무엇이 허상인지, 그 차이를 다시 배워야 했다. 지금 손에 흥건한 것은 피가 아닌 땀이다. 핍은 집을 향해 걸어가며 다시 한번 뒤를 돌아보았다. 약기운이 돌면 이런 착각도 사라질 것이라고 핍은 스스로 되뇌었다. 다른 모든 어지러운 존재들도 함께 사라질 것이다.

☰ CoronerCorner.com

홈 | 실제 범죄 | 범죄 현장 수사 | 사망 시각 추정

살인 사건 피해자의 사후 경과 시간 추정

무엇보다 먼저 강조해야 할 부분이 있다면 정확한 사망 시각은 알 수 없으며, 사망 시각과 인접한 시간대만 파악이 가능하다는 점이다. 영화나 TV에 나오는 것과 달리 병리학 전문가가 정확한 사망 시각을 제시할 수는 없다. 사망 시간 추정은 크게 사체에 나타나는 세 가지 현상을 중심으로 이루어지며, 일부 현상은 피해자 발견 즉시 범죄 현장에서 곧바로 관찰이 진행된다. 일반적으로 사망 후 피해자가 조기 발견될수록 사망 추정 시간도 더욱 정확해진다.[1]

1. 사후경직

사망 직후부터 신체의 모든 근육이 이완된다. 그리고 대체로 사후 2시간 경과 시점부터 근육 조직에서 젖산을 생산하며 신체가 굳기 시작하는데 이것을 사후경직이라고 한다.[2] 경직은 턱과 목 주변 근육에서부터 시작해 사지로 진행된다. 사후경직 현상은 일반적으로 사망 후 6~12시간 내 진행되고, 사망 약 15~36시간 후부터는 경직이 다시 완화되기 시작한다.[3] 사후경직의 진행 시점에 대해서는 대체로 이견이 없어 본 현상은 사망 시간 추정에 유용하게 활용된다. 다만 외부 온도 등 일부 요소에 따라 경직이 시작되는 시점 및 진행 경과에 영향이 있을 수는 있다. 외부 온도가 높으면 경직이 빨리 진행되고 온도가 낮으면 경직 속도가 느려진다.[4]

2. 시반

시반이란 혈관 내 압력이 사라지면서 중력 작용에 의해 혈액이 가라앉는 현상으로, 혈액침하라고도 한다.[5] 사체 내 혈액이 고이면서 피부 일부가 자줏빛 혹은 짙은 자줏빛으로 변색되는 것이다.[6] 시반은 사후 2~4시간부터 형성되기 시작하여 8~12시간까지는 고정되지 않고 있다가 사후 8~12시간이 지나면 고정된다.[7] 고정되지 않는다는 것은 피부가 원래 색으로 회복된다는 뜻이다. 즉, 일반적으로 신체에 압력을 가하면 색이 옅어지듯 시반이 나타나 있는 상태에서 피부에 압력을 가했을 때 시반의 색도 옅어진다.[8] 시반의 진행 역시 온도나 사체의 자세 등에 영향을 받는다.

3. 사후 체온 하강

사망 후 신체 온도는 주변 온도(즉 사체가 발견된 곳의 온도)와 일치할 때까지 떨어진다.[9] 일반적으로 사체 온도는 시간당 0.8도 정도 낮아지는 것으로 알려져 있다.[10] 감식관은 범죄 현장에서 사후경직 정도 및 시반의 진행 상태와 더불어 사체의 체온 및 주변 온도를 측정하여 피해자가 사망한 시각을 대략적으로 계산하게 된다.[11]

지금까지 병리학 전문가들이 사망 시간대를 추정할 때 이용하는 주요 현상을 살펴보았다. 물론 이러한 과정을 거친다고 하더라도 정확한 사망 시각을 알 수는 없다.

5

죽음이 정면으로 핍과 눈을 맞추었다. 매끈하게 정돈된 그런 죽음이 아닌, 진짜 죽음이었다. 사체의 피부 위 얼룩덜룩한 반점, 사망 당시 너무 꽉 조이는 벨트를 하고 있었는지 영원히 하얗게 남아버린 괴상한 자국. 핍은 노트북 화면 속 페이지의 스크롤을 내리며 한편으로 우습단 생각마저 들었다. 웃겨서 우스운 게 아니라, 너무 한 가지 생각에 오래 몰두하면 감각이 이상해지면서 우습단 생각이 드는 것 말이다. 우리 모두 종국엔 이렇게 된다. 사체의 부패며 사망 추정 시간 등을 정리해둔 이 촌스러운 웹사이트에 올라와 있는 사진 속 시체들처럼 말이다.

핍은 노트 위에 팔을 올린 채 계속해서 메모를 해나갔다. 밑줄과 하이라이트 표시가 여기저기 난무했다. 다시 화면을 들여다보며 노트에 또다시 적기 시작한다. '사체에 온기가 남아 있고 경직이 진행된 상태인 경우 사망 시간은 3~8시간 전으로 추정된다.'

"지금 저거 시체 사진이니?"

목소리가 소음차단 헤드폰 쿠션 안으로 파고들었다. 누가 방에 들어오는 소리는 전혀 듣지 못했는데 말이다. 핍은 움찔했고 심장은 턱밑까지 튀어 올랐다. 헤드폰을 벗어 목에 걸자 등 뒤에서 소리가 밀려 들어왔다. 익숙한 한숨 소리였다. 소음방지

기능 하나는 정말 탁월한 헤드폰이었다. 조쉬가 피파 게임을 할 때 자꾸 이 헤드폰을 훔쳐가는 덴 다 이유가 있었다. 게임 중에는 엄마 잔소리를 절대 안 듣고 싶다 이거겠지. 핍은 얼른 상체를 기울여 브라우저의 다른 탭을 열었다. 다른 탭이라고 딱히 나을 건 없었다.

"핍?" 엄마의 목소리가 딱딱하게 굳었다.

핍은 그대로 앉은 채 빙그르르 의자를 돌려 엄마를 돌아보았다. 죄책감을 감추려고 눈은 일부러 눈썹까지 닿도록 크게 떴다. 엄마는 허리에 한 손을 얹은 채 핍 바로 뒤에 서 있었다. 엄마의 머리는 꽤나 볼만했다. 구간 구간 호일로 접혀 있는 머리는 흡사 금속 메두사 같았다. 새치 염색을 하는 날이었다. 이제 머리 뿌리 부근에 흰머리가 비치기 시작하면서 엄마는 염색을 좀 더 자주 했다. 투명 라텍스 장갑을 낀 엄마의 손가락 끝부분에 염색약이 묻어 있었다.

"설명 좀 해보시지?" 엄마가 물었다.

"네, 시체 맞아요."

"아, 그래서 사랑스러운 우리 따님은 무슨 연유로 금요일 아침 8시부터 시체 사진을 들여다보고 계십니까?"

정말 아직 8시밖에 안 됐나? 핍은 5시부터 일어나 있었다.

"취미생활을 해보라면서요." 핍이 어깨를 으쓱해 보였다.

"핍." 엄마의 목소리는 단호했다. 그래도 엄마의 입가가 살짝 올라간 걸 보면 농담이 조금은 통한 것 같았지만 말이다.

"새 사건 때문이에요." 핍은 마지못해 대답하며 다시 노트북 화면을 향해 돌아앉았다. "전에 얘기한 제인 도우 사건 기억나세요? 9년 전 케임브리지 외곽에서 발견된. 대학 들어가면 팟캐스트에서 그 사건 한번 다뤄볼까 해서요. 피해자는 어떤 사람이었는지, 살인범은 누군지 찾아보게요. 벌써 앞으로 줄줄이 인터뷰 계획도 짜놨죠. 지금 이것도 다 그 사건 조사 때문에 보고 있는 거고요." 핍은 항복의 의미로 두 손을 들어 보였다.

"팟캐스트 새 시즌을 만들겠다고?" 엄마는 걱정스러운 눈길로 한쪽 눈썹을 들어 올렸다. 눈썹 하나로 어떻게 저렇게 많은 의미를 전달할 수 있는 거지? 엄마는 넉 달분의 걱정과 근심을 저 눈썹 하나에 잘도 집어넣었다.

"어쩌다 보니 이제 돈 들어갈 일이 많아져서요. 엄마도 알잖아요. 앞으로 명예훼손 재판 들어가고 변호사 수임하면 들어갈 돈이 한두 푼도 아니고……." 핍이 말했다. '처방전 없이 불법으로 벤조디아제핀도 사야 하고요.' 그러나 그건 전부 진짜 이유가 아니었다. 진짜 이유 근처에도 못 갔다.

"아, 그러셔요." 엄마의 눈썹이 누그러졌다. "그냥…… 무리하지 마. 필요할 땐 휴식도 좀 갖고. 또 혹시 필요하면 언제든 엄마한테 이야기하……." 핍의 어깨로 손을 뻗다가 막판에 염색약 묻은 장갑을 끼고 있단 걸 깨달은 엄마가 주춤하며 어깨 한 2센티미터 위에서 손을 멈추었다. 상상을 해서 그런지 모르지만 어쩐지 어깨 위에 떠 있는 엄마의 손에서 온기 같은 게 느껴지는 듯했다. 마치 핍을 지켜주는 작은 방어막처럼, 따스하고 안전한 느낌이 들었다.

"네." 그러나 정작 핍의 입에서 나온 말이라곤 그게 다였다.

"그리고 시체 사진은 적당히 보는 걸로 하자, 알겠지?" 엄마가 고갯짓으로 화면을 가리켰다. "이 집에 열 살짜리 애가 하나 살잖니."

"아, 죄송해요." 핍이 대꾸했다. "이제 조쉬가 벽 너머로 방 안을 투시할 수 있는 능력까지 생긴 걸 제가 까암-박했네요."

"솔직히 조쉬가 요즘 매사 그렇게 사사건건 참견이잖니." 엄마가 등 뒤를 흘긋 돌아보며 목소리를 낮추었다. "어제는 집에서 엄마가 욕하는 것까지 다 들었다니까 글쎄. 저 건너편에 있던 애가 대체 어떻게 들었는지 모르겠어. 그런데 그건 왜 보라색이래?"

"네?" 깜짝 놀란 핍은 그제야 엄마의 시선이 노트북 화면을 향해 있는 것을 눈치챘다. "아, 시반이에요. 죽으면 피가 고이면서 생기는 현상이죠. 혈액이 고이면서…… 진짜 궁금해요?"

"아니, 그냥 관심 있는 척해봤어."

"그런 줄 알았어요."

엄마가 돌아서서 문으로 향했다. 머리에 붙은 호일이 바스락댔다. 방을 나가다 말고 엄마가 갑자기 걸음을 멈췄다. "조쉬는 오늘 걸어갈 거야. 조금 이따 샘이랑 샘 엄마가 와서 조쉬 데리고 가면 엄마가 한 상 푸짐하게 차려줄 테니까 우리 둘이 같이 아침 먹을까?" 엄마가 활짝 웃었다. "팬케이크 어때?"

입안이 바싹 마르고 혀는 부풀어 올라 입천장에 들러붙는 느낌이었다. 핍은 시럽을 잔뜩 뿌려 입에 끈적하게 들러붙는 두툼한 엄마표 팬케이크를 정말 좋아했었다. 지금은 그 생각만으로도 토할 것 같았지만 그래도 핍은 이 상황에 어울리는 미소로 화답했다. "좋죠. 고마워요, 엄마."

"좋았어." 활짝 웃는 엄마의 눈이 반짝였고 눈가에는 주름이 잡혔다. 지나치게 환한 미소였다.

죄책감에 핍은 배 속이 뒤틀리는 듯했다. 다 핍의 잘못이었다. 핍 때문에 가족들은 애써 쾌활한 척 연기를 해 보였다. 노력조차 않는 핍 때문에 가족들이 두 배는 더 노력했다.

"한 시간 정도 걸릴 거야." 엄마가 머리카락을 가리켰다. "아침 먹을 때쯤엔 이런 푸석한 몰골은 온데간데없고 금발의 미녀가 와 있을걸? 기대해."

"빨리 보고 싶네." 핍은 애써 노력하며 대꾸했다. "금발의 미녀는 부디 푸석한 몰골의 우리 엄마보단 커피를 좀 진하게 내려줬음 좋겠네요."

엄마가 눈동자를 한 바퀴 굴리곤 방을 나가며 중얼댔다. "애비나 딸이나 진한 커피 좋아하는 취향은 똑같네, 뭐 그렇게 맛대가리……."

"다 들었거든요!" 조쉬의 목소리가 집 안에 울려 퍼졌다.

핍은 코를 한번 훌쩍이곤 목에 걸어둔 헤드폰 쿠션 부분을 손가락으로 만지작댔다. 플라스틱 재질의 매끄러운 헤드폰 밴드 부분을 손가락으로 쭉 매만지다 거칠고 울퉁불퉁하게 스티커로 감겨 있는 부분에 손가락이 닿았다. 팟캐스트 '여고생 핍이 사건 파일' 로고대로 만든 스티커였다. 핍이 시즌 2 피날레, 녹음할 때 가장 힘들어했던 그 에피소드를 공개하던 날 라비가 선물해준 거였다. 버려진 낡은 농가. 이제는 불에 타 없어져버린 그곳에서 벌어진 일을 핍은 그 에피소드에서 모두 이야기했었다. 호스로 풀 위에 남은 핏자국을 씻어냈던 것까지 모두.

'너무 슬픔.' 댓글들 반응이었다.

'왜 화가 난 건지 이해가 안 됨. 자기가 원하던 일 아닌가?' 이런 댓글도 있었다.

핍이 그 사건을 제 입으로 결국 이야기하긴 했지만, 정작 이야기의 핵심은 꺼내지 못했다. 그 사건 이후 핍은 저 자신을 완전히 잃어버렸단 바로 그 사실 말이다.

핍은 다시 헤드폰을 끼고 바깥세상을 차단했다. 머릿속에서 들려오는 잡음을 빼면 다른 아무 소리도 들리지 않았다. 눈을 감고 과거도, 미래도 없는 척해보았다. 그냥 아무것도 없는 공백 상태였다. 메인 곳 없이 자유롭게 부유하며 찾아오는 평온. 그러나 핍의 머릿속은 정적을 오래 유지하지 못했다.

헤드폰도 마찬가지였다. 귓가에 띵 하는 소리가 높게 울렸다. 핍은 휴대폰을 들어 알림을 확인했다. 핍의 웹사이트를 통해 보내온 이메일이었다. 또다시 같은 메시지였다. '네가 사라지면 누가 널 찾지?' 발송주소는 anonymous987654321@gmail.com이었다. 메일 주소만 달리했을 뿐 같은 내용으로 다른 휘황찬란한 악성 댓글들과 함께 몇 달째 핍에게 날아오는 이메일이었다. 최소한 직설적인 강간 협박보다는 좀 더 시적이고 사색적이었다.

'네가 사라지면 누가 널 찾지?'

핍은 잠시 모든 행동을 멈추고 메일 속 질문을 가만히 살펴보았다. 지금까지 핍은 한 번도 그 질문에 대한 답을 고민해본 적이 없었다.

누가 핍을 찾느냐고? 라비가 찾는다면 좋겠다. 부모님이 핍을 찾을 수도 있겠지. 카라와 나오미 자매, 혹은 코너와 제이미 형제. 나탈리 다 실바일 수도 있을 것이다. 호킨스 경위이려나? 결국 그게 그 사람 일이니까. 이들이 핍을 찾아 나설 수도 있겠지만, 한편으로 굳이 그러지 않는 편이 나을지도 모른다.

'이제 그만.' 핍은 꼬리를 물고 이어지는 생각이 어둡고 위험한 곳으로 접어들기 전에 얼른 길목을 막아섰다. 지금 약을 한 알 더 먹는 게 어쩌면 나을지도 모르겠다. 핍은 약을 넣어둔 두 번째 서랍을 흘긋 쳐다보았다. 카드보드지로 만든 위장용 서랍 바닥 밑에 약이며 선불폰들이 나란히 숨겨져 있었다. 아니, 약은 먹지 말자. 핍은 이미 피곤하고 불안정한 상태였다. 그리고 약은 그야말로 수면제다. 그건 정말 그냥 잠을 자기 위한 거다.

게다가 핍에겐 계획이 있었다. 피파 피츠-아모비에겐 언제나 계획이 있었다. 급조한 것이든 고민과 고뇌 끝에 천천히 생각해낸 것이든. 이번엔 후자였다.

지금 여기 앉은 이 사람, 현재의 피파 피츠-아모비는 임시의 존재일 뿐이다. 왜냐하면 핍은 자신을 되찾을 방법을 알고 있으니까. 평범한 일상을 되찾기 위한 계획이 있으니까. 그리고 핍은 바로 지금 그 계획을 실행에 옮기고 있었다.

첫 번째 할 일은 내면을 들여다보며 잘못된 선을 거꾸로 따라가 그 원인을, 이유를 찾는 것이었다. 괴로웠던 그 작업이 끝나자 핍은 그 원인, 이유가 애초부터 꽤 명확했다는 것을 깨달았다. 올 한 해 동안 핍이 한 모든 일들이 원인이었다. 말 그대로 전부 다. 서로 얽히고설킨 두 개의 사건은 핍의 일상, 삶의 의미가 되어버렸다. 그리고 그 두 사건 모두 어쩌다 보니 잘못돼버렸다. 잘못되고 꼬여버렸다. 전혀 깔끔한 엔딩이 아니었다. 회색 영역, 모호한 부분이 너무나 많았다. 의미는 모두 흐릿해지고 어느 순간 휘발돼버렸다.

엘리엇 워드는 평생을 감옥에서 보낼 테지만, 그렇다고 그가 악한 사람이었나? 괴물이었나? 핍은 그렇게 생각하지 않았다. 엘리엇 존재 자체가 위험이었다고 할 수는 없었다. 끔찍한 일을 저질렀지만, 그것도 한두 가지가 아니었지만, 한편으로 그건 딸들에 대한 사랑 때문이었다던 엘리엇의 말을 핍은 믿었다. 전부 잘못된 것이라고도, 또 물론 전부 옳다고도 할 수 없었다. 그냥…… 그게 다다. 그냥 거기, 그 옳고 그름 사이 어딘가에 존재할 뿐이었다.

그럼 맥스 헤이스팅스는? 여기엔 조금의 모호함도 없었다. 맥스 헤이스팅스라면 흑과 백처럼 명백했다. 일말의 다른 여지가 없었다. 맥스는 존재만으로 위험 그 자체였다. 예전엔 음지 속에 숨어 있었다면 이제는 양지로 나와 돈으로 무장한, 누군가에겐 호감을 사는 저 미소 뒤에 똬리를 틀고 앉아 있었다. 핍이 그냥 그렇게 생각하는 게 아니라, 그건 사실이었다. 무조건 사실이어야만 했다. 맥스 헤이스팅스는 핍을 움직이는 동력이었고 핍을 포함해 핍이 아는 세상의 모든 이치와 정확히 대척점에 서 있는 존재였다. 그러나 그건 이제 아무런 의미가 없었다. 재판에서 이긴 건 맥스였으니까. 맥스는 감옥 문 앞에도 안 갈 테지. 흑백은 회색으로 뒤섞여버렸다.

베카 벨은 아직 14개월의 형기가 남아 있었다. 핍은 맥스의 재판 이후 베카에게 편지를 썼고, 베카는 흘려 쓴 글씨로 핍에게 답장을 보내 혹시 면회를 와줄 수 있느냐고 물었다. 핍은 베카를 찾아갔다. 면회는 벌써 세 번이나 다녀왔고 두 사람은 매주 목요일 오후 4시 통화까지 하는 사이가 됐다. 어제는 20분 내내 치즈 이야기만 했다. 베카는 그 안에서 곧잘 생활하는 것 같았고 어찌 보면 더 행복한 것 같기도 했다. 하지만 그렇다고 해서 베카가 과연 감옥에 가야 마땅한 사람이었나? 세상과 분리해 가둬두어야 할 사람이었나? 베카 벨은 선한 사람이었다. 단지 불구덩이, 아주 최악의 상황에 던져졌을 뿐이었다. 누구나 숨겨진 각자의 한계점, 바로 그 지점에 압력이 가해지면 베카 같은 행동을 했을지도 모른다. 핍도 직접 그런 일을 겪고 나서는 그게 이해가 되는데, 남들은 왜 이해가 안 될까?

그리고 물론 핍의 가슴속에 가장 크게 들어앉은, 꼬여 있는 이 매듭은 스탠리 포브스와 찰리 그린이었다. 이 두 사람에 대해서라면 조금만 골똘히 생각에 잠겨도 핍은 스스로를 주체할 수 없게 될 게 뻔했다. 어떻게 둘 다 모두 옳고 동시에 모두 그를 수가 있지? 절대 판단이라는 것이 불가능한 모순이었다. 핍에겐 이것이 실패의 원인이었고 치명적 오류였다. 핍은 평생, 아니 죽은 후에도 여기서 자유롭지 못할 터였다.

그리고 이게 원인이라면, 그러니까 이성을 완전히 뒤덮고 에워싸버린 이 모든 모호함과 모순과 회색 영역이 원인이라면, 그럼 핍이 이것을 바로잡을 방법이 있나? 그 여파에서 스스로 회복할 방법이 있나?

딱 한 가지 방법이 있긴 했다. 그리고 그건 놀랍게도 무척 간단한 방법이었다. 새로운 사건이 있으면 된다. 그렇다고 아무 사건이나 괜찮다는 것은 아니다. 오로지 흑과 백이 분명한 사건이어야 한다. 조금의 모호함, 복잡함도 있어선 안 된다. 선과 악, 옳고 그름을 오갈 수 없도록 그 사이에 명확한 선이 그어져 있는 사건. 양측이 존재하고 핍이 따라갈 수 있는 명확한 길이 나 있는 사건. 그거면 될 터였다. 그런 사건이라면 핍도 이 상황을 극복하고 예전의 모습을 되찾을 수 있을 것이다. 자신의 영혼을 구할 수 있을 것이다. 물론 영혼이라는 게 있다면 얘기지만 말이다. 모든 것이 다시 예전으로 돌아갈 것이다. 핍도 예전으로 돌아갈 수 있을 터다.

그러려면 핍이 원하는 바에 꼭 들어맞는 사건이 필요했다.

그리고 이 사건이 바로 딱이었다. 나이는 20~25세, 신원미상의 여성 사체가 케임브리지 외곽에서 발견되었다. 발견 당시 여자는 나체로 신체 일부가 훼손된 상태였다. 아무도 이 여자를 찾지 않았다. 실종 신고가 된 적 없으니 실종된 적도 없는 셈이 되었다. 이보다 더 명확할 수는 없었다. 이 사건의 피해자는 자신에게 벌어진 일에 대해 정의의 단죄가 필요했다. 그리고 그 범인은 무조건 괴물일 수밖에 없었다. 회색 영역, 모순, 혼란 따위는 있을 수 없었다. 핍은 사건의 미제를 풀고 제인 도우를 찾아낼 것이다. 무엇보다 제인 도우가 예전의 핍을 되찾게 해줄 것이다.

한 건만 더, 그러면 모든 것이 제자리로 돌아갈 테다.

딱 한 건만 더.

6

핍은 자기 발아래 있는 게 무엇인지 알아차리지조차 못했다. 운동화 끈을 고쳐 매려고 걸음을 멈추지 않았더라면 아예 발견조차 못 했을지도 모른다. 핍은 발을 들고 땅을 내려다보았다. 이건 또 무슨…….

흰 분필로 그린 희미한 선들이 보였다. 핍의 집 진입로가 시작되는, 인도와 접해 있는 딱 그 지점이었다. 워낙 희미해서 어쩌면 분필 그림이 아닌지도, 비 내린 후 남은 자국 같은 건지도 모르겠다.

핍은 눈을 비볐다. 밤새 하릴없이 천장만 쳐다보았던지라 눈이 따갑고 건조했다. 어젯밤 라비네 가족과의 저녁 식사는 아무 문제 없이 순조롭게 흘러갔고 사실 너무 웃어서 볼이 다 아플 지경이었지만, 그렇다고 잠이 찾아오진 않았다. 잠을 얻을 수 있는 유일한 방법은 딱 하나뿐이었다. 금지된 두 번째 서랍 말이다.

핍은 주먹을 쥐고 눈을 비비던 손을 거두고 눈을 깜박여보았다. 여전히 눈은 까끌거렸다. 제 눈을 믿을 수가 없어 핍은 허리를 숙여 가장 가까운 선을 손가락으로 따라 그린 다음 손을 들어 햇빛에 비춰보았다. 분명 분필 같았다. 손가락 끝에 느껴지는 촉감도 딱 분필이었다. 선 자체도 그리 자연스럽게 생긴 자국 같진 않았다. 누가 의도적으로 그렸다고밖엔 볼 수 없는 반듯한 직선이었다.

핍은 고개를 살짝 기울여 각도를 달리해서 보았다. 선들이 서로 교차하는, 뭔가 형태를 갖춘 그림이 다섯 개 보였다. 혹시…… 혹시 새인가? 왜, 아이들이 새를 그리면 이렇지 않나. 솜사탕 색 하늘에 찌그러진 M자처럼 새를 그리지 않던가. 아니, 그건 아니다. 그러기엔 선이 너무 많다. 십자가 같은 건가? 그래, 어찌 보면 십자가 같기도 한데, 십자가라기엔 또 긴 축 끝에 다리가 두 개로 갈라져 있었다.

아, 잠깐만. 핍은 그림 위를 건너뛰어 반대편에 가 섰다. 작은 막대 인간 같기도 했다. 저건 다리고, 저건 몸통, 몸통을 가로지르는 직선은 팔. 위쪽으로 그어진 작은 선은 목이었다. 하지만…… 그게 끝이었다. 머리가 없었다.

핍은 허리를 펴고 섰다. 그렇다면 다리 두 개 달린 십자가거나 그게 아니면 머리 없는 막대 인간, 둘 중 하나였다. 둘 다 딱히 속 시원한 답은 아니었다. 집에 조쉬가 쓰는 분필이 있을 것 같지도 않거니와, 애초에 조쉬는 그림을 즐겨 그리는 편도 아니었다. 그럼 이웃집 아이들 중 하나란 건데, 유독 살벌한 상상력의 소유자인가 보지. 물론 핍이 그렇게 말할 처진 아니었다.

핍은 마틴센드웨이를 걸으며 다른 집 앞을 확인했다. 인도도, 도로도 살펴보았다. 그런 분필 그림은 아무 데도 없었다. 사실 평소 리틀 킬턴의 일요일 아침과 딱히 다른 점은 아무것도 없었다. 흑백 표지판에 웬 정사각의 박스 테이프가 붙어 있어 '마틴센드웨 ㅇ'가 되어 있는 것만 제외하면 말이다.

펍은 하이스트리트로 들어서며 아마 여섯 집 건너 야들리네 아이들이 그렸나 보다 하고 그림 생각은 접어두었다. 마침 라비도 저쪽에서부터 카페를 향해 걸어오고 있었다.

라비는 피곤해 보였지만 평소랑 썩 다른 정도까진 아니었다. 팔랑이는 머리칼 아래로 새 안경이 햇빛에 반짝였다. 지난여름 라비는 근시가 있다는 걸 처음 알게 됐다. 그 사실을 안 직후엔 그렇게 호들갑을 떨더니 정작 요즘은 안경을 끼는 것조차 가끔 잊어버리곤 했다.

라비는 아직 무언가 생각에 몰두해 있는지 펍을 발견하지 못했다.

"어이!" 펍이 10미터쯤 되는 거리에서 소리를 치자 라비가 화들짝 놀랐다.

라비는 슬픈 척 과장되게 아랫입술을 쭉 내밀어 보였다. "목소리 좀 낮춰줄래? 내가 오늘 아침 상태가 영 별로라서 말이야."

그래, 라비는 늘 최악의 숙취에 시달렸다. 숙취가 있을 때마다 어쩜 매번 그렇게 최악일 수 있는지.

두 사람은 드디어 카페 문 앞에 다다랐다. 펍은 라비의 접힌 팔 안쪽에 손을 끼워 넣었다.

"그런데 요즘 왜 자꾸 '어이'래?" 라비가 그렇게 물으며 펍의 이마를 꾹 찔렀다. "난 온갖 미사여구와 찬사를 가져다 너한테 별명을 지어줬는데 넌 고작 나한테 '어이'?"

"아, 뭐." 펍이 대꾸했다. "예전에 나이 아주 많은 현자가 나더러 완전 재미없는 사람이라고 한 적이 있어서……."

"아, 아주 현명하고 잘생긴 사람?"

"내가 그렇게 말했나?"

"아무튼," 라비가 걸음을 멈추고 소매로 코를 긁적였다. "어젯밤 아주 잘했어."

"정말?" 핍의 목소리엔 자신이 없었다. 그런대로 잘했다고 생각이야 했지만 이제 핍은 스스로를 온전히 믿을 수 없었다.

라비는 근심 가득한 핍의 표정을 보며 가볍게 웃음을 터뜨렸다. "너 잘했어. 다들 너 마음에 들어했어, 진심으로. 라훌은 오늘 아침에 너 진짜 괜찮더라고 문자까지 했다니까. 그리고," 라비가 마치 비밀스러운 말이라도 되는 것처럼 목소리를 낮췄다. "심지어 자라 이모도 그 정도면 너한테 엄청 호감 있었던 거야."

"진짜?"

"그렇다니까." 라비가 씩 웃었다. "평소보다 잔소리가 한 20퍼센트 줄었거든. 그럼 대단한 성공이지."

"와, 말도 안 돼." 핍은 문을 밀고 카페 안으로 들어서며 말했다. 머리 위로 종이 딸랑였다. "안녕하세요." 핍은 막 샌드위치 진열대를 채우는 중인 카페 주인 재키에게 평소처럼 인사했다.

"아, 핍 왔구나." 재키가 휙 뒤돌아 인사를 하다 하마터면 브리 치즈 베이컨 롤을 바닥에 떨어뜨릴 뻔했다. "라비, 안녕."

"안녕하세요." 목이 잠겨 있어 라비가 목소리를 가다듬었다.

재키는 포장 샌드위치 정리를 마치고 두 사람을 돌아보았다. "아마 지금 또 오락가락하는 토스터기랑 씨름 중인가 보다. 잠깐만." 재키가 카운터 뒤로 들어가며 소리쳤다. "카라!"

정수리에 바짝 올려 묶은 머리가 먼저 핍의 시야에 들어왔다.

카라는 녹색 앞치마에 손을 닦으며 직원 출입구를 통해 주방에서 걸어 나왔다.

"아직도 제대로 안 돼요." 카라는 앞치마 얼룩에서 눈을 떼지도 않고 말했다. "파니니 미적지근하게 데울 정도밖에 안 돼요." 카라의 시선이 마침내 앞을 향했고 그제야 핍을 발견한 카라의 얼굴에 미소가 뒤따랐다. "어머, 웬일이야? 오랜만이네."

"어제 봤잖아." 대답을 한 뒤에야 부지런히 들썩이는 카라의 눈썹이 핍의 눈에 들어왔다. 아니, 그럼 눈썹 신호부터 주고 입을 열든가. 오래전부터 두 사람은 자기들만의 이런 규칙들을 만들어 두었던 터다.

다급한 눈짓을 주고받는 두 사람을 보고 무슨 뜻인지 대충 알아들은 양 재키가 씩 웃었다. "어휴, 하루나 못 봤으니 그래, 할 얘기가 얼마나 많겠어?" 재키가 카라를 돌아보았다. "오늘 휴식 시간 조금 당겨써."

"오오, 사장님." 카라가 과장되게 고개 숙여 인사했다. "관대하신 우리 사장님."

"알았다, 알았어." 재키가 카라에게 손을 휘저어 보였다. "내가 성인이고 군자다. 핍이랑 라비는 뭐 줄까?"

핍은 진한 커피를 주문했다. 집에서 이미 두 잔을 마셨고 지금 손가락을 한시도 가만히 두지 못하는 상태였지만, 그래도 하루를 버티려면 다른 방법이 없었다.

라비는 역대 가장 어려운 결정이라도 되는 것마냥 입술을 앙다물고 도르륵 눈을 굴렸다. "으음." 라비가 입을 열었다. "저는 그 미적지근한 파니니가 당기네요."

숙취로 앓는 소리를 할 땐 언제고 도대체가 샌드위치 앞에선 장사 없는 라비였다.

핍은 멀리 있는 테이블을 골랐다. 카라는 핍과 어깨가 닿을 만큼 핍 옆에 찰싹 붙어 앉았다. 사람들에겐 저마다 자신만의 안전거리라는 게 있단 사실을 카라는 좀처럼 이해하지 못했다. 그래도 핍은 카라가 지금 여기 같이 앉아 있다는 것이 고마웠다. 원래대로라면 카라는 지금쯤 리틀 킬턴에 없었을 터였다. 카라의 조부모님은 카라네 가족이 살던 집을 학기가 끝날 때쯤 내놓을 계획이었다. 그러나 생각이 바뀌고 계획도 바뀌었다. 나오미가 가까운 슬라우에 직장을 구했고, 카라는 갭이어*를 갖고 여행을 가기로 하면서 돈을 모을 요량으로 카페에서 일하기로 했다. 갑작스러운 결정이었지만, 두 자매가 리틀 킬턴에 남아 있는 편이 동네를 뜨는 것보다 편의상 더 나은 선택이 되면서 카라의 조부모님은 다시 그레이트 애빙턴으로 가시고, 카라와 나오미는 여전히 동네에 남아 있게 되었다. 최소한 내년까지는 이 상태로 지낼 터였다. 그리고 몇 주 후 핍이 케임브리지로 떠나면 카라는 여기 혼자 남게 되겠지.

정말로 그런 날이 오다니, 리틀 킬턴을 떠나는 그날이 오다니 믿기지가 않았다.

핍이 카라를 슬쩍 찌르며 물었다. "스테파니는 어떻게 지내?"

스테파니는 카라의 새 여자친구였다. 벌써 사귄 지 두어 달 되었으니, 이제 '새' 여자친구까진 아닌지도 모르겠다. 비록 핍

* gap year. 고교 졸업 후 대학 생활을 시작하기 전에 일을 하거나 여행을 하면서 보내는 1년.

은 과거에 머물러 있을지언정 세상의 시간은 흘러가고 있었다. 그리고 핍은 카라의 여자친구가 맘에 들었다. 카라를 행복하게 해주고 카라에게 도움이 되는 사람이었다.

"잘 지내. 트라이애슬론인가 뭔가 준비한다나 뭐라나, 제정신이 아니야. 아, 잠깐. 너도 이제 걔 편이지? 달리기 선수 씨?"

"그렇지." 핍이 고개를 끄덕였다. "당연히 스테파니 편이지. 좀비 떼가 몰려와서 인류 대멸망의 위기가 닥치면 그땐 엄청나게 도움 될걸."

"나도 못지않거든." 카라가 대꾸했다.

핍이 정색을 해 보였다. "솔직히 너는 좀비든 뭐가 됐든 지구 종말이 오면 30분 안에 죽을 캐릭터지."

그때 라비가 커피와 샌드위치가 담긴 쟁반을 들고 왔다. 물론 자리로 오는 길에 이미 샌드위치를 한 입 베어먹은 상태였다.

"아, 맞다." 카라가 목소리를 낮췄다. "오늘 아침에 완전 재밌는 일 있었잖아."

"뭔데?" 라비가 다시 샌드위치를 한 입 베어 물기 전에 물었다.

"아침에 갑자기 손님들이 좀 밀려와서 줄이 생겼어. 나는 계산대에서 주문받고 있었고. 그런데," 이제 카라는 거의 속삭이다시피 작은 목소리였다. "맥스 헤이스팅스가 들어오더라고."

삽시간에 핍의 어깨가 굳고 턱은 긴장으로 팽팽해졌다. 어딜 가든 왜 항상 맥스가 나타나는 거지? 도대체가 맥스는 왜 핍이 가는 곳마다 꼭 따라다니는 거지?

"내 말이." 카라가 핍의 표정을 읽으며 말했다. "나야 당연히 맥스한테 주문을 안 받고 싶으니까 사장님한테 난 우유 거품기 청소하러 가겠다고, 주문 좀 받아달라고 했어. 그리고 사장님이 맥스 주문을 받았는데 바로 뒤에 누가 또 가게로 들어오는 거야." 극적인 효과를 노리며 카라가 잠시 말을 멈췄다. "제이슨 벨이었어."

"오, 정말?" 라비가 대꾸했다.

"그렇다니까. 맥스 뒤에서 주문하려고 줄을 섰어." 카라가 말을 이어갔다. "그 사람들 눈에 안 띄게 숨어 있으려는데 제이슨 벨이 맥스 뒤통수에 대고 눈을 굴려대는 게 빤히 다 보이더라."

"그렇겠지." 핍이 대답했다. 제이슨 벨도 핍만큼이나 맥스 헤이스팅스를 싫어할 이유가 차고도 넘치는 사람이었다. 재판 결과는 그렇다 쳐도 자기 막내딸 베카에게 약을 먹이고 베카를 범한 맥스였다. 이것만으로도 벌써 끔찍하고 입에 담기조차 괴로운 일인데, 심지어 현실은 그보다 더했다. 앤디 벨이 죽음에 이르게 된 것도 말하자면 맥스 때문이었다. 직접적 원인이라고 할 수도 있었다. 사실 따져보면 모든 화살표는 맥스 헤이스팅스에게로 향했다. 베카가 트라우마를 갖게 된 것도, 눈앞에서 언니가 죽어가는데 아무것도 하지 않고 그냥 죽게 내버려 둔 것도, 그리고 그걸 숨기려고 했던 것도 모두 맥스 탓이었다. 앤디의 살인범이라는 누명을 뒤집어쓰고 죽은 샐 싱. 엘리엇 워드의 다락방에서 발견된 그 불쌍한 여자며, 핍의 과제 프로젝트, 이제는 뒷마당에 묻힌 개 바니도. 하위 바워스가 감옥에서 살인마 브런즈윅의 아들이 누군지 그 정체를 퍼뜨린 것도, 찰리 그린이 이 동네에 정착했던 것도. 라일라 미드, 제이미 레이놀즈의 실종, 스탠리 포브스의 죽음, 그리고 핍의 손에 묻은 피도. 이 모든 것들의 시작을 거슬러 올라가면 결국 맥스 헤이스팅스로 이어졌다. 그 기원, 핍을 움직이게 만드는 동력. 어쩌면 제이슨 벨에게도 맥스는 그런 존재인지 모를 일이었다.

"그렇지. 맞아, 맞는데." 카라가 말을 이어갔다. "그 직후에 벌어진 일이 진짜 생각지도 못한 거였거든. 그러니까 맥스가 주문한 음료를 막 받아 들고 나가려는데 제이슨 벨이 팔꿈치로 맥스 옆구리를 찌른 거야. 그래서 티셔츠에 커피 막 다 쏟아지고."

"진짜?" 라비가 깜짝 놀라 카라를 쳐다보았다.

"말도 마." 이제 카라는 속삭이기보다 거의 흥분해서 식식대며 이야기를 이어갔다. "맥스가 '앞 좀 똑바로 보고 다녀요.' 그러면서 제이슨 벨을 밀어버렸어. 그랬더니 제이슨 벨이 맥스 멱살을 잡으면서 이러는 거야. '너나 내 눈앞에 어른대지 마.' 하여간 그 비슷한 말이었어. 아무튼, 이 시점에서 이제 사장님이 두 사람 사이에 끼어들었지. 그리고 다른 손님 한 명은 맥스를 카페 밖으로 데리고 나갔는데, 맥스가 나가면서 '내 변호사한테서 연락 갈 테니까 그런 줄 알고 있어.' 이러더라고."

"딱 맥스가 할 법한 말이네." 핍은 이를 꽉 물고 그렇게 말하며 몸을 부르르 떨었다. 맥스가 다녀갔다고 하니 카페 공기가 이제 다르게 느껴졌다. 답답했다. 차가웠다. 공기가 오염된 것 같았다. 리틀 킬턴은 이제 두 사람 모두를 품기에 너무 작았다.

"언니가 맥스 건을 어떻게 해야 하나 고민 중이야." 카라는 속삭인다고도 할 수 없는 작은 목소리로 말을 이어갔다. "2012년 새해 첫날 일 있잖아. 그 뺑소니 사건. 경찰에 그 얘기를 할지 말지 말이야. 얘기하면 언니도 힘들어지지만 어쨌든 언니 생각은 운전대를 잡은 게 맥스니까 최소한 맥스도 골치 아픈 일을 피하긴 어렵겠거니 하는 거지. 그러면 잠깐일지언정 맥스가 옥살이를 할 수도 있고, 그럼 한동안은 맥스 때문에 또 다른 피해자가 나오는 일은 막을 수 있으니까. 그리고 이 웃기지도 않는 소송도 그대로 끄……."

"아니," 핍이 카라의 말을 끊었다. "경찰에 얘기하는 건 아니야. 안 통할 거야. 언니만 다치고 맥스는 무사할걸. 맥스가 또 이길 거야."

"하지만 그럼 최소한 진실은 밝혀질 거고 언니는……."

"진실은 중요하지 않아." 핍의 손톱이 허벅지를 파고들었다. 작년의 핍이 지금의 핍을 보면 누군지 알아보지도 못할 터였다. 작년의 그 소녀는 초롱초롱한 눈으로 학교 과제를 하며 순진하게도 '진실'을 찾겠다는 의지로 똘똘 뭉쳐 있었다. 지금 여기 앉은 이 사람은 전혀 다른 사람이었고, 훨씬 많은 것들을 알고 있었다. 진실은 이미 수차례 핍을 저버렸다. 진실엔 기댈 수 없었다. "언니한테 그러지 말라고 해, 카라. 언니가 그 사람을 친 것도 아니고, 그 사람을 거기 그대로 두고 가고 싶었던 것도 아니잖아. 언닌 그냥 강요당한 거지. 언니한테 내가 꼭 맥스를 잡아넣을 거라고 전해줘. 방법은 아직 모르겠지만 어떻게든 잡아넣고야 말 테니까. 맥스는 그동안 제가 한 짓에 합당한 벌을 받게 될 거야."

라비가 팔을 뻗어 핍의 어깨를 가볍게 안아주었다. "아니면, 복수극 대신 몇 주 후 시작되는 대학 생활 준비에 집중하는 방법도 있고 말이야." 라비가 활기찬 목소리로 말했다. "너 가져갈 이불도 아직 안 샀잖아. 그거 예비 대학생한테 되게 중요한 일이라며."

핍은 라비와 카라가 방금 막 서로 시선을 교환한 것을 알아차렸다. "괜찮아." 핍이 말했다.

카라는 뭔가 할 말이 더 있는 것 같았지만 때마침 카페 문이 열리며 울리는 종소리에 시선은 그쪽을 향했다. 핍도 카라의 시선을 따라 고개를 돌렸다. 혹시라도 맥스 헤이스팅스면 핍은 자기도 과연 어떻게 할지 알 수가…….

"아, 여기 모여 있었네." 익숙한 목소리였다.

코너 레이놀즈였다. 핍이 미소를 지으며 손을 흔들어 보였다. 코너뿐만 아니라 제이미도 함께였다. 카페 문이 닫히면서 다시 문에 달린 종이 딸랑대고 울렸다. 그제야 핍을 알아본 제이미의 얼굴에도 미소가 씩 번졌다. 주근깨 진 콧잔등에도 주름이 잡혔다. 여름의 끝자락이 되니 주근깨가 더 진해져 있었다. 핍이 그걸 알아채는 것도 놀라울 일은 아니었다. 핍은 제이미가 실종됐던 그 한 주 내내 제이미의 사진을 수없이 들여다보고 이목구비를 뜯어보며 저 눈에서 답을 구하려 했었다.

"의외의 소우라니, 좋은데." 제이미는 핍 무리가 앉은 자리로 향하던 코너를 앞질러 가며 말했다. 제이미가 아주 잠깐 핍의 어깨에 손을 얹었다. "잘 지냈어? 뭐라도 마실래?"

핍은 제이미한테서도 가끔 자신과 같은 그 눈빛을 발견하곤 했다. 스탠리의 죽음, 그 죽음이 나 때문이라는 죄책감에 사로잡힌 눈빛 말이다. 결국 그건 두 사람이 늘 지고 가야 할 몫이었다. 그러나 제이미는 문제의 순간 그 현장에 있지 않았고, 제이미의 손엔 스탠리의 피가 묻지 않았다. 핍하곤 조금 달랐다.

"왜 맨날 나 일하는 날마다 너네 이렇게 카페에 기어 나오는데?" 카라가 말했다. "너네 혹시 내가 외로울까 봐 걱정하거나 뭐 그런 거야?"

"친구여, 그건 아니고." 코너가 카라의 머리카락을 툭 쳤다. "너 연습시켜주려고 그러지."

"코너 레이놀즈, 너 그 아이스 펌킨 마키아토 같은 거 또 시키면 진짜 죽여버린다."

"카라," 재키가 카운터 뒤에서 밝은 목소리로 카라를 불렀다. "손님들한테는 절대 죽여버린다고 협박하면 안 돼. 알지?"

"일부러 고생하라고 제일 만들기 복잡한 메뉴를 시키는데도요?" 카라는 곁눈질로 코너를 노려보는 척 과장되게 연기하며 자리에서 일어났다.

"그래도 협박은 안 돼."

카라는 코너를 향해 "원래 그런 거 마시지도 않으면서." 하고 투덜대며 카운터로 향했다. "아이스 펌킨 마키아토 하나요." 카라가 목소리를 바꿔 쾌활하게 소리쳤다.

"사랑을 가득 담아 만들어주세요." 코너가 웃음을 터뜨리며 말했다.

카라가 노려보았다. "악의를 가득 담아 주마."

"침만 안 뱉으면 돼."

"저기," 제이미가 카라가 비운 자리를 차지하며 말했다. "나탈리한테 조정 면담 다녀온 이야기 들었어."

핍이 고개를 끄덕였다. "응…… 파란만장했지."

"너를 고소한다니 어이가 없다." 제이미가 주먹을 꼭 쥐었다. "그냥…… 그건 정말 아니잖아. 그동안 얼마나 많은 일이 있었는데."

핍이 어깨를 으쓱해 보였다. "괜찮을 거야, 해결해야지." 모든 일은 돌고 돌아 항상 다시 맥스 헤이스팅스로 귀결됐다. 전방위, 모든 각도에서 핍을 압박하고 짓눌렀다. 또다시 스탠리의 갈비뼈 부러지는 소리가 핍의 귓가를 가득 메웠다. 핍은 피 묻은 손을 닦으며 화제를 바꾸었다. "구급요원 훈련은 어때?"

"응, 좋아." 제이미가 고개를 끄덕이다 환하게 미소 지었다. "실은 진짜 재밌어. 내가 이렇게 힘든 일을 좋아할 거라고 누가 생각이나 했겠어?"

"핍의 무시무시한 직업윤리가 전염되는 모양이야." 라비가 말했다. "아무래도 제이미 너 스스로를 위해서라도 핍과 거리를 좀 두는 편이 좋겠어."

다시 문에 달린 종이 울렸다. 제이미의 눈이 갑자기 반짝 빛나는 것으로 보아 누구인지 안 봐도 뻔했다. 나탈리 다 실바였다. 짧은 머리를 하나로 묶은 탓에 머리끈 아래 잔뜩 삐져나온 은발 머리가 뒷덜미에서 팔락댔다.

나탈리는 체크무늬 셔츠의 소매를 걷어 올리며 카페 안을 둘러보다가 이내 얼굴이 환해졌다.

"핍!" 나탈리가 곧장 핍을 향해 걸어왔다. 그러고는 뒤쪽에서 허리를 숙여 긴 팔을 핍의 어깨에 두르고 핍을 꼭 안았다. 나탈리에게서는 여름 냄새가 났다. "여기 있는 줄 몰랐네. 잘 지냈어?"

"응." 핍의 뺨이 나탈리의 뺨과 맞닿았다. 바깥 공기 때문에 나탈리의 볼도 차갑고 상쾌했다. "언니는?"

"응, 우리도 별일 없지." 나탈리가 허리를 세우고 제이미 쪽으로 걸어갔다. 제이미는 자리에서 일어나 나탈리에게 의자를 양보하고 자기는 다른 의자를 빼 왔다. 하마터면 두 사람이 부딪힐 뻔했다. 나탈리의 손이 제이미의 가슴을 지그시 눌렀다.

"안녕?" 나탈리가 재빨리 제이미에게 키스했다.

"안녕!" 이미 발그레한 제이미의 볼이 더욱 불그스름해졌다.

두 사람이 함께 있는 모습을 보니 핍은 절로 입꼬리가 올라갔다. 이걸 뭐라고 해야 하지…… 그냥 좋다고밖엔 할 수 없겠다. 뭔가 때 묻지 않은 순수함이랄까, 아무도 앗아갈 수 없는 그런 긍정의 기운이 느껴졌다. 인생 최악의 시기를 함께 지나온 이들이었다. 그동안 따로, 또 같이 무척이나 잘 헤쳐왔다. 핍도 그들 삶의 일부였고, 그들 역시 핍의 삶의 일부였다.

리틀 킬턴에서도 이따금 좋은 일이라는 게 생긴다고 핍은 스스로 되뇌었다. 핍은 라비를 쳐다보며 테이블 아래에서 라비의 손을 잡았다. 제이미의 반짝이는 눈빛과 나탈리의 강인한 미소. 펌킨 스파이스 따위로 투닥대는 코너와 카라. 핍이 원하는 건 바로 이런 거였다. 더도 말고 덜도 말고 그냥 이것, 이 평범한 일상 말이다. 손가락으로 꼽을 수 있을 만큼 많지 않지만 나에게 소중한 사람들, 또 날 아끼는 사람들. 내가 사라지면 날 찾아 나설 사람들.

이 감정을 병에 꾹꾹 담아 잠깐이라도 그 힘으로 살아갈 수 있을까? 긍정의 기운을 가득 채우고 손에 묻은 피 따위는 무시하는 거다. 머그컵을 테이블에 내려놓는 소리에 더는 총성을 떠올리지 않는 거다. 눈을 깜박이는 그 찰나의 어둠 속에서 핍을 바라보는 죽은 눈을 더 이상 생각하지 않는 거다.

아니, 이미 늦었다.

7

앞이 보이지 않았다. 눈가는 땀 때문에 따가웠다. 이번엔 스스로 채찍질이 좀 심했나 보다. 너무 빨리 뛰었다. 그냥 달리는 게 아니라 무언가로부터 도망치고 있기라도 한 것처럼.

최소한 오늘은 맥스를 마주치지 않았다. 앞으로 나아가면서도, 때로는 뒤로 고개를 두리번대가며까지 확인해보았지만 맥스는 없었다. 핍은 마음껏 달릴 수 있었다.

핍은 헤드폰을 벗어 목에 걸고 숨을 고르며 이제 비어 있는 옆집을 지나 걸어갔다. 집 앞 진입로에 들어서서 핍은 걸음을 멈췄다. 눈을 비볐다.

아직도 분필 그림이 남아 있었다. 머리 없는 막대 인간 5명. 다만, 아니 잠깐만. 그럴 리가 없다. 어제 비가 꽤 세차게 쏟아졌었다. 그리고 핍이 뛰러 나가는 길엔 분명히 그림이 없었다. 맹세코 정말 없었다. 게다가 뭔가 좀 달라졌다.

핍은 허리를 숙이고 더 자세히 살펴보았다. 그림 위치가 바뀌었다. 일요일 아침엔 인도와 진입로가 교차하는 지점에 그림이 그려져 있었다. 이번엔 거기서 한 십여 센티미터쯤 떨어진 벽돌담 아래 그림이 그려져 있었다. 집 쪽으로 조금 더 가까워졌다.

이건 분명 새로 그린 그림이라는 확신이 들었다. 핍이 뛰러 나간 한 시간 사이에 누군가 이 그림을 그렸다. 핍은 눈을 감고 소리에 집중했다. 바람에 춤추는 나무 소리가 백색소음처럼 깔리고, 머리 위로는 높은 휘파람 소리 같은 새소리가 들려왔다. 어딘가 멀지 않은 곳에서 잔디 깎는 기계 소리도 들렸다. 그러나 이웃집 아이들의 웃음소리 같은 건 들리지 않았다. 아이들 소리라곤 전혀 없었다.

눈을 떠보았다. 그래, 이건 핍의 상상이 아니다. 분명히 5개의 작은 그림이 있었다. 엄마에게 물어봐야겠다. 어쩌면 머리 없는 인간이 아닐지도 모른다. 어쩌면 정말 아무 뜻 없는 그림인데 피폐한 정신상태 때문에 핍이 이걸 불길한 신호로 받아들이는 건지도 모른다.

핍은 허리를 폈다. 종아리 근육이 당기고 왼쪽 발목에선 날카로운 통증이 느껴졌다. 핍은 다리 스트레칭을 한 다음 집으로 걸어갔다.

그러나 겨우 두 걸음 만에 핍은 다시 그 자리에 멈춰 섰다.

심장이 점점 빨리 뛰기 시작하면서 갈비뼈를 때렸다.

진입로에 회색 덩어리가 보였다. 현관 근처였다. 회색 덩어리는 깃털로 뒤덮여 있었다. 가까이 다가가 살펴보지 않아도 뭔지는 뻔했다. 또 죽은 비둘기였다. 핍은 천천히 비둘기를 향해 다가갔다. 마치 깨우지 않으려는 듯이, 혹시라도 갑자기 푸드덕 살아나기라도 할까 살며시, 조용히 걸어갔다. 다시금 죽은 비둘기 눈에 비친 제 모습을 마주하게 될 것을 생각하니 아드레날린 때문에 손가락이 찌릿했다. 그러나 이번엔 핍이 보이지 않았다. 핍의 모습이 비칠 눈이 없었다.

비둘기 머리가 없었다.

머리가 있어야 할 자리는 깃털도 없이 뭉텅하니 잘려 있었다. 피도 한 방울 없이 깨끗했다.

핍은 비둘기를 한참이고 쳐다보았다. 고개를 들어 집을 한번 쳐다보고 다시 머리 없는 비둘기 쪽으로 시선을 돌렸다. 핍은 한 주의 시간을 빠르게 뒤로 감기 해서 지난 월요일 아침으로 되돌아갔다. 단정한 정장 차림으로 서둘러 집을 나서던 핍은 당시 죽은 새를 보고 걸음을 멈췄었다. 죽은 새의 눈을 바라보며 스탠리를 떠올렸었다.

위치도 딱 여기였다. 바로 이 지점. 비둘기가 벌써 두 마리나 정확히 같은 위치에 죽어 있었다. 게다가 팔다리만 있고 머리는 없는 그 이상한 분필 그림까지. 심지어 그림의 위치도 바뀌었다. 아무리 너그럽게 봐도 이건 우연이 아니다. 핍은 그런 우연을 믿지 않았다.

"엄마!" 핍이 현관문을 열며 소리쳤다. "엄마!" 대답 없이 핍의 목소리만이 복도에 메아리쳤다.

"우리 딸 왔어?" 엄마가 손에는 칼을 든 채 부엌 문간에 서 있었다. "엄마가 지금 우는 게 아니고…… 양파가 어찌나 매운지 말야."

"엄마, 진입로에 비둘기가 죽어 있어요." 핍이 낮고 차분한 목소리를 유지하며 말했다.

"또?" 엄마의 표정이 어두워졌다. "어휴. 너희 아빠 참 타이밍도 완벽하게 딱 이럴 때 집에 안 계시네. 별수 있니, 엄마가 치우는 수밖에." 엄마가 한숨을 쉬었다. "알겠어, 일단 스튜만 얼른 해놓고 치울게."

"아, 아니 제 말은 그게 아니고요." 핍은 말을 더듬었다. "그런 뜻으로 한 말이 아니고요. 지난주랑 똑같은 자리에 비둘기가 그대로 죽어 있다니까요. 누가 일부러 그런 것처럼요." 제가 말하고도 터무니없이 들리는 얘기였다.

"에이, 무슨 말도 안 되는 소리야." 엄마가 손을 휘저었다. "옆집 고양이 짓이든지 뭐 그렇겠지."

"고양이요?" 핍이 고개를 저었다. "그런데 죽어 있는 자리가 정확히 똑같은……."

"그래, 얘가 비둘기 사냥하는 곳이 딱 거기인가 보지. 윌리엄스네가 커다란 줄무늬 고양이를 키우거든. 우리 집 정원에도 가끔 놀러 오더라고. 꼭 우리 집 쪽에 큰일 봐놓고 가고 말야." 엄마가 칼로 찌르는 시늉을 해 보였다.

"머리가 없어요."

"뭐라고?"

"비둘기요."

엄마의 입꼬리가 쑥 내려갔다. "음, 글쎄 뭐라 할 말이 없네. 고양이들이 좀 고약하잖아. 바니 전에 우리 집에서 키우던 고양이 기억 안 나? 너 아주 어릴 때?"

"삭스요?" 핍이 대답했다.

"응, 삭스도 보통 잔인한 사냥꾼이 아니었어. 별별 죽은 동물들을 거의 매일같이 집에 물고 들어왔었어. 쥐며, 새며, 어떨 땐 이만한 토끼도 있었지 아마. 머리는 떼서 나더러 찾으라고 어디 버려놓고 내장은 막 여기저기 떨어져 있고 말야. 집에 오는 길이 무슨 공포체험 하는 길 같았다니까."

"무슨 얘기예요? 위층에서 조쉬의 목소리가 들려왔다.

"아무것도 아니야!" 엄마가 소리쳤다. "네 할 일에 집중하렴!"

"하지만 이건……" 핍이 한숨을 내쉬었다. "그냥 와서 한번 보면 안 돼요?"

"엄마 지금 한창 저녁 준비 중인걸."

"엄마, 제발." 핍이 고개를 기울이며 부탁했다. "딱 2초만요."

"휴, 알겠어." 엄마는 뒷걸음질로 걸어가 칼을 옆쪽에 내려두었다. "하지만 조용히 나가는 걸로. 참견쟁이 씨가 또 득달같이 내려올 수도 있으니까."

"참견쟁이 씨가 누군데요?" 조쉬의 목소리가 현관까지 들려왔다.

"쟤한테 진짜 귀마개라도 사줘야지 원." 엄마가 밖으로 나가며 속닥였다. "그러네, 정말. 머리 없는 비둘기 저기 보이네. 우리 딸이 미리 얘기해준 덕분에 엄마가 놀라질 않았네."

"그게 다가 아니에요." 핍은 엄마의 팔을 잡아끌며 진입로로 걸어가 손가락을 가리켜 보였다. "이거요. 분필로 그려놓은 그림 말이에요. 이틀 전에도 이 그림이 있었어요. 그땐 좀 더 인도가까지 있었고요. 비가 와서 다 지워졌을 텐데도 이 그림이 또 그려져 있어요. 이번엔 위치가 좀 달라졌고요. 뛰러 나가던 길엔 분명히 그림이 없었어요."

엄마가 무릎 위에 양팔을 세우고 허리를 숙인 다음 눈을 가늘게 떴다.

"엄마도 보이죠?" 묵직하고 차디찬 의구심이 핍의 배 속을 휘젓고 있었다.

"음, 그러게." 엄마가 눈을 더 가늘게 떴다. "좀 지워진 것 같은 흰색 선이 있네."

"그러니까요." 핍이 안도하며 말했다. "엄마가 보기엔 무슨 그림 같아요?"

엄마는 한 발 더 가까이 다가가 고개를 기울이며 다른 각도로 그림을 보았다.

"글쎄, 내 차 타이어 자국 같기도 하고. 오늘 공사 중인 현장에 갔다 왔거든. 아마 주변에 먼지나 분필 같은 게 있었을 수도 있어."

"아니, 자세히 봐봐요." 핍의 목소리에 짜증이 묻어났다. 핍도 눈을 가늘게 떠보았다. 저게 어떻게 타이어 자국이냔 말이다.

"글쎄다, 정말 모르겠어. 모르타르 줄눈에서 나온 먼지 같기도 하네."

"모르…… 뭐라고요?"

"벽돌 사이사이 있는 선 말이야." 엄마가 입술을 오므려 입김을 불자 막대 인간 중 하나가 그대로 날아가버렸다. 엄마가 허리를 세우고 손으로 주름진 치마를 폈다.

핍은 다시 그림을 가리켰다. "엄마 눈엔 막대 인간 안 보여요? 막대 인간 그림 5개요. 아, 엄마 덕분에 이제 4개네요. 사람이 그린 것 같지 않아요?"

"내 눈엔 막대 인간처럼은 안 보이는데." 엄마가 고개를 젓고는 말을 이었다. "얘네는 보니까 그……."

"머리가 없다고요?" 핍이 끼어들었다. "그러니까요."

"아이고, 핍." 핍을 바라보는 엄마의 눈썹이 다시 이마 위로 치솟으며 걱정스러운 눈빛이 되었다. "그거랑은 상관없어. 그냥 정말 엄마 차 타이어 자국이거나 아니면 우체부 차에서 나온 자국일 거야." 엄마가 다시 그림을 살펴보았다. "혹시 누가 그린 거라고 한다면 아마 야들리네 집 아이들이겠지. 가운데 애가 좀 그런 경향이 있잖니." 엄마의 얼굴 표정이 바뀌었다.

엄마 말은 모두 합리적이었다. 그래, 고양이 짓인 게 뻔했다. 아니면 그냥 타이어 자국이든가, 혹은 뒤 집 애가 아무 뜻 없이 한 낙서든가. 왜 그렇게 비둘기랑 그림이랑 분명 연관성이 있다면서 호들갑을 떨어댔을까? 민망함이 온몸으로 느껴졌다. 사실 핍은 둘 다 한 사람이 한 짓이 아닐까도 생각했었다. 심지어 더 부끄러운 건, 어쩌면 둘 다 핍을 겨냥한 소행인지도 모른다고까지 생각했다는 것이다. 왜 그렇게 생각했을까? 아마도 핍은 지금 모든 것이 두려운 상태라서, 그래서 핍의 머릿속 한구석에서 반응을 한 걸 테다. 핍은 요즘 생존본능에 가까운 경계 태세였고, 혼자 있으면 위험의 압박을 느꼈으며, 언제고 귀에 총성이 들릴 정도였다. 밤은 무서워하면서 어둠은 무서워하지 않았고, 심지어는 제 손바닥 내려다보는 것마저도 겁이 났다. 그야말로 정상이 아니었다.

"괜찮니?" 엄마는 분필 그림 따위를 살피는 대신 핍의 얼굴을 살폈다. "어젯밤에 잠은 잘 잔 거야?"

거의 못 잤다. "네, 잘 잤죠." 핍이 대답했다.

"얼굴빛이 창백해. 그냥 그렇단 얘기야." 엄마의 눈썹이 더 높이 솟았다.

"저야 뭐 늘 창백하죠."

"살도 좀 빠졌고."

"엄마……."

"그냥 그렇다고. 자, 핍." 엄마가 핍의 옆구리에 팔을 넣고 팔짱을 낀 다음 집 쪽으로 핍을 이끌었다. "엄마 이제 저녁 하러 갈게. 디저트로 네가 제일 좋아하는 티라미수 만들어줄게."

"화요일인데요?"

"그런데?" 엄마가 씩 웃었다. "이제 몇 주 후면 대학으로 떠날 우리 공주님, 아직 엄마 품에 있을 때 단 거 좀 먹이는 게 뭐 어떻다고."

핍은 엄마의 팔을 꼭 잡았다. "고마워요."

"비둘기는 조금 이따가 치울 테니까 너는 걱정 말고." 엄마가 집 안에 들어와 현관문을 닫으며 말했다.

"치울 게 걱정돼서 그런 건 아니에요." 그러나 엄마는 이미 부엌으로 들어가버린 후였다. 엄마는 부엌에서 달그락대며 "거의 기계 수준으로 단단한 양파"라며 투덜대고 있었다. "비둘기 치울 게 걱정돼서 그런 게 아니라고요." 핍은 다시금 나직이 읊조렸다. 누가 거기 비둘기를 갖다뒀을까, 핍의 걱정은 그것이었다. 그리고 그런 생각을 한 스스로가 또 걱정됐다.

계단으로 올라가는데 조쉬가 계단 저 끝에서 턱을 괴고 앉아 있었다.

"무슨 비둘기?" 핍이 조쉬의 머리에 손을 얹어 고개를 그 방향으로 틀어주었다.

"아무래도 너한테 이거 정말 더 자주 빌려줘야 할 것 같다." 핍은 자기 목에 걸린 헤드폰을 톡톡 치며 중얼댔다. "네 머리에 이식해버릴까."

핍은 방으로 들어가 문을 닫고 문에 그대로 기대어 선 채 팔에 두르고 있던 휴대폰 암밴드의 벨크로를 풀었다. 암밴드는 그대로 바닥으로 나동그라졌다. 땀 때문에 상의는 피부에 끈적하게 달라붙어 있어서 상의를 벗으려니 목에 걸린 헤드폰까지 한꺼번에 벗겨졌다. 카펫 위로 땀에 젖은 운동복이 소복하게 쌓였다. 그래, 저녁 먹기 전에 샤워는 해야겠다. 그리고…… 핍은 두 번째 서랍을 쳐다보았다. 딱 한 알만 먹을까? 진정도 좀 하고 날뛰는 심장도 가라앉힐 겸, 그리고 손에 묻은 피도 닦고 머리 없는 비둘기며 막대 인간도 좀 잊어버리게 말이다. 엄마가 뭔가 이상하단 걸 눈치채기 시작했다. 저녁 식사 중에는 연기를 해야 할 테다. 아무렇지 않은 척, 예전의 핍인 척 말이다.

고양이, 그리고 타이어 자국. 다 자연스러운, 전혀 이상할 게 없는 가정이었다. 대체 핍은 뭐가 잘못된 걸까? 구태여 문젯거리를 찾아내고 싶은 사람마냥, 핍은 왜 그걸 보고 불길하다고 생각했을까? 핍은 숨을 멈췄다. 딱 한 건만 더. 제인 도우를 찾고, 그리고 핍 스스로를 되찾을 것이다. 그거면 충분하다. 그것만 끝나면 더는 이렇게 머릿속에서 헛다리 짚지 않아도 된다. 핍은 이미 계획을 세웠다. 이제 핍은 계획대로만 하면 된다.

핍은 재빨리 휴대폰을 확인했다. 라비에게서 문자가 와 있었다. '피자에 치킨너깃 올려 먹으면 이상할까?'

로저 터너에게서 이메일도 와 있었다. '핍, 이번 주중으로 언제 이야기 한번 할까요? 지금쯤 조정 협의 때 받은 제안 충분히 고민해봤을 것 같아서요. 로저 터너 드림.'

핍은 한숨을 내쉬었다. 로저에겐 미안하지만 핍의 생각은 바뀌지 않았다. 합의나 사과는 핍의 목숨이 붙어 있는 한 절대 없었다. 이걸 점잖게 말하려면 어떻게 해야 하지?

막 이메일을 열려고 하는데 그 아래 새로운 알림이 떴다. 핍의 웹사이트 메일 계정 AGGGTMpodcast@gmail.com을 통해 또 다른 메시지가 도착해 있었다. 미리보기를 보니 굳이 메시지를 열어보지 않아도 내용은 뻔했다. '네가 사라지면 누가……' 또 그 메시지였다.

핍은 익명의 이 메시지를 삭제하려고 메시지를 열었다. 어쩌면 이 메시지가 올 때마다 바로 스팸 처리되도록 차단해둘 수도 있을 터였다. 새 창이 떴다. 엄지로 쓰레기통 아이콘을 누르려는데 그때 핍의 눈에 무언가가 포착됐다.

단어 하나가 핍의 눈을 사로잡았다.

핍은 눈을 깜박였다.

전체 메시지를 읽어보았다.

'네가 사라지면 누가 널 찾지? 추신. 돌 하나로 새 두 마리를 잡는다는 것, 늘 기억하도록.'

핍의 손에 들려 있던 휴대폰이 바닥으로 떨어졌다.

8

탁, 카펫 위로 떨어진 휴대폰의 둔탁한 소리는 핍의 가슴을 겨누는 총성이었다. 다섯 번의 총성이 더 울리고 나서야 핍의 심장이 다시 뛰기 시작했다.

핍은 모든 감각이 마비된 채 그 자리에 그대로 얼어붙었다. 피부 바로 아래쪽에서 난폭한 감각이 들끓기 시작했다. 천둥처럼 울리는 총성, 뼈가 바스러지는 소리, 손가락 사이에 묻은 피가 질척이는 소리, 이어지는 핍 자신의 목소리. 단어들이 폭발하듯 연이어 터져 나왔다.

'찰리, 제발 이러지 마요. 이렇게 빌게요.'

크림색 벽지를 바른 벽은 사라지고 그을음 진 목재 기둥이 불길 속에 하나둘씩 무너지고 있었다. 이제 핍의 방 안은 버려진 농가가 되어 있었고, 연기가 핍의 폐를 메우고 있었다. 핍은 눈을 감은 채 여긴 그 농가가 아니라 내 방이라고, 여기엔 찰리도 스탠리도 없다고 마인드 컨트롤을 해보았다. 소용없었다. 혼자 힘으론 안 된다. 도움이 필요했다.

핍은 팔을 들어 얼굴 앞을 가리며 불길 속을 헤쳐 나갔다. 책상에 손을 뻗어 손가락을 더듬더듬 짚으며 오른쪽 두 번째 서랍을 찾았다. 마침내 불길이 타오르는 바닥 위로 서랍을 비스듬히 당겼다. 빨간 실이 도르르 바닥에 펼쳐지고, 종이는 팔랑, 압정은 여기저기 흩어졌다. 흰색 헤드폰 줄이 그 사이에 뒤섞여 있었다. 펩의 비밀을 숨기고 있는 가짜 서랍 바닥이 열리고 열 맞춰 나란히 들어 있던 선불폰 여섯 대가 와르르 미끄러졌다. 마지막으로 작은 투명 지퍼백이 나왔다.

펩은 떨리는 손가락으로 지퍼백을 열었다. 왜 벌써 이것밖에 안 남은 거지? 펩은 한 알을 꺼내 물 없이 삼켰다. 알약이 목을 타고 내려가며 눈물이 고였다.

지금 여긴 펩의 방이다. 그때 그 농가가 아니다. 펩은 지금 여기 있다.

이건 피가 아니라 땀이다. 자, 레깅스에 닦아보자. 땀이 맞지?

그때, 그곳이 아니다.

펩은 지금, 여기 있다.

그러나 지금 여기 있다고 해서 뭐가 더 나은가? 펩은 바닥에 널브러진 휴대폰을 쳐다보았다. '돌 하나로 새 두 마리를 잡는다는 것, 늘 기억하도록.' 진입로에 죽어 있던 비둘기 두 마리. 한 마리는 머리가 있고, 다른 한 마리는 없었다. 그럼 우연이 아니었다는 건가? 어쩌면 고양이 짓이 아니라 정말로 누군가 일부러 가져다 놓은 건지도 모른다. 집 가까이 다가오는 그 분필 그림도 마찬가지이고 말이다. 그리고 그 범인은 펩에게서 한 가지 질문에 대한 답을 듣기를 간절히 바라는 자일지도 모른다. '네가 사라지면 누가 널 찾지?' 그자는 펩이 사는 곳을 알고 있다. 스토커인가?

펩은 구태여 골치 아픈 사건을 찾아내려 했다. 그리고 그런 사건이 나타났다.

아니, 아니다. 거기까지. 핍은 또다시 있지도 않은 위험을 찾으며 앞서나가고 있었다. '돌 하나로 새 두 마리를 잡는다'는 건 아주 평범한 속담에 지나지 않는다. 익명의 상대에게서 그 질문을 받은 게 하루 이틀 일도 아니었고, 아직까지 핍의 신상엔 아무 일도 일어나지 않았다. 핍은 여기 있었다. 사라지지 않았다.

핍은 기어가 바닥을 향해 떨어져 있던 휴대폰을 집어 들어 얼굴 인식으로 잠금을 풀었다. 화면을 넘겨 이메일을 연 다음 검색창을 클릭해 '네가 사라지면 누가 널 찾지?'와 '익명'을 검색했다.

이메일은 총 열한 개, 방금 받은 것까지 합하면 총 열두 개였다. 발신 주소는 다 달랐지만 내용은 모두 같았다. 핍은 스크롤을 올려보았다. 처음으로 이메일이 온 게 5월 11일이었고, 처음에는 띄엄띄엄 메일 간격이 길다가 점점 보내는 간격이 줄어 가장 최근 이메일 두 개는 4일 간격으로 와 있었다.

5월 11일이라고? 핍은 고개를 저었다. 아닌데. 핍은 그 전에 그 메시지를 받은 기억이 났다. 제이미 실종 이후 핍이 한창 제이미를 찾던 시기쯤이었다. 그 메시지가 기억에 남아 있는 것도 그래서였다.

아, 잠깐만. 혹시 트위터였을 수도 있겠다. 핍은 파란색 아이콘을 눌러 앱을 열고 추가 검색 옵션을 열었다. 핍은 아까와 똑같은 질문을 검색창에 넣고 고급 검색에서 '다음 문구 그대로 포함'을 선택, 팟캐스트 계정을 '다음 계정으로 보냄'으로 설정한 다음 '검색' 버튼을 눌렀다.

동그란 원이 로딩 중을 알리다가 잠시 후 결과 페이지가 나타났다. 핍의 계정으로 똑같은 질문을 담은 트위터 메시지가 열다섯 개 와 있었다. 가장 최근 메시지는 7분 전에 왔었고, 이메일에서처럼 똑같이 추신이 덧붙여 있었다. 그리고 페이지 하단에 가장 먼저 받은 메시지가 보였다. '네가 사라지면 누가 널 찾지?' 4월 29일 일요일, '여고생 핍의 사건 파일: 제이미 레이놀즈 실종 사건' 시즌 2 공개한다고 핍이 남긴 트윗에 답글로 온 메시지였다. 이거다. 이게 시작이었다. 넉 달도 더 넘었다.

이제는 까마득한 옛날처럼 느껴졌다. 제이미가 실종된 건 겨우 하루였다. 스탠리 포브스는 아직 총상 따윈 없이 멀쩡히 살아 돌아다니고 있었다. 마침 그날 핍은 스탠리와 이야기를 나누었었다. 찰리 그린은 그냥 새로 이사 온 이웃일 뿐이었다. 핍의 손엔 피가 묻지도 않았고, 늘 머리만 대면 바로 잠이 든다고는 못 해도 불면증까지는 없었다. 맥스는 당시 재판 중이었고, 그동안 저지른 짓에 대해 맥스가 분명 정의의 단죄를 받을 것이라고 핍은 가슴 깊숙이 믿어 의심치 않았다. 화창한 4월의 어느 아침이 그 시작이었다. 핍을 지금에 이르게 만든 그 모든 일들이 바로 그날 시작되었다. 핍은 길이 있는 것을 보고 걸음을 내디뎠지만, 첫걸음 이후 복잡하게 얽히고설킨 그 길은 결국 핍의 예상을 완전히 빗나갔다. 혹시 그날 또 다른 무언가가 시작되었던 걸까? 지난 넉 달간 또 다른 무언가가 움트고 있다가 이제야 고개를 드는 걸까?

'네가 사라지면 누가 널 찾지?'

핍은 자리에서 일어섰다. 이제 버려진 농가는 머릿속 저편에 넣어두고 제 방으로 돌아왔다. 핍은 침대에 걸터앉았다. 익명의 누군가가 보낸 메시지, 분필 그림, 죽은 새 두 마리. 이것들이 모두 서로 관련이 있다는 게 가능한 일일까? 혹시 핍을 겨냥한 것일 가능성이 있을까? 그럴 가능성이야 희박하겠지만, 그래도 혹시 다른 찜찜한 일이 있었던가? 언뜻 이상하다 싶었지만 더 깊이 생각해보진 않은, 뭐 그런 것?

아…… 몇 주 전 그 편지. 아니, 편지도 아니다. 그냥 봉투 앞면에 투박하게 검정색으로 '피파 피츠-아모비'라고 적힌 게 다였다. 주소도 안 적혀 있고 우표도 없어 누가 직접 와서 현관문 안으로 밀어 넣고 갔나 보다, 생각했던 기억이 났다. 그러나 정작 봉투를 여니 그 안엔 아무것도 없었다. (그 와중에 아빠는 옆에서 "라비가 아주 고전적 수법으로 누드 사진이라도 넣어 보냈나?"라며 농담을 했다.) 정말 그냥 텅 빈 봉투였다. 핍은 봉투를 분리수거함에 넣고 그대로 그냥 잊어버렸다. 머지않아 핍의 이름이 적힌 또 다른 편지가 도착한 탓이었다. 맥스 헤이스팅스와 그의 변호사에게서 온 요구 서한이었다. 혹시 그 봉투뿐이었던 편지가 이것과 상관이 있을까?

이제 와 생각해보니 어쩌면 그 전부터 찜찜한 일이 있었던 것 같기도 하다. 스탠리 포브스의 장례식날이었다. 식이 끝나고 핍이 차로 돌아와 보니 사이드미러에 작은 장미 꽃다발이 끼어 있었다. 그런데 꽃잎은 전부 자갈길 위에 떨어져 있고 다발엔 줄기와 가시뿐이었다. 당시는 장례식장에 모였다가 경찰 출동 후에야 겨우 해산한 시위대 중 누군가가 한 짓이겠거니 생각했다. 그날 시위에 동참했던 앤트의 아빠나 메리 사이디, 아니면 레슬리 등등. 그러나 어쩌면 시위대 짓이 아니었을지도 모른다. 어쩌면 애초에 핍을 위해 준비된 선물이었는지도 모른다. 핍이 사라지면 과연 핍을 찾아 나설 사람이 있을지 무척이나 궁금한 익명의 누군가로부터 말이다.

그렇다면, 그러니까 이 일련의 사건들이 서로 연관되어 있다면, 그렇다면 사건의 시작은 벌써 몇 주 이상을 거슬러 올라가는 셈이다. 아니, 몇 달이 된 일인지도 모른다. 그런데 핍은 깨닫지도 못하고 있었다. 하지만 깨닫지 못한 데에는 이유가 있었을지도 모른다. 어쩌면 그 두 번째 죽은 비둘기 이후로 핍은 이제 모든 것을 지나치게 의심의 눈초리로 들여다보고 있는 건지도 모른다. 핍은 저 자신을 믿지 않았다. 자신이 느끼는 공포심도 믿지 않았다.

딱 하나 확실한 건 있었다. 이게 전부 같은 사람 짓이라면, 그러니까 만에 하나 줄기뿐인 꽃다발부터 죽은 비둘기까지 전부 한 사람 짓이라면, 분명 그자의 행동은 점점 대담해지고 있었다. 메시지의 수준이나 횟수 모두. 어떻게든 추적할 필요가 있었다. 모든 데이터 포인트를 수집하여 연관성을 분석하고 정말 핍에게 스토커가 있는지, 혹은 핍이 이제 정말 미쳐가고 있는 건지 확인해야 했다. 스프레드시트가 필요했다. 한쪽 입꼬리만 씰룩 올라간 라비의 얼굴이 떠올랐다. 그러나 스프레드시트가 있으면 모든 것을 한눈에 깔끔하게 파악할 수 있을 것이다. 이게 과연 실재하는 위험인지 아니면 핍의 머릿속 어둠의 공간 속에서만 존재하는 가상의 위험인지 판단할 수 있을 것이다. 그리고 위험이 정말로 실재하는 거라면, 그렇다면 그 위험은 어디로 향하고 있는지, 그 결말은 무엇인지도.

펍은 서랍 내용물을 바닥에 그대로 펼쳐둔 채 겅중 넘어가 책상에 앉았다. 치우는 건 나중 일이었다. 펍은 노트북을 열고 구글 크롬 브라우저를 더블클릭해 빈 탭을 연 다음 검색창에 '스토커'라고 입력해서 나온 검색 결과 페이지를 스크롤했다. 스토커 신고 장려 정부 웹사이트, 위키피디아 페이지도 있었고 스토커를 유형별로 정리한 사이트, 스토커의 심리를 분석한 사이트, 심리학 사이트, 스토커 범죄 통계 등등이 있었다. 펍은 첫 번째 페이지를 클릭해 내용을 자세히 읽으며 노트를 새 페이지로 넘겼다.

펍은 '네가 사라지면 누가 널 찾지?'라고 적었다. 그리고 밑줄을 세 번 그었다. 불길한 이 질문에 조용히 분노가 일었다. 가끔 펍도 사라지는 걸 생각해보았다. 자신의 역할과 책임을 모두 뒤로한 채 도망가버리는 상상을 해보았다. 혹은 머릿속에서 사라진다는 것 역시 생각해보았다. 그냥 아무런 생각도 없이 조용히, 자유롭게 부유할 수 있는 그런 상태 말이다. 하지만 그 '사라진다'는 말이 대체 무얼 뜻하는 거지? '사라진다'는 게 무슨 뜻인지부터 확실히 정리할 필요가 있었다.

가끔 사람들은 사라졌다 돌아오곤 했다. 제이미 레이놀즈가 그랬고, 엘리엇 워드가 다른 사람으로 착각해 5년간 가두어 두었던 아일라 조던도 그랬다. 이들의 실종은 취소됐다. 그러나 펍의 생각은 다시 이 모든 일의 처음 출발점으로, 앤디 벨과 샐 싱으로 되돌아갔다. 그리고 '마게이트의 괴물' 스코트 브런즈윅의 희생자들로, 제인 도우로, 펍이 한창 빠져 있던 각종 트루 크라임 팟캐스트와 다큐로 꼬리에 꼬리를 물며 이어졌다.

그리고 대부분의 경우 '사라진다'는 곧 죽음을 뜻했다.

"펍, 저녁 먹자!"

"네, 가요!"

파일명:

 스토커(예상) 일지.xlsx

날짜	메시지간 공백일	유형	사건	심각성 정도 (1-10)
2018-04-29	n/a	온라인	트위터: '네가 사라지면 누가 널 찾지?'	1
2018-05-11	12	온라인	이메일 & 트위터(동일 질문)	2
2018-05-20	9	오프라인	차 위의 죽은 꽃	4
2018-06-04	15	온라인	이메일 & 트위터(동일 질문)	2
2018-06-15	11	온라인	이메일 & 트위터(동일 질문)	2
2018-06-25	10	온라인	트위터(동일 질문)	1
2018-07-06	11	온라인	이메일 & 트위터(동일 질문)	2
2018-07-15	9	온라인	트위터(동일 질문)	1
2018-07-22	7	온라인	트위터(동일 질문)	1
2018-07-29	7	온라인	이메일 & 트위터(동일 질문)	2
2018-08-02	4	오프라인	문틈으로 집어넣은 봉투. 수신자는 내 이름, 내용물은 없음.	4
2018-08-07	5	온라인	이메일 & 트위터(동일 질문)	2
2018-08-12	5	온라인	이메일 & 트위터(동일 질문)	2
2018-08-17	5	온라인	이메일(동일 질문)	1
2018-08-22	5	온라인	이메일 & 트위터(동일 질문)	2
2018-08-27	5	오프라인	진입로에 죽은 비둘기(머리 있음)	7
2018-08-27	0	온라인	이메일 & 트위터(동일 질문)	3
2018-08-31	4	온라인	이메일 & 트위터(동일 질문)	2
2018-09-02	2	오프라인	진입로 끝에 분필 그림 5개(머리 없는 사람?)	5
2018-09-04	2	오프라인	진입로 좀 더 안쪽으로 들어와 집 가까이에 분필 그림 5개	6
2018-09-04	0	오프라인	진입로에 죽은 비둘기(머리 없음)	8
2018-09-04	0	온라인	이메일 & 트위터(동일 질문). 추신 붙음. '돌 하나로 새 두 마리를 잡는다는 것, 늘 기억하도록.'	5

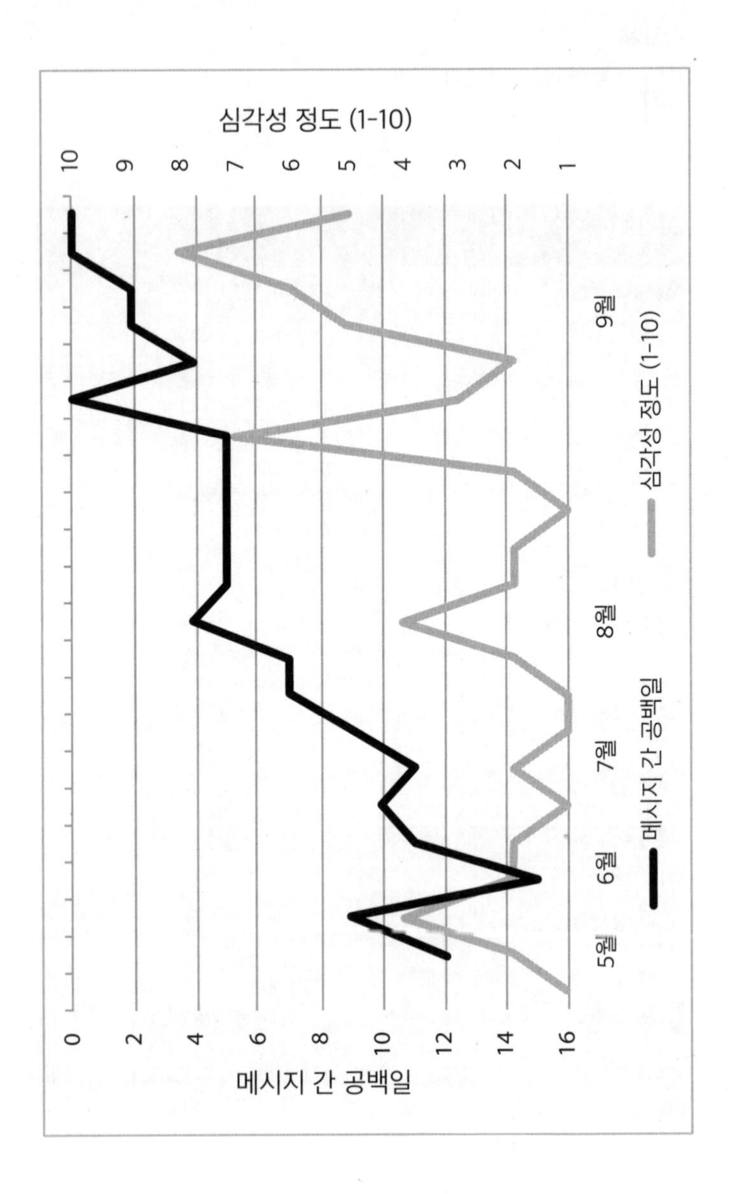

심각성 정도 (1-10)
메시지 간 공백일
5월
6월
7월
8월
9월
메시지 간 공백일
심각성 정도 (1-10)

9

신발 바닥에 뭔가가 붙어 있다. 발을 디딜 때마다 바닥에 발이 끈적하게 들러붙어 원래의 달리기 리듬을 해치고 있었다.

핍은 조깅 수준으로 서서히 속도를 늦추어 걷다가 이윽고 걸음을 멈추고 서서 소매로 이마를 닦았다. 다리를 들고 운동화 바닥을 살펴보니 발꿈치 부분 중앙에 구깃구깃한 박스 테이프 조각이 붙어 있었다. 은색이던 테이프에는 진흙이 묻어 이제 지저분한 회색이 돼 있었다. 아마도 오늘 뛰다가 어디서 테이프 조각을 밟은 게 여기까지 붙어온 모양이었다.

핍은 손끝으로 더러워진 테이프 조각을 잡고 어두운색 밑창에 붙은 끈적한 조각을 떼어냈다. 테이프는 떨어졌지만 속도를 다시 올리려니 아직 흰색 끈끈이가 밑창에 남아 방해가 되었다.

"가지가지 하네." 핍은 나직이 짜증을 내뱉으며 다시 숨 고르기를 해보았다. '인: 하나, 둘, 셋. 아웃: 하나, 둘, 셋.'

오늘 밤 러닝은 평소보다 멀리 롯지우드를 돌아가는 길을 택했다. 긴 코스를 빠르게 뛴다. 지칠 때까지 그렇게 뛰고 나면 약 없이도 잠이 들 수 있을지 모른다고 생각하면서. 물론 계획대로 된 적은 한 번도 없었다. 이전에도 없었고 앞으로도 없을 테지. 이제는 지키지 못할 거짓말인 걸 핍도 너무 잘 알았다. 지난 이틀 밤은 요 근래 중에서도 최악이었다. 누군가 핍을 지켜보고 있다는 생각, 그 의심 때문에 잠을 이룰 수가 없었다. 핍이 사라지는 그날을 기다리며 카운트다운 중인 누군가가 있을지도 모른다는 생각 때문에 말이다. 그만, 그 생각은 말자. 핍은 그런 잡념에서 벗어나고자 뛰러 나왔다. 핍은 더욱 속도를 올렸고 그 속도 그대로 모퉁이를 돈 탓에 하마터면 넘어질 뻔했다.

그리고 여기서 결국 마주치고야 말았다.

길 저편이었다. 한 손에 들린 파란색 물병이 보였다.

맥스 헤이스팅스였다.

핍이 그를 발견했듯 맥스도 핍을 발견했다. 길 하나를 사이에 둔 채 서로 반대 방향으로 뛰어가며 거리를 좁히던 두 사람의 시선이 서로 마주쳤다.

맥스가 속도를 늦추더니 머리카락을 뒤로 쓸어 넘겼다. 왜 속도를 늦추는 거지? 피할 수 없이 서로 마주치는 이 순간을 빨리 넘기고 싶은 건 맥스도 마찬가지 아닌가? 핍은 다리를 더욱 세차게 밀었고 발목에선 통증이 느껴졌다. 엇박자의 뜀박질 소리는 어느샌가 낯선 거리를 가득 메우는 혼돈의 타악기 소리로 변해 있었다. 나무 사이로는 날카롭게 울부짖는 바람 소리가 들려왔다. 아니, 그건 핍의 머릿속에서 나는 소리인가?

가슴이 점점 답답해졌다. 심장은 이제 목 밑까지 차올랐고 분노가 핍의 머리를 서서히 붉게 물들였다. 맥스가 점차 가까이 다가오고 있었다. 이제는 핍의 시야조차 붉어져 있었다. 눈앞의 상황은 더욱 빠르게 전개되었다. 갑자기 뭐에 씌기라도 한 것처럼, 무언가가 핍의 손을 잡고 핍을 길 건너편으로 인도한다. 핍은 이제 더는 무섭지 않다. 핍은 지금 분노 그 자체였다. 시뻘건 분노의 결정체였다. 이건 옳은 일이다. 마땅한 일이다.

여섯 걸음 만에 핍은 길 건너편 맥스에게 다다랐다. 맥스가 걸음을 멈추고 핍을 쳐다본다. 맥스와의 거리는 이제 불과 30센티미터 정도에 지나지 않는다.

"너 지금 뭐 하는……." 핍은 맥스에게 말을 끝낼 기회를 주지 않는다.

핍은 한 발 더 앞으로 나아가 팔꿈치로 맥스의 얼굴을 가격한다. 무언가 부서지는 소리가 들린다. 이번엔 스탠리의 갈비뼈가 아니라 맥스의 코뼈가 부러지는 소리다. 소리는 똑같았다. 맥스가 비뚤어진 코를 양손으로 감싼 채 허리를 숙이며 비명을 지른다. 그러나 핍은 아직 끝나지 않았다. 핍은 다시 맥스의 손을 치우고 그의 날카로운 광대뼈를 향해 주먹을 날린다. 맥스의 피가 핍의 손등뼈 사이 골을 지나 손바닥까지 흘러내린다. 핍의 손은 다시 피로 흥건하다.

아직도 핍은 끝나지 않았다. 달려오는 트럭이 보인다. 이렇게 좁은 시골길은 트럭이 다닐 수 있는 길이 아니었지만, 그래도 여기 트럭이 달려온다. 지금이 기회다. 핍은 맥스를, 땀으로 얼룩진 그의 상의를 움켜쥐고 손을 비튼다. 그리고 트럭이 지나가는 바로 그 순간 맥스의 눈은 공포에 어려 커다래진다. 이제는 명백했다. 핍의 승리였다. 화물차가 경적을 울려대지만 맥스에겐 기회가 없다. 핍은 커다란 화물트럭이 달려오는 길 위에 맥스를 내던지고, 맥스는 그대로 터져버린다. 붉은 피를 뒤집어쓴 채 핍은 거기 그대로 미소 짓고 서 있다.

차가 지나가는 소리에 핍도 깨어났다. 붉게 물들었던 시야는 다시 정상으로 돌아왔고 핍도 정신이 들었다. 지금 이곳으로, 러닝 중이던 현실로 돌아왔다. 맥스는 저쪽 길 건너편에, 핍은 여기 그대로였다. 핍은 시선을 떨구고 눈을 깜박이며 머릿속 자신의 난폭한 상상을 떨쳐내려 애써보았다. 핍이 정말 두려워해야 할 게 있다면 그건 핍의 폭력적 상상이었다.

핍은 맥스 쪽을 쳐다보았다. 맥스는 다시 속도를 높였고 옆에 들린 물병도 함께 움직였다. 그 순간이 다가오고 있었다. 두 사람이 서로를 지나쳐 같은 지점을 지나치는 그 순간. 그리고 그 짧은 순간의 수렴은 다시 양방향으로 갈라졌다. 두 사람은 서로에게 등을 보이며 각자의 방향으로 계속 달려갔다.

길 끝에 다다라 핍은 어깨 너머로 뒤를 돌아보았다. 맥스는 이미 가버리고 없었고, 자신의 발걸음을 유령처럼 따라오는 그의 발걸음이 사라지자 핍은 조금 더 편하게 숨을 쉴 수 있었다.

상태가 점점 악화되고 있었다. 이제 핍은 스스로를 마치 별개의 존재처럼 분리해 인식할 수 있었다. 공황발작, 진정제, 온 세상에 불을 지를 수도 있을 것 같은 뜨거운 분노. 일상으로 돌아가고픈 마음은 정말 간절했지만, 되레 핍은 그 일상과 점점 멀어지고 있었다. 라비에게서, 가족들로부터, 또 친구들로부터 멀어져갔다. 그러나 괜찮다. 핍은 이미 일상으로 되돌아갈 방법을 알고 있다. 모든 것을 바로잡을 방법을 알고 있다. 핍은 제인 도우를 찾아내고, 본래의 자신도 되찾을 것이다.

그러나 어쩌면 새로운 장벽을 만났는지도 모른다. 핍은 마틴 센드웨이 저쪽 끝에서 돌아서서 부서진 가로등을 지나며 깨달았다. 핍은 주로 이 지점에서부터 속도를 늦추며 집까지 천천히 걸어가곤 했다. 핍에게 정말 스토커가 있다면 그게 누구든, 또 핍에게 원하는 것이 무엇이든 — 그러니까 그냥 핍을 겁주는 게 목적이든 아니면 정말로 핍이 사라지길 원하든 — 이제 이 스토커도 핍의 계획을 방해하고 나섰다. 아니, 어쩌면 핍 자신이야말로 계획에 방해가 되고 있는지도 모른다. 크리스토퍼 엡스가 뭐라고 했더라? 자멸의 나락이랬나? 어쩌면 애초에 스토커란 없었는지도 모른다. 어쩌면 애초에 존재했던 건 핍, 그리고 자신의 머릿속 깊숙한 곳 어둠 속에서 넘쳐흐르는 폭력뿐이었는지도 모른다. 핍의 눈에 위험이 보이는 건 핍이 그것을 구태여 찾아 나서고 있기 때문인지도 모른다.

핍은 이제 막 야들리네를 지나 그 옆 윌리엄스네 집 앞을 향해 걸어갔다. 여전히 저 자신과는 거리를 둔 채였다. 무언가 흐릿한 형체가 곁눈으로 시야에 들어왔다. 교차하는 흰 선, 커다란 분필 자국. 핍은 뒷걸음질로 되돌아갔다. 핍이 방금 그 위를 걸어간 탓에 비록 조금 번지긴 했지만 인도를 가득 메울 만큼 큰 글씨가 분필로 쓰여 있었다.

데드 걸 워킹

핍은 재빨리 주변을 둘러보았다. 길가에는 핍 혼자였고, 저녁 먹을 시간이라 이웃집은 모두 조용했다. 핍은 다시 돌아가 발밑의 글씨를 살펴보았다. '데드 걸 워킹'. 곧 죽을 운명인 여자가 걸어간다? 핍은 방금 막 이 글씨를 '걸어서' 지나쳤다. 혹시 핍을 겨냥한 메시지인가? 핍의 집 앞 진입로는 아니어도 핍이 평소 자주 뛰는 코스이긴 했다. 직감적으로 알 수 있었다. 이건 핍을 겨냥한 메시지였다. 확실했다.

핍이 바로 그 '데드 걸'이었다.

아니, 바보 같은 생각 말자. 여기가 핍의 집 앞 진입로도 아니고, 이건 공유지인 거리에 있는 낙서다. 누가 한 짓이든, 아무나를 겨냥했다 해도 이상할 게 없었다. 그리고 핍이 직감에 귀를 기울여야 할 이유는 또 뭐람? 직감을 따른 결과가 결국 손에 피를 묻히고 심장엔 총이 자리하는 것인데 말이다. 있지도 않은 위험을 의식하는 건데 말이다. 그러나 또 마음 한편에선 무시해선 안 될 것 같다는 생각도 들었다. 마치 스탠리와 찰리의 경우처럼, 핍의 생각은 다시 두 갈래로 갈렸다. 스토커의 존재와 핍이 만들어낸 가상의 위험 사이에서 망설였다. 핍은 암밴드 스트랩에서 간신히 휴대폰을 꺼냈다. 허리를 세우고 글씨 사진을 찍었다. 프레임 아래쪽에는 핍의 은색 운동화 코 부분이 함께 나오게 했다. 만약을 대비한 증거 사진이었다. 며칠 전 막대 인간 그림은 사진으로 남기지 못했다. 샤워를 하고 나와봤더니 아빠 차가 밟고 지나가는 바람에 그림은 이미 지워져 있었다. 그러나 이젠 사진이 있었다. 스프레드시트에 추가 데이터를 입력할 수 있다. 그냥 만약을 대비하는 것뿐이다. 데이터는 깔끔하고 객관적이다. 그리고 이게 정말로 핍을 겨냥한 메시지라면, 이 메시지의 심각성 정도는 8이나 9쯤으로 꽤 높게 매겨야 할 테다. 직접적인 협박으로 볼 수도 있었다.

이렇게 대비하고 나니 핍은 실재하는지 아닌지도 모를 이 신원미상의 존재를 좀 알 것 같은 느낌, 보다 가까워진 느낌이 들었다. 둘 사이에 이제 한 가지만큼은 의견이 일치했다. '사라진다'는 건 죽음을 의미했다. 최소한 그건 확실해졌다.

저 앞에 차 한 대가 핍의 집 진입로로 들어서고 있었다. 핍의 또 다른 동력, 라비였다. 핍은 걸음을 서둘렀다. 분필 메시지를 밟고 한 발 한 발 집 쪽으로 걸음을 옮길 때마다 핍은 영락없이 그 메시지의 의도대로 걸어가는 꼴이 되어버렸다. 하지만 속도를 높인다면 메시지완 달리 뛰는 게 될 테다.

"아, 여기 오시는군!" 막 진입로로 들어서며 헤드폰을 벗어 목에 거는 핍을 발견하고 라비가 말했다. "드디어 우리 운동광 여자친구가 납셨습니다!" 차에서 내린 라비는 씩 웃으며 알통 자랑하듯 팔을 든 채 핍이 가까이 다가올 때까지 "운동광! 운동광!" 하고 외쳐댔다. "괜찮아?" 라비가 핍의 허리에 손을 두르며 물었다. "달리기는 어땠어?"

"음, 그게…… 또 맥스 헤이스팅스랑 마주쳤어. 그러니까 대답은 '아니오'네요."

라비가 이를 악물었다. "또? 그놈이 아직도 숨을 쉬고 돌아다니나 봐." 라비는 분위기가 무거워지지 않도록 애를 썼다.

"그럴 날도 얼마 안 남은 걸로." 핍은 어깨를 으쓱해 보였다. 핍은 라비에게 머릿속을 들킬까 봐, 핍의 머릿속을 뒤집어놓고 있는 그 모든 난폭함을 들킬까 봐 두려웠다. 그러나 라비라면 핍의 머릿속을 들여다보고도 남을 것이다. 라비야말로 핍을 가장 잘 아는 사람이었으니까. 그리고 라비가 이런 핍을 사랑하는 거라면, 그럼 그건 핍이 꼭 나쁘기만 한 사람은 아니라는, 그런 뜻이겠지?

"핍, 괜찮아?" 라비가 물었다. 아아, 안 돼. 라비가 눈치를 채버렸다. 아니지, 그건 좋은 일이다. 라비는 핍에게 소중한 존재였다. 라비에겐 비밀이 있어선 안 된다. 다만 가장 부끄러운 비밀, 책상 두 번째 서랍 속 그 비밀만큼은 예외였다.

"음, 평소 코스대로 뛰고 돌아오는 길에 이 길 저기서 이런 걸 발견했어." 핍이 휴대폰을 열어 라비에게 사진을 보여주었다. "누가 인도 위에다 분필로 이렇게 써놨더라고."

"'데드 걸 워킹'이라." 라비가 사진 속 메시지를 낮은 소리로 읽었다. 다른 사람 목소리로 그 메시지를 들으니 왠지 의미가 바뀌는 것 같았다. 상황을 보는 관점이 달라졌다. 이제 이건 핍 머릿속에만 존재하는 가상의 위험이 아니라 실재하는 위험이란 증거랄까. "이게 너한테 보내는 메시지라고 생각하는 거야? 비둘기랑 관련이 있는?" 라비가 물었다.

"평소에 러닝 끝내고 딱 집까지 숨 고르기를 하며 걸어오기 시작하는 그 지점 바로 지나서 이게 있었단 말이야." 핍이 대답했다. "지금까지 날 지켜봤으면 그걸 모를 수가 없어."

누가 왜 굳이 핍을 계속 지켜본단 말인가? 막상 입 밖으로 꺼내니 더욱 황당한 소리 같았다.

라비가 고개를 저었다. "음, 이건 정말 좀 아닌 것 같다."

"괜찮아, 미안. 아마 나랑은 상관없는 일일 거야. 그냥 내가 또 넘겨짚었어." 핍이 말했다.

"아니, 아니야." 라비의 목소리가 진지해졌다. "좋아, 정말 널 따라다니는 스토커가 있는지 없는지는 아직 확실치 않지만, 그래도 이걸 보니 의심은 돼. 정말로. 그리고 네가 싫다고 할 건

뻔히 알지만 그래도 경찰에 얘기해야 할 것 같아."

"겨…… 아니, 경찰이 뭘 할 수 있는데? 아무것도 못 하잖아. 어디 하루 이틀 일인가." 핍은 다시 분노가 솟구치는 것이 느껴졌다. 아니, 라비 앞에선 안 된다. 참아야 한다. 핍은 심호흡을 하며 분노를 삼켰다. "게다가 나조차도 지금 확신이 안 서는데."

"이게 지금 너한테 이메일 보내는 사람이랑 같은 사람 짓이면, 분필 그림이랑 비둘기랑 다 같은 사람이면, 그럼 이건 협박이지." 라비의 눈이 커다래졌다. 라비의 눈이 저 정도로 커진다는 건 정말 진지하다는 뜻이었다. "위험할지도 몰라." 라비가 잠시 말을 멈췄다. "맥스일 수도 있고." 다시 정적. "아니면 찰리 그린이거나."

찰리는 아니다. 찰리일 리는 없었다. 그러나 맥스는 핍도 의심해보았다. 처음 메시지를 딱 봤을 때 머릿속을 번뜩 스쳐 지나간 건 맥스의 얼굴이었다. 핍의 러닝 코스를 그렇게 잘 아는 사람이 맥스 말고 또 있나? 그리고 핍이 맥스를 증오하는 만큼 맥스도 핍을 싫어한다면, 그렇다면…….

"그러니까." 핍이 대답했다. "하지만 이 메시지랑 다른 것들이 전혀 관련이 없을 수도 있고, 설사 있다 한들 그냥 날 괴롭히는 게 목적이겠지." 핍의 직감은 그렇지 않다고 얘기하고 있었지만, 일단 입으로는 그렇게 말했다. 다시 라비의 미소를 보고 싶어서, 저 걱정스러운 눈빛을 사라지게 하고 싶어서 말이다. 그리고 경찰서엔 다시는 돌아가고 싶지 않았다. 정말 그것만은 피하고 싶었다.

"그게 꼭 그렇진 않을 수도 있을 것 같아." 라비가 말했다.

"왜?"

"그 죽은 새들을 어디서 그냥 찾아온 건지 아니면…… 직접 죽였는지에 따라 다르겠지. 그 둘 사이엔 꽤나 큰 차이가 있으니까."

"그렇지." 핍이 숨을 길게 내쉬었다. 핍은 혹시나 조쉬가 들을까 하는 걱정에 라비가 목소리를 좀 낮추었으면 했다. 이제 핍은 라비와 자신의 직감이 같은 쪽을 취하고 있다는 느낌을 받기 시작했다. 핍은 차라리 자신이 틀리길 바랐다. 차라리 다른 가능성이 맞는 것이길, 또 굳이 위험을 찾아다니는 핍의 뇌가 있지도 않은 패턴을 찾아내는 것이길 바랐다. 왜냐면 이런 상태가 오래가진 않을 테니까. 핍은 제인 도우를 찾아내고, 핍 자신도 되찾을 테니까.

"지금 모험은 안 돼." 라비가 엄지로 핍의 쇄골뼈를 부드럽게 쓰다듬었다. "2주 후면 넌 대학에 갈 거고, 그럼 이것도 그대로 시들해질 거야. 하지만 이게 후자의 경우라면, 이 사람이 위험한 존재라면, 그럼 이건 너 혼자 처리할 수 있는 그런 문제가 아냐. 신고해야지. 당장 내일이라도."

"하지만 난 못……."

"넌 피파 피츠-아모비인걸." 라비가 씩 웃으며 핍의 눈가에 나풀대는 머리칼을 쓸어 넘겨주었다. "네가 못 하는 일은 없어. 아무렴, 그게 꾹 참고 호킨스 경위를 찾아가 도움을 청하는 일이라고 할지라도 말이지."

핍은 괴로운 듯 고개를 떨구고 고개를 흔들었다.

"바로 그 정신이야." 라비가 핍의 등을 토닥였다. "좋았어. 그럼 이제 그 분필 메시지 좀 보여줄래? 한번 보고 싶어."

"알았어."

핍은 돌아서서 다시 왔던 길로 라비를 이끌었다. 라비가 핍의 손을 잡았고, 라비의 손가락은 핍의 손등뼈 움푹한 곳에 안착했다. 턱 보조개 소년과 죽음을 앞둔 소녀는 서로 손을 꼭 붙잡고 걸어갔다.

파일명:

데드 걸 워킹 사진.jpg

10

핍은 이곳이 끔찍이도 싫었다. 입구에 들어서자 안쪽으로 파란 벽의 대기실이 보였다. 그 파란 벽을 보는 순간 핍은 자신을 동여매고 있던 끈이 탁 풀어지면서 붙어 있던 살들이 와르르 쏟아져 내리는 느낌이었다. 제발 이곳을 나가달라고 온몸으로 애원하고 있었다. 돌아가. 핍의 머릿속 목소리도 그렇게 말했다. 이곳은 아주 지독하고 끔찍한 곳이었다. 여기 오는 게 아니었다.

그러나 핍은 라비에게 약속을 했고, 핍에게 약속이란 여전히 중요했다. 특히나 라비와의 약속은 더더욱 중요했다.

그래서 핍은 이곳 아머샴 경찰서에 와 있었다. 바람에 날려온 먼지가 내려앉은 템스밸리 경찰서 간판이 핍을 맞이했다. 그때 자동문이 번쩍 열리며 핍을 통째로 삼켰다.

핍은 안내 창구를 향해 나란히 열 맞춰 늘어서 있는 철제 의자들을 지나 걸어갔다. 남자 한 명, 여자 한 명이 벽을 등지고 앉아 마치 이곳이 바다 한복판이라도 되는 듯 좌우로 몸을 흔들거리고 있었다. 지금은 아침 11시, 딱 봐도 술이 덜 깬 게 분명했다. 핍도 경찰서에 올 용기를 내느라 자낙스를 한 알 먹고 나왔으니, 딱히 누굴 비난할 처지는 아니었다.

핍은 안내 창구로 걸어갔다. 술이 덜 깬 남자가 거의 다정한 목소리에 가까운 톤으로 속닥였다. "꺼져." 곧 여자가 혀 꼬인 발음으로 똑같이 대꾸했다. 핍에게 하는 말이 아니라 자기들끼리 하는 소리였다. 물론 핍에게 하는 말일 가능성도 없진 않았다. 이 건물 안에선 모든 기억이 공격적이고 끔찍했다. 깜박이는 저 눈부시게 환한 불빛부터 핍이 발을 디딜 때마다 요란한 비명을 질러대는 반질반질한 바닥까지, 모두 다시는 보고 싶지 않은 것들이었다. 지난번 이곳에 왔을 때도 꼭 이런 소리가 났었다. 몇 달 전 핍은 호킨스 경위를 찾아와 제이미 레이놀즈가 사라졌다고, 제발 제이미를 찾아달라고 애원했었다. 그때 그가 핍의 요청을 받아들였다면 지금쯤 상황은 전혀 달라져 있었겠지.

막 안내 창구에 다다른 순간 유치장 관리관인 일라이자가 옆에 붙은 사무실에서 나오며 날카롭게 소리쳤다. "어이, 거기 둘!" 그때 일라이자가 핍을 발견하고 화들짝 놀랐다. 그럴 만도 했다. 지금 핍의 꼴이 말이 아닐 테니 말이다. 일라이자가 희끗희끗한 머리를 매만지며 동정 어린 미소를 지어 보였다. "어머, 핍이구나. 미처 못 알아봤네."

"죄송해요." 핍이 조용히 말했다. 그러나 일라이자는 분명 핍을 봤다. 그리고 이제 핍도 일라이자가 보였다. 지금 이곳, 저기 저 술 덜 깬 남녀 둘이 앉은 안내 창구 말고 그날 밤 경찰서 안쪽 저편에 있던 그 일라이자가 보였다. 일라이자는 딱 지금 저 표정으로 핍이 피에 흠뻑 젖은 옷을 벗는 것을 도와주었었다. 장갑 낀 손으로 옷가지들을 투명한 증거물용 봉투에 넣었었다. 핍의 상의. 다음으로 핍의 속옷. 스탠리의 죽음이 핍의 온몸에 붉게 스며들어 있었고 핍은 이 여자 앞에 그렇게 맨몸으로, 오들오들 떨며 서 있었다. 영원히 핍을 따라다닐 그 순간이 일라이자의 미소 띤 입가에 망령처럼 걸려 있었다.

"핍?" 일라이자가 눈을 가늘게 떴다. "오늘은 무슨 일로?"

"아." 핍이 목을 가다듬었다. "혹시 지금 자리에 계세요?"

일라이자가 숨을 길게 내쉬었다. 아니, 한숨이었나? "응, 지금 계셔." 일라이자가 대답했다. "왔다고 말씀드릴게. 앉아서 기다리렴." 일라이자는 철제 의자 맨 앞줄을 가리킨 후 안쪽 사무실로 사라졌다.

핍은 자리에 앉을 생각이 없었다. 그건 항복이나 다름없었다. 핍은 이 지독하기 그지없는 곳에 맥없이 항복하지 않을 것이다.

생각보다 기다림은 길지 않았다. 경찰서 안쪽으로 향하는 문이 지잉 하고 열리더니 청바지에 옅은 색 셔츠 차림의 호킨스 경위가 걸어 나왔다. "핍." 굳이 이름을 부를 필요도 없었다. 이미 핍은 호킨스 경위를 따라가고 있었다. 저 문을 지나 이 지독한 곳 안에서도 더더욱, 훨씬 지독한 곳으로 말이다.

핍이 들어오고 문이 잠겼다.

호킨스는 뒤돌아보며 고개를 살짝 움직였다. 고개를 끄덕인 것 같기도 했다. 그때도 핍은 이 복도를 걸어갔었다. 피 묻지 않은 깨끗한 옷으로 갈아입고 1번 조사실을 지나쳤었다. 그 옷이 누구 옷인지 핍은 결국 알아내지 못했다. 그때도 핍은 호킨스를 따라 오른쪽에 있는 작은 방으로 들어갔었다. 이름을 말하지 않은 어떤 남자도 함께였다. 아니, 어쩌면 이름을 말했는데 핍이 듣지 못했는지도 모른다. 그러나 핍은 제 손목을 잡고 있던 호킨스의 손은 기억했다. 호킨스는 핍의 손목을 잡고 핍의 손가락 끝을 잉크 패드에 누른 다음 눈금 종이 위 정사각형 안에 지문이 제대로 찍히도록 도와주었다. 핍의 지문은 끝이 없는 미로 같은 모양이었다. 출구 없는, 가두기 위한 목적으로 만들어진 그런 미로 말이다. 이건 용의선상에서 배제하기 위한 목적이라고, 핍이 용의자가 아니란 뜻이라고 호킨스는 설명했었다. 핍은 자신이 한 대답도 기억했다. "전 괜찮아요." 아무도 핍이 괜찮다고 생각하진 않았을 테다.

"핍?" 호킨스의 목소리에 핍은 다시 현실로 돌아왔다. 육체가 새삼 무겁게 느껴졌다. 호킨스는 3번 조사실 앞에서 핍을 위해 문을 잡고 기다리고 있었다.

"감사합니다." 핍은 무미건조하게 대답하고 호킨스의 팔 아래로 고개를 숙이며 조사실 안으로 들어갔다. 여기서도 만약을 대비해 앉지는 않을 테지만, 그래도 배낭은 벗어서 탁자에 내려놓았다. 호킨스가 팔짱을 끼고 벽에 기댔다.

"새로운 소식이 있으면 바로 연락할 거야. 알고 있지?" 호킨스가 말했다.

"네?" 핍이 눈을 가느다랗게 떴다.

"찰리 그린 건 말이야." 호킨스가 말했다. "찰리 그린의 소재에 대해선 우리도 더는 알고 있는 게 없어. 하지만 찰리 그린이 잡히면 핍에게 연락은 갈 거야. 그걸 물어보려 여기까지 찾아올 필욘 없어."

"그게 아니…… 그것 때문에 온 거 아니에요."

"그래?" 호킨스의 반응이 입 밖을 나오며 질문으로 바뀌었다.

"다른 일이에요, 정말로. 말씀을 드려야 할 것 같아서…… 그러니까 신고를 하고 싶어서요." 핍이 어색하게 몸을 움직였다.

손목이 휑하니 느껴져 핍은 소매를 잡아당겼다. 여기에선 아무것도 노출하고 싶지 않았다.

"신고라니, 무슨 일이지? 무슨 일이 있나?" 호킨스의 표정이 바뀌었다. 솟아오른 눈썹, 굳게 다문 입술까지 얼굴 곳곳에 날카로운 선들이 생겨났다.

"그게…… 음, 절 따라다니는 사람이 있는 것 같아요. 그러니까 스토커요." 그 단어를 입 밖으로 꺼내는데 마지막 '커' 소리가 성대를 때렸다. 상상인 줄은 알지만 그 소리가 휑한 벽을, 묵직한 철제 책상을 때리며 튕겨져 나와 방 안을 돌아다니는 것 같았다.

"스토커?" 호킨스가 그 단어를 따라 말할 때도 '커' 소리가 유독 거칠게 튕겨져 나오는 것 같았다. 그의 표정이 다시 바뀌었다. 새로운 주름이 잡히고, 입매도 곡선으로 바뀌었다.

"네, 스토커요." 핍은 다시 그 단어를 내뱉었다. "확실한 건 아니지만요."

"좋아." 호킨스의 목소리에도 자신이 없었다. 그는 희끗한 머리를 긁적이며 시간을 벌었다. "음, 조사를 하려면 그동안 있었던……."

"반복된 패턴이 두 가지 이상 있었어요." 핍이 호킨스의 말을 끊었다. "네, 저도 알죠. 저도 찾아봤는걸요. 그리고 그런 반복된 패턴이 정말 있었어요. 아니, 사실 그 이상이었죠. 온라인에서, 그리고…… 오프라인에서도요."

벽에 기대고 서 있던 호킨스가 손으로 입을 가리고 기침을 하더니 방을 가로질러 걸어왔다. 미끄러지듯 나아가는 호킨스의 발소리가 마치 핍을 향한 공격적인 메시지처럼 들렸다. 그가 책상에 걸터앉아 다리를 꼬았다.

"좋아. 그동안 있었던 사건들이라면 어떤……?" 그가 물었다.

"여기요." 핍은 배낭에 손을 뻗었다. 가방 속을 뒤지는 핍을 호킨스는 계속 쳐다보고 있었다. 핍은 커다란 헤드폰을 옆으로 밀치고 접혀 있는 종이 몇 장을 꺼냈다. "그동안 있었던 일을 최대한 제가 아는 선에서 스프레드시트로 작성했어요. 그래프도요. 아, 저기 그, 사진도 있고요." 핍이 접힌 종이를 펴서 호킨스에게 넘겨주었다.

이제는 핍이 호킨스를 살펴볼 차례였다. 핍은 자신이 만든 데이터를 훑어보는 호킨스의 눈을 관찰했다. 스프레드시트를 넘기며 그의 시선은 위로, 아래로, 그리고 다시 위로 움직였다.

"꽤 많은데." 핍을 향해서라기보단 혼잣말에 가깝게 호킨스가 중얼거렸다.

"네."

"'네가 사라지면 누가 널 찾지?'" 문제의 그 질문을 호킨스의 목소리로 들으니 목 뒤편의 솜털이 쭈뼛 서는 것 같았다. "처음엔 온라인에서 시작됐단 거지?"

"네." 핍은 페이지 윗부분을 가리키며 말했다. "처음엔 온라인으로 그런 질문을 보냈고, 횟수가 잦은 편은 아니었어요. 그러다가, 여기 보시면 아시겠지만, 점점 더 주기적으로 질문을 보내더니 이제 오프라인에서도 메시지가 나타나기 시작했고요. 그리고 아직 관련성이 확인된 건 아니지만 강도도 높아졌어요. 처음엔 제 차 주변에 꽃을 뿌리더니 그다음엔……."

"비둘기가 죽어 있었다?" 호킨스가 손가락으로 그래프를 따라가며 핍의 말을 대신했다.

"네, 두 마리나요." 핍이 대답했다.

"여기 이 심각성 정도는 뭐지?" 호킨스가 표 항목을 보다가 고개를 들어 물어보았다.

"해당 메시지의 심각성 정도를 수치화한 거예요." 핍이 건조하게 대답했다.

"그래, 그건 알겠어. 이건 어디서 나온 거지?"

"제가 만들었어요." 바닥으로 꺼질 것처럼 두 발이 무겁게 느껴졌다. "찾아보니 스토킹 관련해서 공식적인 정보가 많지는 않더라고요. 아마 스토킹 범죄는 정책적 우선순위 과제는 아니라서 그런 것 같고요. 스토킹이 나중에 폭력적인 범죄로 이어지는 경우가 꽤 많은데도 말이죠. 저는 위협의 내용과 거기 내재된 폭력성 사이에 어떤 방향성이 있는지 미래 사건을 예측해보고 싶었어요. 그래서 만들어낸 지표고요. 어떻게 계산한 건지 설명드릴게요. 일단 온라인과 오프라인 위협 사이에는 3점 차이를 두었고요……."

호킨스가 핍의 자료를 들고 있는 손을 흔들어 보이며 핍의 말을 끊었다. "하지만 이게 다 관련이 있는 일이란 걸 어떻게 알 수 있지?" 그가 물었다. "온라인상에서 핍한테 이런 질문을 보내는 사람과…… 이 나머지 사건들 사이에?"

"음, 저도 물론 확신은 없어요. 다만 그런 의심을 갖게 된 계기는 있죠. '돌 하나로 새 두 마리를 잡는다'는 메시지 때문이었어요. 그날 집 앞에 두 번째로 비둘기가 죽어 있었거든요. 이번엔 머리가 없었고요." 핍이 덧붙였다.

호킨스의 목에서 다시 소리가 났다. 아까 '스토커'를 말할 때와는 다른, 새로운 소리였다. "그건 꽤 자주 쓰이는 표현인걸." 호킨스가 말했다.

"비둘기가 두 마리나 죽어 있었는데도요?" 핍은 허리를 더욱 곧추세우며 말했다. 이미 앞으로의 전개는 안 봐도 뻔했다. 핍의 눈을 바라보는 호킨스의 저 눈빛을 보면 안다. 호킨스는 확신이 없었고, 핍도 마찬가지였다. 그러나 이제 핍은 무언가 마음속에서 달라진 느낌을 받았다. 목에서부터 열기가 피부를 타고 내려왔고 척추 하나하나에 열기가 퍼지고 있었다.

호킨스가 한숨을 쉬며 애써 미소를 지어 보였다. "핍, 내가 집에서 고양이를 키우는데 말야. 가끔 퇴근해서 집에 가면 하루에 동물 사체가 둘씩 나오는 날도 있어. 가끔 머리가 없는 것들도 있고. 당장 지난주만 해도 침대에 또 하나가 있더군."

핍은 발끈해서 등 뒤로 주먹을 꾹 쥐었다.

"저흰 고양이 안 키워요." 핍의 목소리는 어둡고 이제 날이 서 있었다. 얼마든지 호킨스의 말을 자를 수 있도록.

"그래, 하지만 이웃들 중에 고양이를 키우는 집이 있겠지. 죽은 비둘기 두 마리 때문에 경찰이 수사에 나설 순 없어."

호킨스 말이 틀렸나? 아니, 핍도 딱 그렇게 생각했었다.

"그럼 분필 그림은요? 이번이 두 번째였고, 그림 위치도 집 쪽으로 더 가까워졌는데요."

호킨스가 자료를 넘겼다.

"그 그림들 사진이 있나?" 호킨스가 핍을 쳐다보았다.

"아뇨."

"없다고?"

"사진을 찍기 전에 사라졌어요."

"사라져?" 호킨스가 눈을 가늘게 떴다.

무엇보다 최악인 건, 이런 반응을 핍도 빤히 예상했단 거였다. 얼마나 정신 나간 사람처럼 보이겠는가. 그러나 그건 사실 핍이 바라는 바이기도 했다. 차라리 핍의 상태가 말이 아니어서 있지도 않은 위험을 있다고 우기는 거라면 좋겠다. 그럼에도 불구하고 핍의 머릿속에서 불이 붙기 시작하더니 이미 눈에선 불길이 활활 타올랐다.

"사진 찍을 새도 없이 빗물에 씻겨 내려가버렸어요." 핍이 대답했다. "하지만 더 직접적인 위협으로 보이는 메시지를 찍어둔 사진은 있어요." 핍이 차분한 말투를 유지하려 노력했다. "원래 다니는 러닝 코스가 있는데, 뛰고 돌아오는 길에 인도 위에서 발견한 거예요. '데드 걸 워킹'이라고 써 있었어요."

"그래, 걱정스러운 마음은 알겠어." 호킨스가 사진을 넘겨보았다. "하지만 그게 너희 집 앞도 아니고, 길 위에 있었던 거잖아. 핍을 겨냥한 것인지 아닌지는 알 수가 없지."

핍도 처음에 속으로 딱 그렇게 반응했었다. 그러나 핍의 입에서 나온 말은 그게 아니었다.

"하지만 제가 알아요. 절 겨냥한 게 맞아요." 스스로도 염두에 두었던 부분들이건만 막상 호킨스 경위와 마주 앉아 그의 입을 통해 그런 지적을 들으니 핍은 왠지 본능적으로 자신의 직감 쪽으로 기울었다. 이제 뼛속 깊숙이까지 이 일련의 사건들이 서로 관련돼 있다는 생각, 자신에게 최소한 스토커가 있거나 혹은 그 이상으로 핍을 해치려는 사람이 있다는 생각이 들었다. 이건 분명 핍을 향한 거였다. 핍을 싫어하는 누군가, 가까이 있는 누군가의 짓이었다.

"물론 악플러들에게 온라인으로 이런 메시지를 받는 게 안타깝기는 하지." 호킨스 경위가 말을 이었다. "하지만 그거야 핍이 유명세를 원한 이상 어쩔 수 없는 것이겠지."

"유명세를 원했다고요?" 핍은 호킨스에게 분노의 화살을 쏘지 않으려 한 발 뒤로 물러섰다. "이보세요, 경위님. 제가 유명세를 원한 게 아니고요. 저는 경위님이 할 일을 대신 해서 유명해진 거예요. 경위님이야 샐 싱이 앤디 벨을 죽였단 누명을 영원히 벗지 못했더라면 좋았겠죠. 지금 이 모든 일들이 다 그때부터 시작된 거거든요. 그리고 지금 이 사람은 온라인상의 제 팟캐스트 청취자가 아니에요. 가까이 있는 사람이라고요. 내가 어디 사는지 알고 있잖아요. 그렇게 간단하게 치부할 일이 아니에요." 정말 그랬다.

"핍이야 그렇게 생각할 수 있겠지." 호킨스가 진정하라는 듯이 손바닥을 들어 보였다. "온라인상에서 유명해져 본인은 알지도 못하는 사람들이 정작 거리낌 없이 핍한테 다가온다면, 해를 입히겠단 메시지를 보낸다면 두려운 게 당연해. 하지만 어느 정도는 예상하지 않았나? 팟캐스트 방송 이후로 익명의 사람들에게 시달린 게 핍 혼자만은 아닌 걸로 알고 있는데. 시즌 1 방송 후에 제이슨 벨도 악의적 메시지를 받았다더군. 내가 제이슨과 같이 테니스를 치는데 제이슨이 그 이야기를 한 적이 있어 나도 알지." 호킨스 경위가 설명했다. "아무튼, 유감스럽게도 나로선 핍이 말하는 이 온라인상 협박과 다른 **사건** 사이에 명확한 관련성을 찾진 못하겠어." 호킨스 경위는 '사건'이라는 단어에 유독 힘을 주었다. 그 말만 툭 불거진 것 같았다.

호킨스 경위는 핍의 말을 믿지 않았다. 그동안 벌어진 그 모든 일에도 불구하고, 여전히 호킨스는 핍을 믿지 않았다. 이럴 줄 알았다. 라비에게도 그럴 거라고 얘기했었다. 하지만 지금 이 상황을 직접 겪고 있자니, 이제 핍 스스로도 확신이 서는데 정작 호킨스는 핍을 믿지 못한다는 것이 어이가 없었다. 피부 아래서부터 달아오르던 열기가 서서히 식어가고 있었다. 그 열기는 차갑고 무거운, 묵직한 배신감이 되어갔다.

호킨스 경위가 탁자 위에 핍이 준비한 자료를 내려놓았다. "핍." 그의 목소리는 길 잃은 아이에게 말을 걸 때처럼 훨씬 부드럽고 다정해져 있었다. "핍이 그동안 어떤 일을 겪었는지도 잘 알고 있고…… 핍 혼자 그런 일들을 감당하게 한 부분에 대해선 나도 진심으로 미안하게 생각해. 하지만 지금 핍은 있지도 않은 위험을 있다고 주장하고 있어. 물론 핍이 이전에 겪은 일을 생각하면 그렇게 느낄 만도 하지. 온 사방에 위험이 도사리고 있다고 느껴질 거야. 그렇다 하더라도……."

핍 역시 바로 전까지만 해도 그런 생각을 하고 있었다. 그럼에도 호킨스의 입을 통해 직접 그 말을 듣고 있자니 복부 한가운데를 주먹으로 가격당한 느낌이었다. 어째서 한 가닥 희망을 품었던 걸까? 안 봐도 뻔한 전개였는데 말이다. 핍이 바보였다. 어리석었다.

"제가 지어냈다는 말씀이시죠." 핍이 말했다. 질문이 아니었다.

"아니, 아니. 그런 뜻이 아냐." 호킨스 경위가 재빨리 대답했다. "내 말은, 핍이 워낙 많은 일을 겪었고, 그로 인한 트라우마를 아직 다 극복하진 못했을 테니까. 그리고 그 트라우마 때문에 핍도 이 일을 달리 바라보고 있는 것인지 모른다는 얘기고. 그러니까 내 말은……." 호킨스 경위는 잠시 말을 멈추고 손등뼈 위의 피부를 꼬집었다. "내가 처음 다른 사람의 죽음을 목격했을 때 그 충격이 정말 오래갔어. 칼에 찔린 젊은 여자였지. 그런 충격은 좀처럼 가시지 않고 졸졸 따라다녀." 마침내 호킨스는 시선을 들어 핍과 눈을 맞추었다. 그의 눈이 반짝이고 있었다. "도움은 받고 있나? 누구랑 이야기는 하나?"

"지금 경위님이랑 이야기하잖아요." 핍의 목소리가 높아졌다. "거짓말 않고 지금 방금 경위님께 도움을 청했잖아요. 처음도 아니고 뭐, 제 탓이죠. 딱 이런 조사실에서 경위님께 제이미 레이놀즈를 찾아달라고 부탁한 게 그리 오래전 일도 아닌 것 같은데, 그때도 경위님은 거절하셨더랬죠. 그리고 그 후로 무슨 일이 벌어졌었죠?"

"거절이 아니야." 호킨스 경위가 주먹 쥔 손에 대고 기침을 했다. "핍, 난 정말로 널 도우려 하고 있어. 정말로. 하지만 죽은 비둘기 두 마리와 길거리에 쓰여 있는 메시지만으로는…… 나도 할 수 있는 게 별로 없어. 핍도 그건 알겠지. 물론 혹시 핍이 짐작 가는 사람이 있다고 하면 그럼 정식 경고를 발부할 수는 있……."

"그런 사람이 없으니까 여기 와 있겠죠."

"그래, 좋아." 호킨스의 목소리도 핍을 따라 높아졌다 다시 차분해졌다. "집에 돌아가서 혹시 이런 짓을 할 법한 사람을 생각해볼 수도 있겠지. 핍에게 원한이 있다든가 혹은……."

"저한테 적이 있는지, 목록을 만들라고요?" 핍이 피식 웃으며 말했다.

"아니, 적이 아니라. 다시 말하지만, 지금 이 정보만 가지고는 이것들이 꼭 전부 관련이 있다든가 아니면 핍에게 해를 끼치려는 사람이 있다든가 하는 생각이 들진 않아. 하지만 만약 이런 짓을 할 법한 사람이 생각나면, 그러니까 네게 해를 입히려는 사람이 떠오른다고 하면, 그럼 내가 직접 그 사람과 이야기해보는 걸 고려해볼 순 있겠지."

"어휴, 너무 좋은데요." 핍이 공허한 웃음을 터뜨렸다. "그걸 무려 '고려'까지 해주신다니요." 핍의 손뼉 소리에 호킨스 경위가 움찔했다. "이러니까 스토킹 범죄의 50% 이상이 신고도 안 되는 거예요. 방금 경위님과 제가 나눈 이런 대화 때문에요. 축하드려요. 경찰 모범행정 사례에 한 건 또 추가하셨네요." 핍은 재빨리 허리를 숙여 호킨스 경위 옆에 놓여 있던 자료를 낚아챘다. 종잇장은 두 사람 사이의 공기를 반으로 가르며 호킨스와 핍 사이에 대치 상태를 만들었다.

핍에겐 스토커가 있었다. 이제야 든 생각인데, 어쩌면 이거야말로 핍에게 꼭 필요한 일인지도 모른다. 제인 도우가 아닌 이것. 마지막, 완벽한 한 건. 이제 핍에게 기회가 왔다. 딱 한 번, 어쩌면 처음으로 세상이 핍의 소원을 들어주었는지도 모른다.

이 스토커 사건이 핍이 원하던 바로 그 사건일지도 모른다. 숨막히는 회색 영역이 없는, 윤리적으로 옳고 그름이 명확한 사건. 핍을 싫어하는 사람이 있고, 그자는 핍에게 해를 입히고 싶어한다. 그러니 그자는 악이다. 반대편은 핍이다. 핍이 무조건 선이라고 할 순 없었지만 그렇다고 무조건 악도 아니었으니까. 양측의 팽팽한 대치가 핍이 원하는 바였다. 그리고 이번엔 핍 자신이 그 주체였다. 이번에도 핍이 틀린다면, 그땐 더는 꼬리를 물고 이어지는 사건도, 핍의 손에 핍 자신의 피라면 모를까 남의 피가 묻는 일도 없을 것이다. 그러나 핍이 옳다면, 이번엔 핍 자신을 온전히 되찾을 수 있을지도 모른다.

시도해서 잃을 건 없다.

이제 핍은 가슴속에 조금 여유를 되찾았다. 답답했던 심장 주변이 조금 느슨해지고 배 속 깊숙이는 여전히 서늘했지만 그래도 해결의 의지가 느껴졌다. 마치 오랜 친구가 돌아온 듯한 느낌이었다.

"핍, 자, 이러지 말고 우리……." 호킨스 경위의 목소리는 지나치게 조심스럽고 부드러웠다.

"제 식대로 할게요." 핍은 자료를 가방에 쑤셔 넣으며 말했다. 가방 지퍼를 닫는데 그 소리가 마치 화난 말벌 같았다. "이게 다." 핍이 잠시 행동을 멈추고 소매로 코를 닦으며 숨을 골랐다. "경위님 덕분이에요." 가방을 둘러메고 3번 조사실 문을 나서던 핍이 걸음을 멈추고 말했다. "혹시 그거 아세요?" 핍의 손이 문손잡이 위에서 멈췄다. "찰리 그린이 저한테 일생일대의 가르침을 줬어요. 찰리가 그러더군요. 가끔 정의란 법망 밖에서 실현

될 필요가 있다고요. 찰리 말이 맞았어요." 핍이 다시 호킨스를 쳐다보았다. 그는 마치 핍의 시선을 피할 보호막이라도 필요한 것처럼 가슴 앞으로 팔짱을 끼고 있었다. "하지만 사실 저는 찰리가 그렇게 큰 잘못을 한 것 같지도 않아요. 어쩌면 정의라는 건 법 밖에서만 실현 가능한 건지도 모르죠. 이런 경찰서 밖에서만, 이해한다면서 절대 아무것도 하지 않는 당신 같은 사람들이 없을 때에만."

호킨스가 팔짱을 풀고 무어라 대꾸하려 했지만 핍은 그에게 기회를 주지 않았다.

"찰리 그린이 맞았어요." 핍이 말을 이었다. "그리고 찰리 그린이 경찰에 절대 잡히지 않았으면 좋겠네요."

"핍." 이제 호킨스의 목소리에서는 심각함이 느껴졌다. 핍이 그의 인내심을 끝까지 시험한 탓이었다. "이런 태도는 좋을 게 없……."

"참, 한 가지 더요." 핍이 호킨스의 말을 다시 끊었다. 핍은 문손잡이가 구부러질 정도로, 거기 지문이 새겨질 수도 있을 정도로 손잡이를 세게 쥐었다. "부탁 하나만요. 혹시라도 제가 사라지면, 저 찾지 마세요. 신경도 쓰지 마세요."

"피……."

호킨스가 핍의 이름을 마저 부르기도 전에 문이 쾅 닫혔다. 문이 닫히는 소리와 함께 익숙한 총성이 복도를 가득 메웠다. 모두 여섯 발. 그 여섯 발의 총성이 핍의 피부를 파고들어 갈비뼈를 뚫고 원래 가슴속 제 자리를 찾아 들어갔다.

총성의 메아리 속에 새로운 소리가 들려왔다. 발소리였다. 누군가 핍 쪽을 향해 다가오고 있었다. 복도 저편에서 짙은 색 유니폼 차림의 그가 걸어오고 있었다. 긴 갈색 머리를 이마 뒤로 빗어넘긴 그는 핍을 발견하곤 눈이 동그래졌다.

"괜찮니?" 다니엘 다 실바가 핍에게 물었다. 핍이 폭풍처럼 매섭게 다니엘을 지나치면서 두 사람의 불편한 공기도 서로 충돌했다. 핍은 다니엘의 걱정스러운 눈초리를 거의 알아채지 못했다. 딱 봐도 괜찮지 않은데 굳이 걸음을 멈추고 예의상 네, 하고 말하거나 혹은 고개를 끄덕일 정도의 여유가 없었다.

핍은 어서 이곳을 벗어나야 했다. 총성이 처음으로 집까지 따라오기 시작한 것도 핍이 이 경찰서 깊숙한 곳에 들어갔다 나오면서부터였다. 끝내 구하지 못해 죽은 자의 피를 뒤집어쓴 채 핍은 이 복도 반대편으로 걸어갔었다. 이곳에서 도움을 찾을 수 없다는 걸 뻔히 알면서 핍은 또다시 이곳에 와 있었다. 그러나 핍은 이제 강해졌다. 라비도 함께였다. 그냥 이 지독하고 끔찍한 곳을 빨리 벗어나야 했다. 그리고 이곳을 벗어나면 다시는 돌아오지 않을 것이다.

파일명:

 잠재적 적의 목록.docx

- 맥스 헤이스팅스 – 날 미워할 이유가 제일 많은 인간 = 1순위 용의자. 다들 알고 있지만 위험 인물임. 나도 이 정도로 다른 사람을 싫어하는 게 가능한 줄 미처 몰랐다. 하지만 이게 혹시 맥스 짓이고, 맥스가 날 괴롭히기로 한 거라면 내가 먼저 널 잡아넣고 만다.

- 맥스 부모님 - ?

- 앤트 로우 - 확실히 날 싫어함. 사물함에서 앤트를 밀어 정학 먹은 이후로 앤트랑 대화를 해본 건 한 번뿐이다. 우리 무리 중에 늘 장난이 제일 심했는데 선을 넘는다 싶을 때도 장난을 멈추지 않았다. 앤트 짓일까? 내가 차갑게 대했다고 복수하는 건가? 하지만 '네가 사라지면 누가 널 찾지?' 이 메시지를 처음 받은 건 우리 무리가 갈라서기 이전이었다.

- 로렌 깁슨 – 이유는 상동. 얘도 충분히 이런 짓을 벌일 만큼 속깨나 좁은 스타일인 데다, 앤트가 시작한 거면 충분히 가능한 일. 하지만 죽은 비둘기는 로렌 스타일은 아니다. 코너, 카라, 잭은 이제 앤트, 로렌과는 더는 어울리지 않는데 로렌은 그게 내 탓이라고 한다. 아니 나더러 거짓말쟁이라고 한 건 제 남자친구가 먼저인데. 거짓말쟁이 거짇말댕이 거딛말댕이 거딛말.

- 톰 노왁 – 로렌의 구남친. 팟캐스트 출연하고 싶어서 제이미 레이놀즈 관련 거짓 정보를 줬다. 날 이용한 줄도 모르고 난 속아넘어갔고, 나도 그 대가로 전교생 앞에서, 또 온라인에서 망신을 톡톡히 줬다. 시즌 2 방송 후 톰은 자기 소셜미디어 계정을 다 지

워버렸다. 날 싫어할 만한 이유가 확실히 있는 편. 카라가 카페에서 본 적 있다고 하니 아직 동네에 살고 있기도 하다.

- 다니엘 다 실바 – 이제 나탈리와 나는 가까운 사이가 되었지만, 나탈리의 오빠 다니엘은 두 번이나 내 사건 파일 용의선상에 올랐던 사람이다. 한 번은 앤디 사건, 한 번은 제이미 사건. 이걸 공개적으로 팟캐스트에서 얘기했으니 이 사람도 알겠지. 다니엘 다 실바가 라일라와 이야기하고 있단 걸 내가 공개하는 바람에 부인과의 사이에 문제가 생겼을 수도 있다.

- 슈퍼마켓 레슬리 – 성도 모르겠다. 하지만 라비와의 사건 이후 날 싫어한다. 스탠리 장례식에 와서 시위하던 사람들 무리 중에 이 사람도 있었다. 나는 레슬리를 향해 소리를 쳤다. 대체 그 사람들이 올 이유 또 뭔가? 그냥 좀 내버려 두면 안 되는 건가?

- 매리 사이디 – 역시 장례식 때 시위대 무리에 끼어 있었다. 스탠리의 친구 중 하나로 킬턴 메일 신문사에서 스탠리를 도와 자원봉사를 했었다. 이 사람 말로는 여긴 '우리 동네'라고 했고 스탠리는 여기 묻혀선 안 된다고 했다. 이 사람은 나도 '자기' 동네에서 나가줬으면 하고 있을지 모르지.

- 제이슨 벨 – 내가 비록 앤디 벨에게 일어난 일, 그 진실을 찾아냈지만 결국 그 집 둘째 딸 베카가 연루된 사실까지 드러났으니 벨 가족에겐 더한 고통만을 안겨준 셈이 됐다. 게다가 앤디가 죽은 지 5년이 지났는데 또다시 언론에 시달려야 했다. 제이슨은 호킨스 경위와 테니스를 같이 치는데 내 팟캐스트 때문에, 즉 나 때문에 괴롭힘을 당했다고 호킨스에게 불평했다. 제이슨의 두 번째 결혼이 실패한 것, 그것도 혹시 내 팟캐스트 때문이었나? 그는 이제 앤디가 죽은 집에서 앤디와 베카의 엄마인 던하고 다시 함께 산다.

- 던 벨 – 이유는 상동. 어쩌면 그 집에 제이슨이 다시 들어오는 걸 원치 않았을지도 모른다. 조사한 바에 따르면 제이슨이 좋은 남편, 좋은 아빠는 아니었다. 가족들 위에 군림하려 했고, 아내와 딸들의 감정을 남용했다. 베카는 아빠 이야기를 별로 하고 싶지 않아했다. 제이슨이 자기 인생에 다시 나타난 게 내 탓이라고 날 원망할까? 그게 나 때문인가? 그런 의도는 없었는데 말이다.

- 찰리 그린 – 찰리는 확실히 아니다. 그건 내가 안다. 찰리 그린은 나를 해치려고 한 적이 한 번도 없었다. 그가 불을 지른 이유는 내가 스탠리를 거기 버리고 가도록 하기 위한, 그래서 스탠리를 확실히 죽이려는 목적이었다. 그게 이유였다. 찰리는 날 해칠 생각이 없었다. 찰리는 날 찾아냈고, 날 도와줬다. 비록 그게 본인 자신의 목적 달성을 위한 것이었다고 해도 말이다. 그럼에도 찰리를 이 목록에 포함시키는 건 일말의 이성이 남아 있기 때문이다. 나는 그가 1급 살인을 저지른 현장에 있던 유일한 목격자이고, 그는 여전히 도피 중인 범죄자다. 내 증언 없이 배심원이 유죄를 인정할까? 이성적으로 따졌을 때 찰리 그린도 여기 포함시켜야 하는 게 맞다. 하지만 찰리 그린은 아니다. 내가 안다.

- 호킨스 경위 – 꺼지라지 증말.

한 사람한테 적이 이렇게 많은 게 정상인가? 결국 문제는 나인가?

어떻게 시간이 벌써 이렇게 됐지?

날 싫어하는 사람이 있는 것도 이쯤 되니 이해가 된다.

어쩌면 나도 날 싫어하는지 모르고 말이다.

11

손가락에 묻은 분필 가루는 거칠고 건조했다. 하지만 그건 현실이 아니다. 지금 핍은 두 눈을 크게 뜨고 꿈에서 깨어나는 중이었다. 눈은 모래가 들어간 것처럼 까끌하고 건조했지만 손은 깨끗했다. 핍은 똑바로 허리를 세우고 앉았다.

아직도 방 안은 어두웠다.

잠이 들었던가?

잠이 들었으니까 꿈을 꾸었겠지.

여전히 핍의 머릿속엔 조금 전에 있었던 일처럼 아직도 그 여운이 생생했다. 하지만 이건 실제 일어난 일이 아닌 상상에 불과한 거겠지.

촉감이 꼭 진짜 같았다. 둥글게 모은 손에서 느껴지던 그 무게감. 어두운 밤 찬 기운을 가시게 할 정도로 아직 따스했다. 핍의 손가락 사이로 미끄러지듯 빠져나가는 깃털은 보드라웠다. 핍은 눈을 마주쳤다. 아니, 머리가 붙어 있었다면 그랬겠지만 비둘기는 머리가 없었다. 자그마한 죽은 비둘기를 손에 들고 진입로를 가로지르는데 그땐 이상하단 생각이 전혀 들지 않았다. 그냥 자연스러웠다. 죽은 새는 너무 보드라워서 내려놓고 싶지 않은 마음이 들 정도였지만 그래도 어쩔 수 없었다. 핍은 진입로의 벽돌 부근에 새를 내려놓고 머리 없는 목 쪽이 핍의 방 창문을 향하도록 조정했다. 커튼 틈새로 잠들어 있는 핍을 훔쳐볼 수 있게. 이쪽, 저쪽 어디서든.

그러나 그게 끝이 아니었다. 아직 쉬기 전 할 일이, 다른 할 일이 더 있었다. 핍의 손에는 이미 분필이 들려 있었다. 죽은 새만큼 기분 좋은 느낌은 아니었다. 어디서 난 거지? 핍도 그 답은 알 수 없었지만 그걸로 뭘 할지는 알고 있었다. 핍은 마지막 낙서가 있던 위치를 떠올리며 걸어온 길을 거꾸로 되짚어갔다. 그런 다음 세 발짝 집 쪽을 향해 앞으로 움직여 새로운 위치를 잡았다.

차가운 진입로 바닥에 무릎을 대고 벽돌 선을 따라 분필을 그었다. 손에 들린 분필은 이제 닳아서 몽당 분필이 되었고 핍의 손가락은 피부가 쓸려 빨개져 있었다. 아래쪽으로 다리를, 위쪽으론 몸통을, 그리고 가로로 팔을 그렸다. 머리는 없었다. 막대 인간이 5명이 될 때까지 핍은 계속해서 그림을 그렸다. 이제 5명의 막대 인간은 함께 춤을 추며 잠든 핍의 침실을 향해 천천히 나아갔다. 핍에게는 자신들과 함께할 것인지를 물었다.

이들을 따라갈 것인가? 핍도 답은 알지 못했다. 그러나 핍이 할 일은 끝났고, 분필이 바닥에 떨어지며 작은 소리가 났다. 손가락에 묻은 까끌하고 건조한 분필 가루가 느껴졌다.

핍이 꿈에서 깬 건 그때였다. 핍은 손가락을 살피며 무엇이 현실이고 무엇이 꿈인지를 분간하려 애썼다. 심장이 파르르 작은 새의 날갯짓만큼이나 빠르게 뛰며 핍을 압도했다. 이제 다시 잠이 들긴 글렀다.

시간을 확인했다. 새벽 4시 32분이었다. 어떻게 해서든 다시 잠을 청해야 했다. 핍이 침대에 누운 건 겨우 두 시간 전이었더랬다. 이른 새벽 시간대는 핍에게 언제나 잔인했다. 무리다. 제 힘으론 불가능했다.

핍은 어둠 속에서 책상 서랍을 쳐다보았다. 굳이 버텨야 할 이유가 없었다. 이불을 걷어차자 매서운 찬 공기가 잠옷으로 가려져 있지 않은 맨살을 깨물었다. 핍은 가짜 서랍 바닥을 비틀어 꺼낸 다음 서랍 깊숙이 손을 넣어 작은 비닐백을 찾았다. 약이 별로 많이 남지 않았다. 약을 구하기 위해 조만간 루크 이튼에게 문자를 보내야 할 터였다. 선불폰들이 나란히 놓여 있었다.

마지막이라던 다짐은 그럼 어떻게 되는 거지? 핍은 약을 삼키고 입술을 깨물었다. 지난 몇 달간은 '이제 마지막'과 '딱 한 번만 더'의 연속이었다. 거짓말은 아니었다. 그때마다 핍은 진심이었다. 그리고 언제나 결국 핍은 굴복하고 말았다.

상관없다. 이제 곧 별로 상관없는 일이 될 것이다. 왜냐하면 핍에겐 이제 계획이, 새로운 계획이 있었고 그 이후엔 핍도 절대 지지 않을 것이다. 모든 것이 다시 정상으로 돌아갈 것이다. 삶은 핍에게 진정으로 필요한 것을 건네주었다. 분필 그림, 죽은 비둘기, 그리고 핍을 겨냥해 그 그림을 그리고 비둘기를 가져다 둔 사람까지. 이건 선물이었다. 핍은 그걸 기억해야 했다. 그리고 호킨스가 틀렸단 걸 입증해야 했다. 이제 정말 마지막 사건이 핍의 문 앞에 당도해 있었다. 이번엔 핍과 그자의 싸움이었다. 앤디 벨도, 샐 싱도, 엘리엇 워드나 베카 벨도, 제이미 레이놀즈나 찰리 그린, 스탠리 포브스, 제인 도우도 없었다. 게임은 바뀌었다.

핍과 그자의 싸움이었다.

핍 자신을 구해내고 원래의 핍을 되찾을 것이다.

12

내가 지켜보고 있단 사실을 모르는 상대를 지켜보는 재미가 나름 짜릿하긴 했다. 상대에게 나는 보이지 않는 존재, 사라진 존재인 것이다.

라비가 진입로를 따라 핍의 집을 향해 걸어오고 있었다. 핍은 벌써 몇 시간째 침대맡 창가에 앉아 바깥을 내다보고 있었다. 라비는 부스스한 머리로 재킷 주머니에 손을 찔러넣은 채 공기를 씹기라도 하듯 입을 오물거리고 있었다. 어쩌면 노래를 흥얼대고 있는지도 모르겠다. 핍은 한 번도 라비의 저런 모습을 본 적이 없었다. 핍 앞에선 보인 적 없는 모습이었다. 이건 다른 라비였다. 지금 라비는 자기 혼자인 줄 알고 있다. 자길 지켜보는 사람이 있는 줄 모르는 지금의 라비는 핍과 함께 있을 때와는 미묘하게 달랐다. 핍은 라비가 무슨 노래를 부르는 걸까 궁금해하며 씩 웃었다. 어쩌면 핍은 지금 이런 모습의 라비도 역시나 사랑하겠지만, 그래도 무엇보다 자신을 바라보는 라비의 그 눈빛을 놓치고 싶진 않았다.

훔쳐보기는 거기서 끝이었다. 길게, 짧게, 그리고 다시 길게 세 번 이어지는 익숙한 노크 소리가 어렴풋이 들렸다. 하지만 핍은 움직일 수가 없었다. 여기서 진입로를 계속 지켜봐야 한다. 아빠가 라비에게 문을 열어주었다. 잠깐이지만 어쨌거나 아빠는 라비와 인사 나누는 걸 즐겼다. 아재 개그 같은 걸로 시작해서 축구 얘기를 한다거나 라비가 하는 일에 대해 좀 물어보다가 다정하게 등을 토닥이는 걸로 마무리하는 식이었다. 라비는 신발을 벗어 문 옆에 가지런히 정리한 다음 신발 안에 끈을 집어넣으며 핍의 아빠를 위해 준비한 특별한 웃음을 터뜨린다. 이거다. 핍이 원하는 건 바로 이런 거다. 이런 사소한, 일상의 순간들을 되찾는 것. 여기 핍이 끼어드는 순간 이 소소한 일상 속 장면은 180도 달라져버리겠지.

핍은 눈을 깜박였다. 진입로 한 지점을 하도 오래 뚫어져라 쳐다본 탓에 눈물이 고였다. 창문으로 들어오는 햇빛에 눈이 부셨다. 핍은 시선을 돌릴 수 없었다. 시선을 돌렸다간 놓쳐버릴지도 모른다.

계단을 오르는 부드러운 라비의 발소리가 들려왔다. 무릎에서도 소리가 났다. 핍의 심장 박동이 빨라졌다. 기분 좋은 두근거림이었다. 총질할 때의 혹자가 느낄 희열감 같은 것과는 거리가 멀었다. 아니, 지금은 그런 생각 말자. 행복한 순간마다 굳이 찬물을 끼얹을 필욘 없었다.

"핍 경사님, 안녕." 끼익 문이 활짝 열리자 라비가 서 있었다. "라비 요원 도착했습니다. 남자친구 의무 보고합니다."

"라비 요원, 안녕하신가." 핍의 입김으로 창문에 김이 서렸다. 마침내 핍의 얼굴에 미소가 되돌아왔다.

"아, 그러셔." 라비가 말했다. "뒤도 한번 안 돌아보시겠다? 왜 저래 하는 그 전매특허 표정도 안 하네? 포옹도 없어, 키스도 없어. '오오, 라비. 당신은 오늘 지독히도 눈부시네요. 당신에게서 봄날의 꿈 같은 향기가 나요.' 뭐, 이런 거 안 해? 오오, 핍. 그걸 알아차리다니 당신은 정말이지 친절하군요. 새 데오도란트 향이랍니다." 잠시 침묵. "아니, 정말 이러기야? 지금 뭐 하고 있어? 내 말 들려? 나 유령이니? 핍?"

"미안." 핍이 말했다. 눈은 여전히 창문에서 떼지 않은 채였다. "그냥…… 진입로를 좀 지켜보는 중이라서."

"뭐라고?"

"진입로를 지켜보고 있다고." 핍의 모습이 유리창에 비쳐 보였다.

라비가 매트리스 반대편에 무릎을 대고 지금 핍 자세 그대로 팔꿈치를 창턱에 댄 채 유리창 밖을 쳐다보았다. 라비의 무게 때문에 핍은 침대 위에서 균형을 살짝 잃었다.

"거긴 왜?" 라비가 물었다. 핍은 휙 라비를 돌아보았다. 햇살이 라비의 눈을 비추고 있었다.

"왜냐면…… 새들 때문에. 비둘기." 핍이 대답했다. "지난번 비둘기가 죽어 있던 딱 그 지점에 빵 조각을 뿌려놨어. 진입로 양쪽 수풀에 햄 조각들도 좀 뿌려놓고."

"그렇군." 라비는 아직 이해가 안 된다는 목소리였다. "근데 그 이유가?"

핍은 재빨리 팔꿈치로 라비의 옆구리를 찔렀다. 뻔한 거 아닌가? "**왜.냐.하.면.**" 핍은 힘을 주어 말했다. "호킨스 경위가 틀렸단 걸 증명할 거니까. 이웃집 고양이일 리가 없어. 그리고 그걸 시험해볼 수 있는 완벽한 덫을 놨지. 고양이는 햄을 좋아하잖아? 호킨스 경위가 틀렸어. 나도 제정신이고."

커튼 틈 사이로 새어 들어오는 강한 햇빛 때문에 핍은 원래 계획보다 훨씬 일찍 일어났고, 약기운에 여전히 멍한 상태였다. 당시엔, 그러니까 겨우 세 시간 눈 붙였다 일어난 직후엔 꽤 좋은 생각 같았는데 지금 라비의 저 의아한 눈빛을 보니 핍도 자신이 없어졌다. 다시 확신이 사라졌다.

광대 쪽으로 라비의 시선이 느껴졌다. 따스한 시선이었다. 잠깐, 지금 뭐 하는 거야? 지금 옆에서 같이 새들 움직임 관찰하면서 도와줄 생각은 않고 말이야.

"핍." 라비가 나지막이 핍을 불렀다. 속삭임보다 아주 조금 큰 소리랄까.

그러나 핍은 라비의 이어지는 말을 듣지 못했다. 바로 그때 하늘에서 어두운 물체가, 날개 달린 그림자가 진입로에 접근했기 때문이었다. 핍은 물체가 급하강 후 가느다란 다리로 진입로에 착륙해 흩뿌려놓은 빵 조각을 향하여 총총 뛰어가는 모습에서 눈을 떼지 못했다.

"뭐야, 아니네." 핍이 한숨을 내쉬었다. 비둘기가 아니었다. "까치가 방해를 하고 난리야." 까치는 네모난 작은 빵 조각을 부리로 낚아챈 뒤 또다시 한 조각을 낚아채고 있었다.

"'까치 한 마리엔 불행이 닥치리.'*" 라비가 말했다.

"불행이라면 이 동네에 이미 충분한데." 까치는 이제 빵 조각을 세 개째 낚아챘다. "야!" 핍은 버럭 소리를 지르며 주먹으로 유리창을 거세게 때렸다. 갑작스러운 자기 반응에 스스로도 놀

---

* 까치에 관한 영국 민요의 한 구절.

랄 지경이었다. "야, 저리 가! 너 먹으라고 둔 거 아니야!" 손등으로 유리창을 제대로 때려서 과연 핍의 손등뼈가 먼저 부러질지 유리창이 먼저 깨질지 모를 정도였다. "저리 가!" 까치가 공중으로 포르르 뛰어오르더니 날아가버렸다.

"잠깐만, 잠깐만." 라비가 재빨리 창문에서 핍의 손을 떼어내 양손으로 감싸 쥐었다. "잠깐만, 핍." 라비가 고개를 저어 보였다. 라비의 목소리는 단호했지만 핍의 손목을 어루만지는 엄지손가락은 부드러웠다.

"이거 놔. 이러면 나 관찰 못 해. 새들 봐야 한다니까." 핍은 계속해서 창밖을 봐야 한다며 라비 쪽을 쳐다보지 않으려고 안간힘을 썼다.

"아니, 밖은 안 봐도 돼." 라비는 핍의 턱 아래 손가락을 대고 고개를 돌렸다. "핍, 여길 좀 봐줘." 라비가 한숨을 쉬었다. "이래 봐야 너한테 좋을 게 없어. 정말이야."

"난 그냥……."

"그래, 알아. 뭔지 알아."

"날 믿지 않았어." 핍이 조용히 말했다. "호킨스 경위가 날 믿지 않았어. 아무도 내 말을 믿지 않아." 심지어 가끔은 핍도 자신을 믿지 않았다. 긴밤에 깬 꿈 이후 새로운 의심의 파도가 밀려왔다. 정말 핍 스스로 이런 일을 꾸며내는 게 가능한 일일까 생각하면서 말이다.

"그렇지 않아." 라비가 핍의 손을 더욱 꼭 쥐었다. "내가 널 믿잖아. 무슨 일이든 난 언제나 널 믿어. 그게 내가 마땅히 해야 할 일이기도 하고. 알겠어?" 라비가 핍의 눈을 바라보자 핍의 눈이 갑자기 촉촉하고 무거워졌다. 너무 무거워서 눈꺼풀을 뜨고 있기조차 어려웠다. "문제아 씨, 우린 한 팀이야. 라비와 핍, 한 팀이라고. 누군가 널 겨냥해서 죽은 새를 두고 가고 분필 그림을 그려놓고 갔어. 네가 증명할 필요 없어. 너 자신을 믿어."

핍이 어깨를 으쓱해 보였다.

"그리고 솔직히 말해서, 호킨스는 바보야." 라비가 슬며시 미소를 지어 보였다. "좀 재수 없긴 해도 네가 항상 옳다는 걸 아직 깨닫지 못했다면 앞으로도 절대 깨닫지 못할걸."

"절대로." 핍이 라비의 말을 따라 읊조렸다.

"괜찮을 거야." 라비가 핍 손등의 움푹 파인 계곡을 따라 선을 그렸다. "다 괜찮을 거야. 내가 장담할게." 라비는 갑자기 말을 멈추고 핍의 눈 아래쪽을 한참이나 쳐다보았다. "어젯밤 잠은 잘 잔 거야?"

"응." 거짓말이었다.

"좋았어." 라비가 양손을 소리 나게 맞잡으며 말했다. "우리 좀 나가야 할 것 같다. 자, 가자. 얼른 일어나. 양말 신고."

"왜?" 라비가 침대에서 일어나자 핍이 풀썩 가라앉았다.

"산책 갈 거니까. '오오, 환상적인 생각이에요. 당신은 너무나 현명하고 눈이 부셔요.' 오오, 핍. 나도 잘 알고 있소. 하지만 지금은 서두르지 않는 게 좋겠소. 아래층에 당신 아버지가 계시지 않소."

핍은 라비를 향해 베개를 던졌다.

"얼른." 라비가 핍의 발목을 붙들고 핍을 침대에서 끌어냈다. 핍이 이불과 함께 바닥으로 추락하자 라비는 킬킬대고 웃었다.

"운동광 씨, 얼른 운동화 갈아신어. 나보다 얼마나 빠른지 한번 보자."

"이미 훨씬 빠르거든." 핍은 끙끙대며 바닥에 굴러다니던 양말에 발을 집어넣었다.

"오우, 팩트 폭격이 너무 심한 거 아냐?" 자리에서 일어나는 핍의 등을 라비가 가볍게 때렸다. "가자."

성공이었다. 라비가 뭘 어떻게 한 건진 모르겠지만, 하여간 성공이었다. 사라지는 것도, 죽은 새나 분필 그림도, 호킨스 경위도 전혀 떠오르지 않았다. 계단을 내려가면서도, 아빠가 두 사람을 멈춰 세우며 얇은 햄 어디 갔냐며 물었을 때도, 진입로를 내려가면서도 그런 생각은 들지 않았다. 숲으로 향하는 내내 라비의 손가락은 핍의 청바지에 걸려 있었다. 비둘기도, 분필도, 심장 소리로 위장한 여섯 발의 총성도 없었다. 그냥 라비와 핍, 두 사람, 한 팀만 존재했다. 머릿속에 떠오른 생각들은 더는 꼬리를 물고 퍼져나가지 않았다. 더 깊게, 어두운 생각으로 퍼져나가지 않았다. 생각이 더 퍼져나가지 못하도록 라비가 핍 머릿속에서 울타리 역할을 하고 있었다.

심술궂은 얼굴의 나무였다. 핍은 아침에 막 일어난 라비의 얼굴이 딱 이 나무랑 똑같다며 라비를 놀렸다.

두 사람은 라비가 핍을 만나러 언제쯤 케임브리지에 오면 좋을지 이야기를 나누었다. 신입생 주간 끝나고 그 주말이 좋으려나? 입학을 앞두고 긴장되지는 않는지, 또 아직 준비 못 한 책은 없는지, 하는 이야기도 나누었다.

굽이진 숲속 산책로를 따라 걸으며 라비는 이 숲길을 핍과 함께 처음 걸었던 그날을 재현해 보였다. 특히 앤디 벨 사건과 관련해 자신의 가설을 처음으로 라비에게 이야기하던 핍이 얼마나 열정적이었는지에 초점을 맞추었다. 핍은 웃음을 터뜨렸다. 라비는 핍의 말을 거의 토씨 하나 틀리지 않고 기억하고 있었다. 그 첫 산책길엔 바니도 함께였다. 마치 두 사람을 안내하듯 나무 사이를 이리저리 뛰어다니다 라비가 막대기를 던져주면 꼬리를 흔들던 바니. 돌이켜 생각해보니 어쩌면 그 순간이었는지도 모르겠다. 배 속에서 갑자기 느껴지던 그 떨림이었나? 아니면 묘하게 취한 눈빛? 발그레해진 피부? 당시엔 그게 무엇인지 알지 못했지만 어쩌면 핍은 자신도 미처 의식하지 못하는 사이 이미 앞으로 이 사람을 사랑하게 될 것을 직감했는지도 모른다. 그의 죽은 형과 살해당한 여학생 이야기를 나누는 와중에 말이다. 결국 다시 생각의 꼬리는 죽음으로 되돌아왔다. 그래, 죽음. 핍이 또 망쳐버렸다. 울타리가 무너져버렸다.

그때 덤불을 뚫고 갑자기 개 한 마리가 핍에게로 돌진하더니 크게 짖으며 핍 다리 위에 두 발을 짚고서 뛰어오르려고 했다. 비글이었다. 핍도 개를 알아보았고, 개도 핍을 알아보았다.

"안 되는데." 핍이 재빨리 개를 한번 쓰다듬으며 중얼댔다. 그때 낙엽을 밟고 걸어오는 사람 발소리가 들려왔다. 두 사람이었다. 목소리도 익숙했다.

핍은 그 자리에 멈춰 섰다. 뒤엉켜 있는 나무들을 빙 돌아 걸어오는 두 사람의 얼굴이 보였다.

앤트와 로렌이었다. 팔짱을 끼고 걷던 두 사람은 핍을 보고 동시에 눈이 휘둥그레졌다.

핍의 머릿속 상상 같은 게 아니었다. 로렌은 육성으로 '헉'하더니 안 그런 척 기침을 했다. 그들 역시 걸음을 멈췄다. 앤트와 로렌, 핍과 라비가 마주 보고 섰다.

"루퍼스!" 로렌의 날카로운 목소리가 숲속에 메아리쳤다. "루퍼스, 그쪽 가까이 가지 말고 이리 와!"

개가 로렌을 돌아보며 고개를 갸우뚱했다.

"로렌, 내가 설마하니 네 개를 건드릴까." 핍은 평정을 유지하며 말했다.

"너랑 있으면 무슨 일이 생길지 누가 알아?" 앤트가 주머니에 손을 집어넣은 채 어두운 목소리로 말했다.

"정말 너무하네." 핍은 코웃음을 쳤다. 마음 한구석에선 오로지 로렌을 도발할 목적으로 루퍼스를 쓰다듬어볼까 싶은 생각도 들었다. 자, 뭘 망설여!

그러나 로렌이 핍의 생각과 번뜩이는 눈빛을 알아챈 듯했다. 로렌은 다시 큰 소리로 개를 불렀고 루퍼스는 망설이듯 종종거리며 로렌에게 돌아갔다.

"안 돼!" 로렌은 엄한 목소리로 손가락 하나를 들어 개의 코를 톡 때리며 말했다. "모르는 사람한텐 가면 안 돼!"

"어이가 없네." 핍은 속 빈 웃음을 웃으며 라비와 눈빛을 주고받았다.

"방금 뭐라고?" 앤트가 어깨를 떡하니 펴 보였다. 별로 소용은 없었다. 여전히 핍이 앤트보다 컸으니 말이다. 앤트 정돈 충분히 이기고도 남았다. 예전에도 이긴 적이 있긴 하지만, 지금의 핍은 그때보다도 더 강했다.

"네 여자친구한테 어이가 없다고 했다. 한 세 번쯤 얘기해줘야 하니?" 핍이 말했다.

라비의 팔이 핍을 더욱 꼭 조여왔다. 라비는 누구와 대치하는 걸 싫어했다. 끔찍이도 싫어했다. 물론 핍의 부탁이라면 기꺼이 전쟁터라도 나갈 라비였다. 하지만 지금은 라비의 도움이 필요하지 않았다. 이 정돈 핍 혼자서도 충분했다. 이 둘을 이렇게 마주칠 순간을 거의 기다리기라도 한 듯이, 핍은 갑자기 활기가 돌았다.

"로렌한테 그렇게 말하지 마." 앤트는 다시 주머니에서 손을 꺼내 차분히 양옆으로 내려놓으며 말했다. "아직 대학 안 갔냐? 케임브리지는 일찍 시작하는 줄 알았더니."

"더 늦게 시작하지." 핍이 대꾸했다. "왜, 그날만 기다리고 있었어? 내가 **사라지는** 날만?"

핍은 두 사람의 표정을 주의 깊게 살폈다. 바람 때문에 로렌의 빨간 머리칼이 이마에 착 달라붙었고 그중 몇 가닥이 가늘게 뜬 로렌의 눈을 가렸다. 로렌이 눈을 깜박였다. 앤트가 삐딱하게 조소했다.

"얘가 지금 무슨 헛소리야?" 앤트가 말했다.

"그래, 나도 알아." 핍이 고개를 끄덕거렸다. "너도 어지간히 당혹스럽겠지. 넌 내가 코너, 제이미랑 짜고 돈을 빌미로 제이미 실종사건을 꾸며낸 거라고 했어. 그것도 연쇄 강간범이 자유의 몸이 된 사실을 알게 된 지 불과 몇 시간도 안 된 시점에 말야. 너도 그 기자한테 입 털었지? 지금이야 뭐, 별 상관은 없게 됐다만. 제이미는 살았지만 대신 다른 남자가 죽었어. 어지간히 멍청한 짓이었다고 너도 생각하겠지."

"죽을 만한 사람이 죽은 거 아닌가? 그럼 결국엔 다 잘된 일이고."

그러곤 앤트가 한쪽 눈을 찡긋해 보였다.

쟤 지금 저거 윙크한 거야?

잠자고 있던 총이 핍의 심장에서 다시 기지개를 켰다. 총구는 핍의 심장을 뚫고 나가 앤트를 겨냥했다. 맹수처럼 웅크리고 이를 드러냈다. "한 번만 다시 말해봐." 핍은 이를 악문 채 말했다. 어둡고 위협적인 목소리였다. "내 앞에서 한 번만 더 그래봐."

라비가 다시 핍의 손을 꼭 쥐었지만 핍은 느끼지 못했다. 몸만 여기, 라비 옆일 뿐 핍은 이미 저만치 가 있었다. 한 손으로 앤트의 목을 잡고 꼬옥, 더욱 꼬옥, 움켜쥐었다. 있는 힘을 다해 라비의 손가락을 움켜쥐었다.

핍의 분노가 느껴졌는지 앤트는 한 발짝 뒤로 물러서다가 개에 걸려 하마터면 넘어질 뻔했다. 로렌이 다시 앤트 옆구리에 팔을 끼우더니 둘이 단단히 팔짱을 끼고 섰다. 방패였다. 그렇다고 물러설 핍이 아니었다.

"한땐 그래도 친구였는데, 정말 죽었으면 하는 정도로 내가 그렇게 싫어?" 핍의 목소리가 바람에 실려 날아갔다.

"대체 너 무슨 소릴 하는 거야?" 앤트 옆에서 용기를 얻은 로렌이 말했다. "사이코."

"저기." 옆쪽 어딘가에서 라비의 목소리가 들려왔다. "그건 좀 너무하잖아, 그만해."

그러나 핍은 제 나름대로 할 말이 있었다. "그럴지도 모르지."

핍이 말했다. "그러니까 오늘 밤은 문단속 단단히 잘해라."

"됐어." 라비가 이제 전면에 나섰다. "우린 이쪽으로 갈게." 라비는 앤트와 로렌 뒤쪽을 가리켰다. "너흰 저쪽으로 가라. 다음에 보자."

라비가 핍을 데리고 산책로를 벗어났다. 라비는 핍의 손에 제 손가락을 단단히 끼우고 핍을 꼭 붙들어 맸다. 발은 라비를 따라가고 있었지만 핍은 앤트와 로렌에게서 눈을 떼지 못했다. 두 사람이 지나가는 순간 핍은 그들을 향해 가슴속 총을 발사했다. 핍은 앤트와 로렌이 숲을 빠져나가 핍의 집 쪽으로 걸어가는 동안 어깨 너머로 그들을 지켜보았다.

"아빠 말이 쟤 요즘 완전 제정신 아니래." 앤트가 말했다. 핍의 귀에까지 들릴 만큼 충분히 큰 목소리였다. 그 와중에 앤트는 고개를 돌려 핍의 반응을 살폈다.

핍은 걸음을 멈추고 다시 뒤로 발걸음을 돌리려고 했다. 핍의 발밑에 밟힌 낙엽이 바스락댔다. 그러나 핍의 허리를 단단히 감은 라비의 팔이 핍을 놓아주지 않았다. 라비는 핍의 관자놀이 쪽 머리카락 위에 입술을 대고 핍을 진정시켰다. "아니." 라비가 속삭였다. "넌 아무 문제 없어. 쟤네한테 화내봤자 에너지 낭비야. 정말로. 그냥 심호흡하자."

핍은 라비의 말대로 했다. 공기를 들이마시고 내쉬는 데에만 집중했다. 한 발짝, 두 발짝, 들이쉬고, 내쉬고. 한 걸음 한 걸음 내디딜 때마다 고개를 내밀었던 총구도 다시 슬며시 제 자리로 숨었다.

"집에 갈까?" 심호흡을 하고, 걸음을 옮기는 사이 진정된 핍이 말했다.

“아니,” 라비가 정면을 응시하며 고개를 저었다. “두 사람 일은 잊어. 넌 신선한 공기를 좀 쐬어야 해.”

핍은 뜨거운 라비의 손바닥 위에 검지로 원을 그렸다. 반대쪽으로도 원을 그렸다. 이렇게까지 말하고 싶진 않지만 어쩌면 애초에 리틀 킬턴엔 신선한 공기란 건 없는지도 모른다. 전부 오염돼버렸다.

두 사람은 양쪽 방향을 모두 살핀 다음 길을 건너 핍의 집으로 향했다. 다시 햇살이 두 사람 뒤를 따라오며 등을 덥혔다.

“아무거나?” 핍이 라비를 향해 씩 웃었다.

“그래, 아무거나 원하는 거 다 괜찮아.” 라비가 말했다. “오늘은 전적으로 너 기분전환 시켜주는 날이니까. 아, 트루 크라임 다큐멘터리는 안 돼. 그건 금지야.”

“내가 스크래블 보드게임을 진짜 진짜 하고 싶다고 하면 어떡할 건데?” 핍이 라비의 두터운 스웨터 사이로 손가락을 넣어 갈비뼈를 찔렀다. 진입로를 걸어가는 두 사람의 발걸음이 갈지자로 휘청였다.

“그럼 난 이러겠지. ‘어디 한번 덤벼보시지!’ 네가 날 과소평가하는데 말이……” 라비가 갑자기 걸음을 멈춘 탓에 핍은 라비에게 그대로 부딪히고 말았다. “이런 젠장.” 속삭임이라기엔 라비의 목소리가 조금 컸다.

“왜?” 핍이 웃으며 빙 돌아 라비의 얼굴을 마주 보고 섰다. “내가 살살 할게.”

"핍, 그게 아니고." 라비가 핍 뒤쪽을 가리켜 보였다.

핍도 고개를 돌려 라비의 시선을 따라갔다.

바로 거기, 빵 조각이 널려 있는 그 뒤로 진입로 위에 분필로 그린 막대 인간이 3명 있었다.

핍의 심장이 쿵 가라앉으며 차가워졌다.

"여기 왔었네." 핍이 라비의 손을 놓고 재빨리 앞으로 튀어 나갔다. "방금 여기 왔었어." 핍이 분필 그림 앞에 서서 말했다. 막대 인간 그림은 이제 집에서 꽤나 가까워졌고, 왼편으로 줄줄이 늘어선 화분 앞에 흩어져 있었다. "나가면 안 되는 거였어! 아까 내가 보고 있었는데. 오늘은 확인할 수 있었는데." 지켜보고 있다가 이자의 정체도 밝히고 핍도 원래의 일상으로 돌아갈 수 있었는데.

"없는 걸 알았으니까 왔겠지." 라비가 핍에게 다가왔다. 라비의 숨소리도 가슴 깊숙이에서부터 빨라졌다. "확실히 타이어 자국은 아니네." 라비가 그림을 본 건 처음이었다. 이전 그림들은 시간이 지나서, 혹은 비가 와서 라비에게 보여줄 새도 없이 지워져버렸다. 그러나 이제 라비도 그림을 볼 수 있다. 라비가 그림을 봤으니, 그림은 진짜다. 핍이 상상으로 만들어낸 게 아니다. 알겠냐고요, 호킨스?

"고마워." 핍은 라비가 함께 있어서 다행이라는 생각이 들었다.

"영화 〈블레어 위치〉에 나올 법한 그림이네." 라비는 허리를 숙여 그림을 더 가까이 살펴보며 손가락으로 공중에서 그림 속 막대기를 따라 선을 그려보았다.

"아닌데." 핍이 그림을 찬찬히 살펴보았다. "이상해. 전부 다섯 개가 있어야 하는데. 전엔 다섯이었거든. 왜 세 개지?" 핍이 라비를 향해 말했다. "말이 안 돼."

"여기서 말이 되는 걸 찾기가 더 힘들 것 같은데."

핍은 숨을 멈추고 진입로를 샅샅이 뒤지며 나머지 막대 인간 두 명을 찾아 나섰다. 여기 어딘가 있다. 그래야 한다. 그게 핍과 이자 사이에 벌어지는 이 게임의 규칙이었다.

"잠깐만!" 핍이 시야 가장자리에서 무언가를 발견했다. 아냐, 설마? 핍은 엄마가 키우는 화분 식물들 쪽으로 한 걸음 더 다가갔다. "화분은 무려 베트남산이라니까. 놀랍지 않니?" 이 화분들을 보면서 엄마가 그렇게 말했었다. 핍은 식물 이파리를 옆으로 살짝 밀어보았다.

그 뒤편에, 그러니까 핍의 집 벽면에 두 개의 머리 없는 막대 인간이 그려져 있었다. 너무 희미해서 있다고 하기도 어려운 수준이었다. 거의 벽돌 사이사이 발린 모르타르 속에 숨어 있다시피 했다.

"찾았다." 핍이 숨을 내쉬었다. 얼굴을 그림 바로 앞까지 들이대자 핍의 숨결에 흰 먼지가 흩어졌다. 생동감과 짜릿함이 느껴졌다. 이건 기쁨일까, 아니면 두려움일까? 지금으로선 어느 쪽인지 핍은 선뜻 확신이 서지 않았다.

"벽에?" 라비가 핍의 등 뒤에서 물었다. "왜?"

라비가 깨닫기 전에 핍은 그 답을 알았다. 핍은 이제 이 게임을 이해했다. 자신도 이 게임의 일부였다. 머리 없는 이 두 개의 막대 인간은 나머지 막대 인간 무리의 선두 격이었다. 핍은 뒤로 물러나 이들이 진행하는 방향을 따라 시선을 위로 향했다. 이 막대 인간들은 이제 막 벽을 타고 오르려던 중이었다. 서재를 지나 쭉쭉, 핍의 방 창가에 다다를 때까지.

핍이 라비를 향해 고개를 돌리는데 목에서 우두둑 소리가 났다.

"날 찾으러 오는 중이니까."

파일명:

분필 그림(3번째).jpg

13

어둠이 완전히 핍을 집어삼켰다. 핍의 얼굴을 비추던 마지막 한 줄기 햇살조차 라비가 커튼을 닫으며 사라져버렸다. 라비는 조금의 틈도 생기지 않게 양쪽 커튼 끝을 서로 겹쳐 단단히 여몄다.

"커튼 절대 열지 마, 알았지?" 어두워진 방 안에선 이제 라비의 그림자만 보였다. 라비는 방 저편으로 건너가 전등 스위치를 켰다. 부자연스러운 노란 불빛. 진짜 햇빛의 발끝도 못 따라갈 모조품이었다. "낮에도 마찬가지. 누가 널 지켜보고 있을지도 모르니까. 지켜보고 있는 사람이 있다는 게 영 찜찜해."

라비는 핍 곁으로 다가와 서서 핍의 턱 아래 엄지를 괴었다. "괜찮아?"

앤트랑 로렌 얘기인가? 아니면 벽을 타고 핍의 방을 향해 올라오는 막대 인간 얘기일까?

"응." 핍이 목소리를 가다듬었다. 참으로 의미 없는 외마디 대답이었다.

핍은 책상에 앉아 노트북 키보드에 손가락을 올려둔 채였다. 방금 막 분필 그림을 찍은 사진의 사본을 저장했다. 비가 와서 그림이 사라지기 전에, 타이어 자국이나 발자국이 밟고 지나가기 전에 마침내 사진을 남겼다. 증거였다. 핍 자신이 어쩌면 증거가 될 수 있겠지만, 그래도 실질적 증거는 필요했다. 무엇보다 이걸로 증명할 수 있었다. 이걸로 핍이 헛것을 본 게 아니라는 게 증명됐다. 잠 못 드는 한밤중 약에 취해 핍이 직접 분필을 들고 그림을 그리고 비둘기를 죽인 게 아니라는 것이 증명되었다.

"우리 집에 와서 며칠 지내든지." 라비가 회전의자를 돌려 핍과 얼굴을 마주 보았다. "엄마도 별말씀 안 하실 거야. 월요일부터 일찍 나가야 하지만, 그거야 별 문젠 아니고."

"그럴 필요 없어." 핍이 고개를 저으며 말했다. "나 괜찮아." 사실 괜찮지 않았다. 하지만 그게 핵심이었다. 여기선 도망칠 수 없었다. 이거야말로 핍이 원하던 것, 핍에게 필요한 것이었다. 이 사건을 도구 삼아 핍은 자신을 되찾을 것이다. 상황이 심각해질수록 오히려 핍에겐 더 나았다. 회색 영역에서 벗어나 핍이 받아들일 수 있는, 감당할 수 있는 일이 될 테니까. 흑과 백, 선과 악 같은. 그렇게 생각하면 사실 고마운 일이었다.

"괜찮지 않아." 라비가 손으로 짙은 색 머리칼을 쓸어 넘겼다. 이제 머리가 제법 길어 끝이 곱슬곱슬 말리고 있었다. "이게 어디가 괜찮아. 별의별 일을 다 겪었으니 그래, 참 잊을 만도 하겠다. 그래도 이게 정상은 아니지." 라비가 핍을 가만히 쳐다보았다. "너도 이게 정상은 아닌 거 알잖아?"

"응." 핍이 대답했다. "알지. 가보라고 해서 어제 경찰서에도 갔다 왔잖아. 나도 정상적인 방법을 쓰려고 했다고. 하지만 결국은 이 사건을 해결하는 게 다시 내 손으로 돌아왔어." 핍은 손톱 옆 거스러미를 뜯었다. 피부 깊숙이에서부터 핏방울이 맺혔다. "내가 해결할 거야."

"어떻게 할 건데?" 라비의 목소리에 날이 서 있었다. 의구심인가? 아니, 라비까지 핍에 대한 믿음을 저버릴 순 없었다. 이제 남은 건 라비뿐이었다. "아빠도 알고 계셔?" 라비가 물었다.

핍이 고개를 끄덕였다. "아빠도 죽은 비둘기는 알아. 처음 새가 죽어 있을 때 같이 봤으니까. 엄마가 윌리엄스네 고양이 짓이라고 하긴 했지만 뭐, 합리적인 추론이긴 하니까. 분필 그림 이야기도 하긴 했는데 아빠가 직접 보진 못했어. 아빠가 오셨을 땐 이미 그림이 없었거든. 심지어 아빠 차가 들어오면서 차 바퀴에 그림이 지워졌는걸."

"지금 가서 보여드리자." 라비의 목소리는 이제 더 불안에 휩싸이고 다급해졌다. "얼른."

핍이 한숨을 내쉬었다. "아빠가 뭘 할 수 있는데?"

"너희 아빠잖아." 라비는 그게 대답이 필요한 일이냐는 양 과장되게 어깨를 으쓱해 보였다. "그리고 너희 아빠 키가 2미터인데. 난 무조건 너희 아빠랑 같은 팀 하고 싶다고."

"우리 아빠는 기업 전문 변호사거든?" 핍이 고개를 돌렸다. 노트북 대기화면에 핍의 눈빛이 비쳐 보였다. "이게 무슨 기업 합병 건이면야, 그래, 아빠가 적합한 사람이겠지. 하지만 아니잖아." 핍은 깊이 숨을 들이마시며 어두운 화면 속에 비친 자신의 모습을 쳐다보았다. "이건 내 사건이야. 내 전문 분야라고. 내가 해결할 수 있어."

"이게 무슨 시험이야?" 라비가 가렵지도 않은 뒤통수를 긁었다. 라비가 틀렸다. 이거야말로 시험이다. 재판이다. 최종심이다. "이건 학교 과제도 아니고, 팟캐스트도 아니야. 네가 이기고

지는 그런 문제가 아니라고."

"이 일로 싸우고 싶지 않아." 핍이 조용히 말했다.

"아니, 핍. 아니야." 라비가 무릎을 굽혀 핍과 눈높이를 나란히 맞추었다. "싸우자는 게 아니야. 난 그냥 네가 걱정되는 거야, 알겠어? 네가 위험한 건 싫어. 아무리 너 때문에 심장마비 걸릴 것 같고 신경쇠약 올 것 같아도, 그래도 사랑하니까. 앞으로도 그럴 테니까. 그냥……" 라비가 잠시 말을 멈췄다. 라비의 목소리가 작아졌다. "널 해치려는 사람, 혹은 최소한 너한테 겁을 주고 싶어하는 사람이 있을지도 모른다고 생각하니 무서워. 넌 내 사람이니까. 내 경사님이니까. 그리고 난 널 보호해야 하니까."

"이미 충분히 보호하고 있는걸." 핍이 라비의 눈을 들여다보았다. "같이 있지 않을 때도." 라비는 핍의 구명조끼이자, 핍의 동력이었다. 맥스가 핍을 움직이게 만드는 것과는 다른 차원인 원래 의미의 동력. 그걸 여태껏 몰랐단 말야?

"뭐 그렇다면 다행이고." 라비가 핍에게 손가락 총을 쏘아 보였다. "하지만 그렇다고 내가 나무 기둥만 한 팔뚝의 소유자라든가, 남몰래 취미 삼아 투창 던지기를 하는데 그게 올림픽 나갈 수준이라든가, 뭐 그런 숨은 능력자는 아니잖아."

핍이 입가에 미소가 자리 잡았다 "아이참." 핍은 라비가 핍에게 하듯 손가락 하나를 라비의 턱 아래 괸 다음 라비의 볼에 입을 맞추고 손가락으로 부드럽게 입가 옆을 어루만졌다. "늘 머리가 완력을 이기는 거 알면서."

라비가 일어났다. "어휴, 너무 오래 쭈그리고 앉아 있어서 지금쯤 나도 딴딴한 엉덩이의 소유자가 되지 않았나 싶다."

“그럼 스토커도 알아볼 것 같아.” 핍은 웃음을 터뜨렸다. 그러나 웃음은 이내 핍이 다른 데 정신이 팔리면서 그냥 의미 없는 숨소리가 되어버렸다.

“뭐라고?” 라비가 핍의 변화를 눈치채고 물었다.

“그냥…… 똑똑한 것 같아. 안 그래?” 핍은 고개를 저어대며 다시 웃었다. “진짜 똑똑해.”

“뭐가?”

“전부 다. 비가 오면 없어지게, 혹은 차가 지나가면 없어지게 보일 듯 말 듯 희미하게 그림 그려놓은 거 봐. 처음 두 번만 해도 그래. 내가 사진을 못 찍은 상태에서 호킨스 경위한테 그 이야기를 하니까 내가 미쳤거나 아니면 헛걸 본다고 의심했잖아. 처음부터 내 말에 신뢰도가 떨어지게끔 의도한 거지. 하다못해 나조차도 내가 헛걸 본 건 아닌가 생각할 정도였으니까. 죽은 비둘기도 그렇고.” 핍은 허벅지를 탁 때리며 말했다. “정말 똑똑해. 고양이나 개 시체였으면,” 머릿속에 바니가 퍼뜩 떠올라 핍은 움찔했다. “그럼 상황은 사뭇 달랐을 거야. 사람들 관심을 끌었을 테고. 하지만 이건 비둘기니까. 누가 비둘기를 신경 쓰겠어? 산비둘기만큼이나 흔한 게 죽은 비둘긴데. 당연히 경찰이야 죽은 비둘기 한두 마리쯤은 신경도 안 쓰겠지, 놀랄 일이 아니니까. 우리 둘 빼곤 아무도 눈칠 못 채는 거야. 이 사람은 이미 이걸 다 염두에 두고 계획을 했어. 딱 봐선 전혀 이상할 게 없는, 충분히 있을 법한 일처럼. 내용물 없는 편지도 충분히 그럴 수 있는 사고지. ‘데드 걸 워킹’ 낙서는 우리 집 아닌 길거리에 해놨고. 나한테 보내는 메시지인 게 뻔한데 아무도 그 말을 안 믿는 거지. 그게 진짜 날 겨냥한 거면 그 메시지를 우리 집 앞에 써놔야 정상이니까. 너무 섬세해. 너무나 똑똑하고. 경찰은 날 미친 사람 취급하지, 우리 엄마는 고양이 짓, 타이어 자국이라며 아무 일도 아니라고 하지. 나를 고립시키는 거야. 다른 사람들한테 도움을 청하지 못하게. 가뜩이나 다들 이미 내가 정상이 아니라고 생각하고 있으니까. 아아주 똑똑해."

"이쯤 되면 이건 거의 스토커를 존경하는 수준인데." 라비가 핍의 침대에 앉으며 균형을 잡으려고 손을 짚었다. 라비는 불안한 표정이었다.

"아니, 그냥 똑똑하다는 거야. 미리 생각하고 계획을 한 게. 자기가 지금 무슨 짓을 하고 있는지 아는 것 같잖아."

그러자 핍은 한 가지 생각이 떠올랐다. 자연스럽고 논리적인, 유일한 결론이었다. 라비도 같은 생각이란 것을 그 눈빛에서 읽을 수 있었다. 라비의 얼굴 근육이 긴장되어 있었다.

"마치 전에도 해본 사람처럼." 핍이 머릿속 생각을 입 밖으로 내며 말했다. 라비가 희미하게 고개를 끄덕였다.

"처음이 아닌 것 같다는 거지?" 라비가 자세를 바로 하고 앉았다.

"어쩌면." 핍이 말했다. "아니, 그럴 가능성이 높을 것 같아. 통계상으로 보면 스토킹은 연쇄적인 패턴을 띠는 게 일반적이니까. 특히나 스토커가 현재 혹은 과거 연인관계가 아닌 낯선 사람, 면식 정도만 있는 사람이라면."

핍은 지난 밤 스토커에 관한 글을 몇 시간 내내 읽고 또 읽었다. 잠 대신 스크롤을 내리며 수많은 숫자와 비율과 이름 없는,

셀 수 없이 많은 사건들과 씨름했다.

"낯선 사람?" 라비가 그 단어에 주목했다.

"낯선 사람일 가능성은 드물어." 핍이 대답했다. "거의 피해자 네 명 중 세 명꼴로 이미 어느 정도 아는 사람에게 스토킹을 당한대. 이 사건도 누군가 날 아는 사람, 내가 아는 사람이란 느낌이 와." 핍이 알고 있는 통계만 해도 훨씬 더 많았다. 머릿속에서 줄줄이 꺼내 읊을 수도 있었다. 눈이 피곤해지도록 밝은 불빛의 노트북 화면을 뚫어져라 쳐다보며 얻어낸 것들이었다. 그러나 라비에게 말할 수 없는 것들도 있었다. 특히나 여성 살인 사건 피해자 중 절반 이상이 스토커 손에 살해당하기 전 경찰에 신고를 했단 통계는 더더욱 말할 수 없었다. 핍은 라비가 이것만큼은 알지 못하길 바랐다.

"그럼 범인은 네가 아는 사람이고, 그자가 이전에도 다른 사람들한테 이런 짓을 한 적이 있을 가능성이 높다는 거야?" 라비가 물었다.

"통계상으로만 보면, 응, 그렇단 얘기지." 왜 이 생각을 못 했지? 너무 혼자만의 생각에 몰입해 있어서, 핍과 스토커의 대결이란 생각에만 집중해 있어서 다른 사람들과의 연관성은 전혀 생각지 못했다. '너만 특별한 건 아니지.' 핍의 머릿속 목소리가 총을 옆에 둔 채 말했다. '꼭 너만 겪는 일은 아니야.'

"그리고 우리 핍 경사님은 언제나 과학적 근거를 기반으로 사건을 풀어나가는 걸 선호하시고 말야." 라비는 모자를 벗어 경례하는 시늉을 했다.

"그렇지." 핍은 생각에 잠겨 입술을 잘근잘근 씹었다. 그러곤 무의식중에 손을 노트북 앞으로 가져갔다. 정신이 든 후엔 이미 컴퓨터가 켜진 것은 물론 구글 창까지 열려 있었다. "그리고 과학적 근거를 기반으로 한 사건 해결의 첫 단계는…… 사전 조사겠지."

"사건을 풀어나가는 과정에서 가장 매력적인 게 또 사전 조사지." 라비는 침대에서 일어나 책상에 앉은 핍 뒤에서 핍의 어깨에 손을 올렸다. "그리고 나한텐 간식을 가지러 갈 시점이란 신호이기도 하고. 그래서…… 어떤 식으로 조사를 할 건데?"

"사실은 나도 잘 모르겠어." 커서는 깜박이고 있었지만 핍의 손가락은 키보드 위를 맴돌고만 있었다. "그냥……" 핍은 검색창에 '분필 선 분필 그림 죽은 비둘기 스토커 리틀 킬턴 버킹엄셔'를 입력했다. "아무거나 일단 시도해보게." 핍은 엄지로 엔터 버튼을 눌렀고 화면에 검색 결과가 펼쳐졌다.

"오 좋은데." 라비가 맨 위쪽 검색 결과를 가리키며 말했다. "챌폰트 세인트 자일즈에 있는 초크 팜에서 클레이 사격이 1인당 **단돈** 85파운드래. 어엄청 싼데."

"쉿."

핍의 시선은 그 바로 아래쪽 검색 결과를 보고 있었다. 작년 징보였다. 인근 학교의 GCSE* 시험 결과에 관한 내용이었는데 하필 그 학교에 초크와 스토커란 이름을 가진 선생님들이 있었다.

라비가 더욱 화면 가까이 다가왔다. 이제 라비의 머리는 핍

* General Certificate of Secondary Education의 줄임말로, 말하자면 중등교육 과정이다. 주로 2년 과정으로 진행되며, 시험을 거쳐 이후 A-Level로 진학하게 된다.

머리 옆에 바짝 붙어 있었고, 핍은 목에 라비의 숨결이 닿는 것을 느낄 수 있었다. "저건 뭐야?" 라비의 목소리에서 느껴지는 낮은 진동이 마치 핍 자신의 것 같았다. 핍도 라비가 무얼 가리키는지 알았다. 다섯 번째 결과였다.

'네 번째 피해자 발생에도 미궁 속 DT 살인범'

핍이 입력한 검색어 중에 '버킹엄셔', '비둘기', '스토킹', '분필선' 이렇게 네 개가 겹쳤다. UK 뉴스데이 기사였는데, 말줄임표가 붙은 미리보기로는 내용을 다 알 수 없었다.

"DT 살인범." 라비가 소리 내어 읽었다. 매끄러운 목소리는 아니었다. "이건 또 뭐야?"

"아무것도 아니야. 그냥 옛날 기사지, 뭐." 핍은 손가락으로 날짜 아래 밑줄을 그어 보였다. 2012년 2월 5일자 기사였으니까 그럼 6년하고도 6개월이 넘은 기사였다. 새로운 건 아니었다. 핍은 이 사건이 어떻게 종결됐는지 기억하고 있었다. 지난 몇 년간 이 사건을 다룬 트루 크라임 팟캐스트만도 최소 두 개 이상 댈 수 있었다. "이 얘기 몰라?" 핍은 커다랗게 뜬 라비의 눈을 통해 답을 읽을 수 있었다. "괜찮아." 핍은 팔꿈치로 라비를 쿡 찌르며 웃었다. "이미 잡혔어. 이 네 번째 피해자 다음에 한 사람 더 죽여서 다섯 번째 피해자가 있었고, 그 후에 범인이 잡혔어. 자백했어. 빌리라던가, 하여간 뭐 그런 이름이었던 것 같아. 아직도 감옥에 있을걸?"

"넌 어떻게 알아?" 라비의 손에서 긴장이 조금 풀렸다.

"왜 몰라?" 핍이 라비를 쳐다보았다. "당시에 엄청 시끄러웠잖아. 나도 기억나는데. 그때 내가 열한 살, 열두 살쯤이었나.

아, 그……" 핍이 말을 더듬으며 라비의 손등뼈를 어루만졌다. "그때 그즈음에 앤디랑 샐이……." 핍은 문장을 끝내지 못했다.

"그렇네." 라비가 조용히 말했다. "그때 당시에 다른 데 정신이 좀 팔려 있었지."

"전부 꽤 인근 지역에서 벌어진 사건이었어." 핍이 말했다. "피해자들 출신 지역이며, 시신이 발견된 곳이며 전부 다. 사실 리틀 킬턴만 오히려 별일 없이 조용했었다고 해야겠지."

"그때 우리한텐 다른 살인 사건이 있었으니까." 라비의 목소리에 별다른 감정은 실리지 않았다. "DT 살인범이라니 이건 또 무슨 뜻이래?"

"아, 그건 언론에서 붙인 별명. 왜, 부수 노려서 연쇄살인범한테 소름 돋는 별명 지어 붙이고 그러잖아. 이건 박스 테이프, 그러니까 덕 테이프duct tape를 줄여서 그렇게 붙인 거지." 핍이 말을 멈췄다. "지역 신문에서는 어떻게든 동네 이름을 붙여 부르겠다고 '슬라우 교살범'이라고도 했는데 이건 전국 방송은 못 탔어. 입에 딱 붙질 않았던 거지." 핍이 삐딱하게 웃었다. "사실 슬라우 부근서 발견된 피해자는 겨우 두 명이라 별로 정확한 표현도 아녔고."

'슬라우 교살범' 이야기가 나오니 핍은 마지막으로 그 이야기를 꺼냈던 때가 떠올랐다. 핍은 똑같이 이렇게 이 의자에 앉아 스탠리 포브스와 통화 중이었다. 앤디 벨의 사체 검시 관련 건으로 핍의 요청에 따라 진행했던 전화 인터뷰에서 핍은 당시 스탠리가 슬라우 교살범 체포 5주년을 맞아 쓴 기사를 언급했었다. 그때까지만 해도 스탠리는 수화기 저편에서 살아 있었다.

그러나 이내 그의 피는 핍의 전화기 아래로 뚝뚝 떨어지며 핍의 손을 뒤덮고…….

"핍?"

핍은 손에 묻은 피를 청바지에 닦으며 움찔했다. 깨끗했다. 손은 깨끗했다. "방금 뭐라 그랬어?" 핍이 등을 둥글게 굽히며 파르르 떨리는 심장을 접어 넣었다.

"한번 클릭해보라고. 이 기사 말야."

"하지만…… 이건 전혀 상관이……."

"검색어가 네 개나 겹치잖아." 라비의 손이 다시 긴장하고 있었다. "아무거나 막 검색한 것치곤 꽤 공교로운 결과인걸. 그냥 무슨 얘기인가 보기나 하자고."

UK NEWSDAY

UK > England > News > Crime

네 번째 피해자 발생… 여전히 미궁 속 DT 살인범

린지 레비슨 2012/2/5

경찰이 지난주 발견된 줄리아 헌터(22세)를 DT 살인범의 네 번째 피해자로 공식 인정했다. 버킹엄셔 아머샴에서 부모, 여동생과 함께 거주 중이던 헌터는 1월 28일 저녁 살해됐으며, 사체는 다음 날 아침 슬라우 북쪽으로 인접한 골프 코스에서 발견됐다.

2년 전 2010년 2월 8일 첫 번째 피해자 필리파 브록필드(당시 21세)를 시작으로 DT 살인범은 살인 행각을 이어가고 있다. 그로부터 10개월 후 일주일간 광범위한 경찰 수색 끝에 멜리사 데니(당시 24세)의 시신이 발견되었다. 데니가 실종된 것은 12월 11일. 법의학 전문가들은 피해자가 실종된 당일 밤 살해된 것으로 추정했다. 2011년 8월 17일 베서니 잉엄(26세)이 DT 살인범의 세 번째 피해자가 됐다. 5개월이 지난 시점, 이미 많은 언론이 추측을 쏟아낸 바와 같이 경찰은 이 연쇄살인마가 다시 활동에 나섰다고 확인했다.

DT 살인범이라는 별명이 붙은 이유는 그의 범행 수법 때문이다. 그는 손발을 움직이지 못하도록 피해자들의 손목과 발목을 '덕 테이프duct tape', 그러니까 박스 포장 테이프로 칭칭 감은 것은 물론 피해자들의 얼굴도 박스 테이프로 둘둘 감았다. 피해 여성은 모두 발견 당시 흔히 볼 수 있는 회색 박스 포장 테이프로 얼굴이 감겨 있었는데, 익명을 요구한 한 경찰관의 말에 따르면 "거의 미라처럼" 눈과 입이 가려진 상태였다고 한다. 테이프 자체가 살인 흉기로 이용된 것은 아니다. DT 살인범은 피해자들의 질식사를 피하기 위함인지 일부러 얼굴을 테이프로 감을 때에도 코 부분은 남겨두었다. 각 피해자의 사인은 끈을 이용한 교살로, 경찰은 범인이 피해자들을 테이프로 결박한 다음 일정 시간이 지난 후 살해하여 다른 곳에 사체를 유기한 것으로 추정하고 있다.

본사건 관련 체포된 용의자는 아직 없는 상태다. DT 살인범의 정체가 아직 미궁 속에 남아 있는 가운데 경찰은 또 다른 피해 발생 이전에 용의자를 파악하기 위해 노력하고 있다.

하이위컴 경찰서 데이비드 놀란 경감은 "네 명의 젊은 여성들이 목숨을 잃었다. 일반인에게 대단히 위험한 자임에는 분명"하다고 말했다. 오늘 경찰서 앞에서 기자들을 만난 놀란 경감은 "일명 'DT 살인범'으로 불리는 범인의 정체를 파악하기 위해 인력을 두 배로 늘려 투입하고 있다"며 "피해자 줄리아 헌터의 사체가 발견된 현장에서 추정 목격자 증언을 바탕으로 한 범인의 몽타주를 오늘 공개했다. 혹시 범인 몽타주를 보고 낯이 익다고 생각되는 시민들께서는 경찰 핫라인으로 전화를 당부드린다"고 밝혔다.

경찰은 오늘 범인 몽타주 외에도 유족들의 확인을 거쳐 각 피해자 소지품 중 유실된 물품 목록을 공개했다. 경찰은 범인이 각 피해자의 소지품을 일종의 트로피로 가져간 것으로 보고, 범인이 아직 그 소지품들을 갖고 있을 것으로 추정하고 있다. 놀란 경감은 "이런 연쇄살인마의 경우 트로피를 챙기는 것은 일반적"이라며 "트로피를 통해 범인은 범죄 당시의 스릴을 다시 한번 만끽하고 또다시 살인을 저지르고 싶은 욕구가 고개를 들 때까지 은밀한 욕구를 유지하는 역할을 한다"고 설명했다. 경찰에 따르면 범인이 피해자 필리파 브룩필드에게서 가져간 것은 "안틱 코인 펜던트가 달린 금목걸이"이며, 피해자 멜리사 데니에게서는 피해자가 핸드백에 늘 넣어 다니던 "라일락 혹은 연보라 색상의 손잡이 달린 헤어 브러시"를 취한 것으로 알려졌다. 피해자 베서니 잉엄에게서는 "금색 메탈 소재 카시오 손목시계"를, 피해자 줄리아 헌터의 경우 "연녹색 스톤이 달린 로즈 골드 귀걸이 한 쌍"을 가져간 것으로 확인됐다. 경찰은 위 물건들이 발견되는 경우 연락을 당부했다.

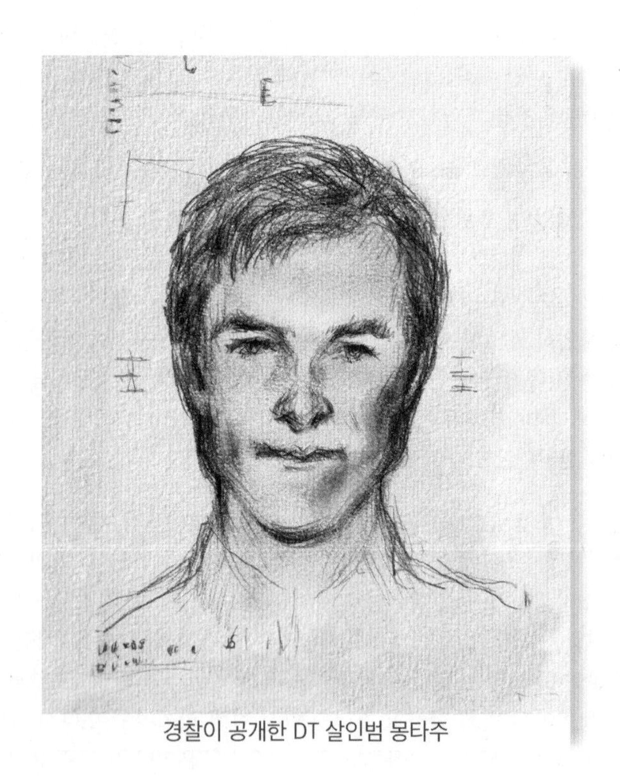

경찰이 공개한 DT 살인범 몽타주

본지는 과거 다수 FBI 수사를 지원한 적 있는 범죄 프로파일러이자 인기 트루 크라임 쇼 〈포렌식 타임〉에 출연 중인 에이드리언 카스트로에게 DT 살인범에 대한 의견을 물었다. 현재까지 경찰이 공개한 모든 정보를 바탕으로 카스트로가 밝힌 의견을 게재한다.

'프로파일링이 정밀한 과학이라고까지는 할 수 없으나, 범죄인의 행동 및 피해자 선정 패턴에서 어느 정도 잠정적 결론을 이끌어낼 수 있다고 본다. 범인은 20대 초~40대 중반 사이의 백인 남성이다. 계획적이고 질서 있는 패턴으로 볼 때 강박적 행동은 아니며, 범인의 지능은 최소 평균 혹은 그 이상일 가능성이 높다. 평소 전혀 튀지 않고 평범하거나, 심지어 매력적인 남성으로 보이는 사람일 것이다. 겉으로 봤을 때 이 사회의 훌륭한 구성원으로, 좋은 직장을 다니고 어느 정도 파워가 있는 관리자급인 사람일 것이다. 파트너나 부인이 있을 가능성이 높고, 어쩌면 가족들은 그의 비밀을 전혀 알지 못할 수도 있다.'

'공간적 측면에서도 인상적인 부분이 있다. 연쇄살인범의 경우 집에서 너무 근접한 지역은 범죄의 장소로 자연히 기피하는 경향을 보이는데, 이를테면 이들에게 집 인근 지역은 일종의 완충지대인 것이다. 그러나 반대로 이들에게 편안한 범죄 장소도 있다. 아주 잘 아는, 집에서 너무 가깝지 않으면서도 이런 짓을 저지르기에 안전하다고 느끼는 지역이다. 이를 '거리 조락 이론'이라고 한다. 본건 피해자들은 카운티 일부 지역 내 여러 다른 마을, 동네 출신이고, 이들의 사체 역시 아마도 범인의 안전지대라 할 만한 구역 내 뿔뿔이 흩어져 있다. 이 점을 볼 때 범인은 자신의 완충지대, 즉 아직 수사 대상이 되지 않은 인접한 다른 지역에 살고 있을 것으로 보인다.'

'살인 동기의 경우, 다른 연쇄살인 범죄의 기저에서 발견되는 동기가 이 사건에도 적용된다고 본다. 본질적으로 이 사건은 여성혐오에 기인한다. 남성인 범인은 여성에 대해 매우 강한 부정적 감정을 갖고 있다. 피해자들은 모두 매력적이고 고등교육을 받은 똑똑한 젊은 여성들인데, 범인은 이들에게서 도저히 참을 수 없는 무언가를 발견한 것이다. 범인은 그의 살인 행각이 자신의 임무라고 생각한다. 범인이 피해자들의 얼굴 자체를 부인하기라도 하듯 피해자들 얼굴에 테이프를 감는 것은 흥미롭다. 살해 전 피해자들이 말하는 능력, 볼 수 있는 능력 자체를 차단해버리는 것인데, 범인은 살인 과정에서 피해자들에게 굴욕감을 주고 자신의 힘을 재확인하며 가학적 즐거움을 느낀다. 어린 시절부터 아마 이러한 징후는 있었을 것이고, 그렇다면 가족들이 키우는 반려동물을 해치는 것부터 시작했을 가능성이 높다. 범인이 여성의 존재와 여성들의 마땅한 행실에 대해 자신의 생각을 담은 글을 어딘가 써놓고 보관하고 있다고 하더라도 놀랍지 않을 것이다.'

'경찰은 사건 발생 이전 각 피해자에게 스토킹 피해가 있었는지 여부에 대한 정보는 공개하지 않았으나, 피해자 선정이 매우 꼼꼼하게 이루어진 점을 미루어 볼 때 피해자들이 납치되기 전 범인이 피해자들을 어느 정도 관찰하는 시간이 있었을 것으로 짐작된다. 그 과정이 범인에게는 일종의 스릴인 것이다. 피해자들과 직접 연락을 취했을 가능성도 없지 않으며, 범인이 이들 각 피해자와 잘 아는 관계였을 가능성도 있다.'

한편 네 번째 피해자의 여동생 해리엇(18세)은 오늘 자택 앞에서 언니가 사망 전 스토킹을 당한 적 있었느냐는 기자들의 질문에 눈물을 비치며 "잘 모르겠다. 무섭다든가 그런 이야기는 전혀 없었다. 언니가 그런 말을 했다면 내가 나서서 도와줬을 것"이라고 대답하면서도 다른 가능성을 덧붙였다. "언니가 2주 전쯤 이상한 말을 한 적은 있다. 무슨 선, 분필 선을 보았단 얘길 한 적이 있다. 집 부근에서 막대 모형 같은 그림을 세 개 봤다고 했다. 난 보지 못했고, 그냥 동네 아이들 짓일 거라고 했다. 새가, 그러니까 비둘기 두 마리였는데, 고양이가 드나드는 문으로 집 안에 들어와 죽어 있었던 적도 있었다. 우리 집 고양이는 이제 워낙 늙었고 밖에 잘 안 나가서 언니가 이상하다고 생각했다. 언니가 이상한 전화를 받았다는 말도 몇 번 했다. 실종 바로 전 주였는데, 언니가 무서워하는 것 같진 않았고, 굳이 말하자면 짜증이 나 보였다. 하지만 [⋯] 몇 주 전부터 있었던 일까지 모두 돌이켜 볼 때 언니가 이렇게 된 이 시점에선 다 이상해 보인다."

줄리아 헌터의 장례식은 2월 21일 인근 교회에서 열릴 예정이다.

14

라비가 먼저 기사를 끝까지 다 읽은 모양이었다. 핍의 귓가에 들려오는 날카로운 라비의 숨소리는 마치 핍의 머릿속에 휘몰아치는 폭풍우 같았다. 핍은 라비가 중간에 끼어들지 않도록 손가락을 들어 보였다. 그리고 끝까지, 마지막 단어까지 기사를 찬찬히 다 읽었다.

"아." 핍이 입을 열었다.

라비가 벌떡 일어섰다. "아?" 라비의 목소리는 평소보다 높았고, 더 날카로웠다. "이걸 읽고 한다는 말이 '아'?"

"지금 왜……" 핍이 의자를 돌려 라비 쪽을 바라보았다. 턱을 괴고 있는 라비의 손은 어쩔 줄 모르고 춤을 추고 있었다. "왜 이렇게 난리인 건데?"

"너야말로 지금 왜 이렇게 평온한데?" 라비는 목소리를 높이지 않으려고 애를 썼지만 별로 소용은 없었다. "연쇄살인범이야, 핍."

핍에게서 실소가 터져 나왔다. 라비가 번뜩이는 눈초리로 핍을 쏘아보았다. "6년 반이나 된 이야기라니까. DT 살인범은 이미 자백했고. 법정에서도 유죄를 인정했을걸. 범인도 내내 감옥에 있었고, 그 사람 체포 후로 더는 살인 사건도 없었어. DT 살인범은 잡혔다고."

"그래, 그렇다고 쳐. 그럼 죽은 비둘기는?" 라비가 팔을 뻗어 화면을 가리켰다. 라비의 팔이 떨리고 있었다. "그리고 분필 그림은? 줄리아 헌터가 살해당하기 몇 주 전에 그 두 가지를 봤다잖아." 라비가 무릎을 꿇고 앉아 핍 얼굴 앞에 손바닥을 펴고 엄지와 새끼손가락을 접어 보였다. "**셋.**" 라비가 손가락 세 개를 더욱 가까이 들이대며 공격적으로 말했다. "분필 그림이 세 개였어. 줄리아는 **네 번째** 피해자였고. 피해 여성이 총 다섯 명인데, 너희 집 진입로에 지금 그놈의 막대 인간 그림이 **다섯 개** 그려져 있단 말이야."

"잠깐만, 진정해." 핍이 라비의 손을 잡고 움직이지 못하도록 핍의 무릎 사이에 끼워 넣었다. "줄리아 헌터 여동생이 한 이야기는 여기서 처음 봐. 기사에서도, 팟캐스트에서도 전혀 못 봤어. 어쩌면 경찰이 결국 관련이 없다고 판단한 건지도 모르지."

"너한테는 관련이 있잖아."

"그렇지. 그걸 부정하는 게 아니고." 핍은 라비와 눈을 맞추고 고개를 옆으로 갸우뚱했다. "해리엇 헌터가 한 말이랑 요즘 나한테 벌어지는 일 사이에 분명히 관계가 있지, 맞아. 딱히 의심스러운 전화를 받은 적은 없고……."

"아직은 없었겠지." 라비가 핍의 말을 끊으며 손을 빼내려고 애를 썼다.

"하지만 DT 살인범은 감옥에 있는걸. 이거 봐." 핍은 라비의 손을 풀어주고 다시 노트북을 향해 돌아앉으며 새 검색 페이지에 'DT 살인범'을 입력한 후 엔터를 눌렀다.

"아, 빌리 카라스. 맞다, 이게 그 사람 이름이었어." 핍은 라비에게 검색 결과를 보여주려 스크롤을 내렸다. "이거 봐. 체포 당시 서른이었어. 경찰 인터뷰 중에 범행을 자백했고. 내 말 맞지? 다섯 건의 살인 모두 유죄를 인정했어. 재판조차 필요가 없었네. 현재 옥살이 중이고 평생 거기 있을걸?"

"경찰 몽타주랑 별로 안 비슷한데." 라비가 다시 핍의 무릎 사이에 손을 끼워 넣으며 콧방귀를 뀌었다.

"뭐, 대충은 비슷하네." 핍은 빌리 카라스의 머그샷을 보고 눈살을 찌푸렸다. 이마 뒤로 빗어넘긴 기름진 짙은 갈색 머리카락, 카메라 셔터 소리에 놀라 거의 튀어나올 것 같은 녹색 눈. "원래 머그샷이라는 게 다 그렇지 않나?"

라비도 이름과 얼굴을 다 확인하고 나선 사진 속 사람을 범인으로 받아들이는 것 같았다. 당장 핍이 2페이지를 클릭하니 눈앞에 증거가 쏟아져 나왔다.

핍이 잠시 멈칫하다가 다시 스크롤을 올렸다. 무언가가 눈에 띄었다. 숫자, 날짜였다.

"아, 별거 아니네." 핍은 진심으로 별거 아니란 의미로 고개를 저어 보였다. "진짜 별건 아냐. 그냥…… 지금까지 한 번도 생각을 못 했어. DT 살인범 마지막 피해자 타라 예이츠. 살해된 날짜가 2012년 4월 20일이네."

라비가 핍을 쳐다보았다. 라비의 눈동자는 그날의 의미를 알아챈 듯 핍과 똑같이 반짝였다. 그 짙은 눈동자 속에 갇힌 왜곡된 핍의 모습이 비치고 있었다. 이제 둘 중 어느 하나가 입 밖으로 그 말을 꺼낼 차례였다.

"앤디 벨이 죽은 그날 밤이야." 핍이 말했다.

"이상한데." 라비가 시선을 떨구었고, 라비의 눈동자 속 핍도 사라졌다. "전부 이상해, 전부 다. 그래, 감옥에 있다 쳐. 그런데 누군가 너한테 줄리아 헌터가 죽기 전 겪은 일을 굳이 똑같이 해 보일 이유가 있어? 아마 다른 피해자들도 겪은 일일 테고. 우연이라고 둘러댈 생각은 마. 넌 우연 안 믿으니까."

라비 말이 맞았다.

"그렇지, 알아. 나도 이유야 모르지." 핍은 웃음이 터졌다. 딱히 웃음이 터질 시점도 아니었는데, 핍도 영문을 알 수가 없었다. "분명히 우연은 아니겠지. 내 스토커가 DT 살인범이라고 믿게끔 하고 싶은 사람이 있나 보지."

"그 사람은 네가 왜 그렇게 믿길 바라는데?"

"내가 어떻게 알아." 갑자기 핍은 열이 오르면서 방어적으로 울타리를 쳤다. 이번엔 라비를 들어오지 못하게 하기 위한 것이었다. "내가 미친 사람처럼 보였으면 좋겠나 보지. 나를 벼랑 끝까지 밀치려나 보지."

그리 열심히 밀 필요도 없었다. 핍은 제 발로 거의 벼랑 끝까지 걸어갔고 이제 그 끝에서 발끝이 달랑대는 중이었다. 바로 뒤에서 불어오는 날카로운 입김 한 번만으로도 충분히 나가떨어질 수 있었다. 추락과 핍 사이에 남은 것은 질문 딱 하나였다. '네가 사라지면 누가 널 찾지?'

"빌리인지 하는 이 사람 체포되고 나선 죽은 사람이 전혀 없는 거지?" 라비가 재차 확인했다.

"없어." 핍이 대답했다. "그리고 얼굴에 박스 테이프 감는 거, 그게 워낙 남다른 범행 방법이었고."

“잠깐만 비켜봐.” 라비가 핍의 의자를 옆으로 밀며 말했다. 핍의 손이 노트북에서 떨어졌다.

“뭐야.”

“그냥 생각나는 게 하나 있어서.” 라비가 화면 앞에서 무릎을 꿇고 선 채 페이지 맨 위까지 스크롤을 올린 다음 검색어를 지우고 ‘빌리 카라스 무죄?’를 입력했다.

핍은 한숨을 쉬며 검색 결과를 빠르게 훑어보는 라비를 지켜보았다. “자백도 했고, 유죄도 인정했다니까. DT 살인범은 지금 우리 집 밖에 있는 게 아니라 철장 신세라니까.”

라비의 목소리가 갈라졌다. 경악한 듯한 소리와 기침, 그 사이 어디쯤 되는 소리였다. “페이스북 페이지가 있어.” 라비가 말했다.

“무슨 페이지?” 핍이 뒤꿈치를 딛고 의자를 돌렸다.

“‘빌리 카라스는 무죄’라는 페이지.” 라비가 링크를 클릭했고 배너 이미지가 나타나자 빌리 카라스의 머그샷이 화면을 가득 채웠다. 다시 보니 이번엔 그의 얼굴이 전보다 부드러워 보였다. 더 어려 보였다.

“당연히 있겠지.” 핍이 라비에게 더 가까이 다가갔다. “연쇄살인범 중에 무죄라고 주장하는 페이스북 페이지가 없는 사람은 없을걸? 테드 번디*도 그런 게 있을 거라고 내가 장담한다.”

라비는 ‘소개’ 탭 위에서 한참 맴돌다가 결국 엄지로 터치패드를 눌러 그 탭을 열었다. “이런 젠장.” 라비가 페이지를 훑어

* 1970년대 악명 높았던 미국 연쇄살인범.

보며 말했다. "모친이 운영하는 페이지네. 마리아 카라스."

"불쌍한 카라스 부인." 핍이 나직이 말했다.

"'2012년 5월 18일 쉬는 시간 없이 아홉 시간을 앉아 경찰 조사를 받은 다음 아들은 자신이 저지르지도 않은 범죄에 대해 거짓 자백을 했다. 경찰의 강도 높은 — 그리고 불법적 — 조사로 인한 강요된 자백이었다.'" 라비가 화면의 글을 읽었다. "'이튿날 아침 약간의 수면 후 아들은 곧바로 자백을 취소했지만 이미 늦었다. 경찰은 필요한 것을 이미 얻은 터였다.'"

"거짓 자백?" 핍은 마치 당사자에게 묻듯 화면 속 빌리 카라스의 눈을 들여다보며 말했다. 아니, 그럴 리가 없다. 핍을 바라보고 있는 건 DT 살인범의 눈이다. 그래야만 했다. 그게 아니라면…….

"'우리 형사사법 체계에 시스템 차원의 심각한 문제가……'" 라비는 일부 내용을 건너뛰고 다음 단락으로 넘어갔다. "'지역구 의원실을 통한 청원은 3천 명의 서명이 필요하며……' 아이고, 겨우 29개밖에 못 받았네. '빌리 사건을 무죄 프로젝트에 회부하여 유죄 결정에 대해 항소할 수 있도록……'" 라비가 글을 읽다 말고 말했다. "이거 봐, 연락처란에 심지어 개인 전화번호까지 적어뒀어. '법률적 경험 혹은 언론과의 접점이 있고 빌리 사건에 도움을 줄 수 있다고 생각하시는 분들, 또는 청원 서명에 도움을 주실 수 있는 분들의 연락을 환영합니다. 참고: 이상한 전화는 바로 경찰에 신고합니다.'" 라비는 화면을 등지고 돌아서서 핍과 눈을 맞추었다.

"그래서?" 핍은 라비의 양 입꼬리가 내려간 것을 보고 답을 알 수 있었다. "마리아 카라스는 당연히 빌리가 무죄라고 생각하겠지. 엄마인데. 그건 증거가 아니야."

"하지만 물음표이긴 하잖아." 라비는 핍이 앉은 의자를 더 가까이 끌어당기며 단호하게 말했다. "전화해봐. 직접 얘기 나눠봐. 왜 그렇게 생각하는지 알아봐."

핍이 고개를 저었다. "방해하긴 싫어. 괜히 헛된 희망을 주고 싶지 않아. 누가 봐도 충분히 시달렸을 텐데."

"그렇지." 라비가 핍의 다리를 쓰다듬었다. "우리 엄마가 겪은 일이고 내가 겪은 일이야. 다들 앤디 벨을 죽인 게 우리 형이라고 생각했었지. 그 사건 결론이 어떻게 됐더라?" 라비는 기억을 더듬는 듯이 턱에 손가락을 괴었다. "아, 그래 맞아. 집요하기 그지없는 핍푸스 막시무스 님께서 다짜고짜 우리 집에 찾아와 문을 두드렸던가?"

"그건 얘기가 전혀 다르지." 핍은 라비에게서 등을 돌리며 말했다. 라비를 계속 쳐다보고 있다간 분명 설득당하고 말 텐데, 그건 안 될 일이다. 당연히 안 된다. 불쌍한 카라스 부인에게 전화를 거는 순간, 가능성이 있단 걸 인정하는 셈이 된다. 다른 가능성. 다른 사람이 감옥에 들어가 있다는 가능성. 그럼 진짜 범인은? 진짜 범인은 핍의 집 앞에서 이미 자신의 피해자들 수만큼 핍을 향해 다가가며 핍에게 손짓하는 막대 인간 그림을 그리고 있겠지. 여섯 번째 피해자. 그리고 그건 핍이 준비되지 않은 게임이 될 터였다. 스토커도 문제지만, 이건…….

"그래, 신경 쓰지 마." 라비는 어깨를 으쓱해 보였다. "대신 여기 이렇게 엄지손가락이나 만지작대고 앉아서 이 스토커 사건이 그냥 시들해질 때까지 기다리지 뭐. 그렇지? 소극적으로 말이야. 천하의 핍이 소극적인 길을 택하리라곤 전혀 생각 안 해 봤는데, 아무튼 그냥 조용히 기다리다가 상황 봐서 대응을 하자. 굳이 본격적으로 나설 것 없이."

"내가 언제 그런댔어?" 핍이 라비를 향해 눈을 굴렸다.

"그런다고 하진 않았는데, 이런 얘긴 했었지." 라비가 말했다. "이게 너 자신을 위한 일이라고. 혼자 할 수 있다고. 네가 잘하는 게 수사라고."

라비 말이 맞았다. 핍이 그렇게 말한 건 사실이었다. 핍의 시험대이자 재판. 최종심. 스스로를 구해내고 원래의 자신을 되찾겠다는 그 각오엔 변함이 없었다. 진짜 범인과 가짜 범인이 존재한단 가능성이 있다면 더더욱 말이다.

"알아." 핍이 긴 숨을 내쉬며 마지못해 인정했다. 핍은 기사를 끝까지 읽자마자 무슨 일을 해야 하는지 깨달았다. 단지 그 말을 입 밖으로 꺼낸 것이 라비였을 뿐이다.

"그럼……" 핍의 약점인 그 옅은 미소를 띠고서 라비는 핍의 손에 슬며시 휴대폰을 쥐여주었다. "수사 개시인가!"

15

얼마나 노려보았던지 이제 그 숫자들이 눈을 감아도 보일 지경이었다. 01632 725 288. 보지 않고도 핍은 머릿속에서 번호를 읊을 수 있었다. 밤새도록 잠이 들기를 기다리는 핍의 머릿속에 끝없이 재생되던 그 번호. 이제 약은 네 알 남아 있었다.

핍의 엄지가 다시금 녹색 통화 버튼을 맴돌았다. 어제 라비와 함께 다섯 번 전화를 걸어보았지만 계속 신호음만 울리고 음성 녹음으로 넘어가진 않았다. 지선 번호였다. 아마도 마리아 카라스 부인은 어디 멀리 나가 있는 모양이었다. 어쩌면 아들을 만나러 갔을지도 모른다고 두 사람은 짐작해보았다. 핍은 아침에 다시 시도해보겠다고는 했지만 선뜻 내키지 않았다. 심지어 두려웠다. 일단 버튼을 누르면 카라스 부인이 전화를 받을 테고, 그럼 다시는 돌이킬 수 없을 터였다. 알게 된 걸 다시 모르는 걸로 할 수도 없고 안 들은 걸로, 생각 안 해본 걸로 할 수도 없는 노릇이었다. 그러나 그 생각은 이미 머릿속 깊숙이 파고들어 스탠리의 영혼 없는 눈, 찰리의 회색 총 옆에 자리를 잡아버린 후였다. 지금 한 손으로 볼펜을 쥐고 딸깍대는 이 와중에도 핍은 그 볼펜 소리 속에서 다른 소리를 들었다. 희미하게 들려오는 두 글자, 두 음정이었다. 'DT. DT. DT.' 핍은 그래도 볼펜을 놓지 않았다.

핍의 손 아래에는 노트의 깨끗한 새 페이지가 펼쳐져 있었다. 앞장에는 사체 부패, 시반에 대해 핍이 메모해둔 내용이 남아 있었다. 마리아 카라스의 번호도 거기 끼적여 있었다. 도저히 벗어날 수 없었다.

결국 핍은 통화 버튼을 누르곤 스피커폰을 켰다. 날카로운 신호음이 울릴 때마다 그 소리가 등줄기를 타고 오르락내리락하는 기분을 느꼈다. 어제도 딱 이렇게 신호음이 울렸…….

'딸깍.'

"여보세요? 카라스입니다." 목소리가 선명하게 들리진 않았지만, 그리스 억양이 느껴졌다.

"아, 음, 여보세요." 핍이 정신을 차리고 목소리를 가다듬었다. "마리아 카라스 씨 계실까요?"

"네, 전데요." 목소리가 대답했다. 핍은 수화기 저편에서 푹 꺼진 눈, 슬픈 미소를 띤 부인의 모습을 그려보았다. "무슨 일이시죠?"

"안녕하세요, 카라스 부인." 핍은 다시 펜을 만지작댔다. 'DT. DT. DT.' "일요일에 이렇게 갑자기 전화드려 죄송해요. 저는 핍 피츠-아모비라고 하고요. 저는……."

"어머 세상에." 마리아가 말을 끊었다. "내 메일 봤어요?"

핍이 말을 더듬었다. 미간에 주름이 잡혔다. 무슨 메일? "아, 그게, 음…… 메일이요?"

"네, 핍의 웹사이트를 통해 이메일을 보냈어요, 음, 아마 4월이었나 그래요. 트위터로도 메시지를 보내려고는 해봤는데, 그건 혼자서 도저히 모르겠더라고. 그래도 드디어 읽은 거죠?" 마리아의 목소리가 커지고 있었다.

핍은 그 이메일을 본 기억이 없었다. 잠시 고민하다가 결국 핍은 이메일을 본 척하기로 했다. "그, 네, 이메일이요." 핍이 말했다. "연락 주셔서 감사합니다. 답이 늦어져 죄송해요."

"아유, 무슨 그런 말씀을." 수화기 저편에서 전화기를 옮겨 잡느라 잡음이 들렸다. "핍이야 무진장 바쁠 텐데, 내 메일 봤다니 그것만으로도 아주 기뻐요. 팟캐스트를 다시 시작할지 모르겠지만 그래도 혹시 다른 동네 사건에 관심이 있을지 몰라 연락해 본 거였어요. 핍, 정말 대단해요. 이런 딸을 둔 부모님은 얼마나 자랑스러울까? 그리고 우리 빌리한테 필요한 게 딱 언론의 관심을 얻는 건데, 핍이랑 핍의 팟캐스트를 통해 가능할 것 같더라고요. 인기가 대단해요. 나 머리 해주는 분도 이거 듣잖아. 이메일에도 적었지만 빌리 사건을 '무죄 프로젝트'에서도 다뤄줬으면 하고 있거든요."

마리아가 잠시 숨을 고르려 말을 멈춘 사이를 놓치지 않고 핍이 끼어들었다.

"네. 카라스 부인, 단도직입적으로 말씀드릴게요. 제가 전화를 드렸다고 해서 팟캐스트에서 꼭 아드님 사건을 다루겠다는 뜻은 아니에요. 그 전에 직접 조사를 해봐야 하거든요."

"아유, 그럼요. 알죠, 알아요. 당연하죠." 마리아의 목소리에서 느껴지는 온기가 거의 수화기를 뚫고 여기까지 느껴지는 것 같았다. "아직은 우리 아들이 유죄라고 생각할 수도 있겠죠. 우리 아들은 DT 살인범이고, 슬라우 교살범이고, 또 뭐라고 하더라? 아무튼 아니라고 생각하는 사람이 드물죠. 원망은 안 해요."

핍은 다시 목을 가다듬으며 시간을 벌었다. 핍에겐 빌리 카라스가 유죄인 편이 나았다. 핍도 그러길 바랐다. 물론 그 말을 입 밖으로 꺼내진 않았다.

"음, 아직 사건을 자세히 살펴보진 못했어요. 아드님이 다섯 건의 살인 모두에 대해 자백을 했다는 것, 법정에서 유죄를 인정했다는 것까지는 알고 있어요. 그래서 그리 유리한 시작점은 아니죠."

"거짓 자백이었어요." 마리아가 코를 훌쩍였다. "빌리를 취조한 경찰들이 자백을 강요한 거예요."

"그런데 왜 무죄를 주장하고 사건을 재판까지 끌고 가지 않은 거죠? 자세히 얘기해주실 수 있을까요? 증거라든가, 또 빌리가 유죄가 아니라고 생각하시는 이유도요."

"그럼요, 당연히 얘기해줄 수 있죠." 마리아가 말했다. "그리고 비밀도 하나 얘기해줄게요. 나도 빌리가 유죄인 줄 알았어요. 처음 한 1~2년간은요. 언젠가는 빌리가 나한테 진실을 털어놓겠지 생각했어요. 하지만 빌리는 계속해서 '엄마, 내가 안 했어요. 진짜예요.' 하더군요. 2년씩이나요. 그래서 사건을 살펴보게 된 거고, 그제야 나도 빌리 말이 사실이란 걸 알게 됐죠. 우리 빌리는 무죄란 걸요. 핍도 신문조서를 보면 나처럼 생각할걸요. 아, 잠깐만. 내가 보내줄 수 있어요!" 수화기 너머로 부스럭대는 소리가 이어졌다. "몇 년 전에 받은 건데, 경찰 문서 사본이 몇 부 있어요. 그, 뭐라더라…… 아, 그래. '정보공개법' 그거 통해 받은 거예요. 신문내용 전부, 자백 부분까지 다 포함돼 있어요. 녹취록만 100장이 넘어요. 경찰이 빌리를 아홉 시간 넘게 잡아두고 있었던 거 알아요? 빌리는 지친 데다 겁을 먹었어요. 이렇게 합시다. 내가 쭉 넘겨보면서 중요한 부분을 하이라이트 표시하고 스캔해 보내주면 어때요? 내가 저 스캐너 쓰는 방법은 아는 거 같으니까. 쭉 넘겨보려면 시간은 좀 걸리겠지만 늦어도 내일까진 보낼 수 있을 거예요."

"네, 부탁드려요." 핍은 노트에 메모를 하며 말했다. "부인만 괜찮으시면 저야 감사하죠. 도움이 많이 될 거예요. 그렇다고 서두르실 필요까진 없고요. 정말로요." 실은 정말로 서두를 필요가 있었지만 말이다. 막대 인간 5명. 모두 머리 없는 여자였다. 전부 얼굴에 테이프가 감겨 있었으니까. 이들은 6번째 피해자를 찾아 핍의 방으로 향하고 있었다. 끝이 눈앞에 보였다. 물론 핍이 그렇게 생각하기를 원하는 누군가의 바람일 뿐이었지만 말이다.

"그래요, 그럴게요." 마리아가 말했다. "그리고 핍도 내 말이 무슨 뜻인지 정확히 이해할 거예요. 빌리한테 이게 답이야, 떠먹여준 게 경찰이에요. 빌리는 아무것도 모르고요. 우리는 너한테 불리한 증거를 이미 확보했다, 5건 중 1건은 목격자가 있다고까지 시사했죠. 물론 사실이 아니었고요. 빌리는 무척 혼란스러워했어요. 불쌍한 것. 내 아들이긴 하지만 걔가 똘똘한 녀석은 전혀 아니거든요. 그 당시에 술 문제도 좀 있어서 저녁때 필름이 끊기는 일도 종종 있었고요. 그런데 이 경찰들이 빌리한테 이렇게 확신을 심어준 거죠. 네가 필름이 끊긴 동안 살인을 저질렀다, 그래서 기억이 없는 거다. 빌리 스스로도 그 말을 믿기 시작한 것 같고요. 유치장에서 눈을 좀 붙이고 난 후에야 빌리도 자백을 철회했죠. 거짓 자백이 생각보다 훨씬 흔하단 거 알아요? 무죄 프로젝트를 통해 지난 몇십 년간 누명을 벗은 365명 중 4분의 1 이상이 자백을 한 사람들이에요."

마리아는 찾아보지 않고도 통계를 바로 인용할 수 있었다. 그제야 핍은 마리아가 빌리의 누명을 벗기는 데에 자기 인생을 걸었단 걸 깨달았다. 숨을 쉬는 것도 아들 때문이었고, 머릿속에도 아들 생각뿐이었다. 아들 빌리. 비록 빌리는 'DT 살인범', '슬라우 교살범', '괴물' 등등 다른 이름으로 불렸지만 말이다. 핍은 가슴이 아팠지만, 그렇다고 마리아의 말이 맞기를 바랄 정도는 아니었다. 그것만큼은 아니었다.

"그런 통계가 있는 줄 몰랐어요." 핍이 말했다. "그리고 빌리의 신문조서를 빨리 읽어보고 싶고요. 그런데 다음 날 아침 자백을 철회해놓고 왜 나중에 다시 유죄를 인정한 거죠?"

"변호사 때문에요." 마리아가 말했다. 부드러운 그녀의 목소리에 약간의 후회가 묻어났다. "변호사를 쓸 돈이 없어서 국선변호사한테 맡겼어요. 변호사를 고용할걸. 그게 제일 후회되는 부분이에요. 더 애를 써봤어야 했는데." 마리아가 말을 멈췄다. 수화기 너머로 들려오는 마리아의 숨결이 갈라졌다. "기본적으로 이 국선변호인은 빌리한테 당신이 이미 살인 5건 모두 경찰에 자백했고, 그 자백이 녹음으로 남아 있기 때문에 재판까지 가봐야 의미가 없다, 이런 식이었어요. 빌리가 진다, 다른 증거도 있지만 무엇보다 자백이 결정적이다, 배심원은 언제나 빌리보단 그 녹음된 자백을 믿을 거다, 등등. 뭐, 틀린 말을 한 건 아니죠. 자백이 원래 가장 선입견이 큰 증거라고들 하니까요."

"그렇군요." 그것 말고 핍은 달리 뭐라 해야 좋을지 알 수 없었다.

"그래도 시도는 해봤어야 했는데." 마리아가 말을 이었다. "재판 과정에서 뭐가 튀어나왔을지 누가 알아요? 빌리한테 유리한 증거라도 나왔을지 말이에요. 두 번째 피해자 멜리사 데니에게서 확인 안 된 지문이 발견됐어요. 빌리의 지문과는 일치하지 않았고 누구 지문인지 지금도 몰라요. 그리고……" 마리아가 여기서 무너졌다. 잠시 아무 말도 없었다. "세 번째 피해자 베서니 잉엄이 살해된 그날 밤은 아마 빌리가 나랑 여기 같이 있었을 거예요. 자신은 없지만 그날 저녁 빌리가 우리 집에 왔던 것 같거든요. 빌리는 술을 마신 상태였어요. 아주 많이. 문장 하나도 끝까지 말을 잇지 못할 정도였거든요. 그래서 빌리한테 옛날 쓰던 침대에 가서 자라고 하고, 운전 못 하게 내가 열쇠를 뺏었어요. 이걸 입증할 방법이 없어요. 아무리 찾아도 방법이 없어. 통화 기록이며 저쪽 길 아래 CCTV 카메라며, 아무것도요. 증거는 없지만, 법정에서라면 내 증언이 증거가 됐겠죠. 그날 밤 우리 집에서 나랑 같이 있었던 빌리가 어떻게 베서니를 죽일 수 있었겠어요?" 마리아가 한숨을 내쉬었다. "하지만 국선변호인은 빌리더러 유죄를 인정하면 판사가 더 가까이 있는 감옥으로 보내줄 수도 있고, 그럼 모친도 면회를 더 쉽게 올 수 있을 거라고 했죠. 물론 그런 일은 일어나지 않았고요. 빌리는 희망을 잃었고, 그래서 유죄라고 인정한 거예요. 빌리는 시작도 해보기 전에 이미 졌다고 생각했어요."

핍은 마리아가 말을 이어가는 동안 부지런히 메모했다. 바삐

적으려다 보니 글씨는 삐뚜름하고 제대로 띄어쓰기도 되지 않았다. 핍은 마리아가 말을 멈추고 자신의 반응을 기다리고 있단 것을 깨달았다.

"죄송해요." 핍이 말했다. "그럼 자백 외에 경찰이 빌리를 DT 살인범으로 지목하게 된 다른 증거는 뭐가 있었나요?"

"뭐, 몇 가지가 있었죠." 마리아가 말했다. 수화기 너머로 마리아가 종이 같은 걸 넘기는 듯한 소리가 들려왔다. "제일 큰 건 마지막 피해자 타라 예이츠를 발견한 사람이 빌리였단 사실이었어요."

"시신을 찾았다고요?" 이제야 핍도 희미하게 기억이 났다. 그 부분을 대단한 반전으로 그려낸 팟캐스트를 들은 기억이 났다.

"네. 빌리가 피해자를 그 상태로 발견했죠. 발목이랑 팔목에도 테이프가 감겨 있고, 얼굴도 테이프로 칭칭 감겨 있는. 그런 모습을 하고 있는 사람 자체가 난 상상도 안 가요. 빌리가 피해자를 발견한 건 직장에서였어요. 빌리는 부지 관리 회사에서 일했어요. 잔디 깎고, 관목 다듬고, 쓰레기 줍고, 뭐 그런 일이요. 이른 아침이었고 빌리는 대저택 부지 안에 있었는데, 빌리네 회사에서 관리하는 곳 중 하나였죠. 빌리는 풀을 깎다가 부지 둘레에 심어진 나무들 사이에서 타라를 발견했어요." 마리아가 목소리를 가다듬었다. "그리고 빌리는…… 뭐, 빌리야 당장 피해자 쪽으로 달려갔죠. 얼굴은 못 보고, 아직 피해자가 살아 있을지도 모른다는 생각으로요. 그렇게 다가가선 안 되는 거였는데. 그냥 시신은 그대로 두고 바로 경찰에 전화했어야 했는데, 빌리는 그러지 않았죠."

마리아가 뜸을 들였다.

"그럼 빌리는 어떻게 했죠?" 펍이 마리아를 재촉했다.

"빌리는 그 피해자를 도우려고 했어요." 마리아가 한숨을 내쉬었다. "빌리는 테이프 때문에 피해자가 숨을 못 쉰다고 생각하고 테이프를 벗기기 시작했죠. 시체며 테이프에 맨손으로 손을 댄 거죠. 피해자가 숨을 안 쉰다는 걸 깨닫고 심폐소생술을 시도했지만, 사실 빌리는 자기가 무슨 짓을 하고 있는지조차 몰랐죠. 뭘 어떻게 해야 하는지 배운 적이 없었으니까요." 수화기 너머 들리는 작은 기침 소리. "빌리는 도움이 필요하단 걸 깨닫고 저택으로 달려가 직원 중 한 명에게 부탁했죠. 경찰에 전화해서 도움이 필요하다고 말해달라고. 빌리도 휴대폰을 가지곤 있었지만 그 순간엔 그냥 잊어버린 거예요. 아마 충격을 받은 상태여서 그랬겠죠? 누가 그런 모습으로 있는 걸 본 적이 없으니 어떤 충격을 받는지도 나야 알 수가 없죠."

어떤 충격인지 펍은 정확히 알고 있었다. 다만 그건 아무리 애를 써도 설명이 불가능한 감정이었다.

"그래서 그 결과," 마리아가 말을 이었다. "빌리의 DNA며 땀이며 침이 피해자 타라의 시신 온 사방에 묻어 있었던 거죠. 지문도 그렇고요. 바보 같은 녀석." 마리아가 조용히 말했다.

"하지만 아무리 빌리가 이미 늦은 줄 모르고 현장을 그냥 오염시키고만 있었다 한들 경찰에서는 빌리가 피해자를 발견하고 어떻게든 구해보려고 했던 것인 줄로 짐작했을 텐데요."

"그렇죠. 뭐, 처음에야 경찰도 그렇게 생각했을지 모르죠. 그런데 말이에요. 내가 그동안 연쇄살인범 사건을 엄청 많이 뒤져

봤어요. 이제 내가 전문가가 됐다 자부할 정도야. 이런 DT 같은 연쇄살인범은 말이에요, 어떻게든 경찰 조사에 직접 참여하려고 하는 편이에요. 수사 제안이나 팁을 준다는 구실로 경찰에 전화를 한다든가, 수색대에 도움을 자청한다든가 하는 식으로요. 심지어 자기가 과연 용의선상에서 얼마나 떨어져 있는지 확인하려고까지 시도해요. 경찰은 빌리도 그런 경우라고 생각한 거예요. 빌리가 타라의 시신을 '발견'했다고 주장함으로써 수사에 도움을 주고 자신은 무죄인 것처럼 위장하려고 했다, 혹은 범죄를 저지르는 과정에서 피해자에게 자기 흔적이 남아 있을지 모르니까 그걸 위장하려고 그랬다고 본 거죠." 마리아가 한숨을 쉬었다. "이제 어떻게 일이 꼬이고 꼬여서 이렇게 딱 맞아떨어지게 된 건지 보이죠?"

간담이 서늘해졌다. 핍은 자신도 모르게 고개를 끄덕이고 있었다. 지금 뭘 한 거지? 이 길을 가고 싶지는 않았다. 빌리가 무죄일 가능성이 있다고 한다면, 그렇다면…… 젠장. 그거야말로 젠장할 일이었다.

다행히 마리아는 말을 계속 이어갔고, 핍도 머릿속의 목소리에 더는 귀를 기울이지 않아도 되었다.

"어쩌면 이것마저도 이 자체만으로는 괜찮았을지 몰라요." 마리아가 말했다. "하지만 빌리를 결국 나락으로 몰아넣은 다른 디테일들이 있었어요. 이를테면 빌리는 다른 피해자와도 면식이 있었죠. 세 번째 피해자 베서니 잉엄은 빌리의 상사였어요. 빌리는 베서니의 죽음을 전해 듣고 아주 슬퍼하면서 베서니가 늘 자기한테 잘해주었다고 했어요. 또 첫 번째 피해자, 필리파 브룩필드의 시신은 비컨스필드 골프 코스에서 발견됐는데, 그곳은 빌리가 일하는 회사에서 관리하던 곳이고 빌리는 거기 배정된 팀 소속이었어요. 필리파의 시신이 발견된 그날 아침 그 골프 코스에서 빌리의 작업 차량이 목격되었는데, 물론 빌리는 일을 하러 가던 참이었죠. 박스 테이프는 빌리가 회사에서 쓰던 것과 정확히 같은 종류였고. 그러니……."

핍은 잠들어 있던 자신의 일부가 깨어나는 것 같았다. 머릿속에 갑자기 불이 반짝 들어오는 듯했다. 의문점들은 점점 빠르게 꼬리에 꼬리를 물고 이어지고 있었다. 머리가 빠르게 회전하면서 주변의 속도는 느려졌다. 이런 흐름은 좋지 않았다. 핍은 이 길이 어느 방향으로 향하는지 잘 알고 있었다. 그럼에도 멈출 수 없었다. 끝내 핍은 질문 하나를 던지고야 말았다.

"그럼 빌리가 DT 살인범으로 지목된 근거의 상당 부분이 빌리의 직장과 관련이 있다는 건데요." 핍이 입을 열었다. "빌리가 나니던 회사 이름이 뭔가요?"

너무 늦었다. 그 질문을 던진 순간 이미 늦어버렸다. 이제 핍도 어떻게 보면 지금 자신이 이야기를 나누는 이 상대가 어쩌면 진짜 DT 살인범의 모친이 아닐 수도 있겠다는 생각, 어쩌면 그럴 가능성이 있겠다는 생각을 하고 있었다.

"그렇죠, 전부 직장과 연결되는 것 같죠." 마리아의 말은 이제 더욱 빨라지고 힘을 얻었다. "회사 이름은 '그린 신 리미티드'예요. 영화 속의 한 장면을 뜻할 때 그 '신'이요."

"알겠습니다. 감사합니다." 핍은 회사의 이름을 노트 맨 아래쪽에 적었다. 그리고 고개를 갸우뚱하며 비스듬한 각도로 그 이름을 다시 들여다보았다. 어딘가 낯익은 이름이었다. 어디서 봤더라? 영업장이 인근이라고 한다면 아마 킬턴 거리에서 로고가 붙어 있는 밴을 본 적이 있었겠지.

"빌리가 거기서 일한 지는 얼마나 됐었나요?" 핍은 질문을 던지며 노트북 터치패드를 손가락으로 터치했다. 화면이 다시 살아났다. 핍은 '그린 신 Ltd 버킹엄셔'를 입력한 다음 엔터를 눌렀다.

"2007년부터요."

첫 번째 검색 결과는 회사 웹사이트였다. 그래, 저 원뿔 모양 나무 로고가 분명 낯이 익었다. 이미 핍의 머릿속 어딘가에 들어와 있는 이미지였다. 그런데 왜? 웹사이트 첫 화면에는 그린 신 리미티드가 보유한 '전문가 및 수상에 빛나는 부지 관리 서비스'를 홍보하는 사진 슬라이드쇼가 보였다. 페이지 아래쪽에는 자매회사 '클린 신 리미티드' 링크가 있었는데, '사무실, 주택조합 등등'에 청소 서비스를 제공하는 회사였다.

"여보세요?" 마리아가 자신 없는 목소리로 침묵을 깼다. 하마터면 핍은 수화기 너머 마리아의 존재를 거의 잊을 뻔했다.

"죄송해요." 핍이 눈썹을 긁적였다. "이유는 모르겠는데 이 회사 이름이 낯이 익어서요."

핍은 메뉴에서 '팀 구성'이라고 되어 있는 항목을 클릭했다.

"아, 핍이야 당연히 알아보겠죠." 마리아가 말했다. "왜냐하면……."

마리아의 대답을 듣기 전 화면이 열렸고, 핍의 눈앞에 대답이 있었다. 맨 위에는 양복 차림으로 씩 웃고 있는 남자의 사진이 보였고, 그 아래에는 최고 경영자이자 그린 신 및 클린 신 리미티드의 소유주라는 소개가 달려 있었다.

제이슨 벨이었다.

“제이슨 벨의 회사였군요.” 핍의 머릿속에서 퍼즐이 맞추어졌다. 그래, 이거였다. 이 회사가 핍에게 낯익은 이유가 그거였다.

“그렇죠.” 마리아가 부드럽게 말했다. “앤디 벨의 아버지 회사예요. 물론 앤디 벨이라면 핍은 모르는 게 없을 테고요. 우리도 핍의 팟캐스트 덕분에 다 알게 됐고요. 벨 씨도 개인적으로 그 시기에 상상도 못 할 비극을 겪고 있었죠.”

정확히 같은 시기였다. 앤디는 타라 예이츠가 살해당한 그날 밤 죽었다. 그리고 죽은 자 앤디는 다시 이렇게 여기 살아 돌아왔다. 빌리 카라스는 제이슨 벨의 회사에서 일했고, 빌리를 DT 살인범 사건과 연결 짓는 고리는 언제나 그의 일터였다.

지금 이 시점에서 빌리 카라스가 무죄일 수 있다는 아주 희미한 가능성을 인정한다면, 그러니까 어쩌면 빌리는 누명을 뒤집어쓴 자일 뿐이고 진범은 따로 있을지도 모른단 가능성을 인정한다면, 가장 먼저 확인할 곳은 그린 신 리미티드였다. 복잡하게 꼬여 있는 다른 일만 없었더라면, 핍과 아무 상관 없는 사건이라면, 핍의 집 앞에 죽은 비둘기나 막대 인간 그림 같은 게 없었더라면, 당연히 핍도 그린 신 리미티드부터 살펴봤을 것이다. 그러나 이번엔 그 첫 단계가 훨씬 어렵고 무거워 보였다.

“카라스 부인,” 마리아를 부르는 핍의 목소리는 이제 매끄럽지 않았다. “마지막으로 하나만 더요. 빌리가 체포된 후 더는 살인이 없었어요. 이건 어떻게 설명하시겠어요?”

"아까도 말했지만 그동안 나도 연쇄살인범 공부를 많이 했어요." 마리아가 말했다. "그리고 사람들이 의외로 미처 잘 모르는 부분이, 연쇄살인범은 별다른 이유 없이 살인 행각을 멈춰요. 나이가 들어서일 수도 있고, 자기 인생에서 다른 일들이 발생하면서 더는 살인 충동이 없어져 그럴 수도 있고, 아니면 시간이 없어서일 수도 있죠. 새로운 애인이 생겼다거나 아이가 태어났다든가 그런 일로요. 어쩌면 이 사건도 그런 경우인지 모르죠. 아니면 빌리가 체포되면서 진범이 쉽게 빠져나갈 수 있게 됐을 수도 있겠죠."

움직이던 핍의 펜이 마침내 멈췄다. 핍의 머릿속은 너무나 많은 생각들도 가득 차서 이제 더 이상의 여유 공간이 없었다. "오늘 시간 내주셔서 감사해요. 들려주신 이야기 모두 아주 '인상적' — '유용했다'거나 '끔찍했다'고 말할 순 없으니까 — 이었어요." 핍이 말했다.

"아유, 내가 오히려 고마워해야죠." 마리아가 코를 훌쩍였다. "이런 이야기를 나눌 수 있는 사람도 없고 들어줄 사람도 없고, 그래서 그게 고마워요. 더 진행이 안 된다고 하더라도 이해하고요. 일단 유죄판결이 나면 뒤집기가 얼마나 어려운지 알죠? 거의 희망이 없다는 거, 우리도 알아요. 그래도 핍이 연락을 해주었다는 사실만으로도 빌리가 무척 감동할 거예요. 그리고 빌리 피의자 신문 녹취록은 내가 바로 스캔해서 보내줄게요."

핍은 과연 녹취록을 직접 보고 싶은 게 맞는지 자신이 없었다. 마음 한구석에선 양손으로 눈을 덮어버리고만 싶었고 또 이 모든 것들이 없어져버렸으면 하는 생각도 들었다. 그냥 다 내버려 두고 떠나고 싶었다. 사라져버리고 싶었다.

"내일까지 보낼게요." 마리아가 단호하게 말했다. "약속해요. 팟캐스트 이메일 주소로 보낼까요?"

"아, 네. 그래주시면 좋죠. 감사합니다. 곧 연락드릴게요."

"그럼 들어가요." 핍은 그때 마리아의 목소리에서 작디작은 한 줄기 희망을 들었다.

핍은 휴대폰의 빨간색 버튼을 엄지로 눌렀다. 침묵이 핍의 귀를 괴롭혔다.

어쩌면 그럴지도 모른다.

가능한 일이었다.

그 가능성의 시작점은 그린 신 리미티드였다.

그리고 그 끝은…….

핍의 죽음이었다.

핍의 머릿속 목소리가 끼어들었다. DT 살인범의 여섯 번째 피해자.

핍은 머릿속 그 목소리를 무시하려고, 주의를 다른 곳으로 돌리려고도 해보았다. 지금 그 끝은 생각하지 말자, 다음 단계만 생각하자. 하루 일만 생각하자. 그러나 과연 핍에게 주어진 날이 며칠이나 있을 것인가?

조용히 해, 방해하지 마. 핍은 머릿속 목소리에게 말했다. 1단계는 그린 신이다. '그린 신' 두 단어가 핍의 머릿속에서 메아리로 울려 퍼지더니 이내 볼펜 소리로 변해갔다. 'DT. DT. DT.'

그제야 핍은 깨달았다. 제이슨 벨이 핍이 아는 인물 중 그린 신 리미티드와 관련된 유일한 사람이 아니었다. 다른 사람이 또 있었다. 바로 다니엘 다 실바였다. 경찰관이 되기 전 그는 제이슨 벨의 회사에서 2년 정도 일했다. 어쩌면 빌리 카라스와 직접 같이 일했을지도 모른다.

어제만 해도 핍과 전혀 상관이 없는 것 같았던, 저 멀찌감치에 있는 것 같았던 이 사건은 이제 점점 벽을 타고 올라오는 그 막대 인간처럼 핍에게 점점 가까워지고 있었다. 마치 핍을 다시 앤디 벨, 그리고 모든 것이 시작된 그 지점으로 이끄는 것처럼 말이다.

갑자기 드르륵 요란하게 진동음이 울렸다.

핍은 그 소리에 움찔했다.

휴대폰 소리였다. 전화가 들어오고 있었다.

휴대폰을 들어 올리며 화면을 슬쩍 보았다. '발신번호 없음'이었다.

"여보세요?"

수화기 너머에선 대답이 없었다. 목소리도, 아무런 소리도 들리지 않았다. 그냥 희미한 전자음뿐이었다.

"여보세요?" 핍이 다시 말했다. 이번엔 마지막 '요'를 길게 뺐다. 핍은 가만히 귀를 기울였다. 저쪽에서 사람 숨소리가 들린 건가, 아니면 핍의 숨소리였나? "카라스 부인? 맞아요?"

답이 없었다. 어쩌면 통신 상태가 좋지 않은 텔레마케팅 전화인지도 모른다.

핍은 숨을 참았다. 눈을 감고 소리에 집중해보았다. 희미하긴 했지만 인기척이 느껴졌다. 누군가 수화기에 대고 숨을 쉬고 있었다. 핍의 목소리가 들리지 않는 걸까?

"카라?" 핍이 말했다. "카라, 진심으로 너, 이게 재밌다고 생각하는 거면……."

통화는 끊어졌다.

핍은 전화기를 내려놓고 한참을 쳐다보았다. 마치 그러면 직접 설명이라도 들을 수 있을 것처럼 핍은 전화기를 오래도록 쳐다보았다. 그리고 지금 핍의 머릿속엔 핍 자신의 목소리가 아닌 해리엇 헌터의 목소리가 들려왔다. 핍의 상상으로 만들어낸 목소리로 해리엇 헌터는 DT 살인범 관련 기사에 실렸던 그 언니 관련 이야기를 하고 있었다. '언니가 이상한 전화를 받았다는 말도 몇 번 했어요. 실종 바로 전 주였어요.'

핍의 심장이 반응하며 가슴속에서 총성이 울렸다. 빌리 카라스가 DT 살인범일 수도, 아닐 수도 있었다. 그리고 만약에, 핍을 블랙홀처럼 집어삼키는 이 '만약'이라는 가정하에 빌리가 DT 살인범이 아니라면, 그렇다면 게임은 이제 파이널 라운드로 향하게 될 터였다. 시간이 째깍대고 흘러가고 있었다.

지난주였던가.

'네가 사라지면 누가 널 찾지?'

파일명:

 Download: 빌리 카라스 경찰 신문 녹취록.pdf

41쪽

놀란 경감: 자, 빌리. 우리 이제 시간 낭비는 그만하지. 괜찮다니까. 여기 봐. 이제 게임은 여기서 끝내는 거야, 알겠지? 털어버리고 나면 기분도 훨씬 좋아질걸. 진짜야. 그냥 무슨 일이 있었는지만 얘기하면 되는 거야. 자네도 일부러 이런 건 아니었을 것 아닌가, 그렇지? 이 여자들을 꼭 해칠 맘을 먹은 건 아니잖아, 나도 알지 그럼. 혹시 뭐 자네 마음을 상하게 했다든가 하는 일이 있었을까? 자네한테 못되게 굴었다든가?

빌리: 아니요. 전 그 사람들 하나도 몰라요. 제가 한 짓이 아니에요.

놀란 경감: 이봐, 빌리. 지금 거짓말을 하고 있잖아. 베서니 잉엄을 분명 알고 있었으면서 그래. 자네 상사 아니었어?

빌리: 네, 죄송해요. 그러니까 제 말은, 다른 여자요. 베서니야 물론 알죠. 거짓말을 하려던 게 아니고, 그냥 너무 피곤해서요. 쉬는 시간이 곧 있나요?

놀란 경감: 베서니가 싫었나, 빌리? 그 여자가 매력적이라고 생각했어? 그 여자랑 자고 싶었는데 거절당했어? 그래서 죽였어?

빌리: 아니요, 저는…… 죄송하지만 그렇게 연이어 막 질문 안 하시면 안 돼요? 저-저도 헷갈리지 않으려고, 혹시 또 실수로 거짓말할까 봐 신경 쓰고 있거든요. 베서니는 전혀 싫어하지 않았어요. 좋아했죠. 하지만 경감님이 말씀하신 것 같은 그런 감정은 아니고요. 베서니가 저한테

잘해줬어요. 베서니 덕분에 작년 제 생일날 케이크도 받고 사람들한테 생일 축하 노래도 들었는걸요. 평소에 그렇게 저한테 잘해주는 사람이 잘 없어서요. 우리 엄마라면 모를까.

놀란 경감: 그러니까 자넨 그럼 외톨이란 거네? 그런 뜻인가? 자네 여자친구 없지? 외로워서 여자들을 보면 막 불편한가? 여자들이 자네랑 같이 있기 싫어해서 화가 나?

빌리: 아니요, 저는…… 경감님, 그렇게 연속해서 물으시면 제가 다 대답 못 해요. 저도 진짜 노력하고 있어요. 외톨이는 아니고, 그냥 지금 친구가 별로 많진 않은 정도예요. 직장에 몇 명 정도? 40조2항에 따라 삭제는 저랑 같이 베서니 밑에서 일했던 친구인데, 지금은 경찰관이에요. 그리고 다른 건 몰라도 저는 여성들을 존경합니다. 우리 엄마는 편모로 절 키우셨는걸요. 엄마도 항상 저한테 그걸 가르쳤고요.

76쪽

놀란 경감: 기억이 안 난다?

빌리: 그냥 술을 많이 마시면 필름이 끊길 때가 있어요. 그날 뭐 했더라 기억이 잘 안 나는 날도 있고요. 저도 문제가 있는 줄은 알아요. 술 문제는 진짜 꼭 도움받을 생각이에요.

놀란 경감: 그러니까 자네 말은 지금 이 피해자들의 사망일 밤 기억이 하나도 없다는 얘기야? 이 날짜들에 어디 있었는지 전혀 기억이 안 난다?

빌리: 그게 아니라요. 아마 집에 있었겠죠. 단지 정확히 기억은 나지 않는다는 얘기예요. 방금은 제가 가끔 기억을 못 하는 이유를 설명드린 거고요.

놀란 경감: 빌리, 하지만 기억이 안 난다면야 자네가 집에 없었을 가능성도 있는 것 아닌가? 필름이 끊긴 상태에서 이 여자들을 죽였을 수도 있는 것 아냐?

빌리: 그…… 그건 저도…… 잘 모르겠어요. 저는…… 그럴 수도 있겠죠…….

놀란 경감: 그러니까 이 여자들을 자네가 죽였을 가능성이 있다? 그냥 털어놔, 빌리.

빌리: 아니요, 저는 그…… 그냥 제 말은, 기억이 안 나니까 뭘 했다고 얘기를 할 수가 없다는 거예요. 물이나 뭐 마실 게 있을까요? 머리가 아파서요.

놀란 경감: 그냥 말해봐, 빌리. 그럼 우리도 이쯤 해두고, 자네도 물 마시고 잠도 자고 할 수 있으니까. 우리 둘 다 지금 얼마나 피곤해. 자네도 기분이 훨씬 나을걸, 훨씬 마음이 가벼워지겠지. 그동안 죄책감이 자네를 좀먹고 있었을 거야. 그냥 자네가 했다고만 하면 돼. 진짜야, 빌리, 알지? 이미 '제가 안 했어요'에서 '기억이 안 나요'라고 말을 바꾸었잖아. 한 걸음 더 가보자고. 진실을 말해봐.

빌리: 지금까지 진실을 말했는걸요. 제가 한 짓이 아니에요. 하지만 말씀하신 날 밤은 기억이 안 나요.

놀란 경감: 빌리, 거짓말은 그만하지. 필리파 브룩필드 시신이 유기된 날 아침 자네 밴이 그 유기 장소 앞을 지나갔어. 타라 예이츠 시신에는 자네 DNA가 온 사방에 묻어 있었고 말야. 이봐, 자네한테 불리한 증거가 내 팔뚝만큼 쌓여 있어. 그냥 말만 해, 그럼 내가 다 알아서 해줄 테니까.

빌리: 시신에 손을 대지 말았어야 했는데 말이에요. 타라요. 죄송해요. 살아 있는 줄로 생각했어요. 도우려고 한 거예요. 그래서 제 DNA가 묻어 있는 거고요.

놀란 경감: 자넬 본 사람이 있어, 빌리.

빌리: 저-저를 봤다고요? 제가 뭘 하고 있었는데요?

77쪽

놀란 경감: 빌리, 자네가 더 잘 알잖아. 답이야 자네가 더 잘 알지. 이쯤에서 연기는 관두자고. 자넨 체포됐어. 그냥 말을 해, 그래야 이 불쌍한 피해자 가족들도 평온을 좀 찾지 않겠나?

빌리: 저-저를 봤대요? 타라랑…… 함께 있었다고요? 밤에? 하지만 전 기억이 안 나요. 저는…… 제가 그랬다면 어떻게 기억이…… 말이 안 돼요.

놀란 경감: 뭐가 말이 안 되지, 빌리?

빌리: 지금까지 경감님 얘기만 들으면…… 경찰이 갖고 있다는 증거도 그렇고, 마치…… 어쩌면 진짜 제가 한 짓일 수도 있겠다, 그렇게 들려요. 하지만 이해는 안 가고요.

놀란 경감: 어쩌면 자네가 기억을 지워버린 걸 수도 있지. 어쩌면 기억을 하고 싶지 않았는지도 몰라. 자네도 자네가 한 짓이 유감스러워서 말야.

빌리: 그럴 수도 있겠죠. 하지만 기억이 안 나는걸요. 아무것도 기억이 안 나요. 그런데 절 본 사람이 있다고요?

놀란 경감: 빌리, 자네가 그 말을 직접 해야 해. 자네가 한 짓을 말해봐.

빌리: 어쩌면 제가…… 제가 한 짓일 수밖에 없겠네요. 도무지 어찌 된 일인지 이해는 안 가지만 제 짓이네요, 그렇죠? 제가 그 피해자들을 해친 사람이었어요. 죄송해요. 저는 그런…… 저는 절대 그런 짓은 안 할 거예요. 하지만 제가 한 짓이라고밖에 할 순 없겠네요.

놀란 경감: 잘했어, 빌리. 아주 좋아. 자, 자, 울지 말고. 지금 얼마나 괴로울지 그 심정 내가 잘 알아. 진정하고, 티슈 여기 있네. 그렇지. 그래, 그럼 이제 물을 좀 가져올게. 그런데 내가 돌아오면 이 대화를 계속하는 거야, 알겠어? 전부

다, 자세하게 전부 공개적으로 얘기해야 해. 지금까지 아주 잘했어, 빌리. 벌써 기분이 꽤 나아졌지?

빌리: 그다지요. 혹시…… 엄마도 알게 될까요?

91쪽

놀란 경감: 어떻게 죽였지, 빌리?

빌리: 얼굴에 테이프를 감았어요. 숨을 못 쉬어서, 그래서 죽었어요.

놀란 경감: 아니지, 빌리. 그렇게 죽은 게 아니지. 자, 답을 알고 있잖아. 어떻게 죽였지? 박스 테이프가 아니었지.

빌리: 저…… 저도 모르겠어요. 죄송해요. 제가…… 제가 목을 졸랐나요? 그-그렇죠, 제가 목을 졸랐죠.

놀란 경감: 좋아, 빌리.

빌리: 제 손으로요.

놀란 경감: 아니, 손이 아니었지? 도구를 썼어. 무슨 도구를 썼더라?

빌리: 음…… 글쎄요…… 밧줄인가?

놀란 경감: 그래, 맞아. 파란색 밧줄. 자네 밴에 들어 있는 밧줄이랑 똑같은 섬유가 발견됐어.

빌리: 일할 때 쓰는 거예요. 나무 다듬는 사람들이 특히 자주 써요. 제가 직장에서 가져온 건가 봐요?

놀란 경감: 박스 테이프도 같이 가져왔지.

빌리: 그러게요.

놀란 경감: 어디서 죽였지? 유괴한 다음에 어디로 데리고 갔어?

빌리: 어, 저도 잘…… 작업 차량이던가? 그런 다음에 사체가 발견된 장소로 곧장 운전해 갈 수 있어서요?

놀란 경감: 자네는 피해자들을 바로 죽이지 않았어, 그렇지? 테이프를 감은 다음에, 목 졸라 죽이기까지 텀을 뒀어. 그중

일부 피해자가 손목에 두른 테이프를 느슨하게 풀었고 조금 찢기도 했지. 그럼 자네가 피해자들을 지켜보지 않고 있었단 뜻일 거야. 그 시간에 어디 갔었지?

빌리: 아마…… 주변으로 차를 몰고 갔나 봐요.

102쪽

놀란 경감: 좋아, 바로 그거야. 그리고 멜리사 데니한테선 뭘 가져갔지? 트로피가 뭐야?

빌리: 다른 액세서리였던 것 같아요.

놀란 경감: 아니, 데니 때는 그게 아니었어. 다른 거였지. 여자들이 핸드백에 넣어 다니는 다른 것.

빌리: 아, 지갑이요? 음…… 우-운전면허증?

놀란 경감: 아니야, 빌리. 답은 알고 있잖아. 아마 피해자가 매일 쓰던 거겠지.

빌리: 아. 립스틱이요?

놀란 경감: 립스틱도 가져갔을 수 있겠지. 하지만 그 피해자 가방에서 사라진 또 다른 물건이 있었어. 립스틱보다는 큰 것. 가족들 말론 늘 들고 다니는 거라고 했지.

빌리: 그게 뭐…… 아, 머리…… 머리빗 같은 거요? 그거 맞아요?

놀란 경감: 그래, 머리빗이야, 그렇지? 폭이 넓은 머리빗 말이야. 금빌의 멜리사는 머리도 길고 숱도 참 많았지. 그래, 그 브러시를 갖고 싶었어?

빌리: 그런가 봐요. 말이 되네요.

놀란 경감: 머리빗 색깔은 뭐였지?

빌리: 부-분홍색?

놀란 경감: 흠, 나라면 보라색에 가깝다고 할 것 같아. 밝은 보라색. 라벤더색 비슷한.

빌리: 라-라일락 같은 색이에요?

놀란 경감: 그렇지, 바로 그거야. 그럼 그 트로피들은 어디에 뒀지? 필리파의 목걸이, 멜리사의 머리빗, 베서니의 손목시계, 줄리아의 귀걸이, 타라의 열쇠고리 말이야. 자네 집이랑 밴에도 다 없던데 말이야.

빌리: 그럼 제가 아마 버렸나 봐요. 기억이 안 나요.

놀란 경감: 쓰레기통에 버렸어?

빌리: 네. 싸서 쓰레기통에 버렸어요.

놀란 경감: 갖고 있고 싶지 않았어?

빌리: 이제 자러 가도 돼요? 그냥 너무 피곤해요.

16

온 동네가 잠들어 있었지만 핍은 깨어 있었다. 핍 말고도 깨어 있는 자가 또 있었다.

핍의 휴대폰 알림이 울렸다. 핍의 웹사이트를 통해 새 메시지가 도착했다. 트위터에도 알림이 떴다.

'네가 사라지면 누가 널 찾지?'

17

아무래도 피가 조금 이상했다. 흐르는 속도도 너무 빠르고, 심장을 들락거리면서 불편한 거품이 생겨났다. 어쩌면 카페에서 커피를 두 잔 연달아 마신 게 실수였는지도 모른다. 하지만 이렇게 꼭두새벽부터 벌써 피곤해 보인다면서 카라가 권했다. 카페에서 나와 처치스트리트로 향하는 길, 핍의 손은 떨리고 있었고 피에선 보글보글 거품이 일었다.

핍은 힘이 없었다. 간밤에 한숨도 못 잔 터였다. 전혀 눈을 붙이지 못했다. 심지어 약을 한 알 다 먹었는데도, 평소 용량의 두 배를 먹은 건데도 그랬다. 빌리 카라스의 녹취록을 읽고 난 후엔 그냥 아까운 약만 버린 셈이었다. 몇 번인지 셀 수도 없을 만큼 핍의 머릿속에선 마치 녹취록 속 목소리가 연극처럼 들려왔다. 정적이 흐를 땐 녹음기의 기계음도 들렸다. 그리고 핍이 상상했던 빌리의 목소리는…… 그 목소리는 전혀 살인자의 것 같지가 않았다. 빌리는 겁을 먹은 것 같았고, 혼란스러워했다. 꼭 지금 핍을 보는 듯했다.

방 안의 모든 그림자는 남성의 형상을 하고 이불을 둘둘 감은 핍을 지켜보았다. 프린터 불빛, 책상 위 블루투스 스피커의 LED 불빛, 깜박이는 전자식 불빛이 모두 어둠 속에선 핍을 지켜보는 눈이 되었다. 2시 반, 다시 메시지를 받은 이후로 불안은 더 커졌다. 이제 세상엔 핍과 조용히 움직이는 저 그림자들뿐이었다.

자리에 누워 깜깜한 천장을 노려보고 있으니 눈이 점점 따갑고 건조해졌다. 개인적인 의견을 말하자면, 정말 솔직히 말하면, 빌리의 말은 사실상 자백이라고도 할 수 없었다. 빌리의 입에서 물론 그 말이 나오긴 했다. 그래, '제가 그 피해자들을 해친 사람이었어요'라고 하기는 했지만, 전후 맥락을 보면 의미가 전혀 달라졌다. 그 말이 나오기 직전과 직후 상황 모두 말이다. 그 말이 원래 담고 있던 의미는 완전히 사라져버렸다.

마리아의 말은 전혀 과장이 아니었다. 어머니라고 해서 진실을 잘못 본 게 아니었다. 마리아 말이 맞았다. 그 자백은 정말 강요에 의한 것 같았다. 경찰은 이미 한 말을 하고 또 하고, 빌리의 말실수를 가지고 트집을 잡으면서 빌리를 궁지로 몰아갔다. 타라 예이츠 사망 전날 밤 빌리가 타라 예이츠와 함께 있는 걸 본 사람은 없었다. 그건 사실이 아니었다. 그럼에도 빌리는 자기 기억을 믿는 대신 경찰이 꾸며낸 이야기를 믿었다. 놀란 경감은 빌리에게 범행과 관련된 모든 상세한 내용을 다 알려주었다. 놀란 경감에게 직접 듣기 전까지 빌리는 범인치고 피해자들이 어떻게 살해됐는지 그 방법조차 알지 못했다.

어쩌면 그게 다 연기였을 가능성도 물론 있었다. 교활한 살인범의 똑똑한 속임수일 수도 있었다. 핍은 그렇게 믿고 싶었다. 그러나 핍이 아무리 그렇게 믿고 싶어도 결국 빌리 카라스가 무고한 사람이라는 생각은 지울 수 없었다. 그의 '자백'을 직접 읽은 이상 이제 그건 더는 단순한 가능성, 희박한 가능성이 아니었다. 핍의 본능은 '어쩌면'에서 '가능하다', '일리 있다' 쪽으로 기울고 있었다.

이런 상황에서 마음 한구석에 왠지 안도감이 드는 걸 보면 핍도 분명 정상은 아니었다. 아니, 안도감이 아니다. 이 감정은 그보다는…… 흥분에 가까웠다. 피부에는 소름이 돋았고 핍의 두뇌가 다시 속도를 올리며 빠르게 회전했다. 이거다. 이게 핍의 또 다른 약이었다. 핍이 풀어야 할 단단히 꼬인 매듭. 그러나 핍의 본능이 사실이라면, 그것을 인정하려면 그 본능과 밀접하게 엮인 다른 사실도 인정해야 했다.

하나의 진실에 두 개의 단면이 있었다. 만약 빌리 카라스가 무고하다면, DT 살인범은 아직 잡히지 않은 게 된다. DT는 지금 여기 있다. 그가 다시 돌아왔다. 그리고 핍은 그의 손에 사라질 수도 있다. 남은 시간은 일주일뿐이었다.

그러니까 그자를 먼저 찾아야 한다. 정체는 모르지만 핍에게 이런 짓을 하는 사람. 그게 DT 살인범이든 아니면 그자를 흉내 내는 다른 사람이든 간에.

사건의 열쇠는 그린 신 리미티드에 있었으니, 시작도 여기서부터가 될 터였다. 사실 이미 시작했다. 노트북 화면의 시계가 새벽 4시를 넘긴 시점에 핍은 예전 문서함을 뒤지고 있었다. 제이슨 벨의 회사에 대해 자신이 기억하는 모든 것을 떠올려보려고 노력하며 핍은 문제의 그 파일을 찾아 헤맸다. 마치 자신의 존재를, 그 중요성을 상기시키기라도 하는 듯, 머릿속 어딘가의 가려움은 잡힐 듯 잡히지 않았다.

'내 문서' 안의 '학교 과제'로 들어갔다. '13학년' 그리고 여러

가지 대입 시험 과목 폴더 사이에 그 폴더가 보였다.

'EPQ'.

폴더를 열자 1년 전 핍이 작성한 워드 문서며 음성 파일 목록이 쭉 펼쳐졌다. 이미지 파일, 사진들도 보였다. 앤디 벨의 책상 위에 펼쳐져 있던 앤디의 다이어리를 찍은 사진, 앤디의 마지막 행적을 따라 핍이 직접 그리고 주석도 달았던 리틀 킬턴 지도 등. 활동일지 목록을 쭉 살펴보다가 마침내 핍은 자신이 찾고 있던 문서를 발견했다. 가려웠던 그곳. 활동일지 20번, '제스 워커 인터뷰'였다.

그래, 이거였다. 인터뷰를 다시 읽으며 연관성이 눈에 띄기 시작했고 핍의 심장 박동이 빨라졌다. 참 이상도 하지. 당시에는 별 의미 없는 것 같았던 사소한 내용이 지금은 이렇게도 중요할 수 있다니 말이다. 마치 애초부터 이런 일이 예정돼 있었던 것처럼. 자신도 미처 의식하지 못한 사이 이미 어떤 길로 접어들어버린 것처럼.

핍은 그린 신, 클린 신, 이 두 회사의 위치를 검색했다. 너티 그린에 마당과 사무실 건물이 있었다. 너티 그린이면 리틀 킬턴에선 차로 20분 거리였다. 핍은 침대에 앉아 구글 지도의 거리 뷰를 따라 가상으로 차를 끌고 그곳을 방문도 해보았다. 작은 시골길을 따라가다 보면 높은 나무들에 둘러싸인 회사가 나왔다. 구름이 많이 낀 흐린 날 거리 뷰 녹화가 된 모양이었다. 거리 뷰로는 풀색 페인트칠이 된 철제 울타리와 그 안으로 공장 같은 큰 건물 두 개, 밴이랑 차 몇 대 정도밖엔 보이지 않았다. 정문에 달린 문패에는 자매 회사인 두 회사의 화려한 로고가 그려져 있었다. 핍은 마치 시간을 초월한 유령처럼 화면 속의 장소를 구석구석 둘러보았다. 화면을 들여다보는 거야 얼마든지 할 수 있었지만, 그렇다고 해서 핍이 원하는 답을 얻을 순 없었다. 핍이 답을 얻을 수 있는 곳은 딱 한 군데뿐이었다. 너티 그린이 아닌, 바로 리틀 킬턴이었다.

어느새 핍은 목적지에 당도해 있었다. 리틀 킬턴의 바로 이곳. 고개를 들어보니 앞쪽에 그 목적지가 보였다. 그리고 핍 쪽으로 걸어오는 누군가가 시야에 들어왔다. 낯익은 얼굴의 여자였다. 앤디와 베카의 엄마, 던 벨이었다. 막 집에서 나오는 길인지 팔에는 빈 세인즈베리 마트 가방이 달랑달랑 걸려 있었다. 품 넉넉한 스웨터 소매에 손은 반쯤 가려져 있었고 짙은 금발 머리는 귀 뒤에 단정히 꽂혀 있었다. 던 벨도 피곤해 보였다. 이 동네에 살다 보면 다 이렇게 되는 건지도 모른다.

이제 던 벨이 바로 코앞까지 다가왔다. 핍은 미소를 지으며 고개를 숙였다. 안녕하세요, 인사를 해야 할지, 혹은 지금 막 남편분이랑 이야기하러 댁에 가는 길입니다, 라고 이야기를 해야 할지, 핍은 망설였다. 던 벨의 입이, 또 눈이 잠깐 달싹댔지만 그녀는 걸음을 멈추지는 않았다. 대신 금목걸이에 걸린 펜던트를 만지작대며 하늘로 시선을 돌렸다. 동그란 펜던트에 아침 햇살이 비쳤다. 두 사람은 그렇게 그냥 서로 지나쳤다. 핍은 걸어가며 고개를 돌려 뒤를 돌아보았고, 던 벨도 그랬다. 두 사람의 눈이 잠시 어색하게 만났다.

그러나 그 어색함은 목적지에 도착하자마자 핍의 머릿속에서 지워졌다. 이제 핍의 눈앞에 세 개의 굴뚝이 서 있는 비뚤어진 지붕이 보였다. 점점이 얼룩이 생길 만큼 낡은 벽돌벽을 흐드러지게 뒤덮은 넝쿨, 현관 옆에 걸린 크롬 소재 풍경.

벨 가족의 집이었다.

핍은 숨을 참고 길을 건너 그 집으로 향했다. 진입로에는 녹색 SUV가 작은 빨간 차 옆에 주차돼 있었다. 좋아, 그렇다면 제이슨 벨은 아직 출근 전이고 지금 집에 있단 얘기다. 등골 저 아래서 뭔가 비현실적이고 묘한 기운이 느껴졌다. 마치 진짜 지금 여기 서 있는 게 아니라 1년 전 이곳을 찾아온 자신을 바라보는 느낌, 현재가 아닌 다른 시간 어딘가에서 헤매고 있는 느낌이었다. 결국 돌고 돌아 다시 이곳, 벨 가족의 집으로 왔다. 핍이 찾고 있는 답을 알고 있는 유일한 사람이 여기 있었다.

핍은 손을 둥글게 쥐고 손등으로 현관문 유리를 두드렸다.

간유리에 사람 형상이 어른댔다. 머리가 흐릿하게 보이더니 곧 현관 체인이 걷히는 소리가 들리면서 문이 열렸다. 제이슨 벨이 주름을 펴면서 셔츠 윗단추를 채우고 있었다.

"제이슨 벨 씨, 안녕하세요." 밝은 목소리로 인사했지만 미소 띤 핍의 얼굴은 딱딱한 고무가 따로 없었다. "아침부터 실례합니다. 요, 요즘은 어떻게 지내세요?"

제이슨이 눈을 깜박이며 문 앞에 서 있는 이 사람은 누구인지 파악 중이었다.

"무슨, 음, 무슨 일로 온 거지?" 이번엔 소매 단추를 잠그려고 제이슨이 시선을 떨구며 문틀에 기대어 섰다.

"출근길이신 줄 아는데요." 핍의 목소리가 갑자기 긴장됐다.

핍은 어쩔 줄 모르는 두 손을 한데 모아보았지만 손에선 땀이 났고, 이제 핍은 이게 피는 아닌지 확인해야 했다. "그, 저는 그냥, 좀 여쭤보고 싶은 게 있어서요. 아저씨네 회사 그런 신에 대해서요."

제이슨이 혀로 이를 훑었다. 혀 때문에 윗입술 위쪽이 툭 불거져 나왔다. "회사가 뭐?" 제이슨이 눈을 가늘게 떴다.

"예전 그 회사에서 일했던 직원 중에……" 핍이 침을 삼켰다. "빌리 카라스라는 사람이요."

제이슨은 깜짝 놀란 것 같았다. 그의 목이 다시 셔츠 속으로 쏙 들어갔다. 입술이 무언가 말을 할 것처럼 달싹거렸지만 실제 말이 나오기까지는 시간이 꽤 걸렸다. "DT 살인범 말인가?" 제이슨이 말했다. "그게 네 다음 타자야? 이번엔 그걸로 관심을 구걸하려는 모양이군."

"말하자면 그렇죠." 핍은 거짓 웃음을 지어 보였다.

"빌리 카라스라면 난 해줄 말이 없어." 제이슨의 입가가 살짝 씰룩인 것 같았다. "내가 할 수 있는 건 다 했고, 걔가 한 짓은 우리 회사랑은 별개야."

"하지만 도저히 별개라고 하긴 어려운걸요." 핍이 반박했다. "공식적으로 빌리가 박스 테이프랑 파란 밧줄을 가져온 게 회사인 걸로 돼 있는데요."

"내 말 잘 들어." 제이슨이 한 손을 들어 보였다. 그러나 핍은 제이슨이 딴 데로 이야기를 돌리기 전에 먼저 입을 열었다. 핍은 답을 알아야 했다. 제이슨이 달가워하든 않든 상관없었다.

"작년에 베카의 고등학교 때 친구 제스 워커랑 이야기를 했었는데, 그 사람 말론 2012년 4월 20일, 그러니까 앤디가 실종된 날 밤 부부 동반으로 디너 파티에 가셨다면서요. 그러다 잠깐 자리를 비웠는데 그게 회사에서 보안 경보가 울려서였다고요. 아마 휴대폰에 경보 알림 설정을 해두셨나 보죠."

제이슨이 초점 없는 눈으로 핍을 쳐다보았다.

"DT 살인범이 자신의 다섯 번째이자 마지막 피해자 타라 예이츠를 살해한 것도 바로 그날 밤이었어요." 핍은 숨도 쉬지 않고 말했다. "그러니까 저는 정말 그게 사실인지가 궁금한 거죠. DT가 회사 용품을 가지러 사무실에 몰래 들어가서 비상 경보가 울린 거였는지 말이에요. 그게 누구였는지 확인하셨나요? 경보음을 끄러 갔을 때 그게 누구인지 확인하셨어요? 거기 CCTV 카메라가 있나요?"

"못 봤어……." 제이슨의 목소리가 작아졌다. 잠시 시선을 돌려 저 멀리 하늘을 쳐다보다가 다시 핍에게로 시선을 돌렸을 땐 제이슨의 표정이 사뭇 달라져 있었다. 눈에는 성난 주름이 잡혀 있었다. 제이슨이 고개를 저었다. "내 말 잘 들어." 제이슨의 말투는 공격적이었다. "이쯤 하지. 적당히 하잔 말이야. 무슨 생각인지 몰라도 이제 용납 못 해. 넌 일단 제대로…… 너 때문에 다른 사람들, 우리들 인생이 망가졌단 생각은 안 드나?" 제이슨이 한 손으로 자기 가슴을 때렸다. 그의 셔츠에 주름이 잡혔다. "난 두 딸을 다 잃었어. 기자들은 다시 우리 집 앞을 어슬렁대면서 기사에 인용할 만한 인터뷰를 따내려고 애를 써. 두 번째 와이프와도 헤어졌고 난 다시 이 동네, 이 집에 돌아왔어. 이 정도면 됐지. 더 해야 하나?"

"하지만 저는……."

"다시는 나한테 연락하지 말도록." 제이슨이 문 끝을 잡으며 말했다. 솟아오른 손등뼈를 덮은 하얀 피부가 보였다. "우리 가족들한테도. 적당히 하지."

"그렇지만……."

제이슨은 핍의 면전에 대고 문을 닫았다. 쾅 닫은 건 아니고 천천히. 제이슨은 문이 닫힐 때까지 핍에게서 시선을 떼지 않았다. 문이 닫히고 나서야 두 사람은 서로를 향한 시선을 분리할 수 있었다. 딸깍, 문이 잠겼다. 그러나 제이슨은 여전히 문 앞에 서 있었다. 간유리 너머로 제이슨의 형체가 보였다. 이제 더 이상 그의 눈이 보이진 않았지만 그래도 핍은 자신을 쳐다보는 제이슨의 매서운 눈빛이 느껴지는 것 같았다. 제이슨은 여전히 거기 서 있었다.

그제야 핍은 깨달았다. 핍이 먼저 자리를 뜨기를 기다리며 제이슨이 그 모습을 확인하고 싶어한단 걸. 그래서 핍은 구리색 배낭을 휙 집어 들었다. 나가는 길 핍의 운동화가 바닥과 마찰음을 냈다.

마이크와 노트북, 헤드폰을 들고 왔더라면 좋았을걸. 호킨스 경위의 말을 떠올려보면 이런 반응쯤은 예상했어야 했다. 핍은 제이슨 벨을 원망하지 않았다. 자기 집 앞에 나타난 핍을 보고 반가워할 만한 사람들이 이 동네에 그리 많진 않을 것이다. 그래도 핍은 그 답을 꼭 알아야 했다. 그날 밤 그린 신에서 보안 경보가 울린 건 누구 때문이었을까? 정말 빌리 때문이었을까, 아니면 다른 누군가가 있었을까? 핍의 심장은 아직도 빠르게,

너무 빠르게 뛰었다. 이제 핍의 심장 박동은 흡사 끝을 향해 째깍대고 흘러가는 타이머 같았다.

한참 가다가 핍은 고개를 돌려 벨 가족의 집을 다시 돌아보았다. 여전히 제이슨 벨의 실루엣이 보였다. 정말로 핍이 시야 밖으로 벗어날 때까지 기다릴 셈인가? 핍도 무슨 말인지 잘 알아들었다. 이제 다시는 저 집에 가지 않을 거다. 실수였다.

모퉁이를 돌아 하이스트리트로 접어드는데 앞주머니 속에서 휴대폰 진동이 울렸다. 라비인가? 라비라면 지금 기차에 있을 시간인데. 핍은 주머니에 손을 넣어 휴대폰을 꺼냈다.

'발신번호 없음'.

핍은 걸음을 멈추고 화면을 한참 쳐다보았다. 전화가 다시 걸려왔다. 이제 두 번째였다. 어쩌면 광고 전화일 수도 있겠지만, 아니다. 핍은 직감적으로 알 수 있었다. 하지만 어떻게 해야 하지? 선택지는 빨간색 버튼 아니면 녹색 버튼, 둘뿐이었다.

핍은 녹색 버튼을 누르고 휴대폰을 귀에 가져다 댔다.

수화기 너머에선 아무 소리도 들리지 않았다.

"여보세요?" 핍의 목소리가 너무 컸고, 끝이 갈라졌다. "누구시죠?"

아무 말이 없었다.

"DT?" 핍은 길 건너에서 실랑이 중인 아이들을 쳐다보며 말했다. 조쉬와 같은 남색 교복을 입은 아이들이었다. "DT 살인범인가요?"

무슨 소리가 들렸다. 막 옆을 지나가는 차 소리였을 수도 있고, 어쩌면 귓가에 들리는 숨소리였을 수도 있었다.

"정체를 말해줄 건가요?" 갑자기 스탠리의 피 때문에 손이 미끄덩거려 핍은 휴대폰을 떨어뜨리진 않을까 겁이 났다. "원하는 게 뭐죠?"

핍은 숨을 참고 횡단보도로 걸어가면서 무슨 소리가 들리는지 집중했다.

"날 알아요?" 핍이 물었다. "내가 아는 사람인가요?"

소리가 지지직대더니 통화가 끊어졌다. 세 번의 삐 소리가 들려왔고, 그 소리에 맞춰 핍의 심장도 요동쳤다. 그가 가버렸다.

핍은 귀에서 휴대폰을 떼고 화면을 내려다보았다. 이제 횡단보도는 한두 걸음 정도밖에 남지 않았다. 휴대폰 잠금화면을 노려보고 있는 동안 핍에게 주변은 모두 흐릿해졌다. 조금 전까지만 해도 이 화면에 그자가 있었다. 이제 전화를 걸어온 상대가 누구인지에 대한 오해는 모두 사라졌다.

그자가 핍에게 전화를 걸었다.

예전의 자신을 되찾는 건 목숨부터 구한 후의 일이다.

엔진 소리를 들었을 땐 이미 너무 늦었다.

끼익, 바퀴 소리.

무슨 일이 벌어지고 있는지 굳이 고개를 돌려 확인할 필요도 없었다. 그러나 1초도 안 되는 그 짧은 시간 동안 핍의 본능이 다리를 움직여 핍을 인도 쪽으로 이끌었다.

요란한 바퀴 소리가 귓가에, 온몸에, 입속까지 가득했다. 운전자는 차를 획 돌려 가버렸다. 내디딘 발이 미끄러졌다.

한쪽 무릎과 팔꿈치를 세워 가까스로 길에 나자빠지진 않았다. 손에서 떨어진 휴대폰은 콘크리트 저편으로 나동그라졌다.

확인할 새도 없이 차는 우회전 후 속력을 올렸다. 핍은 엔진 소리를 들을 수 있었다.

"어머 세상에, 핍!" 높은 목소리가 앞쪽 어딘가에서 핍을 불렀다.

핍이 눈을 깜박였다.

손에 피가 묻었다.

진짜 피다. 손바닥이 긁혀 있었다.

핍은 몸을 일으켰다. 한 발은 여전히 도로를 밟고 있었다. 핍 쪽으로 바삐 다가오는 발소리가 들려왔다.

"세상에."

갑자기 누군가 핍에게 손을 뻗었다.

핍은 고개를 들었다.

라일라 미드였다. 아니다. 핍은 눈을 깜박였다. 라일라가 아니다. 라일라는 실재하는 사람이 아니다. 이건 스텔라 채프먼이다. 학교를 같이 다니던 스텔라. 아몬드 같은 눈이 핍을 걱정스러운 눈길로 내려다보고 있었다. "세상에, 너 괜찮아?" 핍은 스텔라의 손을 잡고 일어섰다.

"응, 괜찮아, 그럼." 핍은 청바지에 피를 닦으며 말했다. 이번엔 바지에 자국이 남았다.

"저 멍청이가 앞도 안 보더라니까." 스텔라는 겁에 질린 목소리였다. 스텔라가 허리를 숙여 핍의 휴대폰을 집어 들었다. "네가 횡단보도를 건너고 있는데 말이야. 세상에."

스텔라는 핍의 손에 휴대폰을 쥐여주었다. 놀랍게도 긁힌 자국 하나 없었다.

"최소한 60은 밟았을걸?" 스텔라는 아직도 핍을 향해 떠들어 대고 있었지만, 핍은 스텔라의 말을 채 다 따라잡지 못하고 있었다. "세상에 하이스트리트에서 그게 웬 말이야. 스포츠카 타면 길이 자기네 거냐고." 스텔라가 갈색 머리를 쓸어 넘기는 손에서 긴장이 느껴졌다. "하마터면 거의 정면으로 치고 지나갈 뻔했잖아."

아직도 귓가에 바퀴 소리가 윙윙대고 있었다. 머리를 부딪혔나?

"……너무 빨라서 번호판 읽을 생각도 못 했어. 그래도 흰색인 건 봤어. 그건 확실해. 핍? 괜찮아? 다쳤어? 누구 부를까? 라비 부를까?"

핍이 고개를 저었다. 귓가에서 윙윙대는 소리도 사라졌다. 결국은 다 핍의 머릿속에서 나온 소리였다. "아니, 괜찮아. 나 괜찮아. 진짜로." 핍이 말했다. "고마워, 스텔라."

그러나 스텔라를 바라보는 순간 그 상냥한 눈, 짙게 태운 피부, 광대뼈는 다시 다른 사람으로 변했다. 새로운 사람이지만 같은 사람. 라일라 미드였다. 여전히 스텔라 같으면서도 그 갈색 머리는 이제 잿빛 금발로 바뀌었다. 그리고 라일라 옆에서 찰리 그린의 목소리가 들려왔다.

"그동안 어떻게 지냈어? 못 본 지 몇 달 됐네."

핍은 찰리에게 소리치며 그가 핍의 심장에 남겨둔 총 이야기를 하고 싶었다. 손에 묻은 피를 보여주고 싶었다. 그러나 실제로는 소리를 치지 않았다. 핍은 소리 내어 울며 도움을 청하고 싶었다. 이 상황을, 나 자신을 이해할 수 있게 도와달라고 애원하고 싶었다. 돌아오라고, 와서 이런 나 자신을 받아들이는 법을 제발 알려달라고 하고 싶었다. 차분한 그 목소리로, 넌 이미 졌다고, 이 싸움에선 승산이 없다고 말해달라고 하고 싶었다.

펍 앞에 있는 사람이 이제 펍에게 대학엔 언제 가느냐고 묻고 있었다. 펍도 같은 질문을 상대에게 되물었고, 두 사람은 그렇게 길가에 서서 서로의 미래에 대해 심드렁하게 이야기를 주고받았다. 펍은 이제 자신에게 미래가 있는지조차 자신이 없었다. 펍 앞에서 지금 집을 떠나는 이야기를 하고 있는 이 사람은 찰리가 아니다. 라일라 미드도 아니다. 스텔라다. 그냥 스텔라. 그렇다고 해도 그냥 그 스텔라를 바라보는 일조차 쉽지 않았다.

18

"또?" 그러더니 라비는 그 자리에서 그대로 얼음이 돼버렸다. 표정조차 바뀌지 않았다. 그냥 라비가 서 있는 바로 저 구석에선 시간이 그대로 멈춰버리기라도 한 것처럼, 거기서 살짝만 앞으로, 혹은 뒤로 움직여도 절대 듣고 싶지 않은 이야기를 들어야만 하는 것처럼 말이다. 마치 꼼짝도 않고 그렇게 서 있으면 현실을 피할 수 있기라도 한 것처럼.

막 핍의 방으로 들어오던 라비를 보고 핍은 다짜고짜 입부터 열었다. 일단 놀라지 말라고, 오늘 다시 발신번호 표시제한 전화가 왔다고 말이다. 한창 일에 열중하고 있을 라비에게 괜히 문자를 보내 방해하고 싶지 않았다. 그러나 그 사실을 아무에게도 털어놓지 못하고 혼자 하루 종일 삭이고 있는 것도 영 쉽지는 않았다.

"응, 오늘 아침에." 라비의 얼굴 근육이 서서히 움직이는 걸 보며 핍이 대답했다. 라비의 눈썹이 안경 너머 이마 위로 한차례 솟아올랐다 내려왔다. "아무 말도 안 하고 그냥 숨만 쉬던데."

"왜 말 안 했어?" 라비가 핍을 향해 다가왔다. "손은 또 어쩌다 그런 거야?"

"안 그래도 지금 이야기하려던 참이야." 핍은 손가락으로 라비의 손목을 만지작댔다. "별건 아니야. 길을 건너다가 차에 치일 뺀했거든. 그래도 그냥 긁힌 정도야, 괜찮아. 아무튼 일단 전화가 온 건 좋은 일이야. 왜냐면……."

"아, '좋은' 일이야? 지금 연쇄살인범인지도 모르는 사람한테 전화를 받았는데 '좋은' 일이란 거지. 어휴, 얼마나 다행인지 모르겠네." 라비는 손을 과장되게 들어 올려 눈썹을 만지작댔다.

"일단 내 말부터 좀 들어봐." 핍이 눈동자를 위로 도르륵 굴리며 말했다. 라비가 저렇게 호들갑을 떨 땐 정말 어지간히 까탈스러운 아가씨가 따로 없었다. "그게 '좋은 일'인 건 그 전화 때문에 내가 오늘 오후 내내 이런 걸 찾아내서 설치했기 때문이야. 이거 보여? 이 앱을 설치했다고." 핍은 화면을 들어 라비에게 보여주었다. "'콜 트래퍼'라는 유료 앱인데 4.50파운드 내고 활성화를 하잖아? — 지금 활성화된 상태이고 — 그럼 발신번호 표시제한으로 전화가 왔을 때 전화번호를 보여줘. 그럼 발신자 번호를 알 수 있는 거지." 핍은 라비를 향해 씩 웃어 보이며 늘 라비가 핍에게 하듯 손가락을 라비의 벨트 고리에 걸었다. "처음 전화가 왔을 때 설치했어야 하는 건데, 그땐 나도 긴가민가했으니까. 그냥 주머니에 휴대폰 들어 있을 때 실수로 버튼이 잘못 눌려서 걸린 전화인가 했지. 아무튼, 지금은 이 앱이 있으니까 다음번에 전화가 오면 그땐 그 사람 번호를 알 수 있겠지." 핍은 지나치게 들떠 있었다. 괜히 그동안의 판단 착오를 만회하려는 의식적 반응이었다. 핍도 알고 있었다.

라비가 고개를 끄덕였다. 눈썹 위치가 살짝 다시 내려왔다. "요즘엔 별별 앱이 다 있으니까." 라비가 말했다. "우아, 나 방금 한 말 진짜 아저씨 같았다."

“어떻게 하는지 보여줄게. 141 누르고 발신번호 표시제한으로 나한테 전화 걸어봐.”

“좋아.” 핍은 라비가 휴대폰을 꺼내 버튼을 누르는 모습을 지켜보았다. 갑자기, 정말 생각지도 못했는데 난데없이 가슴이 천천히 벅차올랐다. 그리고 감정은 천천히 사그라들었다. 핍의 번호를 외우고 있는 라비를 보며 핍은 의외의 행복감을 느꼈다. 핍의 일부가 라비 안에 자리 잡고 있단 얘기였으니까. 라비와 핍, 두 사람은 한 팀이었다.

핍이 사라지면 라비가 핍을 찾겠지? 그냥 찾아 나서는 정도가 아니라, 어디 있는지도 알아낼지 모른다.

그때 손안의 휴대폰이 부르르 떨리며 핍의 감정에 훼방을 놓았다. ‘발신번호 없음’. 핍은 라비에게 휴대폰 화면을 들어 보여주었다.

“자, 이제 어떻게 하느냐? 이 버튼을 두 번 누르고 전화를 끌 거야.” 핍은 시연을 해 보였다. 핍의 휴대폰 화면이 잠금화면으로 바뀌더니 1초도 안 돼서 다시 화면이 켜졌다. 이번엔 라비의 전화번호가 화면에 떴다. “봤어? 앱에서 전환을 한 거야. 그럼 표시제한이 해제되면서 다시 나한테 전화를 연결해줘. 전화를 거는 상대방은 전혀 모르고.” 핍이 빨간 버튼을 누르며 말했다.

“방금 내 전화 안 받고 끊었어? 어떻게 그럴 수가 있니.”

핍이 전화기를 내려놓았다. “봤지? 나도 이제 기술이 있다, 이 거야.”

정체 모를 그자와의 게임에서 핍이 처음으로 거둔 승리였다. 그러나 승리의 기쁨을 만끽할 수 있는 정도는 아니었다. 이미 핍은 이 게임에서 한참 뒤처져 있었다.

"나라면 그걸 '좋은 일'이라고까진 안 하겠어." 라비가 말했다. "빌리 카라스 녹취록을 읽고 이제 다들 6년간 감옥에 갇혀 있는 줄로만 알고 있던 연쇄살인범이 실은 길거리를 자유롭게 활보하고 다니면서 내 여자친구한테 널 잔인하게 살해하겠다고 협박한 걸 알게 된 이 상황에서 '좋은 일'이라 할 만한 게 과연 있나 싶지만, 그래도 소기의 성과이긴 하네." 라비가 침대 쪽으로 걸어와 이불 위에 풀썩 주저앉았다. "내가 이해가 안 되는 건, 도대체 이 사람이 네 번호를 어떻게 알았냐는 거지."

"내 번호야 다 알지."

"그게 부디 사실이 아니면 좋겠네." 라비가 정색하며 대꾸했다.

"아니, 그때 포스터에 썼잖아." 핍은 라비의 표정을 보고 웃음을 참을 수가 없었다. "제이미 레이놀즈를 찾는다고 동네방네 포스터 붙이고 다닐 때 거기 내 번호 적었잖아. 킬턴 주민이면 내 번호를 모를 수가 없을 것 같은데. 전부 다."

"아, 그렇네." 라비가 입술을 잘근대며 말했다. "그때는 미래의 스토커나 연쇄살인범 같은 건 생각도 못 했으니 말야."

"상상도 못 했지."

라비가 한숨을 쉬며 양손에 얼굴을 묻었다.

"왜?" 핍이 의자를 돌리며 물었다.

"그냥, 호킨스 경위 다시 찾아가야 하지 않을까? 가서 DT 기사 중에 비둘기 언급된 부분도 보여주고 빌리 카라스 녹취록도 보여주고. 우리가 감당하긴 사안이 너무 심각하잖아."

이제 핍이 한숨을 쉴 차례였다. "경찰엔 다시 안 가." 핍이 말했다. "나 정말 선배 사랑해. 선밴 나랑은 달리 너무나 완벽한 사람이고, 선배가 행복하다면 난 뭐든 다 할 거야. 그래도 경찰서엔 안 가." 핍은 양손을 맞잡고 서로 깍지를 끼어 보였다. "지난번에 찾아갔을 때 물론 그렇게 말은 안 했더라도 사실상 그 사람 반응은 '너 미쳤구나'였어. 나 혼자 상상한 거라고. 그래, 내가 다시 호킨스 경위를 찾아간다 쳐. 그 사람은 나한테 스토커가 있다는 것도 안 믿지만, 하여간에 내 스토커가 실은 악명 높은 연쇄살인범이다, 다들 그 사람이 범행을 자백하고 6년째 옥살이 중인 걸로 아는데 감옥에 있는 그 사람은 진짜 살인범이 아니다, 이러면 호킨스가 뭐라고 할 것 같아? 당장 그 자리에서 나한테 구속복 입히지." 핍이 잠시 말을 멈췄다. "내 말은 안 믿을 거야. 애초에 그 사람은 내 말을 믿은 적이 없어."

라비가 얼굴에서 손을 떼고 핍을 쳐다보았다. "핍, 너는 내가 아는 사람 중에 가장 용감한 사람이야. 두려움이라곤 모르는 널 보면 어떻게 저럴 수 있을까 놀랍기도 해. 그리고 가끔 나도 겁이 날 땐 '이럴 때 핍이라면 어떻게 할까?'라고 생각해." 라비가 숨을 길게 내쉬었다. "하지만 지금은 과연 용감해야 할 때인지, 핍답게 행동해야 할 때인지 잘 모르겠어. 위험 부담이 너무 커. 내 생각엔…… 내 생각엔 네가 어쩌면 조금 무모한 것 같기도 하고……." 라비는 말을 끝내지 않고 어깨만 으쓱해 보였다.

"좋아, 알겠어." 핍이 양손의 깍지를 풀고 말했다. "지금으로선 기분 나쁜 이 느낌 말곤 증거가 없잖아. 누군지 정체를 알게 된다든가, 뭔가 **확실한 증거**가 필요해. 하다못해 전화번호라도."

핍이 라비 앞에 대고 휴대폰을 흔들어 보였다. "그럼 그땐 정말 호킨스 경위를 찾아갈게, 약속해. 그래도 내 말을 안 믿는다? 그럼 일반에 공개할게. 이제 소송 따윈 무섭지 않으니까. 소셜미디어랑 팟캐스트에 다 올리면, 그때는 다들 알게 될 테지. 수십만 팔로워들, 청취자들한테 이 사람이 누구고 무슨 짓을 하려고 하는지 다 공개한 상황에서도 설마 날 해치려는 사람은 없겠지. 그게 우리 무기야."

핍이 이렇게 덤벼드는 이유, 그리고 굳이 혼자를 고집하는 이유는 따로 있었다. 그러나 라비에게는 그 말을 꺼낼 수 없었다. 라비는 이해 못 한다. 이건 이성으로 이해할 수 있는 일이 아니다. 핍이 설명을 하려고 시도해본들, 말로는 전달이 안 됐다. 핍이 찾고, 원하고, 간절히 바라던 것이었다. 금이 가고 벌어진 핍의 내면을 모두 메워줄, 마지막 단 하나의 사건 말이다. 그리고 빌리 카라스가 정말로 무고하다면, 핍이 사라지길 바라는 그자가 진짜 DT라면, 그렇다면 핍에게 그보다 더 완벽한 사건은 다신 없을 것이다. 여기엔 모호한 회색 영역이 없었다. 흔적조차 없었다. DT 살인범은 세상이 핍에게 안겨줄 수 있는 가장 순수한 악에 가까운 존재였다. 그에겐 조금의 선도 없었다. 실수라든가, 꼬여버린 선의라든가, 회개라든가, 이런 것들이 조금도 없었다. 그리고 핍이 결국 그자를 잡아낸다면, 그리고 무고한 사람을 풀려나게 할 수 있다면, 그럼 그건 객관적으로 선이라고 할 수 있을 것이다. 모호한 구석도, 죄책감도 없을 것이다. 선과 악은 다시 핍의 내면에서 제 자리를 찾아갈 것이다. 핍의 심장에 자리한 총도, 피 묻은 손도 더는 없을 것이다. 이걸로 모든 것은 해결되고 핍도 다시 일상으로 돌아갈 수 있을 것이다. 라비와 핍도 일상으로 돌아갈 것이다. 목숨도 구하고 나 자신도 되찾게 될 것이다. 핍이 이 일에 이렇게 혼자 덤벼드는 건 그 때문이었다.

"그럼…… 그럼 되겠어?" 핍이 라비에게 물었다.

"응." 라비가 핍에게 희미한 미소를 지어 보였다. "조금 낫긴 하네. 그래, **확실한 증거**." 라비가 양손을 맞부딪혔다. "제이슨 벨한테 별로 쓸만한 이야기는 못 들었나 보네?"

"아, 그거." 핍이 다시 펜을 딸깍댔다. 핍의 귀에는 그 볼펜 소리가 'DT, DT, DT'처럼 들렸다. "전혀. 별로 한 말도 없거니와, 요약하면 자기 집 앞에 얼씬대지 말래."

"그럴 수도 있겠다곤 생각했어." 라비가 말했다. "벨 그 집안은 사생활을 중요하게 생각하는 것 같아. 형 만나는 동안에도 앤디가 형을 자기 집으로 초대한 적이 한 번도 없었으니까. 물론 또 우리 핍 경사님이 남의 집 앞에 얼씬대는 데 워낙 일가견이 있지."

"하지만 그날 밤 그린 신 사무실에서 울린 보안 경보는 정말 이 사건을 푸는 핵심적인 열쇠야. DT가 그날 밤 사무실에 무단 침입해서 피해자 타라에게 쓸 박스 테이프랑 밧줄을 가지고 간 걸 테니까. 그리고 제이슨 벨이 확인하러 오기 전에 자리를 떴겠지. 그게 빌리 카라스였든 아니면 다른 사람이었든지 간에."

"다른 사람이라," 라비는 핍의 말을 다시 곱씹었다. "그때 빌리가 잡히기 전 그 기사에서 FBI 프로파일러는 DT 살인범이 20대 초반에서 40대 중반 백인 남자라고 했었단 말이지."

핍이 고개를 끄덕였다.

"그럼 맥스 헤이스팅스는 제외네." 라비가 코를 가볍게 훌쩍였다.

"그러게." 핍도 아쉽다는 듯 대답했다. "첫 번째 피해자가 발생한 시점엔 아직 열일곱 살이었으니까. 타라 예이츠가 죽은 날 밤, 그러니까 앤디 벨이 죽은 날 밤에도 맥스는 샐, 나오미 워드 등과 함께 집에 있었고. 물론 친구들이 잠든 틈을 타 맥스가 잠시 자리를 비웠을 가능성도 없진 않지만 그게 그리 설득력 있는 시나리오 같진 않아. 무엇보다 맥스는 그린 신이랑 전혀 관련이 없어. 그러니까 뭐, 맥스가 아니긴 해. 아무리 맥스가 평생 내 눈앞에서 사라져줬으면 한들 말이지."

"하지만 다니엘 다 실바는 그린 신에서 일한 적이 있었지?"

"응, 맞아." 핍이 이를 보이며 웃었다. "아까 오후에 내가 또 타임라인 정리를 좀 했지." 핍은 메모장으로 쓰는 노트북 페이지를 넘겼다. 핍은 다니엘 다 실바의 정확한 나이를 알고 있었다. 다니엘이 찰리 그린이 조사한 살인마 브런즈윅의 아들과 같은 나이대에 속하는 이 동네 남자들 중 하나였기 때문이다. "페이스북 페이지에서 스크롤을 얼마나 많이 내렸는지 몰라. 2008~2009년 학교에서 경비 일을 한 때가 스무 살쯤이었어. 그러다가 2009년 말 그린 신에서 일하기 시작하고 경찰 훈련을 시작한 때가 2011년 10월 정도니까 그때쯤 그린 신을 관뒀겠지? 그럼 그린 신에서 일을 시작했을 때가 스물한 살이고, 거길 관둔 게 스물세 살이었어."

"그리고 두 번째 피해자 발생 시점에서 다니엘은 아직 그린 신에서 일하고 있었던 거지?" 꾹 다문 라비의 입술이 일자가 되었다.

"세 번째 피해자 발생 시점까지. 베서니 잉엄이 2011년 8월에 살해당했는데, 그 사람이 다니엘의 상사였던 것 같아. 빌리의 상사이기도 했고. 녹취록에 그 부분 이름이 가려져 있는데 아마 빌리가 말한 이름이 다니엘 아닐까 싶어. 그 후에 제이슨 벨이 다니엘에게 현장직 말고 사무직을 제안했고, 그게 내가 알기로는 2011년 초쯤이었어. 아, 그리고 2011년 9월에 킴이랑 결혼을 했어. 둘은 결혼 전에 오래 사귄 사이였고."

"흥미롭네." 라비는 커튼이 잘 닫혀 있는지 손으로 직접 만져보았다.

핍도 동의의 표시를 해 보였다. 말이 아닌 성대 저 깊숙이에서부터 어두운 소리가 흘러나왔다. 핍은 노트북에 적힌 할 일 목록을 넘겨보았다. 목록 옆에 대충 그려 넣은 상자에는 대부분 체크 표시가 돼 있었다. "제이슨이 나한테 입을 열지 않을 수도 있으니까 그린 신, 클린 신의 또 다른 전 직원이 있는지도 찾아봤어. 2012년 4월 20일 보안 경보가 울린 그날 기준으로 그 회사 직원이었던 사람들. 링크드인에서 두 명 나오길래 메시지를 보냈지."

"잘 생각했네."

"지금은 은퇴했던데 놀란 경감하고도 혹시 이야기를 할 수 있을지 알아볼 생각이야. 아, 또 피해자 가족들이랑 연락이 닿는지도 알아봤어." 핍이 목록 중 그 항목을 펜으로 가리키며 말했다. "베서니 잉엄의 아버지 이메일 주소를 찾은 것 같은데 이메일이 튕겼어. 줄리아 헌터의 여동생 해리엇 인스타그램도 찾았는데 — 왜 그 비둘기 이야기 꺼낸 사람 — 몇 달간 전혀 포스팅이 없더라고." 핍은 휴대폰으로 인스타그램 앱을 열며 말했다. "이제는 인스타그램을 안 하는 것일 수도 있고. 그래도 혹시나 해서 해리엇한테 DM을 보냈……."

핍의 시선이 메시지 탭 위로 막 올라온 빨간 점에 머물렀다.

"오우, 이런." 핍이 흥분해서 메시지를 클릭했다. "지금 막 답이 왔어. 해리엇 헌터한테서 답이 왔다고!"

라비는 이미 벌떡 일어나 핍의 어깨에 손을 올릴 준비를 하고 핍 뒤편으로 다가왔다. "뭐래?" 라비의 입김이 핍의 목덜미를 간지럽혔다.

핍은 빠르게 메시지를 읽어 내려갔다. 눈이 너무 피로하고 건조해서 안구에 금이라도 갈 것 같은 기분이었다. "해리엇이…… 해리엇이 만날 수 있대. 내일."

핍은 입꼬리가 올라가는 것을 도저히 참을 수가 없었다. 다행히 라비는 핍 뒤쪽에 있어 핍의 웃음은 보지 못했다. 라비가 핍의 표정을 보았더라면 지금 그렇게 기뻐할 때가 아니라고 인상을 찌푸렸을 것이다. 그럼에도 핍은 한편으로 기쁜 마음을 감출 수 없었다. 핍에겐 또 다른 승리였다. 목숨도 구하고 나 자신도 되찾는다.

DT, 이제 당신 차례야.

19

저 사람인가 보다. 지금 막 이곳 아머샴 역 한쪽 구석에 자리 잡은 작은 스타벅스 문을 열고 들어오며 확신 없는 표정으로 카페를 두리번대고 둘러보는 저 사람.

핍이 한 손을 들고 흔들어 보였다.

해리엇은 손을 흔드는 핍을 발견하고 핍과 눈을 맞춘 다음에야 안심한 듯 미소를 지었다. 그러곤 다닥다닥 붙은 테이블과 손님들 틈을 지나 핍이 앉은 테이블로 걸어왔다. 점점 가까이 다가오는 해리엇의 얼굴을 보며 핍은 언니 줄리아 헌터와 많이 닮았단 생각이 들었다. 물론 DT 살인범이 테이프로 칭칭 감아 버리기 전 그 얼굴 말이다. 똑같이 짙은 금발에 둥글고 풍성한 눈썹이 특히 그랬다. 여동생들은 원래 꼭 저렇게 죽은 언니를 닮는 걸까? 앤디와 베카 벨이 그랬고, 이제 줄리아와 해리엇 헌터가 그랬다. 유령이 언제나 베카와 해리엇을 함께 따라다녔다.

핍은 노트북 충전기 코드를 치우고 자리에서 일어섰다.

"해리엇, 안녕하세요." 핍이 어색하게 손을 내밀었다.

해리엇이 미소 지으며 핍의 손을 잡았다. 막 밖에서 들어온 해리엇의 손은 아직 찼다. "이미 준비 다 하고 계셨네요." 해리엇이 핍의 노트북을 가리키며 말했다. 해리엇의 시선이 노트북에 연결된 두 개의 마이크를 향했다. 헤드폰은 이미 핍의 목에 걸려 있었다.

"네, 그래도 여기가 안쪽 자리라 좀 조용할 거예요." 핍은 다시 자리에 앉았다. "급히 뵙자고 했는데 이렇게 나와주셔서 정말 감사해요. 참, 아메리카노 시켜뒀어요." 핍은 테이블 건너편에 놓인 김이 모락모락 나는 머그잔을 가리켰다.

"고맙습니다." 해리엇이 긴 코트를 벗으며 핍의 반대편 의자에 앉았다. "지금 점심시간이니까 한 시간 정도는 괜찮아요." 해리엇이 미소를 지었다. 눈은 그대로, 걱정 띤 입가만 살짝 움직이는 정도였다. "참." 해리엇이 갑자기 가방을 뒤져 무언가를 꺼냈다. "보내주신 동의서는 사인했어요." 해리엇은 동의서를 핍에게 건넸다.

"와, 정말 감사해요." 핍이 동의서를 가방에 집어넣으며 말했다. "저 혹시 잠깐 음량 테스트 좀 해봐도 될까요?" 핍은 마이크 하나를 해리엇 가까이 대고 헤드폰 한쪽을 귀에 댔다. "아무 말씀이나 해보실래요? 그냥 평소처럼 말씀하시면 돼요."

"네…… 음, 안녕하세요. 저는 해리엇 헌터라고 하고요. 스물네 살입니다. 이 정도면……."

"아주 좋습니다." 핍은 오디오 소프트웨어에 삐뚤빼뚤 생겨나는 파란 선을 확인하며 말했다.

"언니랑 DT 살인범 관련해서 이야기를 하고 싶으시다고요. 팟캐스트 새 시즌 준비를 하시는 거예요?" 해리엇이 머리카락 끝을 배배 꼬았다.

"지금은 그냥 조사 차원이에요." 핍이 대답했다. "하지만 그 가능성도 염두에 두고는 있어요." 그리고 혹시나 해리엇이 우연히 자기가 생각하는 범인의 이름을 댈 가능성을 대비해 확실한 증거를 모으는 차원이기도 했다.

"아, 그렇겠네요." 해리엇이 가볍게 코를 훌쩍였다. "그냥, 아시다시피, 팟캐스트 지난 두 시즌에선 진행 중이거나 종료된 사건을 다루셨잖아요. 하지만 이건…… 언니 사건은 범인도 밝혀졌고 이미 감옥에서 처벌을 받고 있잖아요. 그렇다 보니…… 팟캐스트에서 언니 사건을 어떻게 다룰 생각인가 싶더라고요?" 갑자기 말끝이 올라가더니 해리엇의 말은 질문이 되었다.

"이 사건은 처음부터 끝까지 제대로 공개된 적이 한 번도 없는 것 같아서요." 핍은 이유를 둘러댔다.

"아, 그러네요. 재판이 없어서 그런 거죠?" 해리엇이 물었다.

"네, 그렇죠." 거짓 대답이었다. 이제 거짓말쯤은 쉽게 흘러나왔다. "그리고 UK 뉴스데이 2012년 2월 5일자 기사에 실린 해리엇 인터뷰 관련해서 꼭 좀 이야기를 나눠보고 싶었어요. 그 인터뷰 기억나세요? 워낙 오래전이긴 하죠."

"네, 기억나요." 해리엇이 말을 멈추고 커피를 한 모금 마셨다. "하굣길이었는데 기자들이 전부 집 앞에 숨어서 저를 기다리고 있더라고요. 언니 그렇게 되고 나서 한 일주일 만에 처음으로 학교에 간 날이었어요. 아직 어렸고 참 바보 같았죠. 핍도 기자들이랑 거의 반강제로 인터뷰했던 경험이 있을 것 같은데요. 무슨 소릴 하고 있는지도 모르고 아마 별별 이야길 다 했을 거예요. 그때 울면서 인터뷰를 했던 기억이 나요. 아빠는 그것 때문에 무척 화가 나셨고요."

"그때 말씀하신 내용 가운데 두 가지에 대해 구체적으로 여줘보고 싶은데요." 핍은 인쇄한 기사를 해리엇에게 넘겨주었다. 아래쪽에 밝은 분홍색 형광펜 표시가 되어 있었다. "언니분 사건 발생 몇 주 전 이상한 일들이 있었다고 하셨잖아요. 집에서 죽은 비둘기랑 분필 그림 같은 게 발견됐다는 얘기요. 이 부분 좀 더 자세히 얘기해주실 수 있을까요?"

해리엇은 인터뷰 중에 자신이 했던 말을 기사로 읽으며 고개를 가볍게 끄덕였다. 그리고 다시 고개를 들었을 땐 초점 없이 허공을 바라보는 해리엇의 눈빛이 훨씬 무거워져 있었다. "그러네요. 글쎄요, 아마 별것 아니었지 싶어요. 경찰도 전혀 관심이 없었거든요. 그래도 언니는 분명 이상하게 생각했어요. 저한테 이야기를 꺼냈으니까요. 우리 집 고양이가 그때 꽤 나이가 많았고 기본적으로 집고양이라서 밖에 나가기보단 집 안에서 볼일을 보는 편이었거든요. 딱히 사냥을 해서 사냥감을 들고 와 과시하는 타입도 아니었고요." 해리엇이 어깨를 으쓱해 보였다. "그러니 비둘기 두 마리를 죽여 굳이 개구멍으로 갖고 들어왔다는 게 이상하긴 했죠. 아마도 이웃집 고양이가 우리 집까지 물고 왔거나 했겠죠, 뭐."

"직접 보셨어요?" 핍이 물었다. "죽은 비둘기요."

해리엇이 고개를 저었다. "한 번은 엄마가 치웠고, 두 번째는 언니가 치웠어요. 첫 번째 비둘기는 언니도 나중에 부엌 바닥에 묻은 피를 지우려고 하다가 그때 알게 된 거였어요. 언니가 발견한 비둘기는 머리가 없었다는 것 같아요. 언니가 죽은 비둘기를 재활용 통에 넣었다고 아빠가 화를 냈던 게 기억나요." 해리엇이 슬픈 미소를 띠며 코를 훌쩍였다.

펍은 자기가 본 머리 없는 비둘기를 떠올렸다. 배 속이 꼬이는 듯했다. "그럼 분필 그림은요?"

"아, 그것도 전 못 봤어요." 해리엇이 커피를 마시는 소리가 마이크에 잡혔다. "언니 말론 우리 집 진입로로 들어서는데 길가에 분필 그림이 그려져 있었다고 했어요. 제가 집에 오기 전 지워졌나 보더라고요. 그때 이웃에 젊은 가족이 살았으니까 아마 그 집 아이들 짓이었겠죠."

"언니분이 그 그림을 다시 봤단 이야기는 안 했나요? 혹시 그림 위치가 집에서 더 가까워졌다거나?"

해리엇이 잠시 펍을 쳐다보았다.

"아뇨, 그렇진 않았어요. 그래도 그 그림이 자꾸 생각나는지 아무튼 언니한테 그게 신경 쓰이는 것 같긴 했어요. 그렇다고 해서 언니가 겁을 먹었던 것 같진 않고요."

펍이 의자에 앉은 채 자세를 바꾸었고, 의자에서는 끼익 소리가 났다. 줄리아는 분명 겁을 먹었을 것이다. 어쩌면 겁을 먹었는데 동생 앞에서는 숨긴 건지도 모른다. 줄리아도 분명 그 그림을 본 거겠지? 점점 더 집 가까이, 자신을 향해 다가오는 세 개의 머리 없는 그 막대 인간 그림을, 네 번째 대상을 향해 다가오는 그 그림을. 줄리아도 펍처럼 자기가 헛것을 보는 거라고 생각했을까? 줄리아도 잠을 충분히 자지 못해서, 약기운에 취해서 자기가 그린 거라고 의심을 해봤을까?

펍의 침묵이 너무 길었다. "다음으로," 펍이 입을 열었다. "이상한 전화요. 그건 어떤 거였나요?"

"아, 그냥 발신번호 표시제한으로 걸려온 전화였는데, 아무 말도 없었어요. 그냥 뭐, 다단계나 다른 마케팅 전화 같은 거였겠죠. 아시겠지만 혹시 최근에 뭐 이상한 징조 같은 건 없었는지 기자들이 전부 나만 쳐다보면서 막 몰아붙이니까, 그 와중에 그냥 머릿속에 떠오르는 대로 아무 말이나 한 거죠. 그게 빌…… DT 살인범이랑 꼭 관련된 거였다고 생각하진 않고요."

"해당 주에 언니분한테 혹시 전화가 몇 통 왔는지는 기억하세요?" 핍의 상체가 앞으로 기울어졌다. 하나만 더, 하나라도 더 그를 잡을 수 있는 증거가 필요했다.

"아마 세 번이었지 싶어요. 최소한 세 번. 언니가 의식하고 얘기를 꺼내긴 충분한 횟수였죠." 해리엇의 대답에 핍의 팔에 털이 쭈뼛 일어섰다. "왜요?" 핍의 반응을 눈치챘는지 해리엇이 물었다.

"아, 그냥 DT 살인범이 사건 전 피해자들에게 직접 연락을 취했는지 여부를 확인하려고요. 혹시 직접 스토킹을 했는지, 그리고 전화며 비둘기, 분필 그림, 이런 게 전부 그 일환인가 해서요." 핍이 말했다.

"잘 모르겠어요." 해리엇이 다시 머리를 만지작댔다. "그 사람이 자백할 때 그런 말을 한 적은 없었던 것 같죠? 전부 자백한 거면, 그걸 굳이 인정 안 할 이유가 있었을까요?"

핍이 입술을 잘근댔다. 어떻게 대처하는 게 가장 나을지 핍은 얼른 머릿속으로 궁리해보았다. 해리엇에게 DT 살인범과 빌리 카라스를 별개의 인물이라 생각한다고 말할 수는 없었다. 그건 무책임한 짓이고, 어쩌면 잔인한 짓일 수도 있었다. 확실한 증거 없이는 말이다.

핍은 전략을 바꾸었다.

"혹시 사건 당시 언니한테 남자친구는 없었나요?"

"없었어요." 해리엇이 고개를 가로저으며 대답했다. "전 남친이라곤 하나뿐인데 사건 당일 밤 포르투갈에 있었고요."

"그때 당시 만나는 사람도 없었어요? 아직 본격적으로 사귀기 전이라도 데이트하는 사이요." 핍이 질문을 더욱 좁혔다.

별 의미 없이 기억을 더듬으며 내뱉는 해리엇의 작은 목소리에 파란 오디오 선이 화면 위로 뾰족하게 산을 그렸다. "그건 아닐 거예요, 정말로요. 앤디도 당시 저한테 늘 그 질문을 했어요. 언니랑은 집에서 남자 얘긴 잘 안 했어요. 아빠가 꼭 끼어들어서 자꾸 민망한 상황을 만들고 그래서요. 그때쯤 언니가 친구들이랑 저녁 먹으러 자주 나가긴 했는데 어쩌면 친구들 만난다고 위장한 것일 수도 있겠죠. 그래도 그 상대가 빌리 카라스는 아니었어요. 그럼 경찰이 뭐라도 흔적을 찾았겠죠. 언니 휴대폰에서든, 그 사람 휴대폰에서든."

핍은 해리엇의 말을 듣다가 한 단어에 걸려 더는 집중하지 못했다.

"죄송하지만 혹시 애-앤디라고 하셨나요?" 핍이 긴장된 웃음을 터뜨렸다. "설마 그 앤디는……."

"맞아요, 그 앤디 벨." 해리엇이 슬픈 미소를 지었다. "맞아요, 세상 참 좁죠? 그리고 살면서 내가 아는 사람이 둘씩이나 살해당할 가능성은 또 얼마나 되겠어요. 앤디 벨이랑은 말하자면 우연히 알게 된 건데요."

다시금 등골이 서늘해지며 그 느낌이 찾아왔다. 마치 애초부터 시나리오가 이렇게 흘러오도록 결정되어 있었던 것만 같은, 그래서 돌고 돌아 다시 출발선으로 오게 된 것 같은. 그리고 핍에겐 아무런 힘이 없었다. 핍은 그냥 이 육체 안에 갇혀 시나리오대로 흘러가는 걸 지켜보는 관객에 불과했다.

해리엇은 걱정스러운 표정으로 핍을 바라보았다. "괜찮아요?"

"아, 네. 괜찮아요." 핍이 헛기침을 했다. "그냥 앤디 벨이랑 아는 사이라고 하길래 깜짝 놀라서요. 완전히 처음 듣는 얘기거든요. 죄송해요."

"아니에요." 해리엇은 공감한다는 표정이었다. "나도 당시에 놀랐는걸요, 좀 뜬금없었죠. 언니가 죽고 한 2주 후인가, 갑자기 앤디한테서 이메일이 왔어요. 당시엔 알지도 못하는 사이였어요. 나이도 같고 둘 다 아는 친구들이 좀 겹치긴 했는데 학교는 달랐죠. 내 이메일 주소는 아마 페이스북 프로필을 보고 알았겠지, 했어요. 그땐 다들 페이스북을 할 때라. 아무튼 정말 다정한 메시지였어요. 언니 일은 너무 안타깝다, 혹시 이야기할 사람이 필요하면 언제든 연락달라는 내용이었어요."

"앤디가요?" 핍이 물었다.

해리엇은 고개를 끄덕였다. "거기 내가 답장을 보내면서 앤디와 이야기를 시작하게 됐어요. 당시엔 절친이라 할 만큼 마음을 터놓고 이야기할 수 있는, 그러니까 언니 이야기를 할 수 있는 상대가 없었어요. 그런데 앤디가 나타난 거죠. 그렇게 앤디와 친구가 됐어요. 일주일에 한 번씩 시간을 정해놓고 통화도 하고, 만나기도 하고요. 그것도 바로 여기서요." 카페를 둘러보던 해리엇의 시선이 창가 테이블에서 멈췄다. 아마도 저곳이 둘의 지정석이었던 모양이다. 해리엇 헌터와 앤디 벨이라니, 핍은 아직도 이 상황이 다 이해가 되지 않았다. 어떻게 이게 다시 앤디 벨과 관련 있는 일이 되는 건지 말이다. 앤디는 왜 뜬금없이 해리엇에게 연락을 한 거지? 앤디 벨이 죽은 지 5년이 지나 밝혀진 앤디 벨이란 사람의 실체와 썩 어울리는 행동은 아니었다.

"앤디 벨과는 주로 무슨 이야기를 나눴나요?" 핍이 물었다.

"모든 이야길 다 했죠. 아무거나 다. 앤디는 나한테 대나무숲 같은 존재였고, 비록 앤디는 자기 이야길 잘 안 했지만 나도 걔한테 그런 존재이길 바랐어요. 언니 이야기도 하고, DT 살인범 이야기, 우리 부모님 상태, 뭐 그런 이야기들이요. 빌리 카라스가 타라 예이츠를 죽인 그날 밤이랑 앤디가 죽은 날, 같은 날이었던 거 알아요?"

핍이 가볍게 고개를 끄덕였다.

"이상하죠. 끔찍한 우연이에요." 해리엇이 입술을 씹으며 말했다. "그 이야기를 우리가 얼마나 많이 했는데, 앤디는 결국 언니를 살해한 범인이 누군지 밝혀지기도 전에 죽었죠. 앤디는 정말로 범인을 알고 싶어 했어요. 아마도 날 위해서였겠죠. 앤디가 당시 어떤 일을 겪고 있었는지 내가 전혀 몰랐다는 게 무척 괴로울 뿐이죠."

DT와 앤디 벨 사이의 이 생각지도 못한 연결고리를 끼워 맞추느라 핍의 머리는 바삐 움직이고 있었고, 눈동자도 이쪽저쪽으로 연신 움직였다. 제이슨 벨의 회사에 이어 앤디 벨-해리엇 헌터의 우정이라. 경찰이 당시 두 개의 각기 다른 사건 사이 이 이상한 연결고리를 알고 있었나? 앤디 가족이 알고 있던 이메일은 호킨스 경위도 모를 리는 없을 터인데, 그렇다면…….

"호-혹시 앤디가 처음 이메일을 보냈을 때 그 이메일 주소 알고 계세요?" 핍의 무게가 테이블 가까이 쏠리면서 의자가 움직여 바닥을 요란하게 긁었다.

"아, 그럼요." 해리엇이 의자에 걸어둔 재킷 주머니에 손을 뻗으며 말했다. "주소가 좀 이상했어요. 전혀 맥락 없이 아무 숫자랑 글자 조합이라 처음에는 자동 봇 같은 것인 줄 알았어요." 해리엇이 휴대폰 화면을 넘겼다. "앤디가 죽고 나서 앤디 이메일에 별표 처리를 해둬서 지워지지 않았어요. 여기요. 번호를 교환하기 전 썼던 이메일이 이거예요."

해리엇은 휴대폰을 핍 쪽으로 밀어주었다. 열려 있는 G메일 화면에는 이메일 목록이 보였고, 발신인은 A2B3LK94@gmail.com이라고 되어 있었다. 제목은 '안녕'이었다.

핍은 앤디가 보낸 이메일의 미리보기 내용을 읽어 내려갔다. 앤디의 목소리가 들리면서 앤디가 다시 살아 돌아온 것 같았다. '안녕, 해리엇. 아마 내가 누군지 잘 모를 텐데, 난 앤디 벨이라고 해. 킬턴 그래머 스쿨 다니는데, 너도 크리스 팍스를…….' '안녕, 해리엇. 혹시 무슨 변태 취급할까 봐 걱정했는데 답장해줘서 고마워. 언니 일은 정말 유감이야. 나도 여동생이 있는데…….' 그리고 가장 마지막으로 보낸 이메일까지. 'HH', 안녕. 이메일 말고 전화는 어떠니? 아님 언제 만나는 것도…….'

핍의 머릿속 깊숙한 어딘가에서 파문이 일었다. 'HH'. 핍은 이 두 글자에 시선을 빼앗겼다. 그냥 해리엇 헌터의 이니셜인데…… 여기서 뭘 읽어내야 하는 거지? 핍은 스스로 되물었다.

"앤디에게 무슨 일이 벌어졌는지 핍이 진실을 밝혀줘서 기뻐요." 해리엇의 말이 혼자 생각에 빠진 핍을 방해했다. "팟캐스트도 앤디를 못되게만 그리지 않아서 다행이었고요. 앤디는 복잡한 아이였다고 생각해요. 그래도 날 구해줬죠."

앤디의 이메일 주소를 메모하면서 핍은 이제 더욱 생각이 복잡해졌다. 해리엇 말대로 이 이메일 주소는 좀 이상했다. 거의 일부러 기억하기 힘들게 만든 것 같은, 비밀로 하기 위한 주소 같았다. 어쩌면 오로지 이것만을 위해, 오직 해리엇 헌터와 이야기를 나누기 위한 목적으로 만든 이메일인지도 모른다. 하지만 왜?

"그 사람하고 얘기할 거예요?" 해리엇의 말에 핍은 정신을 차렸다. 테이블 위에서 마이크가 핍을 바라보고 있었다. "빌리 카라스하고도 얘기해볼 거예요?"

핍은 목을 감싸고 있는 헤드폰 플라스틱 부분을 손가락으로 만지작댔다. "네, DT 살인범과 이야기해볼 기회가 있으면 좋겠어요." 핍은 일부러 'DT 살인범'이라고 꼬집어 말했다. 그러면 해리엇에게 거짓말을 하는 게 아니니까. 하지만 핍의 그 대답 이면에서 무언가 불길한 느낌이 고개를 내밀었다. 이 어두운 약속은 핍 자신을 향한 걸까, 아니면 그자를 향한 걸까?

"저," 핍이 녹음 프로그램 정지 버튼을 누르며 말했다. "오늘은 여기까지 해야 할 것 같아요. 혹시 조만간 다시 뵐 수 있을까요? 그때는 언니분에 대해 좀 더 자세히 듣고 싶은데요. 오늘 인터뷰가 여러모로 도움이 많이 됐어요. 정말 감사합니다."

"그래요?" 해리엇의 콧잔등에 혼란스러운 듯한 주름이 잡혔다.

자신의 이야기가 핍에게 얼마나 많은 도움이 되었는지 해리엇은 알지 못했다. 해리엇은 정말 생각지도 못한 단서를 핍에게 안겨주었다.

"네, 정말 도움이 많이 됐어요." 핍이 마이크 플러그를 빼며 말했다. 머릿속엔 여전히 'HH'를 부르는 앤디의 목소리가 맴돌고 있었다. 물론 핍이 한 번도 직접 들은 적 없는 목소리였다.

핍은 해리엇과 헤어지며 다시 악수를 나눴다. 핍은 부디 떨리는 제 손을, 핍의 피부 아래 자리 잡은 그 떨림을 해리엇이 알아채지 못하길 바랐다. 핍은 카페 문을 열고 해리엇을 위해 문을 잡아주었다. 찬 공기가, 그리고 한 가지 묵직한 깨달음이 핍을 강타했다. 그동안 이렇게 많은 시간이 지났음에도, 아직도 앤디 벨과 관련하여 풀리지 않은 수수께끼가 남아 있단 사실이었다.

파일명:

 앤디 다이어리 사진/ 2012. 03. 12-18.jpg

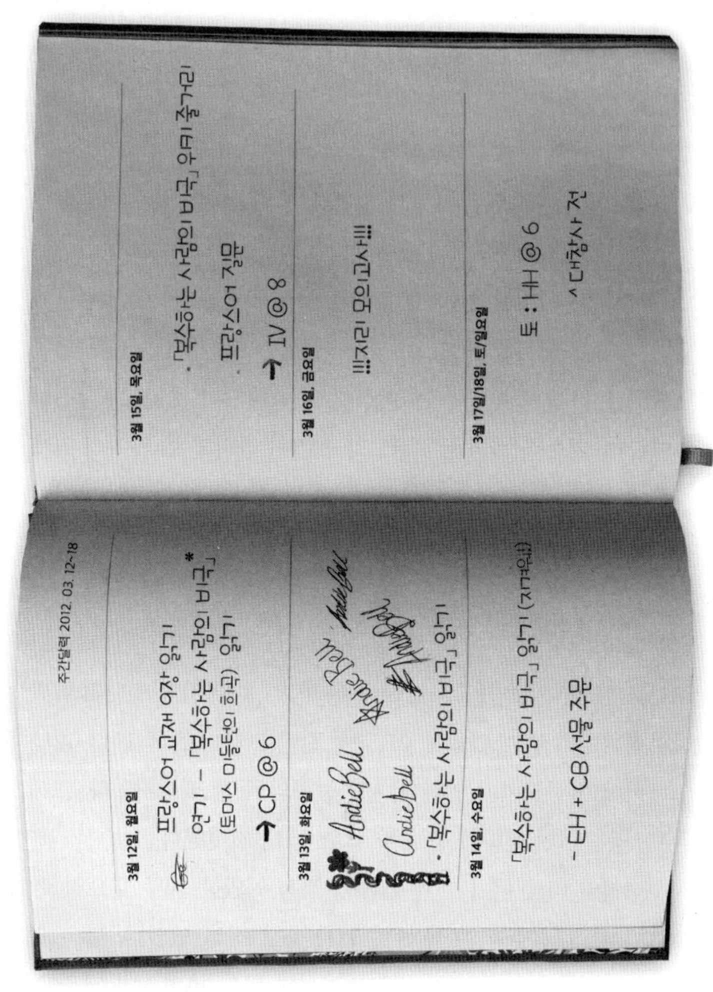

* 토머스 미들턴의 희곡.

20

드디어 찾아냈다. 그동안 뒤통수 저 어딘가에서 핍을 계속 간지럽히던 그 궁금증. 도무지 정확히 정체를 파악할 수 없던 그 간지럼증, HH를 드디어 찾아냈다.

핍은 화면 속에 열려 있는 파일을 뚫어져라 쳐다보았다. '앤디 다이어리 사진 2012. 03. 12.-18.jpg.' 지난해 핍이 탐구활동 과제를 하며 활동일지 25편에 복사-붙여넣기 했던 그 사진이었다. 숨겨둔 선불폰을 찾겠노라고 핍이 라비와 벨 가족의 집에 몰래 잠입했을 때 정작 선불폰은 못 찾고 앤디의 다이어리 사진을 여러 장 찍어왔었는데, 이게 그때 찍은 것 중 하나였다.

핍이 편집으로 일부 잘라내기 이전 원래 사진에는 어질러진 앤디의 책상 모습까지 그대로 담겨 있었다. 메이크업 박스, 그리고 그 위에 놓인 옅은 보라색 머리빗에는 여전히 앤디의 금발 머리카락이 감겨 있었다. 그 옆에 킬턴 그래머 스쿨 2011/12년 다이어리가 펼쳐져 있었다. 3월 중순의 주간 페이지였다. 그해 3월 중순이면 앤디가 죽기 한 달 조금 더 전이었다.

그리고 바로 여기 그 두 글자가 적혀 있었다. 이주 토요일 란, 그리고 그 전주와 그 후에도 'HH'라고 적혀 있었다. 핍은 당시 'HH'가 'Howie's House', 그러니까 하위 바워스네 집을 의미하는 암호라고 생각했다. 앤디가 약을 새로 받아오거나 약을

판 대금을 갖다줄 때 두 사람의 접선 장소였던 기차역 주차장을 'Car Park'의 첫 자를 따서 'CP'로 적어두었던 것처럼 말이다. 그러나 핍의 추측이 틀렸다. 'HH'는 하위 바워스와는 아무 상관이 없었다. 'HH'는 해리엇 헌터를 의미했던 것이다. 그게 전화 통화였는지, 직접 만나기로 한 약속이었는지는 확실치 않았지만 어쨌든 이 'HH'는 해리엇을 뜻했다. 이게 증거였다. 앤디가 DT 살인범의 네 번째 피해자 여동생에게 연락을 취했던 것이다.

핍은 이게 대체 무슨 의미인지를 파악하려고 해보았다. 내내 핍을 괴롭히던 그 간지러움은 이제 두통이 되어 관자놀이를 짓눌렀다. 논리적으로 이해해보려고 시도하면 할수록 더더욱 이해가 안 되었다. 대체 앤디 벨이 이 일과 그리고 DT와 무슨 상관이 있는 거지?

핍이 그 답을 찾아낼 방법은 딱 하나뿐이었다. 앤디의 다른 이메일 계정, 아마도 꽁꽁 숨겨져 있을 그 이메일 계정을 확인하는 것이었다. 짧은 생애 동안 비밀이 참 많기도 했던 앤디.

마침내 핍은 다이어리 사진 들여다보는 걸 관두고 브라우저를 열었다. 그리고 자신의 G메일 계정에서 로그아웃한 후 다시 '로그인'을 클릭했다.

앤디의 이메일 주소 A2B3LK94@gmail.com을 입력하고 나서 핍의 손가락이 잠시 움직임을 멈췄다. 마우스 포인터는 비밀번호란 위를 맴돌고 있었다. 핍이 앤디의 비밀번호를 알아낼 방법은 없었다. 핍은 대신 '비밀번호를 잊으셨나요?' 쪽으로 마우스를 이동했다.

새로운 화면이 뜨면서 '마지막으로 기억하는 비밀번호를 입력하세요'라는 메시지가 나왔다. 마치 핍을 비웃기라도 하듯 공란에서 커서가 깜박이고 있었다. 핍은 터치패드 위로 손가락을 움직여 비밀번호 질문을 패스하고 '다른 질문을 선택하세요' 항목을 클릭했다.

이번에는 화면이 바뀌면서 복구 이메일 주소인 Andie-Bell94@gmail.com으로 코드를 보내주겠다고 했다. 갑자기 배속이 꼬이는 것 같았다. 자, 그러니까 앤디는 메인으로 쓰던 다른 이메일 계정이 분명 있었다. 사람들이 다들 알고 있는 이메일. 하지만 핍은 그 계정에도 로그인을 할 수 없으니 계정 복구 코드를 받을 수도 없었다. 앤디의 숨겨진 이메일 계정은 어쩌면 영원히 비밀로 남아 있게 될지도 모른다.

그러나 희망의 불씨가 아직 완전히 꺼진 건 아니었다. 다른 선택지가 남아 있었다. 핍은 화면 하단에 보이는 '다른 질문을 선택하세요'를 클릭했다. 화면이 바뀌기까지 0.5초의 그 짧은 시간 동안 핍은 눈을 감고 간절히 빌었다. '제발, 제발, 제에발 이번에는 돼라.'

핍이 두 눈을 뜨자 새로운 화면이 떠 있었다.

'선택한 보안 질문에 답하세요: 첫 햄스터의 이름은?'

그 아래에는 다시 '답을 입력하세요'라고 되어 있는 공란이 보였다.

그게 다였다. 화면에 이제 다른 선택지가 보이지 않았다. 이게 끝이었다. 여기서 막혀버렸다.

벨 가족네 첫 번째 햄스터 이름을 핍이 도대체 어찌 알아내적을 것인가? 그땐 아마 소셜미디어도 없었을 텐데 말이다. 그 집에 찾아가 제이슨 벨에게 물어볼 수도 없는 노릇이었다. 이미 제이슨 벨은 핍에게 다시는 찾아올 생각 말라고 했었다.

잠깐.

핍의 심장이 튀어나올 것처럼 세차게 뛰었다. 핍은 휴대폰을 들어 오늘이 무슨 요일인지 확인했다. 수요일이었다. 내일은 베카 벨한테서 전화가 오는 날이다. 베카는 매주 목요일 오후 4시에 전화를 걸었다.

그래, 해결책은 베카다. 베카라면 여기서 말하는 앤디의 첫 햄스터 이름을 알고 있을 터였다. 그리고 혹시 앤디한테 다른 이메일 계정이 있었는지, 또 그런 계정을 앤디가 따로 만들 이유라도 있었는지 베카에게 물어볼 수 있을 것이다.

그러나 내일 오후 4시까지는 아직 25시간이나 남아 있었다. 25시간이라니, 마치 한평생이나 다름없는 시간 같았다. 그리고 어쩌면 그게 지금 핍에겐 딱히 들어맞는 비유가 아닐지도 모른다. 핍에게 남은 시간이 얼마나 되는지는 오로지 DT, 혹은 DT를 가장한 그자만 알고 있을 뿐이었다. 타이머의 시간은 째깍대고 흘러가고 있었지만 시간이 얼마나 남았는지 핍은 알 수 없었다. 기다리는 것 외에 핍이 할 수 있는 일은 아무것도 없었다.

베카라면 알고 있을 것이다.

그때까지 핍은 다른 단서를 추적하면 된다. 그린 신에서 일한 적 있는 사람들에게 보안 경보 관련해 다시 메시지를 보낸다, 놀란 경감과 인터뷰 날짜를 잡는다, 이미 오늘 아침, 은퇴한 놀란 경감에게서 DT 사건과 관련해 핍의 팟캐스트에 출연 의사가 있다는 답을 받아놓은 상태다, 앞으로 25시간 동안 그자와의 게임에서 핍이 할 수 있는 일, 취할 수 있는 조치는 아직 많이 있었다.

핍의 손이 떨리고 있었다. 지금은 안 되는데. 이제 곧 손금 틈으로 피가 새어 나올 것이다. 안 돼, 제발 지금은 안 된다. 핍은 안정을 되찾아야 했다. 차분하게, 머릿속을 조금 비울 필요가 있었다. 뛰러 나가야 하나? 아니면…… 핍은 책상 두 번째 서랍을 슬쩍 쳐다보았다. 혹은 둘 다?

알약 반 알을 물 없이 삼키려니 쓴맛이 느껴졌다. '심호흡하자. 그냥 심호흡하자.' 그러나 이제 지퍼백 안에 알약이 2.5개밖에 남지 않았고 약이 거의 떨어졌다고 생각하니 숨을 쉴 수가 없었다. 약이 더 필요했다. 약이 없으면 잠도 못 자고, 잠을 못 자면 머리도 제대로 안 돌아가고, 머리가 안 돌아가면 이 게임을 이길 수 없게 된다.

약의 힘을 빌고 싶진 않았다. 지난번으로 끝냈어야 했다. 그렇게 다짐도 했었다. 하지만 저 자신을 구하려면 핍은 약이 필요했다. 원래의 핍을 되찾으면, 그땐 다시는 약을 찾지 않을 것이다. 나란히 놓인 선불폰 중 첫 번째 폰을 꺼내 들어 전원을 켜며 핍은 그렇게 다짐했다. 화면에 노키아 로고가 켜졌다

핍은 문자메시지 목록에서 이 휴대폰에 유일하게 저장해둔 번호를 찾았다. 그리고 루크 이튼에게 단문을 보냈다. '더 필요해요.'

문득 공허하고 씁쓸한 웃음이 터져 나왔다. 지금 핍의 손에 들린 이것이 앤디 벨과의 또 다른 연결고리 같단 생각이 들었

다. 핍은 6년이 지나 앤디의 발자취를 따라가고 있었다. 그리고 어쩌면 비단 숨겨진 휴대폰만이 핍과 앤디 사이의 공통점은 아닐지도 모른다.

몇 초 안에 루크에게서 답장이 왔다.

'이번에도 마지막? 물건 들어오면 얘기하겠음.'

목덜미를 타고 분노가 훅 치밀어올랐다. 아랫입술을 아프도록 꽉 깨문 채 핍은 전원 버튼을 누른 후 서랍 아래쪽 비밀 칸에 휴대폰과 루크의 존재를 다시 밀어 넣었다. 루크가 틀렸다. 이번엔 다르다. 이번엔 정말로 마지막이다.

자낙스 약효가 아직 빠르게 퍼지지 않고 있었다. 어떻게 달래봐도 핍의 심장은 여전히 벌새마냥 파르르 떨리고 있었다. 뛰러 나가는 방법도 있었다. 아니, 나가서 뛰어야 했다. 달리다 보면 정신이 맑아지면서 앤디와 해리엇 헌터, DT의 연결고리를 찾는 데 도움이 될지도 모른다.

핍은 침대 쪽으로 걸어가 창밖을 내다보았다. 오후 하늘은 천천히 잿빛으로 바뀌고 있었고 진입로에는 빗방울 자국이 보였다. 상관없다. 어차피 우중 러닝을 좋아하는 핍이었다. 그리고 진입로에서 자신을 향해 다가오는 머리 없는 막대 인간 그림이라든가, 뭐 이런 더한 것도 보았는데 빗방울쯤이야 별것 아니었다. 이제 핍은 집을 나설 때마다 확인했지만 막대 인간 그림은 더는 보이지 않았다.

그러나 지금은 다른 무언가가 보였다. 휙 하고 지나가는 움직임이 핍의 시선을 끌었다. 누군가가 핍의 집 앞, 진입로 앞을 지나쳐 달리고 있었다. 다시 시야에서 사라지기까지 불과 3초밖에 걸리지 않았지만, 3초면 그 사람이 누구인지 알아보긴 충분한 시간이었다. 한 손에 들린 파란색 물병. 날카로운 턱선과 빗어넘긴 금발 머리. 그는 어깨 너머로 핍의 집을 흘끔 쳐다보았다. 핍이 이곳에 있다는 것을 분명 의식한 움직임이었다.

다시 눈앞이 시뻘겋게 물들었다. 핍의 머릿속에선 맥스 헤이스팅스를 죽일 수 있는 갖가지 방법이 상연 중이었다. 그러나 그 어느 것도 충분하지 않았다. 맥스는 그보다 훨씬 더 심한 일을 당해도 마땅했다. 멀어지는 맥스를 바라보며 갖가지 방법들을 떠올려보았다. 그때 부르르, 진동 소리가 핍을 방해했다.

책상 위에 올려두었던 핍의 휴대폰이었다.

핍은 화면이 아래로 향해 있는 휴대폰을 가만히 쳐다보았다.

젠장.

발신번호 없음인가? DT? 자, 이제 그자의 정체가 밝혀지는 순간인가? 발신번호 추적 앱도 깔아두었고, 이제 실체 없는 저 숨소리도 곧 그 정체가 드러날 것이다. 앤디 벨과 무슨 상관인지 알 필요도 없다. 해답이 핍의 눈앞에 기다리고 있을 것이다.

어서. 벌써 너무 오래 망설였다. 핍은 재빨리 휴대폰을 집어 들었다.

발신번호 표시제한 전화가 아니었다

일련의 숫자가 화면에 떠 있었다.

핍이 모르는 휴대폰 번호였다.

"여보세요?" 휴대폰을 귀 너무 가까이 붙였다.

"여보세요." 낮고 갈라진 목소리였다. "아, 핍. 나야. 리처드 호킨스."

빠르게 뛰던 심장 주변의 근육이 긴장을 조금 늦추었다. DT는 아니다.

"아아, 네." 핍은 안도했다. "호킨스 경위님, 안녕하세요."

"기다리는 전화가 있었나 보네." 호킨스 경위가 가볍게 코를 훌쩍였다.

"네."

"방해해서 미안하군." 헛기침. 다시 훌쩍. "저기, 별건 아니고 새로운 소식이 하나 있는데 직접 전화를 하는 편이 좋을 것 같아서 말이지. 궁금해하고 있는 줄 아니까."

소식? 존재조차 믿지 않더니 스토커에 대한 소식이 있다고? 경찰도 스토커와 DT 사이의 연결고리를 찾았단 건가? 갑자기 해방감이 찾아왔다. 배 속 저 깊숙이에서부터 가벼운 기운이 느껴지면서 두둥실 몸이 떠오르는 것 같았다. 호킨스가 핍의 말을 들어주었다. 핍을 믿었…….

"찰리 그린 건이야." 호킨스 경위가 침묵을 깼다.

핍은 다시 침잠했다.

"어-어떤 일로……." 핍이 입을 열었다.

"찰리 그린이 잡혔어." 호킨스 경위가 말했다. "용케 프랑스까지 도주했더라고. 지금은 인터폴에서 신병을 확보한 상태인데, 아무튼 체포됐어. 인도 후 내일 공식적으로 기소가 진행될 거고."

핍은 계속해서 가라앉고 있었다. 왜지? 바닥을 뚫고 그대로 그렇게 가라앉고 있었다.

"저는 그……." 핍이 말을 더듬었다. 가라앉는다. 핍이 점점 작아지고 있었다. 핍은 제 발이 행여 카펫 속으로 꺼져버리진 않을지 지켜보고 있었다.

"이제 걱정 마. 잡혔으니까." 호킨스 경위의 목소리는 한층 부드러웠다. "핍, 괜찮은 건가?"

괜찮지 않았다. 핍은 호킨스가 대체 무슨 말을 듣고 싶은 건지 알 수가 없었다. 고맙단 말을 듣고 싶은 건가? 아니, 이건 핍이 원한 게 아니다. 찰리는 철창에 갇혀야 하는 사람이 아니다. 철창 뒤에서 어떻게 핍을 도울 수 있단 말인가. 무엇이 옳고 그른지, 모든 것을 바로잡으려면 어찌 해야 하는지 어떻게 얘기해준단 말인가. 핍이 이걸 원했다고? 이런 결과를 바랐다고? 정상인이라면 지금 가슴속 블랙홀 속으로 갈비뼈가 빨려 들어가는 이런 느낌 말고 괜찮다는 느낌을 받는단 건가?

"핍? 이제 겁내지 않아도 돼. 이제 찰리 그린이 핍을 찾으러 올 일은 없어."

찰리 그린은 한 번도 핍에게 위협이었던 적이 없다고 소리치고 싶었다. 그러나 호킨스는 핍의 말을 믿지 않을 터였다. 그는 단 한 번도 핍의 말을 믿은 적이 없었다. 그러나 어쩌면 이제 별로 상관이 없을지도 모른다. 핍이 스스로를 돌이킬 방법이 아직 있을지도 모른다. 이 끝없는 추락에서 안전하게 벗어날 방법 말이다. 핍은 느낄 수 있었다. 모든 것이 그렇게 추락하고 있었고 핍은 스스로를 멈출 수가 없었다. 그러나 찰리라면 핍을 멈추게 할 수 있을지도 모른다.

"제가, 음…… 저기……." 핍이 망설이며 입을 열었다. "혹시 직접 이야기해볼 수 있나요?"

"그게 무슨 뜻이지?"

"찰리 그린하고요." 핍이 더 크게 말했다. "찰리 그린과 직접 얘기할 수 있을까요? 진심으로 찰리와 직접 이야기를 하고 싶어요. 이-이야기를 꼭 해야 해요."

불신의 목소리가 수화기를 타고 흘러나왔다. "그건 음……" 호킨스가 입을 열었다. "그건 어려워. 핍이 찰리의 살인 혐의에 대한 유일한 목격자니까. 재판이 진행되면 검찰 측 주요 참고인으로 핍한테 연락이 갈 거야. 직접 이야기를 한다는 건 아무래도 어렵지."

핍은 더 깊숙이 가라앉았다. 이제 핍은 바닥을 뚫고 집의 골조에 닿아 있었다. 호킨스의 말은 날카롭게 핍의 가슴에 와 꽂혔다. 그래, 당연한 얘기였다.

"아, 알겠습니다." 핍이 조용히 대답했다. 물론 그렇게 쉽게 받아들여지진 않았다.

"그, 다른 일은…… 전에 그 일은 어떤가?" 호킨스 경위가 확신 없는 목소리로 물었다. "전에 스토커가 있다고 찾아왔었잖아. 그사이 다른 사건이 혹시 더 있었나?"

"아, 아니요." 핍이 동요하지 않고 말했다. "전혀요. 그 일은 잘 해결됐어요. 괜찮습니다. 감사해요."

"그래, 그냥 내일 아침 기사 통해 알게 되기 전에 소식 전하고 싶어 전화한 거야." 호킨스가 목소리를 가다듬었다. "요즘은 잘 지내나 걱정도 됐고."

"전 괜찮아요." 핍은 이제 연기를 할 힘조차 남아 있지 않았다. "연락 주셔서 감사합니다, 경위님." 핍은 귀에서 전화기를 떼고 엄지로 빨간 버튼을 찾았다.

찰리가 잡혔다. 끝났다. 핍에게 남아 있던 한 가지 구원의 가능성이 사라졌다. 이제 핍에겐 DT를 상대로 한 이 위험한 선택지만 남았다. 핍이 사라졌으면 할 정도로 핍을 싫어하는 사람 목록에서 이제 적어도 찰리의 이름만큼은 공식적으로 지울 수 있었다. 찰리가 아닌 줄은 처음부터 알고 있었지만 이제 아주 희미한 가능성마저 없어졌다. 그동안 찰리는 쭉 프랑스에 있었으니 말이다.

핍은 다시 컴퓨터 화면을 쳐다보았다. 앤디 벨의 첫 번째 햄스터 이름을 입력하라는 화면이 아직 그대로 떠 있었다. 어이가 없다 못해 우스울 지경이었다. 시체는 썩어 모두 하나가 된다는 사실만큼 어이없고 우스웠다. 사라진다는 건 수수께끼도 아니었고, 흥미로운 일을 의미하지도 않았다. 뻣뻣해진 사지와 피가 고여 생긴 검붉은 반점을 뜻했다. 아마 빌리 카라스도 타라 예이츠를 발견했을 때 그런 반점을 보았겠지. 영안실에 누운 스탠리 포브스에게도 그런 반점이 있었겠지. 아니, 잠깐. 스탠리는 고여 있는 피도 없었을 것이다. 핍의 손 위로 그렇게 많은 피를 흘렸으니 말이다. 핍의 집 부근 숲속에서 죽은 샐 싱도 마찬가지였을 것이다. 그러나 앤디 벨에게선 반점을 찾지 못했겠지. 앤디는 너무 늦게 발견됐다. 그땐 앤디가 사실상 분해되어 흔적도 거의 남지 않은 상태였다. 그게 아마 사라진다는 것에 가까운 상태가 아닐까 핍은 생각했다.

그럼에도 앤디는 아직까지 완전히 사라지지 않았다. 죽은 지 6년하고 반이 지났지만 앤디는 여전히 핍의 유일한 단서다. 아니, 단서가 아니라 구명줄이다. 한 번도 만난 적 없는 두 사람이었지만 무언가 알 수 없는 이상한 힘이 시간을 초월하여 두 사람을 묶고 있었다. 어쩌면 핍이 앤디를 구해낸 것이 아니라, 앤디가 핍을 구할 존재인지도 모른다.

어쩌면 말이다.

그러나 일단은 기다려야 했다. 앤디 벨을 둘러싼 수수께끼는 아직도 24시간 30분 더 지속될 터였다.

21

"본 통화는 HM 다운뷰 교도소 재소자 베카 벨…… 텔코 링크를 통해 선불로 진행되며, 통화내용이 녹음 및 검토될 수 있음을 알려드립니다. 통화를 수락하시려면 1번을 누르세요. 앞으로 통화를 모두 차단하기를 원하시면……."

버튼 '1'을 얼마나 세게 눌렀는지 핍은 하마터면 손에서 전화기를 놓칠 뻔했다.

"여보세요?" 핍이 다시 귀에 전화기를 가져다 댔다. 핍은 이제 스스로도 멈출 수 없을 정도로 심하게 다리를 떨고 있었다. 핍의 다리가 닿아 있는 책상 위의 연필꽂이도 덩달아 흔들렸다. "베카?"

"여보세요." 베카의 목소리가 처음엔 조금 희미했다. "응, 핍. 미안, 줄이 좀 길었어. 잘 지냈어?"

"그럭저럭이요." 숨을 쉴 때마다 핍은 가슴이 불편하게 조이는 듯한 느낌이 들었다. "그냥 뭐, 괜찮아요."

"정말로?" 베카는 걱정스러운 목소리였다. "목소리가 좀 불안한데."

"아, 커피를 너무 많이 마셔서 그렇죠 뭐." 핍이 공허하게 웃었다. "언니는 어때요? 불어는 많이 늘었어요?"

"응, 좋아." 그러더니 베카가 덧붙였다. "트레봉Très bon."* 베카의 목소리에 즐거움이 묻어났다. "이번 주엔 요가도 새로 시작했어."

"오, 재밌겠다."

"응, 친구랑 같이 갔어. 전에 말한 넬이라는 친구 기억해?" 베카가 말을 이었다. "재밌기도 했고. 요가 수업을 들어보니 내 몸이 막대기가 따로 없더라고. 차차 노력을 해야겠지."

베카의 목소리는 밝았다. 사실 늘 그랬다. 베카는 거의 행복한 듯한 목소리였다. 이렇게 말하면 이상하지만 핍은 어쩌면 베카가 바깥세상에서보다 그 안에서 더 행복할 수도 있겠다는 생각이 들었다. 베카가 거기 있는 건 말하자면 일종의 **선택**이었으니까 말이다. 베카의 변호인 측은 재판까지 가면 아마 실형은 받지 않을 거라고 거의 확신했지만 베카는 유죄를 인정했다. 핍은 그게 늘 이해가 되지 않았다. 베카처럼 감옥을 택하는 사람이 있다는 사실이 말이다. 어쩌면 베카에겐 그곳이 감옥이 아닌지도 모른다.

"다른 사람들은 어떻게 지내? 나탈리는?" 베카가 물었다.

"잘 지내요." 핍이 대답했다. "한 일주일쯤 됐나? 나탈리랑 제이미랑 다 같이 봤어요. 둘이 진짜 죽고 못 산다니까요."

"잘됐네." 베카의 얼굴에 웃음이 번지는 모습이 보이는 듯했다. "나탈리가 잘 지낸다니 다행이야. 넌 그 명예훼손 소송 건은 어떻게 하기로 했어?"

---

* 프랑스어로 '매우 좋다'는 뜻.

솔직히 말해서 그 일은 까마득히 잊어버리고 있었다. 끝없이 칭칭 둘러놓은 테이프처럼 DT가 핍의 머릿속을 너무 많이 차지하고 있었다. 크리스토퍼 엡스의 명함은 그날 핍이 입고 있던 재킷 주머니에 여전히 그대로 잠들어 있었다.

"그게 실은…… 그 이후로 우리 변호사랑도, 맥스 변호사랑도 전혀 얘기 안 해봤어요. 다른 일이 좀 있어서요. 어쨌든 철회도, 사과도 않겠단 내 뜻은 확실히 전달했으니까. 기어이 재판까지 가겠다고 하면 뭐, 그거야 맥스 본인한테 달린 일이죠. 하지만 맥스도 두 번은 못 빠져나갈걸. 내가 그렇겐 안 놔둘 거예요."

"전에도 말했지만 내가 증언할게." 베카가 말했다. "법정까지 간다면 말이야. 걔가 어떤 인간인지 만천하에 알려야 해. 비록 이게 형사 재판, 정의의 심판은 아니라고 해도."

정의. 그 단어가 다시 핍의 발을 걸고넘어졌다. 손바닥에서 피가 배어 나오기 시작했다. 핍에게 '정의'란 곧 감옥, 철창과 동의어였다. 시선을 떨구자 핍의 손에 피를 흘리고 있는 스탠리가 보였다. 베카에겐 스탠리 이야기를 꺼낼 수 있었다. 베카에겐 스탠리가 단순히 살인마 브런즈윅의 아들인 것만은 아니었으니 말이다. 결국 친구로 남기로 했지만 그래도 둘은 두 번이나 데이트를 한 적이 있었다. 이해는 못 하더라도 베카라면 핍의 이야기를 들어줄 수는 있을 것이다. 아니, 하지만 지금은 그런 이야기를 할 때가 아니었다. 지금은 그럴 시간이 없었다.

"언니, 그……" 핍이 불안한 목소리로 입을 뗐다. "실은 뭐 좀 물어볼 게 있는데, 조금 급한 일이라서요. 황당한 이야기 같겠지만 진짜 긴급한 일이기도 하거든요. 전화로 이유를 설명하기가 좀 어려운데, 하여간 중요한 일이에요."

"알겠어." 베카의 목소리가 진지해졌다. "무슨 문제라도 있는 건 아니지?"

"네, 괜찮아요." 핍이 대답했다. "그냥 다른 건 아니고, 혹시 앤디 언니가 처음 키운 햄스터 이름을 기억하나 해서요."

베카가 깜짝 놀라 콧소리를 냈다. "뭐?"

"그게 저…… 보안 질문이에요. 앤디 언니가 처음 키운 햄스터 이름 혹시 기억나요?"

"무슨 보안 질문?"

"앤디 언니한테 비밀 이메일 계정이 있었던 것 같아요. 남들은 모르는. 경찰도 모르고요."

"AndieBell94." 베카가 빠르게 주소를 읊었다. "이게 언니 메일 주소인데. 경찰도 그때 확인했었어."

"그 계정 말고 하나가 더 있었어요. 보안 질문에 대답을 못 하면 로그인을 할 수가 없어서요."

"다른 계정이 있다고?" 베카가 망설였다. "왜 다시 언니를 조사하는데? 무슨…… 아니, 왜? 무슨 일인데?"

"설명하긴 좀 어려워요." 핍이 떨리는 다리를 멈추려 무릎을 붙잡았다. "우리 통화는 녹음이 되잖아요. 아무튼 저한테는…… 그게 좀 중요한 문제가 될 수도 있을 것 같아요." 핍이 말을 멈췄다. 베카가 숨을 들이마시는 소리가 들려왔다. "생사가 걸린 문제예요." 핍이 덧붙였다.

"로디."

"네?"

"로디. 언니가 처음 키운 햄스터 이름이 로디야." 베카가 가볍게 코를 훌쩍였다. "어디서 따온 이름인진 모르겠어. 언니 여섯 살 생일 선물로 받은 거였을걸? 일곱 살이던가. 나도 1년 후에 햄스터를 선물로 받았는데 나는 걔 이름을 '토디'라고 지어줬어. 그 후에 고양이 몬티를 데려왔는데 몬티가 토디를 잡아먹어 버렸지. 아무튼 언니가 처음 키운 햄스터는 로디였어."

키보드에 자리 잡은 핍의 손가락이 파르르 떨렸다.

"철자가 R-O-A-D-Y예요?" 핍이 물었다.

"아니, I-E. 이거 혹시…… 너 정말 괜찮은 거야?"

"아마도요." 핍이 대답했다. "괜찮길 바라야죠. 혹시 앤디 언니 친구 중에 해리엇 헌터라는 사람 얘기 들은 적 있어요?"

수화기 너머로 주변 사람들 말소리만 조금 들릴 뿐 한동안 정적이 흘렀다. "아니." 마침내 베카가 입을 열었다. "들은 적 없는 것 같아. 나도 해리엇이라는 사람을 본 적 없고. 애초에 언니가 누굴 집에 데려온 적도 없고 말이야. 왜? 그 사람이 누군데?"

"언니." 휴대폰을 쥔 손가락이 떨리고 있었다. "미안한데 그만 가봐야 할 것 같아요. 일이 좀 있는데…… 시간이 별로 없어서요. 나중에 다 끝나면 그땐 모두 털어놓을게요. 약속해요."

"아, 그래…… 알겠어." 베카의 목소리가 조금 우울해졌다. "다음 주 토요일에는 원래대로 오는 거야? 방문객 대장에 네 이름 적어뒀는데."

"그럼요." 이미 핍은 다른 데 정신이 팔려 있었다. 컴퓨터 화면에는 보안 질문이 떠 있었다. "당연히 가죠." 핍은 대강 둘러댔다.

"무슨 일인진 모르겠지만 잘 되길 바랄게. 그리고…… 시간 될 때 괜찮은지 안부 전해주고."

"그럴게요." 핍의 목소리가 떨리고 있었다. 제 귀에까지 들릴 정도였다. "고마워요. 잘 지내요, 언니."

이번엔 버튼을 너무 꾹 누른 탓에 정말로 휴대폰을 떨어뜨렸다. 휴대폰은 피 칠갑이 된 손바닥에서 미끄러지듯 빠져나갔다. 핍은 휴대폰을 바닥에 그대로 내버려 둔 채 키보드를 두드렸다. R, O, 그리고 A. 핍은 앤디 벨의 첫 햄스터 이름 'ROADIE'를 한 자 한 자 입력해나갔다.

화면의 화살표를 '다음' 버튼으로 움직이는 동안 보이지 않는 피가 터치패드에 스며들었다.

화면이 바뀌면서 새 비밀번호를 입력하라고 했다. 그 아래에는 확인을 위해 비밀번호를 다시 입력하는 칸이 있었다. 다시금 가슴속에 찌릿함이 느껴졌다.

비밀번호를 뭘로 하지? 아무거나 하자. 그냥 아무거나 생각나는 대로 빨리.

가장 먼저 떠오른 건 'DTkiller6'이었다.

최소한 잊어버릴 일은 없을 터였다.

핍은 다시 같은 비밀번호를 그 아래 입력한 후 확인을 눌렀다.

'받은편지함'이 열렸다. 메일이 별로 없어 화면이 가득 차지도 않았다.

핍은 숨을 길게 내쉬었다. 이거다. 앤디의 비밀 이메일 계정. 그동안 꼭꼭 숨겨져 있었다. 앤디 말곤 아무도 여기 들어온 적이 없었다. 다시금 등을 타고 그 느낌이 전해졌다. 마치 정신만 핍의 몸을 빠져나와 시간을 초월한 것 같은 그 느낌.

앤디가 이 계정을 만든 이유는 보자마자 분명해졌다. 앤디가 이 계정으로 쓴 이메일은 모두 해리엇 헌터에게 보낸 것들이었다. 그러니까 앤디가 이 계정을 만든 이유가 해리엇 헌터 때문이었던 건 분명한데 해리엇과 DT, 앤디 사이의 연관성은 여전히 오리무중이었다.

핍은 이메일을 클릭했다. 해리엇이 이미 보여준 메일들이었지만 이번엔 앤디의 관점에서 읽어보았다. 답은 여기 없었다. 구명줄도 없다. 여덟 개의 메일만 남아 있을 뿐이었다. 제목은 전부 '안녕'이었다.

여기 분명 뭔가는 있다. 뭔지는 몰라도 있다. 앤디가, 앤디야말로 핍을 도와주어야 한다. 돌고 돌아 다시 결국 앤디에게로 되돌아온 건 분명 앤디에게 답이 있어서일 터다.

핍은 '받은편지함'을 나와 '소셜' 메일함을 열어보았다. 여기는 아무것도 없었다. 프로모션 메일함도 열어보았다. 여기는 이 메일이 잔뜩 쌓여 있었다. 발신자는 '자기방어 팁' 하나뿐이었다. 아마도 앤디가 어쩌다 이 주소로 저 뉴스레터를 구독한 모양이었다. 매주 1회 뉴스레터 이메일이 이 계정으로 와 있었다. 앤디가 세상을 뜬 지 한참이 지난 후에도 말이다. 그런데 앤디는 왜 저런 뉴스레터를 구독했을까? 핍은 전신에 전율이 느껴졌다. 앤디가 혹시 위험을 감지했던 걸까? 앤디는 곧 닥칠 자신의 운명을 이미 직감했던 걸까? 핍의 감각 속에 살아 있는 이 느낌을 앤디도 똑같이 느끼고 있었던 걸까?

핍은 메뉴를 확인했다. 휴지통은 텅 비어 있었다. 삭제한 이메일도 없었다. 젠장. 제발, 앤디. 여기서 무슨 단서라도 찾아야 한다. 꼭 찾아야 한다. 분명 이 이메일은 관련이 있었고, 핍은 그게 무엇인지 찾아내야만 하는 사람이었다. 뭔진 몰라도 핍의 직감이 말하고 있었다. 어떻게든 아귀가 맞아떨어질 것이다.

메뉴에서 갑자기 숫자 하나가 눈에 띄었다. '임시보관함' 옆에 작은 '1'이 붙어 있었다. 너무 작아서 마치 화면을 샅샅이 뒤지려는 핍의 눈초리를 피해 숨어 있기라도 한 것 같았다.

아무에게도 보내지 않은, 앤디가 쓰다 만 이메일이었다. 해리엇에게 보내지 못한 메일이 있다고? 어쩌면 별것 아닐지도, 그냥 아무 내용 없이 빈 메일일지도 모른다. 핍은 '임시보관함'을 열었다. 맨 위에 보내지 않은 이메일 1건이 보였다. 내용 없는 메일이 아니었다. 오른쪽에는 2012년 2월 21일에 저장되었다는 날짜가 표시되어 있었다. 제목은 '익명 씀'이었다.

핍의 가슴이 조여들었다. 핍은 한 손으로 피를 닦으며 저장된 메일을 열었다. 핍의 숨소리가 이상하게 들썩였다.

새 메일	– ⤢ x

받는 사람

제목: 익명으로부터

수신자에게,

나는 DT 살인범이 누군지 알고 있다.

한 번도 입 밖으로 꺼낸 적은 없다. 아무한테도, 하물며 혼잣말로도 얘기해본 적 없다. 머릿속으로 생각만 해왔는데, 이젠 그 생각을 하도 많이 해서 머릿속이 그 생각으로 가득 차버렸다. 이렇게 메일을 쓰는 것만으로도 기분이 좀 나아지고 덜 외로운 것도 같다. 그러나 물론 이 일에 있어서 난 혼자다. 철저히 혼자다.

나는 DT 살인범이 누군지 알고 있다.

슬라우 교살범이 누군지 안다고 해야 하나? 이름이야 뭐라고 부르든 아무튼 나는 그자의 정체를 알고 있다. 그리고 이 메일을 정말로 누군가에게 보낼 수 있으면 좋겠다. 경찰에 그자의 이름을 적어 익명으로 제보하고 싶다. 경찰에 그런 이메일 주소가 있긴 하려나? 전화는 절대 못 한다. 내 입으론 절대 직접 말 못 한다. 너무 무섭다. 눈을 뜨고 지내는 모든 순간, 아니 잠이 들어 있을 때조차 무섭다. 그자가 집에 와 있으면, 아무 일 없는 듯이 저녁을 먹으며 우리와 이야기하는 그자를 볼 때마다, 아무렇지 않은 척 연기하기가 점점 더 어려워진다. 그러나 이 메일은 보내지 못할 것이다. 이 메일을 보내봤자 아무도 날 믿지 않을 것이다. 경찰도 안 믿는다. 설사 경찰에 신고한다고 해도 그게 내가 한 짓인 줄 알면 그는 다른 사람들한테 한 것처럼 나도 죽이겠지. 분명 내 짓인 줄 알아낼 것이다. 어차피 그도 한패나 다름없다.

이건 그냥 연습이다. 결국 메일을 보내진 못하더라도 이렇게 해서 메일을 보낸단 생각만으로 기분은 좀 나아질 수 있다. 머릿속 생각을 이렇게 혼잣말처럼 적어보는 것만으로도 말이다.

나는 DT 살인범이 누군지 알고 있다.

난 그자를 보았다. 줄리아 헌터와 함께 있는 걸 봤다. 그게 줄리아 헌터라는 건 백프로 확신한다. 두 사람은 손을 잡고 있었다. 그자가 그녀의 뺨에 키스도 했다. 내가 두 사람을 목격한 사실을 그는 모른다. 두 사람이 함께 있는 게 그리 놀랄 일도 아니었다. 그러나 그로부터 6일 후 줄리아 헌터는 죽었다.

그가 죽였다. 그자의 짓이란 걸 나는 알고 있다. 그녀의 얼굴을 뉴스에서 보자마자 알았다. 이제 모든 것이, 모든 정황이 맞아떨어진다. 이렇게 되기 전에 알아챘어야 했다.

어쩌다 HH에게 연락을 하게 된 건진 나도 모르겠다. 어쩌면 HH도 알고 있을지 모른다고, 누가 자기 언니를 죽였는지 짐작이 가는 사람이 있을지도 모른다고 생각했다. 그럼 HH에겐 사실대로 털어놓을 수 있겠다고, 함께 해결할 방법을 찾아볼 수 있겠다고 생각했다. 그러나 HH는 모른다. 아무것도 모른다. 그리고 이유는 나도 모르겠지만 HH에겐 괜찮다고 얘기해줘야 할 것 같은 책임감이 느껴진다. 난 HH의 언니를 죽인 범인을 알고 있으니까 말이다. 하지만 어떻게 그 얘길 꺼내야 할진 모르겠다. 누가 우리 베카의 털끝 하나라도 건드리면 난 그대로 무너지고 말 것이다.

샐한텐 말 못 한다. 샐은 이미 내 인생 자체가 엉망진창이라고 생각하고 있을 것이다. 샐한테 말 못 하는 것들이 너무 많다. 이제 나한테 위안이라곤 샐뿐인데, 샐은 무조건 보호해야 한다. 샐은 절대 이 세계엔 발도 들이지 못하게 해야 한다.

이 동네에 있으면 늘 내가 도망치지 않는 한 결국 이 동네가 날 죽일 것만 같은 기분이 든다. 그자가 날 죽일 거다. 벌써 날 보는 눈빛이 달라졌다. 어쩌면 몇 년 전부터 그랬는지도 모르겠다. 베카한테는 제발 그러지 말기를. 제발 그런 눈빛으로 쳐다보지 않기를. 하지만 나도 계획이 있다. 일찌감치 계획을 세우기 시작했다. 그래도 조심히 때를 기다려야 한다. 지난 1년간 하위를 통해 번 돈은 꼬박 모아두었다. 잘 숨겨두었으니 아무도 찾지 못할 것이다. 하지만 멍청이같이 학업을 망쳐버렸다. 공부가 가장 도망치기 쉬운 길이었을 텐데. 멀리 대학을 가면 아무도 의심하지 않을 텐데. 하지만 합격한 건 이곳 지방대뿐이고 난 영락없이 킬턴에 있어야 한다. 집에 있을 순 없다.

샐은 옥스퍼드에 합격했다. 같이 갈 수 있으면 얼마나 좋을까. 썩 먼 거리는 아니지만 그 정도 거리라도 충분하다. 어쩌면 거기 가기 위해 할 수 있는 게 있을지도 모른다. 아직 너무 늦지만 않았다면 말이다. 여기서 탈출하려면 뭐든 해야 한다. 말 그대로 뭐든지. 샐이 옥스퍼드에 가는 데 워드 선생님이 큰 도움을 줬으니 나도 도와줄지 모른다. 뭐든지 해야 한다. 무슨 수를 써서라도 말이다.

내가 이 동네를 뜨면, 그리고 안전해지면, 그땐 베카를 데리러 올 거다. 일단 학교는 꼭 마쳐야 한다. 베카는 똑똑한 애니까. 하지만 여기서 멀리 떨어진 곳에 내가 자리를 잡고 나면 그땐 베카도 나랑 함께 살 수 있다. 그리고 동네를 떠나 안전해지면 그땐 경찰에 그의 정체를 밝힐 수도 있겠지. 그때가 되면 드디어 이 익명 제보 이메일을 보낼 수 있을지도 모른다. 그자가 더는 우리를 찾아낼 수 없을 때, 우리의 위치를 알지 못하게 됐을 때 말이다.

최소한 내 계획은 그렇다. 이런 이야기를 할 상대가 없어 여기에다 이러고 있지만, 그래도 이게 내가 할 수 있는 최선이다. 이 메일은 아마 지워야겠지. 혹시 모를 때를 대비해서 말이다.

나한테 너무 무거운 짐 같지만 그래도 할 수 있다. 우리를 구할 것이다. 베카를 안전하게 지켜내고 살아남을 것이다.

내가 할 일은 그…….

Sans Serif TT B I U A

Send

22

라비는 다시 스크롤을 올렸다 내리면서 고개를 절레절레 저었다. 라비의 짙은 눈동자에 앤디의 고백이 비치더니 이내 눈물이 고였다. 앤디의 유령은 이제 핍뿐만 아니라 라비의 어깨에도 내려앉았다. 유령이 되어 전한 고백. 그리고 둘의 어깨에 나란히 자리 잡은 유령. 이 세상에서 이제 유령의 고백을 알고 있는 건 이 둘뿐이었다. 이게 앤디 벨의 유언은 아니었지만 두 사람에겐 그렇게 다가왔다.

"이게 뭐야." 마침내 라비가 입을 열었다. 입은 둥글게 모은 양손에 가려 보이지 않았다. "믿을 수 없어. 앤디가…… 이러면 얘기가 다르잖아. 처음부터 끝까지 다."

핍이 한숨을 내쉬었다. 가슴 깊숙이에선 형언할 수 없는 슬픔이 느껴졌고, 핍은 이제 앤디의 유령과 함께 끝없이 추락하고 있었다. 그러나 핍은 라비의 손을 잡고 그 손에 단단히 닻을 내렸다. "그렇지, 다르지. 하지만 그렇다고 또 달라지는 건 아무것도 없고." 핍이 말했다. "앤디는 그냥 살아남지 못했던 거야. DT 살인범 손에 죽은 건 아니더라도 그걸 면해보려고 갖은 애를 다 쓰다가 죽었지. 하위 바워스, 맥스 헤이스팅스, 엘리엇 워드, 베카까지 이 모든 일의 시작이 이거였어. 전부 다. 이제 완벽하게 아귀가 맞네." 핍이 조용히 덧붙였다. 시작이 곧 끝이었고, 끝이 곧 시작이었다. 그리고 그 시작과 끝에 DT가 모두 자리하고 있었다.

라비가 소매로 눈가를 닦았다. "난 그냥……" 라비의 목소리가 잠겨 있었다. "이걸 어떻게 받아들여야 할지 모르겠어. 이건…… 이건 너무 슬프잖아. 그리고 우리가, 우리가 그동안 내린 앤디 벨이란 사람에 대해 판단이 전부 틀렸단 얘기고. 형이 대체 앤디의 어떤 점에 매력을 느낀 건지 예전엔 전혀 이해할 수가 없었는데…… 세상에, 앤디는 얼마나 무서웠을까? 너무 외로웠겠지." 라비가 핍을 휙 돌아보았다. "그리고 이게 그…… 맞지? 2월 21일이면 앤디가 처음 워드 선생님한테 접근한 직후였던……."

"'무슨 수를 써서라도'라고 했지." 핍이 앤디의 글을 인용했다. 다시금 앤디에게 그 이상한 친근함이 느껴졌다. 5년이라는 시간이 흘렀고 한 번도 직접 본 적 없는 사이지만, 그럼에도 바로 여기, 이 가슴속에 핍은 앤디를 품고 다녔다. 앤디는 핍이 미처 생각지 못했던 자신의 닮은꼴, 또 다른 '데드 걸 워킹'이었다. "앤디는 절박했어. 도대체 그 이유가 뭐였을까, 그게 늘 궁금했는데 설마 이런 이유일 거라곤 상상도 못 했어. 너무 불쌍해."

적절한 말이 아닌 줄은 알았지만, 달리 할 수 있는 말이 없었다.

"앤디는 용감했지." 라비가 작은 목소리로 말했다. "한편으론 너랑 비슷한 것 같단 생각도 들어." 작은 목소리에 걸맞은 작은 미소였다. "싱 형제가 좋아하는 타입이란 게 있긴 한가 봐."

하지만 핍의 머릿속 시계는 이미 작년으로 돌아가 있었다. 저

건너편엔 엘리엇 워드가 서 있고, 경찰이 오고 있었다. "엘리엇이 했던 말 중에 잘 이해가 안 되던 얘기가 있었어." 핍이 그날의 기억을 떠올리며 잠시 말을 멈췄다. "앤디가 집으로 찾아왔을 때, 그러니까 아직 머리를 부딪히는 그 사고가 일어나기 전에 말이야. 그때 앤디가 울면서 자기는 집을 떠나야 한다고, 동네를 떠나야 한다고 했댔어. 리틀 킬턴에선 살 수가 없다고. 그거였어. 그게 실마리였는데 난 그것도 모르고……."

"그리고 결과적으로 정말 그렇게 돼버렸네." 라비의 시선은 다시 컴퓨터 화면을 향했다. 앤디 벨의 마지막 흔적, 마지막 비밀이 펼쳐져 있는 그곳으로. "정말 여기선 살아남지 못했어."

"그것도 그자의 손길이 닿기 전에 말이야." 핍이 말했다.

"그 사람이 대체 누굴까?" 라비가 펜촉이 나와 있지 않은 펜으로 노트북 화면 아래쪽에 줄을 죽 그었다. "이름은 없지만 정보는 적지 않아. 여기 분명히 결정적인 단서가 있을 거야. 일단 앤디와 베카를 포함해서 벨 가족들 모두 아는 사람이야. 그렇다면 제이슨 벨의 회사 그린 신과의 연관성도 설명이 되지."

"벨 가족네 집에 자주 찾아갔고, 심지어 저녁도 같이 먹던 사람이고." 핍이 그 부분에 손가락으로 밑줄을 그었다. 다시금 예진 일이 떠올랐다. 핍이 빠르게 혀를 차며 소리를 냈다.

"왜?" 라비가 물었다.

"작년에 킬턴 메일 사무실로 베카를 만나러 갔었잖아. 이때만 해도 맥스랑 다니엘 다 실바가 앤디 벨 사건의 주요 용의자라고 생각할 때란 말이야. 베카한테 다니엘 이야기도 물어봤었어. 앤디 실종 당시 초기 가택 수색을 했던 경찰관 중에 다니엘도 있었으니까. 그런데 베카 말이 다니엘이랑 자기 아빠랑 친하다고 했었어. 제이슨 벨이 다니엘을 그린 신에 취직도 시켜주고 승진도 시켜주고, 심지어 경찰관 시험을 쳐보라고 한 것도 제이슨 벨이었다고 했어." 핍은 또다시 시간을 초월하여 현재와 과거의 순간을 오갔다. "다니엘이 가끔 퇴근하고 집에 들러 저녁을 먹고 가기도 했다고 그랬어."

"아, 그러네." 라비의 목소리가 심각했다.

"다니엘 다 실바." 핍은 그 이름이 DT 살인범과 조금이라도 맞아떨어지는 구석이 있는지 확인이라도 하는 것처럼 차분히 다니엘의 이름을 소리 내어 불러보았다.

"여기 이 부분도 말이야." 라비가 임시보관함에 저장된 이메일 스크롤을 올려 보였다. "경찰에 이야기하고 싶다고 하면서 좀 있다가는 경찰이 자기 말은 안 믿을 거라고, 그리고 그자가 알아낼 수도 있다고 무서워하잖아. 그리고 이 부분도 마음에 걸려." 라비가 손가락으로 화면을 가리켰다. "'분명 내 짓인 줄 알아낼 것이다. 어차피 그도 한패나 다름없다.' 한패? 누구랑?"

핍은 그 문장을 이렇게, 또 저렇게 읽어보며 곱씹었다. "경찰이랑 한패라는 것 같지? 근데 '다름없다'가 무슨 뜻인진 잘 모르겠어."

"아직 정식 경찰이 아니었단 얘기일 수도 있지. 다니엘 다 실바처럼." 라비가 핍의 생각을 대신 입 밖으로 꺼내주었다.

"다니엘 다 실바." 핍은 다시금 그 이름을 소리 내어 불러보았다. 방 안의 공기 속으로 이름은 흩어져버렸다. 그럼 나탈리는? 핍의 머릿속 다른 한구석에서 질문을 던졌다. 나탈리와 다니엘이 그리 다정한 남매 사이라곤 할 수 없었지만, 그래도 다니엘은 나탈리의 오빠였다. 핍이 정말로 다니엘을 의심할 수 있을까? 물론 과거에 앤디 벨을 살해한 용의자로, 또 제이미 실종과 관련해서 다니엘을 의심한 적은 있었다. 그럼 지금은 뭐가 다르지? 이제 핍은 나탈리와 가까운 사이였고, 둘 사이엔 단단한 유대감이 형성돼 있었다. 그게 달라졌다. 그리고 다니엘에게는 아내가 있었다. 아기도 있었다.

"오늘 그 전직 형사랑 이야기한다지 않았어?" 라비가 한창 생각에 빠져 있는 핍의 옷자락을 당기며 물었다.

"응, 그런데 막판에 취소됐어." 핍이 가볍게 코를 훌쩍였다. "내일 오후에 얘기하기로 일정을 바꿨어."

"아, 그럼 다행이고." 라비가 듣는 둥 마는 둥 고개를 끄덕였다. 라비의 시선은 여전히 앤디의 이메일에 머물러 있었다.

"전화가 와야 해." 핍이 책상 한쪽에 놓인 휴대폰을 쳐다보았다. "DT한테 전화가 한 번은 더 와야 해. 그래야 발신번호 추적 앱으로 번호를 알아내서 정체를 추적할 수 있으니까. 다니엘이든 또 누가 됐든……." 핍은 돌연 말을 멈추고 가늘게 뜬 눈으로 휴대폰을 바라보았다. 제발 전화벨이 울리기를 바라면서 말이다. 얼마나 간절했으면 벨소리가 다 들리는 것 같았다.

"그럼 그때는 호킨스 경위를 찾아갈 수 있겠지." 라비가 말했다. "아니면 정체를 공개하거나."

"그럼 그땐 모두 끝이 날 테고." 핍이 동의했다.

그냥 끝이 아니다. 일상으로의 복귀이자 자신을 되찾는 일이었다. 더는 손에 피가 묻지도, 약을 몰래 숨기지도 않을 것이다.

핍은 다시 예전의 자신으로 되돌아올 것이다. 평범한 제 모습으로. 라비와 핍은 이부자리 세트라든가 영화 시간표라든가 혹은 왠지 부끄러워하며 미래, 두 사람이 함께하는 미래에 대한 이야기를 나눌 수 있게 될 것이다.

핍은 여기서 벗어날 수 있는 출구, 마지막 사건 하나를 찾고 있었고, 그런 핍의 간절함에 부응하는 사건이 일어났다. 게다가 이제 그 사건, 이 DT 사건은 더할 나위 없이 완벽해졌다. 왜냐하면 DT가 모든 일의 기원이었기 때문에. 끝이 될 그가 한편으론 시작이었다. 어둠 속 괴물이자 이 모든 비극의 원천이었다. 그동안 벌어진 모든 일들이 그를 가리키고 있었다.

그야말로 모든 일이.

앤디 벨은 DT의 정체를 알게 됐고 겁에 질렸다. 그래서 하위 바워스에게 약을 받아 팔고 그 돈을 모아 킬튼을 떠나 멀리 도망치려고 했다. 앤디는 맥스 헤이스팅스에게 로히프놀을 팔았고, 맥스는 그 로히프놀을 이용해 앤디의 여동생 베카를 강간했다. 절박했던 앤디는 샐과 함께 옥스퍼드에 가기 위해 엘리엇 워드를 이용했다. 엘리엇은 자기가 우연히 앤디를 죽였다고 생각하곤 그걸 감추려 샐을 죽였고, 라비의 형은 그렇게 숲속에서 주검으로 발견됐다. 그러나 실상 앤디를 죽인 것은 엘리엇이 아니었고, 앤디가 죽은 건 베카 때문이었다. 자기 인생이 망가진 원인을 제공한 게 친언니였단 사실에 화가 나고 충격을 받은 나머지 머리를 부딪혀 입에 거품을 물고 죽어가는 언니를 보고도 아무런 조치를 취하지 않았던 베카 벨 말이다. 그로부터 5년이란 시간이 지난 후 핍이 나타나 모든 진실을 파헤쳤다. 이제 엘리엇은 감옥에 있고, 그럴 필요 없는 베카도 감옥에 갇혔으며, 누구보다 감옥에 있어야 할 맥스는 자유의 몸이었다. 그리고 무엇보다 하위 바워스가 감옥에 있었다. 하위는 감방 동료에게 살인마 브런즈윅의 아들이 지금 어디 있는지 안다고 나불댔다. 감방 동료는 제 사촌에게 그 이야기를 전했고, 그 사촌은 자기 친구에게, 그 친구는 또 다른 친구에게, 그리고 그 친구는 그 이야기를 결국 온라인에 퍼뜨렸다. 그 글을 보고 찰리 그린이 리틀 킬턴을 찾아왔다. 스텔라 채프먼의 얼굴을 한 라일라 미드, 제이미 레이놀즈의 실종. 그리고 스탠리 포브스는 여섯 발의 총을 맞고 핍의 손 위에 피를 흘렸다.

세 개의 각기 다른 이야기지만 결국은 하나로 묶여 있었다. 그리고 꼬여 있는 그 매듭의 중심에 DT가 자리하고 있었다. 그가 어둠 속에서 핍을 향해 씩 웃고 있었다.

파일명:

DT 관련 놀란 경감 인터뷰.wav

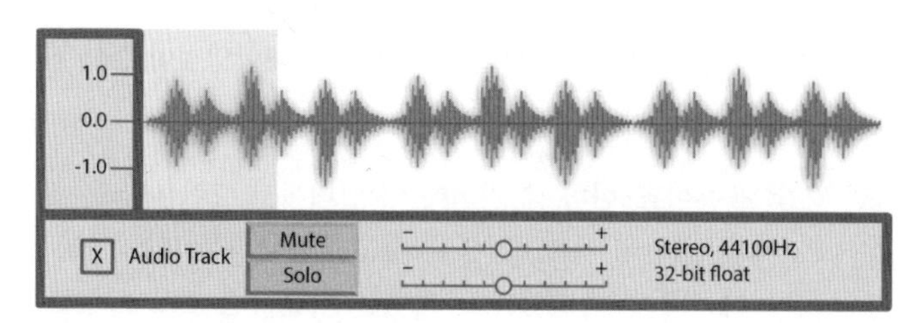

핍: 경감님, 안녕하세요. 인터뷰에 응해주셔서 정말 감사해요. 소중한 금요일 오후를 이런 일에 쓰시게 해서 죄송하고요.

놀란 경감: 아이고, 경감님은 무슨. 그냥 데이비드라고 해요. 그리고 괜찮으니 걱정 마요. 어제 갑자기 취소해서 미안해요. 막판에 골프 시합이 잡히는 바람에 그만…… 알죠?

핍: 아휴, 그럼요. 전혀 신경 쓰지 마셔요. 이게 무슨 마감이 있는 일도 아닌걸요. 일단 그럼…… 은퇴하신 지는 얼마나 되셨어요?

놀란 경감: 이제 3년 됐습니다. 그러니까 2015년에 퇴직했죠. 과거의 영광은 뒤로하고 골프 치러 다니는 꼴이 딱 전형적인 퇴직 경찰이지. 심지어 아내 등쌀에 도자기까지 빚어봤다니까.

핍: 와, 멋있어요. 이메일 통해 말씀드렸지만 DT 살인범 사건 관련해서 경감님 이야기를 좀 듣고 싶어서 이렇게 인터뷰 요청을 드렸어요.

놀란 경감: 그래요, 내 경찰 경력에서 제일 큰 사건이었어요. 퇴직 앞두고 마무리로 훌륭했지. 아, 내 말은 그러니까, 그 자식이 피해자들한테 한 짓은 물론 끔찍한 일이고.

핍: 기억에 많이 남으셨을 것 같아요. 연쇄살인범이 흔한 건 아니잖아요.

놀란 경감: 물론이죠. 아마 내 기억에 이 일대에서 그런 사건은 몇십 년 만에 처음이었을걸. 나뿐만 아니라 동료들한테도 이 사건은 특별했어요. 자백을 이끌어낸 것도 그렇고. 스스로 그렇게 자랑스러운 적이 또 없었지. 아, 물론 우리 딸들 태어났을 때 빼고. [웃음]

핍: 빌리 카라스가 자백하기 전 밤새워가며 조사실에서 다섯 시간 이상 조사를 받았으면 무척 피곤하고 지쳐 있었을 것 같은데요. 혹시 그 자백의 진정성을 의심한 적은 없을까요? 제 말은 그러니까, 이튿날 아침 눈을 좀 붙인 후엔 당장 자백을 철회했잖아요.

놀란 경감: 전혀. 조금도 의심은 안 했습니다. 그 녀석이 자백할 당시 내가 그 방에 있었어요. 사실이 아닌데 그런 끔찍한 짓을 자기가 했다고 인정할 사람이 세상에 어딨겠어요. 나도 지치긴 마찬가지였지만 아무리 그렇다고 '내가 죽였습니다' 이러진 않았잖소? 아마 우리 아가씨는 이해를 못 할 거야. 나는 형사 일을 오래 해서 그 녀석 말이 진실인 걸 알 수 있었어요. 눈빛을 보면 알지. 딱 답이 나와. 악의 기운이 느껴진다고, 알아요? 다음 날 아침에 자백을 철회한 건 그사이 이것저것 따져본 거예요. 그 녀석은 겁쟁이야. 아무튼 그놈 짓은 확실해.

핍: 빌리 카라스의 어머니 마리아와 이야기를 나누었는데요.

놀란 경감: 어이구야.

핍: 왜요?

놀란 경감: 그냥, 빌리 모친이야 나도 여러 번 봤어요. 아주 강인한 여성이야. 당연히 그 아들이 한 짓이 모친 탓은 아니고요. 자기 친아들이 그런 끔찍한 짓을 했다고 믿을 어머니가 세상에 어딨겠소.

핍: 음, 그래도 거짓 자백 관련 문헌 조사를 많이 하셨더라고요. 혹시 빌리의 자백이 거짓일 가능성을 조금이라도 고려해보신 적이 있나요? 혹시 조사 중에 압박을 받아 자백했다든가 말이죠?

놀란 경감: 음, 맞습니다. 빌리가 입을 연 건 압박 조사를 받았기 때문이에요. 그렇다고 해서 그 자백이 거짓이 되는 건 아니죠. 증거가 자백이 전부였다면야 그런 생각을 할 수도 있었겠지만, 빌리를 지목하는 다른 증거도 있었어요. 법의학적 증거, 정황증거, 다요. 게다가 빌리 자신도 유죄를 인정했고요. 설마 팟캐스트에서 다루려는 게 이런 이야기예요? 빌리가 실은 무죄였다?

핍: 아니요, 전혀요. 그냥 DT 살인범 사건 관련된 모든 사실관계를 자세하게 다루려는 게 목적입니다.

놀란 경감: 아, 그래. 좋아요. 만약에 무죄를 주장할 거였으면 내가 이걸 한다고 안 했을 거라서. 졸지에 그렇게 바보 만드는 건 내가 싫지.

핍: 아휴, 설마요. 자, 빌리를 범인으로 지목한 증거 대부분이 빌리의 직장과 관련이 있는 것 같은데요. 그린 신 리미티드라는 부지 관리 회사에서 일했었죠. 빌리가 용의

선상에 떠오르기 전부터 혹시 그 회사와 다른 살인 사건 사이 관련성을 인식하셨는지 궁금해요.

놀란 경감: 알았지. 당연히 우리도 그 회사를 살펴봤어요. 베서니 잉엄, 그러니까 세 번째 피해자 발생 직후부터지. 베서니 잉엄이 거기 직원이었거든. 그러다가 줄리아 헌터 사건이 발생했는데, 시신을 유기한 장소 두 군데가 그 회사와 계약이 돼 있는 곳이란 사실을 알아냈어요. 해서 곧바로 해당 부지 수색을 요청했는데 거기 주인이 협조를 참 잘 해줬지. 그렇게 수색 중에 DT가 사용한 것과 똑같은 파란색 밧줄이랑 박스 테이프를 쓰고 있다는 사실을 알게 된 거예요. 나름의 쾌거였지. 그래서 당시 재직 중인 직원들을 살펴보기 시작했어요. 하지만 의심할 만한 타당한 이유가 별반 없으니 달리 관찰밖에 할 게 없었죠. 그런데 빌리 카라스가 어디서 딱 나타나더니 타라 예이츠를 '발견'했다잖소? 그래서 이 녀석이 범인인 걸 금세 알아챘지.

핍: 빌리 이전에 다른 용의자가 있었나요? 타라 예이츠 사건 발생 전에요. 혹시 그런 신과 관련이 있는 용의자가 있었을까요?

놀란 경감: 의심스러운 후보가 몇은 있었지만 확실한 증거가 있거나 용의선상에 올릴 수준은 아니었어요.

핍: 이름을 말씀해주시긴 어렵겠죠?

놀란 경감: 솔직히 말해서 기억도 안 납니다.

핍: 알겠습니다. 자, 이제 그럼 피해자 줄리아 헌터의 여동생, 해리엇 헌터 이야기로 넘어갈게요. 해리엇과 직접

이야기를 나누었는데 언니 사망 직전 몇 주간 이상한 일들이 있었다고 하더라고요. 비둘기가 집 안에서 죽어 있다든가, 집 부근에 분필 그림이 그려져 있다거나, 변태 같은 전화가 왔다든가요. 혹시 이 부분에 대한 수사가 진행된 적이 있나요? 그리고 다른 피해자 가족들에게서 비슷한 이야기를 들으신 적은요?

놀란 경감: 아, 그래요. 죽은 비둘기, 기억납니다. 맞아요, 여동생이 당시에 그런 이야기를 했어요. 그래서 이전 피해자들의 가족, 친구들에게 그와 관련해 이것저것 물어봤는데 전혀 그런 말은 듣지 못했다고 하더군요. 피해자들을 납치하기 전에 그들에게 접근한 적이 있는지 빌리한테도 확인했는데 자기는 그냥 지켜보기만 했고, 또 피해자들이 혼자 있는 시간 등등을 알고는 있었지만 죽은 새를 가져다 놓았다거나 전화를 했다거나, 하여간 그런 식으로 직접 접근한 적은 없다고 말했죠. 그래서 안타깝게도 그건 이 사건하곤 관련이 없습니다. 관련이 있었다고 하면 이야기가 좀 더 그럴듯했을 텐데 말이지. 나도 그건 인정해요.

핍: 알겠습니다, 감사합니다. 이제 트로피 이야기를 해볼게요. DT 살인범이 각 피해자한테서 가져간 물건들을 정확히 파악하고 계셨잖아요. 납치 당시에 피해자들이 소지하고 있던 귀걸이, 머리빗, 이런 것들이요. 그런데 빌리한테선 이런 피해자들 소시품이 발견되지 않았어요. 맞나요? 그 점은 신경 쓰이지 않으셨나요?

놀란 경감: 전혀요. 빌리는 다 갖다 버렸다고 했습니다. 이 땅에 있는 쓰레기 매립지 어딘가 파묻혀 있겠지. 트로피는 전혀 발견 못 했어요.

펍: 하지만 트로피라는 게 자기가 직접 간직하는 데 의미가 있는 것 아닌가요? 그 폭력적인 범죄 현장을 떠올리고 다시 살인 욕구가 들 때 그런 욕구를 잠재우려고 말이죠. 그걸 왜 다 버렸을까요?

놀란 경감: 이유가 무엇이라고 얘기하진 않았지만 뭐 뻔하지 않소? 타라 예이츠 사건 이후 빌리는 우리가 자길 쫓는 걸 알고 있었어요. 그러니까 주거지 수색 영장을 받기 전에 증거를 없앴겠지. 버리고 싶어서 버린 건 아니겠지요.

펍: 알겠습니다, 좋습니다. 다시 타라 이야기로 돌아가서요. 빌리는 왜 피해자 시신을 발견했다고 상황을 꾸며내면서까지 관심을 얻으려고 했을까요? 사실 정말 그전까진 경찰 레이더망에 전혀 잡히지 않았을 수도 있는데, 굳이 관심을 끌려고 한 게 이상하잖아요? 결국 그 행동 때문에 잡힌 건데요.

놀란 경감: 이 DT 사건과 유사한 다른 많은 연쇄살인 사건에서도 비슷한 행동이 많이 목격된 바 있습니다. 살인범들은 자기들 사건에 관심이 아주 많아요. 뉴스 보도도 챙겨 보고 친구들, 가족들과 이야기도 하고요. 내가 정신과 의사는 아닙니다만 아마 나르시시즘이겠죠. 자기가 모두의 머리 꼭대기에 있다고 생각하는 거지. 그리고 이런 살인마 중에는 심지어 경찰 수사에 어떻게든 직접 관여하려는 시도를 하는 사람들도 있어요. 수사 팁을 준다거나, 수색대에 자원한다든가 하는 식으로. 빌리도 그런 시도였던 거지. 타라의 시신을 찾아내 영웅이 되고 자기는 직접 수사 현장을 보려고 말이오. 경찰이 얼마나 알아냈나 확인도 하고.

펍: 그렇군요.

놀란 경감: 그래요, 우리같이 평범한 사람들은 이해를 못 해. 하지만 이 사건 수사 당시에 이런 점을 우리가 이미 주시하고 있었다는 거 아닙니까. 사실은 꽤 웃긴 이야긴데, [웃음] 우리가 이런 심리를 파악하고 있었던 이유가 있어요. 템스밸리 경찰관 중에 이 사건 관련해서 질문을 어엄청 많이 하던 경찰관이 하나 있었어. 갓 들어온 신입 경관이었던 걸로 기억해요. 아마 다른 서 소속이었지 싶은데, 위컴은 아니고요. 그런데 수사 상황이 어떻게 되어가는지, 우리가 뭘 하는지 관심이 많아도 너무 많은 겁니다. 무슨 말인지 알겠죠? 신입이기도 하고 그냥 호기심이 무척 많은 친구구나, 하고 넘기긴 했지만 확실히 눈에 띄긴 했어요. 그러던 중에 빌리가 나타났지. 그러니까 우리 수사에 어떻게든 관여하려는 범인의 심리를 미리 알고 준비할 수 있었던 겁니다.

핍: 아, 정말요? 그 경찰관은 어디 소속이었는데요?

놀란 경감: 아마 아머샴 서였을 거예요. DT 살인범 사건이 우리 위컴 서에 배정된 이유가, 그게 그러니까 시신을 유기한 지역이랑 피해 여성들 출신 지역의 딱 중간 지역이 우리 관할이었거든. 하지만 줄리아 헌터가 아머샴 출신이었을걸? 그래서 그쪽 서 친구들하고도 일을 많이 했습니다. 오랜 동료들 중에 호킨스라고도 있는데, 아마 아가씨도 아는 친구죠? 좋은 친굽니다. 아무튼, 팟캐스트 쇼에 쓸 만한 재밌는 일화는 여기까지. 아주 호기심이 많은 신입 경찰관이 있었다, 우리끼린 최악이라고 생각했다, 뭐 그 정도로 해두죠. [웃음]

핍: 그 신입 경찰관 이름이 혹시…… 다니엘 다 실바 아닌가요?

놀란 경감: [기침] 아, 물론 경찰관 이름을 말할 순 없죠. 어차피 개인정보보호법 이런 것 때문에 방송도 못 할 테지만. 질문 더 남았습니까? 이제 슬슬 가야 할…….

핍: 다니엘 다 실바 맞죠?

23

머리가 없다. 손에 들린 죽은 비둘기는 머리가 없었다. 그러나 너무 말랑말랑했다. 손가락으로 찌르면 그대로 손가락이 쑥 들어갔다. 그도 그럴 것이 핍의 손안에 있는 이것은 죽은 새가 아니라 둘둘 말린 이불이었다. 이제야 핍은 정신이 들었다. 침대였다.

잠이 들었었다. 이번엔 정말로 잠이 들었다. 한밤중의 어둠이 내려 있었고, 핍은 잠이 들었었다.

그런데 왜 깬 거지? 늘 얕게 잠이 들었다가 깼다가 하는 핍이었지만, 이번엔 느낌이 달랐다. 무언가가 핍의 잠을 깨웠다.

어떤 소리를 들었다.

지금도 그 소리가 들렸다.

무슨 소리지?

핍은 일어나 앉아 허리까지 이불을 끌어당겼다.

식식대는 소리였다. 하지만 공격적인 소리는 아니었다.

핍은 눈을 비볐다.

슥-슥-슥. 천천히 출발하는 기차 소리 같은 기계음이 슬며시 핍을 다시 재우려 하고 있었다.

아니, 기차가 아니다.

핍은 다시 눈을 깜박였다. 방 안에 희미한 불빛이 어렸다. 핍은 침대에서 일어났다. 맨발에 닿는 찬 공기가 아렸다.

슥-슥-슥. 책상에서 나는 소리였다.

핍은 그 자리에 그대로 서서 초점이 선명해지길 기다렸다.

프린터 소리였다.

책상 위 무선 프린터의 LED 불빛이 깜박이며 종이를 뱉어내는 중이었다.

슥-슥-슥.

검정 글씨가 인쇄된 흰 종이 한 장이 프린터 아래쪽에서 움직이는 것이 보였다.

하지만…….

그럴 리가 없다. 오늘은 인쇄한 게 전혀 없었다.

아직 잠이 채 깨지 않은 핍은 상황 판단이 되질 않았다. 아직 꿈인가?

아니, 비둘기가 꿈이었다. 이건 현실이다.

프린터가 작동을 멈추고 철컹하며 종이를 뱉어냈다.

핍은 망설였다.

뒤에서 핍의 등을 떠미는 힘이 느껴졌다. 유령일까. 어쩌면 앤디 벨인지도 모른다.

핍은 프린터를 향해 걸어가 손을 뻗었다. 누군가가 뻗은 손을 잡을 것처럼, 혹은 다른 누군가가 내민 손을 잡는 것처럼.

인쇄된 면이 바닥을 향해 있었다. 핍이 선 자리에선 인쇄 면이 보이지 않았다.

핍의 손가락이 종이에 닿았다. 머리 없는 비둘기의 날개처럼 핍의 손에 닿은 종이가 파드득 펄럭였다.

종이를 뒤집어보았다. 이제 거꾸로이던 글자들이 제대로 보였다.

읽지 않아도 핍은 어느 정도 직감하고 있었다. 막연히 느낌이 왔다.

네가 사라지면 누가 널 찾지?
추신. 너한테 배운 기법이야. 시즌 1, 에피소드 5였지.
다음은 뭐가 될지 궁금해?

핍의 손에서 흘러나온 스탠리의 피가 종이를 물들였다. 물론 허상이었다. 아니, 핍의 손은 진짜다. 그러나 핍의 심장은 이미 철렁하고 배 속 깊숙이 주저앉아버렸다.

아니야. 이건 아니야. 이럴 순 없어.

어떻게 된 거지?

핍은 주위를 둘러보았다. 눈은 희번덕거렸고 숨소리는 거칠어졌다. 핍은 곳곳에 앉은 그림자를 샅샅이 살펴보았다. 그림자란 그림자는 모두 DT처럼 보였다. 방 안엔 핍 혼자였다. 그는 이곳에 있지 않았다. 하지만 어떻게…….

핍은 눈을 번뜩이며 다시 프린터를 쳐다보았다. 무선 프린터. 어느 정도 물리적 거리가 근접해 있으면 누구든 무선 프린터로 무언가를 보낼 수 있었다.

그 말인즉, 그자가 여기 가까이 있단 뜻이다.

DT 살인범이 와 있다.

여기 와 있다.

집 밖에? 집 안에?

펍은 구겨진 종이를 다시 확인했다. '다음은 뭐가 될지 궁금해?' 그게 무슨 뜻이지? 다음이라니? 펍을 사라지게 하겠단 건가?

창밖을 확인해야겠다. 저 밖에, 진입로에 서 있는지 모른다. 죽은 새와 분필 그림 사이에 DT가 서 있을지 모른다.

펍이 뒤를 돌아보는 순간…….

날카로운 비명 소리가 방 안을 가득 채웠다.

아주 시끄러운.

고막을 찢는 것 같은 소리였다.

양손으로 귀를 막느라 펍은 종이를 떨어뜨렸다.

아니, 이건 비명 소리가 아니다. 기타 소리다. 고음과 저음을 오가는 요란한 기타 소리가 방 안을 흔들고 있었고 그 아래 깔린 드럼 소리가 바닥을, 펍의 뒤꿈치를 때리고 있었다.

이번엔 비명이 맞다. 이건 목소리다. 사람의 목소리라기보다 그림자처럼 솟아난 깊은 악의 기운이 펍을 향해 짖어댔다.

펍은 울며 소리쳐보았지만 펍의 목소리는 들리지 않았다. 분명 펍은 소리를 만들어냈지만, 펍의 목소리는 온데간데없이 묻혀버렸다.

펍은 비명 소리가 가장 크게 들려오는 쪽을 향했다. 손으로 더듬어 소리의 발원지를 찾았다. 책상이었다. 이번엔 책상 다른 쪽이었다.

LED 불빛이 깜박였다.

스피커다.

깊은 밤중에 블루투스 스피커에서 데스메탈 음악이 제일 큰 음량으로 흘러나오고 있었다.

핍은 비명을 지르며 소리를 향해 나아갔고 그러다 제 발에 걸려 넘어졌다.

한쪽 귀를 막고 있던 손을 뗐다. 여과 없이 귀에 꽂히는 소리가 곧바로 머리를 파고들었다. 핍은 책상 아래쪽 콘센트에 손을 뻗었다. 플러그를 잡아당겼다.

정적이 찾아왔다.

그러나 완연한 정적은 아니었다.

아직도 귓가에는 소음의 여파가 남아 핍의 귀를 찌르고 있었다.

방문이 활짝 열리더니 또 다른 큰 소리가 들려왔다.

"핍!"

핍은 다시금 소리를 지르며 책상 쪽으로 나자빠졌다.

방문 앞에 보이는 형체. 너무 컸다. 팔다리가 너무 많았다.

"핍?" DT가 다시 핍을 불렀다. 아니, 아빠의 목소리다. 이내 방 안은 노란 불빛으로 환해졌다. 엄마와 아빠가 잠옷 차림으로 방문 앞에 서 있었다.

"너 이 녀석, 지금 뭐 하는 짓이야?" 아빠가 눈을 동그랗게 뜨고 물었다. 단순히 화가 난 것만은 아니었다. 놀라기도 했다. 아빠가 이렇게까지 놀란 모습을 본 적이 있던가?

"여보." 엄마가 차분한 목소리로 아빠를 불렀다. "무슨 일이니, 핍?" 핍을 향한 엄마의 목소리는 그보다 날이 서 있었다.

귓가에 남아 있는 유령 소리에 이어 또 다른 소리가 복도 저편에서 들려왔다. 잠꼬대 같은 신음 소리가 이제 흐느낌으로 바뀌었다.

조쉬도 핍의 방 앞에 나타났다. "조쉬, 이리 온." 엄마가 두 팔을 활짝 벌려 조쉬를 안아주었다. 작은 가슴팍이 들썩이고 있었다. "괜찮아. 놀랄 만도 하지." 엄마는 조쉬의 머리 위에 입을 맞추었다. "괜찮아, 아가. 그냥 좀 큰 소리가 난 거야."

"나-나는 무-무슨 나-나쁜 사-사-사람이 나-나타난 줄 알았어." 조쉬는 결국 울음을 터뜨렸다.

"너 이게…… 대체 무슨 일이야?" 아빠가 다시 물었다. "이웃집들까지 다 깼겠다."

"제가……." 그러나 대답할 말을 찾기보다 핍은 다른 데 정신이 팔려 있었다. '이웃집들'보다 지금 핍에겐 집에서 '물리적으로 근접한' 거리가 더 중요한 문제였다. DT가 핍의 블루투스 스피커에 연결할 수 있었다. 그렇다면 그가 바로 창밖, 진입로에 있다는 얘기다.

핍은 벌떡 일어나 침대 쪽으로 달려가 커튼을 젖혔다.

달이 하늘에 낮게 걸려 있었다. 나무 위로, 차 주변으로, 그리고 진입로 건너편으로 달려가는 남자 주변으로 음산한 달빛이 어렸다.

아주 잠깐 핍은 그 자리에 얼어붙었다. 남자는 이내 사라졌다.

DT였다.

짙은 색 옷, 짙은 천으로 가린 얼굴.

그는 마스크를 쓰고 있었다.

핍의 창문 바로 밖에서.

물리적으로 근접한 거리에서.

나가야 한다. 나가서 저자를 쫓아가야 한다. 핍은 저것보다 빨리 달릴 수 있다. 저런 괴물들 따위를 제치는 법을 핍은 배울 수밖에 없었다.

"핍!"

핍은 고개를 돌렸다. 저렇게 문 앞을 막고 서 있는 부모님 틈을 뚫고 가기란 사실상 불가능했다. 게다가 어차피 이미 늦어버렸다.

"설명 좀 해보시지." 엄마가 말했다.

"저-저는……" 핍이 말을 더듬었다. '아, 그냥 밖에 날 죽이겠다고 협박하는 사람이 있어서요. 별로 걱정하실 건 없어요.' "모르겠어요, 엄마." 핍이 대답했다. "저도 이 소리 때문에 깼어요. 스피커 소리 때문에. 어떻게 된 건지 모르겠어. 휴대폰이 연결돼 있었나, 아니면 혹시 유튜브 광고 같은 거였나 싶기도 하고. 진짜 모르겠어요. 일부러 그런 거 아니에요." 숨도 안 쉬고 잘도 그렇게 긴 대답을 해냈다. "죄송해요. 이제 아예 스피커 플러그 뽑아놨어요. 고장났나 봐요. 다신 이런 일 없을 거예요."

부모님의 질문은 거기서 끝이 아니었다. 계속해서 이어졌다. 핍은 어떻게 대답해야 좋을지 알 수 없었다. 하지만 이웃집에서 항의가 들어오면 그건 핍 탓이었다. 그렇다고 했다. 조쉬가 내일 혹시 징징대면 그것도 핍 탓이다.

그래, 핍 탓이었다.

핍은 다시 침대로 기어 올라갔다. 아빠가 불을 끄며 평소보다 차분한 목소리로 "사랑한다"고 했다. 소음에 지칠 대로 지친 핍의 귓가에 조쉬를 다독이며 다시 잠자리로 돌려보내는 부모님 목소리가 들려왔다. 조쉬가 절대 자기 방으로 돌아가진 않을 것이다. 안방이라면 또 모를까.

핍은…… 핍은 잠 못 이루겠지.

DT가 여기까지 왔었다. 바로 여기 이 자리. 이제 그는 어둠 속으로 사라졌다. 그리고 핍은…… 핍이 그의 여섯 번째 목표물이었다.

24

비명 소리, 사람 목소리라고 하기 어려운 분노에 찬 그 소리가 여전히 핍의 뼛속까지 남아 있었다. 슥-슥-슥, 환영 속 프린터 소리도 귓가에 아른댔다. 둘 다 핍의 가슴속에 자리 잡고 있는 총을 상대로 싸우고 있었다. 뛰러 나가서도 그 소리는 사라지지 않았다. 이렇게 달리다간 죽겠다 싶을 만큼, 그대로 인도에 쓰러져 이 몸 안의 모든 어둠과 분노를 쏟아내고 말 것처럼 핍은 죽자사자 달렸다. 이따금 뒤돌아보며, 머리를 싹 빗어넘긴 채 그것참 쌤통이라는 듯한 눈빛으로 핍을 쳐다보고 있는 맥스 헤이스팅스를 찾아보았지만 오늘은 보이지 않았다.

뛰러 나오는 게 아니었다. 방으로 돌아와 바닥에 누워 있자니 더는 움직일 수가 없을 것 같았다. 차가운 공기에 갇혀버렸다. 몸에 방부 처리라도 한 것처럼. 간밤에 잠을 전혀 자지 못했다. 어젯밤 부모님이 방을 나가자마자 핍은 곧바로 마지막 남은 자낙스를 먹었다. 눈을 감고 누운 채 시간은 흘러갔지만 잠이 들진 않았다. 물에 빠져 죽어가는 기분이었다.

이제 약이 다 떨어졌다. 하나도 남지 않았다. 의지할 목발이 없어졌다.

결국 그것 때문에 핍은 몸을 일으켜 세웠다. 땀에 젖은 레깅스 허리춤이 이제 차갑게 식어 있었다. 핍은 비틀대며 책상을 향해 걸어갔다. 플러그들이 바닥에 널브러져 있었다. 핍은 방 안의 플러그란 플러그는 다 뽑아버렸다. 프린터, 스피커, 노트북, 램프, 휴대폰 충전기, 전부 다. 코드만 길에 늘어뜨린 채 전부 생명을 잃어버렸다.

핍은 두 번째 서랍을 열고 깊숙이 손을 집어넣어 앞쪽에 있는 휴대폰을 꺼냈다. 수요일 루크에게 문자할 때 썼던 폰이었다. 토요일이었지만 아직도 루크는 답이 없었다. 이제 핍에겐 약이 하나도 남지 않았다.

핍은 휴대폰 전원을 켜고 문자를 입력하기 시작했다. 첫 글자 하나 입력하는 데 4번 키를 세 번이나 눌러야 하다니, 너무 느려서 좌절감이 들 정도였다.

'다 떨어졌어요. 급해요.'

왜 아직까지 답장이 없지? 평소 같으면 답이 오고도 남을 시간이었다. 가뜩이나 멀쩡하게 돌아가는 게 하나도 없는데, 이것마저 없으면 안 된다. 핍은 잠이 꼭 필요하다. 벌써 생각의 속도가 느려지고 두뇌 회전이 여느 때 같지 않았다. 서랍 속 휴대폰을 교체하는데 진짜 폰이 드르륵 울려 핍은 깜짝 놀랐다.

다시 라비였다. '집에 왔어?'

아까 이 각 악기운으로 정신이 멍한 상태에서 라비에게 전화해 간밤의 프린터랑 스피커 이야기를 한 이후 라비는 기어이 핍을 보러 오겠다고 고집을 부렸다. 하지만 핍이 거절했다. 핍은 달리면서 머리를 비워야 했다. 그런 후엔 나탈리를 찾아가 오빠 이야기를 좀 하자고 해야 한다. 나탈리와 단둘이서만. 결국 핍이 수시로 연락하기로 하고 라비가 져주었다. 물론 핍은 오늘 밤 무조건 라비 집에 가서 자고 와야 했다. 저녁도 라비네서 먹고 말이다. 토 달기 없기, 라고 라비가 심각한 목소리로 말했다. 핍도 딱히 반대하진 않았지만, 행여라도 DT가 알게 된다면?

자, 일단 한 번에 하나씩 해나가자. 오늘 밤이야 까마득히 나중 일이고, 라비도 마찬가지다. 핍은 얼른 '응, 괜찮아. 사랑해.'라고 답장을 보냈다. 이제 다음 할 일에 집중해야 한다. 나탈리와 이야기하는 것 말이다.

그건 핍이 가장 먼저 하고 싶은 일이기도, 또 가장 나중으로 미루고 싶은 일이기도 했다. 나탈리 만나 이야기하기. 입 밖으로 소리 내어 말해보면 실감이 날 테다. '언니, 친오빠 다니엘 말이야. 혹시라도 연쇄살인 같은 거 저지를 수 있는 사람일까? 그렇지, 맞아. 전에도 내가 언니랑 언니 친오빠를 살인자로 의심한 적이 있었지.'

이제 핍은 나탈리와 가까운 사이였다. 선택적 가족이랄까. 폭력과 비극 속에 이루어진 선택이긴 했지만 어쨌거나 '선택'으로 묶인 사이이긴 했다. 핍이 사라지면 핍을 찾아 나설 사람을 손가락으로 꼽아본다면 나탈리도 분명 그중 하나일 것이다. 그리고 나탈리를 잃는 것이 손가락 하나 잃는 것보다 훨씬 큰 상실이었다. 다니엘 이야기를 물어봤다가 두 사람의 우정이 시험대에 오른다면, 그리고 결국 무너져버린다면 어떡하지?

그러나 핍에게는 남아 있는 선택지가 없었다. 모든 단서가 다니엘 다 실바를 가리키고 있었다. DT와 모든 것이 맞아떨어졌다. 그린 신에서 일한 적이 있으니 제이슨 벨이 디너 파티에 있을 때 사무실에 갔다가 보안 경보가 켜졌을지 모른다. 자기 담당도 아니면서 DT 사건에 의심을 살 정도로 관심도 많았다. 앤디의 비밀 이메일에 남아 있던 글에는 '어차피 그도 한패'라고 했고, 앤디 가족과 가까운 사이인 데다 핍을 싫어할 이유까지 다분한 사람이 다니엘이었다.

모든 조건이 부합했다. 가장 당연한 추론이었다.

딱 떨어지는 운율처럼 가슴에 총성이 울렸다. 'DT, DT, DT.'

핍은 다시 휴대폰을 확인했다. 젠장. 왜 벌써 3시야? 마지막 남은 안전한 이곳, 침대에서 한나절이 지나도록 핍은 나오질 못하고 있었다. 아직도 약기운이 가슴을 무겁게 누르고 있어 일어날 수 없다. 게다가 그렇게 오래, 무리해서 뛰는 게 아니었다. 이제 핍은 망설이고 있었다. 일어나야 할 때 정작 혼잣말이나 하고 있는 꼴이라니.

씻을 시간이 없었다. 핍은 땀에 젖은 탑을 벗고 스포츠 브라 위에 회색 후드 티를 걸치고 지퍼를 올렸다. 배낭 안에서 USB 마이크를 빼고 물병과 열쇠를 넣었다. 나탈리와의 대화는 다른 누군가에게 들려줄 일 따윈 없을 것이다. 절대로. 그러고 보니 참, 오늘 저녁 라비네 집에서 자고 가기로 했었다. 핍은 속옷과 내일 입을 옷가지들, 그리고 욕실에서 칫솔을 챙겨왔다. 라비네 집으로 가기 전에 루크한테서 연락이 왔는지 확인하러 집에 들를 가능성도 물론 있었지만 말이다. 그 생각을 하니 낯이 뜨거워지고 부끄러웠다. 핍은 가방을 닫고 어깨에 걸친 다음 헤드폰과 휴대폰을 챙겨 방을 나섰다.

"나탈리 만나러 가요." 핍은 계단을 내려와 엄마에게 말했다. 손에 묻은 스탠리의 피는 짙은 색 레깅스에 닦았다. "나탈리 만난 후에 라비네 가서 저녁 먹고 거기서 자고 올 수도 있어요. 괜찮아요?"

"아, 그래. 알겠어." 엄마는 거실에서 또 다른 일로 떼를 쓰기 시작한 조쉬를 보고 한숨을 쉬었다. "그래도 아침까진 집에 와. 조쉬한테 내일 레고랜드 간다고 했거든. 효과가 한 2초는 갔나 모르겠다."

"넵, 알겠어요." 핍이 대답했다. "재밌겠는데요. 다녀올게요." 문을 나서려다 말고 핍이 잠시 망설였다. "엄마, 사랑해요."

"오!" 엄마는 깜짝 놀란 듯하더니 핍에게 눈까지 활짝 웃어 보였다. "엄마도 사랑해, 우리 딸. 아침에 보자. 라비 부모님께도 안부 전해주고."

"그럴게요."

핍은 문을 닫았다. 핍은 정확히 그자가 서 있던 지점에 서서 자기 방 창문 아래 벽돌벽을 바라보았다. 오늘 아침 또 비가 내린 바람에 뚜렷하게 보이진 않았지만 희미한 흰색 자국이 벽에 남아 있었다. 원래 저 자리에 있었던 것 같기도, 아닌 것 같기도 했다.

차 앞에서 잠시 망설이다가 그냥 걸음을 옮겼다. 지금은 운전을 할 수 있는 상태가 아니다. 안전하지 않다. 아직 약기운이 남아 있어 몸이 축 늘어졌다. 게다가 지금 핍은 마치 시간도, 공간도 초월해 꿈속을 거닐고 있는 기분이었다.

핍은 헤드폰을 쓰고 진입로를 나서서 마틴센드웨이 쪽으로 걸어갔다. 딱히 듣고 싶은 음악도 없어서 소음 제거 버튼을 켰다. 다시 아무런 제약 없이 자유롭게 부유하려고, 총성도, 슥-

슥- 프린터 소리도, 데스메탈 샤우팅도 핍을 쫓아오지 않는 곳으로 사라져버리도록.

하이스트리트를 따라 걸어가며 북셀러 서점과 도서관을 지나쳤다. 절친 카라가 일하는 카페도 지나갔다. 카라는 포장 음료 두 잔을 손님에게 건네는 중이었다. 핍은 카라의 입 모양을 읽을 수 있었다. '조심하세요, 뜨거워요.' 그러나 핍은 걸음을 멈출 수 없었다. 왼쪽에 처치스트리트로 접어드는 길목이 보였다. 처치스트리트를 따라 쭉 올라가면 벨 가족의 집이 나왔다. 그러나 그 집에 앤디는 없다. 앤디는 지금 여기 핍과 함께 있다. 핍은 처치스트리트를 지나 계속 걷다가 오른쪽 길로 접어들었다. 초크로드로, 그리고 크로스레인으로 걸어갔다.

핍의 머리 위에서 나무들이 파르르 떨었다. 이 거리의 나무들은 늘 그랬다. 마치 핍이 모르는 무언가를 알고 있다는 듯이 말이다.

거리 절반쯤 지나자 파란색 페인트칠을 한 문이 보였다. 나탈리네 집이었다.

이건 핍도 원하는 바가 아니다.

그래도 해야 하는 일이었다.

핍과 DT 사이 이 죽음의 게임이 핍을 이곳으로 이끌었다. 그리고 핍은 이미 그 게임에서 상대에게 뒤처져 있었다.

핍은 나탈리네 집 바로 앞 인도에서 걸음을 멈추고 팔꿈치까지 배낭을 내려 헤드폰을 가방에 넣은 후 다시 지퍼를 닫았다. 그런 다음 심호흡을 하고 나탈리네 집으로 이어지는 길로 들어섰다.

핍의 휴대폰이 울린 건 그때였다.

후드 티 주머니 속이었다. 엉덩이까지 진동이 느껴졌다.

핍은 주머니에 손을 넣어 휴대폰을 꺼낸 다음 화면을 확인했다.

'발신번호 없음'.

핍의 심장이 천천히 다시 제자리를 찾아가고 있었다.

드디어 전화가 왔다. 핍은 직감으로 알았다.

이건 DT다.

이제 DT를 잡은 거나 다름없었다. 체크메이트*다.

핍은 재빨리 나탈리의 집 앞을 지나쳐 걸었다. 아직 손안에서 휴대폰 진동벨이 울리고 있었다. 다 실바네 집 근방으로부터 벗어난 지점에서 핍은 휴대폰을 들고 측면 버튼을 두 번 눌러 수신 전화를 발신추적 앱으로 다시 연결했다.

화면이 어두워졌다.

한 발짝.

두 발짝.

세 발짝.

화면이 다시 켜지면서 수신 전화가 들어왔다. 이번에는 '발신번호 없음'이 뜨지 않았다. 핍의 휴대폰 화면에 전화번호가 나타났다. 모르는 번호였지만 상관없었다. 이건 DT에게, 다니엘 다 실바에게 곧바로 연결되는 번호였다. 확실한 증거였다. 이쯤 되면 이미 게임 오버다.

* 체스에서 왕이 어떻게 해도 빠져나갈 수 없는 수. 승리의 조건을 뜻한다.

굳이 전화를 받을 필요도 없었다. 그냥 벨이 울리게 두어도 되었다. 그러나 핍의 엄지는 이미 녹색 버튼으로 향하고 있었다. 핍은 녹색 버튼을 누르고 휴대폰을 귀에 대었다.

"안녕, DT." 핍이 크로스레인 거리를 걸으며 말했다. 이제 주택가는 멀어지고 나무만 무성한 지점에 접어들었다. 나무들은 이제 파르르 떨지 않고 핍에게 손을 흔들어 보였다. "아, 슬라우 교살범이라고 불러줄까?"

수화기 저편에서 조용한 소리가 들려왔다. 소리는 들쑥날쑥했지만 바람 소린 아니었다. 숨소리였다. DT는 이걸로 게임 오버인 줄 모르고 있다. 이미 핍이 이겼다. 세 번째 전화, 이 마지막 전화가 그에게는 치명타였다.

"DT가 낫겠다." 핍이 말했다. "어차피 슬라우 출신도 아니니까. 여기, 리틀 킬턴 출신이잖아." 핍은 말을 이어갔다. 이제 우거진 나무가 만들어낸 지붕이 오후의 태양을 가리고, 길가에는 그 그림자가 어른댔다. "어젯밤 보여준 솜씨 대단하던데. 정말 인상 깊었어. 나한테 궁금한 게 있다고? 내가 사라지면 누가 날 찾을 건지? 그런데 나도 궁금한 게 있어."

핍이 말을 멈췄다.

다시 숨소리가 들려왔다. 그가 핍의 말을 기다리고 있었다.

"당신이 창살 안에 갇히면 누가 당신을 찾아갈까?" 핍이 입을 열었다. "당신이 갈 곳이 그곳이거든."

목에 걸린 숨소리. 수화기 너머로도 충분히 들렸다.

뒤이어 세 번의 요란한 삐- 소리.

그자가 전화를 끊었다.

핍은 휴대폰을 내려다보았다. 핍의 입가가 거의 미소로 씰룩였다. 그자를 잡았다. 순식간에 안도감이 찾아왔다. 어깨를 누르고 있던 끔찍한 부담이 가벼워지면서 그 안도감이 핍을 다시 세상 밖, 진짜 세상으로 데려다주었다. 평범한 일상, 라비와 함께하는 일상으로 말이다. 빨리 라비에게 알리고 싶었다. 이제 DT는 핍의 손아귀에 있었다. 손을 뻗어 잡기만 하면 된다. 입술 사이로 기침과 웃음 사이쯤 되는 소리가 새어 나왔다.

핍은 최근 통화목록을 열어 그 번호를 다시 확인해보았다. 한 번도 잡히지 않은 걸 보면 아마도 선불폰일 가능성이 높았다. 하지만 아닐 가능성도 있었다. 어쩌면 진짜 자기 휴대폰일지도, 어쩌면 아무 생각 없이 전화를 받았다가 자기 별명을 듣고 자기도 모르게 통화를 한 건지도 모른다. 그게 아니라면 음성사서함으로 연결되었을 테니까. 당장이라도 호킨스 경위를 찾아가 이 번호를 내밀 수도 있었지만, 핍은 일단 정체를 알고 싶었다. 그자를 찾아내 마침내 이름부터 그자의 모든 것을 알아내고 싶었다. 다니엘 다 실바. DT. 교살범. 핍이 해냈다. 핍이 이겼다.

상대도 이런 감정을 느껴봐야 하는 건지도 모른다. 두려움, 그리고 불안함. 휴대폰 화면에 뜨는 '발신번호 없음' 표시. 전화를 받을까 말까, 그 잠깐의 망설임. 그자도 핍의 전화인지 몰랐을 것이다. 핍의 번호도 가려져 있었을 테니까. 그의 번호처럼 말이다.

점점 무성해지는 나무들 아래로 걸어가는 핍의 머릿속에서 나탈리네 집은 진작에 잊혔다. 핍은 그의 번호를 복사한 다음 키패드에 붙여넣었다. 번호 앞에 발신번호 제한을 위한 '141'도 함께 붙였다. 녹색 버튼 위를 맴돌던 핍의 엄지가 떨렸다.

이제 끝이다. 그 순간이 왔다.

핍은 버튼을 눌렀다.

다시 한번 휴대폰을 귀에 가져다 댔다.

신호음 소리가 들려왔다.

잠깐만. 아닌데. 뭔가 이상했다.

핍은 걸음을 멈추고 휴대폰을 귀에서 뗐다.

신호음이 핍의 귀에 붙은 휴대폰에서만 들려오는 게 아니었다.

다른 쪽 귀에서도 신호음이 들려왔다. 양쪽 귀에서 모두 신호음이 들렸다. 그자가 여기 있다.

날카로운 전화벨이 핍의 바로 등 뒤에서 울리고 있었다.

소리는 점점 더 커졌다.

점점 더.

소리를 지를 새도 없었다.

뒤를 돌아보려 했지만 핍의 뒤쪽에서 두 팔이 핍을 붙잡았다. 핍은 손에 들고 있던 휴대폰을 놓쳤다. 여전히 신호음이 가고 있었다.

손 하나가 불쑥 나타나 핍의 얼굴을 때리더니 무슨 소리라도 새어 나오기 전에 입을 틀어막았다. 목을 감은 팔을 굽히며 점점 목을 조여왔다.

핍은 몸부림을 쳤다. 한 번 겨우 숨은 쉬었지만 공기를 마시진 못했다. 어떻게든 목을 감은 팔을, 입을 가린 손을 떼어내려 해보았지만 점점 힘이 빠졌다. 정신이 혼미해지고 있었다.

공기가 없었다. 기도에 공기가 흐르지 않았다. 주변에 그림자가 짙게 어렸다. 핍은 안간힘을 써보았다. '심호흡하자, 그냥 숨을 쉬어.' 아니, 불가능했다. 감긴 눈꺼풀 아래에서 불꽃이 튀고 있었다. 다시금 몸부림을 쳐보았지만 점점 힘이 빠져나갔다. 육체가 유리되어가고 있었다.

암흑이 찾아왔다. 핍은 추락 끝에 저 깊숙이 사라지고 있었다.

25

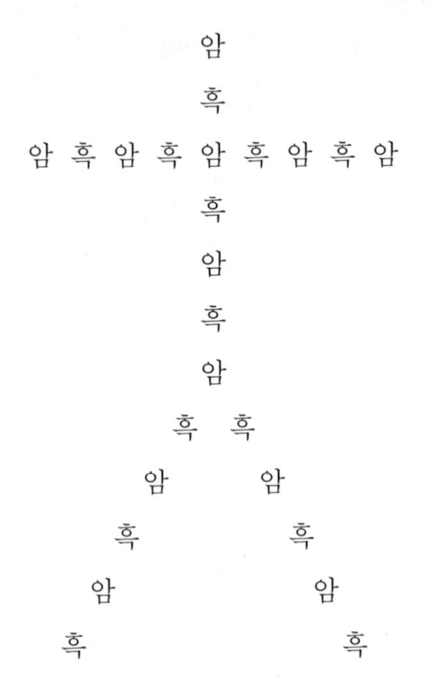

26

핍은 암흑을 헤쳐나와 한 쪽씩 차례로 실눈을 떴다. 귓가에 들리는 쾅 소리에 핍은 정신이 들었다.

공기다. 이제 숨을 쉴 수 있다. 다시 머리로 피가 흐르기 시작했다.

눈을 뜨고는 있다지만 아직 주변 환경을 파악하긴 어려웠다. 아직은. 눈에 비치는 것과 그것을 머리로 이해하는 것 사이에 괴리가 있었다. 그리고 지금 이 순간 핍이 이해하는 것이라곤 고통뿐이었다. 머리를 쪼개는 것 같은, 두개골을 비트는 것 같은 고통 말이다.

그러나 핍은 분명 숨을 쉬고 있었다.

핍은 자신의 숨소리를 들을 수 있었다. 그리고 잠시 후 더는 숨소리가 들리지 않았다. 핍 아래쪽에서 으르렁대는 소리 때문이었다. 이 소리라면 핍도 알고 있었다. 무슨 소린지 핍이 머리로 알고 있는 소리였다. 이건 엔진 시동 소리다. 핍이 있는 이곳은 차 안이었다. 그러나 핍은 등을 대고 누운 채였다.

두 번 더 눈을 깜박이자 별안간 주변 환경이 파악되면서 정신이 들기 시작했다. 꽉 닫힌 공간, 한쪽 뺨에 닿아 있는 거친 카펫. 핍의 위쪽으로 비스듬한 천장이 빛을 차단하고 있었다.

그러니까 핍이 있는 곳은 차 트렁크 안이었다. 그래, 그거다.

새로 태어난 뇌에 핍은 그렇게 말했다. 그리고 아까 쾅 소리는 트렁크를 닫는 소리였다. 그게 핍이 들은 소리였다.

그럼 핍이 정신을 잃은 건 정말 잠깐이었단 얘기다. 끽해야 30초 정도일까. 그자는 이미 핍 뒤편에 차를 대놓고 준비를 마친 상태였다. 그리고 핍을 끌고 갔다. 트렁크가 쩌억 하품을 하며 입을 열고 핍을 삼켰다.

그래, 꼭 기억해야 할 가장 중요한 사실이 그거였다. 핍은 이제 정신이 들었다.

DT가 핍을 납치했다.

핍은 죽은 목숨이었다.

아직 죽진 않았다. 핍은 아직 살아 있었고, 숨을 쉬고 있었다. 숨을 쉴 수 있다니 얼마나 다행인가. 그러나 어떻게 봐도 핍은 죽었다. 죽은 목숨이나 다름없었다.

데드 걸 워킹. 다만 지금 핍은 걷고 있지 않았다. 일어설 수도 없었다.

서서히 공포가 피어올랐다. 핍은 공포를 밖으로 내뱉으려고, 비명을 지르려고 했다. 잠깐, 그런데 마음대로 되지 않는다. 입꼬리로 살짝 새어나간 정도일까, 그건 비명이라고 할 수 없는 소리였다. 무언가가 핍의 입을 덮고 있었다.

핍은 입을 틀어막은 게 무엇인지 확인하려고 손을 뻗었…… 잠깐, 그것도 마음대로 되지 않았다. 핍의 양손이 등 뒤로 묶여 있었다. 양손이 꼼짝달싹 못 하게 묶여 있었다.

핍은 한 손을 최대한 비틀어 검지로 손목을 묶은 것이 무엇인지 만져보았다.

박스 테이프였다.

그래, 당연한 것을. 핍의 입을 막고 있는 것도 박스 테이프였다. 다리도 움직일 수 없었다. 고개를 들어 직접 두 눈으로 확인할 순 없었지만, 아마 발목에도 박스 테이프가 감겨 있을 게 뻔했다.

배 속 깊숙이에서 새로운 느낌이 온몸으로 퍼져나갔다. 아주 태곳적, 원초적 본능 같은 느낌. 그 어떤 말로도 설명할 수 없는 공포였다. 공포는 온몸 곳곳에 퍼졌다. 눈꺼풀 아래, 피부 바로 아래에도 스며들어 있었다. 너무 강력했다. 수백, 수천 조각으로 산산이 부서졌다가 다시 우르르 모여들었다가 하면서 핍의 존재가 점멸하고 있었다.

핍은 이제 곧 죽는다.

죽는다. 핍이 죽는다. 죽음. 죽을 것이다. 핍은 죽을…… 죽음이 다가왔다. 핍은 이제 죽는다.

지금 이 공포 자체만으로도 충분히 죽을 것 같았다. 이제 총성 따윈 비교도 되지 않을 만큼 심장이 거세게 뛰었다. 이렇게 세찬 박동이 계속될 순 없다. 이렇게 뛰다간 멈춰버릴 것이다. 결국 멈춰버리고 말 것이다.

핍은 다시 소리를 질러보려 했다. '도와주세요'라고 소리쳐보려고 했다. 그러나 소리는 테이프에 부딪혀 다시 입속으로 돌아왔다. 어둠 속 절망의 울부짖음일 뿐이었다.

그러나 그 공포 속에서도 핍 본연의 모습이 한 줄기 남아 있었다. 그리고 이 상황을 극복할 수 있는 사람은 핍 자신뿐이었다. '심호흡하자. 일단 숨부터 쉬자.' 핍은 스스로 되뇌었다.

곧 죽을 목숨 주제에 숨은 무슨 숨. 그래도 핍은 코로 깊숙이 숨을 들이마시고 또 내쉬었다. 그러면서 핍은 남아 있는 힘을 모두 모아 그 강력한 공포를 머릿속 저 어두운 구석으로 밀어넣었다.

핍은 계획이 필요했다. 핍에겐 늘 계획이 있었다. 아무리 곧 죽을 목숨이라 할지라도 말이다.

핍은 상황을 정리해보았다. 지금은 토요일 오후 4시경이다. 핍은 그자의 차 트렁크에 갇힌 상태다. 그자란 DT, 즉 다니엘 다 실바다. 그는 핍을 살해할 장소로 차를 몰고 가고 있다. 핍은 손발이 모두 묶여 있다. 객관적 사실만 보자면 이 정도였다. 아니, 더 있다. 객관적 사실이라면 핍의 지식은 언제나 차고 넘쳤다.

그리고 지금 상기하는 이 사실은 특히나 받아들이기 버겁고 힘들었다. 제아무리 핍이 이미 알고 있던 사실이라도 그랬다. 수없이 많은 팟캐스트를 들으며 알게 된, 굳이 알 필요도 없을 거라고 생각했던 그 사실을 핍의 머릿속 목소리가 차분하게, 동요하지 않고 반복해서 핍에게 상기해주었다. '납치당한 경우 어떻게든 납치범이 제2의 다른 장소로 데리고 가는 것을 막아야 한다. 일단 제2의 장소로 이동하면 생존 가능성은 1퍼센트 미만으로 낮아진다.'

지금 납치범은 핍을 다른 장소로 데리고 가고 있었다. 핍은 이미 기회를 놓쳤다. 1분도 안 되는 초기 그 짧은 시간 내에 희미한 생존의 기회를 이미 놓쳤다.

1퍼센트 미만이라.

왜인진 모르겠지만 딱히 그 수치에 더 겁이 나거나 하진 않았다. 어째서인지 핍은 더욱 차분해졌다. 이상하리만치 차분했다. 마치 가능성을 숫자로 보니 더 받아들이기 쉬워진 것 같았다.

그건 핍이 곧 죽는다는 뜻이 아니라 죽을 가능성이 매우 높다는 뜻이었다. 물론 희망이 거의 없고 죽음이 거의 확실하단 뜻이긴 했다.

좋다. 핍은 심호흡을 했다. 자, 이제 할 수 있는 게 뭐가 있지?

핍은 아직 제2의 장소에 도착하지 않았다.

휴대폰이 있던가? 없다. DT가 핍을 납치할 당시 핍은 휴대폰을 놓쳤고, 휴대폰이 땅에 떨어지는 소리를 들었다. 핍은 고개를 들어 트렁크 안을 둘러보았다. 비포장도로를 달리는 차가 덜컹거렸다. 트렁크 안에는 아무것도 없었다. DT가 아마 핍의 가방도 가져간 모양이었다. 좋아, 그럼 다음은 뭐지?

차가 달리는 경로를 머릿속으로 따라가볼 생각을 미처 못 했다. 핍은 나무가 무성해지는 크로스레인 거리 끄트머리에서 납치됐다. 시동 소리를 들었고 그 이후로 차가 아직 좌회전, 우회전하는 걸 느끼지 못했으니까 그럼 그 길을 계속 따라가고 있어야 한다. 그러나 그 공포, 핍의 존재를 점멸의 위기로 몰아넣은 그 공포 때문에 핍은 차가 가는 경로에 주의를 미처 기울이지 못했다. 차가 출발한 지 5분쯤 지났겠거니 핍은 짐작했다. 어쩌면 이제 리틀 킬턴을 벗어났는지도 모른다. 지금 핍의 상황에 별로 도움이 되는 정보 같진 않았다.

좋아, 그럼 도움이 되는 건 뭐가 있지? 제발, 생각을 하자. 공포가 자리 잡은 저 구석을 살피러 갈 여유가 없도록 머릿속을 바쁘게 움직이자. 그러나 대신 다른 질문이 머릿속에 떠올랐다.

'네가 사라지면 누가 널 찾지?'

이제 핍은 그 답을 알지 못할 터였다. 핍은 곧 죽을 테니까. 아니, 아니다. 그렇겐 안 된다. 핍은 팔에 가해진 압력을 줄이려고 몸을 옆으로 뒤틀며 스스로 되뇌었다. 핍은 답을 알고 있었다. 배우지 않아도 이미 알고 있었고, 핍이 죽어도 답은 달라지지 않을 것이다. 라비가 핍을 찾아나설 것이고 엄마가, 아빠가, 동생이 핍을 찾을 것이다. 친구라기보다 친자매에 가까운 카라가 핍을 찾을 것이고 나오미 워드, 코너 레이놀즈가 핍을 찾을 것이다. 핍이 그랬듯 제이미 레이놀즈가 핍을 찾으려 할 것이다. 나탈리 다 실바가, 베카 벨도 핍을 찾을 것이다.

핍은 참 행복한 사람이었다. 달리 말할 방법이 없었다. 이렇게나 행복한 사람인 걸 어떻게 지금까지 감사할 생각도 못 하고 살았나 모르겠다. 이들 모두가 핍을 아꼈다. 핍이 그런 애정을 받을 자격이 있는 사람이든 아니든 상관없이 말이다.

이제 새로운 감정이 차올랐다. 공포는 아니었다. 그보다는 밝았지만, 한편으론 더 무겁고 슬펐다. 서서히 번지는 이 감정은 공포보다 훨씬 아팠다. 이제 다시는 저들을 볼 수 없을 터였다. 아무도. 한쪽 입꼬리만 씩 올라간 라비의 미소를 다시는 볼 수 없을 것이다. 바보 같은 그 웃음소리도, '사랑한다'는 말 대신 수백 가지 다른 라비의 사랑 표현들도 다시는 듣지 못한다. "핍 경사님"이라고 자신을 부르는 라비의 목소리도 다시는 못 들을 것이다. 가족들, 친구들도 다신 못 볼 테지. 그들과 함께했던 그 모든 마지막 순간들이 작별 인사가 될 줄 미처 몰랐다.

눈물이 볼을 타고 흘러내려 트렁크 카펫을 적셨다. 지금 당장 땅 밑으로 꺼져버렸으면 좋을걸. DT의 손이 닿지 않는 곳으로 지금 당장 사라져버렸으면.

그래도 아까 집을 나서면서 엄마에게 사랑한다는 말을 하고 와서 다행이었다. 최소한 엄마는 핍이 없더라도 그 기억으로 버틸 수 있을 테니 말이다. 하지만 아빠는 어쩌지? 아빠한테 마지막으로 사랑한다는 말을 한 게 언제였더라? 조쉬에게는? 조쉬는 나중에 크면 누나가 어떻게 생겼었는지 기억이나 할까? 라비는 또 어떻고. 라비에게 사랑한단 말을 마지막으로 한 게 언제였지? 그걸론 부족했다. 한없이 부족했다. 혹시 라비가 핍의 마음을 진정으로 알지 못했다면 어떡하지? 라비는 핍이 없어지면 망가져버릴 것이다.

핍의 흐느낌은 더욱 거세졌고, 입을 틀어막은 테이프 주변에 눈물이 고이기 시작했다. 제발 라비가 자신을 원망하지는 않기를 바란다. 핍 인생 최고의 행운이자 행복이 라비였는데, 이제 핍은 라비의 인생 최악의 기억으로 남게 되겠지. 절대 잊지 못할 고통으로 남겠지.

그래도 라비라면 핍을 찾아 나설 것이다. 그리고 설사 핍을 찾지 못하더라도 살인범은 찾아낼 것이다. 그건 확실했다. 핍을 위해 찾아낼 것이다. 제아무리 고무줄 같은 정의지만, 그래도 그 정의가 구현돼야 핍이 떠난 후에도 남은 이들은 살아갈 수 있을 것이다. 일 년에 한 번 핍의 무덤을 찾아와 꽃을 놓고 일상으로 돌아갈 수 있을 것이다. 잠깐, 오늘이 며칠이더라? 자기가 죽을 날도 알지 못하는 핍이었다.

펍은 울고 또 울었다. 그리고 그 울음 끝에 마침내 이성이 돌아와 펍을 절망에서 끌어냈다. 그래, 라비는 펍을 죽인 자가 누구인지 분명 알아낼 것이다. 그러나 아는 것과 증명하는 것은 차이가 있었다. 그 둘은 전혀 다른 문제였다. 펍은 그것을 경험으로 배웠다.

그러나 그게 바로 펍이 지금 할 수 있는 일이기도 했다. 계획이자 머리를 바삐 움직일 수 있는 일이었다. 지금 펍의 노력으로 남은 이들이 펍을 죽인 살인범을 찾고, 그자를 철창에 가두게 할 수 있었다. 펍은 최대한 자신의 흔적을 이 트렁크 안에 많이 남겨두어야 했다. 머리카락, 피부 각질, 펍의 DNA가 남는 것이라면 무엇이든 말이다. 펍의 마지막 흔적을 이 차에, 세상에 남기는 것이다. 곧바로 범인을 가리키는 그런 흔적을.

그래, 그거라면 할 수 있다. 지금 펍이 할 수 있는 일이 그거다. 펍은 허리를 쭉 펴고 머리를 트렁크 카펫에 대고 문질렀다. 세게, 더 세게, 두피에서 머리카락이 뽑혀나와 통증이 느껴질 때까지 문질렀다. 펍은 살짝 아래쪽으로 이동해 다시 반복했다.

다음은 피부의 각질이었다. 맨피부가 노출된 부분이 많지는 않았지만 그래도 얼굴, 또 손이 있었다. 펍은 고개를 틀어 트렁크 카펫에 볼을 붙인 다음 앞뒤로 비볐다. 눈물 나게 아팠지만 펍은 멈추지 않았고, 이제 광대뼈 부위가 쓰라렸다. 피가 나면 더 좋다. 피가 남아 있는데도 과연 용케 빠져나갈 수 있을까? 이번엔 손을 박스 테이프 반대편으로 어색하게 움직였다. 펍은 주먹을 쥐고 튀어나온 손등뼈를 카펫에, 뒷좌석 등받이 뒤쪽에 대고 문질렀다.

또 할 수 있는 게 뭐가 있지? 핍은 자신이 직접 조사한 사건들을 곱씹어보았다. 단어 하나가 머릿속에 떠올랐다. 지문. 유력한 증거로 꼽힐 수 있는 지문을 제일 먼저 생각해내지 못했다는 게 의아할 정도였다. 스탠리가 죽고 핍을 용의선상으로부터 제외하면서 경찰은 그때 이미 핍의 지문을 채취해 갔다. 그래, 그거다. 손가락 끝의 그 소용돌이 지문이 거미줄 같은 그물이 되어 DT가 잡힐 때까지 서서히 DT를 옥죌 것이다. 그러나 지문을 남기려면 일단 단단한 표면이 필요했다. 카펫으로는 불가능했다.

핍은 주변을 둘러보았다. 뒷창문이 있긴 하지만 트렁크 위로 비스듬히 어두운 스크린이 씌워져 있어 창문까지 손이 닿진 않았다. 잠깐, 핍의 머리와 발이 향하고 있는 양쪽 차 측면 부분은 플라스틱이었다. 저거면 가능할 것이다. 핍은 다리를 가까이 당겨 운동화를 카펫 바닥에 딛고 애벌레처럼 몸을 웅크렸다 폈다 하면서 차체의 측면 플라스틱 가까이 이동했고, 마침내 테이프로 묶인 손이 거기 닿았다.

한 번에 손 하나씩 차례대로 시도했다. 손가락 하나하나를 플라스틱에 대고 꾹, 그것도 여러 번 눌렀다. 위, 아래, 손가락이 닿는 곳이면 어디든 손가락을 눌렀다. 테이프 결박 때문에 엄지가 가장 어렵긴 했지만 그래도 엄지 윗부분이 겨우 닿기는 했다. 엄지는 지문 전체를 다 남기진 못했지만 그래도 일부는 남겼다.

다음은 뭐지? 바퀴가 턱 같은 것을 넘는지 덜컹, 하면서 차가 핍의 질문에 대신 대답하는 듯했다. 또 다른 급커브. 이제 얼마쯤 왔을까? 핍이 죽었다는 소식을 듣는 라비의 표정은 어떨까? 아니, 이러진 말자. 그런 장면을 굳이 상상하고 싶진 않다. 얼마 남지 않은 인생의 마지막 순간 핍은 라비의 웃는 얼굴을 기억하고 싶었다.

라비는 핍이 자기가 아는 가장 용감한 사람이라고 했었다. 지금으로선 전혀 그런 느낌이 들지 않았지만 말이다. 그래도 최소한 라비의 머릿속 핍은 용감했다. 라비가 '핍이라면 어떻게 할까?'라고 생각할 때 라비의 머릿속에 자리한 핍 말이다. 핍도 머릿속 라비에게, 머릿속 라비를 쳐다보며 물었다. "지금 나랑 여기 같이 있다고 쳐. 그럼 난 뭘 해야 할까?"

라비가 대답했다.

라비는 통계고 이성이고 다 됐고, 그냥 포기하지 말라고 할 것이다. "1퍼센트 미만 같은 소리 하고 있네. 너는 그 이름도 대단한 피파 피츠-아모비야. 우리 핍 경사님, 우리 핍푸스 막시무스 님. 세상에 네가 못 할 일은 없어."

"너무 늦었는걸." 핍이 대꾸했다.

라비는 아직 늦지 않았다고 했다. 핍은 아직 제2의 장소에 도착하지 않았다. 아직 시간이 있었다. 아직 싸울 여지가 남아 있었다.

"일어나, 핍. 일어나. 할 수 있어."

일어나자. 할 수 있다.

라비 말이 맞았다. 핍은 할 수 있었다. 핍은 아직 제2의 장소에 도착하지 않았다. 아직 차 안이었다. 그리고 핍은 이 차를 이용할 수 있었다. 차량 충돌사고에서의 생존 가능성이 제2의 장소로 이동했을 때의 생존 가능성보다 훨씬 높았다. 차도 핍의 생각에 동의하듯, 핍을 부추기듯 더욱 요란하게 덜커덩대며 자갈길을 달렸다.

충돌사고가 나게 유도한다, 그리고 살아남는다. 그게 핍의 새로운 계획이었다.

핍은 트렁크 문 아래쪽을 살펴보았다. 밖으로 몸을 내던지려면 안쪽에서 트렁크를 열 수 있어야 하는데, 안에서 열 수 있는 장치가 없었다. 그럼 결국 사고를 유도하려면 뒷좌석을 통해, 뒷좌석에서 운전석으로 몸을 던져 운전대를 놓치도록 하는 방법뿐이었다.

선택지는 두 가지였다. 첫째, 뒷좌석을 발로 찬다. 뒷좌석 등받이가 접힐 만큼 아주 세게 찬다. 그게 아니면 둘째, 머리 받침대 위쪽 빈틈으로 기어 올라간다. 그럼 일단은 핍 위로 덮인 이카고 스크린부터 젖혀야 했다.

핍은 후자를 선택하기로 했다. 무릎으로 만져보니 카고 스크린이 단단한 재질이긴 했지만 어차피 양옆 고리나 아니면 다른 방식으로 걸려 있는 것뿐이었다. 그냥 자세를 조정해 미끄러져 내려간 다음 한쪽 코너가 느슨해질 때까지 그 코너를 발로 차면 되었다.

그때 차가 속도를 늦추더니 정지했다.

다른 길로 들어서는 거라기엔 정지 시간이 너무 길었다. 젠장.

핍의 눈이 커졌다. 핍은 숨을 죽이고 바깥 소리에 귀를 기울였다. 차 문이 열리는 것 같았다.

뭘 하는 거지? 핍을 여기 두고 가는 건가? 핍은 차 문이 닫히는 소리를 기다렸지만 기대하는 소리는 좀처럼 들리지 않았다. 마침내 차 문이 다시 닫히고 차가 천천히 움직였다. 하지만 충돌사고가 날 정도로 빠른 속도는 아니었다.

그러나 불과 7초 후에 다시 차가 천천히 멈춰 섰다. 이번에는 사이드 브레이크를 올리는 소리도 들렸다.

도착했다.

제2의 장소였다.

너무 늦었다. "미안해." 핍이 머릿속 라비에게 말했다. 그리고 덧붙였다. "사랑해." 혹시라도 머릿속 라비가 실제 라비에게 이 말을 전해줄 수 있을지 모르니까 말이다.

차 문이 열리고, 다시 닫혔다.

자갈길 위의 발소리.

머릿속 저 깊숙이 가둬두었던 공포가 다시 서서히 새어 나왔다.

핍은 무릎을 가슴 앞에 모으고 몸을 공처럼 둥글게 말았다.

트렁크 문이 열렸다.

그가 거기 서 있었다. 그러나 얼굴은 보이지 않았다. 짙은 색 상의만 보일 뿐이었다.

손 하나가 쑥 나와 핍 위를 덮고 있던 스크린을 당겼고, 스크린은 뒷좌석 쪽으로 말아 올라갔다.

핍은 그자를 쳐다보았다.

그의 실루엣이 늦은 오후 햇살을 가리고 있었다.

햇살 아래 괴물.

펍은 강렬한 빛에 적응하느라 눈을 깜박였다.

괴물이 아닌, 그냥 사람이었다. 그의 어깨선이 왠지 낯이 익었다.

드디어 DT 살인범이 얼굴을 드러내고 펍을 향해 씩 웃어 보였다.

펍이 예상한 얼굴이 아니었다.

그건 제이슨 벨이었다.

27

제이슨 벨이 DT 살인범이었다.

그 충격이 핍의 머릿속을 강타했다. 공포 자체보다 그 충격이 더 컸다. 그러나 지금은 그 사실을 곱씹을 틈이 없었다.

제이슨의 윗옷은 땀으로 얼룩져 있었다. 그가 허리를 숙여 핍의 팔꿈치를 잡았고, 제이슨의 땀 냄새에 핍은 저도 모르게 움찔했다. 핍은 다리로 제이슨을 걷어차려고 했지만 제이슨은 이미 핍의 생각을 읽었는지 무게를 실어 핍의 무릎 쪽을 단단히 잡고 다리를 움직이지 못하도록 했다. 다른 한 손으로는 핍을 일으켜 앉혔다.

비명을 질러보았지만 핍의 목소리는 테이프 밖으로 새어 나오지 못했다. 어딘가 사람이 있겠지. 핍이 여기 있다는 걸 알려야 한다.

"소리 질러봤자 들을 사람도 없어." 제이슨이 마치 핍의 머릿속에 들어앉아 있기라도 한 것처럼 말했다. 머릿속 괴비는 지금 핍에게 도망치라고 하고 있었다. 도망쳐. 어떻게든 도망쳐.

핍은 손등으로 트렁크 바닥을 밀며 다리를 튕겨 자갈밭에 발을 디뎠다. 한 걸음 떼보려고 했지만 발목이 너무 단단히 묶여 있었다. 핍은 균형을 잃었다.

앞으로 넘어지려는 핍을 제이슨이 붙잡아 다시 바로 세웠다.

발 주변으로 자갈이 튀었다. 제이슨은 핍의 한쪽 팔 아래 자기 팔을 단단히 끼워 넣었다.

"착하지." 제이슨의 목소리는 차분했고 아무런 감정도 묻어나지 않았다. 마치 핍을 전혀 보고 있지도 않은 것 같은 말투였다. "앞으로 가. 안 그러면 내가 널 걸머지고 가야 하잖아." 제이슨의 목소리는 크지도, 강하지도 않았다. 그럴 필요도 없는 것이, 이 상황의 통제권은 제이슨에게 있었고 그도 그 사실을 알고 있었다. 그게 핵심이었다.

제이슨이 걸어가기 시작했기에 핍도 따라 걸었다. 테이프 결박 때문에 종종걸음일 수밖에 없었다. 천천히 걸음을 옮기는 동안 그 시간을 이용해 핍은 주변을 살폈다.

나무가 많았다. 오른쪽으로, 그리고 뒤쪽에도 있었다. 짙은 녹색 페인트칠이 된 철제 울타리가 주변으로 둘러쳐져 있었다. 바로 뒤로 대문이 보였다. 아마 제이슨이 처음 차에서 내린 게 저 대문을 열기 위한 거였겠지. 대문은 여전히 활짝 열려 있었다. 핍을 조롱하기라도 하듯이.

제이슨은 벽면이 철판으로 되어 있는 공장 같은 건물로 핍을 데리고 갔다. 왼편에는 벽돌로 된 다른 건물이 보였다. 잠깐만. 이곳은 핍에게 낯이 익었다. 확실히 핍이 아는 곳이었다. 핍은 주변을 다시 둘러보았다. 키가 큰 녹색의 철제 울타리, 주변에 심어진 나무, 그리고 이 건물. 그것만으로도 모자라 저 앞에 세워진 다섯 대의 밴까지. 차량 측면에는 로고가 그려져 있었다. 핍은 여기 와본 적이 있었다. 아, 아니다. 와본 적은 없다. 하지만 컴퓨터 화면으로 유령처럼 이 길을 오간 적이 있었다.

여긴 그린 신 리미티드였다.

너티 그린의 외딴 동네, 작은 시골길 옆에 위치한 제이슨의 회사. 그의 말이 맞았다. 여기선 핍이 소리를 질러봤자 들을 사람도 없었다.

그렇다고 해서 핍이 시도를 멈추진 않았다. 두 사람은 이제 건물 측면에 있는 철제문 앞에 도착했다.

제이슨은 이를 드러내며 다시 핍에게 씩 웃어 보였다.

"아무도 못 듣는대도." 그가 앞주머니를 더듬어 날카롭고 반짝반짝한 물건을 꺼냈다. 열쇠고리였다. 크기도, 모양도 제각각인 열쇠가 잔뜩 걸린 열쇠고리였다. 제이슨은 열쇠를 쭉 넘기다가 길고 가느다란 톱니 모양 열쇠를 골랐다.

무어라 혼잣말을 중얼대며 제이슨이 문 중앙에 걸려 있는 묵직한 은색 자물쇠에 열쇠를 끼웠다. 핍을 붙들고 있던 제이슨의 팔이 조금 느슨해졌다.

핍은 이 기회를 놓치지 않았다.

핍이 겨드랑이 아래로 제 팔을 세차게 내리쳐 제이슨의 팔을 풀었다.

자유다. 이제 자유다.

그러나 그리 멀리 가진 못했다.

핍은 한 걸음도 떼지 못하고 개 목줄이라도 되는 듯이 등 뒤로 묶인 팔을 잡아당기는 그의 손에 다시 끌려왔다.

"소용없다니까." 제이슨의 시선은 다시 자물쇠로 향했다. 전혀 화난 것 같진 않았다. 오히려 저 입매는 미소에 가까웠다. "너나 나나 소용없는 거 뻔히 알잖아."

맞는 얘기였다. '1퍼센트 미만'인 것을.

철커덩 소리가 나면서 자물쇠가 열렸고 제이슨이 안쪽으로 문을 밀었다. 경첩에서 끼익 소리가 났다.

"들어와."

제이슨이 문턱을 넘어 핍을 질질 끌고 갔다. 건물 안은 어두웠다. 가늘고 긴 그림자들이 오른쪽 벽 높이 난 작은 창문으로 들어오는 자연광을 가리고 있었다. 제이슨이 다시금 핍의 생각을 읽기라도 한 것처럼 벽에 붙은 전등 스위치를 켰다. 지지직 깜박이며 천천히 전등이 켜졌다.

건물 안 공간은 좁고 기다란 형태였고, 공기가 차가웠다. 창고 같은 곳인지 양쪽 벽을 따라서는 높은 금속 선반 유닛들이 늘어서 있고, 아래쪽으로 탭 디스펜서가 달린 커다란 플라스틱 컨테이너들이 선반에 가득 쌓여 있었다. 가만히 살펴보니 전부 제초제와 비료였다. 선반 아래쪽으로 콘크리트 바닥에는 물길처럼 움푹 파인 홈 두 개가 이쪽 끝에서 저쪽 끝까지 이어져 있었다.

제이슨은 핍의 옆구리 쪽에 팔을 끼우고 핍을 끌고 갔다. 핍의 신발 뒤꿈치가 바닥에 질질 끌렸다.

제이슨이 곧 걸음을 멈추고 팔을 풀었다.

핍은 콘크리트 바닥에 그대로 철퍼덕 널브러졌다. 오른쪽 벽에 늘어선 선반 바로 앞이었다. 제이슨이 앞으로 다가오는 것을 보고 핍은 어떻게든 허리를 세우고 앉아보려 안간힘을 썼다. 핍은 코로 가쁜 숨을 몰아쉬고 내쉬었다. 숨소리가 어찌나 크고 빠른지 마치 그 소리가 꼭 'DT, DT, DT'처럼 들렸다.

이제 그 DT가 눈앞에 서 있다. 너무나 이상하게도 눈앞의 DT는 그냥 사람 같았다. 핍의 악몽 속에선 훨씬 커 보였는데 말이다.

그때 제이슨이 혼자 씩 웃더니 뭐가 그리 우스운지 고개를 절레절레 흔들었다.

제이슨은 핍을 향해 손가락을 하나 들어 보이더니, '독성 화학물질 주의'라고 되어 있는 안내문 쪽으로 걸어갔다. "전에 그 보안 경보 말이야." 제이슨의 웃음소리에 말소리가 묻혔다. "그게 그렇게 궁금했나?" 그가 잠시 말을 멈췄다. "경보가 켜진 건 타라 예이츠 때문이었어." 제이슨은 핍의 표정을 살폈다. "네 짐작이 틀렸지? 보안 경보가 울린 건 타라 때문이었어. 여기, 바로 이 방 안에 묶여 있었거든." 제이슨이 창고 안을 둘러보았다. 핍은 볼 수 없었지만 그의 어두운 기억이 창고를 가득 메웠다. "다 여기로 데려왔었지. 모두 여기서 죽었어. 하지만 타라 갠 어떻게 했는지 몰라도 내가 자리를 비운 사이 손목을 묶은 테이프를 끊어버렸더군. 창고 안을 들쑤시고 다니다 경보가 울려버린 거지. 경보가 작동되지 않게 꺼놓는 걸 깜박했지 뭐야."

제이슨의 얼굴에 다시 주름이 잡혔다. 제이슨은 마치 그게 웃어넘길 수 있는, 별거 아닌 작은 실수라도 되는 것처럼 이야기했다. 그 모습을 지켜보고 있노라니 핍은 뒷덜미에 잔털이 다 쭈뼛 곤두섰다.

"다행히 별일은 없었어. 내가 딱 제때 도착했거든." 제이슨이 말했다. "파티에 돌아가야 하니 나머지 작업은 좀 서둘러야 했지만, 그래도 별 탈 없이 괜찮았지."

괜찮다. 핍도 자주 쓰던 말이다. 어두운 그림자는 모두 그 아래 감춰버릴 수 있는 아무 뜻 없는 단어였다.

핍은 무슨 말이라도 해보려고 했다. 하고 싶은 말이 뭔지조차 모르겠지만, 그래도 그냥 너무 늦어버리기 전에 무슨 시도라도 해보고 싶었다. 목소리는 테이프를 뚫고 나가지 못했지만 말 아닌 그 웅얼거림만으로도 핍의 존재를 상기시키기엔 충분했다. 자기도 여기 함께 있다고 라비가 부드러운 목소리로 말했다. 끝까지 함께 있겠다고 말이다.

"뭐라고?" 제이슨이 여전히 창고 안을 왔다 갔다 하고 있었다. "아니, 아니야. 넌 걱정 안 해도 돼. 지난번 실수를 통해 배운 게 있지. 보안 경보는 작동하지 않게 확실히 꺼뒀어. CCTV 카메라도 안이든 바깥이든 다 꺼뒀고. 다 잘 처리해뒀으니까 너는 이제 걱정할 것 하나 없어."

핍의 성대에서 알 수 없는 소리가 흘러나왔다.

"작업에 필요한 시간만큼은 쭉 꺼놓을 거야. 밤새도록. 주말 내내." 제이슨이 말했다. "그리고 아마 월요일 아침까지 주변에 인적이란 없을 테니 그건 걱정 말고. 여긴 너랑 나, 우리 둘뿐이야. 아, 그래도 이건 확인을 해봐야지."

제이슨이 핍에게 다가왔다. 핍이 뒤로 물러나며 등이 선반에 닿았다. 제이슨은 핍 옆에 무릎을 꿇고 핍의 손목과 발목을 감고 있는 테이프를 확인했다.

제이슨이 테이프 결박을 만져보며 혀를 찼다. "아휴, 이건 안 되겠네. 너무 느슨해. 빨리 차에 태운다고 서둘렀더니 이렇게 됐네. 다시 해야겠어." 제이슨은 핍의 어깨를 가볍게 톡톡 다독였다. "타라 때와 같은 일이 생기는 건 싫잖아, 안 그래?"

핍이 코를 벌름거렸다. 땀 냄새에 숨이 막히는 것 같았다. 너무 가까웠다.

제이슨은 끙 소리를 내며 무릎에 손을 짚고 몸을 일으켰다. 그러더니 핍을 지나쳐 옆에 있는 선반 아래쪽으로 향했다. 핍도 고개를 돌려 눈으로 제이슨을 따라가보았지만 제이슨은 이미 손에 무언가를 들고 핍 쪽으로 돌아오고 있었다.

회색 박스 테이프였다.

"어디 보자." 제이슨이 다시 무릎을 굽히고 테이프를 뜯었다.

등 뒤에서 제이슨이 뭘 하는지는 보이지 않았지만, 제이슨의 손가락이 핍의 손가락에 닿을 때마다 핍은 등줄기에 소름이 돋으면서 섬뜩하고 토할 것 같은 기분이 들었다. 이러다 정말 토할 수도 있겠단 생각이 들었다. 어쩌면 핍도 앤디 벨처럼 구토로 인한 질식 때문에 죽게 될지도 모른다.

머릿속에 퍼뜩 앤디가 떠올랐다. 앤디의 유령이 핍 옆에 앉아 손을 잡아주었다. 불쌍한 앤디. 자기 아버지의 정체를 알고 있었던 앤디는 날마다 괴물이 사는 집으로 돌아와야 했다. 그 괴물에게서 벗어나려다, 그로부터 동생을 보호하려다 죽었다.

바로 그때였다. 전혀 별개인 두 개의 기억이 갑자기 떠오르며 하나가 되었다. 하나는 머리빗이었다. 그냥 머리빗 말고 앤디의 책상 위에 놓여 있던 손잡이 달린 보라색 머리빗, 핍과 라비가 몰래 그 집에 들어갔다 찍어온 사진의 한쪽 구석에 보이던 그 머리빗. 그 머리빗은 제이슨의 두 번째 피해자, 멜리사 데니의 소지품이었다. 멜리사 데니를 죽인 그 순간을 기억하기 위해 제이슨이 가져간 트로피였다. 그리고 그 트로피를 그는 자신의 딸에게 주었다. 십 대인 앤디에게. 아마도 딸이 그 빗을 쓰는 모습을 음침하게 지켜보며 짜릿함을 느꼈겠지. 역겹고 토할 것 같았다.

손목에서 느껴지는 고통 때문에 핍도 더는 생각을 이어가지 못했다. 제이슨이 테이프를 뜯어내면서 핍의 체모와 피부도 함께 뽑아냈다. 다시 자유다. 손목이 풀려 있었다. 핍은 싸워야 했다. 제이슨의 목에 달려들어야 했다. 저 눈에 손톱을 박아버려야 했다. 핍은 끙끙대며 애를 써보았지만 핍의 손을 붙든 제이슨의 아귀힘이 너무 셌다.

"내가 뭐랬지?" 꿈틀대는 핍의 팔을 꽉 잡으며 제이슨이 조용히 말했다. 그런 다음 팔이 꺾일 만치 등 뒤쪽으로 높이 치켜들었다가 다시 당기면서 핍의 손목 안쪽을 선반 앞쪽 기둥에 갖다 대었다.

제이슨은 핍의 한쪽 손목을 선반의 금속 기둥에 묶은 다음 다시 다른 한쪽 손목을 묶었다. 박스 테이프는 끈적하고 차가웠다.

핍은 정신을 집중하면서 어떻게든 테이프 결박에 틈을 남겨두려고, 최대한 양손이 서로 붙지 않게 하려고 애를 썼다. 그러나 제이슨이 핍의 양손을 재빠르게 잡고선 그 위로 다시 테이프를 감았다. 감고 또 감았다.

"이제 됐다." 제이슨이 핍의 손목을 움직여보았지만 손목은 조금도 흔들리지 않았다. "튼튼하게 잘 됐어. 이제 아무 데도 못 가겠지?"

입을 막고 있는 테이프가 다시금 핍의 비명을 삼켰다.

"그래, 거기도 곧 할 테니까 걱정 마." 제이슨이 핍의 발 쪽으로 향했다. "다들 웬 걱정이 그리 많고 무슨 잔소리가 그리 많은지, 아주 시끄러워 죽겠어."

제이슨은 핍의 다리를 자기 무릎으로 고정한 다음 발목을 감고 있던 테이프 위로 다시 테이프를 둘렀다. 이번엔 더 단단하게 두 번 감았다.

"이 정도면 되겠어." 제이슨이 가늘게 뜬 눈으로 핍을 돌아보았다. "보통은 이때쯤 입을 열 기회를 한번 주는데 말이야. 마지막으로 사과할 기회를 주는 거랄까……." 제이슨은 말을 멈추고 테이프를 내려다보며 손가락으로 부드럽게 테이프 롤을 따라 원을 그렸다. 그러더니 허리를 숙여 핍의 얼굴 쪽으로 손을 뻗었다. "후회하게 만들지 마." 그러곤 핍의 뺨에 붙은 테이프를 날카롭게 잡아당겨 입을 해방시켜주었다.

핍은 한껏 공기를 들이마셨다. 입으로 공기를 마시니 느낌이 달랐다. 공간감이 생기니 공포가 조금 덜했다.

이제 원하면 소리를 지를 수 있었다. 도움을 요청할 수 있었다. 하지만 그래봐야 무슨 소용이 있다고? 어차피 들을 사람도 없고 도움을 받을 수도 없었다. 여긴 둘뿐이었다.

핍의 마음 한구석에서는 제이슨을 똑바로 쳐다보며 묻고 싶었다. "왜 이런 짓을 하지?" 그러나 이유는 없었다. 핍도 이미 답을 알고 있었다. 제이슨은 엘리엇 워드나 베카가 아니었다. 찰리 그린이 아니었다. 그들은 이유가 있었다. 그렇기에 그들은 암흑이 아니라 모호한 회색 영역에 자리 잡은 것이었다. 의도는 나쁘지 않았지만 결과적으로 나쁜 선택을 했다든가, 실수였다든가, 사고였다든가 하는 그 인간적인 영역 말이다. 핍은 DT 살인범에 대한 정보를 읽었고, 그것을 바탕으로 이미 충분히 이자를 알고 있었다. DT에겐 회색 영역이란 없었다. 이유도 없었다. 핍이 이 사건을 완벽하다고 생각한 것도 그런 이유였다. 목숨도 구하고 나 자신도 되찾는다? 핍은 이제 자기 자신을 포함해 어느 누구도 구할 수 없을 것이다. 핍이 졌다. 핍은 이제 곧 죽을 것이고 핍의 죽음에는 이유가 없었다. 제이슨 벨에게 이유란 건 없었다. 왜 안 되는지에 대한 답만 있을 뿐이었다. 무엇 때문인지 도대체가 알 수 없는 노릇이지만, 핍과 과거 다섯 명의 피해자는 제이슨에게 참을 수 없는 존재들이었다. 그뿐이었다. 그에겐 살인이 아닌 제거일 뿐이었다. 굳이 이유를 물어봐야 그럴싸한 답이 돌아오지도 않을 것이다.

마음속 다른 한구석, 분노가 잠자고 있는 가시 돋친 핍의 일면은 지금 당장이라도 제이슨을 향해 욕을 한바탕 퍼붓고 고래고래 소리를 치고 싶었다. 그러면 아마 제이슨은 당장 핍을 죽일 수밖에 없을 것이다.

어떤 말로도 핍은 제이슨을 멈출 수 없었다. 타격을 줄 수 없었다. 다 소용없었다. 다만…….

"당신 정체를 알고 있었어." 핍의 목소리는 멍이 들고 상처가 나 있었다. "앤디는 당신이 DT란 걸 알고 있었어. 당신이 줄리아와 함께 있는 걸 보고 알아내고 말았지."

제이슨의 눈가에 새로운 주름이 잡혔다. 입가가 씰룩였다.

"그래, 앤디는 당신이 살인마인 걸 알고 있었어. 죽기 몇 달 전에 말이야. 사실 앤디가 결국 죽게 된 것도 그 때문이었지. 앤디는 당신한테서 도망치려고 했어." 핍은 공기를 다시금 한입 크게 들이마셨다. "당신 정체를 알기 전부터 앤디는 아마 당신이 정상이 아니란 걸 알고 있었을 거야. 그러니까 아무도 집에 데려오지 않았겠지. 앤디는 도망치려고, 당신한테서 멀리 달아나려고 일 년 동안 돈을 모았어. 베카가 졸업할 때를 기다렸다가 베카를 데리고 갈 생각이었지. 그리고 일단 당신의 손아귀를 벗어나면 앤디는 당신을 경찰에 신고할 생각이었어. 그게 앤디의 계획이었지. 앤디는 당신을 증오했어. 베카도 마찬가지고. 당신 정체는 모를지언정 베카도 당신을 증오해. 그러니까 감옥을 택했지. 당신한테서 멀어지려고."

핍은 제이슨을 향해 말을 쏟아냈다. 그의 가슴에 구멍을 낼 여섯 발의 총알을 숨겨놓고 다다다 말을 쏘아댄 후 가늘게 뜬 눈으로 제이슨을 노려보았다. 그러나 그 정도로는 쓰러지지 않았다. 눈을 이리저리 돌려가며 핍의 말을 가만히 듣고 선 채 제이슨은 알 수 없는 표정을 짓고 있었다.

그가 한숨을 쉬었다.

"뭐, 그래." 꾸며낸 슬픈 목소리로 제이슨이 입을 열었다. "앤디 잘못이야. 아버지 일에 끼어들면 안 되지. 자기가 끼어들 일이 아닌데. 그럼 이제 우리 둘 다 앤디가 죽은 이유를 알게 됐군. 걘 내 말을 듣지 않았어." 제이슨이 자기 관자놀이 아래를 툭툭 때렸다. "어떻게든 앤디를 가르쳐보려고 이 아버지는 평생 애를 썼건만, 걘 도대체가 말을 듣지 않았어. 필리파, 멜리사, 베서니, 줄리아, 타라처럼 말이야. 너희는 말이 너무 많아. 너희들 전부. 도대체가 자기가 말할 차례를 가만히 기다리는 법이 없어요. 그러면 안 되는 거야. 내 말이 끝날 때까지 잘 들어야지. 그 쉬운 것을. 잘 듣고 내가 시키는 대로 해야지. 그게 그렇게 힘든 일인가?"

제이슨은 박스 테이프 끝을 만지작대며 동요한 듯 보였다.

"앤디." 제이슨이 그 이름을 불렀다. 혼잣말에 가까웠다. "알겠지만 걔 때문에 난 모든 걸 포기했다고. 앤디 실종 후엔 어쩔 수 없었지. 경찰이 그렇게 가까이 있는데, 위험 부담이 너무 컸어. 그걸로 끝이었어. 내 말을 잘 듣는 새로운 사람도 만났지. 그걸로 끝일 수 있었는데 말이야." 제이슨이 테이프로 핍을 가리키며 조용히, 음침하게 웃었다. "그런데 네가 딱 나타나더라고? 어찌나 시끄럽던지. 넌 너무 시끄러웠어. 도대체가 만사를 참견하고 다니더군. 내 일까지 말이야. 재혼한 와이프가 내 말을 참 잘 듣던 여자였는데, 그 여자가 글쎄 내 말을 안 듣고 네 말을 듣고 날 떠났지. 너는 나한테 시험대였어. 실패는 안 될 일이었지. 마지막이니까. 그냥 놔두기엔 넌 너무 시끄러워. 아빠 말씀 잘 들으라고 어릴 때 안 배웠어?" 제이슨이 이를 악물었다. "지금도 봐. 마지막으로 할 말 있으면 하라니까 또 나한테 앤디 이야기를 하면서 참견하려 들잖아. 알겠지만 그렇다고 난 눈 하나 깜박 안 해. 타격이 있을 줄 알았어? 퍽이나. 그건 내 판단이 옳았단 걸 증명할 뿐이야. 걔에 대한 내 생각. 베카도. 너희 전부 다. 너희들 모두 어딘가 심각하게 문제가 있어. 아주 위험해."

핍은 말을 할 수 없었다. 뭐라 말해야 할지 알 수 없었다. 제이슨은 이리 갔다 저리 갔다 핍의 눈앞에서 침을 튀겨가며 일장연설을 토해내고 있었다. 벌게진 목에는 핏대가 서 있었다.

"아." 갑자기 그가 말을 멈췄다. 그의 얼굴에 환희에 찬 눈빛과 사악한 미소가 떠올랐다. "하지만 너한테 타격을 줄 만한 얘기가 있지!" 제이슨이 두 손을 맞잡으며 낸 요란한 손뼉 소리에 핍은 깜짝 놀라 뒤쪽 선반에 머리를 부딪혔다. "그래, 이승에서의 마지막 교훈이야. 이제 너도 모든 일이 얼마나 완벽했는지, 얼마나 아귀가 딱딱 맞아떨어졌는지 알게 될 거야. 애초부터 이야기는 이렇게 흘러오게 돼 있었어. 그리고 난 네 그 표정을 영원히 기억하게 되겠지."

핍은 혼란스러운 얼굴로 제이슨을 쳐다보았다. 무슨 교훈? 대체 무슨 소리지?

"작년 일이지." 제이슨이 핍의 눈을 들여다보며 입을 열었다. "10월 말쯤이었던 것 같아. 또 베카가 내 말을 안 듣더군. 대답도 안 하고, 문자에 답도 않고. 그래서 하루는 집에 들렀어. 그때야 물론 내 말을 잘 듣는 다른 와이프랑 살고 있을 때지만, 그래도 거긴 **내 집**이잖아. 베카와 던을 위해 늦은 점심을 챙겨갔지. 그런데 나한테 '고마워요' 한마디를 안 하네? 던은 했어. 던은 늘 약해빠진 여자였으니까. 하지만 베카는 그날따라 이상했어. 거리감이 느껴졌지. 같이 밥을 먹으며 베카에게 다시 말했어. 아빠 말을 잘 들어야 한다고 말이야. 하지만 뭔가 숨기고 있는 게 있단 느낌이 들더군." 제이슨이 잠시 말을 멈추고 침으로 마른 입술을 적셨다. "간다고 하고 집을 나와서 바로 자리를 뜨지 않고 기다렸지. 차는 멀리 세워두고 집 쪽을 계속 살펴보았어. 10분 정도 지났을까? 베카가 개 한 마리를 목줄을 채워 데리고 나오더군. 아, 저게 베카의 비밀이었구나 싶었지. 난 두 사람한테 개를 키워도 된다고 하지 않았거든. 나한테 허락을 맡은 적이 없었어. 아무리 내가 거기 더는 살지 않는다고 내 말을 안 들으면 안 되지. 그 장면을 보고 나는 무척 화가 났어. 그래서 차에서 내려 숲으로 향하는 베카와 개의 뒤를 따라갔지."

핍은 심장이 철렁했다. 갈비뼈 아래로 추락해 배 속 저 깊이 철퍽 떨어졌다. 아니, 아니야. 이건 아니야. 설마 지금 생각하는 그 이야긴 아니겠지. 제발 그 이야기만은 아니었으면.

제이슨은 핍의 표정 변화를 살피며 히죽거렸다. "골든리트리버더군."

"그만해." 핍이 조용히 말했다. 가슴속 고통이지만 실제로 아픔이 느껴졌다.

"베카가 개를 산책시키는 모습을 지켜봤어." 제이슨이 말을 이었다. "그런데 목줄을 풀어주고 한번 쓰다듬더니 집에 가라는 거야. 물론 당시에는 참 이상하다고 생각했어. 아무튼 그 정도 책임감도 감당 못 할 거면 베카는 역시 개를 키울 만한 아이가 못 된다 싶었지. 그때 베카가 개한테 막대기를 던져주기 시작하더군. 개는 계속 막대를 물어오고 말이야. 베카는 나무 사이로 최대한 멀리 막대기를 던진 다음 개가 막대기를 찾으러 간 사이 집으로 도망가버렸어. 개는 당연히 베카가 없으니 혼란스러워했지. 그래서 내가 그 개한테 다가갔어. 사람을 참 좋아하더군. 베카는 개를 키울 준비가 전혀 안 된 상태였잖아. 나한테 허락을 안 받았으니까. 내 말을 안 들었어."

"그만해." 핍이 이번엔 간신히 감정을 억누르며 더 큰 목소리로 외쳤다.

"베카는 준비도 안 돼 있었고 내 말도 안 들었어. 그럼 가르침을 배워야지." 제이슨이 괴로워하는 핍의 표정을 보고 신이 나서 씩 웃었다. "그래서 사람을 잘 따르는 이 개를 나는 강가로 데리고 갔지."

"그만해!"

"계속해야지!" 제이슨이 웃으며 핍의 반발에 대꾸했다. "내가 그 개를 물에 빠뜨려 죽였어. 물론 그때는 네 개인지 몰랐지. 난 그냥 말 안 듣는 딸을 혼내려던 것뿐이었다고. 그런데 네가 팟캐스트인지 뭔지를 만들어서 날 골치 아프게 하더니, 거기서 그 개 이야기를 하지 뭐야. 이름이 바니, 맞나? 넌 사고인 줄 알고 베카 탓을 하지 않았지." 제이슨이 다시 손뼉을 마주쳤다. "짠, 그런데 사고가 아니었어, 핍. 내가 네 개를 죽였지. 운명이란 참 신기하기도 하지. 그때부터 우리는 이렇게 뗄 수 없는 관계였던 거야. 이것 봐, 게다가 네가 지금 여기 와 있잖아."

핍이 눈을 깜박였고, 이내 주변이 붉게 물들어갔다. 제이슨에게서부터 시작된 붉은 분노는 창고 전체를 시뻘겋게 뒤덮었다. 눈꺼풀 안쪽이 붉게 차올랐다. 손은 피범벅이 되었다. 죽음을 시사하기라도 하듯 온통 붉게 물들었다.

핍이 제이슨을 향해 소리를 질렀다. 여과되지 않은, 날것의 비명이었다. "개자식!" 분노와 절망은 눈물이 되어 핍의 입속으로 흘러 들어갔다. "이 개자식!"

"이제 때가 됐나 보군." 제이슨의 표정이 바뀌었다. 눈빛에서 웃음기가 싹 가셨다.

"개자식!" 핍의 가슴팍이 증오심에 들썩였다.

"자, 그렇다면."

제이슨이 핍 쪽을 향해 걸어왔다. 박스 테이프를 주욱 뜯어내는 소리가 들렸다.

핍은 다리를 가슴까지 모았다가 제이슨이 다가오자 결박된 채로 양발을 찼다.

제이슨은 가볍게 핍의 공격을 피했다. 핍 옆으로 천천히 무릎을 접고 앉는 그의 행동에는 확신이 차 있었다.

"말 참 안 들어." 제이슨이 핍의 얼굴 가까이 다가왔다.

핍은 도망가려고 해보았다. 얼마나 안간힘을 썼으면 선반에 묶인 양손은 거기 그렇게 버려두고 몸뚱이만 떨어져 나올지도 모른단 생각까지 들었다. 제이슨이 얼른 한 손으로 핍의 이마를 선반 기둥에 갖다 밀었다.

핍은 저항했다. 발길질도 해보았다. 머리를 마구 흔들어도 보았다.

제이슨은 핍의 오른쪽 귀에 테이프를 댔다. 그런 다음 정수리를 지나 다시 왼쪽 귀로, 그리고 턱 아래쪽으로 테이프를 감아 고정했다.

다시 테이프를 뜯었다.

더. 더 뜯었다.

"개자식!"

제이슨은 각도를 틀어 테이프를 가로로 쥐고 핍의 턱부터 뒤통수 쪽으로 감았다. 이제 핍의 머리칼에도 테이프가 붙었다.

"움직이지 마." 제이슨이 힘들다는 듯이 말했다. "움직이니까 깔끔하게 안 되잖아."

제이슨이 다시 턱 위로 테이프를 감아 이번엔 핍의 아랫입술을 덮었다.

"말 참 안 들어." 제이슨이 눈을 가늘게 뜨며 집중했다. "자, 이젠 못 듣겠지. 말도 못 하고. 나도 못 봐. 넌 날 볼 자격이 없어."

둘둘 감은 테이프가 핍의 입술을 누르며 다시금 핍의 비명 소리를 앗아갔다. 더 위로, 핍의 코 바로 아래까지 감았다.

제이슨은 다시 핍의 머리 뒤쪽으로 테이프를 감은 다음 방향을 틀어 콧구멍을 가리지 않고 열어두었다. 공포에 찬 숨소리. 테이프는 코 위를 덮고 또 덮어 눈 바로 아래까지 왔다.

제이슨이 다시 방향을 틀었다. 이번엔 테이프를 통째로 들고 핍의 머리 위쪽을 덮었다. 둥글게, 또 둥글게 감았다. 이제 이마로 내려왔다. 아래로, 그리고 다시 둥글게 감았다.

핍의 눈썹 위에 테이프가 달라붙었다.

다시 핍의 뒤통수 쪽으로 둥글게 감았다.

이제 딱 한 군데 남았다.

핍의 얼굴에 딱 한 줄만 남았다.

핍은 제이슨을 지켜보았다. 그가 핍의 얼굴을 가리는 동안 내내 그랬듯, 핍은 제이슨이 자신의 시야를 앗아가는 모습도 모두 지켜보았다. 마지막 순간, 핍의 눈 바로 위에 테이프를 두를 때에야 핍은 눈을 감았다.

제이슨이 핍의 머리를 꽉 잡고 있던 손을 풀어주었다. 핍은 이제 다시 머리를 움직일 수 있었지만 앞을 볼 수는 없었다.

테이프 찢어지는 소리. 테이프 끝부분을 핍의 관자놀이 옆에 꾹 붙이는 제이슨의 손가락이 느껴졌다.

이제 완성됐다. 핍을 위한 죽음의 가면 말이다.

얼굴 없이.

어둠 속에서.

조용하게.

사라지는 것이다.

28

얼굴 없이. 어둠 속에서. 조용하게. 하지만 조용해도 너무 조용했다. 식식대는 제이슨의 숨소리도 더는 들리지 않았고, 테이프 사이로 뚫린 작은 콧구멍으로 간신히 숨을 쉴 때 느껴지던 그 톡 쏘는 땀 냄새도 더는 없었다. 제이슨이 분명 자리를 비운 것 같았다.

펍은 숨을 멈추고 테이프에 막혀 있긴 하지만 그래도 주변 소리에 귀를 기울이며 무릎을 접은 상태로 콘크리트 바닥을 느껴보았다. 멀리서 발소리가 들렸다. 제이슨이 펍을 끌고 들어왔던 문 쪽에서 나는 소리였다.

펍은 소리에 귀를 기울였다.

문이 열리고 철컹하는 금속 소리가 났다. 낡은 경첩이 끼익 소리를 냈다. 창고 밖 자갈밭을 밟는 발소리가 이어졌다. 다시 끼익 경첩 소리와 딸깍 문이 잠기는 소리. 정적, 몇 번의 들숨과 날숨. 그리고 자물쇠에 열쇠 넣는 소리. 이 소리는 아까보다 훨씬 작아졌다. 다시 철컹 소리.

제이슨이 나갔나? 나간 거 맞지?

펍은 희미한 발소리, 자갈 소리를 확인하려 안간힘을 썼다. 곧 익숙한 소리가 들려왔다. 차 문이 쾅 닫히고 이어지는 시동 소리, 바퀴가 멀어지는 소리.

제이슨이 밖으로 나가고 있었다. 이제 여길 떠났다.

제이슨이 핍을 여기 두고 자리를 비웠다. 여기 이렇게 핍을 가둬둔 채 DT는 자리를 비웠다.

핍은 코를 가볍게 훌쩍였다. 잠깐. 어쩌면 자리를 비운 게 아닌지도 모른다. 어쩌면 무슨 시험을 해보는 중인지도 모른다. 핍이 혹시 무슨 돌발행동이라도 하길 기다린다는 듯이 아직 여기 어디 앉아서 숨소리를 참아가며 핍을 지켜보고 있는지도 모른다. 테이프로 가려진 핍의 눈꺼풀 아래 그 어둠 속에 숨어서.

핍은 시험 삼아 소리를 내보았다. 목소리가 입을 가리고 있는 테이프에 닿으며 입술을 간지럽혔다. 이번엔 더 크게 소리를 내보았다. 소리를 내며 도무지 틈이라곤 없는 이 어둠을 이해하려고 해보았다. 아니, 불가능한 일이었다. 얼굴은 테이프로 칭칭 감겨 있고 선반에 이렇게 묶인 채로는 할 수 있는 것이 없었다. 어쩌면 제이슨이 아직 이 창고 안에 남아 있을 가능성을 핍은 배제할 수 없었다. 그러나 분명 아까 차 소리가 났다. 그게 제이슨 말고 다른 사람일 리는 없다. 그때 또 다른 기억의 한 조각이 퍼뜩 핍의 뇌리를 스쳐갔다. 빌리의 녹취록에서 본 단어들이었다. 놀란 경감은 피해자들의 테이프가 닳고 찢어진 점으로 미루어 빌리 카라스에게 피해자들을 일정 시간 방치해둔 이유를 물었었다. 그렇다면 지금 DT는 정말 자리를 비운 게 맞다. 이건 그의 반복적 범행 방식의 일환이었다. 제이슨이 떠났다. 그러나 그는 돌아올 것이고, 그때 핍을 죽일 것이다.

좋아, 지금은 핍 혼자다. 핍은 그렇게 판단했다. 그렇다고 그 순간의 안도감에 머물러 있을 순 없었다. 다음 문제가 또 있었다. 공포는 이제 더는 핍의 머릿속 한구석에 갇혀 있지 않았다. 핍은 이렇게 한 곳에 매여 있지만, 공포는 어디에나 있었다. 테이프로 가린 눈, 테이프로 가린 귀에도 있었다. 이미 심장이 요란하게 쿵쾅댄 지도 한참이 흘렀건만 아직도 그 심장 박동마다 공포가 찾아왔다. 벗겨진 손목 피부와 불편하게 굽은 어깨에도 공포가 눌러앉았다. 배 속 깊숙한 곳, 핍의 영혼 깊숙이에도 공포가 자리 잡았다. 정제되지 않은 날것의, 지금까지 경험해보지 못한 낯선 공포였다. 어쩔 수 없는 공포. 생과 사를 잇는 고리.

공포에 질려 숨이 점점 가빠왔다. 젠장. 이젠 점점 코까지 막혀 아까보다 숨을 쉬기가 훨씬 어려워졌다. 울지 말았어야 했는데. 울면 안 되는 거였는데. 점점 조여드는 두 개의 구멍 사이로 겨우 공기가 통과하고 있었다. 머지않아 구멍은 완전히 막히고 핍은 그대로 질식하겠지. 그렇게 눈을 감는 거다. '데드 걸 워킹'이 아니라 질식사한 데드 걸이 되겠네. 그래도 그렇게 되면 최소한 DT한테 핍을 죽일 기회는 없어지는 셈이다. 그러니까 원래 자기 방식대로, 파란 밧줄을 목에 둘러 죽이진 못하겠지. 어쩌면 이편이 나을지도 모르겠다. 그럼 그건 DT의 주도에 따른 게 아니라 핍 자신의 주도에 의한 죽음에 그나마 가까울 테니까. 아아, 하지만 핍은 죽고 싶지 않았다. 핍은 의도적으로 숨을 쉬었다. 머리가 어지러웠다. 지금 핍에게 점점 작아지는 콧구멍 두 개를 제외하고 과연 머리라는 게 남아 있는지 모르겠지만 말이다.

핍의 머릿속에 새로운 노랫말이 들려왔다. '난 죽을 거야. 난 죽을 거야. 난 죽을 거야.'

"어이, 경사님." 머릿속 라비가 되돌아와 테이프로 막힌 핍의 귓가에 속삭였다.

"나 이제 곧 죽어." 핍이 말했다.

"아닐 것 같은데." 라비가 답했다. 핍은 라비의 미소 띤 얼굴이, 한쪽 뺨에 파인 보조개가 눈에 선했다. "그냥 심호흡하자. 이것보다 더 천천히."

"하지만 이걸 봐." 핍이 라비에게 지금 제 모습을 보여주었다. 발목의 결박이며, 손은 차디찬 철제 선반 기둥에 묶여 있지, 얼굴도 테이프로 칭칭 감겨 있었다.

라비는 이미 다 알고 있었다. 내내 함께 있었으니까. "내가 여기 있잖아. 끝까지 같이 있을 거야." 라비가 약속했다. 핍은 울고 싶었지만 눈이 감겨 있으니 마음대로 울 수도 없었다. "핍, 넌 혼자가 아니야."

"힘이 되네."

"그게 내 역할인걸. 언제나 우린 한 팀이니까." 핍의 감긴 눈 앞으로 라비가 씩 웃었다. "우리 꽤 좋은 팀이었지?"

"응, 난 별로 한 것도 없지만." 핍이 대답했다.

"네 덕도 크지." 라비가 등 뒤로 묶인 핍의 손을 잡았다. "물론 내가 이 팀에서 외모 담당이긴 하지만 말야." 라비가 제 농담에 스스로 웃었다. 아, 이건 핍의 농담이라고 해야 하나. "하지만 넌 늘 용감함을 담당했지. 아주 짜증날 정도로 꼼꼼했고 말이야. 무모하리만치 끈질기기도 하고. 어떤 상황에서도 넌 늘 계획이 있었어."

"이건 계획한 게 아니야." 핍이 말했다. "난 이 게임에서 졌어."

"괜찮아, 핍 경사." 라비가 핍의 손을 꼭 잡았다. 불편한 각도 때문에 핍의 손가락에 쥐가 나기 시작했다. "그냥 계획을 새로 세우면 되지. 그게 네 주특기잖아. 넌 여기서 죽지 않아. 제이슨이 없으니까 이제 시간을 벌었잖아. 그 시간을 활용해서 계획을 세워. 나 다시 안 보고 싶어? 너를 아끼는 다른 사람들은?"

"보고 싶어." 핍이 대답했다.

"그럼 이제라도 얼른 시작해."

그래, 이제라도 얼른 시작하자.

핍은 숨을 크게 들이마셨다. 이제 숨구멍이 좀 더 트였다. 라비 말이 맞았다. 시간이 주어졌으니 핍은 그 시간을 활용해야 했다. 제이슨 벨이 언제고 끼익, 경첩 소리와 함께 저 문을 열고 곧 들어올 거고, 그럼 더는 기회가 없다. 전혀 없다. 그땐 정말 죽은 목숨이다. 하지만 지금의 핍, 여기 이 창고 안 선반에 묶여 홀로 남은 핍은 그래도 그냥 죽은 목숨이 아니라 죽을 가능성이 높을 뿐이었다. 살 가능성이 높다곤 못 하지만, 그래도 제이슨이 돌아오기 전까지는 살 가능성이 약간은 더 높았다.

"좋았어." 핍이 라비에게, 사실은 자기 자신에게 말했다. "계획이라."

눈은 가려져 있을지언정 아직 주변을 확인할 순 있었다. DT가 테이프로 핍의 눈을 가리기 전까지는 주변에 아무것도 남겨두지 않았지만, 어쩌면 얼굴에 테이프를 다 감은 다음 뭔가 주변에 남겨뒀을지도 모른다. 핍이 이용할 수 있는 무언가를 말이다. 핍은 테이프로 감긴 두 발을 둥글게 움직여보았다. 팔도 최대한 멀리 뻗어보았다. 아니, 아무것도 없다. 그냥 콘크리트 바닥, 그리고 선반 사이를 지나는 도랑뿐이었다.

괜찮다. 어차피 뭔가 있을 거라고 기대하지도 않았으니 절망할 필요도 없다. 어차피 핍이 좌절하도록 라비가 내버려 두지도 않을 것이다. 자, 그래. 핍은 지금 여기 선반에 묶여 있어 움직일 수는 없다. 뭔가 도움이 될 만한 게 있나? 제초제와 비료 용기는 손이 닿는다 한들 무용지물이었다. 좋아, 그럼 핍의 손이 닿는 게 또 뭐가 있지? 핍은 감각이 없는 손가락을 구부려보았다. 팔은 등 뒤로 굽어 있고, 또 부자연스럽게 높이 묶여 있었다. 손목은 가장 아래 칸 선반의 앞 기둥에 묶여 있었다. 여기까진 핍도 제이슨이 얼굴에 테이프를 감기 전 모두 파악한 부분이었다. 핍은 손목의 테이프 결박을 뒤틀어 손가락 두 개로 만져보았다. 차가운 철제 기둥이 만져졌다. 중지를 조금 더 아래쪽으로 뻗으면 기둥에 붙은 선반의 이음새 부분에 닿았다.

그게 다였다. 핍의 손이 닿는 건 거기까지였다. 이 세상에서 지금 핍에게 도움이 될 만한 게 이뿐이었다.

“그걸로 충분할 수도 있지.” 라비가 말했다.

어쩌면 그 말이 맞는지도 모른다. 왜냐하면 저 선반과 기둥 사이 이음새 부분에 분명히 둘을 연결하는 나사가 있을 것이다. 그리고 나사가 빠질지도 모른다. 핍이 그 나사를 이용할 수도 있을 것이다. 엄지와 검지 사이에 나사를 끼워 넣어 손목을 감고 있는 테이프에 구멍을 뚫는다. 테이프가 찢어질 때까지, 테이프를 벗을 수 있을 때까지 구멍을 뚫는 것이다.

좋아, 그거다. 그게 계획이다. 선반에서 나사를 빼내는 것 말이다.

다시금 주변으로 그 기운이, 알 수 없는 존재감이 느껴졌다. 머릿속 라비가 아니었다. 뭔가 적대적이고 차가운 느낌이었다. 그러나 시간은 기다려주지 않는다. 핍이라면 더더욱 기다려주지 않는다. 자, 나사를 어떻게 빼낸다?

선반 위쪽으로는 손가락이 하나밖에 닿지 않았다. 어떻게든 손목을 더 아래쪽으로 움직여서 선반 아래쪽에 손가락이 닿도록 만들어야 했다. 테이프는 손목 주변을 감고 있었고 다른 한쪽은 기둥에 밀착돼 붙어 있었다. 하지만 핍이 움직인다면, 어디까지나 가정이지만, 기둥에 붙어 있는 테이프가 떨어질지도 모른다. 어차피 테이프는 한쪽 면만 붙어 있었다. 접착된 범위라고 해봐야 2~4센티미터 정도였다. 기둥에 접착된 테이프만 떼어내도 손을 기둥 위아래로 움직일 수 있을 것이다. 핍은 저항하면서 테이프 안에, 제이슨의 손아귀 안쪽에 약간의 공간을 남겨두었다. 할 수 있다. 핍은 자신이 할 수 있다는 걸 알았다.

핍은 체중을 실어 테이프를 떼보려고 발을 움직이면서 양손을 선반 쪽으로 더 밀었다. 손가락 끝이 플라스틱 용기에 닿았다. 핍은 밀고, 당기고, 뒤틀었다. 서서히 달라지는 게 느껴졌다. 테이프 한쪽이 철제 기둥에서 이제 조금씩 떨어지고 있었다.

"좋아, 경사님 계속해." 라비가 핍을 응원했다.

핍은 더 세게 밀고, 더 세게 당겼다. 테이프가 피부를 파고들었다. 그리고 서서히, 아주 서서히 테이프가 기둥에서 떨어졌다.

"좋았어!" 라비가 핍과 함께 외쳤다.

사실 기뻐할 일이 전혀 아니었다. 아직 핍은 자유의 몸이 아니었다. 아직 기둥에 묶여 있어 양손도 자유롭지 않은 상태이고 여전히 죽을 가능성은 매우 높았다. 하지만 그래도 얻어낸 게 있었다. 이제 핍은 손을 위아래로 움직일 수 있었다. 손목은 여전히 묶인 상태였지만 그래도 기둥을 따라 손을 위아래로 움직일 수 있게 됐다.

핍은 더는 시간을 지체하지 않고 최대한 손목을 아래쪽 선반 바로 위까지 끌어내렸다. 그런 다음 선반 모서리 부분과 그 안쪽을 손가락으로 만져보았다. 작고 단단한 금속이 만져졌다. 아마 이게 나사 끝을 고정하고 있는 너트인 모양이었다. 핍은 손가락을 세게 눌러보았다. 너트에서 솟아 나오는 나사 끝이 느껴졌다. 핍이 원했던 끝이 뾰족한 나사는 아니었지만 이 정도라도 괜찮을 것이다. 테이프를 끊어내는 데 이거라도 이용할 수 있을 것이다.

다음 단계는 너트를 빼내는 거였다. 다시 손을 움직여보는데 쉽지는 않겠단 생각이 들었다. 양손은 기둥 바깥쪽으로 묶여 있어 양손 엄지가 동시에 기둥 반대편에 닿진 않았다. 엄지 대신 한 손의 손가락 두 개를 써야 할 것이다. 아마도 오른손을 써야겠지. 그게 힘이 더 세니까. 핍은 검지와 중지로 너트를 꽉 쥐고 비틀었다. 젠장, 너무 꽉 조여져 있었다. 그리고 이게 어느 쪽으로 돌려야 하는 거더라? 왼쪽? 그럼 핍한텐 오른쪽인가?

"당황하지 말고 천천히 해." 라비가 말했다. "될 때까지 해보면 되지."

핍은 시도를 해보았다. 하고 또 했다. 소용없었다. 꿈쩍도 하지 않았다. 핍은 이제 다시 죽은 목숨이었다.

핍은 다시 몸을 움직여서 반대편으로도 시도해보았다. 그 각도로는 쉽지 않았다. 이렇겐 절대 안 될 거다. 엄지가 필요했다. 엄지를 안 쓰고 이걸 할 수 있는 사람이 과연 있을까? 핍은 손가락을 너트 주변에 끼우고 비틀었다. 너트가 뼈까지 파고들어 아팠다. 그리고 손가락이 부러지면…… 뭐 손가락이야 더 있으니까 괜찮다. 너트가 움직였다. 아주 살짝이었지만 어쨌든 움직였다.

핍은 잠시 작업을 멈추고 아픈 손가락을 쭉 펴보았다.

"좋아, 잘돼가고 있네." 라비가 말했다. "하지만 계속해야 해. 제이슨이 언제 돌아올지 모르잖아."

제이슨이 자리를 비운 지 벌써 30분은 족히 지났을지 모른다. 핍은 도무지 시간 감각이 없었다. 그리고 공포는 시간 감각을 왜곡했다. 평생의 시간이 찰나 같고, 찰나의 시간은 또 평생 같았다. 너트는 전혀 느슨해지지 않았다. 이렇게는 한참이 더 걸릴 것이고 핍은 집중력을 잃어선 안 됐다.

핍은 다시 손가락을 움직였다. 튀어나온 너트 주변으로 손가락을 끼워 둥글게 움직였다. 온 힘을 다해야 겨우 움직일까 말까 할 정도였다. 사실 거의 꿈쩍도 하지 않았다. 한 번씩 돌릴 때마다 핍은 손가락을 다시 끼우고, 또다시 끼우고 했다.

움직이고, 조이고, 돌리고.

움직이고, 조이고, 돌리고.

한 손으로 하는 아주 작은 움직임이었지만 그래도 팔 안쪽에서 흐르는 땀에 후드 티가 젖을 정도였다. 관자놀이 옆에 붙은 테이프 사이로, 윗입술로 미끄러지듯 땀이 흘러내렸다. 시간이 얼마나 지났을까? 몇 분 정도겠지. 5분은 넘었나? 10분? 돌릴 때마다 너트는 점점 느슨해졌다.

움직이고, 조이고, 돌리고.

지금쯤 완전히 1회전은 됐을 것이다. 이제 핍은 너트를 4분의 1회전은 할 수 있었다.

2분의 1.

완전한 1회전.

다시 1회전.

드디어 너트가 나사에서 떨어져 나와 핍의 손가락 끝에 걸렸다.

"좋았어!" 너트가 바닥에 떨어졌다. 이 거대하고 어두운 공간에서 들려오는 작은 쨍그랑 소리에 라비가 환호했다.

이제 나사를 꺼내 손목을 묶고 있는 테이프를 뜯어내면 된다. 이제 핍이 죽을 가능성은 매우 높음에서 그냥 높음 정도로 내려왔다. 어쩌면 핍은 살아남을지도 모른다. 어쩌면 정말 살아남을지도 모른다. 희망이 공포의 끝자락을 조금 희석시켰다.

"조심해." 핍의 손끝에 나사가 닿자 라비가 말했다. 핍은 나사를 밀어 구멍 사이로 움직였다. 나사를 세게 밀자 선반 자체의 무게와 화학용품들 용기가 모두 나사 쪽으로 기울었다. 핍은 다시 나사를 밀었고 나사 끝은 이제 손가락에 닿지 않았다.

좋아, 심호흡하자. 핍은 다시 손을 움직여 기둥 앞쪽으로 뻗었다. 이제는 엄지를 쓸 수 있어 조금 나았다. 핍은 튀어나온 나사를 손가락으로 만져본 다음 거기에 엄지와 다른 손가락을 걸었다.

놓치지 말자.

핍은 더욱 단단히 나사를 쥐고 잡아당겼다. 금속끼리 부딪히는 소리가 났다.

선반이 앞쪽을 지탱하던 힘을 잃으며 앞으로 기울었다.

무언가 단단하고 무거운 것이 스윽 미끄러지며 핍의 어깨를 때렸다.

핍은 움찔했다.

나사를 쥐고 있던 손이 아주 잠깐 느슨해졌다.

그리고 나사가 바닥에 떨어졌다.

작은 금속 조각이 콘크리트에 쨍그랑, 한 번, 두 번, 튕기더니 그대로 굴러갔다.

창고 안의 어둠 속으로.

29

안 돼. 그것만은 안 돼. 안 돼. 절대로. 제발.

씩씩대는 핍의 가쁜 숨결에 콧구멍 주변에 붙은 테이프 끝자락이 팔락였다.

핍은 다리로 원을 그리며 주변 바닥을 더듬어보았다. 콘크리트 바닥 말곤 아무것도 느껴지지 않았다. 나사는 핍의 손이 닿지 않는 곳으로 사라져버렸다.

이제 핍은 다시 죽은 목숨이었다.

"미안해." 핍이 머릿속 라비에게 말했다. "시도는 했어. 진짜야. 정말이지 다시 보고 싶었는데."

"괜찮아, 경사님." 라비가 답했다. "나 어디 안 가. 너도 그렇고. 계획이야 늘 바뀌는 거지. 생각을 하자."

무슨 생각을 하라고? 그건 핍의 마지막 기회, 마지막 한 줄기 희망이었다. 이제 공포는 마지막 희망마저 집어삼키고 있었다.

라비는 핍과 등을 맞대고 앉았다. 물론 핍의 등에 닿은 건 라비의 등이 아니라 느슨해진 선반 한 귀퉁이로 쏠린 제초제 통이었다. 선반이 기울고 균형이 일그러지며 작은 소리가 들렸다.

핍은 라비의 손을 잡으려 해보았지만 핍의 손에 닿은 것은 선반 귀퉁이였다. 기울어진 선반과 원래 그 귀퉁이가 연결돼 있던 기둥 사이에 아주 작은 틈이 느껴졌다. 정말 작은 틈이었다. 하지만 손톱 정도는 들어갔다. 손톱이 들어간다는 건 핍의 손목을 묶고 있는 이 정도 너비의 박스 테이프도 충분히 들어간단 얘기였다.

핍은 숨을 참고 손목을 움직여보았다. 일단 손을 아래쪽으로 움직여 손목 사이에 테이프가 떠 있는 부분을 그 틈 사이로 집어넣었다. 테이프가 선반 모서리에 걸렸다. 핍은 몸을 움직여 팔을 홱 잡아당겼다. 드디어 테이프가 떨어졌다. 핍은 결박된 양손을 선반 아래로 끌어내렸고, 이제 핍의 손은 선반랙 가장 아래쪽 기둥에 묶인 상태가 됐다. 이제 핍을 이 선반랙에 묶어 놓고 있는 건 이 짧은 기둥이 다였다. 저 기둥 다리를 어떻게든 공중으로 들어 올리면 결박을 기둥 끝까지 끌어내려 벗겨낼 수 있을 것이다.

핍은 제초제 통이 떨어지지 않게 등으로 막으면서 두 발을 움직여 바닥을 느껴보았다. 콘크리트 바닥을 가로지르는 움푹 파인 홈으로 발이 툭 떨어졌다. 이거다. 핍이 선반랙을 이 홈까지 끌고 오면 기둥 다리 아래로 공간이 생기면서 팔을 빼낼 수 있을 것이다. 하지만 선반을 어떻게 저기까지 끌고 간다? 핍은 지금 선반랙 기둥에 손목이 묶여 있고 팔도 등 뒤에서 움직일 수 없는 상태였다. 애초 이렇게 양팔이 무력화된 상태에서 제이슨 벨을 상대할 수 없었던 것처럼 이 상태로 핍이 손을 써서 이 무거운 선반랙을 옮길 수 있을 리는 만무했다. 그렇게 강하지도 않거니와, 결국 생존을 위해선 자신의 한계도 잘 알아야 하는 법이다. 그 방법으론 빠져나갈 수 없었다.

"그럼 달리 무슨 방법이 있는데?" 라비가 재촉했다.

한 가지 떠오르는 생각이 있긴 했다. 핍이 손을 아래로 움직였을 때 기울어진 선반에 테이프 결박이 걸렸더랬다. 그 선반과 기둥의 작은 틈으로 반복해서 테이프 결박을 걸리게끔 통과시키면, 어쩌면 테이프가 조금씩 찢어질지도 모른다. 물론 그러려면 시간이 꽤 많이 걸릴 것이다. 이미 핍은 너트를 풀고 나사를 빼내는 데 많은 시간을 소요했다. DT가 언제 돌아와도 이상할 게 없었다. DT가 핍을 이렇게 혼자 남겨둔 지 이제 족히 한 시간은 됐을 것이다. 혼자라고 하기엔 라비가 쭉 함께하긴 했다. 라비의 목소리를 빌린 핍 자신의 생각이긴 했지만 말이다. 그 목소리가 핍의 구명줄이자 동력이었다.

문제는 시간이었다. 그리고 이제 팔에 남은 힘도 별로 없었다. 남은 게 또 뭐 있지?

다리가 있다. 다리는 자유롭게 움직일 수 있었다. 그리고 다리는 팔보다 강했다. 핍이 괴물들에게서 벗어나려고 달리기를 시작한 지도 벌써 몇 달이었다. 선반랙을 끌거나 팔로 들 수는 없을지언정 선반을 밀 정도의 힘은 있을지 모른다.

핍은 다시 보이지 않는 바닥을 다리로 탐색해보았다. 이번엔 선반랙 뒤쪽 기둥으로도 다리를 뻗어보았다. 운동화 천 부분으로 선반랙이 벽에 바짝 붙어 있진 않은 것을 확인할 수 있었다. 벽과 선반랙 사이에 최소한 핍의 발 너비 정도는 들어갈 만큼의 공간이 있었다. 공간이 넓은 건 아니어도 이거면 충분했다. 선반랙을 뒤쪽으로 밀어 벽 쪽으로 기울인다. 그럼 배를 보이고 누운 곤충처럼 선반 앞다리가 들릴 것이다. 이게 계획이었다. 좋은 계획. 어쩌면 핍은 정말로 살아남아 모두를 다시 보러 갈 수 있을지도 모른다.

핍은 다리를 앞으로 뻗어 땅에 뒤꿈치를 단단히 세운 다음 움푹 파인 홈 윗부분을 이용해 힘껏 밀었다. 어깨로는 여전히 제초제 통이 떨어지지 않게 선반랙 앞쪽에서 막고 있었다.

뒤꿈치를 힘껏 밀며 핍은 몸을 일으켜 세웠다.

'제발.' 이제 더는 라비의 목소리가 필요하지 않았다. 제 목소리로도 충분했다. '제발.'

핍은 신음 소리를 내며 힘껏 밀었다. 죽음의 가면 속에 핍의 신음이 가득 찼다.

머리를 기둥에 붙이고 머리로도 랙을 밀어보았다.

움직인다. 움직이는 게 느껴졌다. 아니면 혹시 희망이 핍을 속이는 걸까?

핍은 한 쪽씩 차례로 양발을 더 가까이 끌고 온 다음 어깨로는 계속 선반을 밀면서 다시 발을 홈 쪽으로 가져갔다. 다리 뒤쪽 근육이 떨리고 배는 찢어질 것 같았다. 그러나 이것 외에 다른 선택지는 죽음뿐이었다. 핍은 밀고 또 밀었다.

마침내 랙이 움직였다.

선반랙이 뒤로 기울면서 금속이 벽돌에 닿는 소리가 났다. 제초제 통이 결국 바닥으로 추락해 콘크리트 바닥을 적셨다. 다른 통도 모두 미끄러지면서 뒤쪽 벽에 부딪혀 쿵 소리를 냈다. 톡 쏘는 화학약품 냄새. 레깅스가 축축했다.

그러나 그런 건 아무 문제도 되지 않았다.

핍은 손목 결박을 기둥 아래로 끌고 갔다. 바로 그곳, 그 기둥 끝에 자유가 있었다. 콘크리트 바닥과 기둥 사이 공간은 2센티미터도 채 안 되는 것 같았다. 하지만 그걸로 충분하고도 남았다. 핍은 테이프를 기둥 끝으로 끌고 갔고 이제 자유였다.

자유. 완전하지는 않은 자유.

핍은 바닥에 고인 제초제를 피해 몸을 이동시켰다. 그리고 옆으로 누워 무릎을 가슴에 붙인 다음 묶인 양팔을 발밑으로 둥글게 원을 그려 가슴 앞으로 가지고 왔다.

손목의 결박은 쉽게 떨어졌다. 원래 기둥이 붙어 있던 공간으로 한 손이 빠져나왔고 다음 손은 쉽게 떨어졌다.

이제 다음 차례는 얼굴이었다.

앞이 보이지 않은 채로 핍은 얼굴을 더듬어 DT가 둘러놓은 테이프 끝을 찾았다. 여기, 바로 관자놀이 옆이었다. 테이프를 잡아당기자 요란한 소리를 내며 테이프가 떨어져나왔다. 테이프는 피부를 당기고 속눈썹을, 눈썹을 뽑았다. 핍은 개의치 않고 세차게, 그리고 빠르게 테이프를 뜯어낸 다음 눈을 깜박였다. 차디찬 창고. 핍의 뒤편으론 망가진 선반랙이 보였다. 핍은 계속해서 테이프를 잡아당기고 찢어냈다. 고통스러운 과정이었고 벗어진 피부는 따가웠지만, 그래도 이 고통은 괴롭지 않았다. 이제 살았으니까. 핍은 뿌리가 함께 뽑히지 않게 머리카락을 붙들고 테이프를 당겨보았지만 결국 머리카락 한 움큼이 테이프와 함께 떨어져나왔다.

테이프를 풀고 또 풀었다.

머리 위로, 또 코 아래쪽으로. 이제 핍의 입이 해방됐다. 이제는 입으로 마음껏 숨을 쉴 수 있었다. 다음은 턱. 그리고 한쪽 귀. 다른 쪽 귀가 차례로 풀려났다.

핍은 벗겨낸 죽음의 가면을 바닥에 내던졌다.

구불구불 펼쳐진 테이프 이곳저곳에 핍의 머리카락이며 작은 핏자국들이 남아 있었다.

DT가 가져간 얼굴을 핍이 되찾았다.

핍은 허리를 숙여 아직 발목을 감고 있는 테이프를 마저 푼 다음 두 발로 일어섰다. 떨리는 다리가 몸무게를 견디지 못해 휘청였다.

다음은 이 창고였다. 이 창고만 벗어나면 핍은 아마도 산목숨일 것이다. 잽싸게 문을 향해 달려가는데 무언가 발에 차였다. 바닥을 내려다보니 아까 핍이 놓친 나사였다. 나사가 이 미지의 콘크리트 바닥을 굴러 문 앞까지 와 있었다. 핍은 소용없는 줄 알면서도 문손잡이를 돌려보았다. 분명 아까 소리로는 제이슨이 밖에서 문을 잠갔다. 하지만 창고 반대편에도 문이 있었다. 밖으로 이어지지 않더라도 다른 곳으로 넘어갈 수는 있을 것이다.

핍은 온 힘을 다해 달렸다. 그러다 발걸음이 꼬이며 균형을 잃고 문 옆 작업대로 미끄러졌다. 작업대가 들썩이며 그 위에 있던 커다란 공구함이 요란하게 쟁그랑대는 소리를 냈다. 핍은 다시 몸을 일으켜 문손잡이를 돌려보았다. 문은 잠겨 있었다. 제장 그래, 잠겨 있다 이거지.

핍은 반대편으로 돌아갔다. 아까 떨어진 제초제 통에서 짙은 색 액체가 마치 저주받은 강물처럼 바닥에 파인 홈으로 흐르고 있었다. 흐르는 제초제 위로 밝은 빛줄기가 비쳤다. 머리 위 불빛이 아닌 저 높이 있는 창문으로 비치는 마지막 오후 햇살이었다. 아니, 이른 저녁 햇살이라고 해야 하나. 핍은 시간이 가늠되지 않았다. 펍의 뒤편으로는 기울어진 선반랙이 바로 저 창문까지 마치 사다리처럼 놓여 있었다.

창문은 작았고 여닫을 수 있는 창문도 아닌 것 같았다. 그러나 펍은 저 창문을 충분히 통과할 수 있다고, 당연히 할 수 있다고 자신했다. 안 돼도 되게 만들 거였다. 선반랙을 타고 올라가 바깥마당으로 착지한다. 다만 창을 깰 도구가 필요했다.

펍은 주변을 둘러보았다. 제이슨은 문 옆 바닥에 박스 테이프를 두고 갔다. 그 옆에는 돌돌 말린 파란 밧줄이 놓여 있었다. 그 유명한 파란 밧줄. 펍은 소름이 돋았다. DT는 저 밧줄로 펍을 죽일 셈이었다. 그가 펍을 남겨두고 창고를 떠날 땐 그럴 셈이었겠지. 사실 DT가 지금 당장 돌아온다면 아직도 그럴 가능성은 있었다.

이 안에 또 뭐가 있지? 제초제와 비료만 잔뜩 있었다. 아, 잠깐만. 무언가가 퍼뜩 펍의 뇌리를 스쳐 지나갔다. 맞아, 저기 공구함이 있었다.

펍은 다시 창고 반대편으로 달려갔다. 갈비뼈와 가슴에 고통이 느껴졌다. 공구함 위에 포스트잇 메모가 붙어 있었다. 삐뚤빼뚤한 글씨체로 이렇게 쓰여 있었다. 'J, 레드 팀에서 자꾸 블루 팀 공구를 가져가서 롭이 볼 수 있게 여기 둡니다. - L'

펍은 잠금장치를 열고 공구함 뚜껑을 열었다. 공구함 안에는 드라이버와 나사가 뒤섞여 있었고 그 밖에 줄자, 플라이어, 소형 드릴, 렌치 등이 들어 있었다. 펍은 손을 공구함 깊숙이 집어넣어보았다. 아래쪽에서 커다란 망치가 만져졌다.

"블루 팀, 미안해요." 펍은 혼잣말로 중얼거리며 망치를 꺼냈다.

핍은 벽에 비스듬히 기대고 있는 선반랙 앞에 섰다. 핍의 성취나 다름없는 선반랙이었다. 그리고 뒤돌아서 핍은 자신의 마지막이 될 것이라고 생각했던 창고를 다시금 둘러보았다. 다른 다섯 명의 피해자 모두 이곳에서 죽었다. 핍은 랙을 타고 오르기 시작했다. 가장 아래쪽 선반에 발을 올려 균형을 잡고 그다음 선반으로 올라갔다. 아직 다리에는 힘이 남아 있었고, 아드레날린도 핍을 빠르게 움직이고 있었다.

맨 위 선반에 발을 단단히 디딘 다음 창문 앞에서 다리를 넓게 벌리고 쭈그려 앉아 균형을 잡았다. 핍의 손에는 망치가 들려 있었고 눈앞에는 창문 유리가 핍을 가로막고 있었다. 전에도 해본 적 있는 일이었다. 핍의 팔이 무얼 해야 하는지 이미 기억하고 있었다. 관성을 얻으려 팔은 뒤쪽으로 포물선을 그렸고 이어 창문을 향해 망치를 휘둘렀다. 강화유리 창문에 금이 갔고 그 위로 거미줄이 나풀댔다. 핍은 다시 망치를 휘둘렀다. 이번엔 망치가 드디어 창문을 깨뜨렸고 유리 조각이 주변으로 흩어졌다. 뾰족한 유리 조각이 아직 창틀에 붙어 있었지만 베이지 않게 핍은 남은 조각을 하나씩 깨나갔다. 높이가 얼마나 되는 거지? 핍은 창문 너머로 망치를 떨어뜨려 자갈밭에 떨어지는 것을 지켜보았다. 그리 높은 건 아니었다. 다리를 굽히고 착지하면 괜찮을 거다.

이제 핍에겐 벽에 뚫려 있는 이 구멍만 남아 있었다. 이 벽 반대편에는 다른 무언가가 기다리고 있었다. 아니, 다른 무언가가 아니라 모든 것이 핍을 기다리고 있었다. 핍의 삶, 평범한 일상, 라비, 부모님, 조쉬, 카라, 그리고 다른 모두가. 어쩌면 지금쯤 다들 핍을 찾고 있을지도 모른다. 물론 핍이 사라진 지 그리 오래되진 않았지만 말이다. 어쩌면 핍의 일부는 사라져버렸는지도, 그리고 다시는 돌아오지 않을지도 모른다. 그래도 핍은 여기 이렇게 아직 건재했다. 그리고 집으로 돌아갈 것이다.

핍은 창틀을 붙잡고 몸을 끌어올려 다리를 먼저 걸쳤다. 그런 다음 어깨와 고개를 숙여 차례로 창밖으로 꺼냈다. 핍은 자갈밭을, 그 위에 떨어진 망치를 한번 쳐다보곤 그대로 뛰어내렸다.

착지했다. 발바닥의 충격이 다리로 퍼져갔다. 왼쪽 무릎이 아팠다. 하지만 핍은 자유였다. 살아 있었다. 숨소리가 얼마나 거친지 거의 무슨 웃음소리가 터져 나오는 듯했다. 핍이 해냈다. 살아남았다.

핍은 귀를 기울여보았다. 들리는 소리라곤 나뭇잎을 흔드는 바람 소리뿐이었다. 바람이 핍의 몸에 새로이 뚫린 구멍을 용케 찾아 갈비뼈 틈을 파고들었다. 핍은 허리를 숙여 망치를 집어 든 다음 만약을 대비해 옆구리에 끼웠다. 그러나 건물 모퉁이를 지나는 순간 아무도 없다는 것이 명백해졌다. 제이슨의 차도 없었고 입구도 다시 잠겨 있었다. 앞쪽 철제 울타리는 핍이 타고 넘어가기엔 너무 높았다. 그러나 뒷마당 부지 경계에는 나무가 우거져 있었고 그쪽으로 울타리가 세워져 있을 가능성은 낮았다.

나무만 따라간다. 이게 새로운 계획이었다. 나무를 따라가다 길을 찾고, 민가를, 사람을 찾아 경찰에 전화한다. 그게 다다. 이제 남은 건 모두 쉬운 일뿐이었다. 한 발 한 발 앞으로 나아가기만 하면 됐다.

한 발, 또 한 발. 그리고 자갈 부딪히는 소리. 핍은 나란히 서 있는 밴, 줄지어 선 대형 휴지통과 기계류, 잔디깎이가 설치된 트레일러를 지나쳐 걸어갔다. 저쪽에 지게차도 보였다. 저벅저벅. 이제 자갈밭이 끝나고 흙길이 나타났다. 나뭇잎이 바스락댔다. 햇살은 자취를 감췄지만 일찌감치 뜬 달이 핍을 내려다보고 있었다. 핍은 살아남았다. 저벅저벅. 앞으로 나아가는 발걸음이면 이제 충분했다. 핍의 운동화가 밟고 지나가는 나뭇잎이 바스락댔다. 핍은 이제 망치를 버리고 숲을 향해 나아갔다.

저 뒤쪽에서 무슨 소리가 들려왔다. 핍은 걸음을 멈췄다.

멀리서 차 엔진 소리가 들렸다. 차 문이 쾅 하고 닫혔다. 입구의 문이 끼익 열렸다.

핍은 나무 뒤에 숨어 정황을 살폈다.

두 개의 헤드라이트 불빛이 깜박이며 핍을 향해 다가오고 있었다. 자갈을 밟는 바퀴 소리.

DT다. 제이슨 벨, 그가 돌아왔다. 핍을 죽이러 돌아왔다.

그러나 DT는 그곳에서 핍을 찾지 못할 것이다. 핍의 흔적만 찾게 되겠지. 핍은 탈출했고 도망쳤다. 이제 핍은 인적을 찾아 경찰에 신고 전화만 하면 된다. 앞으론 쉬운 일만 남았다. 할 수 있다. 핍은 다시 헤드라이트를 뒤로하고 돌아섰다. 자, 이제 원래 계획대로 하면 된다. 경찰에 전화해서 지금까지 있었던 일을 다 얘기하면 된다. DT가 핍을 죽이려 했다, 그리고 핍은 그자의 정체를 알고 있다고 말이다. 호킨스 경위에게 직접 전화를 할 수도 있다. 호킨스 경위라면 이해할 것이다.

갑자기 핍의 한 발이 공중에 맴돌며 주춤했다.

잠깐만.

호킨스 경위가 과연 이해할까?

그는 지금껏 이해한 적이 없었다. 한 번도. 그리고 그건 이해의 문제가 아니라 핍의 말을 믿고 안 믿고의 문제였다. 그는 핍의 면전에 대고 언제나처럼 부드러운 목소리로 말했다. 그건 네 머릿속 상상이라고. 스토커란 없고 그냥 헛것을 보는 거라고, 트라우마 때문에 곳곳에 위험이 도사리고 있다고 생각하는 거라고 말이다. 심지어 핍이 이렇게 트라우마를 갖게 된 데는 그에게도 일부 책임이 있었다. 핍이 제이미 건으로 호킨스를 찾아갔을 때도 그는 핍의 말을 믿지 않았다.

반복되는 패턴이었다. 아니다, 패턴이 아니라 원의 굴레다. 그래, 그거다. 이 모든 일이 결국 돌고 돌아 다시 처음 그 출발점으로 돌아왔다. 끝이 곧 시작이다. 이전에도 두 번이나 핍의 말을 믿지 않았던 호킨스였다. 그런 그가 이번에는 핍의 말을 믿는다?

이제 핍의 머릿속에서 들려오는 목소리는 라비가 아닌 호킨스였다. 역시 부드러운 목소리, 한결같은 태도였다. "DT는 이미 감옥에 있어. 갇힌 지가 벌써 몇 년이라고. 게다가 범행을 자백했고 말이야."

"빌리 카라스는 DT가 아니에요." 핍은 그렇게 반박할 것이다. "제이슨 벨이 DT라고요."

머릿속 호킨스가 고개를 젓는다. "제이슨 벨은 좋은 남편, 훌륭한 아버지야. 게다가 앤디 일로 얼마나 고생이 많았겠어? 내가 그 친구를 하루 이틀 본 것도 아니고, 테니스도 같이 치는 사이라 잘 알아. 제이슨은 DT도 아니거니와 핍을 해칠 사람도 아니야. 상담은 받고 있나? 도움은 받고 있어?"

"지금 이렇게 도움을 청하고 있잖아요."

묻고 또 되묻고. 핍, 대체 넌 언제 깨달을래? 언제쯤 끝없는 그 굴레를 깨부술래?

만에 하나 최악의 공포가 정말 실현된다면, 그러니까 경찰이 핍의 말을 믿지 않는다면, 제이슨을 체포하지 않는다면, 그럼 어떻게 되는 거지? DT는 계속해서 활보할 것이다. 제이슨은 핍을 다시 납치하거나 다른 누군가를 납치할 것이다. 핍이 아끼는 사람을 데려가 핍을 벌줄 것이다. 왜? 핍은 너무 시끄러운 애라서 어떻게든 입을 막아버려야 하니까. 과거에도 그는 법망을 피했다. 그들은 늘 어떻게든 피해 갔다. 제이슨도, 맥스 헤이스팅스도. 그들은 법 위에 있었다. 왜? 법이 틀렸으니까. 죽은 여성들, 눈 풀린 소녀들을 뒤로하고 말이다.

"내 말은 안 믿을 거야." 이번엔 핍의 목소리였다. "절대 우리 말은 안 믿을 거야." 이번에는 정말로 들을 수 있게, 이해할 수 있게 소리 내어 말했다. 핍은 혼자였다. 모든 질문에 대한 답을 알고 있는 건 찰리 그린이 아니었다. 답은 핍 자신에게 있었다. 뭘 해야 하는지 굳이 그의 답이 필요하지 않았다.

원의 굴레를 깬다. 이건 핍이 지금, 여기에서 깨야 하는 것이었다. 방법은 하나뿐이었다.

핍은 발걸음을 돌렸다. 나뭇잎이 운동화 밑창에 잔뜩 들러붙어 있었다.

핍은 왔던 길을 되돌아갔다.

어둠이 내리는 나무 사이를 걸어갔다. 초저녁 달빛이 땅에 떨어져 있는 망치를 비추며 길을 밝히고 있었다. 핍은 허리를 숙여 망치를 집어 든 다음 손에 꼭 쥐어보았다.

말라붙은 낙엽에서 풀밭으로, 흙길로, 자갈밭으로, 핍은 천천히 다시 거꾸로 걸어갔다. 발소리를 내지 않도록 살며시 걸음을 옮겼다. 그동안 핍이 그의 귀에 너무 시끄러웠는지는 모르겠지만, 아마 지금 그에게 다가가는 핍의 발소리를 그는 듣지 못할 것이다.

저 멀리 차에서 내리는 제이슨이 보였다. 그는 핍을 끌고 들어간 문을 향해 걸어가고 있었다. 그의 발소리에 핍의 발소리를 숨길 수 있었다. 이제 점점 더 가까워졌다. 제이슨이 걸음을 멈추면 핍도 따라 멈추었다. 기다림의 연속이었다.

제이슨이 주머니에 손을 넣어 열쇠 꾸러미를 꺼냈다. 쟁그랑대는 열쇠 소리에 발소리를 숨기며 핍은 몇 걸음을 더 나아갔다.

제이슨이 드디어 톱니 같은 긴 열쇠를 찾아내 자물쇠에 끼워 넣었다. 철컹 소리에 핍은 다시금 발걸음을 옮겼다.

이 순환의 고리를 깬다. 끝이 곧 시작이었으니 이건 곧 끝과 시작, 그 기원이라 할 수 있었다. 모든 일이 시작된 바로 그 지점에서 끝을 낸다.

그가 열쇠를 돌렸고 어둠 속에서 딸깍 문이 열렸다. 그 딸깍 소리가 핍의 가슴속에서 메아리처럼 울렸다.

제이슨이 노란 불빛이 환하게 켜진 창고 안쪽으로 문을 밀고 들어갔다. 한 걸음을 창고 안으로 옮긴 제이슨이 주춤하며 다시 뒤로 한 발짝 물러섰다. 여전히 시선은 창고 안을 향해 있었다. 비스듬히 벽에 기대어 있는 선반랙, 산산조각이 난 창문. 콘크리트 바닥 위로는 제초제 홍수가 나 있고 박스 테이프는 너저분하게 풀려 있었다.

핍은 이제 그 바로 뒤에 서 있었다.

"이건 또 무슨……." 제이슨이 입을 열었다.

핍의 팔은 이미 뭘 해야 할지 알고 있었다.

핍은 팔을 뒤로 휘둘러 망치를 내리꽂았다.

그의 두개골 가운데 망치가 내려앉았다.

금속이 뼈를 가르며 구역질 나는 소리가 들려왔다.

그가 비틀댔다. 숨을 가눌 기회조차 없었다.

핍은 다시 팔을 휘둘렀다.

쩍.

제이슨이 콘크리트 바닥으로 쓰러지면서 간신히 한 손으로 바닥을 짚었다.

"제발……." 그가 입을 열었다.

핍은 다시 팔꿈치를 당겼다. 핍의 얼굴에 피가 튀었다.

이번에는 허리를 숙여 다시 팔을 휘둘렀다.

다시 한번.

다시 한번.

다시 한번.

다시 한번.

다시 한번.

다시 한번.

더는 움직임이 보이지 않을 때까지. 손가락 하나 움직이지 않을 때까지, 그리고 다리 근육 하나 움찔하지 않을 때까지. 새로운 강물, 붉은 강물만이 서서히 그의 깨진 머리에서 흘러나오고 있었다.

2부

30

그가 죽었다.

제이슨 벨, DT 살인범이 죽었다.

제이슨 벨의 가슴이 혹시 들썩이지는 않는지, 혹시 맥박이 아직 뛰는 건 아닌지 확인할 필요조차 없었다. 그냥 딱 봐도, 저 머리통 상태를 보면 자명했다.

핍이 제이슨 벨을 죽였다. 순환의 고리를 마침내 깼다. 제이슨은 핍을 해치지 못했고 이제 다른 피해자는 더 없을 것이다.

이건 꿈이다. 다리를 끌어안고 잔뜩 웅크린 채 쓰러진 선반 옆에서 벽에 기대어 앉아 있는 핍도 꿈이다. 앞뒤로 몸을 흔드는 핍의 모습이 바닥에 떨어져 있는 망치에 어른댔다. 아니, 이건 꿈이 아니다. 그자는 저기 저렇게 누워 있고 핍은 여기 이렇게 앉아 있다. 제이슨은 죽었다. 핍의 손에 죽었다.

얼마나 이렇게 앉아 있었던 걸까? 대체 여기서 뭘 하고 있는 거지? 제이슨이 행여 벌떡 일어나 다시 숨이라도 쉴까 봐 지켜보고 있는 건가? 물론 그건 핍도 원치 않았다. 애초에 핍이 죽거나, 아니면 제이슨이 죽거나였다. 정당방위 아닌 선택이었고, 핍 자신이 내린 선택이었다. 제이슨 벨이 죽은 건 좋은 일이다. 그래. 좋은 일이어야 마땅하다.

그럼 이제 어떻게 되는 거지?

계획이 없었다. 순환의 고리를 깨는 것, 살아남는 것, 그게 전부였다. 제이슨 벨을 죽이는 것만이 핍이 살아남는 방법이었다. 그럼 이제 다음 단계는 뭐지? 앞으로도 쭉 살아남으려면 어떻게 해야 하지? 핍은 자꾸만 머릿속 라비에게 그렇게 물었다. 도움을 청하려고. 이런 질문을 던질 상대는 머릿속 라비뿐이었으니까. 그러나 라비는 이제 조용했다. 머릿속엔 아무도 없었다. 귓가엔 그저 윙윙대는 소리뿐이었다. 라비가 왜 떠나버린 거지? 핍은 아직 라비가 필요했다.

물론 머릿속 라비는 진짜 라비가 아니었다. 생사가 갈리는 벼랑 앞에서 그저 핍의 생각이 라비의 목소리로 들려왔을 뿐이다. 그리고 핍은 이제 더는 그 벼랑 앞에 서 있지 않았다. 핍은 살아남았고, 다시 라비를 볼 수 있다. 당장이라도 라비를 보아야 했다. 핍 혼자 감당하기에 너무 벅찼다.

핍은 자리를 털고 일어났다. 소매에 묻은 핏자국은 되도록 무시하려고 애를 썼다. 물론 손에 묻은 피도 마찬가지였다. 이번엔 진짜였다. 핍의 선택으로 묻힌 피였다. 핍은 짙은 색 레깅스 위에 피를 닦았다.

핍의 시선이 창고 저편에 꽂혔다. 제이슨 벨의 뒷주머니에 불룩하게 꽂힌 지사각형이 보였다. 제이슨 벨의 아이폰이었다. 핍은 천장의 불빛을 반사하고 있는 붉은 물줄기를 피해 조심히 발을 디뎠다. 더는 가까이 가고 싶지 않았다. 가까이 다가가기만 해도 제이슨 벨이 갑자기 살아날 것 같아 무서웠다. 그래도 해야 했다. 라비에게 전화를 걸어야 하니까. 다 괜찮아질 거라는, 다시 일상으로 되돌아갈 수 있을 거라는 말을 라비의 목소리로 들어야 했다. 핍과 라비는 일심동체, 한 팀이니까.

핍이 휴대폰을 향해 손을 뻗었다. 잠깐만. 잠시 멈추고 생각을 좀 해보자. 핍은 행동을 멈췄다. 핍이 제이슨의 휴대폰을 이용해 라비에게 전화를 건다면 흔적이 남게 될 테고, 그럼 라비는 졸지에 이 범죄 현장에 연루되는 셈이었다. DT는 살인범이기도 했지만 살해당한 피해자이기도 했고, 그가 죽어 마땅한 사람인지 아닌지는 중요하지 않았다. 법은 그런 것 따윈 신경 쓰지 않았다. 그의 두개골을 부순 대가를 누군가는 치러야 했다. 안 된다. 절대 라비를 이 현장에, 제이슨 벨과 엮이게 할 순 없다. 죽어도 안 될 일이다.

그렇다고 해서 핍이 혼자, 라비 없이 이 일을 해결할 수는 없었다. 그 역시 죽어도 안 될 일이었다. 외로움은 너무 어둡고 깊었다.

제이슨의 시체를 건너 자갈밭으로 걸어가는데 다리에 힘이 빠져 핍은 휘청댔다. 신선한 공기. 핍은 황혼의 신선한 공기를 들이마셨다. 그러나 이 공기마저 어딘가 톡 쏘는 피 냄새로 오염돼 있었다.

제이슨의 차를 향해 예닐곱 걸음쯤 옮기는 동안 냄새는 계속해서 핍을 따라오며 떨어지질 않았다. 핍은 고개를 돌려 차창에 비친 제 모습을 바라보았다. 머리카락은 쥐어뜯긴 것처럼 헝클어져 있고, 얼굴 피부는 테이프 때문에 벗어져 발갛게 되어 있었다. 눈동자에는 초점이 없었지만 그래도 두 눈이 온전히 붙어 있긴 했다. 저 주근깨는 제이슨의 피가 튀며 생긴 자국이었다.

초점이 흐려지고 다리에 힘이 빠졌다. 핍은 제 모습을 가만히 바라보았다. 그리고 차창 유리에 비친 얼굴, 그 눈동자에 맺힌 자신의 모습을 들여다보았다. 그러다 시선이 차창 안쪽으로 향했다. 차 안에 핍의 시선을 끌어당기는 무언가가 있었다. 달빛이 그 표면에 반사되어 핍에게 신호를 보내고 있었다. 핍의 가방이었다. 핍의 구리색 배낭이 제이슨의 차 뒷좌석에 그대로 남아 있었다.

핍을 납치할 때 제이슨이 핍의 가방도 가져갔었다.

썩 대단한 물건은 아닐지언정 그래도 핍의 가방이었다. 마치 오랜 친구를 만난 느낌이었다.

핍은 차체를 더듬어 문손잡이를 당겼다. 문이 열렸다. 제이슨이 차 문을 잠그지 않은 모양이었다. 차 열쇠가 아직 키박스에 꽂혀 있었다. 제이슨은 일을 빨리 끝낼 생각이었겠지만 핍이 먼저 끝내버렸다.

핍은 팔을 뻗어 가방을 꺼냈다. 가방을 품에 꼭 안고 싶었다. 죽음의 목전에 다다르기 전 핍의 일부였던 것. 가방을 품에 안으면 거기서 생명의 기운이라도 얻을 수 있을 것 같았다. 그러나 그럴 순 없었다. 그랬다간 제이슨의 피가 묻는다. 핍은 자갈밭 위에 가방을 내려놓고 지퍼를 열었다. 그날 오후 핍이 집을 나서면서 챙긴 짐이 모두 그대로 들어 있었다. 라비네 집에서 자고 오려고 준비한 옷이며 칫솔, 물병, 지갑 등등. 핍은 손을 뻗어 조심히 물병을 꺼냈다. 내내 소리를 지른 탓에 입이 바짝 말라 있었다. 하지만 물을 조금이라도 더 마셨다간 토하고 말 것이다. 핍은 물병을 내려놓고 가방 안 물건들을 살펴보았다.

휴대폰은 없었다. 이미 알고 있었지만 희망이란 것이 핍의 기억을 일부 교란시켰다. 핍의 휴대폰은 크로스레인 보도 어디쯤 떨어져 부서졌다. 핍과 직접적으로 엮이는 단서가 될 수 있는 휴대폰을 제이슨이 챙겼을 리가 없다. 제이슨은 그 긴 시간 동안 경찰의 추적을 잘도 피해온 사람이었다. 그런 건 핍만큼이나 능숙했다.

거의 주저앉기 직전에 새로운 생각이 떠올랐다. 다시 한번 달빛이 조수석을 비추며 반짝하고 신호를 보냈다. 그래, DT 살인범이라면 충분히 알 법한 것이었다. 그래서 잡히지 않았던 것이다. 피해자들에게 전화를 걸 땐 분명 선불폰을 썼겠지. 그렇지 않고서야 애초 첫 번째 피해자 발생 시점에 정체가 충분히 드러났을 테니까. 그래, 이제야 보였다. 바로 저기, 저 조수석, 핍의 비밀 휴대폰처럼 작고 투박한 노키아가 달빛에 반짝이며 핍에게 신호를 보내고 있었다. 핍은 차 문을 열고 폰을 한참 쳐다보았다. 제이슨 벨에겐 선불폰이 있었다. 선불폰이니 핍도, 라비도 추적할 수 없을 것이다. 물론 다른 누군가가 찾아낸다면야 또 모를 일이지만, 아마도 그럴 일은 없을 것이다. 그전에 핍이 처리할 테니까.

핍이 손을 뻗었다. 차가운 플라스틱 프레임에 손가락이 닿았다. 핍이 가운데 버튼을 누르자 녹색 불빛이 켜졌다. 아직 배터리가 남아 있었다. 안도감에 눈물이 날 것 같았다. 핍은 하늘을 올려다보며 달에 감사했다.

화면의 숫자는 지금 시각이 오후 6시 47분이라고 알려주었다. 겨우 6시 47분. 그것밖에 안 되었다. 차 트렁크에 한 며칠은 갇혀 있었던 것 같고 저 창고에 한 몇 달은 갇혀 있었던 것 같은데. 테이프를 칭칭 감아놓아 암흑 속에 있었던 게 한 몇 년은 되는 것 같은데 말이다. 그런데 그 모든 일이 일어난 게 불과 세 시간도 안 되었다. 평범한 여느 9월의 저녁 6시 47분이었다. 불그스름하게 물든 석양빛, 차가운 바람, 그리고 저 뒤편으로는 시체가 누워 있었다.

핍은 메뉴를 열어 최근 통화목록을 확인해보았다. 오후 3시 51분, '발신번호 없음' 통화 기록이 남아 있었다. 핍이 건 전화였다. 그리고 바로 그 통화 직전에 이 휴대폰으로 핍에게 전화를 건 기록이 남아 있었다. 어차피 저기 저 바닥에 늘어진 시체와 핍을 엮을 수 있는 단서가 될 이 휴대폰은 부수는 수밖에 없다. 그러나 지금은 이 휴대폰이 핍을 라비에게로 안내해줄 것이다. 도움을 청할 수 있게 해줄 것이다.

키패드에 라비의 번호를 누르긴 했지만 엄지는 선뜻 통화 버튼을 누르지 못했다. 핍은 백스페이스키로 다시 번호를 지우고 라비네 집 전화번호를 눌렀다. 이렇게 하면 설령 누군가 이 휴대폰을 발견한다 하더라도 이 전화가 아주 직접적으로 라비와 엮이진 않을 것이다.

핍은 녹색 버튼을 누르고 작은 전화기를 귀 옆에 댔다.

벨이 울렸다. 이번엔 수화기 밖에서 들리는 벨소리는 없었다. 세 번 벨이 울리고 딸각 소리가 났다. 수화기 너머 저편은 분주했다.

"여보세요." 밝고 높은 목소리가 전화를 받았다. 라비의 엄마였다.

"어머니, 안녕하세요. 저 핍이에요." 목소리 끝이 갈라졌다.

"어머, 핍. 라비가 아주 걱정을 태산같이 하면서 널 찾던데. 우리 걱정 많은 아들내미가 평소라고 다르진 않지만 말야." 니샤가 웃었다. "오늘 저녁 먹으러 온다고? 라비 아빠는 오늘 스피드게임 하자고 난리야. 핍은 자기 팀이라고 벌써 찜해놨잖아."

"음." 핍이 목을 가다듬었다. "실은 오늘 저녁에 일이 생겨서 못 가게 될 것 같아요. 죄송해요."

"어머나, 그거 너무 아쉬운걸. 핍, 괜찮니? 평소랑 목소리가 좀 다른 것 같아."

"아, 네. 괜찮아요. 그냥 감기에 좀 걸렸어요." 핍이 코를 훌쩍였다. "혹시 라비 선배 집에 있어요?"

"응, 그럼. 잠깐만 기다려."

니샤가 라비의 이름을 불렀다.

그리고 수화기 너머로 라비의 목소리가 희미하게 들려왔다. 핍은 자갈밭에 주저앉았다. 눈앞이 부예졌다. 불과 얼마 전까지만 해도 다시는 라비의 목소리를 듣지 못하게 될 줄 알았다.

"핍이다!" 니샤가 소리쳤다. 라비의 목소리가 점점 더 가까워졌다. 흥분한 목소리가 들려왔다.

부스럭대며 라비가 수화기를 받아 들었다.

"핍?" 라비는 마치 믿을 수 없단 목소리였다. 핍은 잠시 말을 잇지 못하다가 라비의 목소리를 듣고 다시 힘을 얻었다. 집에 돌아온 기분이었다. 다시는 이 행복을 당연하게 여기지 않겠다. 절대로. "핍?" 라비가 목소리를 높였다.

"으-응, 듣고 있어." 목이 메어 좀처럼 대답이 쉽지 않았다.

"세상에." 라비가 쿵쾅대며 위층 제 방으로 올라가는 소리가 들려왔다. "대체 지금껏 어디서 뭘 하고 있었길래 그래? 몇 시간째 전화를 해도 받지도 않고, 바로 음성사서함으로만 연결되더라. 계속 문자 하기로 했잖아." 라비는 화가 난 목소리였다. "나탈리한테도 전화했는데 네가 거기 안 왔다고 하지, 혹시 집에 갔나 해서 방금 막 너희 집에 다녀오는 길이야. 네 차는 집에 있는데 너는 없지, 너희 부모님도 나랑 너랑 같이 있는 줄 알고 계셨을 텐데 이제 걱정하시겠다. 나 정말 경찰에 실종신고 하기 일보 직전이었어. 대체 어디 있었어?"

라비는 화가 나 있었지만 핍은 배시시 미소가 지어지는 걸 참을 수 없었다. 핍은 전화기를 귀에 더욱 꼭 붙였다. 이렇게 하면 라비가 더 가까워지기라도 하듯 말이다. 핍이 사라지자 라비가…… 라비가 핍을 찾아 나섰다.

"핍?!"

라비의 표정이 눈에 선했다. 단호한 눈빛, 치켜뜬 눈썹. 당장 무슨 말이라도 해보라는 그 표정.

"사-사랑해." 중요한 말인데 평소에 충분히 자주 얘기하지 못한 것 같았다. 마지막으로 사랑한다고 말한 게 언제였는지도 기억나지 않았다. 그리고 이젠 사랑한다는 말을 해도 그게 절대 마지막이 되진 않을 것이다. "사랑해. 미안해."

라비가 핍을 진정시켰다. "핍." 라비의 목소리가 바뀌었다. 한층 부드러워졌다. "괜찮아? 무슨 일이야? 분명 무슨 일이 있었던 게 맞는데. 무슨 일인데?"

"그냥 마지막으로 사랑한단 말을 한 게 언제였는지 기억이 안 나서." 핍이 눈가를 훔쳤다. "그게 얼마나 중요한 말이야."

“핍.” 라비가 계속 대답을 추궁했다. “어디야? 지금 어딨는지 말해.”

“여기로 와줄 수 있어?” 핍이 물었다. “와줬으면 좋겠어. 도움이 필요해.”

“알았어.” 라비가 대답했다. “지금 바로 갈 테니까 어딘지만 말해. 무슨 일이야? DT랑 관련된 일이야? 정체를 알아냈어?”

핍은 문지방에 걸쳐 있는 제이슨의 발을 내려다보았다. 핍은 코를 훌쩍이며 다시 돌아서서 통화에 집중했다.

“여기…… 그린 신이야. 제이슨 벨 회사. 너티 그린인데, 어딘지 알아?”

“거긴 왜 갔는데?” 혼란스러움에 라비의 목소리가 한층 높아졌다.

“그냥…… 저기, 이 전화기 배터리가 얼마나 있는지 모르겠어. 여기 어딘지 알아?”

“무슨 전화기?”

“그만!”

“알았어, 알았어.” 이제 라비도 덩달아 소리를 치고 있었다. 물론 라비는 그 이유를 알지 못했지만 말이다. “어딘지야 찾아보면 되지.”

“아니, 아니야.” 핍이 얼른 말을 이었다. 핍이 직접적으로 말을 하지 않으면서 라비가 이해하도록 해야 했다. 통화 중엔 안 된다. “아니야. 여기 올 땐 휴대폰을 쓰면 안 돼. 휴대폰은 집에 두고 와, 알겠어? 전화기 가지고 오지 마. 절대 갖고 오면 안 돼.”

“핍, 대체 무…….”

"전화기는 집에 두고 와. 지금 구글맵스 열어서 확인을 하든 어쩌든, 아무튼 검색창에 '그린 신'을 입력하진 마. 그냥 지도만 열어보는 건 괜찮아."

"핍, 그게 무슨……."

핍이 라비의 말을 끊었다. 갑자기 다른 생각이 떠올랐다. "아니, 잠깐만. 큰길로 오지 마. 대로로 오면 안 돼. 절대 안 돼. 뒷길로만 와. 큰길엔 카메라가 많잖아. 카메라에 찍히면 안 돼. 뒷길만 타고 와. 내 말 알겠어?" 이제 핍의 목소리가 다급해졌다. 충격이 가시고 이제 이곳에 시체가 있다는 것이 실감났다.

라비가 터치패드를 클릭하는 소리가 들렸다.

"응." 라비가 대답했다. "지금 보고 있어. 그래, 저 길 타고 가면 되네. 워칫레인으로 들어가서 헤이즐미어로." 라비가 조용히 중얼댔다. "저쪽 주거지 동네 길을 따라가다 오른쪽 작은 길로 들어가면 돼. 좋아." 라비가 다시 말했다. "알았어, 찾을 수 있어. 이거 메모할게. 뒷길로만, 휴대폰은 집에 두고. 접수했어."

"좋아." 핍이 안도의 한숨을 내쉬었다. 이 이야기만으로도 벌써 힘이 빠진 느낌이었다. 자갈밭 아래로 가라앉을 것 같은 기분이었다.

"괜찮아?" 라비가 다시금 상황을 정리하며 물었다. 원래 한 팀이라면 그런 법이다. "지금 혹시 위험한 상황이니?"

"아니." 핍이 조용히 말했다. "지금은 괜찮아. 별로 위험하지 않아."

라비가 알아챘나? 지난 세 시간이 남긴 영원한 상처, 그게 핍의 목소리에 드러났을까?

"알았어. 잘 버티고 있어. 곧 갈게. 20분 안에 갈게."

"아니, 아니. 속도 내지 말고 와. 혹시 속도 냈다가……."

띠-띠-띠. 이미 라비는 가고 없었다. 수화기 너머로는 사라졌지만 그래도 라비는 이곳으로 오는 중이었다.

"사랑해." 펍은 빈 수화기에 대고 말했다. 다시는 마지막이 될 법한 순간이 절대 오지 않길 바라면서.

다시 자갈 소리. 한 걸음, 다시 한 걸음. 속도를 올려도 보고 내려도 보고 시간을, 초를, 분을 재며 걸음도 세어보았다. 쳐다보지 말라고 아무리 스스로 되뇌어도 펍의 시선은 자꾸 누워 있는 시체로 되돌아갔고, 그때마다 시체는 마치 다시 살아 움직이는 것 같았다. 물론 제이슨은 움직이지 않았다. 그는 죽었다.

이제 충격은 어느 정도 가셨고, 그린 신 마당을 종종대고 서성이며 펍의 머릿속에도 서서히 계획이란 게 서기 시작했다. 그래도 아직 무언가가 부족했다. 라비가 없었다. 펍은 라비가, 동지가 필요했다. 두 사람이 함께 이야기를 나누다 보면 펍은 언제나 옳은 길을 찾아냈다. 펍과 라비의 의견이 절충된 중도의 길을.

전조등 불빛이 어둑해진 하늘을 가르며 활짝 열린 그린 신 문으로 차 한 대가 들어섰다. 펍은 손을 들어 부신 눈을 가렸다가, 이내 라비에게 멈추라고 손을 흔들어 보였다. 차가 문 앞에서 정지했다. 곧 전조등도 꺼졌다.

차 문이 열리고 라비인 듯한 형체가 차에서 내렸다. 라비는 차 문도 닫지 않고 그길로 그대로 자갈을 튀기며 펍을 향해 달려왔다.

핍은 그 자리에 그대로 서서 찬찬히 라비를 쳐다보았다. 마치 라비를 처음 만나는 것처럼. 배 속 깊숙이에선 왠지 모를 긴장감이 느껴졌지만 동시에 가슴속에선 뭔지 모를 감정이 와르르 쏟아져 나왔다. 라비는 핍에게 다시 자길 볼 수 있을 거라고 약속했었다. 그리고 이제 여기, 라비가 핍을 향해 다가오고 있었다.

핍은 다가오는 라비를 향해 다시금 손을 들어 올렸다. "폰은 집에 두고 왔어?" 핍의 목소리가 떨렸다.

"응." 라비의 눈이 커졌다. 겁에 질린 라비의 눈이 핍의 뒤편을 살피며 더더욱 커지고 있었다. "다쳤어?" 라비가 한 발 더 앞으로 내디뎠다. "무슨 일이야?"

핍은 다시 뒤로 물러서며 라비와 거리를 유지했다. "나한테 손대지 마." 핍이 말했다. "나는…… 난 괜찮아. 내 피는 아니야. 없지야 않겠지만. 그게……." 무슨 말을 하려고 했는지 생각나지 않았다.

라비는 표정 관리를 하며 손을 들어 올려 핍을 진정시켰다. "핍, 나 좀 볼래?" 라비의 목소리는 차분했지만, 딱 봐도 지금 라비는 차분함과는 거리가 멀었다. "무슨 일인지 얘기 좀 해봐. 지금 여기서 뭐 하는 건데?"

핍이 문턱에 걸친 제이슨의 발을 흘긋 쳐다보았다.

라비도 핍의 시선이 향하는 방향을 확인한 모양이었다.

"세상에, 저-저게 누…… 괜찮은 거야?"

"죽었어." 핍이 뒤를 돌아보며 말했다. "제이슨 벨이야. 제이슨 벨이었어, 제이슨이 DT 살인범이었어."

라비는 방금 핍이 한 말을 소화하는 시간이 필요한 듯이 눈을 끔벅였다.

"제이슨 벨이…… 뭐? 아니 그 사람이 무슨……?" 라비가 고개를 저었다. "넌 그걸 어떻게 아는데?"

핍은 어디서부터 이야기를 꺼내야 할지 알 수가 없었다. "제이슨이 DT 살인범인 걸 어떻게 알았느냐고? 어떻게 알았냐면, 제이슨이 날 납치했거든. 크로스레인에서 날 납치해 손발을 묶은 다음 트렁크에 넣고 여기로 싣고 왔어. 그리고 박스 테이프로 내 얼굴을 칭칭 감고 선반랙에다가 날 묶었어. 다른 피해자들한테 했던 것처럼 똑같이 그렇게. 모두 다 여기서 죽었어. 나도 그렇게 죽이려고 했고." 입 밖으로 소리 내어 말하고 보니 전혀 실제 벌어진 일 같지 않았다. 마치 남의 일인 양, 핍 아닌 다른 누군가에게 일어난 일인 것마냥 현실감이 없었다. "날 죽이려고 했어." 핍의 목소리는 쉬어 있었다. "그대로 죽는 줄 알았어. 그리고…… 그리고…… 다시는 선배를 못 보는 줄 알았어. 다른 사람들을 못 보는 줄 알았어. 시체가 된 나를 선배가 찾는 걸 생각하……."

"핍, 괜찮아. 괜찮아." 라비가 재빨리 핍을 진정시키며 핍을 향해 한 발짝 더 다가갔다. "이제 괜찮아. 내가 여기 왔잖아. 나 여기 있어." 라비가 다시 제이슨의 시체를 쳐다보았다. 라비는 좀처럼 시선을 떼지 못했다. "세상에." 라비가 식식댔다. "젠장할. 무슨 이런 말도 안 되는 일이 다 있어. 너 혼자 나가는 게 아니었는데. 너 혼자 보내는 게 아니었는데. 젠장." 라비가 손바닥으로 이마를 때렸다. "세상에. 괜찮아? 다치진 않았어?"

“나-나는…… 괜찮아.” 핍이 다시 그 작고 공허한 단어 뒤에 모든 어둠을 숨겼다. “테이프 붙어 있던 부분이 좀 쓰라리긴 한데 그래도 괜찮아.”

“그럼, 지금 이건 어떻게 된…….” 라비의 시선이 다시 3미터쯤 떨어져 있는 시체를 향했다.

“날 묶어두고 자리를 비웠어.” 핍이 코를 훌쩍였다. “어딜 갔던 건지, 얼마나 자릴 비운 건진 잘 모르겠어. 난 선반을 움직여서 테이프를 풀고 얼굴을 감은 테이프도 뜯었어. 창문이 있길래 창문을 깼어. 그리고…….”

“알았어, 알았어.” 라비가 다시 핍의 말을 끊었다. “알겠어, 핍. 좋아, 그래, 괜찮을 거야. 세상에.” 핍에게 하는 말이라기보단 라비 자신에게 하는 말이었다. “뭘 했든, 그건 정당방위야, 알았어? 정당방위. 제이슨이 널 죽이려고 했으니까 너도 제이슨을 죽여야 했지. 그거야, 정당방위. 괜찮아, 핍. 일단 경찰에 전화를 하자. 알겠지? 무슨 일이 있었는지 얘기해, 제이슨이 너한테 무슨 짓을 하려고 했는지. 그리고 너는 정당방위였다고 하고.”

핍이 고개를 저었다.

“아니야?” 라비의 눈썹이 내려왔다. “아니라니, 왜 아니야? 경찰에 전화를 해야지. 시체가 저기 누워 있는데.”

“정당방위가 아니었어.” 핍이 조용히 말했다. “도망쳤었어. 자유의 몸이 됐었어. 충분히 그대로 도망칠 수 있었어. 그런데 제이슨이 돌아온 걸 봤어. 그래서 나도 돌아갔어. 내가 제이슨을 죽였어. 뒤에서 몰래 다가가 망치로 내리쳤어. 죽이기로 선택한 거야. 정당방위가 아니었어. 나한텐 선택의 여지가 있었어.”

이번엔 라비가 고개를 저었다. 아직도 라비는 큰 숲을 보지 못하고 있었다. "아니지, 핍. 그게 아니야. 제이슨이 널 죽이려고 했고, 그래서 너도 제이슨을 죽인 거야. 그건 정당방위라고 하는 거야, 핍. 괜찮아."

"내가 죽였어."

"제이슨이 먼저 널 죽이려고 했잖아." 라비의 목소리가 높아졌다.

"그걸 어떻게 알아?" 핍이 물었다. 지금 이 상황에서 핍에게 '정당방위'라는 선택지는 없단 사실을 라비가 깨닫길 바랐다. 핍도 그린 신 마당을 서성이다 깨달았듯이.

"어떻게 아느냐고?" 라비는 대체 무슨 소리를 하느냐는 표정이었다. "제이슨이 널 납치했잖아. 제이슨이 DT 살인범이잖아."

"DT 살인범은 벌써 6년째 감옥에 있어." 핍은 마치 다른 사람처럼 말했다. "자백했잖아. 그 이후로 살인 사건도 없었고."

"뭐? 그-그렇긴 한데……."

"법정에서 유죄를 인정했잖아. 증거도 있었고. 법의학적 증거, 정황증거, 다. DT 살인범은 지금 감옥에 있어. 그럼 이 사람을 난 왜 죽인 거야?"

라비는 혼란스러워하며 눈을 가늘게 떴다. "왜냐면 제이슨이 진짜 DT 살인범이니까!"

"DT 살인범은 감옥에 있다니까." 핍은 라비의 눈을 똑바로 쳐다보면서 라비가 깨닫기를 기다리며 반복해 말했다. "제이슨 벨은 나름대로 동네에서 명망 있는 사람이야. 중견기업 대표고, 딱히 나쁜 소문도 없어. 지인들, 친구들, 하다못해 호킨스 경위랑도 친구야. 게다가 비극적인 개인사도 있어. 인정하긴 어렵지만 나 때문에 더 고통받았다고도 하고. 그렇다면 난 제이슨 벨한테 왜 그렇게 집착한 거야? 굳이 토요일 밤에 제이슨 벨 회사까지 무단침입해가면서? 왜 뒤에서 몰래 다가와 망치로 내려쳤어? 그것도 몇 번씩이나? 나도 몇 번을 내리쳤는지 모르겠다. 가서 봐, 직접 한번 봐. 그냥 죽인 것도 아니고, 불필요할 때까지 내리쳤지. 과잉 방위, 이 말이 딱이네. 그리고 그건 정당방위랑은 동시에 성립할 수 없는 말이지. 자, 그래서 핍 피츠-아모비는 과연 이렇게 지역사회에서 명망 있는 인사를 왜 죽였을까?"

"왜냐면 그가 DT 살인범이었으니까?" 라비의 대답에서 이제 더는 아까 같은 확신이 없었다.

"DT 살인범은 감옥에 있어. 자백했잖아." 이제 핍의 말뜻을 이해한 듯 라비의 눈빛이 조금 바뀌었다.

"경찰은 그렇게 말할 거라는 얘기지?"

"진실이 뭔진 중요하지 않아." 핍이 말했다. "중요한 건 경찰 입장에서 받아들일 수 있는 이야기야. 경찰이 믿을 수 있는 이야기. 그리고 경찰은 내 말 안 믿어. 내 진술 외에 내 말을 입증할 수 있는 증거가 뭐가 있는데? 벌써 몇 년씩 법망을 빠져나간 제이슨이야. 그가 DT라는 증거가 하나도 없을지도 몰라." 핍은 한숨을 내쉬었다. "난 경찰 안 믿어. 예전엔 믿었지만 늘 배신당했어. 경찰에 전화하면 아마 난 영락없이 평생 감옥에서 썩게 될걸. 호킨스는 이미 내가 제정신이 아니라고 생각해. 어쩌면 호킨스 생각이 맞는지도 모르지. 내가 죽였어. 그 순간 내가 뭘 하고 있는지도 충분히 알고 있었고, 심지어 후회도 안 돼."

"그자가 널 죽이려고 했으니까 그렇지. 그 사람은 괴물이잖아." 라비가 핍의 손을 잡으려고 팔을 뻗었다가 문득 피 생각이 났는지 다시 팔을 거두었다. "제이슨 없는 세상이 더 낫긴 하지. 더 안전하고."

"응." 핍은 혹시 제이슨이 움직이진 않는지, 두 사람의 대화를 듣고 있진 않은지 다시금 고개를 돌려 확인했다. "하지만 아무도 이해 못 할 거야."

"그럼 대체 뭘 어떻게 하려는 건데?" 라비는 한 발 한 발 신중하게 움직였다. 라비의 입술이 떨렸다. "그렇다고 살인죄를 뒤집어쓸 순 없어. 그건 공평하지 않아. 이 사건의 본질은 그게 아냐. 넌…… 그게 과연 옳은 일이라고 할 수 있을진 모르겠지만, 그렇다고 그릇된 일도 아니야. 특히나 제이슨이 피해자들에게 한 짓과 비교하면 더더욱 그렇고. 그가 자초한 일이야. 그리고 난 널 잃고 싶지 않아. 널 잃을 순 없어. 네 인생이 달린 일이야, 핍. 우리 인생이 달린 문제라고."

"알아." 새로운 공포가 핍의 머릿속에 피어나고 있었다. 그러나 다른 무언가가 그 공포를 짓누르고 있었다. 계획. 두 사람에겐 계획이 필요했다.

"일단 경찰에 찾아가서 설명을……" 라비는 말을 하다 멈췄다. 입술을 잘근대며 문턱에 걸친 저 발을 다시 쳐다보았다. 라비는 잠시 말이 없었다. 다시 침묵이 이어졌다. 눈을 끔벅이며 분주하게 머리를 돌렸다. "그래, 경찰을 찾아갈 순 없어. 형 때도 경찰은 틀렸어. 제이미 레이놀즈 때도 그랬고. 그리고 네 인생이 달린 일을 12명의 배심원에게 맡길 순 없어. 맥스 헤이스팅스도 무죄라던 배심원인데. 아니, 그건 안 돼. 넌 안 돼. 넌 나한테 너무 소중해."

핍은 라비의 손을 잡고 싶었다. 언제나처럼 깍지를 끼고 피부에 닿는 그의 온기를 느끼고 싶었다. 라비와 함께라면 그곳이 곧 집이었다. 두 사람은 서로의 눈을 들여다보았다. 움직이는 두 사람의 시선 속에서 말 없는 대화가 이어졌다. 마침내 라비가 눈을 깜박였다.

"그럼 어떻게…… 어떻게 해야 이 상황을 모면할 수 있을까?" 라비가 입을 열었다. 황당하기 그지없는 질문에 웃음이 날 지경이었다. 살인을 저지르고 어떻게 모면할 수 있느냐니. "그냥, 그러니까 이론적으로 말이야. 혹시…… 글쎄, 아무도 찾지 못하는 곳에 묻어야 하나?"

핍이 고개를 저었다. "아니야. 결국은 찾아내잖아, 앤디 때처럼." 핍이 숨을 깊이 들이마셨다. "우리 둘 다 지금까지 살인 사건 뒷조사도 많이 해보고 트루 크라임 팟캐스트도 많이 들었잖아. 빠져나갈 방법은 하나뿐이야."

"뭔데?"

"증거를 남기지 않고 사망 시점에 이곳에 존재하지 않을 것. 사망 추정 시간에 다른 어딘가에서 철통같은 알리바이를 갖고 있으면 되지."

"하지만 넌 여기 있었잖아." 라비가 핍을 쳐다보았다. "그러니까 언제…… 그게 혹시 언제였……?"

핍은 제이슨의 휴대폰으로 시간을 확인했었다. "아마 6시 반쯤이었을 거야. 그러니까 이제 한 시간쯤 됐네."

"그건 누구 전화야?" 라비가 고갯짓으로 가리켰다. "설마 제이슨 전화를 쓴 건 아니지?"

"아니, 아냐. 선불폰이야. 내 건 아니고 제이슨 거……." 의아해하는 라비의 시선에 핍의 목소리가 잦아들었다. 이제는 라비에게 고백해야 할 때 같았다. 이제 더 큰 비밀을 공유하는 사이인데, 이 정도 비밀에 내줄 자리가 없었다. "그동안 말 안 했는데, 사실 나도 선불폰 있어. 집에."

라비의 입가가 거의 미소에 가깝게 씰룩였다. "언젠가는 너 선불폰 들일 거 같다고 내가 늘 얘기하지 않았어?" 라비가 말했다. "그런데 왜 선불폰을 가지고 있는 건데?"

"실은 여섯 개 있어." 핍이 한숨을 쉬며 말했다. 왠지 모르겠지만 사람을 죽였다는 말보다 이 말을 하는 게 더 힘들었다. "그게 음…… 스탠리 사건 이후로 좀 힘들었어. 괜찮다고 말은 했지만 실은 힘들었어. 미안해. 그게, 의사가 처방을 더는 안 해주길래 결국 루크 이튼한테서 자낙스를 사곤 했어. 그냥 난 잠을 잘 수 있기만 하면 됐는데. 아무튼 미안해." 핍이 시선을 떨구었다. 운동화에도 피가 튀어 있었다.

라비는 깜짝 놀라는 동시에 상처받은 표정이었다. "나도 미안해." 라비가 조용히 말했다. "안 괜찮은 줄은 알았지만 나도 뭘 어떻게 해야 좋을지 모르겠더라고. 그냥 시간이 흐르고 환경이 바뀌면 괜찮아지겠지, 생각했어." 라비가 한숨을 쉬었다. "나한테 얘기했었어야지, 핍. 무슨 얘기든, 어떤 얘기가 됐든지 간에 나한텐 문제되지 않아." 라비가 제이슨 쪽을 흘긋 쳐다보았다. "하지만 우리 사이에 비밀은 안 돼, 알겠어? 우린 한 팀이야. 너랑 나랑은 한 팀이라고. 그리고 우리가 함께 이걸 처리할 거야. 우린 함께 헤쳐나갈 수 있어. 내가 약속해."

핍은 그대로 라비의 품 안에 쓰러지고 싶었다. 라비의 팔에 안겨 그 품속으로 그대로 사라져버리고 싶었다. 그러나 그럴 수 없었다. 핍의 몸, 핍의 옷, 핍의 모든 것에 범죄의 흔적이 묻어 있었고, 라비에게까지 그 흔적을 묻힐 순 없었다. 어떻게 해서인진 모르겠지만 라비도 핍의 눈빛을 읽은 모양이었다. 라비는 한 발 앞으로 다가가 손을 뻗어 손가락 하나로 핍의 턱 아래쪽, 피가 묻지 않은 곳을 조심히 어루만졌다. 다시 예전으로 돌아간 느낌이었다.

"그럼 제이슨 벨이 오후 6시 반에 죽었다고 치자." 라비가 핍의 눈을 들여다보며 말했다. "오후 6시 반에 철통같은 알리바이를 어떻게 만들지? 넌 어디 있었는데?"

"못 만들지. 그렇겐 어려워." 핍은 머릿속에 피어나는 생각을 궁리 중이었다. 못 만드는 게 맞지만 어쩌면…… 어쩌면 가능할지도 모른다. "하지만 지금 아이디어가 한 가지 있어. 기다리면서 곰곰이 생각을 해봤어. 사망 시각이라는 게 어차피 추정이고, 검시관은 사망 시각을 추정할 때 세 가지 요소를 가지고 판단하지. 사후경직이라는 건 사망 후 근육이 굳는 현상을 말하는 거고, 시반이라는 건 신체에 피가 고이는 현상이야. 마지막 세 번째 요소는 체온이고. 이 세 가지로 사망 추정 시간대를 좁히는 거거든. 그러니까 지금 내 생각은 뭐냐면, 이 세 가지 요소를 조작할 수 있다면, 그래서 사망 시간대를 늦춘다면, 검시관이 봤을 때 제이슨 벨이 실제 그 시간이 아니라 더 나중에 죽은 것처럼 판단하게 만들 수 있다는 거지. 그리고 우리는 그 조작된 추정 시간대에 명백한 알리바이를 만드는 거야. 사람들도 많고 카메라도 있고, 조작이 불가능한 그런 증거들을 남기면서."

라비가 아랫입술을 잘근대며 생각에 빠졌다.

"그걸 그런데 어떻게 조작하지?" 라비가 제이슨 벨의 시체를 한 번씩 쳐다보며 말했다.

"온도." 핍이 대답했다. "온도가 핵심이야. 온도가 낮으면 사후 경직이 늦어지거든. 시반 – 혈액 고이는 거 – 도 피가 고이기 전에 시체를 뒤집으면 피 고인 위치가 바뀌겠지? 그렇다면 시체를 차갑게 유지하는 것 외에 시체를 몇 번 뒤집는 걸로도 몇 시간을 벌 수 있을 거야."

라비가 고개를 끄덕이며 주변을 살펴보았다. "어떻게 해서 온도를 낮게 유지할 수 있을까? 제이슨 벨 회사가 냉장고 회사이길 바라는 건 무리겠지?"

"하지만 문제는 체온이야. 경직이랑 시반을 늦추려고 주변 온도를 낮추면 시체의 체온도 떨어지겠지. 하지만 체온이 너무 떨어져버리면 이 계획은 안 먹힐 거야. 그러니까 일단 온도를 낮췄다가 나중에 다시 온도를 높여야 해."

"알겠어." 라비가 코를 훌쩍이는 소리에서 의구심이 가득 묻어났다. "그러니까 시체를 냉동실에 넣었다가 빼서 다시 전자레인지에 넣는다, 이 말이지? 세상에, 우리가 지금 이런 이야기를 하고 있다니 정말 믿기지가 않는다. 이게 말이 돼?"

"냉동실은 안 돼." 라비를 따라가며 핍 역시 새로운 시선으로 그린 신 마당을 둘러보았다. "냉동실은 너무 차가워. 그보다는 냉장실 정도 온도가 좋겠지. 그 후에, 그러니까 우리가 다시 시체 체온을 올려놓은 후에, 또 몇 시간 내로 경찰이며 검시관이 이 시체를 발견하게끔 해야 하고. 그래야 이 노력이 헛수고가 되지 않을 테니까. 그러니까 경찰이 시체를 발견하는 시점에선 아직 시체에 온기는 남아 있으면서 사후경직은 진행되고, 피부는 아직 하얘야 해. 즉, 피부를 눌렀을 때 고인 피가 움직여야 한단 말이야. 그 시점이 내일 아침 이른 시각이라고 하면, 그럼 경찰은 제이슨의 사망 시간이 6~8시간 전인 걸로 추정하겠지."

"그게 통할까?"

핍이 어깨를 으쓱했다. 하마터면 웃음이 터질 뻔했다. 라비 말이 맞다. 이건 정말 말도 안 되는 일이다. 그러나 핍이 살아 있었다. 죽을 확률이 압도적이었음에도 핍은 살았다. 최소한 지금 이 상황은 그때보다 나았다. "글쎄, 내가 사람을 죽이고 법망을 피해본 적이 있어야 말이지." 핍이 가볍게 코를 훌쩍였다. "하지만 통해야 정상이겠지. 과학적으론 통하는 게 맞으니까. 제인 도우 사건 때 검색을 많이 했었어. 온도를 낮췄다가 시체를 한 두어 번 뒤집고 난 다음 다시 온도를 높이는 것까지 우리가 다 할 수 있다면, 그럼 통할 거야. 그리고 전부 성공한다고 치면, 글쎄, 아마 9시~10시쯤 죽은 걸로 보이겠지. 그때쯤 우린 둘 다 알리바이가 명확한 곳에 있을 거고."

"좋아." 라비가 고개를 끄덕였다. "뭐, 말도 안 되는 소리 같긴 한데 일단 못 할 일은 아닌 것 같으니까. 어쩌면 진짜 성공할지도 모르지. 네가 살인 전문가여서 참 다행이야."

핍이 정색하는 표정을 지었다.

"아니 내 말은, 살인 사건 관련 정보를 많이 알고 있다, 그런 뜻이지. 살인을 많이 해봤다는 게 아니라. 살인은 이게 처음이자 마지막이었으면 좋겠고." 라비는 애를 써보았지만 결국 미소까진 짓지 못하고 애꿎은 발만 자꾸 움직였다. "다만 한 가지 걸리는 게 있어. 그래, 우리가 정말로 이렇게 해서 법망을 피해 간다고 하자. 경찰이 시신을 찾고 사망 시간을 우리가 조작한 대로 추정한다고 쳐. 그럼 경찰은 제이슨 벨이 누군가의 손에 죽었다는 걸 알게 될 거야. 그럼 그 살인범을 찾아낼 때까지 수사를 하지 않을까? 그게 경찰 일이니까. 살인범을 찾는 것 말이야."

핍은 고개를 옆으로 갸웃하며 라비의 눈을 들여다보았다. 라비의 눈동자에 핍의 모습이 비쳤다. 이래서 핍은 라비가 필요했다. 앞만 보고 달리느라 다른 건 생각지도 못한 순간에 라비는 핍의 고삐를 당겼다. 라비 말이 맞았다. 이 계획은 글렀다. 아무리 사망 추정 시간대를 조작해내고 그 시간대 아무리 이곳에서 멀리 떨어져 있는다고 해도, 결국 경찰은 살인범이 필요했다. 누구 하나 걸릴 때까지 경찰은 계속해서 찾을 것이다. 그리고 핍과 라비가 단 하나의 실수라도 한다면 그땐…….

"그러네." 핍이 고개를 끄덕이며 하마터면 라비의 손을 잡을 뻔하다 퍼뜩 정신이 들었다. "이건 안 되겠네. 맞아, 경찰은 살인범이 있어야 해. 제이슨 벨을 죽인 누군가가 필요해. 다른 누군가가."

"좋아, 그럼……." 라비는 다시 원점으로 돌아가 이야기를 이어갔다. 그러나 핍은 머릿속 깊숙이 묻혀 있던 생각들을 훑어보느라 라비의 말은 이미 뒷전이었다. 공포, 수치심, 핍의 손에 묻은 피, 난폭하고 시뻘건 생각들. 그 사이에 얼굴 하나가 끼어 있었다. 창백한 피부의 각진 얼굴.

"알아냈어." 핍이 라비의 말을 끊었다. "살인범이 누군지 알았어. 제이슨 벨을 누가 죽인 건지 알겠어."

"뭐?" 라비가 핍을 뚫어져라 쳐다보았다. "누군데?"

불가피한 선택이었다. 이제 사건의 고리는 완벽한 원을 그렸다. 끝이 곧 시작이고 시작이 곧 끝이었다. 다시 이 모든 것의 시작으로, 그 기원으로 돌아간다. 그리고 모든 것을 바로잡는다.

"맥스 헤이스팅스." 핍이 대답했다.

31

12분.

딱 12분 걸렸다. 라비와 대화를 하면서 핍이 제이슨의 휴대폰으로 시간을 확인했기에 알았다. 그보단 오래 걸릴 줄 알았는데, 그보다 훨씬 오래 걸려야 마땅한 일 같은데 말이다. 무려 다른 사람에게 살인죄를 뒤집어씌우려는 계획을 세우는 일이 이렇게 빨리 끝나다니. 몇 시간이고 계속되는 고민, 사소한 부분들, 사소하지만 결정적인 디테일은 또 얼마나 많겠는가. 맞다, 핍도 처음엔 그렇게 생각했었다. 그러나 정작 걸린 시간은 불과 12분이었다. 몇 번 아이디어를 주거니 받거니 하다가 계획에 빈틈은 없는지 찾아보고 허점이 발견되면 메우기까지. 누가, 언제, 어디서 살인을 저질렀는가. 핍은 다른 사람을 이 일에 끌어들이고 싶지 않았지만 라비를 통해 그건 불가능하단 걸, 도움을 받지 않곤 어렵다는 걸 깨달았다. 라비가 지금 회사에서 맡은 사건을 떠올리며 기지국 이야기를 꺼냈고, 그때부터 계획은 거침없이 술술 풀려나갔다. 이제 핍은 어떤 결정을 내려야 할지 정확히 알았다. 불과 12분 만에 이제 계획이 섰다. 눈에 보이고 만져지는 실체라도 있는 것처럼 귀중하고 무게감 있으면서도, 명백하고 논리적 빈틈이 없는 계획이었다. 이제는 되돌아가지 못한다. 이전의 라비와 핍이 될 수는 없다. 아슬아슬했고, 물론 쉽지도 않을 터였다. 조금만 삐끗해도, 조금만 지체해도 안 된다. 실수란 용납되지 않았다.

그러나 어쨌든 이론적으론 말이 되었다. 이렇게 하면 살인을 하고도 잡히지 않을 수 있었다.

제이슨 벨은 죽었지만 아직 죽은 게 아니었다. 제이슨 벨은 몇 시간 후에 죽는다. 그리고 제이슨 벨을 죽인 사람은 맥스 헤이스팅스다. 마침내 맥스도 제가 원래 있어야 할 자리를 찾아가게 될 터다.

"자초한 일이야." 핍이 뒤로 물러서며 말했다. "둘 다 자기들이 자초한 일이야, 그렇지?" 제이슨 벨이야 이미 어쩔 수 없었지만 맥스는…… 핍은 맥스를 끔찍이도 싫어했다. 가슴속 깊숙한 곳에서부터 증오했다. 그래서, 혹시 그 증오심에 눈이 멀어 지금 이러는 걸까?

"그럼." 라비가 핍에게 힘을 실어주었다. 물론 라비 역시 핍만큼이나 맥스를 싫어한다는 걸 핍도 알고는 있었다. "둘 다 많은 사람들에게 해를 끼쳤으니까. 제이슨은 다섯 명의 여성을 죽였고, 너까지 죽이려고 했어. 앤디와 우리 형이 결국 죽음에 이르게 된 것도 결국 시작은 제이슨 때문이었고. 맥스도 마찬가지야. 우리가 아무것도 하지 않으면 맥스는 계속해서 남들한테 해가 되는 짓을 하고 다니겠지. 그건 우리가 잘 알고 있고. 둘 다 자초한 것 맞아." 라비는 핍의 턱 아래 안전한 지점에 부드럽게 손가락을 대고 핍의 고개를 들어 올렸다. "너 아니면 맥스, 둘 중 하나를 골라야 한다면 내 선택은 너야. 난 널 잃지 않아."

핍은 입 밖으로 소리 내어 말하진 않았지만 엘리엇 워드를 떠올리지 않을 수 없었다. 엘리엇의 결정도 이와 다르지 않았다. 자기 자신과 딸들을 구하려 샐을 살인범으로 만들었으니까 말이다. 그리고 핍도 그 지저분하고 혼란스러운 회색 지대로 라비를 물귀신처럼 끌어들이고 있었다. 끝이자 곧 시작인 이곳.

"좋았어." 핍은 고개를 끄덕이며 혼잣말을 하듯 말했다. 빈틈없는 계획도, 실행할 사람도 모두 준비됐지만 시간은 이들 편이 아니었다. "몇 가지 아직 해결 안 된 문제가 남아 있는데 제일 중요한 건……."

"시체를 냉장했다가 다시 데우는 거겠지." 핍의 말을 대신 마무리 지으며 라비의 시선은 다시 저 멀리 시체의 발을 향했다. 라비는 아직 시체를, 핍이 제이슨에게 한 짓을 보지 못했다. 핍은 라비가 시체를 직접 확인하더라도 부디 마음이 바뀌지 않기를, 자신을 예전과 다른 시선으로 보게 되지 않기를 바랐다. 라비가 저 뒤쪽에 보이는 벽돌 건물을 가리켰다. 여기 이 철판 창고와는 별도로 떨어져 있는 건물이었다. "저건 사무실 건물 같은데, 저기 아마 주방이 있지 않을까? 냉장고랑 냉동실도?"

"그렇겠지." 핍이 고개를 끄덕였다. "하지만 사람이 들어갈 만한 크긴 아닐 거고."

라비가 땅이 꺼져라 한숨을 내쉬었다. 얼굴 표정은 단단히 굳어 있었다. "아까도 말했지만 제이슨 벨이 육가공 공장 사장님이었으면 얼마나 좋았을까? 그럼 거대한 냉장고쯤은 문제도 아닌데 말이야."

"일단 한번 둘러보자." 핍은 열려 있는 철문 쪽을 향했다. 제이슨의 발이 문턱에 걸려 있었다. "열쇠가 있어." 핍이 고갯짓으로 제이슨이 열쇠 구멍에 꽂아둔 열쇠 꾸러미를 가리켰다. "제이슨이 주인이니까 모든 공간 열쇠가 다 있을 거야. 그리고 제이슨 말론 CCTV 카메라랑 경보장치는 다 꺼놨다고 했어. 주말 내내 괜찮다고, 자기가 원하면 시간은 얼마든지 쓸 수 있다고 했으니까 괜찮을 거야."

"그래, 좋은 생각이야." 말은 그렇게 하면서도 라비의 발은 움직이지 않고 있었다. 저 문을 향해 앞으로 한 발을 뗀다는 건 시체에 가까워진단 뜻이었다.

핍이 숨을 참으며 앞장섰다. 박살난 제이슨의 머리에 잠시 시선이 머물렀다. 핍은 눈을 깜박인 다음 시선을 돌려 문밖에 꽂힌 무거운 열쇠 꾸러미를 잡아당겼다. "우리가, 그러니까 내가 손댄 건 전부 기억하고 있어야 해. 나중에 닦아야 하니까." 핍이 열쇠를 손으로 쥐며 말했다. "이쪽이야."

제이슨의 머리 주변에 흥건하게 고인 피를 피해 핍은 조심히 시체를 넘어갔다. 라비가 그 바로 뒤를 따라갔다. 라비는 선뜻 눈을 떼지 못하면서도 눈을 꾹 감았다. 그렇게 하면 마치 방금 눈앞의 광경이 사라지기라도 할 것 같은 모양이었다.

다시 서둘러 핍을 따라오는 라비의 작은 기침 소리가 들렸다.

두 사람은 아무 말도 하지 않았다. 딱히 할 말도 없었다.

핍은 몇 번의 시도 끝에 창고 반대쪽 끝 작업대 옆에 있는 문 열쇠를 찾았다. 문을 열고 들어가자 동굴 같은 어두운 방이 모습을 드러냈다.

라비가 소매를 손가락까지 잡아당겨 옷소매로 전등 스위치를 켰다.

불빛이 몇 번 깜박이더니 지직대며 희미한 불이 켜졌다. 한없이 높은 천장을 올려다보며 핍은 아마도 예전에 헛간이었던 공간이겠거니 짐작했다. 눈앞에는 기계들이 줄줄이 늘어서 있었다. 잔디깎이, 소형 다듬기 기계, 낙엽 청소기, 그 밖에도 용도조차 모르겠는 기계들, 그리고 원예 재단기 같은 작은 도구들이 놓인 테이블이 쭉 늘어서 있었다. 오른쪽으로는 대형 기계들이 줄지어 있고 그 위에 검정 방수포가 씌워져 있었는데, 아마도 직접 타고 다니는 잔디깎이 차 같았다. 선반 위에는 금속 공구들이 불빛에 반짝이고 있었고, 빨간 연료통, 식재용 흙 포대도 잔뜩 보였다.

핍이 라비를 돌아보았다. 라비는 창고 안 곳곳을 빠르게 살피며 정보를 흡수하고 있었다. "저건 뭐지?" 라비가 밝은 오렌지색 기계를 가리켰다. 키가 크고 위쪽이 깔때기 모양으로 생긴 기계였다.

"분쇄기 같아." 핍이 대답했다. "아니면 목재파쇄기? 정확한 명칭은 잘 모르겠어. 나뭇가지를 넣으면 작은 조각으로 분쇄돼 나와."

라비는 앙다문 입술을 한쪽 구석으로 몰아넣은 채 마치 뭔가 고심하는 듯한 표정이었다.

"그건 안 돼." 핍이 라비의 생각을 읽고 단호하게 말했다.

"난 아무 말 안 했는데?" 라비가 반박했다. "여기 대형 냉장고는 없는 거 맞잖아, 안 그래?"

"하지만," 핍의 시선이 줄줄이 늘어선 잔디깎이 앞에서 멈췄다. "잔디깎이는 휘발유 먹지?"

라비는 펍을 쳐다보더니 잠시 후 그제야 눈이 커졌다. "아, 불?" 라비가 말했다.

"불 정도가 아니지." 펍이 덧붙였다. "휘발유는 그냥 타는 게 아니잖아. 폭발하지."

"좋아, 그거 좋네." 라비가 고개를 끄덕였다. "하지만 그건 제일 나중 일이고 일단 밤사이 우리가 할 일이 산더미야. 무엇보다 체온 낮출 방법을 찾지 못하면 전부 소용없다고."

"그리고 체온을 다시 올리고." 대답하는 찰나 펍은 라비의 눈빛을 놓치지 않았다. 절망스러운 그 눈빛을. 어쩌면 이 계획은 시작도 채 못 해보고 끝날지도 모른다. 아슬아슬 간신히 균형을 이루고 있던 저울이 이제 펍의 인생 반대편 접시 쪽으로 점점 기울고 있었다. 제발, 펍, 생각을 해. 쓸 수 있는 게 뭐가 있을까? 분명 무언가가 있을 것이다.

"사무실 건물 한번 확인하러 가보자." 라비가 잔디깎이 대열을 다시 지나쳐 제초제 창고 쪽으로 앞장서 나아갔다. 제초제와 피가 흥건한 바닥을 요리조리 피해서, 마치 어린 시절 놀이를 할 때처럼 깃털같이 가벼운 발걸음으로 시체를 지나쳐 걸어갔다. 옆을 지나갈 때마다 시체는 점점 더 죽어가고 있었다.

펍은 창고 안을, 자신의 머리카락과 피가 덕지덕지 붙어 있는 테이프를 쳐다보았다. "내 DNA가 여기 온 사방에 남아 있어." 펍이 말했다. "테이프는 가져가서 옷이랑 같이 버려야겠어. 그래도 저 선반은 닦아야 해. 태우기 전에 닦아야 해."

"응, 그리고 이것도." 라비가 펍에게서 열쇠 꾸러미를 받아 들며 짤랑짤랑 소리를 내 보였다. "사무실에 청소용품은 있겠지."

핍은 다시금 제이슨의 차 옆을 지나치며 차창에 비친 제 모습을 마주했다. 잔뜩 커진 동공 때문에 녹색 홍채는 훅 줄어들어 검디검은 눈이 되어 있었다. 이렇게 제이슨의 차를 들여다보고 서 있으면 핍의 흔적이 여기 영원히 밸지도 모른다. 너무 오래 쳐다보고 있으면 안 된다. 그제야 문득 떠올랐다.

"젠장." 핍이 내뱉은 말에 라비가 걸음을 멈췄다.

"왜?" 차창에 비친 라비의 눈도 너무 크고 짙었다.

"내 DNA. 제이슨의 차 트렁크에 엄청 많이 묻어 있어."

"괜찮아, 그것도 나중에 처리하면 돼." 차창에 비친 라비가 말했다. 차창에 비친 라비가 핍의 손을 잡으려고 팔을 뻗다가 그제야 생각난 듯 다시 손을 거두었다.

"아니, 진짜 트렁크 온 사방에 묻었다니까." 공포가 다시 서서히 고개를 들었다. "머리카락이랑 피부 각질이랑 지문이랑 다. 지문은 경찰 데이터베이스에 이미 있단 말이야. 난 정말 할 수 있는 한 최대한 흔적을 남기려고 했던 거야. 영락없이 죽는 줄 알고 뭐라도 남기려고 한 거였어. 증거라도 잔뜩 남겨서 범인을 찾을 수 있게, 범인을 잡을 수 있도록."

라비의 눈빛이 차분하고 씁쓸해졌다. 마치 울음을 참으려는 듯 라비의 입술이 떨렸다. "많이 무서웠겠네." 라비가 조용히 말했다.

"응." 핍이 대답했다. 지금 이것도 무섭지만, 그러니까 이 계획이 실패하면 어떻게 될까 상상만 해도 무섭지만, 제이슨의 차 트렁크 안에서, 또 창고 안에서 죽음의 마스크를 칭칭 감고 선반에 매여 있었을 때만큼의 공포에는 비할 바가 아니었다. 그때 그 흔적이 아직 피부 곳곳에, 눈 속에 남아 있었다.

"이따 다 처리할 거야, 알겠지?" 라비가 떨리는 목소리를 숨기려 큰 소리로 말했다. "차는 나중에 돌아와서 처리하기로 하자. 일단 지금은……."

"체온 낮출 방법을 찾아야지." 핍은 이제 제 모습이 비치는 차창 안을, 제이슨의 차 안을 들여다보고 있었다. "체온을 낮추고, 다시 체온을 높이고." 핍의 시선이 운전대 너머 계기판을 맴돌았다. '혹시나' 하고 던진 아주 작은 의문은 이제 점점 자라나 핍의 머릿속을 압도하고 있었다. "세상에." 핍이 다시금 소리쳤다. "세상에!"

"왜?" 라비가 본능적으로 어깨 너머로 뒤를 돌아보았다.

"차!" 핍이 라비를 쳐다보았다. "이 차가 우리 냉장고인 거야. 이거 신형 고급 SUV잖아. 에어컨 출력이 얼마나 될까?"

라비도 곧장 반응했다. 라비의 눈에서 거의 흥분에 가까운 눈빛이 느껴졌다. "꽤 차게 나올걸." 라비가 말했다. "제일 세게 틀면. 송풍구 전부 열고 강으로 틀고 나머지 문 다 닫으면 말이야. 그러네, 완전 차갑겠는데." 라비의 표정이 미소에 가까웠다.

"일반적인 냉장고 온도가 4도 정도인데, 그 정도까지 내려갈까?"

"일반적인 냉장고 온도를 네가 어떻게 알아?" 라비가 물었다.

"난 원래 그냥 알아. 하루 이틀 본 것도 아니고, 나 원래 이런 사람인 거 몰라?"

"글쎄." 라비가 하늘을 올려다보았다. "오늘 밤은 좀 쌀쌀하네. 바깥 온도가 15도를 넘지는 않을 거야. 그럼 차 온도를 10도 정도만 낮춰도…… 그래, 충분히 가능할 것 같네."

핍을 옥죄던 갈비뼈가 살짝 느슨해지면서 약간의 안도감 같은 것도 들고 숨을 쉬는 것도 조금 쉬워졌다. 할 수 있다. 어쩌면 정말로 가능한지도 모른다. 정말로 죽은 자의 시계를 몇 시간 삶으로 되돌렸다가 다시 죽이는 게 완벽하게 가능할지 모른다.

"그리고," 핍이 말을 이었다. "이따 다시 돌아오면……."

"가장 높은 온도 세팅으로, 최대로 히터를 트는 거고." 라비가 재빨리 핍의 말을 이었다.

"그럼 다시 체온이 올라갈 거고." 핍이 대화를 완성했다.

라비가 고개를 끄덕였다. 머릿속으로 그림을 그려보느라 눈이 바쁘게 움직였다. "그래. 성공할 것 같아, 핍. 괜찮을 거야."

정말 그럴지도 모른다. 정말로. 하지만 아직 둘은 시작도 하지 못한 상태였고 시간은 째깍대고 흘러가고 있었다.

"전에도 이런 적 있는데, 기억나?" 라비가 작업용 장갑을 끼며 말했다. 아까 사무실에서 회사 로고가 새겨진 여분의 작업복이 가득 쌓여 있던 선반에서 꺼내온 장갑이었다.

"시체를 옮겼다고?" 핍이 장갑을 한 쪽씩 들고 탁 부딪혔다. 작은 진흙 덩어리가 눈앞에서 먼지가 되어 후드득 떨어졌다.

"아니, 당연히 이런 일이야 처음이지." 라비가 코를 가볍게 훌쩍였다. "내 말은 우리가 불법 행위 목적으로 원예용 장갑을 낀 게 처음이 아니라 그거지. 벨 가족이 살던 집, 저기 누워 있는 저 사람 집에 몰래 들어갔을 때 기억 안 나?" 라비가 고갯짓으로 창고 쪽을 가리켰다. "그, 저……." 라비가 망설였다.

"하지 마." 핍이 단호한 표정으로 라비를 쳐다보았다.

"왜?"

"어쩌다 이렇게까지 됐냐고 농담하려는 거잖아. 다 알거든."

"아, 내가 깜박했다." 라비가 말했다. "넌 원래 뭐든 알지."

사실이었다. 그리고 핍은 라비가 긴장하면 농담을 한다는 것, 그게 라비가 긴장을 이기는 방법이란 것도 알았다.

"좋았어, 한번 해보자고." 핍이 말했다.

핍은 다리를 벌리고 자세를 낮춘 다음 커다란 잔디깎이 차를 덮고 있는 방수포 한쪽 끝을 잡아당긴 뒤 천을 기계 위쪽으로 던졌다. 라비는 기계 위로 구깃구깃 접혀 올라온 검정색 방수포를 다른 한쪽에서 잡아당기며 기계에서 그것을 벗겨내 대충 둘둘 말아 품 안에 들었다.

핍이 앞장서서 큰 방을 나가 다시 제초제가 있던 창고 쪽으로 향했다. 아직 제초제 냄새가 강하게 풍기면서 이제는 머리가 아파오기 시작했다.

라비는 피가 고인 부분을 피해 제이슨 시체 옆, 콘크리트 바닥 위에 방수포를 펼쳤다.

핍은 라비의 앙다문 입술에서 라비가 긴장하고 있다는 걸 느낄 수 있었다. 아마 핍도 지금쯤 분명 저렇게 초점 없는 눈을 하고 있을 것이다.

"시체 쳐다보지 마." 핍이 말했다. "볼 필요 없어."

라비가 다음 작업을 도와주려는 듯이 핍 쪽으로 다가왔다.

"아니," 핍이 라비를 저지했다. "손대지 마. 꼭 필요할 때 아니면 아무것도 만지지 마. 선배가 여기 흔적 남기는 거 싫어."

그렇게 되면 최악 중의 최악이었다. 핍이 살인죄로 잡혀 들어가는데 라비도 같이 잡혀간다? 아니, 이 일과 관련해서는 라비의 털끝 하나도 건드릴 수 없다. 라비도 이 현장에 손끝 하나 대선 안 된다. 혹시라도 실패한다면 그건 전부 핍 탓이다. 라비도 동의했다. 라비는 아무것도 아는 것이 없는 거다. 아무것도 보지 못했고, 아무것도 하지 않았다.

핍은 제이슨 반대편 쪽에서 무릎을 꿇고 천천히 팔을 뻗어 어깨와 팔을 붙들었다. 아직 경직이 일어나진 않았지만 이제 곧 진행될 터였다.

핍은 몸을 숙이고 제이슨을 옆으로 굴려 얼굴이 하늘을 향하도록 눕혔다. 제이슨의 얼굴은 그대로였다. 창백하고 편안해 보이는 모습이 어찌 보면 거의 잠든 얼굴 같기도 했다. 핍은 다시 제이슨을 붙들어 옆으로 굴렸다. 방수포 끝자락에선 터진 뒤통수를 보이고 엎드렸다가 방수포 중앙에선 다시 얼굴을 위로 하고 누운 자세가 됐다.

"좋았어." 핍이 천 한쪽을 잡아당겨 제이슨의 몸 위로 감쌌다. 반대편에서 라비도 똑같이 했다.

제이슨은 이제 깨끗하게 정리됐다. 이제 DT 살인범의 잔해라면 검붉은 웅덩이와 싸매어놓은 방수포뿐이었다.

"시반 때문에 차에선 등을 대고 누워 있어야 해." 제이슨의 어깨가 위치할 자리를 직접 잡아 보이며 핍이 설명했다. "그리고 다시 돌아와서 엎드린 자세가 되게 뒤집고. 그럼 피가 다시 자리를 잡으면서 그 몇 시간 동안은 아무 일 없었던 것처럼 보일 거야."

"그래, 알겠어." 라비가 고개를 끄덕이며 몸을 굽혀 방수포로 감싼 제이슨의 발목을 잡았다. "하나, 둘, 셋, 영차."

제이슨은 무거웠다. 무거워도 너무 무거웠다. 방수포로 감싼 제이슨의 어깨 아래쪽을 붙들고 있는 핍의 손이 어색했다. 그러나 둘은 함께 제이슨을 들고 천천히 철문 밖으로 걸어 나갔다. 라비는 뒷걸음질로 걸어가며 혹시 피를 밟고 있진 않은지 바닥을 확인했다.

마당에선 부드러운 엔진 소리가 두 사람을 맞아주었다. 이미 제이슨의 차 시동을 켜고 에어컨을 가장 낮은 온도로 설정한 다음 차 안의 송풍구란 송풍구는 다 열어두었다. 내부의 찬 공기를 유지하기 위해 문은 모두 닫았다. 차 안 곳곳에 아이스팩도 비치해두었다. 라비가 사무실 건물에 갔을 때 냉동실에서 찾아온 것이었는데, 아마도 산업재해 같은 사고를 대비한 거였겠지만 이제는 차 안의 온도를 유지할 수 있게 송풍구 가까이 놓아두었다.

"내가 문을 열게." 라비가 허리를 숙여 제이슨의 발을 부드럽게 자갈밭 위에 내려놓았다. 핍은 제이슨의 등 아래쪽으로 다리를 뻗어 무게를 일부 지탱했다.

라비가 뒷좌석 문을 열었다.

"벌써 차 안이 꽤 찬데." 라비가 다시 제이슨의 발치로 돌아와 끙 소리와 함께 제이슨을 들었다.

조심히, 반 발짝씩 움직이며 두 사람은 차 문 안으로 돌돌 감은 방수포를 움직이며 뒷좌석에 제이슨을 밀어 넣었다.

정말로 차 안 공기는 벌써 냉장고 안만큼 찼다. 제이슨을 더 깊이 밀어 넣는데 핍의 입김이 눈에 보일 정도였다. 제이슨의 머리, 부서진 머리까지는 뒷좌석에 맞지 않을 것 같았다.

"잠깐만." 핍이 차 뒤쪽으로 빙 돌아 반대편 문을 열었다. 핍은 방수포 끝에 열려 있는 부분으로 손을 넣어 제이슨의 발목을 붙든 다음 다리를 밀어 무릎을 접어 세우고 남은 공간을 이용해 시체를 쭉 끌어당겼다. 그리고 그 자세가 유지되도록 천천히 문을 닫았다. 제이슨의 발이 문을 차는 소리가 들렸다. 마치 도망가려고 발길질이라도 하는 것 같았다.

라비가 다른 쪽에서 문을 닫고 뒤로 걸어와 양손을 맞잡으며 긴장된 숨을 내쉬었다.

"우리가 자리를 비울 몇 시간 동안 계속 이렇게 에어컨이 틀어져 있겠지?" 핍이 재차 확인했다.

"응, 기름은 거의 가득 있었어. 우리가 필요한 만큼 유지될 거야." 라비가 대답했다.

"좋아, 좋아." 핍은 자기가 한 말이 스스로 공허하게 들렸다. "이제 집으로 가자. 계획한 대로."

"계획한 대로." 라비가 핍의 말을 따라 했다. "네 흔적을 그대로 남겨둔 채 자리를 뜨는 게 좀 무섭긴 하지만 말이야."

"그러게." 핍이 대꾸했다. "하지만 안전할 거야. 제이슨 말론 아무도 안 온다고 했어. 애초에 날 여기서 죽일 계획이었고 밤새도록, 주말 내내 시간이 있다고 했으니까. 카메라도, 경보장치도 다 껐다고 했고. 그러니까 우리도 다르지 않지. 돌아와도 별 차이는 없을 거야. 그럼 그 후에 우리는 남아 있는 흔적을 지우고 새 흔적을 심으면 돼." 핍이 차창 너머로 돌돌 감긴 검은 방수포를 쳐다보았다. 방수포 안에 싸여 있는 자는 아직 죽지 않았다. 물론 모든 것이 계획대로 되었을 때의 얘기긴 했지만 말이다.

라비가 장갑을 벗었다. "배낭은 가져갈 거야?"

"응." 핍도 장갑을 벗고 라비의 장갑과 함께 제 가방 안에 넣었다. 핍을 결박했던 테이프도 창고에서 가져와 가방에 넣었다. 발목, 팔목, 얼굴을 가렸던 테이프, 머리카락이 붙은 테이프까지 다 넣었다.

"그리고 여기 들고 온 건 다 챙긴 거지?"

"응, 다 있어." 핍이 가방 지퍼를 닫으며 말했다. "오늘 오후에 챙겼던 건 다 있어. 거기에다 장갑이랑 테이프도 있고. 제이슨의 휴대폰도. 남긴 건 아무것도 없어."

"망치는?" 라비가 물었다.

"망치는 그냥 둬도 돼." 핍이 가방을 어깨에 걸치며 똑바로 일어섰다. "맥스가 제이슨을 죽일 도구는 필요하잖아. 내 지문은 나중에 지우면 되니까."

"좋아." 라비가 활짝 열린 그린 신 입구에 서 있는 자기 차를 향해 앞장서 걸어갔다. "집으로 가자."

32

마지막으로 다시 한번 확인했다.

라비는 사이드 브레이크를 사이에 두고 허리를 숙여가며 핍을 꼼꼼히 살펴보았다. 라비의 숨결은 달콤했지만 얼굴에 닿으니 아팠다.

"얼굴에 아직 말라붙은 게 좀 남았어. 손에도." 라비의 시선이 아래로 향했다. "상의에도 튄 자국이 있고. 눈에 띄기 전에 빨리 올라가야 할 것 같아."

핍이 고개를 끄덕였다. "응, 그거야 어렵지 않아."

핍은 라비의 차에 핏자국을 남기지 않기 위해 좌석 위에 여벌로 갖고 있던 옷가지를 깔았다. 그런 다음 라비가 뒷길을 따라 운전하는 동안 물병에서 물을 살짝 따라 가방에 챙겨두었던 속옷에 적신 후 얼굴과 손에 남은 핏자국을 지웠다. 이 정도면 괜찮을 거다.

핍은 팔꿈치로 차 문을 열고 차에서 내린 다음 깔고 앉았던 티셔츠를 가방 속에 집어넣고 지퍼를 닫았다. 다른 한 손에는 집 열쇠가 들려 있었다.

"정말 괜찮아?" 라비가 다시금 물었다.

"그럼." 핍이 대답했다. 두 사람은 다시 계획을 점검했다. 차 안에서 몇 번이고 다시, 또다시 복기했다. "이 부분은 나 혼자

할 수 있어. 뭐, 무슨 말인지 알겠지만."

"내가 도와줄 수도 있는데." 라비의 목소리에 약간의 절망감이 묻어났다.

핍은 라비를 쳐다보며 라비의 지금 이 모습을 한 모금, 한 모금씩 조금도 남김없이 빨아들였다. "벌써 도와줬잖아. 본인이 생각하는 것보다 더 큰 도움을 줬다고. 내가 거기서 살아남은 것도 선배 덕이었고, 게다가 거기까지 날 데리러도 왔잖아. 여기서부턴 혼자 할 수 있어. 나한테 도움이 되고 싶으면 선배가 안전하게 있으면 돼. 내가 바라는 건 그거야. 혹시나 계획대로 진행이 안 되더라도 오늘 일로 선배한테 무슨 문제가 생기는 건 싫어."

"알아, 하지만……."

핍이 라비의 말을 끊었다. "그럼 이제부터 오늘 밤 알리바이를 준비해줘. 혹시라도 우리가 짜놓은 대로 시간이 맞지 않을 가능성, 우리가 원하는 만큼 사망 시간대가 늦춰지지 않을 경우를 대비해서 밤사이 시간 전부에 대한 알리바이가 필요해. 선밴 뭐 할 거야?" 핍은 라비가 직접 말하는 걸 다시 듣고 싶었다. 철통같이 빈틈없는 알리바이를.

"집에 가서 휴대폰을 가지고 아머샴에 사촌 라훌을 데리러 갈 거야." 라비는 먼 곳을 응시하며 말했다. "카메라에 찍히게 큰길로만 갈 거야. ATM에서 현금을 찾으면 또 거기 카메라에 찍히겠지. 그런 다음엔 피자 익스프레스나 다른 체인점에 가서 먹을 걸 주문하고 카드 결제를 할 거야. 좀 시끄럽게 떠들면 사람들이 쳐다볼 테고, 그럼 그 사람들은 우리가 거기 있었던 사실을 기억하겠지. 거기 같이 있었단 증거로 휴대폰으로 사진이랑 영상도 남길 거야. 엄마한테 전화해서 집에 언제 가겠다고 얘기할 거고. 너한테 뭐 하고 있는지 묻는 문자도 보낼 거야. 난 네가 오늘 휴대폰을 잃어버린 것도 아직 모르고, 널 하루 종일 못 본 상태니까." 라비가 얼른 숨을 쉰 다음 말을 이었다. "그런 다음 라훌이 친구들이랑 자주 가는 펍에 같이 갈 거야. 거기라면 목격자가 많겠지. 거기서 11시 반까지 있을 거야. 그러고서 라훌을 집에 데려다준 다음 다시 집으로 돌아오는 길에는 주유소에 들러 기름을 넣을 거야. 이때 또 CCTV 카메라에 찍히겠지. 그리고 집에 들어가면 자러 가는 척할 거고."

"좋아, 훌륭해." 핍이 차 계기판의 시계를 흘끔 쳐다보았다. 이제 막 8시 10분이 지났다. "자정에 만나는 거지?"

"응, 자정에 봐. 전화할 거지?" 라비가 물었다. "선불폰으로. 혹시라도 잘못되면."

"잘못되지 않아." 핍이 라비를 쳐다보며 확신을 심어주었다.

"조심해." 라비가 핍의 손 대신 운전대를 꼭 쥐었다. "사랑해."

"사랑해." 핍은 또 한 번 마지막으로 말했다. 하지만 이번엔 정말로 마지막은 아니었다. 몇 시간 후에 라비를 다시 만날 테니까.

핍은 차 문을 닫고 라비가 깜빡이를 켠 다음 떠나는 모습을 지켜보며 손을 흔들었다. 핍은 스스로 마음의 준비를 하려고 숨을 크게 들이마신 다음 돌아서서 진입로를 따라 집을 향해 걸어갔다.

집 앞 유리창 너머 가족들 모습이 보였다. 시시각각 바뀌는

TV 화면이 가족들 얼굴 위에 아른댔다. 핍은 어둠 속에 서서 가족들의 모습을 잠시 그대로 지켜보았다. 조쉬는 잠옷 차림으로 바닥에 웅크리고 앉아 레고를 가지고 놀고 있었고 아빠는 TV를 보며 웃고 있었다. 아빠의 웃음소리에 바깥까지 진동이 느껴지는 것 같았다. 엄마가 혀를 차며 아빠의 가슴을 한 손으로 찰싹 때렸다. "여보, 저게 뭐가 웃겨." 엄마의 목소리가 핍에게도 들렸다.

"원래 꽈당 넘어지는 건 다 웃겨." 아빠가 쩌렁쩌렁한 목소리로 대답했다.

눈이 따끔거리고 목이 메었다. 가족들을 다시는 보지 못하는 줄 알았다. 웃고 우는 저 얼굴들을 다시는 보지 못하는 줄 알았다. 가족들 웃음소리를 더는 듣지 못하는 줄 알았다. 부모님이 나이 들어가는 모습을 영영 지켜보지 못하는 줄 알았다. 핍이 더 나이가 들어 아빠의 으깬 감자 레시피라든가 엄마가 크리스마스트리를 장식하는 스타일이라든가, 부모님이 만들어낸 이런 가족의 전통을 물려받아야 하는데 말이다. 조쉬가 성인이 되면 어떤 목소리를 갖게 될지, 뭘 좋아하는 어른이 될지 영영 알 기회조차 없을 줄 알았다. 그 모든 순간, 크든 작든 가족들의 삶 속 순간순간들. 핍은 그 기회를 잃었다가 되찾았다. 물론 계획이 성공한다는 전제하에 말이다.

핍은 목을 가다듬고 울컥한 감정을 진정시킨 다음 최대한 소리 죽여 열쇠로 문을 열었다.

그리고 살며시 안으로 들어갔다. 부디 TV에서 들려오는 관중들 박수 소리에 묻히길 바라면서 들릴 듯 말 듯 딸깍 문을 닫았다. 열쇠도 아무 소리 나지 않게 손에 꼭 쥐었다.

천천히, 그리고 조심히, 숨을 참으며 핍은 거실문을 지나 소파에 앉은 가족들의 뒤통수를 바라보았다. 그때 아빠가 자세를 움직였다. 심장이 덜컥 내려앉으며 핍은 그 자리에서 얼음이 됐다. 아니다, 괜찮다. 그냥 엄마 어깨를 감싸 안으려고 팔을 펼친 것뿐이었다.

계단을 조용히, 아주아주 조용히 올라갔다. 세 번째 계단이 핍의 무게에 끼익하는 소리를 냈다.

"핍?! 핍 왔니?" 엄마가 뒤로 고개를 돌리려고 했다.

"네." 핍은 엄마가 뒤를 돌아보기 전에 계단을 두 개씩 뛰어 올라가며 대답했다. "저예요! 죄송한데 화장실이 좀 급해서요."

"아래층에도 화장실은 있는데 말이야." 핍이 막 마지막 계단을 지나 복도로 들어서는데 아빠가 소리쳤다. "물론 급하다는 게 혹시 소변이 아니고 다른 거라면……."

"라비네 집에서 자고 오는 거 아니었어?" 엄마가 물었다.

"2분만요!" 핍은 그렇게 대답한 다음 곧장 화장실로 달려가 문을 잠갔다. 저 문고리도 닦아야 할 테지.

하마터면 걸릴 뻔했다. 하지만 가족들은 평소와 똑같았다. 아무것도, 이 핏자국이며 쥐어뜯긴 것 같은 머리카락이며 상처가 난 피부도 보지 못했다. 이게 핍의 첫 번째 할 일이었다.

핍은 말라붙은 핏자국이 혹시라도 묻어나지 않도록 눈을 꼭 감고, 입도 꼭 다물고 윗옷을 벗었다. 그러곤 조심히 옷 안감을 밖으로 뒤집어 타일 위에 내려놓았다. 운동화를 벗고, 그다음 양말을, 짙은 색 레깅스를 차례로 벗었다. 육안으론 보이지 않았지만 섬유조직 사이 어딘가에 분명 피가 묻었을 것이다. 그런 다음 스포츠 브라를 벗었다. 한가운데 묻은 얼룩은 이미 검붉게 변색이 되어 있었다. 핍은 옷가지를 한데 모아 산을 쌓아놓은 다음 물을 틀었다.

아직 미지근했다. 이제 뜨겁다. 더 뜨거워졌다. 이제 온도는 살갗이 물줄기에 닿으면 아플 만큼 뜨거웠다. 그러나 피부가 타 들어갈 만큼 물이 뜨거워야 했다. 그래야 DT를 충분히 씻어낼 수 있었다. 핍은 온몸에 비누칠을 하며 분홍빛 핏물이 다리를 타고 흘러내리는 것을, 발가락 사이를 지나 배수구로 흘러 들어가는 것을 지켜보았다. 핍은 닦고 또 닦고, 손톱 밑까지 닦으며 통 절반은 차 있던 샤워젤을 다 썼다. 머리는 세 번씩 감았더니 이제 머리카락이 더 가늘어지고 뻣뻣해진 것 같았다. 샴푸가 볼에 닿으니 피부가 쓰라렸다.

드디어 다 씻어냈다는 생각이 들었을 때 핍은 샤워실 밖으로 나와 수건을 둘렀다. 샤워부스 바닥에 혹시라도 잔여물이 남아 있을지 모르니 물은 계속 틀어두었다. 여기도 나중에 청소를 해야 한다.

겨드랑이에 수건을 낀 채 핍은 변기 옆에 있는 뚜껑 달린 휴지통을 집어 들어 플라스틱 내통을 꺼냈다. 통 안엔 다 쓴 화장지 심만 두 개 들어 있었다. 핍은 심을 꺼내 창틀에 올려두었다. 그런 다음 세면대 아래 캐비닛에서 화장실 표백제를 꺼내 뚜껑을 열고 일부를 그 통에 부었다. 조금 더. 끝까지 다 부었다. 핍은 허리를 펴고 온수를 받아 희석된 표백제를 통 절반까지 채웠다. 강하고 불쾌한 냄새가 올라왔다.

이제 핍의 방까지 두 번을 왔다 갔다 해야 한다. 가족들은 아래층에 있으니 괜찮을 것이다. 핍은 표백제가 든 통을 들어 올렸다. 제법 무거웠다. 핍은 한 팔로 통을 들고 가슴에 딱 붙인 다음 화장실 문을 열었다. 그리고 휘청대며 복도를 지나 방 한가운데 표백제가 든 통을 내려놓았다. 표백제 물이 아슬아슬하게 찰랑였다.

다시 화장실로 돌아가는 길 TV 속 관중들의 박수 소리가 들려왔다. 핍은 화장실에서 피 묻은 옷가지와 배낭을 집어 들었다.

"핍?" 계단을 타고 엄마의 목소리가 들려왔다.

'젠장.'

"지금 막 씻었어요! 곧 내려갈게요!" 핍은 서둘러 방으로 들어가 문을 닫았다.

핍은 표백제가 든 통 옆에 옷 무더기를 내려놓은 다음 무릎을 꿇고 하나씩 옷가지를 집어 부드럽게 희석된 표백제 깊숙이 집어넣었다. 절반쯤 둥둥 떠오른 운동화도 쑥 밀어 넣었다.

배낭에서는 핍의 얼굴과 손, 팔을 묶었던 테이프를 꺼내 표백제 통에 넣었다. 다음으로 제이슨의 선불폰을 꺼내 뒷면을 밀어 심카드를 꺼냈다. 핍은 작은 심카드를 반으로 쪼갠 다음 휴대폰도 물속에 집어넣었다. 이제 얼굴에 튄 피를 닦는 데 쓴 속옷과 핍이 라비의 차 안에서 깔고 앉았던 티셔츠 차례였다. 마지막으로 핍과 라비가 이용했던, 어쩌면 유죄를 입증할 가장 확실한 증거라고 할 수 있는 그린 신 회사 로고가 새겨진 장갑을 통 깊숙이 밀어 넣었다. 눈에 보이는 핏자국은 표백제로 해결될 테고 아마 섬유 색상도 다 빠질 테지만, 그냥 조심하는 차원에서 여기 든 건 내일이면 다 처리할 것이다. 이것도 나중에 할 일이다.

지금으로선 카펫 저쪽까지 통을 끌고 가서 옷장 속에 숨겨두는 수밖에 없었다. 빼꼼히 솟아오른 운동화는 다시 밀어 넣었다. 표백제 냄새가 강렬했지만 아무도 핍의 방에 들어오진 않을 것이다.

핍은 몸을 말린 다음 검정 후드 티, 검정 레깅스를 입었다. 그리고 거울을 보고 서서 얼굴을 어떻게 해야 하나 고민했다. 젖은 머리는 힘없이 축 늘어져 있었고, 빗질을 하면 두피가 너무 아팠다. 정수리 가까이 작은 땜통이 하나 보였다. 테이프 때문에 머리카락이 뜯겨나간 탓이었다. 이 땜통을 어떻게든 가려야 했다. 핍은 손가락으로 머리카락을 빗어 하나로 높이, 아프다시피 단단하게 묶었다. 이따 라비와 다시 그린 신에 돌아갈 때를 대비해 손목에 여분 삼아 머리끈 두 줄을 더 찼다. 여기저기 쓸리고 벗어져 울긋불긋한 얼굴 피부를 감추려 파운데이션을 바르고, 제일 심한 부분엔 컨실러를 발랐다. 피부색은 창백하고 표면은 거칠어 보였지만 그래도 괜찮을 것이다.

핍은 배낭을 완전히 비운 다음 다시 짐을 싸면서 아까 라비와 머릿속으로 준비한 목록, 외우다 못해 거의 머릿속에 주문처럼 새겨놓다시피 한 목록을 하나하나 체크했다. 비니 두 개, 양말 다섯 켤레. 서랍에서 선불폰 세 개를 꺼내 전부 전원을 켰다. 비밀 금고에 챙겨둔 현금도 소액이지만 만약을 대비해 전부 챙겼다. 다음으로 옷장 속 표백제 통 바로 위에 걸려 있는, 핍의 옷 중에 제일 비싼 재킷 주머니를 뒤져 조정 면담 이후 확인 한번 해보지 않은 엠보싱 명함을 꺼내 조심히 가방 앞주머니에 넣었다. 다음으로 조용히 부모님 방에 들어가 엄마가 염색할 때 쓰는 라텍스 장갑을 한 주먹 집었다. 최소한 세 켤레는 될 것이다. 핍은 맨 위에 다시 지갑을 넣고 그 안에 체크카드가 있는지 확인했다. 알리바이를 만드는 데 꼭 필요했다. 그리고 핍의 차 열쇠도.

위층에서 필요한 건 여기까지였다. 핍은 계획에 필요한 걸 다 챙겼는지 다시 전부 확인했다. 아래층에서 몇 가지 챙길 것이 더 있었다. 어떻게든 가족들, 특히 뭐든 사사건건 관심을 보이고 참견하는 남동생의 눈을 피해야 할 것이다.

"저 왔어요." 핍은 숨 가쁘게 계단을 두 개씩 뛰어 내려오며 말했다. "아까 뛰고 와서 나가기 전에 샤워 좀 하느라고요." 거짓말이 너무 급하게 쏟아져 나와버렸다. 숨도 쉬어가며 말하는 속도를 조금 늦춰야 했다.

엄마가 소파 뒤로 고개를 돌려 핍을 쳐다보았다. "라비 집에서 저녁 먹고 자고 오는 줄 알았더니?"

"슬립오버." 조쉬가 한마디 덧붙였다. 소파 뒤에선 조쉬의 모습이 보이지 않았다.

"계획이 바뀌어서요." 핍이 어깨를 으쓱했다. "라비가 사촌이랑 나간다고 해서 저도 카라랑 놀려고요."

"나는 자고 온단 얘긴 들은 적 없는데." 이번엔 아빠가 가세했다.

엄마가 눈을 가늘게 뜨고 핍의 얼굴을 살폈다. 엄마 눈엔 보일까? 메이크업 뒤에 숨겨진 진실을 엄마는 볼 수 있을까? 혹은 핍의 눈빛, 초점 없이 뭐에 홀린 듯한 이 눈빛을 보고 뭔가 다른 걸 눈치챈 걸까? 핍이 낮에 집을 나설 때만 해도 엄마에겐 영원히 아기일 핍이었지만 지금 집에 돌아온 이 핍은 잔인한 죽음을 목전에서 마주했다가 용케 다시 살아 돌아온 존재였다. 그뿐만이 아니다. 이제 핍은 살인자가 됐다. 그래서 달라졌나? 그게 엄마의 눈에도 보이나? 핍 스스로가 보기에도 다른가? 핍은 이제 전혀 다른 사람이 됐나?

"싸운 건 아니겠지?" 엄마가 물었다.

"네?" 핍은 어리둥절했다. "라비랑? 아니요, 아무 일 없어요." 핍은 가볍게 코웃음을 쳤다. 남자친구와의 그렇게 평범하고 조용한 말싸움이야말로 핍이 바라 마지않던 것이었는데. "부엌에서 잠깐 요깃거리 좀 챙겨서 가려고요."

"알겠다." 엄마는 믿지 못하겠단 말투였다. 하지만 괜찮다. 엄마가 핍이 라비랑 싸웠다고 생각한다면, 그건 아무 문제 없다. 오히려 더 좋다. 핍이 연쇄살인마를 죽였고 지금은 이제 핍이 저지른 짓을 강간범에게 뒤집어씌우려고 나가는 길이라는 그 진실보다 훨씬 낫다.

핍은 부엌 아일랜드 식탁의 제일 위쪽 넓은 서랍을 열었다. 엄마가 포일, 유산지, 샌드위치용 지퍼백 등을 보관하는 서랍이었다. 핍은 재사용 가능한 샌드위치 지퍼백 네 개, 그것보다 더 큰 냉동용 지퍼백 두 개를 꺼내 배낭에 집어넣었다. 부엌 반대편 잡동사니 서랍에서는 양초용 라이터를 꺼내 가방에 같이 넣었다.

그리고 이제 목록의 마지막 항목까지 왔는데, 사실 이건 어떤 물건이라기보다는 해결할 방법을 찾아내야 하는 문제에 가까웠다. 지금쯤이면 뭔가 좋은 생각이 나지 않을까 했는데 아직 아무런 생각도 떠오르지 않았다. 맥스 헤이스팅스네 집은 대문 양쪽에 보안 카메라가 두 대 설치돼 있었다. 법원 판결이 있고 나서 핍이 그 집 밖을 난장판 만들어놓은 후 설치한 카메라였다. 이 카메라를 어떻게든 해야 하는데, 대체 어떻게 하지?

핍은 차고 문을 열었다. 아직 아드레날린이 뿜어나와 피부도 뜨거운데 거기에 찬 공기가 닿는 느낌이 그리 나쁘지 않았다. 핍은 차고 안을 둘러보았다. 부모님 자전거, 아빠의 자전거 공구 세트, 엄마가 마땅히 둘 데를 찾을 때까지 기어이 안 버리고 갖고 있겠다던 거울 달린 서랍 등이 보였다. 어떻게 하면 카메라를 해결할 수 있을까? 핍의 시선이 아빠의 공구 세트로 향했다. 핍은 차고를 가로질러 가서 공구함을 열어보았다. 작은 망치가 보였다. 몰래 그 집에 찾아가 카메라를 깨버리는 방법도 있긴 하지만, 그럼 소리가 날 테고 그 소리를 맥스가 듣게 될지도 모른다. 혹시 카메라 와이어가 밖으로 노출돼 있으면 저 와이어 절단기를 쓸 수도 있을 것이다. 하지만 핍은 그보다는 티가 안 나는 방법을 찾고 싶었다. 이 시나리오에 좀 더 잘 어울리는 그런 방법을 말이다.

그때 무언가가 핍의 시선을 사로잡았다. 공구함 위 머리 높이 선반에 놓인 물체가 그 자리에서 핍을 응시하고 있었다. 처음엔 숨이 턱 막혔지만, 이내 핍은 한숨을 내쉬었다. 완벽했다.

거의 새것에 가까운 회색 박스 테이프였다.

이거야말로 핍이 찾던 거였다.

"박스 테이프라니 정말 징글징글하다." 핍은 중얼대며 테이프를 가방에 밀어 넣었다.

차고에서 밖으로 나가던 핍은 그 자리에서 얼음이 됐다. 부엌에서 아빠가 냉장고 문을 열고 선 채 먹다 남은 음식을 꺼내며 핍을 지켜보고 있었다.

"거기서 뭐 하니?" 아빠의 이마에 주름이 잡혔다.

"아, 그…… 파란색 컨버스가 여기 있나 해서요." 핍이 둘러댔다. "아빠는 뭐 하는데요?"

"운동화는 문 옆 선반에 있어." 아빠가 고갯짓으로 복도 쪽을 가리켰다. "난 엄마한테 와인 가져다주려고 했지."

"아, 와인이 치킨 접시 아래 있나 봐요?" 핍이 어깨에 가방을 걸치고 지나가며 말했다.

"그렇지. 아빠는 원래 이렇게 먹는 사람이니까." 아빠가 대답했다. "몇 시에 올 거니?"

"11시 반쯤이요." 핍이 엄마와 조쉬에게 인사를 하자 엄마는 내일 아침 레고랜드에 갈 거니까 너무 늦지 말라고 했고 조쉬는 엄마의 그 말에 작은 환호성을 외쳤다. 핍은 늦지 않겠다고 했다. 그 순간, 너무나도 일상적인 이 대화가 핍을 강타하며 가족들 얼굴조차 쳐다보기 힘들어졌다. 핍이 오늘 밤 이후로도 다시 이런 일상적인 순간을 살 수 있게 될까? 핍이 바란 건 그냥 평범한 일상이었을 뿐인데, 이 모든 게 그걸 되찾기 위함이었는데, 이제 핍의 그 간절한 바람은 영원히 불가능한 일이 돼버린 건가? 핍이 제이슨을 죽인 죄로 잡히게 되면 그런 일상이 불가능하단 것만은 확실했다.

펍은 문을 닫고 숨을 내쉬었다. 이런 생각을 하고 있을 시간이 없었다. 지금은 집중해야 한다. 15킬로미터 떨어진 곳에 시체가 있고, 펍은 시간과 사투 중이었다.

지금이 저녁 8시 27분이었다. 벌써 계획보다 늦었다.

펍은 차에 올라타 조수석에 가방을 던졌다. 열쇠를 돌려 시동을 건 다음 차를 빼는데 페달을 밟는 다리가 떨려왔다. 첫 번째 단계가 마무리됐다.

이제 다음 단계다.

33

짙은 붉은색 문이 빼꼼히 열리더니 작은 틈으로 어두운 얼굴의 형체가 나타났다.

"이미 말했을 텐데." 그림자가 방문객의 정체를 확인하곤 입을 열었다. "아직 없다니까."

이내 문이 활짝 열리고 루크 이튼이 나타났다. 가로등 불빛 아래서 그의 목을 뒤덮은 문신은 마치 살을 촘촘하게 감싸고 있는 그물처럼 보였다.

"문자를 얼마나 자주 보내든, 다른 번호를 쓰든 대답은 똑같아. 없다고." 목소리에서 짜증이 묻어났다. "그리고 이렇게 다짜고짜 찾아오……."

"더 강한 거 주세요." 핍이 루크의 말을 잘랐다.

"뭐?" 거의 바짝 깎은 머리통을 손으로 쓸어 넘기며 루크가 핍을 쳐다보았다.

"더 강한 거요." 핍이 다시 말했다. "루히프놀. 그거 주세요. 지금 당장." 핍의 얼굴에는 아무런 표정이 없었다. 마치 방어막이나 무슨 가면이라도 쓴 것처럼. 그리고 그 뒤에는 죽음의 목전에서 살아 돌아온 소녀가 숨어 있었다. 그러나 핍이 긴장하고 있다는 건 후드 티 주머니 속에 숨긴 손이 덜덜 떨리고 있는 것만 봐도 알 수 있었다. 혹시 루크한테 약이 없으면, 이미 전부 맥스 헤이스팅스에게 팔아버렸다면, 그럼 그걸로 끝이다. 어느 한 부분이라도 틀어졌다간 계획은 그대로 전부 실패다. 핍의 등 위에 카드로 지은 집이 아슬아슬 균형을 잡고 서 있었다. 그리고 핍의 남은 인생이 바로 여기, 회색 문신이 그려진 루크의 손에 달려 있었다.

"뭐?" 루크가 핍을 뚫어져라 쳐다보았다. 그렇다고 해도 이 얼굴 뒤의 진실까지 읽어내진 못할 것이다. "진심이야?"

어깨의 긴장이 조금 누그러졌다. 루크의 반응으로 미루어 볼 때 약이 있단 뜻이었다. 카드집이 아직은 균형을 잡고 서 있었다.

"네." 핍이 원래 의도보다 더 강한 어조로 대답했다. "네, 그거 주세요. 오늘은 진짜…… 진짜 잠을 자야 해요. 잠을 못 자면 안 돼요." 핍이 코를 훌쩍이며 소매로 코를 닦았다.

"그러게." 루크가 핍을 쳐다보았다. "상태가 영 좋진 않네. 평소 것보단 비싸."

"가격은 상관없어요. 그거 주세요." 핍이 후드 티 주머니에서 작은 지폐 뭉치를 꺼냈다. 80파운드였다. 핍은 지폐를 전부 루크의 손에 쥐여주었다. "이 가격만큼 주세요." 핍이 말했다. "최대한 많이."

루크는 손에 들린 지폐를 확인했다. 머릿속으로 계산을 하는 동안 볼이 씰룩였다. 핍은 루크를 지켜보며 속으로는 그를 재촉했다. 마치 루크의 머리 위에 보이지 않는 마리오네트 줄을 달고 핍의 인생이 거기 달려 있기라도 한 듯이 줄을 마구 당기며 조종했다.

"좋아, 여기서 기다려." 루크는 아주 작은 틈만 남기고 문을 닫았다. 맨발의 발소리가 어두운 복도 쪽으로 사라졌다.

안도감도 잠깐이었다. 여전히 긴 밤이 핍을 기다리고 있었고, 일이 잘못될 가능성은 수백 가지도 넘었다. 비록 지금은 살아 있을지언정 핍은 테이프에 칭칭 감겨 있던 그때만큼이나 힘겹게 자신의 남은 인생을 위해 오늘 밤 이렇게 싸우고 있었다.

"자." 루크가 돌아와 다시 문을 빼꼼히 열었다. 문 뒤에서 눈이 반짝였다. 핍은 문틈으로 루크가 내미는 종이봉투를 받아 들었다. 봉투 안에는 풀색 알약이 네 개씩 든 투명한 작은 봉지가 두 개 있었다.

"고마워요." 핍이 종이봉투를 바스락대고 주머니 속에 구겨 넣었다.

"천만에." 루크가 그대로 자리를 뜨는가 싶더니 문을 닫기 전 문틈으로 고개만 쏙 내밀었다. "엊그젠 미안했어. 거기 있는 줄 몰랐어."

핍은 입술을 다물고 아무렇지 않은 척 미소를 지어 보이며 고개를 끄덕였다. "괜찮아요. 일부러 그런 건 아닐 거잖아요."

"그건 그래." 루크가 겸연쩍은 듯 쓰읍 소리를 내며 고개를 끄덕였다. "저기, 그 약 말이야. 너무 많이 먹진 마라. 전에 네가 먹던 것보다 훨씬 강하거든. 한 알이면 충분히 뻗을걸?"

"알겠어요, 고마워요." 루크는 정말로 핍을 걱정하는 듯한 표정이었다. 전혀 생각지도 못한 곳, 전혀 생각지도 못한 사람에게서 이런 연민이라니, 핍의 꼴이 정말 말이 아니긴 한 모양이었다.

핍은 돌아서서 차로 향했다. 등 뒤에서 부드럽게 문이 닫히는 소리가 들려왔다. 루크가 타는 흰색 BMW의 짙은 차창에 핍의 모습이 비쳤다.

핍은 차에 탄 다음 종이봉투를 열어 투명한 약봉지를 꺼내서는 약봉지를 가로등 불빛에 비춰보았다. 알약은 총 여덟 개였고, 한 면에 각각 '1mg'이라고 새겨져 있었다. 루크 말로는 한 알만 먹어도 뻗을 거라고 했지만, 의식을 잃을 사람은 핍이 아니었다. 그리고 핍은 약기운이 빨리, 잘 돌면서도 과다 복용의 위험은 아닌 만큼의 용량이 필요했다. 과다 복용이 되면 핍은 하루에 사람을 둘이나 죽이는 셈이 될 테니 말이다.

핍은 약봉지를 둘 다 열고 그중 하나에서 알약을 두 개 꺼낸 다음, 다시 그 두 알 중 한 알을 다른 봉지에 넣었다. 이제 한 봉지엔 약이 다섯 알, 다른 봉지엔 두 알이 됐다. 핍은 손에 들고 있던 한 알을 반으로 쪼개 반 개를 각각의 봉지에 나누어 담았다. 그러니까 이제 한쪽 봉지에는 약이 2.5밀리그램이 든 셈이었다. 딱히 무슨 확신이 있는 건 아니었지만, 이 정도면 될 것 같았다.

핍은 알약이 더 많이 든 약봉지를 다시 종이봉투에 담고 배낭 속에 집어넣었다. 이건 나중에 다른 것들과 함께 버릴 것이다. 핍이 보관하고 있다간 먹지 않고 버티기 힘들 것이다.

알약 2.5개가 든 다른 약봉지는 단단히 밀봉되어 있는지 확인한 후 브레이크 앞 발판에 놓고 발을 더듬어 위치를 확인한 다음 뒤꿈치로 꾹 눌러 알약을 부쉈다. 핍은 아직 남아 있는 덩어리를 뒤꿈치로 계속 뭉개면서 알약을 완전히 가루로 만들었다.

펩은 약봉지를 눈앞에 들어 살펴보았다. 알약은 온데간데없이 고운 녹색 가루만 남아 있었다. 혹시 남은 덩어리는 없는지 다시 흔들어보기까지 했다.

"좋았어." 펩은 나직하게 읊조리며 가루가 된 약을 주머니에 넣고 톡톡 두드려 또 확인했다.

그리고 차 시동을 걸었다. 전조등이 밝은 불빛으로 어두움을 겁주어 쫓아버렸지만 펩의 머릿속에 자리 잡은 다른 두려움은 여전히 그대로였다.

오후 8시 33분, 이제 8시 34분이었다. 그리고 오늘 밤 킬턴에서 들를 곳이 아직 세 곳이나 더 남아 있었다.

34

세다르웨이에 있는 레이놀즈네 집을 보면 꼭 얼굴 같았다. 어릴 적부터 늘 그렇게 생각했고, 지금도 마찬가지였다. 핍은 이를 드러내고 쩍 벌린 입처럼 보이는 현관문을 향해 걸어갔다. 저 위에 달린 창문이 그런 핍을 내려다보고 있었다. 제 품 안의 가족들을 언제나 변함없이 지켜주는 수호자. 저 집이라면 핍을 지금 안으로 들여보내길 거부하고 돌려보낼 것이다. 그래도 핍은 그 집 안의 사람들은 핍을 외면하지 않을 것임을 본능적으로 알았다.

핍이 세차게 문을 두드리자 이제 문의 스테인드글라스 너머로 사람 형체가 아른거리며 다가왔다.

"누가 이렇게…… 어, 핍이었구나." 문을 열던 제이미가 핍을 보고 활짝 웃어 보였다. "너 오는 줄 몰랐네. 우리 셋 지금 막 피자 주문하려던 참인데 너도 같이 먹을래?"

핍은 선뜻 말이 나오지 않았다. 어디서부터 어떻게 시작해야 좋을지 알 수 없었다. 하지만 더는 고민할 필요가 없었다. 바로 그때 제이미 뒤편으로 나탈리가 나타났다. 천장의 불빛에 나탈리의 백금발 머리칼이 반짝였다.

"핍." 나탈리가 제이미 옆을 파고들며 말했다. "무슨 일 있었어? 너랑 연락이 안 된다고 아까 라비한테 전화 왔었어. 나 만나러 우리 집에 온다고 했다는데 온다는 애는 안 오고 말이야."
나탈리는 눈을 가늘게 뜨고 핍의 얼굴을 살폈다. 나탈리라면 이 가면 밑에 숨은 진실을 보았을지도 모른다. 나탈리도 한때 가면 쓰는 법을 배워야 했었으니까. "너 괜찮아?" 나탈리가 다시 물었다. 어리둥절한 목소리는 걱정으로 바뀌어 있었다.

"음……" 여전히 핍의 목에서 나오는 소리는 거칠고 쉬어 있었다. "나……."

"어, 핍 왔구나." 또 다른 목소리. 핍에게도 익숙한 목소리였다. 막 부엌에서 걸어 나오던 코너의 시선이 현관문 앞에 서 있는 세 사람을 보곤 휴대폰 화면과 현관을 바쁘게 오갔다. "지금 막 피자 주문하려던 참인데 혹시……."

"코너, 잠깐만." 제이미가 코너의 말을 끊었다. 제이미도 나탈리와 똑같은 눈빛으로 핍을 쳐다보고 있단 걸 핍은 느낄 수 있었다. 두 사람은 알고 있었다. 본능적으로 알아챘다. 핍의 얼굴을 보고 알았다. "무슨 일인데?" 제이미가 물었다. "괜찮은 거야?"

코너가 뒤에서 끼어들며 덩달아 핍을 쳐다보았다.

"음." 핍이 진정하는 차원에서 크게 숨을 들이쉬었다. "아니. 안 괜찮아."

"왜……." 나탈리가 먼저 입을 열었다.

"일이 좀 생겨서. 안 좋은 일." 핍은 시선을 떨구었다. 손가락이 떨리고 있었다. 손가락은 깨끗했지만 손가락 끝에서 피가 새어 나오고 있었다. 그게 스탠리의 피인지, 제이슨 벨의 피인지 아니면 자기 피인지 핍은 알 수가 없었다. 핍은 로히프놀 가루가 든 약봉지와 선불폰 한 대가 든 주머니 속에 손가락을 숨겼다. "그리고…… 도움을 좀 청하러 왔어. 셋 모두한테. 물론 거절해도 돼. 거절해도 전혀 서운해하지 않을 테니까."

"무슨 소리야! 당연히 도와주지." 핍의 공포를 눈치챈 코너의 눈빛도 점점 어두워지고 있었다.

"코너, 잠깐만." 핍은 세 사람을 쳐다보았다. 핍이 사라지면 이 세 사람은 분명 핍을 찾아 나설 것이라고 핍은 생각했었다. 불길을 뚫고 돌아오기까지 핍과 함께해온 셋이었다. 바로 그때 핍은 깨달았다. 핍이 사라지면 핍을 찾아 나설 이 사람들이야말로 핍이 사람을 죽이고 도움이 필요할 때 기댈 수 있는 사람들이란 것을. "아직 승낙하면 안 돼. 왜냐면…… 왜냐면……" 핍은 잠시 말을 멈췄다. "세 사람이 날 도와주면 좋겠는데, 이유는 절대 물으면 안 되고 무슨 일인지도 물어선 안 돼. 나도 말할 수 없고."

셋 모두 핍을 뚫어져라 쳐다보았다.

"절대 안 돼." 핍이 다시금 강조했다. "빠져나갈 여지가 있어야 해. 절대 이유를 알아선 안 돼. 하지만…… 음…… 우리 모두 바라던 일이긴 할 거야. 누군가에게 자기가 한 일에 대한 대가를 치르게 하려는 거거든. 하지만 자세한 내용은 절대 알면 안 돼. 절대로 알면……."

나탈리가 한 발짝 앞으로 나와 문턱을 밟고 서더니 한 손으로 핍의 어깨를 잡았다. 핍의 어깨를 꼭 잡은 나탈리의 손은 따스하고 차분했다.

"핍." 나탈리가 시선을 그대로 핍에게 고정한 채 부드러운 목소리로 말했다. "경찰 부를까?"

"아니." 핍이 코웃음을 쳤다. "경찰은 안 돼. 절대 안 돼."

"누군가에게 대가를 치르게 한다는 게 무슨 뜻이야?" 코너가 물었다. "맥스 말이야? 맥스 헤이스팅스?"

그 이름에 나탈리가 뻣뻣하게 굳는 것이 핍의 어깨까지 전해졌다.

핍은 고개를 들고 천천히 끄덕였다. 아주 살며시.

"영원히 눈앞에서 치워버리는 거야." 핍이 조용히 속삭이며 어깨 위에 놓인 나탈리의 손을 잡았다. 온기가 전해졌다. "물론 성공했을 때 얘기지만. 하지만 절대 무슨 일인지 알아선 안 되고 나도 말 못 해. 다른 사람한테도 절대 얘기하면 안……."

"알겠어." 제이미가 말했다. 굳은 표정과 단단하게 다문 턱에서 의지가 느껴졌다. "뭔진 몰라도 알겠어, 핍. 도와줄게. 날 구해준 게 너야, 핍. 네 덕분에 살았으니 이제 내가 널 구해줄게. 이유 따위 몰라도 돼. 네가 내 도움이 필요하다는데 당연히 도와야지. 걜 치워버리는 일이라면야 뭐든지 할게." 제이미의 시선이 핍을 떠나 나탈리의 뒤통수로 향했다. 제이미의 눈빛이 한층 부드러워졌다.

"맞아." 코너가 고개를 끄덕였다. 짙은 금발의 머리칼이 주근깨 진 얼굴 위로 쏟아졌다. 핍이 아이 때부터 보아온 얼굴이었다. 물론 코너 역시 핍이 성장하는 모습을 함께 지켜보았다. "나도 마찬가지야. 내가 도움이 필요할 때 네가 옆에 있어줬는걸." 코너는 팔을 어색하게 대각선으로 뻗으며 어깨를 으쓱해 보였다. "당연히 도와야지."

레이놀즈 형제를 쳐다보며 핍은 서서히 눈물이 고였다. 핍이 기억하는 한 핍과 일평생을 함께해온 두 얼굴이었고, 핍의 인생에서 빠질 수 없는 두 사람이었다. 한편으론 두 사람이 제발 싫다고 하길, 본인들을 위해 핍의 부탁을 거절하길 바라는 마음도 있었다. 그러나 핍이 두 사람을 위험에 처하지 않도록 보호할 것이다. 계획을 성공시킬 것이고, 설사 실패한다 해도 그 책임은 핍 혼자서 진다. 입 밖으로 꺼내진 않았지만 그건 핍이 이들에게 하는 약속이었다. 지금 이 일은 일어나지 않은 일이다. 핍은 이들을 찾아와 도움을 요청한 적이 없다. 이 네 사람은 지금 이 시각 여기 함께 있지 않았다.

이제 핍의 시선은 나탈리에게로 향했다. 나탈리의 밝은 파란색 눈동자에 핍의 모습이 비쳤다. 나탈리야말로 여기서 가장 중요한 사람이었다. 핍이 그랬듯 나탈리도 수없이 불신을 맞닥뜨려야 했다. 불신이라는 그 잔인한 폭력을 말이다. 핍과 나탈리는 그 어두움을 공유하는 사이였고 그날, 평결이 나오던 그날 핍은 나탈리의 분노를 들었다. 마치 핍 자신의 소리나 다름없었던 나탈리의 그 분노가 두 사람 사이를 더욱 단단하게 묶어주었다. 두 사람은 가면 너머 숨은 서로의 진짜 모습을 쳐다보았다.

"이것 때문에 네가 곤란해질 가능성도 있어?" 나탈리가 물었다.

"이미 곤란해진 상태야." 핍이 조용히 대답했다.

나탈리가 천천히 숨을 들이마셨다. 그런 다음 핍의 어깨를 잡고 있던 손으로 이제 핍의 한 손을 잡았다. 손가락끼리 깍지를 끼며 아주 꽉 잡았다.

"그래서, 어떻게 도와줄까?" 나탈리가 물었다.

35

튜더레인. 리틀 킬턴 안에서도 유독 핍과 뗄 수 없는, 지금의 핍이 있게 만든, 핍의 동맥에 자리 잡은 이 동네. 마치 불가항력이라도 되는 것처럼 여기 다시 돌아왔다. 이번에도 이곳에 온 기억은 핍의 가슴 깊숙이 남아 있을 것이다.

핍은 고개를 들었다. 저 멀리 오른편에 헤이스팅스네 집이 시야에 들어왔다. 바로 이곳에서 지난 몇 년간 벌어진 그 모든 일들이 시작되었다. 어느 날 밤 다섯 명의 고등학생이 이곳에 모였고 그중엔 샐 싱과 나오미 워드, 맥스 헤이스팅스가 있었다. 확실했던 샐의 알리바이는 친구들의 배신으로, 그리고 엘리엇 워드 때문에 사라져버렸다. 그리고 핍은 그 모든 불행에 이제 마침표를 찍을 것이다.

핍은 뒤를 돌아보았다. 길 저 아래편에 세워놓은 제이미의 차 안에 세 명의 친구들이 앉아 있었다. 핍의 차는 바로 그 뒤에 바짝 붙여 세워두었다. 조수석에 앉은 나탈리가 어둠 속에서 핍을 향해 고개를 끄덕해 보였고, 핍은 그에 계속할 용기를 얻었다.

핍은 배낭끈을 꼭 붙들고 길을 건넜다. 맥스의 집 앞 차량 진입로 주변으로 둘러쳐진 바깥 울타리 앞에서 멈춰서서 나무 사이로 안쪽을 살펴보았다. 진입로엔 핍의 예상대로 맥스의 차뿐이었다. 핍 때문에 '정신적 스트레스'에 시달렸다는 맥스의 부모님은 지금 이탈리아 별장에서 지내는 중이었다. 그리고 핍의 짐작이 맞는다면 맥스는 평소처럼 러닝을 하러 나갔다가 8시쯤 돌아와 지금쯤 집에 있을 터였다. 지난 몇 달간 러닝을 하며 서로 마주친 순간들이 영 헛된 것만은 아니었다.

집엔 맥스 혼자였고 맥스는 핍이 여기 와 있다는 사실을 알지 못한다. 그러나 핍은 분명 맥스에게 말했었다. 지난 몇 달간 경고했었다. 강간범 맥스 헤이스팅스, 내가 널 기어이 잡아넣고야 만다.

핍은 대문에 시선을 고정한 채 양쪽 벽에 설치된 작은 보안 카메라 두 대를 찾아냈다. 카메라는 현관문으로 향하는 정원 사잇길을 대각선으로 비추고 있었다. 진짜 카메라가 아닐 수도, 어쩌면 그냥 겁주기용으로 설치한 것일 수도 있었다. 그래도 일단 핍은 진짜 작동하는 카메라라고 추정하는 편이 나았다. 그리고 설사 작동하는 것이라고 해도 다행히 사각지대가 확실히 있었다. 집으로 올라가는 반대편 길은 이 카메라에 찍히지 않았다. 핍은 저 사각지대로 자취를 감출 것이다.

핍은 주머니에 박스 테이프, 선불폰, 가루 로히프놀, 라텍스 장갑이 모두 잘 들어 있는지 톡톡 두드려 확인해보았다. 그런 다음 허리 높이의 바깥쪽 울타리 레일 위에 양손을 짚고 울타리를 넘어 나무 그림자에 몸을 숨기며 안쪽 풀밭에 조용히 착지했다. 그리고 정원 오른쪽에 심어진 관목에 딱 붙어 몸을 숨긴 채 정원을 빙 둘러 집까지 올라갔다. 목적지는 모퉁이 방향, 몇 달 전 핍이 깨부순 그 창문이 있는 쪽이었다.

창문 너머로 보이는 방 안은 어두웠다. 서재 같았다. 그러나 열려 있는 방문을 통해 불이 밝혀진 복도가 보였다.

카메라를 피해 벽에 딱 붙은 채 핍은 옆걸음질로 걸어갔다. 핍은 위를 올려다본 다음 카메라 바로 밑에 자리를 잡고 주머니에 손을 뻗어 박스 테이프를 꺼냈다. 테이프 끝을 더듬어 찾은 다음 길게 쭉 뜯어냈다. 그리고 뒤꿈치를 들고 일어서서 손가락에 테이프를 붙인 채 카메라 뒤쪽으로 팔을 뻗었다. 핍은 테이프로 카메라 유리를 가린 다음 빙 둘러 렌즈를 완전히 가렸다. 그리고 다시 테이프를 둘러 렌즈를 완벽하게 봉쇄했다.

하나는 됐고, 이제 하나 남았다. 그러나 여기서 곧장 반대편 카메라로 걸어가면 카메라에 찍히게 될 테니 그렇게 갈 수는 없었다. 핍은 걸어왔던 길을 따라, 벽을 지나고 관목에 몸을 숨기며, 나무 아래 숨은 울타리를 따라 다시 내려갔다. 후드 티를 뒤집어쓰고 고개를 숙인 채 인도를 걸어 내려가 집 저 반대편으로 걸어갔다. 관목 두 그루 사이 틈이 있었다. 핍은 거기서 울타리를 타고 넘어가 집 반대편의 가장자리를 따라 서서히 다시 집을 향해 올라갔다. 현관 근처에서는 옆걸음질로 걸어가 테이프를 준비하고 몸을 숙여 카메라를 가렸다.

핍은 숨을 크게 내쉬었다. 좋아, 이제 카메라는 다 가려두었고, 카메라를 가린 사람의 흔적은 더 이상 남지 않게 될 것이다. 왜냐면 카메라를 가린 건 핍이 아니라 맥스니까. 맥스가 카메라를 가렸다.

핍은 집 바깥쪽 모퉁이로 돌아와 계속 벽에 바짝 붙어 집 뒤편으로 빛이 새어 나오는 창문을 향해 조심스레 걸어갔다. 그런 다음 허리를 숙이고 안을 들여다보았다.

천장의 노란 스포트라이트 불빛이 밝게 켜져 있었다. 그러나 노란 불빛 외에 깜박이는 파란 불빛이 보였다. 머지않아 핍은 그 파란 불빛이 어디서 나오는 것인지 찾아냈다. 뒤쪽 벽에 걸린 커다란 TV에서 나오는 불빛이었다. 그리고 TV 앞 소파 팔걸이에 헝클어진 금발 머리칼이 보였다. 맥스 헤이스팅스였다. 손에 들린 컨트롤러 버튼 한 개만 죽어라 눌러대며 화면을 향해 총을 발사하고 있었다. 참나무 탁자에 올린 발이 보였고, 그 옆에는 맥스가 어디든 들고 다니는 저 불쾌한 파란 물병이 놓여 있었다.

맥스가 움직이는 기척에 핍은 재빨리 주저앉아 창문 아래로 고개를 숙였다. 핍은 벽에 기대 두 번 깊은 심호흡을 했다. 등에 멘 가방이 벽에 눌려 찌그러졌다. 라비가 계획 중에 가장 걱정했던 부분도 바로 이런 것이었다. 비록 사소하지만 계획 전체를 무산시켜버릴 일이 생길 수도 있다고, 핍이 손쓸 수 없는 일이 발생할 수 있다고, 그러니까 자기가 있어야 한다고 했다.

하지만 맥스는 집에 있었고, 파란 물병도 옆에 함께 있었다. 핍이 집 안으로 들어가는 것만 성공하면, 그럼 충분히 가능한 일이었다. 심지어 맥스도 모르게 말이다.

집 안으로 들어갈 방법을 고민할 시간은 많지 않았다. 기껏해야 일이 몇 분 정도? 나탈리에게 최대한 시간을 많이 벌어달라고는 했지만 2분만 벌어줘도 성공이었다. 제이미가 먼저 자기가 어떻게든 맥스를 문 앞에 붙들어놓고 주의를 돌려보겠다고 했다. 학교를 같이 다녔으니 뭐가 됐든 이야깃거리를 찾아낼 수 있을 거라면서. 하지만 나탈리가 고개를 저으며 직접 나섰다.

"영원히 치워버릴 수 있다고?" 나탈리가 핍에게 물었다.

"평생 감옥에서 썩게 해야지." 핍이 대답했다.

"그래, 그럼 이게 마지막 작별 인사를 할 수 있는 기회니까 내가 할게. 내가 주의를 돌릴게." 나탈리는 입을 꾹 다물고 단호한 의지를 내비쳤다.

지금 주머니에 손을 넣어 라텍스 장갑을 찾는 핍의 표정도 딱 그러했다. 핍은 장갑을 꺼내 손가락을 끝까지 밀어 넣었다. 그런 다음 선불폰을 꺼냈다. 새 번호가 저장돼 있었다. 방금 제이미와 코너에게 준 다른 선불폰의 번호였다.

'준비됨.' 핍이 천천히 문자를 입력했다. 장갑 때문에 문자가 잘 입력되지 않았다.

불과 몇 초 후 멀리서 차 문이 쾅 닫히는 소리가 들렸다.

나탈리가 움직이고 있었다.

곧 초인종이 울릴 것이다. 이제 모든 것이, 계획이며 핍의 인생이, 앞으로 90초의 시간에 달려 있었다.

초인종 소리가 날카롭게 울렸다. 핍의 귀엔 마치 비명 소리나 다름없었다.

지금이다.

36

유리에 입김이 서렸다. 심장이 곧이라도 가슴 밖으로 튀어나올 것 같았다.

핍은 창문 바로 아래서 눈만 빼꼼히 내놓고 방 안을 지켜보는 중이었다.

맥스가 게임을 정지하고 일어나 소파에 컨트롤러를 던졌다. 팔을 머리 위로 뻗어 기지개를 켜더니 입고 있던 러닝용 반바지에 손을 닦았다.

이제 맥스가 돌아섰다.

복도 쪽으로 움직이기 시작했다.

지금이다.

감각이 없는데도 핍은 잽싸게 움직였다.

핍이 움직였다기보다 발이 핍을 집 뒤편으로 데려간 것에 가까웠다.

다시 초인종 소리가 두 번 울렸다.

안에서 작은 소리가 들려왔다. 맥스 목소리였다. "지금 가요, 갑니다!"

뒤쪽에 창문이 더 있었다. 전부 닫혀 있었다. 당연했다. 지금은 제법 쌀쌀한 9월의 저녁이었으니까. 창문을 깨야 할지도 모른다. 창문을 깨서 잠금장치를 열고 안으로 들어가야 할 것이다. 제발 그 소리가 맥스 귀에까지 들리지 않길, 부디 맥스가 방으로 돌아가기 전에 문을 열 수 있길 바랐다. 하지만 창문을 깨고 들어가는 것도 계획상 그리 적합한 방법은 아니었다.

이제 시간이 얼마나 흘렀지? 이미 맥스가 문을 열고 눈앞에서 있는 나탈리 다 실바를 보고 충격을 받았으려나?

거기까지. 생각은 그만하고 일단 행동하자.

핍은 자세를 낮춘 채 집 뒤편으로 달려갔다.

테이블보가 씌워진 테이블과 접혀 있는 파라솔이 놓인 테라스, 그리고 그 뒤로는 집에서 테라스로 이어지는 문이 보였다. 흰색 페인트칠을 한, 작은 유리창이 여러 개 붙어 있는 널찍한 문이었다. 창문으론 전혀 빛이 새어 나오지 않았지만 핍이 문 가까이 다가가자 다시금 달빛이 마치 핍이 갈 방향을 알려주기라도 하듯 문 안쪽의 커다란 다이닝룸을 비추었다. 아마도 거실과 연결돼 있을 다이닝룸 안쪽 문은 닫혀 있었고, 그 틈으로 노란 불빛이 새어 나오고 있었다.

솟구치는 아드레날린에 핍의 숨소리도 빠르고 거칠었다. 그리고 숨을 쉴 때마다 아팠다.

핍은 서둘러 테라스 문 쪽으로 걸어갔다. 유리창 안쪽으로 문 손잡이가 보였고 자물쇠에 열쇠 꾸러미가 보였다. 이거다. 이렇게 들어가면 된다. 저 작은 창유리 하나만 깨고 손을 넣어 문을 열면 된다. 완벽하진 않아도 이 정도면 괜찮은 방법이었다.

서두르자.

핍은 한 손으로 손잡이를 감싸고 다른 팔 팔꿈치로 창문을 깰 준비를 했다. 그러나 채 문으로, 유리로 돌진하기도 전에 다른 손에서 신호가 왔다. 몸의 무게가 실리며 손잡이가 아래로 움직였다. 그리고 놀랍게도 핍이 손잡이를 잡아당기자 바깥쪽으로 문이 열렸다.

문은 열려 있었다.

문이 열려 있다니 말이 안 되는 일이었다. 그렇게 술술 풀리길 예상하고 세운 계획이 아니었다. 그러나 맥스는 어쩌면 오늘 밤 그의 집 밖에 도사리고 있는 위험을 두려워하지 않은 모양이다. 어차피 자기 자신이 위험 그 자체였으니 말이다. 한밤중의 어둠 속에 도사리고 있는 위험 같은 게 아니라 너무나도 당당하게 눈앞에 존재하는 위험. 물론 그냥 단순히 잊어버렸을 수도 있었다. 핍은 조금도 주저하지 않았다. 더 생각하고 고민할 틈 없이 핍은 그대로 문을 밀고 들어가 조용히 테라스 문을 닫았다.

핍은 이제 집 안으로 들어왔다.

시간이 얼마나 흐른 거지? 시간이 더 필요했다. 나탈리가 맥스를 얼마나 더 붙잡아둘 수 있을까?

이제 두 사람의 목소리까지는 들을 수 있었다. 무슨 내용인지까진 들리지 않았다. 그러려면 최소한 다이닝룸 문을 열고 거실까지는 잠입해야 할 터였다.

문제의 그 방은 따로 문 없이 복도까지 트여 있는 구조였다. 슬쩍 현관 쪽을 돌아보니 맥스의 등이 보였다. 맥스의 반대편에서는 나탈리의 백금발 머리가 달빛에 비쳐 어른대고 있었다.

"네가 여기까지 웬일이냐." 평소보다 낮은 맥스의 목소리에는 확신이 없었다.

"얘기 좀 하고 싶어서." 나탈리가 말했다.

핍이 숨을 참고 앞으로 나아갔다. 천천히, 소리 없이. 핍의 시선은 이제 맥스가 아닌 저 앞으로 보이는 커피 테이블에 얌전히 놓여 있는 파란색 물병을 향해 있었다.

"변호사 없이는 너랑 얘기하면 안 될 것 같은데." 맥스가 대답했다.

"그래서 이렇게 온 거 아니겠니?" 나탈리가 코웃음을 치며 말했다.

물통은 3분의 1 정도가 차 있었다. 물이 조금 더 있었으면 좋겠지만 저 정도라도 괜찮다. 약 맛이 나지만 않으면 된다. 핍은 반질반질한 마룻바닥을 지나 방 한가운데 놓인 거대하고 커다란 패턴 러그 쪽으로 움직여갔다. 몸을 숨길 만한 그림자도, 가구도 없었다. 방 안은 환했고 행여라도 맥스가 뒤를 돌아보면 핍의 계획도 그대로 끝이었다.

"그래서, 무슨 얘기가 하고 싶은데?" 맥스의 가벼운 기침 소리에 핍은 행동을 멈추고 어깨 너머로 상황을 살폈다.

"핍한테 명예훼손으로 고소한 건 얘기 좀 하게."

핍은 행여 마룻바닥에서 삐걱대는 소리라도 날까 봐 한 걸음 한 걸음 앞으로 나아갈 때마다 먼저 확인하고 걸음을 옮겼다.

핍은 커다란 코너 소파 끝까지 걸어가 그 뒤에 몸을 숙이고 물병 쪽으로 기어갔다. 컨트롤러와 맥스의 휴대폰이 소파 위에 널브러져 있었다.

"그게 뭐?" 맥스가 물었다.

핍은 장갑 낀 손을 뻗어 단단한 플라스틱 물병을 집어 들었다. 물병 입구는 마치 이 순간을 위해서이기라도 한 듯 열려 있었다. 그리고 맥스의 침도 묻어 있었다.

"대체 왜 그러는 건데?" 나탈리가 물었다.

핍이 물병 뚜껑을 잡고 돌렸다.

"당연히 그럴 수밖에 없지." 맥스가 대답했다. "걔가 엄청나게 많은 사람들한테 나에 대한 거짓말을 퍼뜨리고 다니잖아. 걔 때문에 내 평판이 완전히 나빠졌다고."

물병 뚜껑이 열렸다. 뚜껑에는 긴 플라스틱 빨대가 달려 있었다.

"평판이라." 나탈리가 씁쓸하게 웃었다.

핍은 테이블 위에 물병 뚜껑을 내려놓았다. 빨대에서 물이 몇 방울 러그로 떨어졌다.

"응, 내 평판."

핍은 주머니에 손을 뻗어 녹색 가루가 든 봉지를 꺼냈다. 팔꿈치 안에 물병을 끼운 채 봉지를 열었다.

"문제는 그게 거짓말이 아니란 거겠지. 야, 핍은 네가 범죄 사실을 인정한 음성녹음까지 갖고 있어. 네가 베카 벨에게 한 짓. 나한테 한 짓. 다른 사람들한테 한 짓. 우리가 증인이거든."

핍은 약봉지를 물병 입구 쪽으로 기울였다. 녹색 파우더가 부드러운 소리를 내며 물병을 타고 내려가 물속에 잠겼다.

"그 녹음은 조작된 거야. 내가 그런 말을 할 리가 있나."

녹색 가루가 물병 안쪽 벽에 달라붙어 있었다.

"계속 그렇게 말하니까 이제 스스로 그렇게 믿게 됐나 보지?" 나탈리가 물었다.

핍은 남은 가루가 물과 잘 섞이도록 물병을 흔들었다. 물이 조용히 찰랑댔다.

"저기, 나 정말 이런 얘기 할 시간이 없거든."

핍은 그 자리에서 그대로 얼어붙었다.

여기선 소파 너머를 볼 수 없었다. 이제 끝인가? 맥스가 문을 닫으려는 걸까? 그럼 이제 핍은 여기 러그 위에 쭈그려 앉아 그의 물병을 들고 있는 모습을 들키게 되는 건가?

소리가 들렸다. 움직이는 소리. 그리고 뭔가 단단한 나무 같은 게 다른 무언가에 부딪히는 소리가 들려왔다.

"내 말 아직 안 끝났거든." 나탈리의 목소리가 커졌다. 훨씬 커졌다. 핍에게 보내는 신호인가? 당장 나와! 이제 맥스 붙잡고 있는 건 거의 한계야, 이런 뜻인가?

핍은 마지막으로 물병을 한 번 더 흔들었다. 가루가 녹아 물이 불투명한 색이 되었지만 짙은 파란색 물병이니 맥스가 그 차이를 알아채진 못할 것이다. 핍은 뚜껑을 닫았다.

"뭐 하는 짓이야?" 맥스의 목소리도 커졌다. 핍이 눈을 깜박였다. 아, 핍한테 하는 말이 아니었다. 맥스는 아직 나탈리와 이야기 중이었다. "원하는 게 뭐야?"

나탈리가 기침을 했다. 아주 큰, 어색한 기침이었다. 이건 신호다. 핍은 확신했다.

핍은 아까 보았던 테이블 위 정확히 그 자리에 다시 물병을 놓았다. 그런 다음 아까 왔던 길을 다시 기어갔다.

"내가 하려는 말은……."

"하려는 말은?" 맥스가 기다리지 못하고 쏘아붙였다.

소파를 지나 핍은 허리를 폈다. 이제 두 사람이 보였다. 나탈리는 문턱에 발을 괴고 문을 닫으려는 맥스를 막고 서 있었다.

"핍 상대로 정말 재판까지 가면, 나도 매일 법정에 나갈 거야."

핍은 한 발 한 발 살금살금 나아갔다. 어깨에 멘 배낭이 달싹거렸다. 너무 시끄러웠다. 핍은 현관 쪽을 돌아보았고 맥스의 어깨 너머로 나탈리와 눈이 마주쳤다.

"너한테 불리하게 증언할 거야. 다른 사람들도 아마 그럴 거고."

핍은 시선을 돌려 다이닝룸으로 이어지는 문을 쳐다보았다. 맥스가 분명 다이닝룸에 들어가진 않을 것이다. 저기서, 아니면 밖에서 맥스가 잠들길 기다리면 된다.

"장담하는데, 두 번은 못 빠져나갈걸? 우리가 그렇게 놔두지 않아."

또다시 들리는 부스럭 소리. 섬유의 마찰 소리. 뒤따른 퍽 소리.

누군가 소리를 질렀다.

맥스 소리다.

이 방에서 나가긴 무리다. 너무 멀었다. 대신 핍은 오른쪽으로, 거대한 계단 아래쪽 창고 문을 밀고 들어갔다. 그리고 후버 진공청소기와 대걸레 사이 작은 공간에 몸을 숨겼다. 핍은 바짝 기댄 다음 문을 닫았다.

쾅 소리가 났다. 아주 시끄러운 소리였다.

아니다, 핍이 닫은 창고 문의 소리가 아니다.

현관문 소리다.

반짝반짝 윤이 나는 복도까지 쾅 소리가 메아리쳤다.

아니다, 메아리가 아니라 발소리다.

맥스의 발소리였다.

마룻바닥을 찰싹찰싹 때리며 사람 같은 형상의 흐릿한 형체가 펍 앞을 지나쳐갔다.

맥스는 펍 바로 앞에서 멈춰 섰다. 펍은 숨을 쉴 수가 없었다.

37

핍은 여전히 숨죽이고 있었다.

창고 문에 눈을 바짝 붙이고 격자 문살 사이로 밖을 내다보며 초점을 조정했다.

바깥에서는 잠시 휘청대는 맥스가 보였다. 그러곤 곧 우당탕 요란하게 핍이 있는 창고 옆을 지나갔다. 맥스는 한 손으로 얼굴을 감싸고 있었다. 눈까지 가리고 있었다.

그제야 핍은 조심히 숨을 내쉬었다. 방금 내쉰 숨이 다시 제 얼굴에 와 닿았다. 나탈리가 맥스 얼굴에 주먹을 한 방 날린 모양이었다. 아까 들린 퍽 소리가 그 소리였다. 원래 계획엔 없던 일이었지만 효과는 있었다. 핍이 이 창고 아래 숨을 수 있는 시간을 충분히 벌어주었으니 말이다.

맥스는 핍을 보지 못했다. 집 안에 다른 누가 있다는 걸 맥스는 전혀 몰랐다. 약은 계획대로 물병 속에 잘 녹아들었다. 핍이 해냈다. 혹시나 실패할지 모른다고 라비가 가장 두려워했던 그 부분을 핍이 가까스로 해냈다.

이제 기다리는 일만 남았다.

맥스가 거실을 지나 부엌으로 향하는 아치형 입구로 걸어갔다. 달그락달그락 소리, 중얼중얼 욕을 하는 맥스의 목소리, 뒤이어 다시 쾅 하고 문이 닫히는 소리가 차례로 들려왔다. 잠시 후 맥스는 눈에 무언가를 대고 돌아왔다.

소파로 터덜터덜 걸어가는 맥스를 더 자세히 살펴보려고 핍은 자세를 조금 틀었다. 녹색 비닐 같았는데, 냉동 완두콩 봉지인지도 모르겠다. 다행이다. 나탈리가 참지 않아서 다행이었다. 물론 이제 맥스의 눈에 멍이 든 그럴듯한 이유도 꾸며내야 했지만 말이다. 생각해보니 그게 썩 나쁘지 않은, 어쩌면 더 나은 일이 된 것 같기도 했다. 맥스와 제이슨 벨이 몸싸움을 벌인 거다. 제이슨이 맥스에게 주먹을 날렸고, 맥스는 잠시 자리를 피했다가 망치를 들고 돌아와 뒤에서 그를 몰래 가격했다. 그래, 맥스의 눈두덩에 자리 잡기 시작한 멍도 저 멀리 너티그린에 있는 그 남자가 왜 이제 곧 죽게 되는지 핍이 꾸며낸 이야기에 충분히 끼워 넣을 수 있었다.

맥스는 원래 자기 자리에 털썩 주저앉았다. 이제 창고에선 맥스의 얼굴이 더는 보이지 않았고 문살 사이사이로 뒤통수만 겨우 보였다. 완두콩 봉지로 마사지라도 하는지 신음 소리, 움직이는 소리가 들려왔다. 맥스가 앞으로 몸을 숙였고 고개가 움직였다.

여기선 보이지 않았다. 과연 물을 마시고 있는지 어떤지 보이지 않았다.

그러나 소리라면 들을 수 있었다. 물병 입구를 빨며 물을 마시는 그 불쾌한 소리는 고요한 집 안을 가득 메웠고 핍의 귀에도 곧장 꽂혔다.

핍이 살며시, 아주 조용히 자리에서 일어섰다. 일어서다 가방이 청소기에 걸렸다. 핍은 청소기에 걸린 가방을 빼낸 다음 다시 일어서서 문살 너머로 동정을 살폈다. 이제 이 높이에선 맥스가 보였다. 한 손으론 냉동 완두콩을 눈에 대고, 다른 한 손으론 물병을 들고 있었다. 물병을 내려놓기 전까지 최소한 크게 네 모금은 마신 것 같다. 그 정도론 안 된다. 저기 든 물은 다 마셔야 한다. 끝까지 다.

핍은 후드 티 앞주머니에서 선불폰을 꺼냈다. 오후 8시 57분이었다. 젠장, 벌써 거의 9시였다. 핍은 제이슨 사망 시간과 관련해 세 시간 정도를 벌 수 있을 것으로 생각했다. 그 말인즉, 핍이 원하는 사망 추정 시간대의 시작 시각까지 이제 겨우 30분밖에 남지 않았단 뜻이었다. 핍도 45분 정도 후엔 알리바이를 만들기 시작해야 한다.

그렇다고 해도 지금 핍이 할 수 있는 건 아무것도 없었다. 그냥 기다리는 수밖엔 없었다. 여기 숨어 맥스를 이렇게 지켜보는 수밖에. 무슨 암흑의 염력 같은 걸로 맥스가 자리에 그대로 앉아 물을 더 마시도록 조종이라도 하면서 말이다.

그러나 핍의 염력은 통하지 않았다. 맥스가 탁자 쪽으로 몸을 기울이긴 했지만 그냥 휴대폰을 내려놓는 게 다였다. 그런 다음 컨트롤러를 집어 들어 게임 재생 버튼을 눌렀다. 총소리. 총소리가 연발로 이어졌지만 핍의 귀엔 가슴을 관통하는 여섯 발의 총소리밖에 들리지 않았다. 이 어두운 창고 안에서 핍의 손에 이제 스탠리의 피가 흐르고 있었다. 제이슨의 피가 아닌 스탠리의 피였다. 이유는 알 수 없지만 핍은 그 차이가 느껴졌다.

오후 9시 정각, 맥스가 다시 물을 마셨다.

오후 9시 3분, 다시 물을 두 모금 마셨다.

오후 9시 5분, 아래층 화장실에 갔다. 핍이 숨어 있는 창고 바로 옆에 붙은 화장실이었다. 핍은 모든 소리를 다 들을 수 있었다. 맥스는 물을 내리지 않았고 핍은 숨죽이고 있었다.

오후 9시 6분, 맥스가 다시 소파로 돌아와 물을 또 한 모금 마셨다. 물병 입구에서 달그락 소리가 들렸다. 맥스가 물병을 내려놓더니 다시 물병을 집어 들고 자리에서 일어섰다. 뭐 하는 거지? 어디로 가지고 가는 거지? 보이지 않는다. 핍은 어떻게든 밖을 확인하려고 고개를 움직였다.

맥스가 아치형 입구를 지나 부엌으로 들어갔다. 수도꼭지에서 물 흐르는 소리가 들려왔다. 맥스가 손에 파란 물병을 들고 다시 나타났다. 손목을 비틀며 뚜껑을 돌려 닫고 있었다. 물병에 물을 채워 온 거였다. 아마 아까 들어 있던 물을 다 마셨거나, 최소한 물을 다시 채워야 할 정도로는 마셨단 얘기다.

약은 사라졌다. 맥스의 몸 안으로 사라졌다.

맥스가 제 발에 걸려 균형을 잃었다. 맥스는 그렇게 잠시 제 발을 내려다보며 눈을 끔벅대고 서 있었다. 뭔가 헷갈린다는 듯한 표정이었다. 한쪽 눈 아래 붉은 자국은 점점 짙어지고 있었다.

벌써 약기운이 도는 모양이었다. 아까 약 탄 물을 처음 마셨던 게 이제 한 10분쯤 됐다. 완전히 정신을 잃기까진 얼마나 더 있어야 하지?

맥스가 조심스레 한 발짝 걸음을 떼더니 다시 살짝 균형을 잃었다. 맥스는 서둘러 소파로 돌아가 자리에 앉으며 다시 물을 또 한 모금 마셨다. 맥스가 어지러워하고 있다는 걸 알 수 있었다. 핍도 1년 전쯤 벨 가족의 집 부엌에서 똑같은 느낌을 겪은 적이 있었다. 당시 핍의 건너편엔 베카가 앉아 있었다. 그러나 그때 핍이 마신 차에 든 약은 2.5그램이 넘는 양이었다. 정신과 몸이 분리되는 듯한 그 피로함. 이제 맥스의 두 다리도 곧 몸무게를 지탱하지 못할 것이다.

다시 게임을 켜고 총질을 시작한 맥스를 허름한 벽 뒤에 숨어 지켜보며 핍은 지금 맥스가 무슨 생각을 하고 있을지 궁금했다. 어지럼증이 나탈리에게 맞은 탓이라고 생각하고 있을지도 모른다. 서서히 잠에 빠져들면서 어쩌면 그냥 피곤하다고 생각하고 있을지도, 그냥 잠을 자야겠다고 생각하고 있는지도 모른다. 잠에 빠지는 순간 이제 자신은 집 밖으로 나가 사람을 죽이고 오게 될 거라는 사실을 맥스는 꿈에도 모르겠지. 짐작조차 못 할 것이다.

맥스의 고개가 소파 팔걸이 쪽으로, 냉동 완두콩 봉지 위로 떨어졌다. 맥스의 얼굴도, 눈도 보이진 않았다. 그러나 여전히 총질이 계속되는 것으로 미루어 아직 눈은 뜨고 있는 모양이었다.

그러나 게임 속 캐릭터들의 움직임도 점점 느려지고 있었다. 맥스의 엄지손가락이 통제력을 잃기 시작하면서 게임 속 폭력의 세계도 맥스 주변으로 어지럽게 원을 그리고 있었다.

핍의 눈은 화면과 소파를 바삐 오가고 있었다.

기다리고 또 기다렸다.

핍은 휴대폰 화면으로 시간을 확인했다. 벌써 몇 분이 쏜살같이 흘러가버렸다.

그리고 고개를 들었을 땐 둘 다 아무 움직임이 없었다. 맥스도 팔걸이에 머리를 걸친 채 소파에 뻗어 아무 움직임이 없었고, 게임 속 그의 캐릭터도 전쟁터 한가운데 가만히 서서 연이은 타격을 받으며 수명만 점점 줄어들고 있었다.

'캐릭터가 사망했습니다.' 게임 속 화면은 메시지 이후 로딩 화면으로 바뀌었다.

맥스는 여전히 아무 반응이 없었다. 움직임도 전혀 없었다.

이제 정신을 잃은 게 맞겠지? 지금쯤 의식이 없어야 한다. 이제 오후 9시 17분이었다. 약을 탄 물을 처음 마셨던 시각에서 20분 정도가 지나 있었다.

핍은 알 수가 없었다. 계단 아래 창고에 이렇게 갇혀서 과연 맥스가 의식을 잃었는지 확인할 방법이 있긴 한지조차 알 수가 없었다. 핍이 창고를 나왔는데 맥스가 알고 보니 깨어 있다? 그럼 계획도, 핍의 인생도 그대로 끝이었다.

핍은 조심스레 창고 문을 아주 살짝 열었다. 그리고 주변을 둘러보며 맥스가 의식을 잃었는지 시험해볼 만한 물건을 찾았다. 그때 진공청소기 플러그가 핍의 시야에 들어왔다. 청소기 몸통에 긴 코드가 둘둘 감겨 있었다. 이거면 되겠다. 핍은 여차하면 얼른 다시 코드를 감고 창고 문을 닫을 준비를 하면서 코드를 조금씩 풀었다. 그런 다음 거실로 청소기 플러그를 던졌다. 플러그는 바닥을 세 번 때리고 나서 멈췄다.

조용했다.

맥스는 조금도 움직이지 않고 소파에 죽은 듯 그대로 누워 있었다.

완전히 정신을 잃었다.

펍은 다시 청소기 플러그를 잡아당겼고 플러그가 바닥에 끌리며 꽤 요란한 소리를 냈지만 그래도 맥스는 움직이지 않았다. 펍은 청소기에 코드를 감은 다음 창고를 나와 문을 닫았다.

맥스가 완전히 나가떨어졌단 건 알지만 그래도 펍은 조심히 발걸음을 옮겼다. 살금살금 커다란 러그를 지나 소파로, 그리고 맥스에게로 다가갔다. 이제 맥스의 얼굴이 보였다. 뺨은 소파 모서리 단단한 부분에 눌려 찌그러져 있었고, 숨소리는 쌕쌕 깊었다. 최소한 숨은 쉬고 있으니 그건 다행이었다.

탁자 쪽으로 더 가까이 다가가자 펍은 뒷덜미 쪽 머리털이 쭈뼛 곤두서는 것 같았다. 주변으로 멍이 들기 시작한 맥스의 눈꺼풀은 무겁게 닫혀 있었지만 왠지 펍은 맥스가 자신을 지켜보고 있는 것 같은 느낌이 들었다. 펍 뒤에 무방비 상태로 누워 있는 맥스의 잠든 얼굴은 거의 아이처럼 순수해 보였다. 잠든 얼굴이야 누구든 순수해 보이는 법이다. 그때만큼은 이 세상, 모든 잘못을 벗어둔 채 티 없는 존재가 되었다. 그러나 맥스는 티 없이 순수하지 않았다. 거리가 멀어도 한참 멀었다. 자기 앞에 이렇게 무방비 상태로 누운 여자들을 맥스는 그동안 수없이 보았을 것이다. 펍이 지금 맥스를 바라보며 느끼는 이 죄책감 같은 것을 과연 맥스는 조금이라도 느껴본 적 있을까? 아니, 없을 것이다. 맥스는 이기적이었고, 다른 사람 생각이라곤 한 적이 없었다. 애초에 태어나길 잘못 태어났고 잘못 길러졌다. 어느 쪽이든 상관없었다.

맥스에게서 시선을 돌리며 펍은 이런 일을 벌이는 게 꼭 자신의 생존을 위해서만은 아님을 깨달았다. 핍도 이제는 자기 자신을 충분히 알고 있었다. 핍의 머릿속 깊숙한 암흑 속에선 이미 오래전에 깨달은 터였다.

이건 복수였다.

두 사람 모두를 품기에 이 동네는 너무 좁았다. 이 세상도 너무 좁았다. 둘 중 하나는 떠나야 했다. 그리고 핍은 끝까지 싸울 준비가 돼 있었다.

핍은 장갑 낀 손을 뻗어 맥스의 휴대폰을 집어 들었다. 휴대폰 화면에 불이 들어오며 화면은 오후 9시 19분임을 알려주었다. 이제 정말 서둘러야 한다.

화면 상단을 보니 배터리가 아직 절반은 남아 있었다. 다행이었다. 이 정도면 충분했다.

핍은 맥스를 뒤로하고 움직였다. 핍은 맥스의 휴대폰 측면 버튼을 눌러 무음 설정을 한 다음 자세를 낮춰 가방을 벗었다. 그런 다음 가방에서 작은 샌드위치용 지퍼백 여러 개를 꺼내고 주머니에 들어 있던 빈 봉지와 박스 테이프는 가방에 넣었다.

핍은 지퍼백을 열어 그 안에 맥스의 휴대폰을 넣고 지퍼백을 닫았다. 자리에서 일어서는데 무릎에서 뚝 소리가 났다. 핍은 현관 쪽으로 돌아서서 바닥에 가방을 내려놓았다. 아직 이곳에서 할 일이 남아 있었다. 금방 다시 올 거다. 일단은 맥스의 휴대폰을 제이미와 코너에게 전해주는 게 먼저다.

핍은 복도 장식장 옆을 지나갔다. 장식장 위에는 동전과 열쇠 등등이 담긴 나무 그릇이 있었다. 핍은 재빨리 그 안을 뒤져 아우디 열쇠고리를 찾아냈다. 아마 이게 맥스의 차 열쇠고 여기

붙은 건 집 열쇠일 것이다. 핍은 이것도 필요할 터였다.

한 손에는 열쇠, 다른 손에는 휴대폰이 든 봉투를 들고 핍은 헤이스팅스네 집 앞문을 열고 밖으로 나갔다. 저녁 공기가 차가웠다. 핍은 문을 부드럽게 닫은 다음 테이프로 가린 카메라를 한번 흘끔 쳐다보곤 길을 걸어 내려갔다. 핍은 카메라를 볼 수 있었지만 카메라는 핍을 볼 수 없었다.

튜더레인 길을 따라 제이미의 차까지 걸어갔다. 차 안에서는 어두운 그림자가 핍을 기다리고 있었다.

조수석 문이 열리고 나탈리가 고개를 내밀었다.

"다 잘된 거야?" 핍을 향해 묻는 나탈리의 눈빛엔 이미 안도감이 서려 있었다.

"으-응, 잘됐어." 핍이 조금 놀라며 물었다. "아직 여기서 뭐 하는 거야? 바로 오빠 집으로 가서 알리바이 만들어야 한다니까."

"걔랑 너랑 둘만 남겨둘 수는 없잖아." 나탈리가 단호하게 말했다. "네가 안전한 걸 일단 확인해야 가지."

핍이 고개를 끄덕였다. 이해는 되었다. 제이미와 코너가 함께 하고 있는 이상 핍은 혼자가 아니었지만 나탈리의 마음도 이해는 됐다.

"다 괜찮은 거지?" 코너가 뒷좌석에서 물었다.

"응, 나가떨어졌어." 핍이 대답했다.

"때려서 미안." 나탈리가 핍을 올려다보며 말했다. "나를 밀어내고 문을 닫으려고 하는데 저 뒤쪽에 네가 보이길래 나도 별수 없이……."

“응, 괜찮아.” 핍이 나탈리의 말을 끊었다. “어쩌면 그게 더 나은 것 같기도 해.”

“근데 기분이 참 좋더라.” 나탈리가 씩 웃었다. “예전부터 한 방 먹이고 싶었어.”

“하지만 이제는 정말 오빠네로 가야 해.” 핍의 목소리가 어두워졌다. “물론 이야기 좀 하자면서 나탈리가 먼저 자기를 찾아왔다고 주장한들 맥스의 말을 믿을 사람은 거의 없겠지만, 그래도 최대한 안전한 게 좋잖아.”

“난 괜찮아.” 나탈리가 대답했다. “지금쯤이면 오빠는 벌써 맥주 한 다섯 캔은 땄을걸. 지금이 8시 45분이라고 해도 오빠는 모를 거야. 새언니는 아기 데리고 친정 가 있고.”

“알겠어.” 핍은 운전석에 앉은 제이미 쪽으로 시선을 돌렸다. 핍은 상체를 숙여 조수석을 통해 맥스의 휴대폰이 든 지퍼백을 제이미에게 건네주었다. 제이미가 지퍼백을 받아 들곤 핍을 향해 가볍게 고개를 끄덕한 다음 제 무릎 위에 내려놓았다. “이미 무음으로 해뒀어.” 핍이 말했다. “배터리도 충분하고.”

제이미가 다시 고개를 끄덕였다. “위치는 위성 내비에 저장해뒀어.” 제이미가 차량 빌트인 시스템을 가리키며 말했다. “그다음 우회전 두 번 해서 그린 신 리미티드로. 뒷길로만 갈 것.”

“휴대폰은 꺼져 있지?” 핍이 물었다.

“휴대폰 껐어.”

“코너 너도?” 핍이 코너 쪽을 돌아보았다.

“응.” 코너의 눈빛이 뒷좌석에서 빛났다. “집에서 끄고 나왔어. 상황 다 정리돼서 다시 집에 돌아갈 때까지는 안 켤 거야.”

"좋았어." 핍이 숨을 길게 내쉬었다. "자, 그린 신에 도착하면 입구 문이 열려 있을 거야. 안에는 절대 들어가지 마, 알겠지? 안엔 들어가면 안 돼. 약속해."

"안 들어갈게." 코너가 대답했다. 코너와 제이미가 잠시 시선을 서로 주고받았다.

"약속할게." 제이미가 덧붙였다.

"문 안으로 들여다보지도 말고 차는 밖에 세워둬, 거기 길가에." 핍이 말을 이었다. "맥스 휴대전화는 지퍼백 안에 그대로 넣어두고 절대 직접 만지지 마. 거기 큰 돌들이 보일 거야. 입구로 들어가는 작은 진입로를 따라서 풀이 심어져 있고 그 부근에 돌들이 쭉 놓여 있단 말이야. 휴대폰은 지퍼백 따로 열지 말고 그대로 첫 번째 큰 돌 뒤쪽에 둬. 봉투째 거기 두고 가."

"핍, 알았어." 제이미가 말했다.

"미안, 그냥…… 잘못되면 안 되거든. 하나라도 잘못되면 안 돼."

"잘못되지 않을 거야." 제이미가 부드럽게, 상냥한 목소리로 긴장한 핍을 달랬다. "우리가 있잖아."

"그다음엔 어디로 갈지 생각해뒀어?" 핍이 물었다.

"응." 코너가 앞좌석 쪽으로 몸을 숙이며 말했다. 백미러에 비친 노란 불빛을 통해 코너의 얼굴을 볼 수 있었다. "위컴에 있는 영화관인데 심야 마블 영화 축제를 한대서 거기 가려고. 주차장에 도착하면 그때 휴대폰을 켤 거야. 영화관에 있는 동안 전화 두 통, 문자도 할 거고. CCTV 카메라도 여기저기 많아. 괜찮을 거야."

"알겠어." 펍이 고개를 끄덕였다. "그래, 코너, 그거 좋은 생각이네."

코너가 희미하게 펍을 향해 미소를 지어 보였다. 펍은 코너가 겁을 먹었단 걸 알 수 있었다. 뭔가 분명 무시무시한 일이 벌어진 것 같긴 한데 정작 무슨 일에 휘말리고 있는지 알 수는 없으니 겁을 먹은 것이다. 물론 짐작이야 할 것이다. 뉴스 보도가 나오기 시작하면 그때는 알게 되겠지. 하지만 입 밖으로 아무 이야기도 꺼내지 않는 이상, 짐작을 넘어 정말로 진실을 알고 있는 게 아닌 이상은 괜찮다. 코너는 안전하다. 혹시라도 뭐가 잘못되면 책임은 펍 혼자 진다. 나머진 모두 무사할 것이다. 제이미와 코너는 그냥 심야 영화를 보러 갔던 거고, 두 사람은 아무것도 모른다. 펍은 코너에게 눈빛으로 그렇게 전하려 애를 써보았다.

"그리고 일단 그린 신에서 일 다 끝나면 선불폰으로 전화해." 펍이 말했다. "그린 신 나와서 한 5분 정도 달린 후에 그때 선불폰으로 전화해서 일 잘 처리됐는지 알려줘."

"응, 그럴게." 코너가 펍에게 받은 휴대폰을 흔들어 보였다.

"좋아, 그럼 준비는 다 된 것 같네." 펍이 차에서 한 발 뒤로 물러섰다.

"다니엘네 집에 나탈리 내려준 다음 곧장 거기로 갈게." 제이미가 시동을 걸며 말했다. 엔진 소리가 고요한 밤을 가로질렀다.

"행운을 빈다." 나탈리는 차 문을 닫기 전 잠시 펍과 눈을 맞추었다.

전조등이 켜졌다. 핍은 뒤로 물러나 부신 눈을 가리며 세 사람이 탄 차가 떠나는 모습을 지켜보았다. 그러나 아주 잠깐뿐이었다. 소중한 사람들을 괜히 수렁으로 끌어들이는 건 아닌지 곰곰이 곱씹고 다시 생각해볼 여유 따윈 없었다. 지금 핍에게 간절히 필요한 건 시간뿐이었다.

핍은 서둘러 왔던 길을 따라 다시 헤이스팅스네 집 앞 정원길을 올라갔다. 세 번째 시도 만에 드디어 현관문 열쇠를 찾아 조용히 문을 열었다. 맥스야 완전히 기절 상태였지만 핍은 굳이 제 운을 시험하고 싶진 않았다.

핍은 이따 잊어버리지 않게 배낭 옆에 차 열쇠도 함께 놓아두었다. 제이미의 상냥함, 나탈리의 걱정, 코너의 두려움에 핍은 마음이 약해지고 주의가 조금 산만해졌지만 지금은 다시 정신을 집중할 때였다. 계획은 문제없이 흘러가고 있었고 이제 핍의 머릿속엔 새로운 목록이 떠올랐다. 아까 라비와 함께 정리한, 맥스네 집에서 가져와야 할 것들 목록 말이다.

총 세 가지였다.

핍은 모퉁이를 돌아 맥스의 방이 있는 2층으로 올라가는 계단을 향했다. 어느 방이 맥스 방인지는 이미 알고 있었다. 앤디 벨이 약을 팔았단 사실을 처음 알게 됐을 때 와본 적이 있었다. 그리고 방 안은 그때와 똑같았다. 자주색 침구도, 널브러져 있는 옷가지들도.

방 안 저편 메모판의 영화 〈저수지의 개들〉 포스터 뒤쪽에 앤디 벨의 사진이 꽂혀 있는 것도 핍은 알고 있었다. 앤디가 엘리엇 워드의 교실에 남겨두었던, 그러나 맥스가 찾아내 지금까지 갖고 있었던, 상의를 탈의한 앤디의 사진 말이다.

생각이 거기까지 미치자 핍은 갑자기 역겨움이 몰려오면서 거기 숨겨놓은 앤디의 사진을 당장이라도 찢어버리고 싶은 충동이 일었다. 앤디를, 앤디의 유령을 자신과 함께 안전하게 이 집에서 꺼내오고 싶은 마음이 간절했다. 앤디는 남성들의 폭력 속에 충분히 고통받았다. 그러나 핍은 그럴 수 없었다. 이 방에 누가 들어왔단 사실을 맥스가 알면 안 됐다.

핍은 흰색 빨래 바구니로 시선을 돌렸다. 바구니는 거의 흘러 넘치다시피 했고 뚜껑은 겨우 그 위에서 균형을 잡고 버티고 있었다. 핍은 뚜껑을 밀고 더러운 맥스의 빨래를 뒤졌다. 장갑을 끼고 있으니 망정이었다. 절반쯤 뒤지다 보니 쓸만한 것이 보였다. 구깃구깃해진 회색 후드 집업이었다. 핍은 후드 티를 맥스의 침대 위에 던져놓고 빨래 바구니를 다시 처음 상태로 되돌려 놓았다.

다음은 빌트인 옷장이었다. 신발이 필요했다. 한 켤레면 된다. 독특한 패턴의 밑창이 있는 신발이라면 더더욱 좋을 것이다. 핍은 옷장 문을 열고 안을 한참 살핀 후에야 저 아래쪽으로 마구 뒤섞여 있는 신발 더미를 발견했다. 핍은 자세를 낮추어 옷장 깊숙이 손을 뻗었다. 신발이 저 안쪽 깊이 있다는 건 맥스가 자주 안 신는 신발일 가능성이 높단 얘기였다. 짙은 색 러닝화, 이건 밑창이 이미 너무 닳고 밋밋해져 있어서 탈락이었다. 좀 더 앞쪽에 있는 다른 흰색 운동화 밑창을 뒤집어보았다. 정신없는 지그재그 선이 가득했다. 좋아, 이거면 발자국이 잘 남을 것이다. 게다가 이건 맥스가 매일 뛰러 나갈 때 신는 신발도 아니었다. 핍은 짝 없이 마구잡이로 뒤섞여 있는 무더기 속에서 서로 꼬여 있는 신발끈을 풀고 제 짝을 꺼냈다.

막 허리를 펴고 옷장 문을 닫으려는데 무언가가 핍의 시선을 사로잡았다. 흰색 부메랑 마크가 있는 짙은 녹색 야구모자가 옷걸이 위쪽에 걸려 있었다. 좋았어, 저것도 유용하겠다. 고맙다, 맥스. 핍은 야구모자를 집어 들며 머릿속 목록에 모자를 더했다.

핍은 회색 후드 티, 흰색 운동화, 모자를 품에 안고 깊은 잠에 빠진 맥스가 있는 아래층으로 내려왔다. 그러곤 옷가지들 역시 배낭 옆에 내려놓았다.

이제 마지막으로 하나만 남았다. 그것만 끝나면 여긴 끝이다. 핍이 가장 겁이 나는 부분이었다.

핍은 다시 가방에서 샌드위치용 지퍼백을 꺼냈다.

굳이 그럴 필요까진 없었지만 그래도 핍은 숨을 참았다. 혹시라도 맥스 귀에 들리는 소리가 있다면 그건 아마도 핍의 심장이 갈비뼈를 때리는 소리일 것이다. 이렇게 빨리 뛰다간 얼마 가지 못해 멈춰버릴 것만 같았다. 핍은 조용히 맥스의 뒤쪽에서부터 맥스가 누워 있는 소파의 반대편으로 걸어갔다. 맥스의 깊은숨에 윗입술이 달싹거리며 소리를 내고 있었다.

핍은 더 가까이 다가가 쭈그리고 앉았다. 발목에서 난 뚜둑 소리가 방 안을 가득 채웠다. 핍은 발목을 탓하며 샌드위치용 지퍼백을 열어 맥스의 머리 아래쪽에 댔다. 장갑 낀 엄지와 검지를 서서히 좁혀 부드럽게, 천천히 맥스의 머리카락 사이로, 두피 가까이 밀어 넣었다. 핍은 최대한 부드럽게 맥스의 머리카락을 뽑아야 했다. 이것 말곤 방법이 없었다. DNA가 추출되도록 머리카락에 붙은 뿌리와 표피세포가 있어야 하니 머리카락을 자를 순 없었다. 핍은 조심스레 맥스의 짙은 금발 머리를 엄지와 검지로 한 꼬집 쥐었다.

그런 다음 손을 휙 잡아당겼다.

맥스가 코를 훌쩍였다. 크게 숨을 내쉬더니 오르락내리락하던 가슴의 리듬이 달라졌다. 그러나 다른 움직임을 보이진 않았다.

핍은 사정없이 뛰는 자신의 심장 박동을 느끼며 손가락 사이에 걸린 맥스의 머리카락을 살펴보았다. 길고 구불구불한 머리카락 끝을 둥근 뿌리가 감싸고 있었다. 많지는 않았지만 그래도 이 정도면 충분할 것이다. 굳이 다시 위험을 감내하고 싶진 않았다.

핍은 지퍼백 속에 손가락을 넣고 문질렀다. 금발의 머리카락은 지퍼백 안에 떨어져 육안으로 잘 보이지 않았다. 라텍스 장갑에 아직 붙어 있는 두어 가닥은 소파에 닦아버리고 지퍼백을 닫은 다음 복도로 향했다.

핍은 맥스의 후드 티를 커다란 냉동실용 지퍼백에 담고 신발과 모자는 또 다른 지퍼백에 담은 다음 배낭 속에 집어넣었다. 이제 배낭은 꽉 차서 지퍼도 간신히 닫혔지만 그래도 괜찮다. 이제 필요한 건 다 챙겼다. 핍은 맥스의 머리카락이 든 봉투를 배낭 앞주머니에 넣고 어깨에 걸쳤다.

나가기 전에 거실 불을 껐다. 왜 그랬는지 핍도 이유는 잘 모르겠다. 노란 불빛이 밝긴 해도 맥스를 깨울 정도는 아닐 텐데 말이다. 그래도 핍은 최대한 위험을 줄이고 싶었다. 몇 시간 후에 다시 돌아와도 맥스는 이 상태 그대로여야 했다. 맥스가 그동안 아마도 강력한 로히프놀의 효과를 수없이 믿어 의심치 않았듯 핍 역시 별일은 없을 거라고는 생각했지만, 그래도 맥스만큼은 아니었다. 핍은 저 자신조차 그 정도로 믿진 않았다.

핍은 바닥에서 열쇠고리를 집어 들고 밖으로 나와 문을 닫았다. 열쇠에 달린 스위치를 누르자 맥스의 검은색 차 후미등이 깜박이며 차 문이 열렸음을 알려주었다. 핍은 운전석 문을 열어 차 열쇠를 좌석에 놓은 다음 다시 문을 닫고 차는 그대로 세워둔 채 진입로를 내려와 거리로 걸어갔다.

이제 라텍스 장갑을 벗었다. 땀 때문에, 아니면 어둠 속에서 잘 보이진 않았지만 어쩌면 스탠리의 피 때문에 장갑이 손에 착 달라붙어 별수 없이 이를 사용해 장갑을 벗었다. 핍의 맨 손가락에 닿은 저녁 공기는 너무 차갑고 묵직했다. 핍은 벗은 장갑을 주머니 속에 집어넣었다.

핍의 차가 저 앞에서 핍을 기다리고 있었다. 핍을, 그리고 다음 단계를.

이제 핍이 알리바이를 만들 차례였다.

38

"이게 누구래? 여긴 어쩐 일이야, 아가씨?"

카라가 문을 활짝 열었다. 복도의 불빛이 핍의 얼굴을 비추자마자 카라의 얼굴에선 미소가 싹 가셨다. 카라 눈엔 보였다. 핍도 카라라면 눈치챌 줄 알았다. 카라는 그냥 친구가 아니라 자매나 다름없었다. 핍의 눈 속에, 혹은 그 너머에서 무언가가 달라져 있었다. 길고 끔찍한 오늘 하루가 어떻게든 거기 담겨 있을 수밖에 없었고, 카라라면 그걸 모를 리 없었다. 그러나 무슨 일인지는 절대 알아선 안 된다. 최소한 모든 진실을 다 알 순 없다. 다른 친구들과 마찬가지다. 모르는 게 친구들을 안전하게 지키는 길이었다.

"무슨 일이야?" 카라의 목소리가 한 옥타브 떨어졌다. "무슨 일 있었어?"

아랫입술이 파르르 떨리는 게 느껴졌지만 핍은 꾹 참았다.

"음, 그게 내가……" 핍이 불안하게 입을 뗐다. 카라의 도움을 원하는 마음과 자신이 벌인 일로부터 카라를 안전하게 지키고픈 마음 사이에서 갈등이 일었다. 지금 바로 앞에서 눈을 끔벅이고 선 채 예전의 평범한 일상을 상기시켜주는 이 존재와 현재 자신이 처한 상황 사이에서의 갈등이었다. "네 도움이 좀 필요해. 꼭 해줘야 하는 건 아니고 얼마든지 거절해도 되는데……."

"안 될 게 뭐 있어." 카라가 핍의 말을 끊고 핍의 어깨를 잡으며 핍을 집 안으로 들였다. "들어와." 복도에 서서 핍을 쳐다보는 카라의 눈빛은 지금껏 핍이 본 중에 가장 진지했다. "무슨 일인데?" 카라가 물었다. "라비는 괜찮고?"

핍이 가볍게 코를 훌쩍이며 고개를 저었다. "아, 응. 라비는 괜찮아. 라비랑 상관없는 일이야."

"가족들 일이야?"

"아니, 그…… 가족들도 잘 있어." 핍이 말했다. "그냥…… 네 도움이 좀 필요한 일이 있는데 이유는 말할 수 없어. 이유를 물어서도 안 되고, 나도 말해줄 수 없어."

멀리서 들려오던 TV 소리가 꺼지더니 발소리가 가까워졌다. 젠장, 스테파니가 와 있나? 안 돼, 절대 안 돼. 이 일은 다른 누구도 알아선 안 된다. 딱 이 친구들, 핍이 사라진다면 핍을 찾아 나설 바로 그런 친구들을 제외하곤 말이다.

아, 스테파니가 아니다. 나오미가 복도로 걸어 나오며 조그맣게 한 손을 흔들었다.

나오미가 와 있을 거란 생각은 미처 못했다. 나오미가 여기 있을 거라는 건 계획엔 없던 일이다. 그래도 지금 와서야 말이지만 괜찮은 것 같다. 나오미도 이 사건의 굴레에서 그리 자유롭지 않은 사람 중 하나였다. 카라가 핍과 자매나 다름없는 사이면 나오미도 마찬가지다. 그리고 지금으로선 이제 나오미도 끌어들이는 수밖에 없었다. 계획은 바뀌었고, 이제 한 사람이 더 연루됐다.

카라는 아직 제 언니를 보지 못했다.

"핍, 너 지금 대체 무슨 소리를 하는 거야?" 카라가 다급하게 물었다.

"방금 말했잖아, 말 못 한다고. 절대 말 못 한다니까."

잠시 두 사람의 대화가 끊어졌다. 나오미 때문은 아니고 핍의 앞주머니에서 들려오는 8비트의 높은 전화벨 소리 때문이었다.

핍의 눈이 커졌고, 카라의 눈도 덩달아 커졌다.

"미안한데 나 이 전화 좀 받을게." 핍은 그러곤 선불폰을 꺼내 카라에게 등을 돌리고 서서 귀에 작은 휴대폰을 가져다 댔다.

"응." 핍이 수화기에 대고 말했다.

"나야." 코너의 목소리가 들려왔다.

"다 잘 됐어?" 핍이 물었다. 뒤에서 나오미가 카라에게 무슨 일인지 묻고 있었다.

"응. 다 문제없어." 코너는 약간 숨이 가쁜 목소리였다. "이제 형이 위컴으로 차 몰고 갈 거야. 휴대폰은 첫 번째 돌 뒤, 얘기한 자리에 뒀어. 안에는 안 들어갔고, 쳐다도 안 봤어. 여긴 다 잘 됐어."

"고마워." 가슴의 긴장감이 살짝 풀렸다. "고마워, 코……." 하마터면 이름을 입 밖으로 꺼낼 뻔했지만 핍은 간신히 말을 멈추고 재빨리 카라와 나오미 쪽을 살폈다. 이 두 사람은 또 누가 이 일에 관여돼 있는지 알아선 안 된다. 그래야 더 안전하다. 친구들 모두 다 말이다. "우리가 이 이야기를 하는 건 지금이 마지막이야. 이 일은 없었던 일이야, 알지? 통화할 때든, 문자에서든 절대 한마디도 꺼내면 안 돼. 절대로."

"알고 있어, 아는데……."

핍이 코너의 말을 가로막았다.

"전화 끊을게. 그 전화기는 그냥 부숴버려. 폰이랑 심카드랑 다 반으로 쪼개버려. 그리고 길거리 쓰레기통에 버리면 돼."

"응, 알겠어. 그렇게 할게." 코너는 그렇게 대답한 다음 제이미를 향해 말했다. "형, 전화기 부숴서 길거리 쓰레기통에 버리래."

저 멀리 바퀴 움직이는 소리, 그리고 그보다 선명하게 제이미의 목소리가 들려왔다. "바로 처리할 테니까 그건 염려 마."

"이제 정말 끊는다. 안녕." 핍이 말했다. '안녕'이라. 이렇게 이상한 대화치고는 참 평범한 작별 인사였다.

핍은 전화를 끊고 휴대폰을 귀에서 뗀 다음 천천히 등 뒤의 카라와 나오미를 향해 돌아섰다. 둘 다 똑같이 무슨 일인지 모르겠단 표정에 겁먹은 눈을 하고 있었다.

"대체 무슨 일인데?" 카라가 말했다. "무슨 일이야? 방금 그건 누구야? 그 폰은 또 뭐고?"

핍이 한숨을 내쉬었다. 한때는 카라에게 별 시시콜콜한 이야기까지 다 공유하던 핍이었다. 그날 하루 있었던 사소한 일까지도 말이다. 이제 핍은 카라가 도와줄 부분을 제외하곤 카라에게 그 어떤 이야기도 할 수가 없었다. 둘 사이가 이제는 전과 달라져버렸다.

"말 못 한다니까." 핍이 대답했다.

"핍, 너 괜찮아?" 이번엔 나오미가 나섰다. "네가 이러니까 무섭잖아."

"미안, 난……" 핍의 목소리가 갈라졌다. 지금 이러고 있을 때가 아니다. 핍도 설명을 하고 싶지만 일단은 계획을 수행하는 게 먼저였다. 핍은 다시 전화를 걸어야 했다. 지금 당장 말이다.
"좀 이따 내가 할 수 있는 선에서 최대한 얘기를 해줄 테니까 일단 나 전화 좀 쓸 수 있을까? 집 전화를 좀 쓰고 싶은데."

카라가 눈을 끔벅이며 핍을 쳐다보았다. 나오미의 눈은 커다래졌고 눈썹은 아래로 처졌다.

"나 이 상황이 잘 이해가 안 되는데." 카라가 말했다.

"2분만. 설명은 그 후에 할게. 전화 좀 써도 돼?"

두 사람은 여전히 확신 없는 얼굴로 천천히 고개를 끄덕였다.

핍은 서둘러 두 사람을 두고 부엌으로 향했다. 두 사람이 핍을 뒤따라오는 소리가 들렸다. 핍은 식탁 의자에 배낭을 내려놓고 앞주머니 지퍼를 연 다음 크리스토퍼 엡스의 명함을 꺼냈다. 핍은 카라와 나오미 자매의 집 전화기를 들고 그의 휴대전화 번호를 세 자리씩 외워 눌렀다.

핍이 신호가 가는 것을 듣고 있는 동안 카라와 나오미는 핍을 지켜보고 서 있었다.

수화기 너머 딸깍 소리, 목을 가다듬는 소리가 들려왔다.

"여보세요?" 엡스가 확신 없는 목소리로 전화를 받았다. 늦은 시각 모르는 번호로 걸려온 전화이니 그럴 만도 했다.

"안녕하세요, 크리스토퍼 엡스 씨." 핍이 쉬어버린 목소리를 가다듬으며 말했다. "핍 피츠-아모비입니다."

"아." 엡스는 놀란 것 같았다. "아, 그래요." 이제 상황을 파악하고 엡스가 다시 목청을 가다듬었다. "그래요, 핍."

"죄송해요." 핍이 입을 열었다. "주말 저녁, 게다가 이렇게 늦은 시각에 죄송해요. 그래도 명함을 주시면서 아무 때나 전화하라고 하셨던 기억이 나서요."

"맞아요, 내가 그랬죠?" 엡스가 대답했다. "그래요, 피츠-아모비 양. 어쩐 일로 전화를?"

"음." 핍이 가볍게 기침을 했다. "조정 면담 후에 하셨던 말씀 있잖아요. 정말로 감정이 좀 가라앉은 후에 한 2주쯤 생각을 좀 해봤어요."

"그래요? 그래서 결론이 났나요?"

"네." 엡스의 오만한 얼굴에 떠오를 승리감에 찬 표정을 상상하니 기다리는 그 말을 해주고 싶지 않았다. 하지만 이 전화의 진짜 목적을 엡스는 절대 알 리가 없었다. "곰곰이 생각을 해봤어요. 오래 고민했는데, 법정 싸움은 피하는 쪽이 모두에게 좋을 거란 말씀이 일리가 있는 것 같더라고요. 그래서 제시하신 조건을 받아들이려고요. 5천 파운드 보상금이요."

"좋은 소식이군요, 피츠-아모비 양. 그런데 조건이 5천 파운드가 다는 아니었는데, 혹시 기억해요?" 엡스는 마치 어린아이에게 이야기하듯 천천히 또박또박 말했다. "가장 중요한 부분은 공개적으로 사과하고 명예훼손성 주장을 철회하고 게시했던 녹음파일이 조작본이라고 언급하는 거였는데요. 그 부분에 대한 동의가 있어야 우리 고객도 수락을 할 겁니다."

"그럼요." 핍은 이를 악물고 대답했다. "기억하죠, 감사합니다. 요구하신 부분 다 받아들이려고요. 보상금이랑 공개 사과, 성명이랑 녹음파일 전부 다요. 이제는 정말 끝내고 싶어요."

수화기 저편에서 만족스러운 코웃음 소리가 들려왔다. "잘 생각했어요. 이 사건 관련해서 모두에게 잘된 일입니다. 성숙한 결정 내려줘서 고마워요."

펍은 손바닥을 파고들 만큼 수화기를 꼭 쥐었고, 눈앞에선 붉은 분노가 번쩍였다. 펍은 분노가 사라지도록 눈을 깜박였다. "아니에요, 그리고 이성적인 조언을 해주셔서 감사했습니다." 펍은 제 목소리에 제가 움찔했다. "그럼 이제 맥스에게 제가 조건을 수락했다고 말씀 전해주실 수 있겠네요."

"그럼요, 그래야죠." 엡스가 대답했다. "소식 들으면 아주 기뻐할 겁니다. 그리고 월요일에 피츠-아모비 양 사무변호사 쪽에 전화해서 일 진행하도록 하죠. 괜찮겠습니까?"

"네, 좋아요." 펍이 대답했다. 그야말로 공허한, 의미 없는 말이었다.

"좋습니다. 그럼 피츠-아모비 양, 편안한 저녁 시간 보내길 바랄게요."

"변호사님도요."

통화가 끝났다. 통화가 끝나고 뚜뚜 울리는 전화기 소리를 들으며 펍은 수화기 저편에서 자기 휴대폰으로 전화번호 목록을 부지런히 스크롤하며 다른 번호를 찾고 있을 엡스의 모습을 상상했다. 엡스는 그냥 헤이스팅스 가족의 담당 변호사 정도가 아니라 그 가족과 친구였다. 그리고 정확히 펍이 예상하는 대로 행동할 것이다.

"너 제정신이야?" 펍을 쳐다보는 카라의 눈이 왕방울만 해졌다. 그 눈 주변을 둘러싼 얼굴은 그사이 많이도 자랐지만 저 눈만큼은 펍이 카라를 처음 만났을 때 그 긴장한 여섯 살 아이의 눈 그대로였다. "그걸 받아들이다니, 미쳤어? 대체 무슨 일인데?"

"알아, 나도 안다고." 핍은 양손을 들어 올리며 졌다는 표시를 해 보였다. "황당한 줄 나도 알아. 일이 좀 있었는데 그것 때문에 내가 곤란해졌고, 이렇게 해야 이 상황을 빠져나갈 수가 있어. 지금으로선 도와달란 말 말고는 더 할 수 있는 말이 없어. 그래야 네가 안 다쳐."

"대체 무슨 일이 있었는데?" 이제 카라의 목소리는 절박해지고 있었다.

"더 묻지 마." 나오미가 알겠다는 눈빛으로 동생을 향해 말했다. "핍은 우리한테 부인할 수 있는 여지를 남겨주려고 말 못 한다고 하는 거야."

카라가 핍을 다시 쳐다보았다. "무-무슨 나쁜 일이라도 생긴 거야?" 카라가 물었다.

핍이 고개를 끄덕였다.

"하지만 괜찮아, 내가 처리할 수 있어. 내가 해결할 수 있는데, 네 도움만 좀 필요한 것뿐이야. 나 도와줄 수 있어?"

카라의 목에서 숨넘어가는 소리가 들렸다. "당연히 도와주지." 카라가 조용히 말했다. "널 위해서라면 사람도 죽일 수 있는 거 알지? 하지만……."

"나쁜 일 아니야." 핍이 카라의 말을 자르며 선불폰을 확인했다. "자, 지금 이제 막 오후 9시 43분이네, 그렇지?" 핍이 시간을 보여주며 말했다. "날 보지 말고 여기 시간을 봐, 카라. 넌 절대로 거짓말 안 해도 돼, 절대로. 오늘 있었던 일이라면 그냥 내가 몇 분 전에 너희 집 찾아와서 너희 집 전화로 맥스 변호사에게 전화를 했다, 그게 다야. 너희 집 전화를 빌려 쓴 건 내가 휴대폰을 잃어버려서 그런 거고."

"전화기 잃어버렸어?" 카라가 말했다.

"응, 그런데 그게 나쁜 일인 건 아니야." 핍이 대답했다.

"그러네, 그렇겠네." 카라가 긴장한 채로 웃음을 터뜨렸다.

"어떻게 도와주면 되는데?" 꾹 다문 나오미의 입술에서 의지가 엿보였다. "맥스 헤이스팅스 관련된 일이면 나도 무조건 할 거야, 알지?"

핍은 대답하지 않았다. 두 사람이 불필요하게 많이 알게 되길 원하지 않았다. 하지만 핍은 나오미가 여기 함께 있어 다행이라는 생각이 들었다. 왠지 그게 맞겠다는 생각이 들었다. 처음과 끝이 결국 하나라고 생각하면 말이다.

"그냥 나랑 같이 있어주면 돼. 차 타고 가서 나랑 두 시간 정도 같이 있어줘. 내가 다른 데 혼자 있는 게 아니고 두 사람이랑 같이 있었다는 것만 증명되면 돼."

이제 두 사람도 이해했다. 거의 이해한 것 같았다. 핍은 두 사람의 표정 변화를 읽을 수 있었다.

"알리바이라는 거지." 핍은 말하지 않은 그 단어를 카라가 입 밖으로 내었다.

핍은 끄덕였다고 하기엔 표도 안 나게 아주 살짝 고개를 들었다가 내렸다.

"거짓말은 전혀 안 해도 돼." 핍이 덧붙였다. "아무것도, 자세한 내용 하나도 거짓말은 안 해도 돼. 그냥 우리가 오늘 저녁 한 일만 기억하고 얘기하면 돼. 나쁜 일, 불법적인 일 하는 거 전혀 아니야. 그냥 주말 저녁에 친구를 만난 거야. 그것만 알고, 기억하면 돼. 지금이 오후 9시 44분이거든. 나랑 같이 가주기만 하면 돼."

카라가 고개를 끄덕였다. 이제 카라의 눈빛이 조금 변해 있었다. 슬퍼졌다. 아직 겁이 나는 것 같기도 했지만, 그게 자신의 안위 때문은 아니었다. 그보다는 눈앞에서 절박하게 도움을 요청하는 친구, 모르고 지낸 시간보다 알고 지낸 시간이 두 배는 더 긴 친구 때문이었다. 서로를 위해 죽을 수도 있고 남을 죽일 수도 있는 그런 친구. 결국 핍이 그 우정에 먼저 기대는 친구가 되고 말았다.

"어디 갈 건데?" 나오미가 물었다.

핍이 크게 숨을 내쉰 다음 겨우 미소를 지어 보였다. 가방 지퍼를 닫고 어깨에 가방을 걸치며 핍이 대답했다.

"맥도날드."

39

차를 타고 가는 동안 세 사람은 별로 말이 없었다. 무슨 말을 해야 좋을지도 모르겠지만, 무슨 말을 해도 되고 혹은 안 되는지, 심지어는 움직이는 건 괜찮은지조차 확신이 없어서였다. 조수석에 앉은 카라는 다리 사이에 양손을 끼우고 어깨는 잔뜩 움츠린 채 굳어선 최대한 몸을 조그맣게 말고 있었다.

뒷자리에 앉은 나오미는 등받이에 등을 기대지도 않고 허리를 꼿꼿이 세운 채였다. 핍은 백미러로 뒷좌석의 나오미를 흘긋 쳐다보았다. 얼굴 위로 아른대는 전조등과 가로등 불빛에 나오미의 눈이 반짝였다.

핍은 침묵에 신경 쓰기보단 가는 길에 집중했다. 큰길만 골라 최대한 교통 카메라에 많이 찍히려고 노력했다. 이번엔 카메라에 최대한 많이 찍히는 게 목표고, 핵심이었다. 철통같이 빈틈없게. 계획대로만 되어준다면 경찰은 이 카메라들에 담겨 있는 핍의 발자취를 따라 핍을, 핍의 차 동선을 추적할 것이다. 이게 핍이 지금 여기 있었다는 증거, 다른 어딘가에서 누군가를 죽이고 있지 않았다는 증거가 될 것이었다.

"스테파니는 잘 지내?" 차 안의 정적이 부담스러운 지경에 이르자 핍이 입을 열었다. 라디오는 진작 꺼버렸다. 평생을 통틀어도 있을까 말까 한 이런 이상한 드라이브 중 듣기에 라디오 방송은 거의 기괴하다고 느껴질 만큼 너무 정상적이었다.

"음." 카라가 창밖을 내다보며 작게 기침했다. "응, 잘 지내." 단답 후 다시 찾아온 침묵. 그래, 둘을 여기 끌어들이는 것만으로도 모자라 대화라니, 너무 무리한 요구였다.

그때 전방에 맥도날드 간판이 핍의 시야에 들어왔다. 핍의 차 전조등 불빛에 노란색 M이 반짝였다. 비컨스필드 바로 외곽 도로에 있는 휴게소였다. 핍과 라비가 이곳을 고른 이유도 그 때문이었다. 여긴 어디든 카메라가 많았다.

핍은 로터리를 빠져나와 휴게소로 진입했다. 막 10시가 지났는데도 커다란 휴게소 주차장은 아직 차와 인파로 붐비고 있었다.

핍은 주차 자리를 찾아 거의 끝까지 안으로 들어가 커다란 회색 유리 건물 바로 근처에 차를 세우고 시동을 껐다.

엔진 소리까지 없어지니 정적은 더욱 세 사람을 압도했다. 그나마 휘청대며 차 앞을 지나 불이 밝게 밝혀진 휴게소로 향하는, 누가 봐도 맨정신은 아닌 남자들 한 무리 덕분에 침묵이 깨졌다.

"어지간히 일찍 시작한 모양이네." 카라가 고갯짓으로 취객 무리를 가리키며 입을 열었다.

핍이 절박하게 카라의 말끝을 붙들었다.

"내 스타일인데." 핍이 대꾸했다. "그리고 11시에 자러 가면 딱이다."

"내 스타일이기도 해." 카라가 살포시 미소를 띠며 말했다. "대신 마지막에 감자튀김은 먹어줘야지."

핍은 웃음을 터뜨렸다. 목구멍에서 나오는 공허한 웃음은 이내 기침으로 바뀌었다. 이 두 사람을 여기 이렇게 끌어들인 것 자체는 너무 괴로웠지만, 그래도 이 둘이 지금 여기 함께 있어줘서 핍은 다행이라는 생각이 들었다. "이런 부탁 해서 미안해." 핍은 휴게소 앞의 사람들을 지켜보며 말했다. 어딘가로 먼 여행길에 오른 사람들, 여행을 끝내고 이제 막 집으로 돌아오는 사람들, 혹은 특별히 여행이라 할 것 없이 그냥 짧은 거리를 이동 중인 사람들. 졸린 아이들을 데리고 가족여행 중인 사람들, 하룻밤 주말여행을 떠나는 중이거나 또는 돌아오는 길인 사람들은 잠시 배를 채우러 휴게소에 들렀다. 평범한 사람들의 평범한 일상. 그리고 그 가운데 이 세 사람이 이렇게 차 안에 앉아 있었다.

"그러지 마." 이번엔 핍의 어깨를 어루만지며 나오미가 입을 열었다. "핍 너도 우리가 부탁했더라면 똑같이 했을걸."

나오미 말이 맞았다. 핍은 분명 그럴 것이고, 이미 전에도 그렇게 했다. 샐의 누명을 벗기는 데 있어 결정적 단서가 될 수 있었지만 나오미가 엮인 뺑소니 사고를 비밀로 지키기 위해, 또한 카라가 아버지와 언니를 동시에 잃는 비극만은 피할 수 있게, 핍은 그때마다 다른 방법을 찾아냈었다. 하지만 그렇다고 해서 지금 이 두 사람을 이 일에 끌어들인 게 정당화되진 않았다. 그런 건 보답이 되돌아올 것을 기대하고 하는 일이 아니다.

하지만 핍도 이미 깨닫지 않았던가? 모든 일은 되돌아오게 돼 있었다. 그 완전한 원의 굴레가 모두를 다시 끌고 들어왔다.

"그렇지." 카라는 그렇게 말하며 화장으로 상처를 대충 가린 핍의 볼을 손가락으로 가볍게 눌렀다. 그렇게 하면 마치 오늘 무슨 일이 있었는지 알아낼 수 있을 것처럼. 어쩌면 그럴지도 모른다. 핍도 그건 자신이 없었다. "너만 무사하면 돼. 우리가 뭘 해야 하는지만 알려줘. 너는 지휘하면서 우리한테 어떻게 하라고 말만 해."

"문제가 그거야." 핍이 말했다. "아무것도 안 해도 돼, 정말로. 그냥 평소처럼 있으면 돼. 즐겁게." 핍이 코를 가볍게 훌쩍였다. "나쁜 일은 아무것도 없었던 것처럼."

"우리 아빠가 네 남자친구의 형을 죽이고 실종된 여자를 5년씩이나 감금한 사람 아니니." 카라가 재빨리 나오미를 돌아보았다. "아무 일 없었던 것처럼 행동하는 거야 우리 주특기지."

"얼마든지." 나오미가 덧붙였다.

"고마워." 그렇게 말은 하면서도 핍은 실은 그게 얼마나 부적절한 말인지 내심 의식했다. "가자."

핍은 문을 열고 차에서 내린 다음 카라가 건네준 배낭을 받아 들었다. 핍은 어깨에 배낭을 메고 주변을 둘러보았다. 뒤편에 노란 불빛으로 주차장을 비추고 있는 가로등이 보였다. 가로등 기둥 중간쯤 카메라가 두 대 보였고, 그중 하나는 세 사람 쪽을 향해 있었다. 핍은 카메라에 확실히 찍히도록 고개를 들고 잠시 별을 보는 척했다. 깜깜한 밤하늘에 수백만 개의 불빛이 반짝이고 있었다.

"그래, 가자." 나오미가 뒷문을 닫고 어깨 위로 카디건을 두르며 말했다.

핍은 차 문을 잠근 다음 두 사람과 함께 자동문을 지나 휴게소 건물 안으로 걸어 들어갔다.

으레 그렇듯 건물 안은 휴게소 특유의 분위기로 가득 차 있었다. 한없이 처진 눈꺼풀을 겨우 열고 있는 사람들과 아직 눈망울이 반짝반짝한 사람들, 여행 끝자락인 사람들과 막 시작한 사람들이 뒤섞여 있었다. 핍은 어느 쪽도 아니었다. 아직 핍의 여정은 끝이 보이지 않았다. 기나긴 밤은 아직 한참이 더 남아 있었다. 그래도 핍은 이제 계획의 절반 지점을 지나왔고, 이미 해치운 일들은 머릿속으로 체크 표시를 한 다음 저 뒤편으로 치워두었다. 핍은 계속해서 움직여야 했다. 한 발 또 한 발, 앞으로 또 앞으로. 라비를 다시 만나기까진 아직 두 시간이 남았다.

"이쪽이야." 핍은 동굴처럼 거대한 건물 끝에 있는 맥도날드 쪽으로 카라와 나오미를 안내했다.

취객 무리가 맥도날드 한가운데 있는 테이블에 앉아 있었다. 시끄러운 건 여전했고, 이제 입안에는 감자튀김이 가득 들어 있었다. 핍은 그 무리가 앉은 테이블과 가까우면서도 너무 딱 붙어 있지는 않은 부스 좌석을 고른 다음 의자에 가방을 내려놓았다. 핍은 가방을 열어 지갑을 꺼낸 다음 나오미와 카라가 아무것도 보지 못하도록 얼른 지퍼를 닫았다.

"앉아." 핍은 두 사람을 향해 그렇게 말하곤 어딘가에 있을 카메라를 향해 미소를 지어 보였다. 카라와 나오미가 반짝반짝 광이 나는 플라스틱 부스 자리에 미끄러지듯 앉았다. "내가 주문할게. 뭐 먹을래?"

자매는 서로를 쳐다보았다.

"음, 집에서 저녁은 이미 먹었는데." 카라는 자신 없는 목소리였다.

펍이 고개를 끄덕였다. "그럼 언니는 야채 버거, 카라 너는 치킨너깃, 맞지? 콜라는?"

둘 다 고개를 끄덕였다.

"좋았어. 갔다 올게."

펍은 취객 무리가 앉은 테이블을 지나 지갑을 달랑달랑 손에 들고 주문 카운터로 걸어갔다. 펍 앞에 세 명이 줄을 서서 차례를 기다리는 중이었다.

펍은 계산대 뒤 천장에 CCTV 카메라가 달려 있는 것을 확인하고 카메라에 잘 잡히게 옆걸음으로 몇 센티미터쯤 움직였다. 그리고 평소처럼 자연스럽게 행동하려고 노력했다. 누군가 지금 자신의 모습을 지켜보고 있다는 건 추호도 생각 못 하는 사람처럼 말이다. 펍은 과연 이런 연기, 거짓말이 자신에게는 이제 일상이 되어버린 걸까, 하는 궁금증이 들었다.

제 차례가 된 펍은 점원 앞에서 망설임을 숨기려고 미소를 지어 보였다. 펍도 카라, 나오미와 마찬가지로 아무것도 먹고 싶지 않았다. 그러나 펍이 먹고 싶은지 아닌지는 중요하지 않았다. 이건 쇼였다. 카메라에 찍히기 위한 퍼포먼스고, 펍이 의도한 자신의 오늘 밤 여정에서 신뢰할 만한 기록을 남기기 위한 과정이었다.

"안녕하세요." 펍이 다시 정신을 차리고 미소를 지었다. "야채 버거 세트 하나랑, 음…… 치킨너깃 세트 두 개 주세요. 음료는 다 콜라로 주세요."

"네, 알겠습니다." 점원이 화면에 주문을 입력했다. "소스 드릴까요?"

"음…… 케첩만 주세요."

"네, 케첩만요." 점원이 머리를 긁적이며 말했다. "이것만 필요하실까요?"

핍은 고개를 끄덕였다. 주문 카운터의 점원이 주방 직원에게 주문을 전달하는 동안 핍은 점원 뒤통수 쪽에 있는 카메라를 되도록 쳐다보지 않으려고 노력했다. 핍이 지금 저 카메라를 정면으로 쳐다본다면 몇 주 후 저 카메라에 찍힌 핍의 모습을 들여다보고 있을 형사와 눈을 맞추며 이래도 내 말을 믿지 않을 거냐고 하는 셈이 될 테니 말이다. 아마 그 형사는 호킨스가 되겠지? 제이슨이 리틀 킬턴 출신이니 관할서는 아머샴 서일 테고, 그럼 템스밸리 경찰관들이 사건을 담당할 것이다. 핍 대 호킨스 경위 간에 새로운 게임이 시작됐다. 그리고 핍은 맥스 헤이스팅스를 내걸었다.

"손님?" 점원이 눈을 가늘게 뜨며 핍을 쳐다보았다. "14파운드 8펜스입니다."

"아, 죄송해요." 핍이 지갑 지퍼를 열었다.

"카드로 하시나요?"

"네." 핍은 당연하다는 듯이 대답했다. 당연히 카드로 지불해야지. 지금 이 시각 논란의 여지 없이 핍이 여기 있었다는 증거를 남기려면 말이다. 핍은 체크카드를 꺼내 터치 카드 리더기에 갖다 댔다. 결제가 된 것을 알리는 소리가 나고 점원은 핍에게 영수증을 건네주었다. 핍은 이것도 가지고 있어야지 생각하며 영수증을 반듯하게 접어 지갑에 넣었다.

"금방 드릴게요." 점원은 핍에게 뒷사람이 기다리고 있으니

옆으로 비켜서서 기다려달라고 손짓을 해 보였다.

펍은 왼쪽으로 비켜서서 메뉴 전광판에 기대어 섰다. 카메라 밖으론 벗어나지 않았다. 펍은 호킨스를 의식하며 별다른 생각 없이 기다리고 있는 연기를 했다. 물론 펍은 발 모양, 어깨가 굽은 정도, 눈빛까지 호킨스를 의식하고 있었다. 음식을 기다리는 동안 행여 긴장한 것처럼 보일까 봐 지나치게 움직이지 않도록 신경 쓰기도 했다. 펍은 긴장한 게 아니다. 펍은 친구들이랑 패스트푸드를 먹으러 온 거다. 펍은 카라랑 나오미 쪽을 향해 손을 흔들었다. 안녕하세요, 호킨스 경위님. 전 그냥 친구들이랑 패스트푸드 먹으러 왔는데, 뭐 이상한 게 있나요?

누군가 펍이 주문한 음식을 건네주었다. 펍은 고맙다고 인사하고 카메라를 향해, 호킨스를 향해 씩 웃어 보였다. 펍은 종이봉투 세 개를 한쪽 손에 들고 다른 손으로는 균형을 잡으며 음료가 담긴 두꺼운 종이 쟁반을 들고 조심히 테이블로 걸어왔다.

"자, 여기." 펍이 카라에게 음료 쟁반을 건네며 음식이 든 종이봉투를 테이블에 내려놓았다. "이건 언니 거." 펍이 그중 하나를 나오미 앞으로 건네주며 말했다.

"고마워." 나오미는 음식을 바로 열지 않고 망설였다. "그럼……" 나오미가 펍의 눈치를 살피며 입을 열었다. "그냥 먹으면서 얘기하면 되는 거야?"

"응." 펍은 마치 방금 나오미가 무슨 재미난 이야기라도 한 것처럼 씩 웃은 다음 다시 한번 작은 소리로 웃음을 터뜨렸다. "그냥 먹으면서 얘기하면 돼." 펍이 자기 봉투를 열어 너깃 여섯 개가 든 상자와 감자튀김을 꺼냈다. 봉투 바닥에 눅눅해진 튀김 몇 개가 붙어 있었다. "아, 케첩 받아왔어." 핍이 나오미와 카라에게 하나씩 건넸다.

핍에게서 케첩을 건네받던 카라가 핍의 팔을 한참 내려다보았다. 핍의 옷소매가 팔꿈치까지 올라가 있었다.

"손목이 왜 그래?" 카라가 확신 없는 목소리로 나직이 말했다. 카라의 시선은 박스 테이프가 핍의 피부에 남겨놓은 생채기를 향해 있었다. "얼굴은 또 왜 이렇고?"

핍이 목을 가다듬으며 소매를 끌어내려 손목을 가렸다. "그 얘기는 안 할 거야." 핍이 카라의 시선을 피하며 말했다. "그 얜 긴 빼고 다른 이야기 하자."

"하지만 누가 너를 해치려고 한다면 우리가……." 카라가 다시 입을 열자 이번엔 나오미가 카라의 말을 막았다.

"카라, 빨대 좀 갖다줄래?" 언니가 동생에게 하는 딱 그런 어조였다.

카라는 두 사람을 번갈아 쳐다보았다. 핍이 고개를 끄덕였다.

"알겠어." 카라는 자리에서 일어나 테이블 몇 개를 지나 빨대 디스펜서와 냅킨이 있는 카운터로 향했다. 카라가 빨대 몇 개와 냅킨 몇 장을 집어 자리로 돌아왔다.

"고마워." 핍은 콜라 뚜껑에 빨대를 꽂고 한 모금 마셨다. 하도 소리를 지른 탓에 가뜩이나 상한 목을 타고 콜라가 내려가니 목구멍이 거의 타들어가는 느낌이었다.

핍은 너깃 하나를 집었다. 먹고 싶지도 않거니와 먹는 게 가능하지도 않았지만, 그래도 너깃을 입에 넣고 우걱대고 씹었다. 질감은 꼭 고무 씹는 듯했고 혀는 그 위에 침을 발랐다. 겨우 너깃을 삼키는데 자신을 쳐다보고 있느라 제 음식은 아직 열지도 않은 카라가 눈에 들어왔다.

"그냥," 카라의 목소리는 이제 속닥이는 수준까지 작아졌다. "혹시라도 너를 해치려는 사람이 있으면 내가 그 자식을 죽여 버……."

너깃이 목에 걸렸다. 핍은 목구멍으로 넘어갔다 도로 올라온 음식을 다시 꿀꺽 삼켰다. 음식이 모두 넘어간 다음에야 핍이 입을 열었다. "카라, 너 스테파니랑 여행 어디로 갈지는 정했어? 태국 진짜 가고 싶다고 하지 않았나?"

카라가 입을 열기 전에 나오미 눈치를 살폈다. "어, 그렇긴 한데." 마침내 카라가 자기 너깃 박스를 열고 치킨너깃 하나를 케첩에 찍으며 말했다. "응. 태국 가고 싶지. 가서 스쿠버다이빙도 하고. 스테파니는 호주도 진짜 가고 싶대. 아마 관광 같은 거 하고 싶은가 봐."

"엄청 재밌을 것 같은데." 핍이 이번엔 감자튀김을 쳐다보며 몇 개를 꾸역꾸역 입으로 집어넣었다. "선크림 꼭 챙겨라?"

카라가 코를 가볍게 훌쩍였다. "딱 정말 네가 할 법한 말이네."

"뭐, 그럼 딴사람인 줄 알았어?" 핍이 씩 웃으며 대꾸했다. 부디 딴사람이 되어버린 게 아니길 핍도 바랐다.

"스카이다이빙이나 번지점프는 안 할 거지?" 나오미가 자기 베지 버거를 다시 한 입 베어 물고 어색하게 씹으며 말했다. "네가 다리 위나 비행기에서 뛰어내리는 줄 알면 아빠가 아마 난리 일걸."

"그러게, 나도 모르겠어." 카라가 제 손을 내려다보고 있다가 절레절레 고개를 흔들었다. "미안한데, 지금 이러는 거 진짜 어색하거든. 난……."

"잘하고 있어, 카라." 핍이 음식물을 넘기려고 다시 콜라 한 모금을 마셨다. "진짜 잘하고 있어."

"난 널 돕고 싶다고."

"지금 이게 도와주는 거야." 핍은 카라와 눈을 맞추고 텔레파시로 마음을 전해보려 했다. 카라와 나오미, 두 사람은 지금 핍의 인생을 구하는 중이었다. 휴게소 맥도날드에 앉아 꾸역꾸역 감자튀김을 입속으로 밀어 넣으며 어색한 연기로 이상한 대화를 나누고 있긴 하지만, 그래도 정말 핍의 인생을 구하는 중인 건 사실이었다.

핍 뒤편에서 우당탕 소리가 들려왔다. 고개를 돌려보니 취객 무리 중 하나가 의자에 걸려 의자가 바닥에 나동그라졌다. 그러나 핍의 귀에 들린 소리는 의자가 바닥에 넘어지는 소리가 아니었다. 놀랍게도 제이슨 벨의 두개골이 쩍 갈라지는 소리도 아니었다. 여전히 핍의 귀에 들려오는 건 총성이었다. 스탠리 포브스의 가슴에 도저히 어찌 손써볼 방법도 없는 구멍을 남기면서 말이다. 핍의 손에 밴 땀이 짙고 선연한, 난폭한 붉은색으로 물들고 있었다.

"핍?" 카라가 다시 핍을 불렀다. "괜찮아?"

"응." 핍이 코를 가볍게 훌쩍이며 냅킨에 손을 닦았다. "괜찮아, 별거 아냐. 아, 참." 핍이 테이블 쪽으로 몸을 숙이며 화면을 아래로 해서 테이블 위에 놓아둔 카라의 휴대폰을 가리켜 보였다. "사진 좀 찍자. 영상도 찍고."

"뭘 찍는데?"

"우리를 찍지." 핍이 대답했다. "그냥 평범하게 같이 만나서 노는 그런 모습. 메타데이터에 시간 기록도 남고 위치 태그도 될 거야. 얼른."

핍이 의자에서 일어나 부스 쪽으로 다가가 카라 옆에 바짝 붙어 앉았다. 핍이 카라의 휴대폰을 들고 카메라를 켰다. "웃어." 핍이 세 사람의 사진을 찍기 위해 카메라를 든 팔을 쭉 뻗으며 말했다. 나오미가 맥도날드 컵을 건배하듯 들어 보였다.

"그거 좋았다, 언니." 핍이 사진을 살펴보며 말했다. 세 사람의 미소 중 어느 것 하나 진짜가 없었다. 하지만 호킨스가 그걸 알진 못할 것이다.

갑자기 또 다른 생각이 핍의 머릿속에 떠올랐다. 이런 기발한 생각을 하게 된 배경을 추적하다 보니 팔에 소름이 다 돋았다. 어쩌면 핍은 그냥 계획을 따라 한 발 한 발 걸음을 옮기고 있을지 모르지만, 정작 핍의 걸음은 직선으로 앞을 향해 나아가고 있지 않았다. 핍의 발걸음은 퇴각해 다시 모든 것이 시작된 바로 그 지점으로 돌아가고 있었다.

"언니," 핍이 다시 카메라를 들고 말했다. "이번엔 언니가 잠깐만 언니 폰 화면을 좀 보고 있을 수 있을까? 화면 각도는 이쪽으로 해서. 사진을 찍었을 때 사진에 언니 폰 화면이 보이게. 잠금화면 시계가 보이면 좋겠는데."

두 사람 모두 잠시 핍을 쳐다보더니 곧 이해한 듯한 눈빛이 스쳐 지나갔다. 어쩌면 이 두 사람도 감을 잡고 있는지 모른다.

이 모든 일이 원을 그리며 원점으로 돌아가고 있단 걸 말이다. 두 사람은 핍의 부탁을 정확히 이해하고 있었다. 샐 싱의 알리바이를 함께했던 친구들이 그를 배신했단 사실을 핍이 알아낸 것도 이런 식이었으니 말이다. 샐이 찍은 사진, 그 배경에 보이는 열여덟 살의 나오미가 자신의 휴대폰을 내려다보고 있었고 그 잠금화면에 비친 시각으로 모든 진실이 밝혀졌었다. 그 사진 속 휴대폰 화면 덕분에 결국 샐은 친구들이 주장한 시각보다 훨씬 나중까지 거기 있었다는 사실, 그리고 샐은 앤디 벨을 죽일 만한 시간이 전혀 없었다는 것이 증명되었었다.

"그-그래." 나오미의 목소리가 떨렸다. "좋은 생각이야."

핍은 카라의 휴대폰 전면 카메라에 잡힌 세 사람의 모습을 지켜보며 나오미가 포즈를 잡기를 기다렸다. 핍은 사진을 찍었다. 웃는 표정을 바꿔 다시 사진을 찍었다. 카라는 옆에서 딴짓을 하고 있었다.

"좋았어." 핍이 사진을 살펴보며 말했다. 핍의 시선은 나오미의 휴대폰 홈 화면 속 작은 흰색 숫자를 향해 있었다. 이 숫자를 통해 이 사진을 찍은 시점이 정확히 오후 10시 51분이란 걸 알 수 있었다. 과거에 이 숫자가 핍에게 사건 해결의 실마리가 되어주었다면 이제는 핍이 사건을 만들어내는 데에 도움을 주고 있었다. 이게 확실한 증거다. 호킨스 경위, 그래 어디 한번 의심해보라지.

세 사람은 사진을 더 찍었다. 영상도 찍었다. 카라가 감자튀김을 한입에 몇 개나 집어넣을 수 있는지 시험해보는 모습, 그런 다음 휴지통에 감자튀김을 뱉는 모습, 와중에 취객 무리가 그런 카라를 응원하는 모습을 나오미가 카메라에 담았다. 카라는 콜라를 마시는 핍의 모습을 콧구멍만 보일 때까지 계속 줌인했다. 핍은 아무것도 모르는 척 "지금 나 찍는 거?"라고 말했다. 준비된 대사였다.

연기였다. 미리 짜인 각본대로 흉내만 내는 거였다. 며칠 후의 호킨스 경위를 위해 준비하는 쇼랄까. 며칠이 아닌 몇 주 후가 될 수도 있겠지만 말이다.

핍은 다시 꾸역꾸역 치킨너깃을 씹어 삼켰다. 배 속이 부글부글 끓으며 너깃을 소화하길 거부했다. 그리고 혀 저 뒤쪽에서 그 시큼한 맛이 느껴졌다.

"잠깐만." 핍이 자리에서 벌떡 일어나자 두 사람이 핍을 쳐다보았다. "화장실 좀."

핍은 서둘러 중앙 복도를 가로질러 화장실로 향했다. 막 걸레질을 한 타일 바닥을 밟고 가는 핍의 운동화가 요란한 소리를 냈다.

화장실 문을 열고 들어가며 핍은 하마터면 다른 사람과 부딪힐 뻔했다.

"죄송합니다." 핍은 겨우 사과를 했다. 이제 거의 나올 것 같았다. 목구멍까지 차올랐다.

핍은 잽싸게 화장실 칸 안으로 들어가 문을 닫았다. 문을 잠글 시간까진 되지 않았다.

핍은 곧바로 무릎을 꿇고 변기 위로 몸을 숙였다.

핍은 토하고 또 토했다. 온몸 깊숙한 곳까지 경련이 일었다. 어둠을 모두 토해내려고 몸이 발악이라도 하는 것 같았다. 그러나 이미 몸도 알고 있는 것 아닌가? 그 어둠은 모두 핍 머릿속에 들어 있다는 것을 말이다. 핍은 다시금 소화되지 않은 음식물 덩어리를 토해냈다. 덩어리 없이 액체만 나올 때까지 토하고 또 토했다. 속이 텅 비어 이제 더는 나올 것도 없는 것 같았다. 물론 어둠은 입 밖으로 흘러나오지 않았다.

핍은 변기 옆에 앉아 손등으로 입을 닦았다. 물을 내리고 타일로 된 차가운 화장실 벽에 머리를 기댄 채 잠시 그대로 앉아 숨을 골랐다. 관자놀이를 타고 쪼르르 흘러내린 땀은 팔을 타고 소매 안쪽으로 흘러 들어갔다. 누군가 핍이 있는 화장실 칸 문을 열려고 시도해 핍이 한 발로 문을 닫았다.

여기 너무 오래 앉아 있을 순 없었다. 계획을 이행해나가야 한다. 여기서 쓰러지면 계획도 그걸로 중단이고, 핍도 결국 살아남지 못할 것이다. 몇 시간만 더, 머릿속 목록에 남은 해야 할 일 몇 가지만 더 해치우면, 그땐 정말 끝이다. 그땐 안전하다. 일어나자. 핍은 스스로 되뇌었다. 핍의 머릿속 라비도 핍에게 같은 말을 했다. 라비 말이라면 잘 듣는 핍이었다.

아직 몸은 떨리고 있었지만 핍은 두 발로 일어서서 화장실 칸 문을 당겼다. 손을 씻으러 세면대로 향하는데 엄마 또래 여성 둘이 핍을 쳐다보았다. 핍은 얼굴도 씻었다. 그래도 상처를 가리기 위해 바른 파운데이션까지 씻겨나가진 않도록 살살 씻었다. 그런 다음 찬물로 입안을 헹구었다. 조심스레 물 한 모금도 삼켜보았다.

중년 여성들의 표정이 점점 일그러지더니 역겹다는 듯 윗입술까지 들렸다.

"예거밤을 좀 많이 마셔서요." 핍은 두 여성을 향해 그저 어깨를 한번 으쓱해 보였다. 그러곤 화장실을 나서기 전 그들 중 한 명에게 넌지시 알려주었다. "이에 립스틱 묻었어요."

"괜찮아?" 화장실에서 돌아온 핍에게 나오미가 물었다.

"응." 고개를 끄덕이는 핍의 눈에 아직 눈물이 고여 있었다. "난 이제 그만 먹을까 봐." 핍이 음식을 밀고 카라의 휴대폰으로 시간을 확인했다. 오후 11시 21분이었다. 이제 10분 이내로 자리에서 일어나야 할 것이다. "가기 전에 맥플러리 어때?" 마지막으로 카드 이용내역을 한 번 더 확실히 남길 생각으로 핍이 말했다. 호킨스를 겨냥해 남겨두는 또 다른 흔적, 발자취였다.

"나 진짜 더는 못 먹겠어." 카라가 고개를 저었다. "그럼 토할 것 같아."

"맥플러리 두 개 시킬게." 핍이 지갑을 들고 자리에서 일어났다. 그러더니 조용히 덧붙였다. "포장할게. 그냥 이따 너희 데려다주면서 지나는 길에 휴지통에 버리든지."

핍은 주문하려고 다시 줄을 서서 천천히 몇 걸음씩 앞으로 움직였다. 아이스크림을 주문하면서는 아무 맛이나 상관없다고 했다. 핍은 카드를 단말기에 대었고 곧 삐 하는 결제완료 소리가 들렸다. 기계는 핍 편이었다. 핍이 여기 있었다는 걸, 11시 30분까지 여기 있었다는 걸 이 기계가 온 세상에 확인시켜주고 있었다. 기계는 거짓말하지 않는다. 거짓말을 하는 건 사람들이다.

"자." 핍이 차디찬 맥플러리를 두 사람에게 건네며 말했다. 더는 맥플러리 냄새를 맡지 않아도 되니 안심이었다. "이제 가자."

돌아가는 길에도 세 사람은 별다른 말이 없었다. 이번에도 아까와 마찬가지로 큰길로만 갔다. 핍은 벌써 카라, 나오미는 잊은 채 머릿속으로 시간을 앞질러 그린 신 리미티드에, 핏물이 흐르는 그 콘크리트 바닥에 가 있었다. 핍과 라비가 앞으로 해야 할 일들을 머릿속으로 그려보면서. 잊어버리지 않도록 핍은 할 일을 순서대로 되새겨보았다. 빼먹는 게 하나라도 있어선 안 된다.

"잘 가." 입도 대지 않은 아이스크림을 손에 그대로 든 채 차에서 내리는 카라와 나오미를 향해 핍이 인사했다. 인사 소리가 얼마나 작고 황당한지 거의 웃음이 날 지경이었다. "고마워. 내가…… 어떤 말로도 고마운 마음 다 표현 못 할 거야…… 하지만 이 이야기는 다신 하면 안 돼. 절대 입 밖에 내선 안 돼. 그리고 거짓말 안 해도 된다는 거 꼭 기억해. 그냥 내가 저녁에 찾아와서 집 전화를 빌려 전화 한 통을 했고, 그런 다음 우리 같이 맥도날드에 갔다가 다시 둘을……." 핍은 잠시 말을 멈추고 계기판 화면의 시간을 확인했다. "밤 11시 51분에 집에 데려다줬어. 두 사람이 아는 건 이게 다야. 할 수 있는 말도 이게 다고. 혹시라도 누가 묻는다면 말이지만."

두 사람이 고개를 끄덕였다. 이제 두 사람도 상황을 이해하고 있었다.

"너는 정말 괜찮겠어?" 카라가 조수석 문을 만지작대며 말했다.

"아마도. 그러길 바라." 물론 아직도 일이 잘못 흘러갈 가능성은 수도 없이 많았고, 이 모든 노력들이 다 헛수고가 될 수도 있었다. 그리고 핍은 절대 다시는 괜찮지 않을 것이다. 그러나 사실대로 그렇게 말할 순 없었다.

카라는 여전히 차에서 선뜻 내리지 못하고 더 확실한 답을 기다리고 있었지만, 핍은 카라가 원하는 말을 해줄 수 없었다. 그러나 차에서 내려 문을 닫고 집으로 들어가기 전 마지막으로 팔을 뻗어 핍의 손을 꼭 잡았을 때쯤엔 카라도 아마 눈치챘을 것이다.

워드 자매는 핍이 진입로에서 차를 돌려 나가는 모습을 지켜보았다. 마지막 파도가 일었다.

좋아. 핍은 스스로를 향해 고개를 끄덕이며 언덕을 내려갔다. 이제 알리바이는 완성됐다.

핍은 달을, 그리고 계획을 따라갔다. 그리고 그 순간 둘은 더는 다르지 않았다. 달빛과 계획은 하나가 되어 핍을 집으로, 또 라비에게로 안내하고 있었다.

40

집에 돌아왔을 때쯤엔 부모님은 이미 잠자리에 든 채 핍을 기다리고 있었다. 아니, 엄밀히 따져서 핍을 아직 기다리는 건 엄마뿐이었지만 말이다.

"너무 늦지 말라고 했지." 엄마가 핍을 보고 침대 옆 약한 불빛에 인상을 찌푸리며 날카롭게 말했다. "레고랜드 가려면 8시까진 일어나야 해."

"이제 겨우 12시거든요." 핍이 안방 문 앞에서 어깨를 으쓱해 보였다. "대학 가면 자정이 그렇게 늦은 시간도 아니라던데요. 저도 연습 한번 해봤어요."

반쯤 곯아떨어진 아빠가 잠꼬대 같은 소리를 냈다. 가슴팍엔 책이 그대로 펼쳐져 있었다.

"아, 참. 저 오늘 휴대폰 잃어버렸어요." 핍이 속삭였다.

"뭐? 언제?" 엄마가 되도록 목소리를 낮추려고는 했지만 뜻대로 되지는 않았다.

아빠가 다시금 동의한다는 듯이 잠꼬대를 했다. 뭐에 동의한다는 건지도 모르겠지만 말이다.

"러닝 중에 잃어버린 것 같아요." 핍이 대답했다. "주머니에서 떨어졌는데 몰랐나 봐요. 다음 주에 새 폰 마련할 거니까 걱정은 마시고요."

"네 물건은 네가 잘 챙겨야지." 엄마가 한숨을 쉬었다.

뭐, 오늘 밤 핍이 잃고 망가뜨릴 것들에 비하면 휴대폰 정도야 사소했다.

"그럼요, 알죠. 성인답게." 핍이 대답했다. "그것도 연습은 하고 있어요. 아무튼 이제 저도 자러 갑니다. 안녕히 주무세요."

"잘 자, 우리 딸." 엄마의 인사, 그리고 뒤따르는 아빠의 잠꼬대 소리.

핍은 슬며시 안방 문을 닫았다. 그리고 제 방으로 향하는데 뒤에서 아빠를 향해, 잠들었으면 제발 책은 좀 치우라고 잔소리를 하는 엄마의 목소리가 들려왔다.

핍은 방으로 들어가 문을 닫았다. 문을 닫는 소리도 크게 냈다. 이미 잔뜩 짜증이 난 조쉬를 깨울 정도로 큰 소리는 아니어도 핍이 방에 들어가는 소리가 엄마 귀에까지 충분히 들릴 정도는 되었다.

방 안에서는 표백제 냄새가 진동을 했다. 핍은 허리를 숙여 옷장 속을 확인했다. 표백제 희석액에 옷가지와 박스 테이프가 둥둥 떠 있었다. 핍은 운동화를 다시 희석액 깊숙이 찔러넣었다. 측면의 파란색 무늬 색이 빠지면서 소재가 드러나고 있었다. 발가락 쪽 혈흔도 지워져 있었다.

다행이다. 모두 계획대로 되어가고 있었다. 그렇다고 완벽하게까진 아니었다. 핍은 이미 라비를 만나기로 한 약속 시간보다 늦었다. 부디 라비가 핍을 기다리며 겁에 질려 있지는 않기를 바랐다. 물론 핍이 라비를 그보단 잘 알았지만 말이다. 몇 분 더 기다려야 했다. 엄마가 잠들 때까지.

핍은 다시 한번 배낭을 확인하며 필요하다고 생각되는 것들을 순서대로 챙겼다. 하나로 묶은 머리 위로 머리끈을 하나 더 동여매고 느슨히 둥글게 말아 올린 다음 그 위에 비니를 써 머리카락을 완전히 덮고 삐져나온 잔머리도 모두 비니 속으로 집어넣었다. 그런 다음 배낭을 메고 방문 옆에서 대기했다. 살금살금, 소리 나지 않게 한 번에 2센티미터 정도씩 빼꼼히 문을 열고 고개를 내밀어 아래층 상황을 살폈다. 안방 문틈으로 엄마의 노란 램프 불빛이 새어 나오고 있었다. 아빠는 이미 드르렁대며 코를 골고 있었다. 아빠의 숨소리로 핍은 시간이 흘러가고 있음을 가늠할 수 있었다.

마침내 불빛도 꺼지고 어둠만 남았다. 핍은 몇 분 더 기다렸다. 그런 다음 방문을 닫고 조심조심, 조용히 복도를 걸어갔다. 계단을 내려가며 이번에는 그 밑에서 세 번째 계단은 삐걱 소리가 나니까 밟지 말고 가는 것도 잊지 않았다.

현관문을 열고 다시 찬 공기 속으로 발걸음을 내디뎠다. 문에 몸무게를 싣고 천천히 문을 닫자 자물쇠가 미끄러지듯 딸각 잠기는 소리만 날 뿐 조용했다. 어차피 엄마는 한번 잠이 들면 누가 업어가도 모르는 사람이긴 했다. 저렇게 드르렁드르렁 코를 고는 남자랑 나란히 누워 잔다면 그래야만 할 것이다

핍은 차를 그냥 세워두고 진입로를 걸어 내려가 오른쪽 마틴센드웨이로 접어들었다. 깊은 밤, 어둠 속에서 혼자 걸어가고 있었지만, 그래도 핍은 무섭지 않았다. 아니, 무섭다고 하더라도 그건 그냥 평범한 공포였다. 특히나 불과 몇 시간 전 핍이 겪은 그런 공포에 비하면 딱히 별로 의식할 만한 공포조차 못 되

었다. 몇 시간 전 그 공포가 아직도 핍의 온몸에 남아 있었다.

차가 먼저 눈에 띄었다. 검정 아우디가 핍의 집이 위치한 거리와 맥스네 집이 위치한 거리가 만나는 교차로 한 모퉁이에서 대기 중이었다.

라비가 걸어오는 핍을 발견한 모양이었다. 맥스 차의 전조등이 깜박이면서 두 개의 흰 빛줄기가 자정의 어둠을 깔대기 모양으로 비추었다. 아니, 이미 자정이 지난 어둠이었다. 아마도 지금쯤 자정을 훌쩍 넘겼겠지. 라비는 아마도 시간 때문에 겁을 잔뜩 먹었을 것이다. 안 봐도 뻔했다. 그래도 핍은 약속한 대로 지금 여기 와 있다.

핍이 소매로 손을 가리고 차 문을 열어 털썩 조수석에 주저앉았다.

"18분 지났거든." 라비가 겁에 질린 커다란 눈으로 핍을 쳐다보았다. 핍이 예상한 바로 그 눈빛이었다. "한참 기다렸다고. 무슨 일이라도 생긴 줄 알았잖아."

"미안." 핍이 다시 소매로 손을 가린 채 차 문을 닫았다. "별일은 없었어. 그냥 시간만 예정보다 조금 지체됐어."

"'조금'이라고 할 때는 6분쯤 늦는다든가, 뭐 이럴 때 얘기지." 라비의 눈빛은 진정할 기세가 아니었다. "내가 6분 늦었거든. 숲을 지나 맥스네 집까지 걸어가려니 생각보다 시간이 오래 걸리더라고. 하지만 18분은 **대단히** 늦은 거고."

"괜찮았어?" 핍은 라비가 늘 그렇게 하듯 라비의 이마에 제 이마를 붙이고 지그시 눌렀다. 이렇게 하면 핍의 두통을, 긴장을 절반은 덜어갈 수 있다고 라비는 늘 말했었다. 이제는 핍이 라비의 두려움 절반을 가져갔다. 라비의 두려움은 그냥 평범한 공포였다. 핍이 충분히 감당할 수 있는 것이었다.

효과가 있었다. 핍이 이마를 떼자 라비의 표정이 조금은 누그러졌다.

"응." 라비가 대답했다. "내가 맡은 부분은 다 아무 문제 없었어. ATM에도 갔고, 주유소도 갔고, 지불은 전부 카드로 했고. 다 괜찮아. 라훌이 나더러 정신이 좀 없어 보인다고는 했는데, 걘 그냥 내가 너랑 싸웠나 보다 정도로 생각했어. 다 괜찮았어. 부모님은 내가 자고 있는 줄 아시고. 너는? 계획대로 잘 됐어?"

핍이 고개를 끄덕였다. "나도 이게 됐다는 게 놀라운데, 아무튼 어찌어찌 무사히 잘 흘러왔네. 맥스네 집에서도 필요한 거 다 챙겨왔고. 차 갖고 오는 건 괜찮았어?"

"보시다시피." 라비가 눈빛으로 짙은 색 차를 가리켜 보였다. "차는 또 오죽이나 좋은 차를 타더구먼. 집 안은 아직 꽤 조용한 거 같더라. 불도 꺼져 있고. 맥스가 잠들기까진 얼마나 걸렸어?"

"15분? 20분? 그 정도." 핍이 대답했다. "나탈리가 시간을 더 벌어주려고 주먹을 한 방 날렸는데, 그게 오히려 정황상 더 나을 것도 같아."

라비가 잠시 생각을 했다. "그러네, 그리고 어쩌면 맥스는 그것 때문에 아침에 일어나 그렇게 머리가 지끈거린다고 생각할지도 모르니까. 맥스 휴대폰은?"

"코너랑 제이미가 딱 9시 40분 되기 전에 제자리에 갖다뒀어. 바로 그 직후에 엡스한테 전화도 했고."

"네 알리바이는?" 라비가 물었다.

"다 있어. 9시 41분부터 자정 조금 지나서까지 카메라에도 엄청 많이 찍혔어. 엄마도 내가 자러 가는 소리 들었고."

라비가 고개를 끄덕이며 앞 유리 너머 날카로운 전조등 불빛 사이로 떠다니는 공기를 쳐다보았다. "그럼 최소한 세 시간은 사망 시간을 미룰 수 있었기를 바라자."

"얘기가 나와서 말인데," 핍이 배낭에 손을 뻗으며 말했다. "얼른 가서 다시 제이슨을 뒤집어야 해. 벌써 한쪽으로 꽤 오래 누워 있었어." 핍이 라텍스 장갑을 한 움큼 쥐어 그중 한 켤레와 다른 비니 하나를 함께 라비에게 건넸다.

"고마워." 라비가 모자를 쓰며 말했다. 핍은 라비의 머리카락이 삐져나오지 않게 도와주었다. 그런 다음 라비는 그동안 끼고 있던 보라색 장갑을 벗고 투명한 장갑에 손가락을 집어넣었다. "아무리 뒤져도 이것뿐이더라고. 엄마 거야." 라비는 보라색 장갑을 핍에게 건넸고 핍은 장갑을 배낭 속에 쑤셔 넣었다. "다음 생신 때 선물로 뭘 살진 알겠네." 라비가 시동을 걸자 엔진이 조용히 소리를 내기 시작했고 핍의 다리에도 진동이 전해졌다. "뒷길로 가는 거지?" 라비가 말했다.

"응, 뒷길." 핍이 대답했다. "출발하자."

41

그린 신 리미티드의 입구가 두 사람을 매섭게 맞이했다. 입구는 활짝 열려 있었지만 두 사람을 환대하는 분위기는 전혀 아니었다. 눈부신 전조등 불빛이 반사되어 다시 두 사람의 얼굴을 향했다.

라비가 입구 바로 밖에 차를 대고 시동을 껐다. 주위가 조용해지니 밤새 조용히 켜져 있는 또 다른 엔진 소리가 들려왔다. 입구 저편에서는 제이슨 벨의 차가 두 사람을 위해 시체의 온도를 차게 유지하느라 시동을 켜놓고 있었다.

핍은 차에서 내려 문을 닫았다. 차 문이 쾅 닫히는 소리가 마치 한밤중의 천둥소리 같았다. 그러나 핍의 비명을 아무도 듣지 못한다면 이 소리를 들을 수 있는 사람도 없을 것이다.

"잠깐만." 라비가 차에서 내려 입구로 향하는데 핍이 라비를 저지했다. "일단 휴대폰부터 찾고." 핍이 입구로 이어지는 진입로를 따라 배치된 조경석을 따라 걸어갔다. 핍은 도로 가장 가까이에 있는 큰 돌 앞에서 걸음을 멈춘 다음 빙 돌아 쭈그려 앉았다. 안도의 한숨이 찾아왔다. 맥스의 휴대폰이 샌드위치용 지퍼백에 든 채 거기 얌전히 놓여 있었다.

핍은 손을 뻗어 휴대폰을 집어 들며 머릿속으로 다시금 제이미와 코너 형제에게 고맙단 인사를 남겼다. 핍은 장갑을 낀 채 지퍼백에 들어 있는 상태 그대로 휴대폰 측면 버튼을 눌러 잠금화면을 켰다. 화면이 너무 밝은 나머지 눈이 적응하지 못하고 시야에 유령 같은 은색 후광이 비치면서 주변이 안개처럼 뿌옇게 보였다. 어쩌면 정말 유령이었는지도 모른다. 그동안 제이슨이 죽인 피해자 다섯 명과 제이슨까지, 이곳엔 이제 유령이 꽤 많았으니 말이다. 게다가 시간을 초월해 컴퓨터 화면으로 이 길을 왔다 갔다 살펴보던 핍 자신의 유령도 있었다. 핍은 눈을 가늘게 뜨고 밝은 화면 속을 쳐다보았다.

"좋았어." 핍이 라비를 쳐다보며 장갑 낀 손으로 엄지를 들어 보였다.

"왜? 뭔데?" 라비가 서둘러 다가왔다.

"9시 46분에 '크리스토퍼 엡스'한테서 부재중 전화가 와 있어. 9시 57분 '엄마'한테서 부재중 전화, 10시 9분에 다시 '엄마' 부재중 전화. 10시 48분 '아빠'한테서 부재중 전화가 왔고."

"완벽하네." 라비의 입이 활짝 벌어지며 하얀 이가 반짝였다.

"완벽하지." 핍은 지퍼백에 든 휴대폰을 안전하게 배낭 속에 집어넣었다.

아마도 통화의 목적은 맥스에게 기쁜 소식을 전해주려는 것이었을 터이다. 핍이 협상 조건을 받아들이고 자신의 발언을 철회하겠다고 말했다는 그 소식 말이다. 그러나 그들의 통화엔 또 다른 의미가 있었다. 이들은 핍과 라비가 놓은 덫에 제대로 걸려들었다. 맥스의 휴대전화로 걸려온 이 전화는 모두 이곳 기지국을 통해 연결됐을 것이다. 그 말인즉 이 전화들로 인해 맥스와 그의 휴대폰이 바로 이곳 범죄 현장과의 접점을 갖게 되었단 얘기다. 경찰이 나중에 한 남자의 시신을 발견하게 될 이곳, 이 범죄 현장, 그것도 조작된 사망 추정 시간대, 정확히 맞아떨어지는 그 시간에 맥스의 휴대폰이 여기 있었다.

왜냐하면 맥스 헤이스팅스가 제이슨 벨을 죽였으니까. 핍이 아니라 맥스였다. 그리고 그의 부모님과 변호사가 핍의 그 시나리오를 가능하게 만들어주었다.

다리를 펴고 일어서는 핍을 향해 라비가 손을 뻗으며 핍과 손깍지를 끼었다. 비닐장갑이 손깍지를 끼는 데 방해가 되었다. 라비가 손을 꼭 쥐었다.

"이제 거의 다 왔어, 핍 경사." 라비가 핍의 눈썹에 지그시 입을 맞췄다. 테이프 때문에 상처난 피부가 쓰라렸다. "마지막 단계만 남았어."

핍은 라비의 모자를 다시 살펴보았다. 짙은 색 머리카락이 한 올이라도 빠져나왔을까 다시금 확인했다.

라비는 핍의 손을 놓은 다음 양손을 맞부딪쳤다. "좋아, 한번 해보자고." 라비가 말했다.

두 사람은 입구를 지나 그린 신 안으로 걸어갔다. 자갈을 밟으며 어둠 속에서 붉은 두 눈을 반짝이고 있는 제이슨의 차를 향해 다가갔다. 엔진의 조용한 숨소리가 들려왔다.

핍은 다시금 뒷좌석 창문에 비친 제 모습을 쳐다보았다. 긴긴 이 밤이 핍의 얼굴 곳곳에 새겨놓은 자국들이 보였다. 핍은 뒷좌석 문을 열었다. 차 안 공기는 차가웠다. 장갑을 낀 손가락 끝으로도 느껴질 만큼 차가웠다. 핍이 상체를 차 안으로 기울이자 하얗게 입김이 보였다.

라비가 핍 반대쪽에서 뒷좌석 문을 열었다.

"오우, 진짜 추운데." 라비는 허리를 숙여 자세를 갖춘 다음 검정 방수포 위로 제이슨의 발목을 잡았다. 그런 다음 고개를 들어 반대편에서 핍이 제이슨의 어깨 아래 손을 넣고 자세를 잡는 모습을 지켜보았다. "준비됐어?" 라비가 물었다. "하나, 둘, 셋, 영차."

두 사람은 제이슨을 들어 올렸다. 핍이 뒷좌석에 한 발을 올리고 무릎을 세워 시신을 팔에 안았다.

"됐어." 팔로 제이슨의 무게를 들고 버티려니 힘이 빠졌지만, 살아남으려는 의지가 핍에게 버틸 힘을 주었다. 부드럽게, 무릎을 이용해 방향을 조정하면서 두 사람은 방수포를 틀어 시신을 뒤집은 다음 다시 제이슨을 뒷좌석에 내려놓았다. 이번엔 막 죽었을 때와 같이 얼굴을 아래쪽으로 해서 눕혔다.

"괜찮은 것 같아?" 방수포 한 귀퉁이를 열고 되도록 뒤통수 쪽은 무시하려고 노력하며 제이슨의 상태를 살피는 핍을 향해 라비가 물었다.

핍은 이처럼 눈앞에서 제이슨을 보면서도 자기가 한 짓이 아닌 것 같은, 일종의 거리감이 들었다. 아마도 핍이 지난 몇 시간 동안 수백 번쯤 생사를 오갔기 때문이겠지. 핍은 제이슨의 목에서부터 어깨 쪽으로, 또 피 묻은 셔츠 위로 손가락을 찌르며 피부 아래쪽 근육의 경직 상태를 확인했다.

"경직이 시작됐어." 핍이 대답했다. "턱이랑 목부터 시작되고 있는데 그 이상 진행되진 않았어."

라비가 핍을 쳐다보았다. 이해 못 한 눈빛이었다.

"좋다고." 핍이 라비의 눈빛을 읽고 대답했다. "우리가 시작 시점을 성공적으로 늦췄어. 그것도 꽤 많이. 팔 아래쪽으로도 아직 진행이 안 됐으니까. 일반적으로 사후경직이 6~12시간 안에 진행되거든. 여섯 시간 전에 죽었는데 아직 시신 위쪽만 경직이 된 거니까 좋은 거지." 라비뿐만 아니라 핍 자신을 향해 하는 말이기도 했다. 핍은 확신이 필요했다.

"그래, 좋아." 라비의 말과 함께 구름처럼 하얀 입김이 찬 공기 사이로 새어 나왔다. "다른 건?"

"시반은……." 핍은 이를 악물고 방수포를 조금 더 젖혔다. 그리고 상체를 조금 더 숙여 제이슨의 셔츠 뒤쪽을 살짝 든 다음 아래쪽 피부를 더 자세히 살펴보았다.

멍이 든 것처럼 보였다. 안에서 고인 피가 얼룩덜룩 보라색 반점으로 나타나 있었다.

"시작됐네." 핍은 좀 더 자세히 살펴보기 위해 한쪽 다리를 뒷좌석 발밑 공간에 올린 다음 장갑 낀 손을 뻗어 엄지로 제이슨의 등 피부를 지그시 눌렀다. 핍이 손가락을 떼자 엄지 자국이 그대로 남았다. 변색이 시작된 피부 사이의 그 작은 흰색 반원 자국이 마치 무슨 섬 같았다. "아직 고정까진 안 됐어. 흰색으로 피부색이 변하긴 하거든."

"그 말은……?"

"그 말은 이제 우리가 시신을 뒤집었으니 피가 다시 움직일 거고, 반대편에 고이기 시작할 거란 뜻. 이 자세로 다섯 시간쯤 누워 있었다고 추정되진 않는단 얘기지. 그럼 우리는 시간을 버는 거다, 뭐 이런 얘기."

"중력아, 고마워." 라비가 진심이라는 듯이 고개를 끄덕였다. "중력이 진짜 MVP잖아."

"그렇긴 하지." 핍은 고개를 숙여 뒷걸음질로 뒷좌석을 빠져나왔다. "이제부터 시반이랑 경직 둘 다 본격적으로 진행될 거야. 왜냐하면 이제부터……."

"전자레인지에 데울 거니까."

"그 말 좀 안 하면 안 돼?"

"유머로 승화 좀 시켜보려고 그런다." 라비가 장갑 낀 양손을 들어 보이며 심각하게 말했다. "이 팀에서 내 역할이 그거 아냐?"

"그건 너무 과소평가인데?" 핍은 그러곤 차 안 곳곳에 놓인 아이스팩을 가리켰다. "저것들 이제 다 치울까?"

라비가 아이스팩을 품 안에 챙겼다. "아직도 꽁꽁 얼었네. 우리가 차 안 온도를 진짜 차갑게 잘 설정했나 봐."

"그러게, 우리 제법이네." 핍은 차 앞으로 가서 운전석 문을 열었다.

"이건 다시 갖다 놓고 올게." 라비가 아이스팩을 가리켰다.

"응, 혹시 모르니까 물로 씻어. 혹시 모르잖아, 그…… 무슨 냄새라도 날지." 핍이 말했다. "아, 거기 청소도구 있는지도 한번 봐줘. 살균소독 스프레이, 걸레, 뭐 이런 거. 아, 머리카락 청소하려면 빗자루도 필요하다."

"응, 한번 볼게." 라비는 그렇게 대답하고 자갈밭을 가로질러 사무실 건물 쪽으로 달려갔다.

핍은 운전석에 앉으며 어깨 너머로 슬쩍 제이슨 벨을 한번 쳐다보았다. 선뜻 눈을 떼기 어려웠다. 작고 닫힌 이 공간에 다시 둘만 남았다. 아무리 시체가 되었을지언정 그래도 펍은 왠지 등을 돌리고 있으면 제이슨이 공격을 해올지도 모른단 느낌이 들었다. 물론 바보 같은 생각이었다. 제이슨은 죽었다. 벌써 여섯 시간째 저 상태다. 물론 죽은 지 두 시간 정도밖에 안 된 것처럼 보이긴 했지만 말이다. 죽음, 무력한 상태였다. 물론 애초에 힘이란 게 주어져선 안 되는 사람이었다.

"내 앞에서 불쌍한 척은." 펍은 나직이 읊조리며 버튼과 다이얼이 잔뜩 달린 컨트롤패널 쪽으로 고개를 돌렸다. "악의 화신 주제에."

펍은 가장 찬 온도로 맞춰져 있는 온도 설정 다이얼을 잡고 반대 방향으로, 밝은 빨간색 삼각형 쪽으로 끝까지 돌렸다. 바람 세기는 이미 최고 숫자인 5에 맞춰져 있었다. 송풍구로 식식대고 바람이 흘러나왔다. 펍은 장갑 낀 손을 송풍구 앞에 대보았다. 차가웠던 바람은 점점 미지근해지더니 이제 뜨거워졌다. 헤어드라이어를 틀고 바로 앞에 손가락을 가져다 댔을 때 같은 느낌이었다. 전혀 정밀한 과학은 아니었다. 과연 이렇게 해서 제이슨의 체온을 얼마나 올릴 수 있을지는 모를 일이었다. 그러나 펍의 손으로 느끼기에 공기는 충분히 뜨거웠고, 남은 현장 뒷정리를 하는 동안 어느 정도 시체 온도를 올릴 만한 시간은 있었다. 그러나 오래는 안 된다. 열기로 인해 경직과 시반이 가속화될 테니 말이다. 결국 세 가지 요소의 균형을 맞추는 것이 관건이었다.

"온기를 좀 즐겨보시지." 펍은 차에서 내려 운전석 문을 닫았다. 다른 차 문도 모두 닫고 점점 따듯해지는 차 안에, 임시 무덤에 제이슨을 가두었다.

그때 뒤에서 자갈 소리가 들려왔다. 발소리였다.

핍은 고개를 돌렸다. 목구멍에선 헉 소리가 곧이라도 튀어나올 것 같았다. 그러나 그건 그냥 사무실 건물에서 돌아오는 라비였다.

핍은 라비를 향해 눈빛을 쏘아붙였다.

"미안." 라비가 말했다. "내가 뭘 찾아왔게?" 라비의 한쪽 손에 들린 테스코 마트 봉투 안에는 살균소독 스프레이며 표백제며 먼지용 걸레 등이 뒤섞여 있었고, 그 위에는 돌돌 말려 있는 검정색 공업용 코드 연장선이 보였다. 다른 쪽 팔의 팔꿈치 사이에는 청소기를 낀 채 목 뒤로 호스를 두르고 있었다. 빨간색 청소기에 달린 두 개의 눈이 수줍은 듯 위를 올려다보고 있었다. "헨리 후버 청소기*가 있더라고." 라비는 마치 청소기가 직접 인사라도 하는 듯이 청소기를 살짝 흔들어 보였다.

"그러게." 핍이 말했다.

"그리고 이 정도 연장선이면 네 발걸음이 닿았던 곳은 어디든 끌고 가서 머리카락 같은 것도 싹 다 치우거나 할 수 있을 거야. 트렁크 청소도 가능할 거고." 라비가 제이슨의 차 쪽을 고갯짓으로 가리켰다.

"응." 핍은 청소기 몸통에 그려진 저 순수한 미소에 긴장이 풀어졌다. 범죄 현장을 청소하게 된 마당에도 청소기는 여전히 예

* 영국 국민청소기로 불리는 뉴마틱 인터내셔널 사의 진공청소기. 빨간색 바탕에 큰 눈이 그려진 귀여운 얼굴이 특징이다.

의 그 변함없는 미소로 즐거워하고 있었다. "근데 그러면 선배가 할 일이 없어진 것 같네."

"뭐, 유머 담당?" 라비가 대꾸했다. "괜찮아, 그건 어차피 얘한테 더 잘 어울리니까. 내 역할은 그보단 리더십에 가깝지. 이 팀의 공동 CEO로서 말이야."

"정말 지금 그럴 거야?"

"알았어, 미안해. 긴장해서 그래. 아직 시체를 이렇게 가까이서 보는 데에 적응이 안 됐단 말이야. 그래, 시작해보자고."

화학용품 창고부터 시작했다. 두 사람은 핏물이 고여 웅덩이를 이룬 부분을 피해 조심히 발걸음을 디뎠다. 피는 치우지 않아도 된다. 피는 손대지 않을 것이다. 어쨌든 맥스가 제이슨을 죽인 장소는 있어야 할 테니 말이다. 이 피가 일종의 신호 역할을 할 것이다. 현장에서 이 피를 처음 본 사람들은 이곳에서 끔찍한, 아주 끔찍한 일이 벌어졌음을 직감하고 시체를 찾아 나설 테고, 그때 제이슨을 발견할 것이다. 제이슨의 몸은 뻣뻣하게 굳어 있겠지만 아직 온기는 남아 있겠지. 그게 중요했다.

라비는 각종 기계 장비가 보관돼 있는 더 큰 창고의 콘센트에 연장선을 꽂고 청소기를 돌리기 시작했다. 핍이 가리키는 곳마다 라비가 청소기를 돌렸다. 핍이 끌려가며 발을 디딘 곳 모두, 눈이 보이지 않는 채로 공포 속에 걷고 달렸던 곳은 어디든 몇 번씩 청소했다. 그의 발걸음이 닿은 곳도 모두 청소했다. 다만 제이슨이 사망한 그 지점 주변, 흘러나온 피 주변으로는 신중을 기했다.

핍은 한 손에 스프레이, 다른 손엔 걸레를 들고 선반을 닦았다. 뒤집힌 선반 유닛 저 위쪽에서부터 아래쪽 끝까지 기둥이며 선반, 핍의 손이 닿은 부분은 모조리 스프레이를 뿌리고 몇 번씩 오르락내리락 닦아내고 또 쓸었다. 면이란 면은 모두, 모든 각도에서 닦았다. 핍이 선반 유닛에서 풀어낸 나사와 너트도 찾아내 함께 닦았다. 경찰 데이터베이스에 핍의 지문이 남아 있었다. 지문의 극히 일부분이라고 하더라도 조금의 증거도 남겨선 안 되었다.

핍은 쓰러져 있는 선반을 다시 사다리 삼아 타고 올라가 자신의 손이 닿았을 법한 곳은 어디든 닦아냈다. 철제 선반의 가장자리 부분에서부터 제초제와 비료가 담긴 플라스틱 통까지 모두 닦았다. 벽을 타고 올라가 부서진 창문 주변, 심지어 창틀에 남아 있는 깨진 유리 조각까지 닦았다. 거기 핍의 손이 닿았을지도 모르니까 말이다.

다시 조심히 내려와 창고 안을 몇 번씩 왔다 갔다 청소기를 돌리는 라비를 피해 창고 저쪽 끝 작업대 쪽으로 걸어갔다. 핍은 작업대 위에 놓인 공구함 속 모든 물건을 꺼냈다. 핍이 마땅한 도구를 찾으려 공구함에 손을 넣었을 때 그 안에 든 건 뭐든 핍의 손이 닿았을 가능성이 있었다. 핍은 공구 하나하나 빠뜨리지 않고 닦았다. 심지어 드릴 비트며 관이음쇠 같은 것까지 모조리 닦았다. 스프레이 한 통을 다 써서 새 스프레이를 집어 들고 다시 작업을 계속했다. 그러고 보니 아까 블루 팀 공구 어쩌고 하던 포스트잇 메모를 만졌었다. 핍은 그 생각이 떠올라 메모를 뗀 다음 구겨서 집에 가져갈 요량으로 배낭 앞주머니에 쑤셔 넣었다.

다음으로 바닥에 떨어져 있는 망치를 집어 들었다. 망치에 묻은 피는 거의 말라 있었고, 제이슨의 머리카락이 거기 함께 붙어 있었다. 핍은 그 부분은 그 상태 그대로 손대지 않고 손잡이만 몇 번씩 닦고 또 닦으며 자신의 흔적을 모두 지워냈다. 그런 다음 의도적으로 바닥에 고인 피 가까이 다시 망치를 내려놓았다.

문손잡이, 잠금장치, 그린 신 회사의 각종 열쇠가 달려 있는 제이슨의 커다란 열쇠고리, 전등 스위치, 라비가 만진 사무실 찬장까지 핍은 닦고 또 닦았다. 혹시 모르니 선반도 한 번 더 닦았다.

마침내 할 일 목록 중 또 하나를 완료하고 머릿속으로 체크 표시를 한 다음 핍은 선불폰으로 시간을 확인했다. 이제 막 새벽 2시 30분이 지났으니, 그럼 청소만 두 시간 가까이 했단 얘기였다. 핍은 입고 있던 후드 티 안이 후끈후끈하고 땀이 났다.

"난 이제 다 된 것 같아." 라비가 더 큰 창고에서 텅 빈 휴대용 연료통을 들고 나오며 말했다.

"응." 핍이 고개를 끄덕였다. 살짝 숨이 가빴다. "이제 차만 하면 될 것 같아. 트렁크 위주로. 차 열쇠도 닦고. 그런데 이제 벌써 두 시간쯤 됐어." 문이 열린 창고 바깥으로 내려앉은 어둠을 바라보며 핍이 말했다. "시간이 된 것 같아."

"이제 꺼내자고?" 라비가 확인했다.

오븐에서 소리가 났다는 등 라비가 농담을 던지려다 자제하는 게 핍의 눈에도 보였다. "응, 다시 뒤집어야지. 발견 시점에 시체가 아직 빳빳해야 하니까 경직이 너무 많이 진행되진 않았으면 좋겠는데…… 지금 차 안 온도가 40도는 넘겠지? 더 높으려나? 체온이 한 30도 전반 정도까지 올라가 있으면 좋겠다. 일단 밖으로 꺼내면 한 시간에 0.8도 정도씩 다시 체온이 낮아질 테니까."

"그게 우리 목표 달성에 어떻게 도움이 되는지 구체적으로 설명 좀 해줄래?" 라비가 연료통 뚜껑과 씨름하며 말했다.

"자, 그러니까 제이슨의 시체가 발견돼 검시관이 현장에서 시체를 살펴보는 게 지금으로부터 세 시간 반 후, 그러니까 새벽 6시쯤이라고 쳐. 한 시간에 0.8도 규칙을 거꾸로 적용하면 제이슨의 사망 추정 시각이 9시나 10시 정도로 나와야 한단 말이지. 경직이랑 시반 진행 수준도 그 시간과 맞아야 하고."

"알았어." 라비가 대답했다. "그럼 이제 꺼내자."

라비가 핍을 따라 제이슨의 차 쪽으로 걸어가 창문 안을 들여다보았다.

"잠깐만." 핍이 열려 있는 배낭 옆에 무릎을 꿇고 앉았다. "맥스네 집에서 가져온 걸 써야 해서."

핍은 맥스의 회색 후드 티가 든 냉동용 지퍼백, 흰색 운동화와 야구모자가 들어 있는 지퍼백을 꺼냈다. 라비가 신발이 든 지퍼백을 향해 손을 뻗었다.

"지금 뭐 하는 거야?" 의도와 달리 날카로운 핍의 반응에 라비가 깜짝 놀라 손을 거뒀다.

"맥스 신발을 신으려는 거……?" 라비의 목소리에 확신이 없었다. "진흙 위에 발자국 남기려는 거 아니야? 거기 시체 둘 거잖아. 신발 밑창 패턴 남기려는 건 줄 알았어."

"맞아, 그럴 거야." 핍은 가방에서 또 다른 무언가를 꺼냈다.

공처럼 돌돌 말아놓은 양말 다섯 켤레였다. "그러려고 이걸 가져온 거고. 신발은 내가 신어. 제이슨도 내가 끌고 올 거야." 핍은 자기 컨버스화를 벗고 양말을 한 켤레씩 겹쳐 신었다. 핍의 발이 점점 두툼해졌다.

"내가 도와줄 수 있는데." 라비가 핍을 지켜보며 말했다.

"아니, 안 돼." 핍은 두툼해진 발 한쪽을 맥스의 운동화에 밀어 넣은 다음 끈을 꽉 묶었다. "현장에는 한 사람의 흔적, 오직 맥스의 흔적만 남아 있어야 해. 그리고 시체 유기는 손대지 마. 그건 손 못 대도록 내가 막을 거야. 그건 내 일이야. 내가 죽였고, 지금 이 상황도 다 내 탓이니까." 핍은 다른 발 운동화 끈을 묶은 다음 일어서서 신발이 발을 단단히 감싸고 있는지 자갈밭 위를 걸어보았다. 신발 안에서 발이 약간 움직이긴 했지만 이 정도면 아마 괜찮을 것이다.

"지금 이 상황이 어떻게 네 탓이냐? 저기 누운 저 사람 탓이라면 모를까." 라비가 엄지로 뒤편의 제이슨 시체를 가리켰다. "정말 할 수 있겠어?"

"맥스가 제이슨을 나무 사이로 끌고 갈 수 있다면 나라고 못할 게 없지." 핍은 맥스의 후드 티가 들어 있는 지퍼백을 열고 지금 입고 있는 옷 위에 걸쳤다. 머리를 감싸고 있는 모자가 움직이지 않도록, 목깃에 혹시라도 핍의 머리카락이 떨어지지 않도록 라비가 옆에서 후드 티 입는 것을 도와주었다.

"준비는 된 것 같네." 라비가 한 걸음 뒤로 물러나 핍을 살펴보았다. "그래도 차에서 꺼내는 정도는 도와줘도 되겠지."

그래, 그 정도 도움은 받아도 될 것이다. 핍이 고개를 끄덕이며 차의 뒷좌석 쪽으로 걸어갔다. 핍은 제이슨의 머리가 있는 쪽 문을 향해, 라비는 빙 둘러 반대편 문을 향해 걸어갔다.

두 사람은 동시에 양쪽 차 문을 열었다.

"오우." 라비가 뒤로 물러섰다. "제법 후끈한데."

"하지 마!" 핍이 라비를 향해 단호하게 말했다.

"뭘 하지 마?" 라비가 방수포 위로 핍을 쳐다보았다. "아니 후끈하단 걸 후끈하다고 하지 그럼? 아무리 내가 실없기로서니 농담할 상황인지 아닌지 분간할 정도는 되거든."

"그러시겠지."

"난 정말 말 그대로 차 안이 진짜 후끈하단 뜻이었어." 라비가 말했다. "이 정도면 40도도 넘을 것 같은데? 이건 뭐 오븐 문 여니까 열기가 빰 때리는 수준이잖아."

"네에, 네에." 핍이 코웃음을 쳤다. "이쪽으로 밀어주면 내가 여기서 끌어당길게."

핍은 라비의 도움을 받아 무사히 제이슨을 차 밖으로 꺼냈다. 방수포에 돌돌 감겨 있는 제이슨의 두 발이 자갈밭 위에 쿵 떨어졌다.

"성공했어?" 라비가 차를 빙 돌아 핍이 있는 쪽으로 다가왔다.

"응." 핍은 제이슨을 부드럽게 내려놓았다. 그런 다음 뒤쪽에 있는 배낭으로 걸어가 앞주머니를 열고 맥스의 머리카락 몇 가닥이 든 샌드위치용 지퍼백을 꺼냈다. "이게 필요해서." 핍이 맥스의 후드 티 앞주머니에 지퍼백을 밀어 넣으며 라비를 향해 설명했다.

"방수포는 계속 이렇게 감아둘 거야?" 라비가 물었다. 핍이 다시 제이슨의 겨드랑이 아래쪽을 잡고 움직여보려 애를 썼지만 쉽지 않았다. 이제 제이슨의 팔은 뻣뻣해져서 접히지 않았다.

"응, 이건 괜찮아." 핍은 낑낑대며 돌 위로 제이슨의 발을 질질 끌고 갔다. 방수포 덕분에 제이슨의 얼굴을 마주하지 않아도 되니 다행이었다. "맥스도 시체를 덮을 게 필요했을 수 있으니까."

핍은 뒤로 한 발 물러난 다음 다시 시체를 잡아당겼다.

지금 이게 대체 무슨 짓인지 따위의 생각은 되도록 하지 않으려고 했다. 머릿속에 벽을 세우고 울타리도 쳤다. 이제 남은 할 일은 하나뿐이다. 핍은 그렇게 되뇌었다. 그것만 생각하자. 그동안 핍이 세운, 사소한 계획이든 지루한 계획이든 하여간 핍이 세운 모든 다른 계획과 마찬가지로, 계획한 목록에서 할 일 하나만 남아 있는 것뿐이다. 이것도 다른 할 일과 다를 바 없었다.

다만 수치심 저 뒤편에 숨어 있던 목소리, 그 어두운 목소리가 자꾸만 핍이 쳐놓은 벽을 하나씩하나씩 제거하며 핍에게 현실을 떠올려주고 있었다. 그도 그럴 것이 핍 피츠-아모비는 동이 트기 직전 이 깊은 밤에 시체를 끌고 가고 있었던 것이다.

42

제이슨의 시체는 무거웠고, 핍은 좀처럼 진도를 내지 못했다. 머릿속으론 지금 손에 들린 것, 아니 제 손 자체를 의식적으로 무시하려고 했다.

자갈밭을 지나 풀밭으로 접어들자 그래도 끌고 가는 게 조금은 쉬워졌다. 핍은 발을 헛디뎌 넘어질까 두 걸음마다 고개를 돌려 뒤를 확인했다.

라비는 자갈밭 쪽에 남았다. "그럼 난 트렁크 청소 시작할게. 청소기로 구석구석 꼼꼼히."

"플라스틱 부분도 전부 닦아야 해." 핍이 숨을 헐떡이며 말했다. "거기도 내가 다 만졌어."

라비가 핍에게 엄지를 들어 보이곤 사라졌다.

핍은 지친 팔을 좀 쉬게 해주려고 다리로 제이슨의 무게를 지탱했다. 어깨 근육이 이미 비명을 지르고 있었다. 그래도 계속 갈 수밖에 없다. 이것은 핍의 과업이고 핍이 짊어져야 할 몫이었다.

핍은 숲으로 제이슨을 끌고 갔다. 갓 떨어진 잎사귀 위를 바스락대며 맥스의 운동화가 밟고 지나갔다. 핍은 2분쯤 제이슨을 내려놓고 팔 스트레칭도 하고 고개를 이쪽저쪽 움직이며 목 운동도 했다. 달을 올려다보며 대체 이게 지금 뭐 하는 짓이냐고 물어보기도 했다. 그리고 다시 제이슨을 들었다.

나무 사이사이로 제이슨을 끌고 들어가다 그중 나무 한 그루를 빙 둘러 갔다. 낙엽 위를 질질 끌고 가다 보니 마치 마지막 안식처를 위해 낙엽을 모으기라도 한 것처럼 제이슨의 발 사이에 낙엽이 제법 모였다.

핍은 숲속 깊숙이까지 들어가진 않았다. 그럴 필요가 없었다. 입구에서 한 15미터쯤 됐을까, 나무가 좀 더 울창하고 빼곡하게 빈틈없이 들어차기 시작하는 지점이었다. 저 멀리서 라비가 진공청소기를 돌리는 소리가 희미하게 들려왔다. 핍은 뒤를 돌아보았다. 크고 비틀어진 고목의 줄기가 보였다. 저거면 되겠다.

핍은 그 나무 주변으로 제이슨을 끌고 가 눕혔다. 제이슨이 방수포 안에서 바닥을 보고 엎드린 상태로 자리를 잡는 동안 방수포가 바스락댔고 말라빠진 낙엽은 속삭이듯 핍을 은밀하게 협박했다.

핍은 제이슨의 옆구리 쪽에 서서 허리를 숙인 다음 뻣뻣하게 굳은 그의 몸을 옆으로 굴렸다. 이제 얼굴이 위를 향했고 몸속의 피가 다시 등 쪽으로 고이기 시작할 것이다.

핍이 시체를 뒤집을 때 방수포가 약간 움직였는지 한쪽 귀퉁이가 들리면서 제이슨의 죽은 얼굴이 보였다. 마지막으로 핍의 눈꺼풀 안쪽에 이 모습을 영원히 새겨두려는 듯이. 이제 핍은 눈을 감을 때마다 어둠 속에서 새로운 공포를 맞이하게 될 것이다. 제이슨 벨. 슬라우 교살범이자 DT 살인범. 이 들쭉날쭉한 굴레, 모두를 가둬놓은 이 끔찍한 회전목마를 만들어내 앤디 벨을 죽음까지 몰고 간 괴물이 핍을 기다리고 있겠지.

그러나 유령에 사로잡힌 듯 그의 얼굴을 마주하고 있을지언정 최소한 핍은 여기 이렇게 살아남아 있었다. 반대의 상황이었다면, 제이슨이 원래 계획한 대로 일이 흘러갔더라면 그는 죽은 핍의 얼굴을 보며 유령에 사로잡혔다는 둥 하는 생각 따윈 조금도 하지 않았을 것이다. 제이슨은 핍에게서 목숨을 앗아가려고 했다. 제이슨은 그 순간을 즐기고 있었을 것이다. 테이프로 칭칭 감아놓은 얼굴, 멍든 것처럼 보라색으로 얼룩덜룩해진 피부, 콘크리트처럼 단단해진 몸을 지켜보면서 말이다. 핍은 그저 테이프로 칭칭 감긴 인형, 죽은 핍을 바라보며 느끼는 그 짜릿한 기분을 영원히 기억하게 해줄 트로피에 불과했을 것이다. 아마 신이 났겠지. 흥분했을 것이고 자신이 강한 사람이 된 기분을 느꼈을 것이다.

그래, 그러니까 핍은 그의 죽은 얼굴을 기억할 것이다. 그리고 기뻐할 것이다. 왜냐하면 이제 더는 핍이 그를 겁내지 않아도 된다는 뜻이니까. 핍은 이겼고, 그는 죽었다. 그리고 그의 죽음을 보고 있는 것, 이것 자체가 증거고 핍이 원하든 원치 않든 핍의 트로피였다.

핍은 같은 쪽 방수포를 열었다. 머리부터 발끝까지 제이슨 전신의 반쪽이 모습을 드러냈다. 이어 핍은 맥스의 후드 티 주머니에서 샌드위치용 지퍼백을 꺼냈다.

핍은 지퍼백을 열고 장갑 낀 손을 지퍼백 안까지 집어넣어 짙은 금발 머리카락을 두 손가락으로 집었다. 자세를 낮춰 머리카락을 떨어뜨린 다음 제이슨의 셔츠 위에 아무렇게나 헝클어놓고 두 가닥은 목깃 아래 집어넣었다. 제이슨의 손은 이제 뻣뻣하게 굳어 펼쳐지지도 않았지만 핍은 그래도 그의 엄지와 검지 사이 틈으로 머리카락 두 가닥을 밀어 넣어 손바닥 안에 떨어뜨렸다. 희미한 달빛 덕분에 이제 지퍼백 안에 머리카락이 몇 가닥 채 남지 않은 게 보였다. 핍은 한 가닥을 더 꺼내 제이슨의 오른쪽 엄지손톱 아래 집어넣었다.

그런 다음 일어서서 지퍼백을 닫았다. 핍은 머릿속 음침한 한 구석에서 그 장면을 그려보았다. 계획을 이끌어갈 장면을 시뮬레이션으로 그려보았다. 제이슨과 맥스가 엎치락뒤치락 몸싸움을 벌였다. 창고에서 선반을 넘어뜨렸다. 제이슨이 맥스의 얼굴에 주먹을 한 방 날려 맥스 눈에 멍이 들었고, 그때 아마 머리카락도 좀 뽑았을 것이다. 자, 그래서 손톱 밑과 손가락 사이, 옷에 머리카락이 끼어 있는 것이다. 화가 나 자리를 뜬 맥스는 분노가 더욱 치밀어오른 상태로 한 손에 망치를 들고 돌아와 창고에 있던 제이슨을 몰래 급습한다. 제이슨의 머리가 깨진다. 분노에 휩싸여 사람을 죽인 것이다. 정말 홧김에. 화가 가라앉자 맥스는 자신이 무슨 짓을 한 것인지 깨닫는다. 방수포로 가린 제이슨을 나무 사이로 끌고 간다. 범죄 현장 뒤처리를 할 땐 네 머리카락부터 잘 간수했어야지, 맥스. 제이슨을 살해할 때 쓴 흉기와 현장에서는 여차저차 지문을 닦았지만 머리카락까진 생각이 미처 미치지 못했네? 색도 너무 밝고 너무 가늘어서 못 보았겠지. 사람을 죽였으니 너무 겁이 나서 말이다.

핍은 발을 써서 다시 제이슨을 방수포로 덮었다. 맥스의 신발을 신은 발로 말이다. 맥스는 최소한 시체를 감추고 은닉하려는 시도를 했다. 그러나 정말 제대로, 아주 완벽하게 해내진 못했다. 왜냐하면 제이슨의 시체가 경찰의 그린 신 최초 수색 중에 바로 발견되어야 하니까. 핍이 그걸 원했기 때문에.

핍은 밑창에 지그재그 패턴이 그려진 맥스의 신발을 신은 채 제이슨 시체 주변으로 흙바닥을 꾹꾹 밟았다. 발자국 주변으로 낙엽이 엉겨 붙었다.

이렇게 밑창 패턴이 특이한 운동화도 신으면 안 되지, 맥스. 사람을 죽이고 뒤처리를 하러 오면서 휴대폰을 들고 오는 건 더더욱 안 될 일이고 말이야.

핍은 제이슨을 거기 두고 이제 걸음을 옮겼다. 죽은 제이슨은 핍을 불러 세우지 않았다. 핍은 다시금 숲속과 풀밭, 자갈밭 위에 맥스의 흔적을 남겨두었다.

제초제가 있던 창고로 돌아간 핍은 콘크리트 바닥 위에서 맥스의 신발에 붙은 진흙을 털어냈다.

"어이, 방금 거기 청소기 밀었다고." 라비가 반대편 문간에 서서 보이지 않는 미소로 억울한 듯 연기를 해 보였다. 그래서 핍이 마음을 진정할 수 있게, 막 시체를 버리고 온 핍이 빨리 평정심을 찾을 수 있도록 말이다. 핍도 모르지 않았다. 그러나 핍은 지금 꼬리에 꼬리를 물고 이어지는 생각에 집중하느라 라비를 신경 쓸 겨를이 없었다. 핍은 머릿속으로 할 일 목록 중 아직 완료하지 못한 일들을 점검해보았다. 이제 몇 개 남지 않았다.

"이건 맥스가 시체를 버리고 돌아오는 길에 생긴 흔적이야." 핍은 마치 최면에 빠진 것 같은 차분한 목소리로 바닥에 고인 피 쪽으로 점점 더 가까이 다가갔다. 이제는 고여 있는 피도 거의 말라붙고 있었다. 핍은 한 발의 뒤꿈치를 땅에 붙이고 신발

앞코를 고여 있는 피에 지그시 눌렀다.

"뭐 하는 거야?" 라비가 물었다.

"맥스가 돌아오는 길에 실수로 피를 밟았어." 핍은 자세를 낮춰 맥스의 소매 끝도 피에 살짝 적셨다. 회색 후드 티에 작은 빨간 얼룩이 생겼다. "옷에도 좀 묻었고. 집에 돌아가 이걸 씻으려고 해보겠지만 잘은 못 할 거야."

핍은 다시 샌드위치용 지퍼백을 꺼내 마지막 남은 맥스의 머리카락을 끈적하게 말라가는 핏물 위에 떨구었다.

그런 다음 라비 쪽으로 걸어갔다. 콘크리트 바닥 위에 맥스의 왼쪽 신발이 끈적이는 빨간 지그재그 자국을 남겼다. 세 번째 걸음 만에 빨간 자국은 사라졌다.

"좋아, 아주 좋아." 라비가 부드럽게 말했다. "그럼 이제 맥스 헤이스팅스 시늉은 그만하고 핍으로 돌아와줄래?"

핍은 이내 초점 없이 먼 곳을 응시하는 듯한 시선을 거두고 고개를 흔들어 맥스를 털어낸 다음 부드러운 눈길로 라비를 쳐다보았다. "응, 다 됐어."

"좋아. 트렁크도 다 됐어. 청소기로 한 네 번은 밀었나? 천장이랑 트렁크 커버인지 그것도 다 했어. 플라스틱 부분도 스프레이 뿌려서 다 닦았고, 시동 끄고 열쇠도 닦았어. 청소도구랑 진공청소기는 원래 자리에 다시 갖다 놨고. 우리가 여기서 입고 쓴 옷가지들은 네 배낭 안에 들었어. 네 흔적, 아니 우리 흔적은 이제 아마 다 지워졌을 거야."

핍이 고개를 끄덕였다. "나머진 불이 나면 해결될 테니까 뭐."

"불 하니까 말인데." 라비가 손에 든 것을 핍에게 보여주었다.

휴대용 연료통이었다. 라비는 연료통이 반쯤 차 있단 걸 보여주려고 통을 흔들어 보였다. "잔디깎이 차에 들어 있던 휘발유를 여기 덜어왔어. 선반 위에 이 작은 튜브가 있더라고. 연료 탱크에 이걸 꽂고 입으로 바람을 불면 휘발유가 흘러나와."

"그럼 저 튜브도 버려야 하겠네." 핍이 머릿속 할 일 목록에 하나를 추가했다.

"응, 옷이랑 같이 처리하면 되지 않을까 싶더라고. 이건 얼마나 필요할까?" 라비가 다시 연료통을 흔들며 물었다.

핍은 잠시 생각한 후 대답했다. "세 통 정도?"

"나도 그렇게 생각하긴 했어. 가자, 잔디깎이 차에 많아."

라비가 앞장서서 큰 창고로 향했다. 지직대며 깜박이는 창고 불빛에 기계들이 윙크라도 하는 듯 보였다. 라비는 즐비한 장비를 지나쳐 걸어가 그중 잔디깎이 차 한 대 앞에서 걸음을 멈췄다. 라비가 작은 튜브를 연료 탱크에 꽂고 장갑 낀 손으로 입구 주변을 막은 다음 튜브를 부는 동안 핍은 라비를 보조했다.

황갈색 액체가 튜브를 통해 흘러나와 핍이 들고 있는 연료통에 졸졸 흘러 들어갔다. 진한 휘발유 냄새가 풍겼다. 한 통을 가득 채우고 나서는 다른 연료통을 채웠고, 잔디깎이 차에 든 휘발유가 바닥나면 다른 차로 옮겨갔다.

핍은 어지러웠다. 휘발유 가스 때문인지, 잠이 부족해서인지, 아니면 아까 생사를 오간 탓인지는 핍도 알 수가 없었다. 가스가 핍의 몸을 휘감고 있는 거면 불이 붙을 때 핍도 그대로 불에 타버릴지 모른다.

"거의 다 됐어." 라비가 말했다. 핍에게 하는 말인지 연료통을 두고 하는 말인지 핍은 알 수가 없었다.

세 번째 통이 거의 다 찼을 때쯤 라비가 일어서서 양손을 마주쳐 소리를 냈다. "이제 불을 피울 게 필요해. 불이 딱 붙을 만한 게 있어야 할 텐데."

핍은 동굴처럼 거대한 창고 안을 둘러보며 선반 위를 살폈다.

"이거." 핍은 작은 플라스틱 화분이 잔뜩 든 상자 쪽으로 걸어가며 말했다. 핍은 상자를 길게 여러 가닥으로 찢은 다음 맥스의 옷 주머니에 넣었다.

"완벽해." 라비는 핍에게 연료통 하나만 주고 자기가 두 통을 들고 갔다. 생각했던 것보다 연료통이 더 무겁게 느껴졌던 데다 핍은 아까 시체를 옮기면서 힘을 너무 많이 써버린 탓에 기운이 빠져 있을 터였기 때문이다.

"여기에도 불이 번져야 해." 핍은 다시 제초제가 있던 창고 쪽으로 돌아가면서 기름이 가득 든 잔디깎이 차 위에도 휘발유를 뿌렸다. "전부 다 쾅 터져야 해. 그래야 내가 창문을 깬 게 티가 안 날 거란 말이지."

"여기 쾅 터질 거야 많지." 라비가 핍을 따라가며 팔꿈치로 전등 스위치를 내렸다. 그리고 핍과 함께 걸어가며 연료통을 비스듬히 들고 기름을 콸콸 부었다. 핍은 작업대 위에, 라비는 뒤집힌 선반 유닛 위에 기름을 부었다. 키가 큰 유닛이라 연료통을 높이 들고 기름을 뿌려야 했다. 플라스틱 통과 철제 선반 위로도 기름이 다 튀었다.

두 사람은 벽이며 바닥이며 할 것 없이 창고 전체에 휘발유를 바르다시피 했다. 콘크리트 바닥 홈에 고인 제초제 옆으로 다른 액체가 흘러갔다. 펍의 연료통은 이제 거의 비어 있었다. 펍은 마지막 남은 기름을 피가 고여 있는 곳을 피해 바닥에 흩뿌렸다. 불이 나면 경찰이 올 것이고, 경찰은 피를 보고 제이슨의 시체를 찾을 것이다. 그럼 그렇게 이 밤도 끝날 것이다. 불과 피로 얼룩진 이 밤이, 펍이 경찰을 위해 준비해둔 숲속으로의 수색과 함께.

라비도 들고 있던 연료통을 완전히 비우고 어깨 너머 뒤쪽으로 빈 연료통을 내던졌다.

펍은 밖으로 나갔다. 밤공기가 펍의 얼굴을 매만졌다. 펍은 진정이 될 때까지 공기를 들이마셔보았다. 라비가 펍 옆에 와서서 장갑 낀 펍의 손을 잡은 후에야 펍은 진정이 되었다. 라비의 그 작은 행동이 펍에겐 흔들리지 않는 단단한 닻이 되어주었다. 라비의 다른 손에는 마지막 연료통이 들려 있었다.

라비가 질문을 던지는 듯한 눈빛으로 펍을 쳐다보았고, 펍이 고개를 끄덕였다.

라비가 제이슨의 차를 향해 돌아섰다. 라비는 트렁크부터 시작했다. 카페트로 된 바닥과 옆면 플라스틱까지 모두 기름을 둘렀다. 트렁크 커버와 천장의 부드러운 소재도 모두 적셨다. 뒷좌석, 바닥, 앞좌석도. 제이슨을 뉘어두었던 뒷좌석에는 빈 연료통을 놓았다. 남은 휘발유가 통 안에서 찰랑였다.

라비가 '쾅' 하는 폭발음을 손짓으로 묘사해 보였다.

펍은 원래 쓰고 있던 비니 위에 아까부터 맥스의 야구모자를 덧쓰고 있는 상태였다. 아무것도 펍에게 닿지 않게, 절대 아무런 흔적도 남지 않게. 마지막으로 배낭을 메기 전 배낭에서 꺼낼 한 가지가 남아 있었다. 라비가 입을 댄 고무 튜브는 배낭 속으로 들어가고, 엄마가 매일 밤 '어텀 스파이스' 향초 켜는 데 쓰는 라이터가 밖으로 나왔다.

핍은 찢어온 박스 조각을 꺼내며 한 손에 라이터를 준비했다.

딸깍 라이터를 켜자 끝에 파란 불빛이 춤을 추는 작은 불꽃이 생겨났다. 핍은 박스 끝에 라이터를 대고 불이 붙기를 기다렸다. 그리고 불길이 커지길 기다렸다. 이 세상에 온 걸 환영한다고 속삭이면서.

"물러서." 핍은 라비에게 그렇게 말하곤 앞으로 몸을 숙이고 제이슨의 차 트렁크에 불붙은 박스 조각을 던져넣었다.

밝은 노란색 불길의 소용돌이가 굉음과 함께 폭발하며 점점 크게 번져갔고 핍의 얼굴 앞으로 그 혀를 내밀었다.

뜨거웠다. 너무 뜨거워서 눈은 타버리고 목은 갈라져버릴 것 같았다.

"불만큼 깔끔하게 정리되는 것도 없네." 핍은 창고 쪽으로 다시 걸어가는 라비에게 라이터와 다른 박스 조각을 건네며 말했다.

라이터의 딸깍 소리. 뒤이어 불길은 천천히 박스 조각을 집어삼켰다. 라비가 불붙은 박스 조각을 두 사람이 새로 만들어놓은 콘크리트 바닥 물줄기 위로 던지자 작은 불길은 이제 커다란 분노의 지옥불로 변했다. 플라스틱이 녹고 철제 선반이 뒤틀리며 유령들의 비명 소리가 들려오는 듯했다.

"항상 내심 불 한번 질러보고 싶었는데 말이야." 라비가 다시 핍 옆으로 돌아와 핍의 손을 잡았다. 타오르는 불길을 뒤로하고 자갈밭을 걸으며 두 사람의 손가락은 다시 하나처럼 뒤섞였다.

"그럼," 거칠어진 핍의 목소리는 마치 불에 그을린 듯했다. "오늘 밤 저지른 범죄 목록에 방화도 추가네."

"그러게, 오늘 대체 얼마나 많은 짓을 벌인 거야." 라비가 말했다.

두 사람은 맥스의 차를 향해 걸어갔다.

그리고 그린 신 리미티드 입구를 빠져나왔다. 불길에 휩싸인 그곳은 마치 입을 활짝 벌린 채 날카로운 이를 드러내며 두 사람을 토해내는 것 같았다.

핍은 입구를 나서며 잠시 눈을 감고 몇 시간 후 이곳에 범죄 현장을 가리키는 파란색과 흰색의 폴리스라인이 둘러져 있는 모습을 그려보았다. 그린 신으로 향하는 길은 통제될 것이고, 연기 자욱한 현장에서는 웅성대는 목소리와 경찰 무전기 소리가 들려오겠지. 시체를 담는 가방, 바퀴 달린 들것도 현장에 보일 것이다.

불길을 따라가고 피를 따라가기를, 핍이 짜놓은 이야기를 따라가기를. 경찰은 그것만 하면 된다. 이제 모든 일은 핍의 손을 떠났다.

하나가 되었던 두 사람의 손가락이 다시 떨어졌다. 핍은 운전석에 앉아 문을 닫았고, 라비는 뒷문을 열고 밖에서 보이지 않게 바닥에 납작 엎드렸다. 바깥에서 라비가 차 안에 있는 모습이 보여선 안 된다. 리틀 킬턴으로 돌아가는 길, 두 사람은 대로만 타고 갈 것이다. 교통 카메라에 최대한 많이 찍혀야 했다. 왜냐하면 지금 이 차의 운전자는 핍이 아니라 맥스고, 맥스는 다른 남자의 머리통을 부수고 현장에 불을 지른 후 집으로 가는 길이니까 말이다. 맥스는 후드 티 차림에 모자를 쓰고 있었다. 혹시라도 카메라에 창문 너머까지 찍히는 경우가 있을지 모른다. 피 묻은 흔적을 남긴 채 맥스의 신발은 자동차의 페달을 밟았다.

맥스가 시동을 건 다음 후진을 했다. 막 폭발이 시작되는 시점에 차는 그곳을 빠져나왔다. 각종 기계 장비가 연속적으로 폭발하면서 한밤중의 총성 같은 폭발음이 잇달아 울렸다. 스탠리의 가슴을 뚫은 여섯 발의 총성처럼.

백미러에 점점 커지는 노란 불길과 이글대는 하늘이 비쳤다. 누군가는 이 폭발음을 들을 것이다. 맥스가 차를 몰고 가는 동안 핍은 스스로에게 읊조렸다. 또다시 땅을 뒤흔드는 굉음. 천 명의 비명 소리보다 훨씬 큰 소리였다. 낮게 걸린 달이 피어오르는 연기 기둥에 질식하기 직전이었다.

43

맥스 헤이스팅스는 제이슨 벨을 죽이고 새벽 3시 27분 집에 돌아왔다.

핍은 맥스네 집 밖 진입로에 차를 세웠다. 이 밤이 시작될 때 이 차가 주차되어 있었던 그 자리에 정확히. 핍은 시동을 껐다. 전조등 불빛이 꺼지자 어둠이 덮쳐왔다.

라비가 뒷좌석에서 일어나 어깨와 목을 풀었다. "마침 딱 주유 경고등에 불이 들어온 덕분에 오늘 밤 마지막까지 정말 스릴 만점이었어. 그럼, 그런 한 방이 있어야지."

"그러게." 핍이 숨을 크게 내쉬었다. "정말 긴장감 제대로였어."

당연히 기름을 넣으러 갈 순 없는 노릇이었다. 이 새벽 이 차의 운전자는 맥스 헤이스팅스였고, 주유소는 사방에 카메라 천지였다. 그래도 핍은 수시로 경고등을 확인하며 무사히 맥스네 집까지 왔다. 그리고 이제 더는 상관없었다.

"나 혼자 들어갈게." 핍이 배낭을 들고 차 열쇠를 집으며 말했다. "최대한 빨리, 조용하게 처리할 거야. 아직 얼마나 깊이 잠들어 있는지 모르겠네. 아무튼 먼저 가."

"기다릴게." 라비가 기다시피 차에서 내려 조심히 문을 닫았다. "조심하고."

핍도 차에서 내려 어둠 속에서 라비의 얼굴을 살폈다. 차 열쇠의 잠금 버튼을 누르자 라비의 눈에 한 줄기 빨간 불빛이 비쳤다.

"맥스는 지금 의식이 없는걸." 핍이 말했다.

"그래도 걘 강간범이야." 라비가 대답했다. "기다릴게. 들어가서 마무리하고 와."

"알겠어."

핍이 조용히 현관을 향해 움직이며 아까 테이프로 가려둔 양쪽 카메라를 확인했다. 핍은 열쇠를 구멍에 밀어 넣고 어둠 속에 잠들어 있는 집 안으로 들어섰다.

한 발짝씩 앞으로 나아가자 이제 소파에서 쌕쌕대는 맥스의 깊은 숨소리를 들을 수 있었다. 핍은 그 숨소리에 발소리를 숨기며 나아갔다. 맥스의 후드 티로 차 열쇠를 닦았다. 라비도, 핍도 맨손으로 차 열쇠를 만진 적은 없었지만 그래도 혹시나 하는 마음이었다.

일단 핍은 조심스레, 사뿐사뿐 위층으로 올라갔다. 범죄 현장에서 신발에 묻어온 진흙이 이제 카펫에도 묻었다. 핍은 맥스의 방으로 가 불을 켠 다음 바닥에 가방을 내려놓고 맥스의 모자와 후드 티를 차례로 벗었다. 맥스의 모자 안에 쓰고 있던 비니는 벗겨지지 않도록 조심했다. 핍은 자신의 짙은 색 머리카락이 혹시라도 회색 후드 티에 붙어 있진 않은지 점검했다. 괜찮았다.

핍은 후드 티 소매를 살펴보면서 아까 피를 묻힌 부분을 찾아냈다. 그런 다음 조용히 화장실로 가서 불을 켜고 물을 틀었다. 피 묻은 소매를 물에 넣고 장갑 낀 손 그대로 핏자국이 갈색 얼룩 정도로 지워질 때까지 문지른 뒤 그것을 다시 방으로 가지고 와서 원래 있던 자리인 빨래 바구니 속에 넣었다. 쌓여 있는 옷가지들을 옆으로 밀어내고 회색 후드 티를 깊숙이 쑤셔 넣었다.

이제 맥스의 운동화 끈을 풀었다. 양말을 다섯 켤레나 껴 신은 핍의 발은 두툼하고 우스꽝스러웠다. 핍이 맥스의 운동화를 옷장 저 깊숙이 밀어 넣는데 밑창에 아직 붙어 있던 진흙이 덩어리째 떨어졌다. 핍은 그 운동화 위쪽과 주변으로 다른 신발을 쌓아 올려 운동화를 감추었다. 진짜 중요한 사람들, 그러니까 감식반의 눈으로부터 숨기려는 목적이 아니라 맥스의 눈에 띄지 않게 하려는 거였다.

모자도 원래 있던 그 자리, 행거 끝에 균형을 잘 맞춰 걸어둔 다음 옷장 문을 닫았다. 핍은 배낭을 놓아둔 곳으로 가서 자기 신발을 꺼내 신고 맥스의 휴대폰이 든 샌드위치용 지퍼백을 꺼낸 뒤 휴대폰을 손에 들고 조심히 아래층으로 내려갔다.

핍은 맥스가 잠들어 있는 곳을 향해 복도를 조심히 걸어갔다. 핍은 몸을 숨길 곳을 간절히 찾고 싶었다. 혹시나 저 각진 얼굴에서 갑자기 밝은색 두 눈동자가 번뜩일지 모르니 말이다. 저것은 살인자의 얼굴이다. 모두가 그렇게 믿어야 했다.

한 걸음 더 옮기자 여섯 시간도 전에 마지막으로 핍이 나가면서 확인한 맥스가 정확히 그 자리에 그대로 누워 있는 모습을 소파 등받이 너머로 확인할 수 있었다. 볼은 소파 팔걸이와 다 녹아버린 냉동 완두콩 봉지 사이에 짜부라져 있었고, 그 사이로 침이 흘러나와 있었다. 눈 주위 멍은 이제 제법 짙어졌다. 얼마나 깊이 숨을 쉬는지 몸이 다 들썩일 정도였다.

맥스는 여전히 의식이 전혀 없었다. 핍은 혹시라도 맥스가 움직이면 재빨리 몸을 숙일 준비를 하고 소파를 찔러보았다. 맥스는 움직이지 않았다.

핍은 한 걸음 앞으로 나아가 샌드위치용 지퍼백에서 맥스의 휴대폰을 꺼내 다시 커피 테이블 위에 올려두었다. 그런 다음 파란색 물병을 들고 불 꺼진 부엌으로 가 혹시 물병에 남은 약이 없도록 여러 번 헹궈내고 다시 물을 채웠다.

물통도 다시 커피 테이블 위에 입구를 열어둔 채 올려두었다. 맥스가 유독 무거운, 거의 한숨에 가까운 숨을 내쉬었다. 핍의 시선은 재빨리 맥스의 얼굴을 향했다.

"그래." 핍이 맥스를 내려다보며 말했다. 맥스 헤이스팅스, 핍을 움직이는 동력이자 핍과는 정확히 대척점에 서 있는 존재. 맥스의 모든 것이 핍과는 정반대였다. "네 음료에 누가 약을 타고 네 인생을 망가뜨리면 참 짜증날 거야, 그렇지?"

핍은 맥스의 집을 나와 다시 한밤중의 어둠 속으로 들어섰다. 너무 밝은 별빛에 눈을 가렸다.

"괜찮아?" 라비가 물었다.

짧은 숨이 웃음마냥 툭 입 밖으로 튀어나왔다. 라비가 무슨 뜻으로 묻는지 알면서도 핍은 유독 그 말이 신경 쓰였다. 그 말이 자꾸만 메아리치며 배 속 깊숙이 똬리를 틀었다. 아니, 핍은 괜찮지 않다. 오늘 이후 핍은 다시는 괜찮아지지 못할 것이다.

"피곤해." 핍의 아랫입술이 떨렸다. 핍은 피곤을 이겨내고 다시 주도권을 잡았다. 아직은 포기할 수 없다. 아직 끝나지 않았다. 그래도 이제 끝이 보였다. "괜찮아." 핍이 말했다. "이제 카메라 테이프만 떼면 돼."

핍이 작업을 하는 동안 라비는 길 아래쪽에서 기다렸다. 핍은 아까 테이프를 붙일 때와 똑같이 집 앞쪽으로 옆걸음질해 올라가 한쪽 카메라의 테이프를 뜯고, 다음엔 집 뒤쪽으로 빙 둘러 올라가 다른 카메라의 테이프를 뜯었다. 물론 이건 핍이 한 짓이 아니라 맥스 헤이스팅스가 한 짓이다. 그리고 핍이 맥스인 척 연기하는 것도 이게 마지막이었다. 맥스의 머릿속에 들어가 있는 것, 혹은 맥스가 핍의 머릿속에 들어와 있는 건 불편했다. 영 달갑지 않았다.

앞쪽 울타리를 넘자 달빛이 비치는 길가에 서 있는 라비가 보였다. 둘 다 아직 핍을 떠나지 않았다. 달빛도 여전히 핍이 갈 길을 비추고 있었다.

마침내 두 사람은 라텍스 장갑을 벗었다. 핍은 라비의 손가락 사이에 손깍지를 끼었다. 핍의 손가락이 비로소 제 자리를 찾았다. 부디 아직 그 사실에 변함이 없기를 바라면서 말이다. 오래 장갑을 끼고 있었기에 두 사람 다 손이 축축하고 쪼글쪼글해져 있었다. 라비가 핍을 집까지 바래다주는 동안 두 사람은 그냥 손을 잡고 말없이 걸었다. 이미 할 말은 모두 다 한 것처럼, 더는 할 말이 남아 있지 않은 것처럼 아무 말도 하지 않았다. 딱 세 글자, 그 한마디만 남았을 뿐이다.

핍의 집 앞 진입로에서 라비는 핍에게 작별 인사를 했다. 팔을 둘러 핍을 꼭 안았다. 그렇게 하면 핍이 다시는 사라지지 않기라도 할 것처럼. 핍은 벌써 오늘 한 번 사라진 전적이 있었다. 자취를 감췄고, 라비에게 마지막 작별 인사도 했더랬다. 핍은 라비의 목과 어깨가 만나는 바로 그 지점에 얼굴을 파묻었다. 딱히 그럴 이유가 없는데도 따스했다.

"사랑해." 핍이 말했다.

"사랑해." 라비가 답했다.

핍은 조용히 현관문을 열고 안으로 들어가면서 머릿속 라비를 통해 계속해서 메아리치도록 그 말을 되새기고 또 되새겼다.

삐걱대는 계단을 건너뛰어 핍은 위층 제 방으로 올라갔다. 방 안에 표백제 냄새가 진동을 했다.

방에 들어가자마자 핍은 울음을 터뜨렸다.

침대에 쓰러져 핍은 베개에 얼굴을 묻고 소리 나지 않게 울었다. DT가 핍에게서 소리를 앗아가려고 했던 것처럼. 조용하지만 고통스러운 흐느낌이 터져 나오며 목구멍이 아파왔다. 가슴 속 감정들이 날것 그대로 쏟아져 나왔다.

핍은 그렇게 그냥 울었다. 굳이 그치려고 하지도 않았다. 딱 몇 분만, 다시는 돌아오지 않을 그 소녀를 애도할 시간이 필요했다. 그런 다음 핍은 스스로를 추스르며 자리에서 일어났다. 아직 할 일이 남아 있었다. 한 번도 겪어본 적 없는 피로가 몰려왔다. 핍은 휘청대며 카펫을 가로질러 걸어갔다.

핍은 표백제가 든 통을 조심스레 방 밖으로 가지고 나왔다. 복도 저편에서 들려오는 시끄러운 아빠의 날숨에 맞춰 자신의 발소리를 숨기며 움직였다. 욕실 샤워 부스로 들어가 표백제를 배수구에 천천히 흘렸다. 통 안에 남아 있는 옷가지와 테이프는 흠뻑 젖어 있었고, 흰색 표백제 자국이 섬유에서 색을 지워내고 있었다.

핍은 옷가지와 테이프가 아직 들어 있는 그 통을 다시 그대로 방 안으로 가지고 들어왔다. 방문은 완전히 끝까지 닫진 않고 살짝 틈만 남겨두었다. 앞으로 몇 시간 동안 방과 바깥을 계속 오가야 할 테니 말이다.

핍은 배낭에서 이제 아무것도 들어 있지 않은 대형 냉동실용 지퍼백을 꺼내 카펫이 오염되지 않도록 그 위에 깔았다. 그런 다음 통에 든 색 빠진 젖은 옷가지들을 꺼냈다. 그 위에는 배낭에 담아온 버릴 것들을 함께 올려두었다. 핍과의 연결고리가 조금도 남지 않도록 이것들을 모두 파괴하고 제거해버릴 것이다. 방법은 이미 알고 있었다.

책상 맨 위 서랍에서 큰 가위를 꺼내 빨간 플라스틱 손잡이 부분에 손가락을 끼웠다. 그리고 버릴 것들 무더기 옆에 서서 찬찬히 살펴보며 머릿속으로 새로운 할 일 목록을 만들기 시작했다. 부담스럽지 않은 수준에서 핍은 한 번에 하나씩 정리하기로 했다.

- ☐ 스포츠 브라
- ☐ 레깅스
- ☐ 후드
- ☐ 운동화
- ☐ 고무 튜브
- ☐ 그린 신 장갑 (2켤레)
- ☐ 사용한 라텍스 장갑(3켤레)
- ☐ 라비 어머니 엄지장갑
- ☐ 걸레
- ☐ 로히프놀 알약
- ☐ 여분의 속옷
- ☐ 여분의 티셔츠
- ☐ 박스 테이프
- ☐ 선불폰
- ☐ 제이슨의 선불폰

핍은 목록 첫 번째 항목부터 시작했다. 스포츠 브라는 이제 얼룩덜룩 물도 빠지고 탄력도 별로 남아 있지 않았다. 육안으로야 붉은 핏자국이 더는 보이지 않았지만 흔적은 언제든 남아 있을 수 있는 터였다.

"너 내가 그동안 제일 아꼈던 스포츠 브라야." 핍은 스포츠 브라를 먼저 가늘고 긴 조각으로 자른 다음 다시 잘게 작은 네모 모양으로 잘랐다. 레깅스, 후드 티, 제이슨 벨과 접촉이 있었거나 제이슨 벨의 피가 묻은 것들은 모두 똑같이 잘랐다. 걸레도 마찬가지였다. 잘게, 아주 잘게 가위질을 하며 핍은 15킬로미터 거리의 그 현장을 머릿속에 그려보았다. 부지 관리 및 청소 전문 중견 업체에 통제 불능으로 불이 번져가고 현장에는 소방대가 속속 도착한다. 어느 걱정 많은 동네 주민이 혹시 누가 불꽃놀이라도 하나 싶어 전화를 걸었을 것이다. 비명은 안 들릴지언정 폭발음은 들렸겠지.

네모난 각종 젖은 섬유 조각들이 핍 앞에 점점 산처럼 쌓여갔다.

다음은 장갑이었다. 핍은 5센티미터 정도 크기 조각으로 라텍스 장갑들을 잘랐다. 그린 신 작업용 장갑은 소재가 두꺼워서 자르기 쉽지 않았지만 회사 로고가 안 보이게 하려고 핍은 끈질기게 잘랐다. 라비 어머니의 엄지장갑은 범죄 현장에서 쓰이진 않았지만 라비가 맥스의 차를 갖고 올 때 끼고 있었다. 혹시라도 차 안에 섬유 조각이 남았을 경우를 대비해 역시 처분할 필요가 있었다. 오류나 실수는 조금도 허용되지 않았다. 현미경으로나 겨우 볼 수 있는 아무리 사소한 것이라도 핍의 계획을, 핍을 그대로 망가뜨려버릴 수 있었다.

박스 테이프도 5센티미터 길이씩 잘라냈다. 얼굴을 감싸고 있던 테이프에 핍의 체모가 조금씩 붙어 있었다. 테이프를 떼며 눈썹이 빠졌던 부분도 확인했다. 마지막으로 고무 튜브도 작은 조각으로 잘랐다. 운동화와 선불폰은 옆에 따로 빼두었다. 이것들은 다른 방법으로 처분할 것이다.

그러나 일단 지금 눈앞에 쌓여 있는 이것들은 전부 변기로 직행해야 했다.

중앙화된 하수도 시스템이 있어 어찌나 다행인지. 변기가 막히지 않게 이미 다 잘게 자르긴 했지만, 아무튼 변기에서 내려갈 때 하수도만 막히지 않으면 이 모든 증거들이 다 하수도 처리장으로 흘러 들어갈 터이고, 그럼 그것들을 핍이나 이 집과 연결 짓기 어려워질 터이다. 애초 이 증거들을 발견한다는 것 자체도 사실상 불가능에 가까웠지만 말이다. 사람들이 별의별 것들을 다 변기에 넣고 버리니까 말이다. 이렇게 흘러 내려간 조각들은 하수도 정화조를 거쳐 결국 저 어디 매립지로 휩쓸려 가거나 아니면 소각될 것이다. 그렇게 거의 사실상 사라지게 될 터이다. 흔적도 없이. 철통같이 빈틈없게. 애초에 일어난 적 없는 일인 것처럼.

핍은 일단 남은 로히프놀이 들어 있는 투명한 봉지를 먼저 집어 들었다. 약이 저렇게 빤히 핍을 쳐다보고 있는 것도 싫었고, 약이 여기 있으면 먹지 않으리란 자신도 없었다. 핍은 잘게 자른 쓰레기 한 줌을 함께 집어 조용히 화장실로 들어가 문을 닫고 변기에 약을 전부 쏟아부었다.

핍은 물을 내리고 잘게 자른 조각들이 사라지는 모습을 지켜보았다. 소용돌이에 알약이 마지막으로 휩쓸려 내려갔다. 가족들은 잠들었다 하면 시체처럼 곯아떨어져 좀처럼 깨는 법이 없다. 게다가 화장실 문이 닫힌 상태에서는 더더욱 물 내리는 소리도 크지 않았다.

다시 변기에 물이 차올랐다. 좋아, 한꺼번에 너무 많이 버려선 안 된다. 한 번에 한 줌씩, 조금만, 그리고 몇 분씩 간격을 두고 버려야 한다. 그럼 수도관 사이에 이물질이 걸리지 않을 것이다.

핍은 얼른 계산을 해보았다. 여기 위층에 가족들 공용 욕실이 있고, 아래층 문 옆에 작은 화장실이 하나 더 있었다. 변기는 두 개, 한 번에 한 줌씩. 처리할 건 산더미같이 많았다. 시간이 적지 않게 걸릴 테지만 가족들이 일어나기 전까진 다 끝내야 했다. 동시에 피곤하단 이유로 서둘러 한꺼번에 너무 많은 양을 흘려보냈다간 수도관이 막히는 수가 있었다.

핍은 방으로 돌아가 다시 한 줌을 집어 양손을 동그랗게 모으고 조심히 계단을 내려갔다. 세 번째 계단은 건너뛰었다. 변기에 손을 턴 다음 물을 내렸다.

다시 변기 물이 차오르는 시간을 기다리며 핍은 위층 욕실과 아래층 화장실을 오갔다. 물을 내릴 때마다 가슴은 조마조마했다. 변기 물이 제때 차오르지 않는 것 같고 막혔나 싶으면서 다 끝났구나, 난 끝이구나 싶은 생각이 들 때 밀려오는 찰나의 공포. 그러나 물은 언제나 다시 차올랐다.

과연 소방대가 불타버린 차를 보고 휘발유 냄새를 맡자마자 경찰에 연락했을지 궁금했다. 정황상 방화인 건 자명했다. 아니면 불이 진정될 때까지 기다리고 있다가 화재로 망가진 건물 바닥에 흥건한 피를 발견하게 될 것인가?

또 한 줌. 그리고 다시 물을 내렸다. 핍은 머리를 더는 쓰지 않고 몸이 알아서 반복적으로 단순노동을 하게 내버려 뒀다. 오르락내리락, 방에 들어갔다가 나왔다가를 반복했다.

아침 6시. 뻑뻑해진 눈으로 작업을 하다 갑자기 정신이 들며 핍은 과연 경찰이 지금쯤 연기 자욱한 현장에 도착했을지, 소방관들이 의심되는 정황을 지적할 때 고개를 끄덕였을지 궁금해졌다. 누군가 이곳에서 크게 다친 건 확실했고, 어쩌면 죽었을지도 모른다. 망치만 봐도 그렇다. 저게 흉기일지도 모른다. 주변 지역 수색을 시작했을까? 방수포를, 그 안의 시체를 찾기까지 그리 오래 걸리진 않을 것이다.

그럼 현장에 형사가 호출될까? 호킨스 경위? 일요일 푹 쉬려던 계획은 물거품이 되고, 호킨스는 짙은 녹색 재킷을 걸치며 현장 전문가에게 전화를 걸어 곧장 만나자고 할지 모르지.

아래층으로 내려간다. 물을 내린다. 다시 위층. 한 줌 가득.

"현장은 그대로 보존해!" 호킨스가 날카롭게 외칠 것이다. 너무 이른 아침 차가운 공기에 얼굴과 눈이 얼얼하겠지. "검시관은? 사진 남겨놓고 저 발자국 본뜰 때까지 아무도 시체 가까이 못 가게 해."

쏴, 물 내려가는 소리.

시간은 째깍째깍 흘러 이제 6시 반이 되어 있었다. 검시관이 지금쯤 비닐 가운을 입고 현장에 와 있겠지. 무엇을 먼저 할 것인가? 시체의 체온을 먼저 잴까? 경직 정도를 파악하기 위해 근육부터 확인할까? 제이슨의 등에 엄지를 꾹 눌러 아직도 피부가 하얗게 색이 변하는지를 확인할까? 사체에 온기는 남아 있되 경직은 진행된, 피부를 눌러보았을 때 손가락 자국대로 하얗게 피부색이 변하는 상태. 핍은 머릿속에서 주문처럼 반복했다. 온기, 경직, 눌렀을 때 하얗게.

지금쯤, 어쩌면 지금 이 순간 그 세 가지 요소를 점검하며 시체의 사망 시간대를 추정하고 있으려나? 1차 조사를 하며 사진을 찍고 있을까? 호킨스는 멀리서 지켜보고 있겠지. 지금 진행되고 있으려나? 15킬로미터 떨어진 곳에서 모든 결정권을 쥐고 있는 사람, 핍의 생사를 쥐고 있는 사람.

다시 아래층. 쏴, 물 내려가는 소리.

이제 시체의 신원이 확인됐을까? 호킨스는 이미 제이슨 벨과 아는 사이였다. 최소한 지인, 어쩌면 친구 사이일지도 모르니 제이슨의 얼굴은 충분히 알아볼 것이다. 던 벨에게는 언제 이야기할까? 베카에겐?

핍의 손가락이 이제 카펫 위 투명한 지퍼백 위의 남은 조각들을 긁어 담았다. 네 조각, 이제 남은 건 이게 다였다. 레깅스로 짐작되는 조각 하나, 라텍스 장갑 조각 두 개, 후드 티 조각 하나.

핍은 허리를 펴고 물을 내리기 전 이 순간을 기념하기라도 하듯 크게 숨을 들이마신 다음 소용돌이치는 물속으로 마지막 네 조각이 흘러 내려가는 모습, 그것들이 사라져가는 모습을 지켜보았다.

전부 사라졌다.

아무 일도 없었던 것이다.

핍은 옷을 벗고 다시 샤워를 했다. 핏자국이 남아 있지 않았지만 씻어도 씻어도 깨끗하지 않은 느낌, 어떤 식으로든 흔적이 남아 있는 듯한 느낌이 들었다. 핍은 빨래 바구니 위에 검은색 후드 티와 레깅스를 놓았다. 여기엔 범죄의 흔적이 전혀 없었지만, 그래도 뜨거운 물에 빨고 싶었다. 그냥 혹시나 하는 마음에.

핍은 잠옷을 꺼내 입고 온몸에 이불을 휘감았다. 이불 속에서 몸이 덜덜 떨렸다.

핍은 눈을 감을 수 없었다. 원하는 건 오로지 잠뿐이건만 그럴 수 없단 걸 핍도 잘 알았다. 왜냐하면 이제 곧…….

그때 안방에서 알람이 울렸다. 부드럽게 지저귀는 새소리 대신 엄마가 음량을 최대로 설정해둔 덕분에 꽥꽥대는 알람 소리가 요란했다. 핍의 귀엔 마치 머리 없는 비둘기 떼가 창문에 몸을 던지는 것 같은, 세상의 종말을 알리는 소리처럼 들렸다.

아침 7시 45분이었다. 일요일 아침치고는 너무 이른 시각이었다. 그러나 부모님은 조쉬를 레고랜드에 데려가기로 약속한 터였다.

핍은 레고랜드에 가지 않을 것이다.

못 간다. 왜냐하면 핍은 밤새도록 화장실을 들락거리며 구토와 설사를 반복했기 때문에. 배가 뒤틀렸다가 떨렸다가 해서 화장실을 한 백 번쯤 왔다 갔다 하다가 결국 그대로 변기에 기대 지쳐 쓰러졌기 때문에. 방 안에 화장실 쓰레기통이 있는 것도, 표백제 냄새가 나는 것도 그 때문이다. 다 토사물 냄새를 없애려던 탓이다.

복도 저편에서 말소리가 들려왔다. 엄마가 조쉬를 깨우자 아침 일찍 일어난 이유가 떠오른 조쉬가 작은 기쁨의 환호성을 터뜨렸다. 대화가 몇 번 오간 후 아빠가 일어나는 소리, 기지개를 켜는 아빠의 예의 그 우렁찬 한숨 소리가 뒤따랐다.

그리고 핍의 방문을 두드리는 부드러운 노크 소리.

"들어오세요." 핍의 목소리는 거칠고 잠겨 있었다. 아픈 것처럼 연기를 할 필요도 없었다. 이미 핍의 목소리부터가 정상이 아니었다. 혹은 핍 자체가 정상이 아니라고 해야 하나? 핍의 일생을 통틀어 어제가 가장 긴 하루이긴 했지만, 이미 그 이전부터 핍은 스스로가 정상이 아니라고 생각하고 있었다.

엄마가 빼꼼히 고개를 내밀더니 곧바로 얼굴이 일그러졌다.

"이게 웬 표백제 냄새야." 엄마가 어리둥절한 표정으로 핍의 침대 옆에 놓인 쓰레기통을 쳐다보았다. "어머나 세상에, 우리 딸 아팠어? 조쉬가 밤새 변기 물 내리는 소리를 들었다더니."

"새벽 2시쯤부터 계속 토했어요." 핍이 코를 훌쩍였다. "토하고 설사하고, 난리도 아니었어요. 죄송해요. 엄마, 아빠랑 조쉬 안 깨우려고 쓰레기통을 여기 들고 왔는데 냄새가 심하게 나서 화장실 락스로 씻었거든요."

"어머나, 핍." 엄마가 핍의 침대맡에 와서 핍의 이마에 손을 짚어보았다.

이마를 짚는 엄마의 손에 핍은 그 순간 그대로 무너져내릴 것 같았다. 한없이 평범한 이 일상적 순간의 파괴력 때문에. 하마터면 딸을 잃을 뻔했지만 그런 사실 따윈 조금도 알지 못하는 어머니가 딸을 바라보는 모습 때문에. 여전히, 혹시 계획이 조금이라도 어긋나면, 검시관들이 지금쯤 호킨스에게 전달하는 숫자가 핍이 의도한 그 숫자가 아니기라도 하면 여기 이 어머니는 딸을 잃을 가능성이 여전히 남아 있었다. 혹시라도 부검 중에 발견될 수 있는 무언가를 핍이 간과했을지도 모를 일이다.

"열이 좀 있긴 하네. 감기일까?" 엄마의 목소리는 손길만큼이나 부드러웠다. 핍은 살아서 다시 그 목소리를 들을 수 있어 기뻤다.

"그럴 수도 있고, 아님 뭘 잘못 먹어서 그럴 수도 있고요."

"뭘 먹었는데?"

"맥도날드요." 핍은 입을 꾹 다물고 미소를 지었다.

엄마는 '그럼 그렇지' 하는 표정으로 눈이 커졌다. 엄마는 등 뒤로, 문 쪽을 흘긋 쳐다보았다. "조쉬한테 오늘 레고랜드 간다고 했어." 엄마가 자신 없는 목소리로 말했다.

"세 사람은 가야죠." 핍이 말했다. 제발 가주세요.

"네가 이렇게 아픈데 엄마가 어떻게 가." 엄마가 말했다.

핍이 고개를 저었다. "솔직히 말하면 이제는 괜찮아요. 심한 건 다 지나간 것 같거든요. 그냥 잠만 좀 자고 싶어요. 정말로요. 엄마랑 아빠는 조쉬 데리고 갔다 오세요." 엄마가 고민하며 눈을 깜박였다. "엄마가 안 간다고 하면 조쉬 그 후폭풍을 어떻게 감당하려고요."

엄마는 씩 웃으며 핍의 턱 아래쪽을 톡 쳤다. 핍은 엄마의 손길이 닿자 몸이 바르르 떨린 것을 엄마가 부디 눈치채지 못하길 바랐다. "말로는 널 당할 수가 없다. 정말 괜찮은 거야? 라비한테 와서 확인하라고 할까 봐."

"엄마, 나 진짜 괜찮아요. 그냥 잘래요. 대학 생활 미리 연습 삼아서 낮까지 쭉."

"알겠어. 뭐, 그래도 엄마가 물이라도 한잔 떠다 주고 갈게."

핍이 아파서 함께 가지 못한단 소리를 듣고 그냥 지나칠 아빠가 아니었다.

"아이고, 우리 딸." 아빠가 핍 옆에 앉자 침대 전체가 풀썩 주저앉았다. 핍은 남아 있는 힘이 거의 없어 하마터면 아빠 무릎까지 굴러갈 뻔했다. "안색이 영 안 좋은걸. 부상 병사 발생인가?"

"네, 부상 보고합니다." 핍이 대답했다.

"물 많이 마시고." 아빠가 말했다. "양념 안 된 거, 기름기 없는 것만 먹어. 이렇게 말하는 아빠도 괴롭다. 아무것도 안 바른 토스트, 맨밥, 이런 것만."

"알아요, 아빠."

"좋아. 엄마 말론 네가 휴대폰을 잃어버렸고 간밤에 나한테도 말을 했다는 거 같은데 아빠는 기억이 전혀 안 나. 이따 집 전화로 살아 있는지 확인 전화할 테니까."

막 문을 나서는 아빠를 핍이 불렀다.

"잠깐만요!" 핍이 이불과 씨름하며 일어나 앉았다. 아빠가 나가려던 걸음을 멈췄다. "사랑해요, 아빠." 핍은 조용히 말했다. 사랑한다는 말을 마지막으로 한 게 언제였는지 기억은 나지 않는데, 핍은 아직 살아 있었으니까.

아빠의 얼굴에 미소가 씩 퍼져나갔다.

"원하는 게 뭐야?" 아빠가 웃었다. "지갑은 다른 방에 있는데."

"아무것도요." 핍이 대답했다. "그냥 얘기하고 싶어서요."

"아, 그렇다면야 아빠도 그냥 얘기해야지. 사랑한다, 우리 딸."

핍은 가족들이 떠날 때까지 기다렸다. 차가 진입로를 내려가는 소리가 들리자 핍은 창문 커튼을 살짝 열어 떠나는 가족들의 모습을 지켜보았다.

그런 다음 마지막 남은 힘을 쥐어짜 침대에서 일어났다. 휘청휘청 발을 질질 끌며 방을 가로질러 걸어가 배낭에 숨겨둔 축축한 운동화와 선불폰 두 대를 집어 들었다.

이제 할 일 목록에서 남은 일은 세 가지였다. 할 수 있다. 겨우겨우 도착지점까지 거의 다 왔다. 머릿속 라비도 핍에게 할 수 있다고 했다. 핍은 자기 선불폰 뒤쪽 케이스를 벗기고 배터리와 심카드를 꺼냈다. 작은 플라스틱 카드는 양손 엄지를 써서 절반으로 쪼갰다. 제이슨의 폰도 똑같이 했다. 그리도 모두 아래층으로 들고 갔다.

차고에서 아빠의 공구함을 찾아내 원래 있던 박스 테이프 대신 다른 박스 테이프를 가져다 넣었다. "망할 놈의 박스 테이프!" 핍은 아빠의 드릴을 들고 작동 버튼을 눌러 헤드가 공회전하는 것을 확인한 뒤 자신의 서랍 속에서 잠자고 있던 그 작은 노키아 휴대폰 화면 정중앙을 드릴로 뚫었다. 화면은 산산조각이 나면서 구멍 주변으로 검정 플라스틱 조각이 흩어졌다. DT 살인범의 휴대폰도 마찬가지로 처치했다.

이제 운동화를 넣은 검정 쓰레기봉투를 단단히 묶었다. 다른 봉투에는 심카드와 배터리를 넣었다. 또 다른 봉투에는 드릴로 부숴버린 휴대폰을 넣었다.

핍은 현관문 옆 옷걸이에 걸려 있던 긴 코트를 집어 들고 맞지도 않는 엄마의 신발에 발을 집어넣었다.

아직 이른 시간이라 바깥엔 아무도 없었다. 핍은 한 손엔 쓰레기봉투를 들고, 다른 손으로는 외투 깃을 여미며 터덜터덜 길을 걸어갔다. 저 앞쪽에 개를 산책시키러 나온 야들리네 부인이 보였다. 핍은 다른 쪽으로 방향을 틀었다.

달이 이미 진 후여서 핍은 직감대로 움직여야 했다. 그러나 눈이 어디 잘못되기라도 한 것처럼 세상이 이상하게 돌아갔다. 시작 화면이 제대로 작동하지 않은 것처럼 버벅댔다.

너무 피곤했다. 몸이 더는 버티지 못하고 곧이라도 쓰러질 것 같았다. 핍은 제대로 걸음을 떼기조차 힘들어 발을 질질 끌고 갔고, 그러다 균형을 잃고 넘어질 뻔하기 일쑤였다.

웨스트웨이를 따라 걷다가 아무 집이나 무턱대고 고른 게 13번지였다. 어쩌면 완전히 무작위의 숫자는 아닐지도 모르겠단 생각이 뒤늦게 들었다.

진입로 끝에 내놓은 쓰레기통은 바퀴 달린 평범한 검정색 쓰레기통이었다. 휴지통을 열자 그 안에 이미 검정 봉지들이 차 있었다. 핍은 맨 위에 있던 쓰레기봉투를 꺼냈다. 썩은 냄새가 났다. 핍은 운동화가 든 봉지를 밑으로 넣은 다음 꺼냈던 다른 쓰레기봉투로 운동화 봉지를 가렸다.

이제 하위 바워스의 집이 있었던 로머클로즈로 넘어왔다. 하위는 이제 그 집에 살지 않았지만 핍은 하위 바워스의 옛집을 향해 걸어갔다. 여기서도 쓰레기통을 열어 심카드와 배터리가 든 검정 봉지를 집어넣었다.

마지막 봉지에는 한가운데 드릴로 구멍을 낸 노키아 8210과 다른 노키아 휴대폰이 들어 있었다. 핍은 위빌로드에 있는 예쁜 집 앞 쓰레기통에 마지막 봉지를 넣었다. 집 앞마당에 빨간 나무가 있는, 핍이 좋아하던 집이었다.

핍은 머릿속으로 할 일 목록 중 마지막 항목에 체크 표시를 하고 그 나무를 보며 씩 웃었다. 이제 어젯밤의 모든 기록이 핍의 머릿속에서도 조각조각 해체되었다.

쓰레기 수거일은 화요일이었다. 월요일마다 엄마 목소리가 온 집안에 쩌렁쩌렁 울리는 일이 허다해서 핍이 모를 수 없었다. "여보, 쓰레기 내놓는 거 또 잊어버렸어?"

이틀 후면 선불폰과 운동화는 쓰레기 매립지로 옮겨져 다른 모든 것들과 함께 사라질 것이다.

핍은 자유가 될 테고, 그럼 그땐 정말 끝이었다.

핍은 집으로 돌아왔다. 다리에 힘이 빠져 현관문을 들어가는 데만도 발이 걸려 넘어질 뻔했다. 손발이, 온몸이 바르르 떨렸다. 어쩌면 이게 정상적인 신체 반응인지도 모른다. 어젯밤처럼 어쩔 수 없이 아드레날린의 힘으로 긴 시간을 버티고 난 후엔 당연한 여파인지도 모른다.

그러나 이제 해야 할 일이 더는 남아 있지 않았다. 다 해치웠다.

핍은 침대에 가로로 풀썩 쓰러졌다. 베개가 있는 머리맡까지 머리를 움직일 힘조차 없었다. 이 정도면 충분하다. 이 정도로도 충분히 편안하고 안전하고 차분했다.

계획은 끝났다. 최소한 지금으로서는 일단 모두 정지다.

더는 핍이 할 수 있는 일이 없었다. 사실 아무것도 안 해야 하는 게 맞다. 그냥 친구들과 패스트푸드 먹으러 나갔다 들어와서 잠자리에 드는 것처럼 평범하게 행동하면 된다. 다른 건 아무것도 필요없다. 이따 집 전화로 라비에게 전화해 잃어버린 휴대폰 이야기를 하면 된다. 왜냐하면 핍은 아직 라비를 만나지 못했으니까. 이 전화는 그럼 통화 기록에 남을 것이다. 새 휴대폰은 월요일에 만들러 가면 된다.

그냥 그렇게 일상적인 일들을 하면 된다. 그리고 기다린다.

그의 이름도 검색하지 않고 그 집 앞 동정을 살피러 가지도 않는다. 참을성 없이 괜히 뉴스 사이트를 새로고침 하지도 않는다. 그런 건 살인범이 할 법한 짓이고, 핍은 그런 자들관 달랐다.

뉴스야 때가 되면 들려올 것이다. 제이슨 벨이 주검으로 발견됐다고, 살인 사건이라고 말이다.

그때까지는 그냥 일상적인 생활을 하면 된다. 평범한 생활을 하는 법을 잊어버렸을지도 모르니까 시험해보면 된다.

핍의 눈꺼풀이 감기고 텅 빈 가슴은 깊은 숨소리로 채워졌다. 새로운 어두움이 슬며시 나타나 핍을 지우고 있었다.

마침내 핍은 잠이 들었다.

44

핍은 기다렸다.

얼굴과 손목의 벗어진 피부가 아물기 시작했다. 핍은 기다렸다.

월요일에도 소식은 없었다. 10시 뉴스가 흘러나오는 동안 핍은 소파에 앉아 있었다. 엄마는 아빠에게 쓰레기를 밖에 내놓으라고 잔소리를 했다.

화요일에도 소식이 없었다. 핍은 새 휴대폰을 설정하며 BBC 뉴스를 하루 종일 배경음악처럼 틀어두었다. 아무 소식도 없었다. 시체가 발견됐단 소리도 없었다. 라비가 저녁에 핍을 보러 왔을 때, 대놓고 말을 할 수 없으니 둘 다 넋 나간 얼굴로 잠깐씩 손만 서로 닿은 채 이야기를 나누는 동안에도 TV는 계속 틀어두었다. 핍의 방에 들어가 문을 닫을 때까지도 아무런 소식이 없었다.

경찰에 발견되지 않은 걸까? 그럴 리가 없다. 그 화재하며 피며, 모두 너무 자명했다. 그린 신 직원들도 모를 리 없다. 문제가 생겼다는 이야기를, 출근 못 하는 이유를 분명히 전해 들었을 것이다. 화재라든지, 범죄 현장이라든지 그런 것들 말이다. 당장이라도 검색을 해볼 수도…….

아니다. 검색은 안 된다. 그럼 흔적이 남는다.

그냥 알고 싶은 충동과 싸우며 기다려야 한다. 그 충동 때문에 잡힐 수도 있다.

잠을 자기란 어려웠다. 대체 뭘 기대한 걸까? 핍에겐 남은 약이 없었고, 어쩌면 지금이야말로 그 어느 때보다 약이 필요한 시점 같기도 했다. 눈을 감을 때마다 핍은 다시는 눈을 뜰 수 없을 것 같은 두려움에 사로잡혔다. 테이프가 눈 위를 덮을 것만 같고, 숨을 쉬려고 할 때도 테이프가 입을 덮어버릴 것 같았다. 총성처럼 들리는 심장 박동. 핍이 눈을 감을 수 있을 때라곤 오로지 피곤이 몰려올 때뿐이었다.

"거기, 잠꾸러기 씨." 엄마가 핍에게 아침 인사를 건넸다. 수요일 아침이었다. 핍은 불안불안하게 계단을 내려갔다. 이제 밑에서 세 번째 계단을 건너뛰는 건 버릇이 됐다. "오늘 아침에 집 보여주기로 한 약속이 두 건이나 취소되는 바람에 엄마가 너랑 같이 아침 먹으려고 커피랑 다 준비했지."

팬케이크였다.

핍은 주방 아일랜드 앞에 앉아 커피를 깊이 한 모금 들이마셨다. 아직 채 아물지 않은 목구멍으로 넘기자니 커피가 너무 뜨거웠다.

"너 대학 가고 나면 얼마나 보고 싶을까." 엄마가 핍 맞은편에 앉으며 말했다.

"그래봤자 맨날 볼 건데요, 뭐." 핍이 입안 가득 음식을 넣은 채 말했다. 배고프진 않았지만 그래도 엄마를 기쁘게 해주고 싶은 마음이었다.

"알아, 그래도 그게 같지가 않지. 언제 이렇게 컸을까? 시간이 너무 빠르다." 엄마가 찰나라며 손가락을 부딪혀 보이는 와중에 마침 문자 도착음이 울렸다. 엄마는 조리대에 놓아둔 휴대폰 화면을 확인했다. "무슨 일이지?" 엄마가 휴대폰을 집어 들었다. "회사에서 시오반한테 문자가 왔는데 뉴스를 틀어보라네."

갑자기 가슴이 답답하게 조여왔다. 갈비뼈가 부러지는 듯한 소리가 머릿속을 가득 채웠다. 목은 너무 서늘하고 얼굴은 너무 뜨거웠다. 아마 그 뉴스겠지? 시오반이 그런 문자를 할 이유가 딱히 그것 말고는 없을 터였다. 핍은 아무렇지 않은 듯한 표정을 유지하면서 손은 가만 두지 못하고 포크로 애먼 팬케이크만 자꾸 쑤셔댔다. "왜요?" 핍이 엄마의 심각해진 표정을 쳐다보며 지나가듯 가볍게 물었다.

"모르겠어, 그냥 뉴스 틀어보래. 학교에 무슨 일이 생겼나?" 엄마가 의자에서 일어나 서둘러 거실로 갔다.

핍은 잠깐 진정할 시간이 필요했다. 내면에 스멀스멀 피어나는 이 공포를 진정하기 위해 핍은 심호흡을 하려고 애써보았다. 드디어 때가 왔다. 모든 것이 현실이 되는 그때가. 한편으론 거짓이 필요한 시점이기도 했다. 핍은 제 인생이 걸려 있는 만큼 이제 제대로 가면을 쓰고 연기해야 한다. 핍은 포크를 내려놓고 엄마를 따라갔다.

리모컨은 이미 엄마의 손에 들려 있었고 곧 TV 화면이 켜졌다. 간밤에 핍이 켜두었던 BBC 뉴스 채널 그대로였다.

화면 아래쪽에서 올라오는 자막 때문에 화면 속 아나운서의 상반신이 절반은 가려져 있었다.

'속보.'

카메라를 쳐다보고 입을 여는 아나운서의 미간에 주름이 잡혔다.

"……버킹엄셔의 작은 마을이지만 최근 많은 비극을 겪은 곳이기도 합니다. 6년 전 이 마을 출신 청소년 두 명, 앤디 벨과 샐 싱이 안타까운 죽음을 맞이한 사건으로 전국이 떠들썩했죠. 올초에는 이곳에서 스탠리 포브스라는 남자가 총격으로 사망했습니다. 포브스는 악명높은 살인마 브런즈윅의 아들이었던 것으로 밝혀졌고, 포브스를 살해한 피의자 찰리 그린은 지난주 체포되어 기소됐습니다. 그런데 리틀 킬턴이라는 이 작은 마을 이름이 또다시 한동안 언론에 오르내릴 것 같습니다. 오늘 해당 지역 경찰의 발표에 따르면 이 지역 주민 제이슨 벨이 주검으로 발견되었습니다. 제이슨 벨은 6년 전 사망한 앤디 벨의 아버지입니다."

엄마는 충격을 받아 입을 다물지 못했다. 핍도 엄마와 같은 감정이라는 듯 똑같은 표정을 지어 보였다.

"경찰은 제이슨 벨의 사망과 관련하여 의심할 만한 정황이 있다고 판단하고 있습니다. 조금 전 아머샴 경찰서 앞에서 진행된 기자회견을 함께 보시죠."

화면은 뉴스 스튜디오에서 회색 하늘, 회색 빌딩으로 전환되었다. 핍에게도 너무나 익숙한 전경이었다. 지독한, 아주 지독한 곳이었다.

주차장에 세워놓은 단상 위 마이크가 바람에 흔들리고 있었다. 그 뒤쪽으로 호킨스 경위가 보였다. 깨끗한 셔츠, 깃이 반듯하게 선 양복 재킷 차림이었다. 녹색 누빔 재킷은 아무래도 기자회견 용으론 영 아니었던 모양이다.

호킨스 경위가 목을 가다듬었다. “안타깝게도 지난 일요일 새벽 리틀 킬턴 주민 제이슨 벨이 향년 48세로 사망했습니다. 시신은 너티 그린에 있는 그의 회사에서 발견되었습니다. 경찰은 제이슨 벨 사망 원인을 살인으로 추정하고 수사를 진행 중입니다. 아직 수사 초기 단계이기 때문에 더 자세한 내용을 확인해 드리기 어려운 점 양해 바랍니다. 경찰은 현재 토요일 늦은 저녁 시간 너티 그린 부근, 특히 위더리지레인 부근을 지나던 시민이나 목격자 제보를 받고 있습니다.”

‘목격자는 없어.’ 핍은 TV 화면 속 호킨스를 향해 눈빛으로 그렇게 말했다. 핍의 비명을 들을 수 있을 만큼 가까이 있던 사람은 없었다. 그리고 방금, 토요일 늦은 저녁 시간이라고 한 건가? 맞지? 그게 몇 시경을 의미하는 걸까? ‘늦은 저녁’이라고 하면 오후 7시, 어쩌면 사람에 따라 그보다 이른 시간이 될 수도 있었다. 너무 광범위하고 막연한 표현이었다. 저것만으론 과연 경찰이 알아냈는지 아닌지 핍은 확인할 수가 없었다.

“질문 있습니까?” 호킨스가 말을 멈추고 카메라 너머를 쳐다보았다. “네, 말씀하시죠.” 그가 누군가를 가리켰다.

화면 너머에서 들려오는 목소리. “사망 원인은요?”

호킨스가 얼굴 근육을 쫙 펴 보였다. “수사 진행 중인 사건입니다. 언급이 어려운 점 양해 바랍니다.”

머리에 누군가 망치를 내리쳤지, 핍이 속으로 대답했다. 최소한 아홉 번은 내리쳤을 거다. 불필요한 수준의 폭력이었다. 분노, 분노가 개입된 죽음이었다.

“너무 끔찍하다.” 엄마가 양손으로 얼굴을 감쌌다.

핍도 고개를 끄덕였다.

카메라 뒤에서 또 다른 목소리가 들려왔다. “혹시 이번 사건이 딸 앤디의 죽음과도 관련이 있습니까?”

호킨스가 그 남자를 잠시 쳐다보았다. “앤디 벨이 비극적으로 사망한 것은 6년도 더 된 일이고, 앤디 벨 사건은 지난해 종결되었습니다. 앤디 벨 실종 당시 제가 직접 수사를 담당했고요. 벨 가족과도 친분이 있는 사람으로서 제이슨에게 무슨 일이 벌어진 것인지, 살인범이 누구인지 꼭 밝혀내겠습니다. 감사합니다.”

호킨스가 단상을 내려오며 휙 손짓을 해 보였다. 화면은 다시 스튜디오로 바뀌었다.

“끔찍하다, 너무 끔찍해.” 엄마가 고개를 절레절레 저었다. “어쩜 저럴 수가 있니. 가족이 다 너무 안됐어. 제이슨 벨이 죽었다니. 그것도 살해당했다니.” 핍을 돌아보던 엄마의 표정이 돌연 딱딱하게 굳었다. “안 돼.” 엄마는 손가락 하나를 들어 보이며 단호한 목소리로 말했다.

지금 핍의 표정이 어디가 어때서 엄마가 저런 반응인 건지 핍은 알 수가 없었다. 제이슨 벨은 죽어 마땅했다. 하지만 핍의 그런 속마음을 엄마가 핍의 얼굴만 보고 읽어내진 못하겠지? “뭐가요?” 핍이 물었다.

“지금 네 눈이 왜 그렇게 반짝반짝한지 엄마가 알지. 이 사건은 네가 나설 일 아니야. 시작도 하지 않는 거야, 알지?”

핍이 다시 TV 화면으로 시선을 돌리며 어깨를 으쓱해 보였다.

하지만…… 이건 핍이 나설 일이었다.

그래, 그게 핍이 할 일이었다. 물론 조금 전 엄마의 말을 듣기 전까진 미처 생각조차 못 하고 있었다지만 말이다. 수사는 원래 핍이 늘 하던 일이었다. 죽은 사람들, 실종된 사람들 이야기에 관심을 갖고 그 이유와 상황을 추적하는 일이야말로 평소의 핍이 할 법한 일이었다. 그리고 핍은 사람들의 예상에 어긋나지 않게 평소처럼 행동해야 했다.

계획의 마지막 장이 시작되고 있었다. 이미 지난밤 라비와 긴장 속에서 몇 번씩 되새기고 또 되새긴 이야기였다. 방관하진 않되 너무 많이 개입하지도 않는다. 방향을 보여주되 유도하진 않는다.

경찰에게 범인은 무조건 존재한다. 어디에서 찾아내야 하는지가 관건일 뿐이다.

핍은 경찰에게 어디로 가야 하는지 옳은 방향을 슬쩍 보여줄 것이다. 핍이 남겨둔 증거가 가리키는 범인을 찾을 수 있도록 말이다. 핍에겐 평소와 다름없는, 예상에 어긋나지 않는 완벽한 방법이 있었다. 핍의 팟캐스트가 그 방법이었다.

'여고생 핍의 사건 파일 시즌 3: 누가 제이슨 벨을 죽였나?'

이미 첫 번째 인터뷰 대상도 정해졌다.

45

어둠 속에서 노트북 화면의 불빛만이 핍의 얼굴을 비추고 있었다. 눈 주변으로 멍 자국 같은 그림자가 생겨 있었다. 귓가에는 카페 사장님 재키의 목소리, 그리고 핍 자신의 목소리가 흘러나오고 있었다. 어제 녹음한 인터뷰였다. 배경에 카라 목소리도 웅얼웅얼 깔렸다. 인터뷰는 완벽했다. 핍은 듣고 싶은 말을 유도하기 위해 재키를 딱 적당히 몰아붙였고, 그 결과 인터뷰 속 발언들은 서로 춤을 추듯 어우러지며 침묵마저 완벽하게 들어맞았다. 재키가 맥스의 이름을 언급할 때 이 사이로 새어 나오는 그 소리에 핍의 뒷덜미 머리털까지 곤두섰다.

핍은 한밤중에 그 인터뷰를 다시 들어보았다. 낡은 흰색 이어폰을 노트북에 꽂고 들었다. 핍의 검정 헤드폰은 아마 조쉬가 피파 게임을 할 때 쓰려고 몰래 가져간 모양이었다. 상관없다. 조쉬가 원하는 게 있으면 얼마든지 가져가도 된다. 불과 일주일 전만 해도 핍은 다시는 조쉬를 보지 못하는 줄, 조쉬에게 떠올리고 싶지 않은 그런 망령이 되는 줄만 알았다. 조쉬가 원하는 거라면 뭔들 못 쓰게 하겠는가? 핍은 그 두 배로 조쉬를 사랑해 줄 테다.

오디오 프로그램에 핍의 목소리가 삐죽삐죽 솟은 파란 선으로 시각화돼 나타났다. 단호해야 할 땐 단호했고 조용해야 할 땐 조용했다. 오르락내리락, 산과 계곡의 반복이었다. 핍은 클립 하나를 따로 떼어내 새 파일로 복사했다.

핍은 며칠 후 호킨스가 이 대화를 듣는 모습, 시간을 초월해 핍이 줄을 잡아당기며 조종하는 대로 의자에서 벌떡 일어나 녹음 파일에 귀를 기울이는 모습을 상상했다. 맥도날드 CCTV에 찍힌, 카메라를 보고 씩 웃고 있는 과거의 핍이 현재 시점에서 그를 조종하게 되겠지. 오디오 파일에 맥스의 이름을 공개할 순 없었다. 호킨스가 직접 그 이름을 찾아내야 한다. 다만 경찰 수사의 방향만 핍이 보여주는 것뿐이다.

호킨스 당신은 그냥 흔적을 따라가기만 하면 된다. 가장 저항이 적은 길, 그가 따라가야 할 단 하나의 길이 여기 있었다. 전에도 그는 이런 길을 걸어간 적이 있었고, 그 길 끝엔 샐 싱이 있었다. 아무래도 핍이 호킨스를 위한 길을 너무 쉽게 닦아놓았다. 이제 호킨스가 할 일은 그냥 그 길을 따라가는 것뿐이다. 핍이 그를 위해 꾸며놓은 세상으로 발을 들이기만 하면 된다.

파일명:

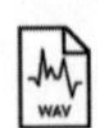

AGGGTM 시즌 3 티저: 누가 제이슨 벨을 죽였나?.wav

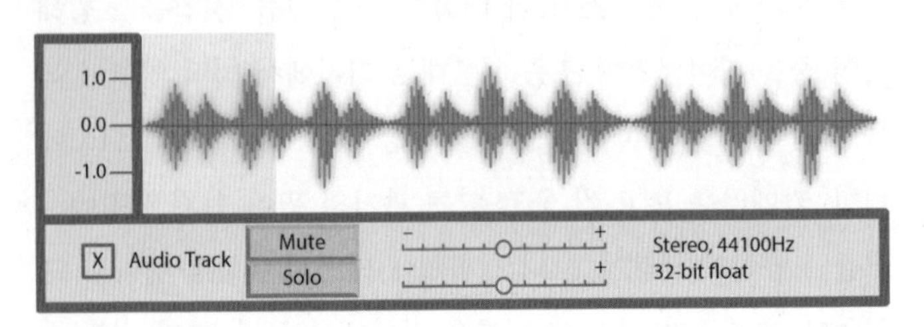

[인트로 재생]

[클립 삽입]

아나운서: *버킹엄셔의 작은 마을 […] 최근 많은 비극을 겪은 곳이기도 합니다. […] 오늘 해당 지역 경찰의 발표에 따르면 이 지역 주민 제이슨 벨이 주검으로 발견되었습니다. […] 경찰은 제이슨 벨의 사망과 관련하여 의심할 만한 정황이 있다고 판단하고…… […]*

[클립 종료]

[경찰 사이렌 음성 삽입]

핍: 안녕하세요, 핍 피츠-아모비입니다. 6년도 더 지난 일이지만 제가 살고 있는 작은 마을에 두 명의 십 대 청소년이 살해당했습니다. 몇 달 전엔 한 남자가 총에 맞아 죽었죠. 옛말 중에 세 가지 일이 꼭 함께 닥친단 말이 있죠. 살인 사건도 예외가 아닌가 봅니다. 이렇게 작은 마을에서 이번 주 우리는 또 다른 죽음을 전해 들었습니다.

[클립 삽입]

호킨스 경위: *지난 일요일 오전 새벽 리틀 킬턴 주민 제이슨 벨이 […] 시신은 너티 그린에 있는 그의 회사에서…….*

[클립 종료]

핍: 제이슨 벨, 그러니까 앤디-베카 벨 자매의 부친이 지난주 리틀 킬턴 인근 지역에 위치한 그의 회사에서 주검으로 발견되었습니다.

[클립 삽입]

호킨스 경위: *경찰은 제이슨 벨 사망 원인을 살인으로 추정하고…….*

[클립 종료]

핍: 사고사도, 자연사도 아니었죠. 누군가 그를 살해했습니다. 그러나 타살이라는 것 외에 이 사건과 관련해 알려진 내용은 거의 없습니다. 경찰이 그 일대 목격자를 찾는 정보를 기반으로 미루어 짐작하건대 사건은 9월 15일 저녁 발생한 것으로 추정됩니다. 제이슨의 사체는 부지 관리 및 청소 용역업체인 그린 신, 클린 신 리미티드라는 회사에서 발견되었습니다. 이 회사는 제이슨 소유였고요. 지금까지 알려진 것은 이게 다입니다. 정보가 많지는 않지만 한 가지는 확실하죠. 제이슨의 살인범은 현재 바깥세상을 활보하고 다니고 있고 누군가 그자를 잡아야 할 것이라는 점. 사건 파일 이번 시즌에서는 경찰 수사와 별도로 이 사건을 한번 풀어나가볼까 합니다. 누군가 제이슨을 죽였다는 건 제이슨이 죽기를 바란 사람이 있었단 뜻일 테고, 어딘가에

는 분명 흔적이 있을 겁니다. 작은 동네에선 입에서 입으로 이야기가 퍼지곤 하죠. 그리고 지난주 동네에선 많은 이야기가 오갔습니다. 모두들 비밀 이야기를 속닥대고 은밀한 시선을 주고받았죠. 귀를 기울일 가치도 없는 이야기가 대부분이지만 가끔씩 그냥 무시하고 넘어갈 수 없는 이야기가 있기도 하죠.

[클립 삽입]

핍: *재키, 안녕하세요. 소개부터 할게요. 리틀 킬턴에서 카페를 하고 계시죠. 하이스트리트에서요.*

재키: *맞아요, 그렇습니다.*

[…]

핍: *무슨 일이 있었는지 말씀해주실 수 있을까요?*

재키: *음, 몇 주 전에 제이슨 벨이 우리 카페에 왔었어요. 주문을 하려고 줄을 서 있었죠. 원래 자주 오는 손님이긴 했어요. 그런데 그날 제이슨 벨 앞에 줄을 서 있었던 손님이 마침…… [---삐---] 제이슨도 지지 않고 그를 밀쳤고, 커피가 쏟아졌죠. […] 눈앞에서 알짱대지 말라고 하더라고요.*

핍: *몸싸움이 있었단 말씀이신가요?*

재키: *네, 꽤나 격렬했어요. 제가 보기엔 화도 많이 난 것 같았고요. […] 둘이 서로 싫어하는 건 확실해 보였어요.*

핍: *이게 그러니까 제이슨이 죽기 2주 전에 있었던 일이란 말씀이시죠?*

재키: *맞아요.*

핍: *혹시 [삐-]가 제이슨을 살해한 범인이라고 생각하세요?*

재키: *아뇨, 저는…… 아니, 당연히 아니죠. 그냥 두 사람 사이에 전부터 악감정이 있더라, 그런 얘기일 뿐이에요.*

핍: *불화가 있었다?*

재키: *네, […] 무엇보다 [삐-]가 제이슨의 딸 베카에게 한 짓이 있으니까요. 아무리 유죄판결이 나오진 않았다고 해도요. 제이슨이 미워할 이유는 충분했다고 봐요.*

[클립 종료]

핍: 정체는 아직 알 수 없지만 벌써 관련 인물 목록에 한 사람이 추가되었네요. 이와 관련한 모든 내용이 이번 시즌 1화에서 공개됩니다. 여고생 핍의 사건 파일 시즌 3, '누가 제이슨 벨을 죽였나?' 기대해주세요.

[클립 삽입]

호킨스 경위: *제이슨에게 무슨 일이 벌어진 것인지, 살인범이 누구인지 꼭 밝혀내겠습니다.*

[클립 종료]

핍: 저도 꼭 밝혀내겠습니다.

46

시작은 전화 한 통이었다.

"핍, 잘 지냈나? 호킨스 경위네. 혹시 오늘 시간 되면 잠깐 서에 나와 이야기를 좀 할 수 있을까 하는데?"

"네." 핍이 대답했다. "무슨 일이신데요?"

"며칠 전에 게시한 팟캐스트 트레일러 관련해서 말인데, 제이슨 벨 사건 관련 말이야. 그냥 몇 가지 물어보고 싶은 게 있어서. 출석 의무가 있는 건 아니고."

핍은 생각하는 척했다. "네, 알겠습니다. 한 시간 정도 후에 괜찮을까요?"

그리고 한 시간이 흘러 핍은 이 지독한, 아주 지독한 곳 앞에 와 있었다. 회색 아머샴 경찰서 건물을 마주하자 핍의 가슴속에서는 총성이 들려왔고 손엔 땀과 스탠리의 피가 흥건했다. 핍은 차 문을 잠그고 붉게 물든 손을 청바지에 닦았다.

핍은 라비에게 전화를 걸어 지금 경찰서에 간다고 이야기했다. 라비는 '젠장'만 연발할 뿐 별다른 말은 없었다. 핍은 괜찮다고, 겁먹을 필요 없다고 라비를 진정시켰다. 이건 충분히 예상한 범주 내의 일이었다. 핍은 간접적으로 사건에 관여돼 있었다. 재키와의 인터뷰를 통해서든 그날 밤 맥스의 변호사에게 건 전화를 통해서든 말이다. 이번에 출석 요청을 받은 건 바로 그건들 때문일 터이고, 핍은 자기가 해야 할 일을 정확히 알고 있었다. 핍은 이번 살인 사건에서 주변 인물이었다. 사건 전개의 중심에 있지 않았다. 호킨스는 그냥 핍에게서 정보를 원하는 것뿐이다.

그리고 핍도 호킨스를 통해 정보를 얻길 원했다. 어쩌면 이게 그 기회일지도 모른다. 핍이 도저히 떨쳐버릴 수 없는 그 질문, 매 순간 잠재의식 속에 자리 잡고 있는 바로 그 질문에 대한 답을 알 수 있는 기회. 경찰에서 과연 알아냈는지, 사망 시간대를 조작한 것이 과연 먹혔는지 아닌지를 알아낼 수 있는 기회 말이다. 조작이 먹혔다면 핍은 자유였다. 살아남을 수 있다. 핍은 그 자리에 있었던 적도 없거니와 제이슨 벨을 죽인 적도 당연히 없다. 행여 사망 시간대 조작이 먹히지 않았다면…… 그렇다 하더라도 지금부터 그 걱정을 할 필요는 없다. 핍은 꼬리에 꼬리를 무는 생각을 머릿속 저 깊숙하고 어두운 구석에 집어넣고 자동문으로 걸어 들어갔다.

"아, 핍 왔구나." 유치장 담당관 일라이자가 접수대 건너편에서 핍을 향해 절제된 미소를 지어 보였다. "지금은 보시다시피 좀 정신이 없네." 일라이자의 손가락이 서류 한 뭉치 위를 바쁘게 움직이고 있었다.

"호킨스 경위님한테 아까 전화가 왔는데 서에서 좀 보자고 하시더라고요." 핍은 떨리는 손을 일라이자에게 들키지 않으려 뒷주머니에 손을 찔러넣었다. 진정하자. 진정해야 한다. 속에서야 와르르 무너져내리고 있을지언정 겉으로 그렇게 보여선 안 된다.

"아, 그래." 일라이자가 한발 물러섰다. "그럼 도착했다고 말씀드릴게."

핍은 기다렸다.

핍도 일면식이 있는 경찰관 소라야가 서둘러 접수대를 지나가다가 잠깐 멈춰서서 핍에게 인사를 건넸다. 이번엔 핍이 피를 뒤집어쓰고 있는 상태는 아니었다. 최소한 겉에서 볼 땐 멀쩡했다.

소라야가 잠겨 있는 안쪽 문을 지나 들어갈 때 반대편에서 다른 누군가가 걸어 나왔다. 호킨스 경위였다. 힘없는 머리를 뒤로 넘긴 호킨스는 평소보다 더 창백한, 잿빛에 가까운 안색을 하고 있었다. 마치 이곳에서 너무 많은 시간을 보낸 탓으로 건물색에 물들어버리기라도 한 것처럼, 이 건물이 그를 삼켜버리기라도 한 것처럼 말이다.

제이슨의 사체가 발견된 후로는 아마 호킨스도 제대로 잠을 자지 못했을 것이다.

"핍, 이쪽으로." 호킨스 경위가 핍에게 신호를 해 보였고 핍은 호킨스를 따라갔다.

같은 복도를 핍은 다시 걸어갔다. 지독하고 끔찍한 곳에서 더욱 지독하고 끔찍한 곳으로, 핍은 다시 시간을 추월해 제 발걸음을 따라 걸었다. 그러나 지금은, 지금 이 핍은 생전 처음 죽음을 목격하고 겁에 질렸던 그 소녀와는 달랐다. 지금의 핍은 스스로를 통제할 수 있었다. 겉으로 보기엔 핍이 지금 호킨스를 따라 3번 취조실로 들어가는 것 같겠지만, 실상은 핍이 이끄는 대로 호킨스가 따라오는 것이나 다름없었다.

"자, 앉지." 호킨스 경위가 핍에게 의자를 가리켜 보인 다음 자기 자리에 앉았다. 호킨스 옆에는 파일이 가득 든 상자가 바닥에 놓여 있었고, 철제 책상 위엔 녹음기가 있었다.

핍이 자기 의자 끄트머리에 걸쳐 앉아 고개를 끄덕해 보이며 준비됐단 신호를 보냈다.

그러나 호킨스는 바로 입을 열지 않고 핍을 그냥 지켜보고만 있었다. 눈을 맞추지 않고 시선을 피하는 핍을.

"그럼," 핍이 목을 가다듬으며 말했다. "뭘 물어보고 싶으신 거예요?"

호킨스는 자리에 그대로 앉은 채 녹음기를 향해 앞으로 손을 뻗었다. 목 쪽에서 우두둑 뼈 소리가 났다. "핍도 알겠지만 이게 강제 출석도 아니고 수사라기보단 그냥 질문에 답을 해주면 되는 정도이긴 해도, 또 아무렇게나 조사를 진행할 순 없는 거라 오늘 조사 내용도 녹음을 할 거야." 호킨스의 눈이 핍의 얼굴을 살폈다.

그래, 핍도 그쯤은 알고 있다. 뭐가 됐든 경찰에서 핍이 정말 이 사건과 관련이 있다고 심각하게 조사 중이라면 핍은 이미 체포됐을 것이다. 이건 그냥 일반적인 절차에 지나지 않았다. 그러나 이상한 건 호킨스의 눈빛이었다. 핍이 겁먹길 바라는 듯한 저 눈빛. 하지만 핍은 겁먹지 않았다. 여기서 주도권을 쥐고 있는 건 핍이다. 핍이 고개를 끄덕였다.

호킨스가 녹음 버튼을 눌렀다. "저, 호킨스 경위는 9월 25일 화요일 오전 11시 31분 피파 피츠-아모비의 진술을 청취합니다. 진술인은 제이슨 벨 사망 사건 관련 경찰 조사에 자발적으로 참여를 응하였으며, 언제든 원하는 경우 진술을 중단할 수 있습니다. 이해하였습니까?"

"네." 핍이 녹음기를 향해 대답했다.

"진술을 거부해도 됩니다. 그러나 질문에 대한 답을 거부할 경우 법정에서 진술인에게 불리하게 작용할 수 있으며, 진술인의 진술은 유죄의 증거로 사용될 수 있습니다." 호킨스가 다시 의자 등받이에 등을 기대고 앉았다. 의자에서 끼익 소리가 났다. "그래," 호킨스가 입을 열었다. "팟캐스트 새 시즌 트레일러가 나왔더라고? 나도 수십만 청취자 가운데 하나로 트레일러를 들었어요."

핍이 어깨를 으쓱했다. "이 사건 관련 도움을 요청하시려나 했네요. 특히나 과거에 제가 경위님 사건을 두 건이나 해결한 적이 있기도 하고요. 오늘 부르신 게 이것 때문인가요? 저한테 도움을 구하시려고요? 팟캐스트 방송용 특종감이라도 주시려는 거예요?"

"아니, 핍." 호킨스의 이 사이로 공기가 새어 나가며 소리가 났다. "네 도움은 필요하지 않아. 이건 공식적으로 수사 중인 사건, 살인 사건이라고. 핍도 온라인에 중요 정보를 게재하고 수사를 방해하는 행위를 하면 안 된다는 건 알고 있겠지. 사법 시스템이란 게 그렇게 작동하지 않아. 언론에 적용되는 기준이 핍한테도 똑같이 적용되는 거고. 모독죄 적용이 될 수 있다고 보는 사람도 있어."

"저는 그냥 트레일러만 올렸지 딱히 '중요 정보'라고 할 만한 걸 공개한 기억이 없는데요." 핍이 대꾸했다. "사건 디테일 관련해서 경위님이 기자회견 중 하신 말씀 말고 제가 아는 것도 하나도 없고요."

"팹 네가 인터뷰를 공개했잖아. 누구 인터뷰였냐면……" 호킨스가 메모를 얼른 확인했다. "재키 밀러 인터뷰. 제이슨 벨의 살인범이 누군지 추측을 하는 내용도 나오고 말이야." 호킨스는 마치 팹을 상대로 점수라도 넣은 것처럼 눈을 크게 떴다.

"인터뷰 전체를 공개하진 않았어요." 팹이 말했다. "흥미로운 부분만 공개했죠. 그리고 우리가 이야기를 나눈 사람 이름도 언급하지 않았고요. 그랬다가 나중에 재판에 영향이 있을 수 있단 걸 저도 아니까요. 저도 다 알고 하는 거예요."

"맥락상 누구 이야기인지는 꽤 명확하던데 말이야." 호킨스가 바닥에 놓인 파일 상자에 손을 뻗으며 말했다. 호킨스가 다시 의자에 똑바로 앉았을 땐 한 손에 작은 서류뭉치가 들려 있었다. "팹의 팟캐스트 트레일러를 듣고 나서 경찰 조사 차원에서 나도 재키와 직접 이야기를 나눠봤지." 호킨스가 팹을 향해 서류 뭉치를 흔들어 보였다. 녹취록인 것을 팹도 알아볼 수 있었다. 호킨스가 철제 책상 위에 서류를 내려놓고 페이지를 넘겼다. "'맥스 헤이스팅스와 제이슨 벨 사이에는 적잖은 악의적 감정이 서로 있었던 것 같아요.'" 호킨스가 소리 내어 읽었다. "'하이스트리트에서 카페를 하는 사람이다 보니 이런저런 동네 소문들을 많이 듣는데…… 맥스가 베카에게 한 짓을 생각하면, 그리고 그것 때문에 결국 앤디가 죽음에 이르렀다고 생각하면, 제이슨이 맥스를 분명 싫어했겠죠…… 맥스도 제이슨을 좋아하지 않는 것 같았고요…… 분노가 크게 느껴졌어요. 꽤 격렬했죠. 우리 카페에서 그런 일이 생긴 건 처음이었어요. 그리고 핍 말마따나, 결국은 그게 제이슨 벨이 죽기 불과 2주 전 있었던 일이니까 의식이 되는 것 아니겠어요?'" 호킨스가 이쯤에서 녹취록 읽기를 멈추고 핍을 쳐다보았다.

"아주 일반적인 수사의 첫 단계 같은데요." 핍은 시선을 피하지 않고 말했다. 핍이 먼저 시선을 돌리진 않을 것이다. "피해자의 일상 중에 혹시 최근 평소와는 다른 일이 있었는지 알아봄으로써 피해자에 대해 나쁜 감정을 가진 사람이 있는지, 잠재적인 관련 인물을 확인하는 작업이니까요. 살인까지 이어질 수 있는 폭력적 사건이 있었다, 그리고 그런 사건을 목격한 사람과 이야기를 나눴다…… 제가 선수 쳐서 죄송해요."

"맥스 헤이스팅스." 호킨스가 그 이름을 내뱉었다. 세 번의 '스' 소리가 공격적으로 들렸다.

"동네 사람들한테 별로 호감을 사진 못한 것 같죠." 핍이 말했다. "적이 많아요. 제이슨 벨도 분명 그중 하나였던 것 같고요."

"'적이 많다.'" 호킨스가 핍의 말을 따라했다. 그의 눈빛이 심각해졌다. "핍도 그 적 중 하나인가?"

"저야," 핍이 눈썹을 이마까지 들어 보이며 말했다. "싫어하죠, 맞아요. 그 사람은 연쇄 강간범이고 제가 아끼는 사람들에게 상처를 주고도 법망을 잘도 빠져나갔으니까요. 하지만 제가 과연 그 사람한테 세기의 적이라고 불릴 만한 영예를 누려도 될진 모르겠네요."

"맥스가 소송을 건다지?" 호킨스가 펜을 집더니 펜으로 이를 톡톡 때렸다. "맥스의 성폭력 혐의에 대한 판결이 나오던 날, 네가 소셜 미디어에 글과 음성 파일을 올린 게 명예훼손이라고 말이야."

"네, 그럴려고 했었죠." 핍이 대답했다. "아까도 말씀드렸지만 차암 좋은 사람이죠. 실은 법정까지 안 가도록 합의 중이에요."

"흥미롭군." 호킨스가 말했다.

"그래요?"

"음." 호킨스가 손에 든 펜을 딸깍대고 누르자 핍의 귀에 'DT, DT, DT' 소리가 들려왔다. "우리가 그동안 이런저런 일로 마주칠 일도 많았고 해서 나도 핍을 어느 정도 안다고 생각하는데 말이야. 그런 핍이 돈을 주고 합의를 하겠다는 건 정말 깜짝 놀랄 일인걸. 핍이라면 끝까지 싸울 것 같은데 말이야."

"대체로 그런 편이긴 하죠." 핍이 고개를 끄덕였다. "하지만 전 이미 법원에 신뢰를 잃었는걸요. 형사가 됐든 민사가 됐든 사법 시스템에 이제 신뢰란 게 없어요. 지치기도 했고요. 다 끝내고 그냥 대학에서 새롭게 시작하게요."

"그럼 그 결정은 언제 내린 거지? 합의하겠단 결정?"

"최근에요." 핍이 대답했다. "전전 주말이요."

호킨스가 고개를 끄덕이며 박스 맨 위 파일에서 다른 종이 한 장을 꺼냈다.

"이 명예훼손 건으로 맥스 헤이스팅스를 맡고 있는 크리스토퍼 엡스 변호사와 이야기를 해보았어. 엡스 변호사 말론 9월 15일 토요일 밤 9시 41분 핍한테 전화가 와선 자기가 몇 주 전에 제안한 조건을 받아들이겠다고 했다던데?"

핍이 고개를 끄덕였다.

"전화를 걸긴 좀 이상한 시각 아닌가? 토요일 밤 늦은 시각인데?"

"글쎄요. 언제든 전화해도 된다고 하셔서요. 하루 종일 고민 끝에 결심이 섰고, 일단 그렇게 결정을 내린 이상 굳이 더 기다릴 이유가 없었어요. 제가 알기론 당장 월요일 아침에 소장을 제출할 계획이었을걸요."

호킨스가 고개를 끄덕이며 그 종이 위에 무언가 메모를 남겼다. 핍에겐 거꾸로 보여 내용을 읽긴 어려웠다.

"제가 맥스 헤이스팅스 쪽 변호사랑 무슨 얘길 나눴는지는 왜 물어보세요?" 핍의 눈에 의심의 눈초리가 서렸다. "그 얘기는 지금 경찰이 맥스를 관련 인물로 조사하고 있단 뜻인가요?"

호킨스는 아무 대답도 하지 않았지만 핍은 굳이 그의 답이 필요하지 않았다. 이미 답은 나왔다. 핍이 크리스토퍼 엡스에게 전화를 건 사실을 호킨스가 알고 있다는 얘기는 엡스 변호사가 핍의 전화를 받은 직후 맥스에게 전화를 했단 사실을 호킨스가 파악하고 있단 뜻이었다. 그리고 엡스 변호사와 맥스의 통화 사실을 호킨스가 알고 있다는 건 호킨스가 맥스의 통화 기록을 볼 수 있었단 얘기다. 맥스의 통화 기록을 살펴보는 데엔 아마 영장도 필요 없었을 것이다. 맥스는 변호사 조언을 따라 숨길 것이 없다고 생각해 자발적으로 휴대폰을 제출했을 테니까 말이다.

호킨스는 이미 변호사가 맥스에게 전화를 건 시각, 그리고 그 이후 맥스의 엄마와 아빠가 각각 맥스에게 전화를 건 시각에 맥스가 사건 현장에 있었다고 가정했을 것이다. 그럼 이제 맥스의 집과 차에 대한 수색영장을 발부받을 수 있는 상당한 이유도 생기게 된다. 맥스의 DNA 샘플을 채취해 현장에서 발견된 DNA와 대조해야 하니까 말이다. 다만 한 가지, 맥스가 그곳에 있었던 시각과 제이슨의 사망 시간대가 일치해야 했다. 그리고 이 마지막 한 가지가 아직 확실하지 않았다.

핍은 호킨스를 빤히 쳐다보며 행여 그런 속내가 제 얼굴에 드러나지 않도록 애를 썼다. 눈을 가늘게 뜨고 관심은 보이되 지나친 관심은 자제하려 했다.

"제이슨 벨이랑은 얼마나 잘 아는 사이였나?" 호킨스가 가슴팍 앞으로 팔짱을 끼며 물었다.

"경위님만큼 잘 알진 못했고요." 핍이 대답했다. "그 사람에 대해서야 알긴 꽤 알았는데, '잘 아는 사이'였는진 모르겠어요. 말이 되나요? 딱히 한 번도 제대로 대화를 나눠본 적도 없거든요. 물론 앤디 사건을 조사할 당시 그 부친에 대해서도 많이 알아봤죠. 그러니까 서로 마주칠 일이야 적잖이 있었지만 그렇다고 잘 아는 사이는 아니었어요."

"그런데도 제이슨 벨을 죽인 범인을 꼭 알아내겠다? 팟캐스트 방송을 하려고?"

"그거야 제가 원래 하던 일이니까요. 잘 아는 사이가 아니었다고 해서 그 사람에게 정의를 찾아줄 노력을 하지 말아야 하는 건 아니잖아요. 리틀 킬턴에서 일어난 사건들은 제가 또 관여해야 해결이 되는 거 같기도 하고요."

호킨스가 테이블 너머로 웃음을 터뜨리며 까끌까끌한 수염을 만지작댔다.

"핍이 팟캐스트 시즌 1을 막 방송한 직후에 제이슨이 나한테 그런 말을 한 적이 있어. 언론이며 온라인 댓글이며 다들 자기를 못살게 군다고. 그럼 제이슨은 핍을 좋아하지 않았다는 얘기가 되나? 과거에 그런 발언을 했으니까?"

"글쎄요, 그게 이거랑 무슨 상관이 있는지 모르겠네요. 제이슨 벨이 절 싫어했든 어쨌든 그 사람한테도 정의는 필요한 거고 저도 제가 할 수 있는 일을 하는 건데요."

"최근 제이슨 벨과 연락을 해본 적이 있나?" 호킨스가 물었다.

"최근이요?" 핍이 기억을 더듬듯이 천장을 쳐다보았다. 멀리 생각할 것도 없었다. 핍이 제이슨의 시체를 나무들 사이로 끌고 간 게 당장 10일 전 일에 불과했다. 그 이전이라면 제이슨에게 그린 신과 DT 살인범 이야기를 물으러 그의 집을 찾아간 때가 되겠다. 하지만 호킨스는 그 일은 절대 알지 못할 것이다. 핍은 이미 이 사건에 두 개의 간접적 연결고리가 있었다. 제이슨과 최근에 연락한 적이 있었다고까지 하면 위험도 너무 크거니와, 그게 핍의 DNA 샘플을 채취할 수 있는 영장을 청구할 만한 상당한 이유가 될 가능성도 있었다. 특히 호킨스가 저런 눈빛, 샅샅이 뒤져내고 말겠다는 눈빛으로 핍을 바라보고 있는 지금 이런 상황에서는 더더욱 말이다. "아뇨, 얘기한 적도 없지만 본 적도 없어요. 마지막으로 본 게 한 몇 달은 된 것 같은데요." 핍이 대답했다. "마지막으로 본 게 아마 앤디랑 샐의 6주년 추도식 때일 거예요. 기억하시죠? 경위님도 계셨잖아요. 그날이 제이미 레이놀즈가 실종된 날 밤이었죠."

"그럼 핍이 마지막으로 제이슨을 본 걸로 기억하는 날이 그때란 말이지?" 호킨스가 물었다. "그러니까 4월 말?"

"네."

앞에 놓인 유선 노트에 호킨스가 다시 펜으로 끼적대고 무언가를 적었다. 펜촉이 종이 위로 움직이는 그 소리에 핍의 뒷덜미가 서늘해졌다. 뭘 적는 거지? 그리고 그 순간 핍은 이 야릇한 느낌을 떨쳐버릴 수가 없었다. 지금 핍의 맞은편에서 핍을 상대로 질문을 던지고 있는 건 호킨스가 아니었다. 1년 전의 핍 자신이었다. 맥락이야 어찌 됐든, 숨 막히는 회색 영역 따윈 안중에도 없이 진실만이 중요하다고 생각했던 열일곱 살의 핍. 진실만이 목표요, 여정이었고 그건 호킨스 경위에게도 마찬가지였다. 그러니까 지금 핍 저편에 앉은 건 과거의 핍 자신이었다. 이건 과거의 핍과 그사이 달라진 현재의 핍 간의 대결이다. 그리고 지금 여기 앉은 핍이 무조건 이겨야 한다.

"엡스 변호사한테 전화를 건 번호 말인데." 호킨스가 인쇄된 종이 위에 손가락을 짚으며 말했다. "이건 핍의 폰 번호가 아닌데. 집 번호도 아니고."

"네. 친구네 집 전화로 걸었어요."

"왜지?"

"그때 친구 집에 있어서요." 핍이 대답했다. "그리고 그날 전화기를 잃어버렸고요. 제 휴대폰이요."

호킨스가 책상 가까이 몸을 기울였다. 핍의 말을 곱씹는 호킨스의 꾹 다문 입술이 직선이 되어 있었다. "그날 휴대폰을 잃어버렸다고? 15일 토요일에?"

핍은 고개를 끄덕이다 뒤늦게 호킨스의 시선을 보곤 녹음기에 대고 대답했다. "네. 오후에 달리기를 하러 나갔었는데 주머니에서 빠졌나 봐요. 도저히 찾을 수가 없더라고요. 지금은 새 폰으로 바꿨어요."

호킨스 경위가 또다시 무언가를 끼적였다. 또다시 핍의 등골에 번지는 서늘함. 뭘 또 적는 거지? 지금 이 상황에서 통제권은 핍이 쥐고 있다. 핍이 모르는 게 있을 순 없다.

"핍." 호킨스가 잠시 말을 멈추고 핍의 얼굴을 살폈다. "9월 15일 토요일 오후 9시 반부터 자정 사이 시간에 어디 있었는지 얘기해줄 수 있겠나?"

자, 드디어 나왔다. 마지막 미궁이 풀렸다.

핍의 가슴속에서 무언가 느슨해지며, 총성처럼 요란하게 뛰던 심장 주변으로도 이제 숨 쉴 여유가 조금 생겼다. 어깨 위의 무게는 가벼워졌고 악물었던 턱의 긴장도 풀렸다. 손에 묻은 피는 피가 아닌 땀이었다.

해냈다.

끝났다.

핍은 무표정을 유지하려고 했지만 자꾸만 입가가 씰룩대며 올라가는 느낌이 들었다. 보이지 않는 미소가, 보이지 않는 안도의 한숨이 흘러나왔다.

호킨스가 핍에게 밤 9시 반부터 자정 사이에 어디 있었는지 물었단 얘기는 곧 그 시간대가 제이슨의 사망 추정 시간대란 얘기였다. 두 사람이 해냈다. 세 시간 이상 사망 시간을 지연시켰고, 이제 핍은 안전했다. 살아남았다. 그리고 라비도, 핍의 요청에 핍을 도와준 다른 모든 친구들도 이제 다 괜찮다. 이제 핍이 제이슨 벨을 죽인 살인범이 될 가능성은 없었다. 핍은 이미 다른 데 정신이 팔려 있었다. 너무 술술 대답하면 안 된다. 너무 미리 준비한 티를 내서도 안 된다.

"제이슨 벨이 죽은 날 밤 말씀이세요?" 핍이 확인하듯 물었다.

"그래, 그날 밤."

"음, 친구네 집에 갔고요……."

"친구 누구?"

"카라 워드요. 나오미 워드랑요." 핍은 진술을 들으며 메모를 하는 호킨스의 모습을 지켜보았다. "호그힐에 살아요. 거기서 엡스 변호사한테 전화를 했는데…… 아까 몇 시라고 하셨죠?"

"9시 41분." 호킨스의 입에서 대답이 즉각 튀어나왔다.

"감사해요. 제가 그 집에 도착하자마자 몇 분 안 돼서 전화를 했는데 그게 9시 40분쯤이면, 그럼 9시 30분경엔 운전 중이었겠네요. 카라네 집으로 가려고요."

"좋아." 호킨스가 말했다. "워드네 집에선 얼마나 있었지?"

"오래는 안 있었어요."

"그래?" 호킨스가 핍을 살폈다.

"네, 잠깐 집에서 놀다가 다 배가 고프다고 해서 뭐 먹으러 나갔어요. 운전은 제가 하고요."

호킨스가 또 뭔가를 끼적였다. "먹으러? 어디로 갔지?"

"맥도날드요." 핍은 고개를 숙이며 부끄러운 듯 살짝 웃음을 지었다. "비컨스필드에 있는 휴게소 맥도날드요."

"비컨스필드?" 호킨스가 펜을 씹었다. "그게 제일 가까운 음식점이었나?"

"그게 제일 가까운 맥도날드였죠. 우리가 먹고 싶은 게 맥도날드였고요."

"이 맥도날드엔 몇 시에 도착했지?"

"음……" 핍은 잠시 생각해보았다. "시간을 계속 확인하고 있었던 게 아니라서요. 게다가 그날은 제가 휴대폰도 없었고요. 하지만 엡스 변호사한테 전화를 걸고 나서 얼마 안 있어 출발했으니까 아마 10시 좀 넘어 도착했을 것 같아요."

"아까 직접 운전을 했다고 했나? 핍 차로?"

"네."

"차종이 뭐지?"

핍이 코를 가볍게 훌쩍였다. "폭스바겐 비틀이요. 회색이에요."

"차 번호는?"

핍은 호킨스가 차 번호를 받아적고 그 아래 밑줄을 긋는 모습을 지켜보았다.

"그러니까 맥도날드에 10시쯤 도착한 거네." 호킨스가 말을 이었다. "저녁 먹긴 좀 늦은 시간 아닌가?"

핍이 어깨를 으쓱했다. "저희가 이래 봬도 아직 십 대 청소년이라서요."

"술을 마셨나?"

"아니요." 핍이 단호하게 대답했다. "그럴 리가요. 그럼 범죄인데요."

"그렇지." 호킨스의 눈이 다시 노트로 향했다. "맥도날드엔 얼마나 있었지?"

"음, 꽤 있었던 것 같아요. 주문하고 나서 한, 음, 한 시간 반 정도 앉아 있었나? 그런 것 같아요. 떠나기 전에 집에 갈 때 먹을 아이스크림을 두 개 샀고요. 바클레이 앱 보면 주문 시각 확인할 수 있어요."

호킨스는 가볍게 고개를 저었다. 굳이 핍의 휴대폰 앱을 통해 확인할 필요가 없었다. 호킨스에겐 핍의 알리바이를 확인할 방법이 따로 있었다. 그리고 CCTV 영상을 확인했을 때 호킨스는 주문하려고 줄을 서서 기다리는, 일부러 카메라를 쳐다보지 않으려고 애쓰는 핍의 모습을 또렷하게 볼 수 있겠지. 핍의 카드로 결제도 두 번 이루어졌다. 이 정도면 꽤 빈틈없지 않나, 호킨스 경위?

"좋아, 그럼 맥도날드를 나온 게 11시 반 정도란 거지?"

"아마도 그럴 것 같아요, 네." 핍이 대답했다. "확인은 안 해봤지만요."

"그 후엔 어디로 갔지?"

"어, 집이요." 핍은 너무나 당연하다는 듯이 눈썹을 떨구었다. "다시 킬턴으로 돌아와서 카라랑 나오미 언니 먼저 내려주고 그 후에 집으로 왔어요."

"집에 왔을 땐 몇 시였지?"

"다시 말씀드리지만 시간을 딱히 확인은 안 해서요. 휴대폰도 없었고요." 핍이 강조했다. "12시 이후였던 것 같긴 해요. 집에 왔을 때 엄마가 아직 깨어 있었는데 자정이 이미 지났다고 하셨거든요. 다음 날 아침 일찍 일어났어야 하는 상황이라서요."

"그 후엔?" 호킨스가 고개를 들었다.

"제 방에 자러 갔죠."

자, 그날 사망 추정 시간대에 핍은 이렇게 완벽한 알리바이가 있었다. 호킨스의 이마에 새로운 주름이 잡혔다. 물론 지금 호킨스는 핍이 거짓말을 하고 있다고 생각하고 있는지도 모른다. 확인을 해봐야 할 테지. 그러나 핍은 거짓말을 하고 있지 않았다. 최소한 방금 이 부분만큼은 모두 사실이었다. 그리고 모든 증거가 호킨스를 기다리고 있었다.

호킨스는 숨을 길게 내쉬며 다시금 메모를 끼적인 노트를 빠르게 훑어보았다. 호킨스는 분명 어딘가 석연치 않은 구석을 느끼고 있었다. 그의 눈빛에서 핍은 읽어낼 수 있었다. "11시 43분 진술 종료." 호킨스가 녹음기의 '정지' 버튼을 눌렀다. "커피 좀 가지러 가려는데," 호킨스가 자리에서 일어나 파일을 정리하며 말했다. "핍도 커피 한잔하겠나?"

아니, 핍은 커피를 마시고 싶지 않았다. 아드레날린이 한차례 휩쓸고 간 지금은 토할 것 같은 기분이었다. 살아남았다니, 핍이 이겼다니, 맥스가 제이슨을 죽였고 핍이 용의자가 될 가능성은 이제 희박하다니, 단단히 꼬여 있던 배 속이 마침내 스르르 풀리고 있었다. 물론 모든 게 다 풀린 건 아니었다. 호킨스의 그 눈빛은 아직 풀리지 않았다. 호킨스는 분명 무언가 의문을 품고 있었다.

"네, 주세요." 원하지 않았지만 그래도 핍은 대답했다. "우유만요, 설탕은 말고요." 아무 짓도 하지 않은 사람, 숨길 게 없고 걱정거리 없는 사람은 커피를 마시겠다고 할 테니까 말이다.

"2분만." 호킨스가 핍을 향해 미소를 지으며 문으로 향했다. 딸깍 문이 닫히는 소리에 이어 복도를 따라 들려오는 그의 발소리가 점점 희미해졌다. 호킨스가 물론 커피를 가지러 간 것일 수도 있겠지만 아마도 지금쯤 방금 입수한 새로운 정보를 다른 경찰에게 넘겨주며 핍의 알리바이를 확인해보도록 지시하고 있을 것이다.

핍도 숨을 크게 내쉬며 의자에 축 널브러졌다. 지금은 보는 눈이 없으니 연기할 필요도 없었다. 마음 한구석에선 양손을 둥글게 모아 그 안에 얼굴을 묻고 울고 싶었다. 소리치고, 울부짖고, 마음 놓고 웃고 싶었다. 이제 핍은 자유니까, 다 끝났으니까. 이제 그 공포는 저 깊숙이 넣어버리고 다시는 꺼내지 않아도 된다. 그리고 언젠가, 먼 훗날이 되면 핍도 어쩌면 죽음을 눈앞에 둔 그 느낌을 잊어버리게 될지도, 혹은 인생살이에 그 기억이 무뎌질지도 모른다. 그리고 그렇게 잊어버리고 무뎌지려면 여생은 꽤 괜찮은 인생이어야 할 것이다. 아주 평범한 인생 말이다. 그리고 어쩌면, 정말 어쩌면 그런 인생을 살 기회가 다시 주어질지도 모른다. 어쩌면 핍은 그런 인생을 지금 되찾은 것인지도 모른다.

주머니에 들어 있던 휴대폰이 드르륵 울리며 다리로 진동이 전해졌다. 핍은 휴대폰을 꺼내 화면을 보았다.

라비의 문자였다.

'오늘은 좀 어때?'

기록이 남는 문자를 주고받을 땐 조심해야 했다. 이제 두 사람 사이의 문자 대부분은 암호화되어 있어 딱 봐선 별 내용이 없거나 아니면 그냥 이야기할 시간을 정하는 정도였다. '오늘은 좀 어때?'의 실제 의미는 '일은 잘돼가? 성공했어?'란 뜻이었다. 다른 사람들 눈엔 보이지 않지만 두 사람 사이에서만 쓰는 비밀 언어가 생겨나고 있었다. 두 사람 사이에 '사랑해'란 말을 대신할 수 있는 말이 백만 가지쯤 되듯이 말이다.

핍은 이모티콘 키보드를 열었다. 목록을 쭉 넘겨보다 엄지를 든 이모티콘을 찾아 라비에게 보냈다. 이모티콘 하나만 보냈다. 오늘 아주 좋다, 고맙다, 이렇게 보이는 답이었다. 그러나 이 이모티콘의 숨은 진짜 뜻은 '우리가 해냈어. 이제 안전해'였다. 라비라면 이해할 것이다. 지금쯤 라비는 화면을 보며 눈을 끔벅이다가 긴 안도의 한숨을 내쉬고 있을 것이다. 온몸에 퍼지는 그 안도감의 압도적인 힘은 의자에 앉아 있던 라비의 자세를 바꿀 뿐 아니라 뼈의 형태마저, 피부의 느낌마저 바꾸어놓을 것이다. 두 사람은 이제 안전했고, 자유로웠다. 두 사람은 사건 현장에 있지 않았다.

조사실 문이 철컥 열리는 소리에 핍은 휴대폰을 집어넣었다. 호킨스가 등으로 문을 열고 뒷걸음질해 조사실 안으로 들어왔다. 양손에는 커피가 가득 든 머그컵이 들려 있었다.

"자." 호킨스가 머그컵 하나를 핍에게 내밀었다. 첼시 축구팀 컵이었다.

"감사합니다." 핍이 두 손으로 컵을 잡고 한 모금을 겨우 목으로 넘겼다. 너무 쓰고 뜨거웠지만 어쨌거나 감사의 뜻으로 핍은 호킨스에게 살짝 웃어 보였다.

호킨스는 커피를 마시지 않았다. 그는 컵을 테이블에 내려놓은 뒤 옆으로 밀어두곤 녹음기에 손을 뻗어 버튼을 눌렀다.

호킨스가 소매를 걷어 손목시계를 확인했다. "11시 48분 진술을 재개합니다."

호킨스가 핍을 잠시 쳐다보았다. 핍도 같이 호킨스를 쳐다보았다. 더 물어볼 게 뭐가 남은 거지? 크리스토퍼 엡스에게 전화를 건 이유도 설명했고 알리바이도 제시했다. 아직도 확인할 것이 더 남아 있다고? 핍은 아무리 생각해도 알 수가 없었다. 핍이 뭔가 놓친 게 있나? 아니, 분명 모든 게 계획대로 흘러갔다. 핍이 놓친 게 있었을 리 없다. 진정하자. 그냥 커피 좀 홀짝이며 호킨스 말을 잘 듣고 있다가 그때 반응하면 된다. 하지만 일단은 손부터 닦아야 한다. 스탠리의 피가 다시 핍의 손에 묻어 있었다.

"그래," 호킨스가 갑자기 한 손으로 책상을 두드리며 물었다. "핍의 팟캐스트 말이야. 정말 팟캐스트 통해서 이번 사건 수사를 진행할 생각인가?"

"일종의 의무감이 들긴 해요." 핍이 말했다. "그리고 경위님 말씀처럼 제가 일단 시작을 하면 끝을 보는 스타일이어서요. 좀 끈질긴 편이죠."

"경찰 수사에 방해되는 건 전혀 방송 못 하는 것 알고 있지?"

"네, 잘 알죠. 그리고 그런 일은 없을 거예요. 아는 게 없으니까요. 저도 지금으로선 막연한 가설이랑 배경밖에 아는 게 없고요. 제가 최근 온라인 공간에서의 명예훼손과 관련해 배운 바가 있죠. 방송하면서 꼭 '~라고 한다' 혹은 출처를 특정하지 않으면서 무조건 '~에 따르면'이라고 덧붙여야죠. 그리고 혹시라도 제가 확실한 증거를 찾으면 물론 경찰을 찾아올 거고요."

"아, 그건 고맙군. 그럼 팟캐스트를 제작할 때 인터뷰 같은 건 어떻게 녹음하지?"

그걸 왜 묻지? 뭔가 확인하는 중에 시간을 때우려고 별 뜻 없이 하는 질문인가? 지금 다른 경찰관이 핍의 알리바이를 확인하는 중인 건가? 알리바이 확인은 최소한 몇 시간은 걸릴 텐데 말이다.

"그냥 음성편집 프로그램이 있어요. 전화 인터뷰인 경우엔 따로 쓸 수 있는 앱이 있고요."

"그럼 핍은 마이크를 쓰나? 그러니까 대면 인터뷰를 녹음할 땐?"

"네." 핍이 고개를 끄덕였다. "USB로 제 노트북에 마이크를 꽂을 수 있어요."

"아, 아주 편리하겠군." 호킨스가 말했다.

핍이 고개를 끄덕였다. "이 녀석보단 가볍죠." 핍이 고개를 움직여 녹음기를 가리켰다.

"그렇지." 호킨스가 웃음을 터뜨렸다. "훨씬 그렇겠지. 인터뷰를 할 땐 헤드폰을 쓰나? 녹음 중에도 헤드폰을 통해 얘기를 듣는 건가?"

"음, 그렇죠. 시작할 때 사운드 레벨 확인 차원에서 헤드폰을 쓰기는 해요. 인터뷰 대상자가 마이크랑 너무 가깝진 않은지, 배경 잡음이 어느 정도인지 그런 걸 확인하려고요. 하지만 인터뷰 진행 중에는 거의 안 쓰죠."

"그렇군. 그런 목적으로 쓸 거면 전문가용 헤드폰이 필요한가? 조카가 팟캐스트를 시작하고 싶다는데 이제 곧 생일이라서 말야."

"아, 네." 핍이 씩 웃었다. "음, 아니요. 제 건 전문가용은 아니에요. 그냥 귀 전체를 덮는 큰 소음 제거 헤드폰이죠."

"그럼 핍은 그걸 매일 쓰는 편인가?" 호킨스가 물었다. "음악도 듣고 팟캐스트 할 때도?"

"네, 맞아요." 핍이 호킨스의 눈빛을 파악하려고 애를 쓰며 대답했다. 이런 질문은 왜 하는 거지? "제 건 휴대폰에 블루투스로 연결돼서 러닝하거나 산책할 때 음악 듣기 좋아요."

"아, 그럼 매일 쓰는 건가?"

"네." 핍이 천천히 고개를 끄덕였다.

"그 말은 그러니까 정말 날마다 쓴다는 거지? 한두 푼도 아니고 쓰지도 않을 걸 사주긴 싫어서 말이야."

"네, 항상 쓰죠."

"그래, 좋아." 호킨스가 씩 웃었다. "헤드폰 브랜드는 어떤 걸 쓰지? 아마존에서 본 게 있는데 어떤 건 터무니없이 비싸더라고."

"제 건 소니요." 핍이 대답했다.

호킨스가 고개를 끄덕였다. 아주 잠깐이지만 호킨스의 눈빛에 변화가 있었다.

"검은색?"

"아…… 네." 상황을 파악하려 기억을 되짚는 와중에 목소리가 목에 걸려 시원하게 대답이 나오지 않았다. 왜 이렇게 철렁하는 느낌이 들지? 지금 뭘 아직 깨닫지 못하고 있는 거지?

"'여고생 핍의 사건 파일.'" 호킨스가 한 손으로 간신히 소매를 걷어 올리며 말했다. "네 팟캐스트 제목이 이거지?"

"네."

"좋은 제목이군."

"센스 있죠."

"음, 핍한테 물어보고 싶은 게 하나 더 있어." 호킨스가 등을 뒤로 기대고 앉아 한 손은 재킷 바깥 주머니를 더듬었다. "아까 핍이 4월 추도식 이후엔 제이슨 벨이랑 이야기를 나눈 적이 전혀 없다고 했었어. 맞나?"

핍이 망설였다. "네."

시선을 떨구는 호킨스의 뺨이 실룩였다. 호킨스는 불룩하게 튀어나온 주머니에 손을 넣었다. 핍도 이제야 상황 파악이 됐다.

"그럼 이걸 한번 설명해봐. 본인이 매일 쓰는 헤드폰이 핍이 몇 달 동안 본 적도 없다는 살인 사건 피해자 집에서 발견된 이유는 뭘까?"

호킨스가 주머니에서 무언가를 끄집어냈다. 투명한 봉투에는 '증거'라고 쓰여 있는 빨간 줄이 붙어 있었다. 그리고 그 봉투 안에 든 것은 핍의 헤드폰이었다. 누가 봐도 핍 것이었다. 헤드폰 한쪽에 라비가 핍을 위해 팟캐스트 제목의 약자를 따서 만들어준 'AGGGTM' 스티커가 떡하니 붙어 있었으니 말이다.

핍의 헤드폰.

핍의 헤드폰이 제이슨 벨의 집에서 발견됐다.

그리고 호킨스는 이미 녹음기 앞에서 펍이 모든 것을 인정하게 한 터였다.

47

충격은 오래가지 않았고, 금세 공포가 자리를 잡았다. 배 속에서 서서히 자리 잡은 공포는 벌레처럼, 혹은 죽은 자의 손가락만큼이나 빠르게 등골을 타고 올라오기 시작했다.

핍은 증거 봉투 안의 헤드폰을 쳐다보았다. 도저히 이해가 되지 않았다. 아니, 그럴 리가 없다. 지난주에 봤는데, 아닌가? 재키의 인터뷰 파일을 들을 때만 해도 썼는데 말이다. 아니, 아니다. 그때도 헤드폰이 없었다. 핍은 조쉬가 빌려갔겠거니 생각했었다.

그럼 마지막으로 헤드폰을 쓴 게…… **그날**이다. 핍은 나탈리를 보러 가서 그 집 문을 두드리기 전 헤드폰을 벗고 가방에 넣었었다. 그리고 그 직후 제이슨에게 납치됐다.

"자네 헤드폰이 맞나?" 호킨스의 시선은 핍의 얼굴에 나타난 물리적 충격, 핍이 무시할 수 없었던 약간의 그 움찔한 순간을 놓치지 않았다. 그러면서 혹시라도 뭐가 틈을 보일까 핍을 계속 지켜보고 있었다. 핍은 조금의 허술함도 보여선 안 됐다.

"제거랑 비슷하긴 한데요." 핍은 공포를, 벌새의 날갯짓만큼 파르르 떨리는 심장을 이겨내고 천천히 입을 열었다. "좀 더 자세히 봐도 되나요?"

호킨스는 책상 너머로 증거 봉투를 핍 쪽을 향해 밀어주었다.

핍은 헤드폰을 찬찬히 살펴보며 생각할 시간을 벌었다.

핍의 가방은 제이슨 차에 있었다. 핍은 라비와 함께 현장을 떠나기 전 확인하면서 그날 오후 집을 나설 때 챙겼던 짐은 다 있다고 생각했었다. 그리고 사실이었다. 딱 이 헤드폰만 빼고 말이다. 헤드폰은 가방에 나중에 넣은 거라 거기까진 미처 생각하지 못했다. 하지만 대체 어디서, 언제…….

아니다. 이 변태 같은 자식.

제이슨이 꺼낸 거다. 핍을 테이프로 칭칭 감아둔 채 그 자리를 비웠을 때 제이슨은 집에 갔다. 핍의 가방을 뒤져 헤드폰을 발견하고 그걸 꺼냈다. 왜냐하면 그게 그의 여섯 번째 희생자를 떠올리기 위한 트로피가 될 테니까. 핍을 죽인 그 순간의 스릴을 다시 느끼려고 따로 챙겨간 거니까. 핍의 헤드폰이 그의 트로피였다. 그래서 가져간 거다.

변태 같은 놈.

호킨스가 목을 가다듬었다.

핍이 고개를 들어 호킨스를 쳐다보았다. 이 위기를 어떻게 벗어나야 하지? 어떻게 해야 하지? 벗어날 수 있는 여지는 있나? 호킨스는 핍의 거짓말을 잡아냈다. 피해자와 직접 연관된 연결고리였다.

젠장.

젠장.

젠장.

"네," 핍이 조용히 대답했다. "제 것 맞네요. 스티커가 있네요."

호킨스가 고개를 끄덕였다. 이제야 핍은 호킨스의 눈빛이 이해되었다. 핍은 호킨스 때문에 몸서리가 쳐졌다. 호킨스는 핍을 위한 덫을 놓았다. 그리고 핍을 잡았다. 온몸이 칭칭 감길 때까지 핍이 보지 못한 거미줄을 쳐놓곤 핍이 숨 쉴 구멍을 완전히 막아버렸다. 자유는커녕 안전하지도 않았다. 자유가 아니다.

"그럼 제이슨 벨의 집에서 네 헤드폰이 발견된 이유는 뭘까?"

"그-그건……" 핍이 말을 더듬었다. "저도 솔직히 대답을 못 하겠네요. 저도 모르겠어요. 어디 있었대요?"

"침실에." 호킨스가 대답했다. "침대 옆 협탁 제일 위 서랍에서 발견됐네."

"이해가 안 돼요." 물론 핍의 말은 사실이 아니었다. 핍은 자기 헤드폰이 왜 거기서 발견됐는지, 어쩌다 거기 가 있게 됐는지 정확히 그 이유를 알고 있었다. 그러나 딱히 마땅한 다른 대답이 생각나지 않았다. 핍의 머릿속은 바삐 움직이고 있었고, 산산조각 난 계획은 핍의 눈꺼풀 안쪽에서 폭포수처럼 흩어지고 있었다.

"아까 매일 헤드폰을 이용한다고 했지. '**항상**'이라고." 호킨스가 말했다. "그런데도 4월 이후론 제이슨 벨을 본 적이 없다고 했고. 그럼 핍의 헤드폰이 왜 거기 가 있었던 거지?"

"저도 모르겠어요." 핍이 앉은 자세를 바꾸며 말했다. 아니, 움직이지 말자. 움직이면 더 의심스러워 보일 것이다. 가만히 앉아서 시선을 멀리 두자. "항상 쓰는 건 맞아요. 하지만 최근에 못 보긴 했었어요."

"'최근에'란?"

"글쎄요, 일주일 정도? 그 이상일 수도 있고요." 핍이 대답했다. "어디 두고 왔나…… 정말 기억이 안 나요."

"기억이 안 난다?" 호킨스가 가볍게 물었다.

"네." 핍은 호킨스와 눈을 맞추었지만 핍의 눈빛엔 호킨스만큼의 힘이 없었다. 핍의 손엔 피가 흥건했고, 심장엔 총이 자리했다. 목구멍엔 분노가 차올랐고, 핍을 가두고 있는 우리는 핍의 팔을 조이며 피부를 꼬집었다. 마치 박스 테이프가 핍의 피부를 그렇게 조였던 것처럼. "저도 경위님만큼이나 지금 이해가 안 돼요."

"이건 할 말이 없다?"

"네, 없어요. 없어진 줄도 모르고 있었어요."

"그럼 없어진 지가 그리 오래된 게 아니겠군. 9일이나 10일 정도? 자네가 휴대폰을 잃어버린 날 이것도 같이 잃어버렸을 가능성이 있나?"

그때 핍은 깨달았다. 호킨스는 핍을 믿지 않았다. 호킨스는 핍이 닦아놓은 길을 따라가지 않았다. 핍은 이제 더는 그 사건의 주변인이 아니었다. 이제 핍과 제이슨 사이에 직접적인 연결고리가 있었다. 호킨스는 핍을 찾아냈다. 호킨스의 눈에 뜨이게 심어놓은 그 핍이 아니라 진짜 핍을 찾아냈다. 호킨스가 이겼다.

"정말 모르겠어요." 핍이 대답했다. 공포가 돌아왔다. 다시 아슬아슬 까마득한 절벽이 머릿속에 돌아왔다. 숨은 점점 가빠지고 목이 답답해졌다. "헤드폰을 마지막으로 본 게 언제인지 가족들한테 물어볼 순 있을 것 같아요. 하지만 어떻게 그게 거기가 있었는진 정말 모르겠어요."

"그렇군." 호킨스가 말했다.

핍은 자리를 떠야 했다. 핍의 얼굴이 공포에 잠식되기 전에 얼른 이 자리를 떠야 한다. 더는 숨길 수가 없었다. 나가야 한다. 그리고 핍은 그래도 된다. 이건 어디까지나 자발적 진술이었다. 경찰은 핍을 체포할 수 없었다. 아직은 할 수 없었다. 헤드폰은 정황증거 정도다. 경찰은 증거가 더 필요했다.

"실은 제가 이제 가봐야 할 것 같아요. 엄마랑 저 대학 입학 전에 준비할 것들 같이 쇼핑하러 가기로 했거든요. 주말이면 이제 떠날 텐데 아직 하나도 준비가 안 돼서요. 엄마 말처럼 발등에 불 떨어질 때까지 미뤘죠, 뭐. 가족들한텐 제가 마지막으로 헤드폰을 쓴 게 언제였는지 혹시라도 기억나는지 한번 물어보고 답변드릴게요."

핍이 자리에서 일어섰다.

"11시 57분 진술 종료." 호킨스가 녹음기 정지 버튼을 누르고 함께 자리에서 일어나며 증거물 봉투를 집어 들었다. "문 앞까지 바래다주지." 호킨스가 말했다.

"아니에요." 핍이 문을 나서며 말했다. "괜찮아요, 걱정 마세요. 워낙 자주 온 곳이라 나가는 길은 저도 알아요."

핍은 복도를 나와 휘청대며 걸어갔다. 손에, 얼굴에, 온 사방에 묻은 피가 이 지독하고 끔찍한 곳에 뚝, 뚝, 빨간 자국을 남기고 있었다.

핍은 바닥이 위로 오게 노트북을 뒤집었다. 공포에 빠진 손가락 때문에 하마터면 노트북을 떨어뜨릴 뻔했다. 아빠의 공구함에서 드라이버도 꺼내왔다. 핍은 하드 드라이브를 제거하는 방법을 잘 알고 있었다. 드라이브를 꺼내서 전자레인지에 넣고 폭발할 때까지 지켜보면 된다. 경찰이 영장을 발부받아 핍의 컴퓨터를 수색한다고 해도 제이슨이 죽기 전 핍이 그린 신을 조사했던 사실, 그리고 앤디의 두 번째 이메일 계정이라든가 제이슨 혹은 DT 살인범 관련한 어떤 연결고리도 찾아볼 수 없을 것이다. 사망 추정 시간대가 9시 30분에서 자정까지였고, 그 부분 관련해서라면 알리바이가 있었다. 헤드폰이야 정황증거고 핍은 알리바이가 있었다.

나사 하나를 여는 중에 문득 핍은 진실을 깨달았다. 그 단단하고 논쟁의 여지가 없는 진실은 이내 핍의 가슴 한가운데 턱 하니 들어와 박혔다. 핍은 부정하고 있었지만 핍의 머릿속 목소리는 알고 있었다. 핍을 천천히 인도하고 있었다.

다 끝났다고 말이다.

핍은 모든 걸 내려놓고 손으로 얼굴을 가린 채 울었다. 하지만 그럼 알리바이는? 계획은 분명 성공했다. 핍의 마음 한구석에서 마지막 반발심이 일었다. 아니, 아니다. 더는 그렇게 생각해선 안 된다. 싸울 순 없다. 끝까지 해볼 순 없다. 핍 혼자만의 일이라면야 그럴 수 있겠지만, 이 일로 위험하게 되는 건 핍뿐만이 아니었다. 라비, 카라와 나오미, 제이미와 코너, 나탈리가 걸려 있었다. 모두 핍이 부탁했기 때문에 들어준 거다. 핍을 사랑하니까 도와준 거다. 그리고 핍 역시 이들 모두를 사랑했다.

그래, 그거다. 핍은 이들을 사랑했다. 아주 단순하고 강력한 진실이었다. 핍은 이들 모두를 사랑했기에 핍이 추락할 때 이들까지 함께 추락하게 할 순 없었다.

애초에 핍이 약속한 것도 그것이었다.

그리고 이게 끝이라면, 끝의 또 다른 시작이라면, 이들 모두를 보호할 단 하나의 방법을 핍은 알고 있었다. 진실이 드러나기 전에 이들 모두 이 사건엔 조금의 흔적도 남아 있지 않게 해야 한다. 이제 핍은 새로운 이야기, 새로운 계획을 세워야 했다.

그게 무슨 뜻인지를 생각하면, 핍이 다시는 살지 못하게 될 그런 인생을 떠올리면 머릿속으로 생각하는 것만으로도 고통스러웠다.

핍은 자백해야 한다.

48

"안 돼, 죽어도 안 돼." 수화기 너머 라비의 목소리가 갈라졌다. 숨소리는 겁에 질려 점점 빨라졌다.

핍은 전화기를 더욱 꼭 귀 가까이 붙였다. 핍의 선불폰 중 하나였다. 평소 휴대폰으론 이런 대화를 나눌 수 없었다. 어떤 흔적이든 라비를 향하는 증거가 될 수 있었다.

"어쩔 수 없어." 핍은 지금 라비의 눈빛이 눈에 선하게 그려졌다. 두 사람 주변의 온 세상이 무너져내리는 동안 라비는 허공만 노려보고 있겠지.

"내가 몇 번씩 확인했잖아." 이제 라비의 목소리에는 분노가 묻어났다. 목소리는 점점 더 갈라졌다. "가방에 원래 들어 있던 물건 다 있느냐고 내가 확인했어, 안 했어? 핍? 내가 확인했어, 안 했어?!"

"알아, 미안해. 정말 다 있다고 생각했단 말이야." 핍이 눈을 깜박이자 벌어진 입술 틈으로 눈물이 고였다. 라비의 이런 목소리를 듣고 있으니 배 속이 마구 뒤틀리는 것 같았다. "그건 까마득히 잊고 있었어. 내 잘못이야. 전부 내 잘못이야, 그러니까 자백해야 해. 나만……."

"하지만 넌 알리바이가 있잖아." 이제 라비는 울지 않으려고 애를 쓰고 있었다. 보지 않아도 핍은 느낄 수 있었다. "병리학자들이 제이슨은 9시 반에서 12시 사이에 죽었다고 생각하는 거면 넌 그 시간 내내 알리바이가 있어. 끝나지 않았어, 핍. 헤드폰은 정황증거고 다른 방법을 찾으면 돼."

"제이슨과 나 사이의 직접적 연결고리야." 핍이 대답했다.

"다른 방법이 있을 거야." 핍이 말을 하는데도 라비는 멈추지 않고 더 큰 목소리로 말했다. "새로운 계획을 세워. 그게 네가, 우리가 할 일이야."

"호킨스는 내 거짓말을 잡아냈어. 내가 거짓말한 걸 잡아냈다니까. 그리고 이제 그 헤드폰이 있으니 상당한 이유라는 게 생긴 거야. 무슨 말이냐면, 경찰에서 원한다면 영장을 청구해 내 DNA를 채취해 갈 수 있다는 거야. 그리고 혹시 우리가 머리카락 한 올, 하여간 뭐라도 현장에 실수로 흘렸다? 그럼 다 끝이야. 그 계획은 나랑 연결고리가 없다는 가정하에서만 성립했던 거야. 그날 밤 내가 맥스 변호사한테 전화한 거랑 팟캐스트 정도의 간접적 연결고리만 있을 때 얘기지. 다 끝났어."

"끝나지 않았어!" 라비가 소리쳤다. 라비는 겁을 먹었다. 수화기 너머까지 그게 느껴졌다. 그 공포가 마치 살아 있기라도 한 것처럼 핍의 피부를 파고 들어가더니 마침내 온몸을 잠식해버렸다. "이건 포기야."

"알아." 핍이 눈을 감았다. "포기하는 거 맞아. 선배까지 끌고 갈 순 없거든. 제이미랑 코너, 나오미, 카라, 나탈리도. 조건이 그거였어. 혹시라도 뭔가 잘못되면 책임은 나 혼자 진다는 거. 그리고 일이 정말 잘못돼버렸어. 미안해."

"잘못되지 않았어." 수화기 너머 움직임이 느껴졌다. 라비가 베개를 주먹으로 치고 있었다. "성공했어. 기가 막히게 성공했고 넌 알리바이도 있어. 그 시간에 다른 데 있었던 사람이 어떻게 자백을 해?"

"차 에어컨으로 어떻게 했는지, 우리가 쓴 방법 다 말할 거야. 그리고 그냥 잘 안 먹혔다고 해야지. 선배는 그날 밤 8시 15분부터 알리바이가 있으니까 8시쯤 죽였다고 하면 전혀 의혹은 안 받을 거야. 나는 제이슨을 차에 두고 가짜 알리바이를 만들러 카라랑 나오미를 만나러 갔어. 두 사람은 물론 아무것도 몰랐어. 무고해." 핍이 눈가를 닦았다. "내가 자백하면 아마 더는 수사 안 할 거야. 이미 빌리 카라스 사건 때 봤다시피 자백은 판단에 영향을 제일 크게 미치는 증거니까. 수사를 더 할 필요가 없겠지. 호킨스한테 제이슨의 정체를 밝히고 나한테 하려고 했던 짓도 얘기할 거야. 제이슨이 DT였단 다른 증거가 발견되면야 모를까 어차피 내 말을 믿지도 않을 사람이지만 그래도 그런 증거가 어딘가 남아 있을지도 모르니까. 트로피라든가 뭐 그런 것들. 정당방위란 선택지는 이미 아웃이야. 그걸 덮으려고 이렇게 정교한 계획을 짰는데 정당방위라는 건 말이 안 되지. 그래도 유능한 변호사를 쓰면 살인죄 대신 자발적 과실치사 정도는 받을 수 있지 않을까? 그럼 나도……."

"안 된다고 했잖아!" 라비의 목소리엔 절박함이, 분노가 묻어 있었다. "너 그럼 감옥에 수십 년, 아니 어쩌면 평생을 갇혀 있게 돼. 내가 너 그렇게 되도록 놔두지 않아. 제이슨을 죽인 건 맥스야, 네가 아니라. 너보다 맥스를 가리키는 증거가 훨씬 많아. 우리 이거 할 수 있어. 아직 해볼 만해."

라비의 이런 목소리를 듣고 있자니 가슴이 찢어지듯 아팠다. 라비를 이렇게 눈앞에 두고 핍이 어떻게 작별 인사를 한단 말인가. 라비를 다시는 매일 볼 수 없다고 생각하니, 차가운 철제 탁자를 사이에 두고 교도관들이 지켜보는 가운데 2주에 한 번 겨우 만나게 될 거라 생각하니 핍의 갈비뼈가 서서히 심장을 옥죄어 이제 곧 심장이 터져버릴 것만 같았다.

핍은 무슨 말을 해야 좋을지 알 수가 없었다. 핍도 이건 어쩔 수 없었다.

"난 싫어." 라비가 조용히 말했다. "네가 안 갔으면 좋겠어."

"나랑 선배 중 한 명만 살 수 있다면 난 선배를 살릴 거야." 핍이 속삭였다.

"나도 그래, 나도 널 택한다고." 라비가 말했다.

"가기 전에 인사하러 들를게." 핍이 코를 훌쩍였다. "내려가서 마지막으로 평범하게 가족들이랑 저녁 같이 먹을래, 작별 인사 겸. 물론 가족들이야 모르겠지만. 그냥 마지막으로 평범한 시간을 보내고 싶어. 그런 다음에 선배네 인사하러 들를게. 인사하고 나면 그땐 진짜 가야지."

침묵.

"알았어." 라비가 마침내 입을 열었다. 더욱 무거워진 목소리 안에는 핍이 알아채지 못한 무언가가 있었다.

"사랑해." 핍이 말했다.

전화가 끊어졌다. 뚜-뚜-뚜. 통화 종료음이 귓가에 울렸다.

49

"조쉬, 완두콩 먹어라."

아빠가 짐짓 심각한 목소리로 눈을 우스꽝스럽게 크게 뜨고 조쉬에게 말했다. 핍은 아빠의 연기를 바라보며 씩 웃었다.

"오늘은 그냥 먹기 싫어요." 조쉬가 완두콩을 제 접시 한쪽으로 밀어내며 식탁 아래로는 핍의 무릎을 발로 찼다. 평소라면 하지 말라고 했을 테지만 오늘은 핍도 개의치 않았다. 오늘이 마지막이니까. 마지막 순간들로 가득한 이 한 시간 동안 핍은 그 어떤 것도 당연하게 여기지 않을 테다. 하나하나 꼼꼼히 지켜보고 몇십 년은 끄떡없도록 모든 순간을 뇌에 각인시켜놓을 테다. 핍이 집을 떠나 있는 동안 이 기억이 필요할 것이다.

"오늘은 엄마표 완두콩이라서 그렇겠지." 엄마가 말했다. "엄마는 버터를 흥청망청 넣지 않으니까." 그리고 엄마가 매서운 눈길로 아빠를 쳐다보았다.

"조쉬." 핍이 저녁 먹는 건 뒷전으로 미뤄두고 조쉬에게 말했다. "완두콩 먹으면 축구 더 잘할 수 있어."

"아니거든요." 조쉬가 '나도 알 거 다 아는 열 살이거든요.' 하는 듯한 말투로 대꾸했다.

"글쎄다, 조쉬." 아빠가 신중한 목소리로 말했다. "정말 그럴까? 너희 누나는 모르는 게 없는 사람인데. 안 그래?"

"흠." 조쉬가 천장을 올려다보며 아빠의 말을 곱씹었다. 그런 다음 핍을 이리저리 골똘히 살펴보았다. "누나가 아는 게 엄청 많긴 하죠, 그건 인정."

그래, 핍도 그런 줄 알았다. 별 쓸데없는 사실에서부터 살인을 하고도 잡히지 않는 방법에 이르기까지 핍도 자신이 많은 걸 안다고 생각했다. 하지만 핍이 틀렸다. 그리고 아주 사소한 실수 하나가 모든 것을 망가뜨리고 있었다. 앞으로 몇 년이 지난 후 가족들은 핍을 어떻게 기억하고 떠올릴까? 핍은 궁금해졌다. 아빠에게 핍은 여전히 자랑스러운 딸일까? 여전히 남들 앞에서 우리 딸은 모르는 게 없다고 자랑스레 이야기할까, 아니면 이 집 밖에선 절대 입에 올리지 않고 쉬쉬해야 하는 존재가 될까? 수치스러운 비밀, 유령처럼 이 집에 갇혀버린 존재가 될지도 모른다. 조쉬는 핍에게 면회 오는 날 친구들한테 누나의 존재를 이야기하지 않으려고 변명을 꾸며낼까? 어쩌면 누나가 없는 척할지도 모른다. 그렇다 하더라도 핍은 조쉬를 탓하지 않을 것이다.

"아무튼 오늘 완두콩은 싫어요." 조쉬는 고집을 접지 않았다.

엄마가 지긋지긋하다는 표정으로 미소를 지으며 식탁 건너편에 앉은 핍과 눈빛을 교환했다. '남자애들이란.' 엄마는 눈빛으로 그렇게 말했다.

핍도 엄마를 향해 눈을 깜박여 보였다. '그러게나 말이에요.'

"그래도 누나는 엄마 요리를 그리워할걸?" 엄마가 말했다. "대학 가고 나면 말이야."

"그럼요." 핍이 고개를 끄덕였다. 울컥하고 목이 메어왔지만 겨우 입을 열었다. "그리운 게 많겠죠."

"그중에서 그래도 제일 그리운 건 이렇게 멋진 아빠겠지?" 아빠가 식탁 반대편에서 윙크를 해 보였다.

핍은 씩 웃었다. 눈이 따끔거렸다. "아빠가 좀 멋있는 사람이어야 말이죠." 핍은 포크를 들고 뜨거워진 눈시울을 감추려 시선을 떨구었다.

온 가족이 모여 저녁을 먹는 평범한 시간이었다. 물론 실상은 다르다는 게 문제였지만 말이다. 가족들 중 아무도 이게 정말 작별 인사인 줄 알지 못했다. 핍은 무척이나 운이 좋은 편이었다. 어떻게 지금껏 그 생각을 못 하고 살았을까? 매일 매일 떠올려도 부족한데 말이다. 이제 핍은 그 모든 것들을 포기해야 한다. 전부 다. 그러고 싶지 않았다. 핍도 원치 않았다. 핍은 싸우고 싶었다. 화를 내고 싶었다. 이건 공평하지 않았다. 하지만 이렇게 하는 게 맞았다. 무엇이 선이고 악인지, 무엇이 옳고 무엇이 그른지 핍은 이제 더는 알지 못했다. 모두 의미 없고 공허한 말들이었다. 그러나 이건 핍이 해야 할 일이었다. 맥스 헤이스팅스야 여전히 마음대로 활보하고 다니겠지만 대신 핍이 아끼는 다른 모든 사람들도 그렇게 자유를 누릴 수 있다. 타협이고 거래였다.

엄마는 이번 주 일요일 전까지 준비할 물품 목록 중에 아직 사야 할 것들을 정리하느라 분주했다.

"아직 새 이불도 안 샀네."

"쓰던 거 써도 돼요, 괜찮아요." 핍이 대답했다. 핍은 이런 대화를 나누고 싶지 않았다. 일어나지 않을 미래 따위 계획하고 싶지 않았다.

"지금까지 짐도 안 싼 게 의외여서 그래." 엄마가 말했다. "평소 뭐든 워낙 꼼꼼하게 챙기던 애가."

"그동안 좀 바빴어요." 이제는 핍이 제 접시 위의 완두콩을 깔짝대며 이리 밀었다 저리 밀었다 하고 있었다.

"새 팟캐스트 때문이니?" 아빠가 물었다. "제이슨이 그렇게 되다니 정말 끔찍한 일이야."

"그렇죠, 끔찍하죠." 핍이 조용히 대답했다.

"무슨 일이 있었기에 그러는데?" 조쉬의 귀가 쫑긋 섰다.

"아무것도 아니야." 엄마가 날카롭게 말했다. 그게 다였다. 그게 끝이었다. 엄마는 말끔하게 빈, 아니면 거의 빈 접시들을 치웠다. 식기세척기 문 열리는 소리가 들렸다.

핍은 자리에서 일어났지만 이제 뭘 해야 좋을지 알 수 없었다. 가족들 모두를 꼭 안고 울고 싶었지만 그럼 말을 하지 않을 수 없을 테니까, 핍이 저지른 그 끔찍한 일을 얘기해야 할 테니까 그럴 수는 없었다. 하지만 핍이 정말 가족들과 포옹 한번 없이 집을 떠날 수가 있을까? 어쩌면 한 명하고는, 조쉬하고는 할 수 있을지도 모른다.

핍은 의자에서 내려오는 조쉬를 재빨리 양팔로 감아 레슬링인 척, 조쉬를 안고 가서 소파에 메다꽂았다.

"풀어줘." 조쉬가 핍에게 발길질을 하며 킥킥댔다.

핍은 외투를 집어 들고 애써 가족들을 등지려 해보았다. 그렇지 않고서는 어쩌면 절대 가지 못할지도 모른다. 핍은 현관으로 향했다. 지금 이 순간이 이 문을 두 발로 걸어 나서는 마지막이 될까? 다음번 이곳에 돌아왔을 땐 핍이 40대, 50대가 되어 있을까? 얼굴에 파인 주름은 모두 그 하룻밤 사이에 만들어져 영원히 거기 그렇게 새겨지게 될는지 모른다. 혹시 다시는 집에 돌아오지 못하게 될 수도 있을까?

"저 가요." 마지막 인사가 목에 턱 걸렸다. 가슴엔 어쩌면 절대 없어지지 않을지 모를 블랙홀이 생겨났다.

"어디 가니?" 엄마가 부엌에서 고개를 내밀고 물었다. "팟캐스트 하러 가?"

"네." 핍이 어깨를 으쓱해 보인 다음 신발에 발을 밀어 넣었다. 뒤돌아 엄마를 봤다간 너무 가슴이 아플 것 같아 핍은 고개를 돌리지 않았다.

겨우 현관문까지 왔다. 뒤돌아보지 마, 돌아보지 말자. 핍은 문을 열었다.

"모두 사랑해요." 핍이 큰 목소리로 소리쳤다. 갈라진 목소리를 숨기려고 크게 외쳤더니 예상보다 더 큰 소리가 되어버렸다. 핍은 문을 닫았다. 쾅, 문이 닫히는 소리와 함께 핍은 가족들로부터 단절됐다. 딱 적절한 타이밍이었다. 핍도 이제 더는 눈물을 참을 수 없었다. 운전석 문을 열고 차에 올랐다. 숨을 쉬기조차 힘들 정도로 울음이 계속 터져 나왔다.

핍은 손으로 입을 가리고 소리를 질렀다. 딱 셋 셀 동안만. 딱 셋 셀 동안만이었다. 그런 다음 출발한다. 라비에게 간다. 벌써 와르르 무너져내린 핍이지만 이제 라비에게 작별 인사를 하고 나면 그야말로 산산조각이 나버릴 테지.

핍은 시동을 걸고 집을 나서면서 작별 인사도 채 나누지 못할 사람들을 떠올렸다. 카라, 나탈리, 제이미와 코너, 나오미. 하지만 모두들 이해할 것이다. 핍이 인사를 하러 가지 못한 이유를 그들이라면 이해할 것이다.

핍은 하이스트리트를 따라가다 라비네 집이 있는 그라벨리 웨이로 들어섰다. 절대 하고 싶지 않은 작별 인사를 하러 간다. 핍은 라비네 집 밖에 차를 세우며 오래전 이 집 문을 처음 두드리던 순진한 소녀를 떠올렸다. 자신을 소개하며, 난 당신 형이 살인범이 아니라고 생각한다고 했던, 지금 여기 서 있는 이 사람과는 달라도 너무 다른 소녀. 그럼에도 그 소녀와 지금 여기 서 있는 핍 사이에 변함없는 한 가지가 있었다. 바로 라비였다. 핍 인생 최고의 선물 말이다. 지금의 핍에게도, 예전 그 소녀에게도 그 사실만큼은 변함없었다.

그런데 뭔가 이상했다. 낌새가 벌써 달랐다. 일단 진입로에 차가 없었다. 라비의 차도, 부모님 차도 없었다. 그래도 핍은 문을 두드렸다. 유리창에 귀를 대보았지만 안에선 아무 소리도 들리지 않았다. 핍은 다시 문을 두드렸다. 또 두드렸다. 주먹이 아플 때까지 나무 문을 쾅쾅 두드렸다. 보이지 않는 피가 주먹 뼈 부근에서 뚝뚝 흐르고 있었다.

핍은 우편물 투입구를 열고 라비의 이름을 불러보았다. 구석구석 라비를 찾아보았다. 라비는 집에 없었다. 핍은 라비에게 이따 보러 오겠노라고 미리 얘기했다. 왜 집에 없지?

전화할 때 그게 끝이었나? 직접 얼굴을 마주 보고 눈을 맞추며 나누는 그런 작별 인사는 없는 건가? 라비의 어깨와 목이 만나는 그곳, 핍의 안식처에 얼굴도 묻어보지 못하고 가는 건가?

가기 싫다고, 사라져버리기 싫다고 라비를 붙잡고 늘어질 수도 없는 건가?

펍은 작별을 나눌 시간이 필요했다. 결심대로 해나가려면 작별 인사가 필요했다. 하지만 라비의 입장이 펍과는 다를 수도 있겠지. 라비는 펍에게 화가 나 있었다. 감옥에서 선불 통화로 다시 목소리를 들을 수 있게 되기 전까지 라비한테 들은 마지막 말이 그 이상한 '알았어'라니. 그리고 라비는 먼저 전화를 끊었다. 라비가 준비됐다면, 그럼 펍도 그래야 했다.

더는 지체할 수 없다. 펍은 오늘 밤, 지금 당장 호킨스를 찾아가서 얘기해야 한다. 그래야 경찰 수사가 더 진행되는 걸, 그날 펍을 도와주었던 친구들과의 연결고리를 찾아내는 걸 막을 수 있다. 친구들을 구할 방법, 라비를 구할 방법이 펍의 자백이었다. 아무리 그 때문에 라비가 펍을 미워하게 된다고 해도 말이다.

"안녕." 펍은 빈집에 작별 인사를 하고 자리를 떴다. 다시 차에 오르자 가슴속에 복받침이 밀려왔다. 차도, 펍도 서서히 멀어져갔다.

펍은 백미러에 비치는 리틀 킬턴을 뒤로하고 큰길로 들어섰다. 마음 한구석에선 다시 집으로 돌아가 사랑하는 사람들, 펍에게 너무도 소중한 가족들과 영원히 함께하고 싶은 생각도 들었다. 또 다른 마음 한구석에선 모든 것을 그냥 다 태워버리고 싶었다. 타오르는 불길 속에 다 같이 죽어버렸으면 하는 심정이었다.

이제 펍의 내면엔 감각이 없어졌다. 가슴속 블랙홀이 고통을 가져가주어 고맙단 생각이 들었다. 그 무감각은 아머샴을 달리는 동안, 그 지독하고 끔찍한 경찰서를 향해 가는 동안 서서히 온몸으로 퍼져나갔다. 이 여정에 핍은 없었다. 나중 일은 조금도 생각하지 않고 핍은 그냥 차와 하나가 되어 두 개의 노란 불빛으로 밤을 가르며 달렸다.

핍은 터널 아래 지름길을 타고 가서 코너를 돌았다. 주변은 나무들이 우거져 어두웠다. 길 반대편에서 차들이 전조등을 밝게 비추며 핍 옆을 빠르게 지나쳐갔다. 또 다른 전조등 한 쌍이 저 앞에 보였다. 그런데 이번엔 뭔가 이상했다. 이번엔 전조등이 핍을 향해 빠르게 번쩍였다. 반대편 차가 이제 점점 더 가까워지고 있었다. 경적이 세 번 연달아 울렸다. 길게, 짧게, 다시 길게.

라비였다.

라비의 차다. 차가 지나가고 나서야 라비인 걸 깨닫고 핍은 거울로 번호판 마지막 세 글자를 확인했다.

라비는 핍을 지나쳐 천천히 속도를 줄이더니 위험하게 도로를 가로질러 방향을 틀려고 하고 있었다.

뭐 하는 거지? 대체 왜 여기 있는 거지?

핍은 깜빡이를 켜고 도로를 벗어나 반쯤 폐허가 된 주유소로 들어가는 길목에 차를 댔다. 문을 열고 차에서 내리는데 전조등의 붉은 불빛이 낡은 흰 건물에 그려진 그래피티를 비추었다.

라비의 차가 핍 뒤로 들어섰다. 핍은 소매를 들어 라비 차의 밝은 전조등 불빛을 가리고 빨개진 눈을 닦았다.

라비는 차에서 내리기 거의 직전까지도 브레이크를 밟지 않았다.

주변엔 아무도 없었다. 승용차 한 대가 빠르게 지나갔지만, 저렇게 빠르게 달리는 이상 이 두 사람에게 주의를 기울일 리가 없었다. 핍과 라비, 들판과 나무들, 그리고 허물어져가는 건물 하나, 그뿐이었다. 두 사람은 이제 얼굴을 마주 보고 눈을 맞추었다.

"뭐 하는 거야?" 핍이 어둠 속에서 바람을 가로질러 소리쳤다.

"그러는 너는?" 라비도 소리쳤다.

"경찰서 가는 길이지." 라비가 고개를 저으며 핍 쪽으로 다가오는 것을 보고 핍은 어리둥절해졌다.

"경찰서 갈 거 없어." 바람에 실려오는 라비의 목소리는 깊었다.

핍의 팔에 소름이 돋았다.

"갈 거야." 이제는 거의 애원하는 것처럼 들렸다. 제발, 안 그래도 충분히 힘들었다. 그나마 라비를 만나기는 했다는 게 위안이 되긴 했지만 말이다.

"아니, 갈 거 없어." 라비의 목소리가 더 커졌다. 라비는 여전히 고개를 절레절레 젓고 있었다. "내가 지금 막 갔다 왔어."

핍은 그 자리에서 얼음이 됐다. 핍은 라비의 표정을 읽으려 노력해보았다.

"지금 막 갔다 왔다는 게 무슨 말이야?"

"지금 막 경찰서에 갔다 왔다고. 호킨스랑 얘기하러." 지나가는 차 소리 때문에 라비가 큰 목소리로 말했다.

"뭐?!" 핍이 라비를 쳐다보았다. 가슴속 블랙홀은 모든 것을 다시 되돌려놓았다. 공포, 두려움, 떨림, 고통, 모든 것이 다시 등골을 타고 파르르 전해졌다. "지금 무슨 소리를 하는 거야?"

"이제 괜찮아." 라비가 말했다. "자백은 안 돼. 넌 제이슨을 죽이지 않았어." 라비가 침을 삼켰다. "내가 해결했어."

"뭘 해?"

핍의 가슴속에서 여섯 발의 총알이 발사됐다.

"내가 해결했다고." 라비가 말했다. "호킨스한테 나라고 했어. 헤드폰 말이야."

"아니지. 그건 아니지." 핍이 뒤로 한 발짝 뒷걸음질을 쳤다. "그건 아니지! 대체 무슨 짓을 한 거야?"

"괜찮아, 괜찮을 거야." 라비가 한 걸음 앞으로 내디디며 핍을 향해 손을 뻗었다.

핍이 라비의 손을 내쳤다. "무슨 짓을 한 거야?" 목에 걸려 말이 채 제대로 나오지도 않았다. "정확히 뭐라고 했는데?"

"내가 너한테 맨날 헤드폰을 빌린다고, 심지어 너 모르게 빌려갈 때도 있다고. 그리고 2주 전쯤 내가 제이슨 벨 집에 제이슨을 만나러 갔었다고, 그때 헤드폰을 갖고 갔었던 것 같다고 했어. 12일이라고 했어. 우연히 거기 헤드폰을 두고 왔다고."

"선배가 제이슨을 만날 일이 뭐가 있어서?" 핍이 소리쳤다. 핍은 자기도 모르게 뒷걸음질로 라비와 거리를 벌리다가 하마터면 문에 부딪칠 뻔했다. 아니야, 이건 아니야. 대체 무슨 짓을 한 거야?

"제이슨한테 앤디와 샐의 이름으로 장학금 설립하는 의견을 제안하려고 했던 거지. 자선사업으로 말이야. 제이슨한테 그 이야기를 하러 가서 준비해 간 자료를 보여주고 그때 가방에서 헤드폰이 떨어졌다고 했어. 우린 거실에서, 소파에 같이 앉아 이야기를 나눴고."

"아니, 이건 아니야." 핍이 속삭이듯 웅얼댔다.

"아이디어 자체는 맘에 드는데 시간적 여유가 없다고 제이슨이 말했고, 그래서 그 아이디어는 더 이상 별 진전이 없었다고 그랬지. 그리고 그때 헤드폰이 그 집에 남아 있게 된 거고. 제이슨이 아마 나중에 그걸 발견하곤 내 것인 줄 전혀 생각 못 한 것 같다고, 호킨스한테 그렇게 말했어."

핍은 두 손으로 귀를 막았다. 귀를 막고 라비의 말을 듣지 않으면 지금 이 상황이 없는 일이 되기라도 할 것처럼.

"아니야." 핍이 조용히 말했다. 단어의 울림이 핍의 목구멍 뒤쪽으로 느껴졌다.

마침내 핍은 라비에게 곁을 내주었다. 라비는 얼굴을 감싸고 있는 핍의 손을 잡았다. 그리고 마치 자신에게 닻을 내리라는 듯이 핍의 손을 꼭 쥐었다. "괜찮아, 내가 해결했어. 계획은 지금도 진행형이야. 넌 제이슨을 죽이지 않았어. 맥스가 죽였지. 이제 더는 너랑 직접적인 연결고리는 없어. 4월 이후로 넌 제이슨과 직접 연락한 적 없고, 호킨스한테 거짓말이 들통난 적도 없어. 헤드폰이 거기 있었던 건 나 때문이야, 내가 거기 두고 와서. 너는 아무것도 몰랐어. 너한테 오늘 경찰 진술 이야기를 듣고 나서야 제이슨을 만나러 갔을 때 내가 거기 헤드폰을 두고 온 걸 깨달은 거야. 그래서 해명하려고 경찰에 직접 찾아간 거고. 이게 다야. 호킨스는 내 말을 믿었고, 앞으로도 믿을 거야. 호킨스가

15일 밤엔 뭘 했느냐고 묻길래 사촌이랑 아머샴에 있었다고 사실대로 얘기했어. 우리가 간 곳 전부 얘기하면서 자정 넘기기 직전에 집에 왔다고 했어. 빈틈없이, 철통같이, 우리 계획대로 했어. 그리고 너랑은 이제 아무런 관련도 없어. 괜찮을 거야."

"끌어들이고 싶지 않았어." 핍이 울었다. "선배가 호킨스랑 이야기할 일도, 선배 알리바이를 쓸 일도 절대 없길 바랐단 말이야."

"대신 이제 네가 안전하잖아." 핍을 바라보는 라비의 눈이 어둠 속에서 반짝였다. "이제 경찰서 안 가도 돼."

"하지만 선배가 안전하지 않잖아!" 핍이 울부짖었다. "경찰서에 찾아가 그런 진술을 했으니 이제 이 일에 관련이 있다고 시사해버린 셈이 됐잖아. 그동안 선배는 아무 관련 없는 사람이었는데, 여태 거리두기 잘 해왔는데 이젠…… 던 벨이 그날 집에 있었으면 어떡해? 던 벨의 진술로 선배가 거짓말한 게 탄로 나면 어떡해?"

"널 잃을 순 없어." 라비가 말했다. "네가 자백하러 가게 둘 순 없었어. 네 전화를 받고 침대에 가만히 앉아 있었어. 그리고 긴장했을 때나 겁이 날 때, 자신이 없을 때 늘 그래왔듯이 스스로에게 물었지. 핍이라면 지금 어떻게 할까? 핍이라면 이 상황에서 뭘 할까? 그 결과가 이거야. 나도 계획을 세웠어. 무모한 계획이었나? 그럴지도 모르지. 무모할 정도로 용감했지. 네가 늘 그렇잖아. 그래도 처음부터 끝까지 이렇게 계획을 세웠고, 뒤돌아보지 않았어. 네가 했을 법한 행동을 한 거야. 핍, 너도 나처럼 했을 거야." 라비가 말을 끝내고 그제야 숨을 쉬었다. 어깨가 오르락내리락했다. "너도 이렇게 했을 거야, 날 위해서. 너도 알잖아. 우린 한 팀이야, 핍. 너랑 나는 한 팀이라고. 아무도 널 나에게서 빼앗을 순 없어. 그게 설사 핍 너라고 하더라도."

"젠장!" 핍이 바람에 대고 소리쳤다. 라비의 말은 틀리지 않았다. 그리고 한편으론 틀렸다. 한편으로 핍은 기뻤고, 또 한편으론 너무나 괴로웠다.

"괜찮을 거야." 라비가 핍을 외투 안 품속으로 끌어안았다. 라비의 품은 언제나 따스했다. "내 선택이었어. 그리고 난 널 택했고. 넌 아무 데도 못 가." 라비의 숨결이 핍의 머리칼에, 핍의 두피에 닿았다.

핍은 라비의 품에 안겨 라비의 어깨 너머로 천천히 눈을 깜박이며 어두운 길을 바라보았다. 가슴속 블랙홀도 서서히 상황을 파악 중이었다. 핍은 이제 50이 넘은 나이에 다시 세상 밖으로 나와 가족들이 살던 옛집, 자신을 잊어버린 옛집을 바라보며 추억에 잠겨 기억 속에서보다 집이 작네 어떻네 하는 그런 중년의 여인이 되지 않아도 된다. 몇 주마다 철제 탁자를 사이에 두고 안부를 물으러 찾아오던 사랑하는 가족들과 친구들의 방문이 점점 뜸해지고 핍의 존재 또한 그들의 삶에서 서서히 희미해지고 결국 사라지는 그 과정을 지켜보지 않아도 된다.

삶, 진짜 삶, 평범한 삶. 아직 가능성이 있었다. 라비가 핍을 구했다. 그건 사실이었다. 그리고 그렇게 함으로써 라비는 자기 자신을 수렁으로 몰아넣었다.

이제 선택의 여지가 없었다. 뒤로 물러날 수 없었다.

핍은 이를 악물고 끝까지 계획을 완수해야 한다.

의구심을 가져선 안 된다.

조금의 여지도 줘선 안 된다.

손에는 피가 묻어 있었고 심장엔 총이 장전돼 있었다. 그리고 핍에겐 계획이 있었다.

사각의 링 한쪽 코너엔 핍과 라비가 함께 서 있다. 다른 한 코너엔 DT 살인범이, 두 사람의 건너편엔 맥스 헤이스팅스가, 맥스의 건너편엔 호킨스 경위가 서 있다.

마지막 싸움이 이 링 한가운데에서 펼쳐질 것이다. 두 사람은 싸워서 승리해야 한다. 이제 라비도 이 싸움에 함께하고 있었다.

핍은 라비에게 더욱 밀착했다. 라비의 심장 소리를 들으려 귀를 더욱 가까이 대었다. 핍은 여전히 여기 있으니까, 아직 그럴 수 있으니까.

라비가 핍을 택했고, 핍도 라비를 택했다. 핍은 말없이 라비를 향해 이 상황을 꼭 둘이 함께 벗어나겠노라고 새로이 약속했다.

50

동네가 떠들썩했다. 물론 겉으로야 모두들 쉬쉬하며 은밀하게 이야기를 나누었지만 그렇다고 엿들어선 안 될 비밀 얘기 같은 것도 아니었다. 그리고 특히나 핍의 귀엔 그런 말들이 잘도 들렸다.

'끔찍하지 않니?' 개를 산책시키러 나온 게일 야들리가 수근댔다.

'이 동넨 정말 대단히 문제가 있어. 하루빨리 떠나고 싶다.' 역 앞에서 아담 클라크가 말했다.

'체포된 용의자가 있나? 자네 사촌이 경찰에 누구 안다고 하지 않았어?' 도서관 앞 모건 부인.

'지난주에 던 벨이 가게에 왔었는데 이상하게 평온하더라고…… 과연 던 벨은 아무 상관이 없는 게 맞을까?' 동네 가게 레슬리.

핍도 은밀한 두 번의 대화를 나누었다. 물론 모두가 들을 수 있는 공개적인 대화는 아니었다. 닫힌 방 안에서조차 핍은 목소리를 낮추었다.

첫 번째는 수요일에 나탈리와 나눈 대화였다. 나탈리와 핍은 핍의 침대에 함께 걸터앉아 있었다.

"경찰에서 전화가 왔었어. 호킨스 경위한테. 제이슨 벨 사망 사건 관련해서 질문이 있다고. 나더러 15일 밤에 맥스 헤이스팅스 찾아가서 그 집 문 두드렸냐고 묻더라. 그리고 맥스 얼굴을 쳤냐고."

"그래서?" 핍이 물었다.

"무슨 소리를 하는 건지 모르겠다고, 왜 내가 굳이 날 강간한 놈 집에 가서 그놈이랑 단둘이 있을 상황을 만들겠냐고, 누가 그런 낭설을 꾸며내는 거냐고 했지."

"잘했네."

"그날 밤 8시쯤부터 오빠네 집에 가 있었다고 했어. 오빠는 사실 그때쯤 이미 취해 소파에서 잠들어 있던 터라 오빠도 그렇다고 할 거야."

"좋아." 다 잘됐다. 그 얘기인즉 호킨스가 맥스를 최소한 한 번 이상은 조사했다는 뜻이었다. 아마 휴대전화 기록을 확인한 다음 제이슨이 죽은 날 밤 맥스의 소재에 대해 다시금 확인을 했겠지. 맥스는 그날 밤 내내 집에 있었다고, 일찍 곯아떨어졌다고 했을 테고, 나탈리 다 실바가 자기 집을 찾아왔다고도 했을 것이다. 그러나 호킨스는 이미 휴대폰 정보를 확보했고 맥스가 집에 있지 않았다는 걸 확인할 수 있었을 것이다. 통화 기록에서 사건 현장 부근의 기지국이 확인됐을 테고, 이제 호킨스는 맥스가 거짓말을 하나도 아니고 연달아 하고 있다는 점을 확인했을 것이다.

핍과 나탈리 사이에 하지 않은 이야기가 또 있었다. 죽은 제이슨 벨 이야기였다. 나탈리도 핍에게 아무것도 물을 수 없고 핍 역시 나탈리에게 아무 말도 할 수 없었지만 나탈리도 분명 모르지 않았다. 나탈리의 눈빛에서 느껴졌다. 그리고 나탈리는 시선을 돌리지 않았다. 피하지 않았다. 나탈리는 핍과 눈을 맞추었고, 핍도 나탈리와 눈을 맞추었다. 입 밖으로 꺼내지 못해도 모두 이해했다. 제이슨을 죽인 건 핍이 아닌 맥스였다. 두 사람 사이에 또 다른 비밀스러운 유대감이 생겨났다.

다음 날은 카라와 카라네 집 부엌에서 은밀한 대화를 나누었다. 카라에게 '잠깐 우리 집에 올래?'라는 문자를 받고 핍이 그 집으로 건너갔다.

"형사가 나랑 언니한테 15일 밤에 어디 있었는지, 너랑 같이 있었는지 물어봤어. 그래서 그렇다고 했어. 언제 나갔다 언제 들어왔는지, 어디 갔었는지도. 그냥 평소랑 똑같았다, 배가 고팠다, 그렇게 얘기했어. 내 휴대폰에 있는 사진이랑 영상도 보여줬어. 사진이랑 영상을 보내달라고 하더라고."

"고마워." 부적절한, 덧없는 말이었다. 핍을 바라보는 카라의 눈빛도 나탈리의 그것과 똑같았다. 카라도 이제는 알았을 것이다. 제이슨 관련 뉴스가 떴을 때 상황은 뻔했으니 말이다. 카라와 나오미가 서로 눈빛을 교환했을 테고, 굳이 그 말을 입 밖으로 꺼내지 않더라도 두 사람은 이내 깨달았을 것이다. 그러나 카라의 눈빛에도 무언가 흔들림 없는 굳건함이 비쳤다. 두 사람 사이의 신뢰랄까? 이번 일로 시험대에 올랐지만 신뢰는 무너지지 않았다. 카라 워드는 핍에게 친구 그 이상이었다. 자매이자 평생의 벗이고 핍이 기댈 수 있는 목발이었다. 그리고 카라의 얼굴에서 그 익숙한 표정을 보자마자 핍은 배 속에 꼬여 있던 매듭이 조금 느슨해졌다. 혹시라도 자신을 바라보는 카라의 시선이 달라졌더라면 과연 핍은 그걸 받아들일 수 있었을까.

그리고 그건 또 다른 좋은 신호였다. 호킨스는 이제 핍의 알리바이를 확인하고, 검증하고 있었다. 참고인 진술을 통해 확인하고 도로 카메라 영상을 요청해 그날 밤 핍 차의 동선도 추적했을 것이다. 어쩌면 이미 맥도날드 CCTV 영상도 보았을지 모른다. 핍의 카드 결제 건, 세 사람이 도착한 시간 등등도 모두. 호킨스 경위, 보고 있나? 이미 진술한 대로 제이슨이 살해된 시각 핍은 사건 현장에서 몇 킬로미터 떨어진 거리에 있었다.

부모님과 나눈 대화도 있었다. 이건 대화라기보단 거의 말다툼에 가까웠다.

"일요일에 안 간다니, 그게 무슨 말이야?" 엄마의 입이 쩍 벌어졌다.

"그날 안 간다고요. 어차피 강의야 그다음 주에나 시작하니까 첫 주는 안 가도 돼요. 아직은 못 가요. 지켜봐야 할 게 있어요. 지금 하고 있는 게 있단 말이에요."

좀처럼 큰소리를 내는 일 없던 아빠가 언성을 높였다. 그것도 몇 시간씩. 아빠의 반응으로만 봐선 핍이 그동안 한 일 중에 이게 제일 큰 잘못인 듯했다.

"살인범을 찾으려면 제 도움이 필요할 거예요. 그런데 아빠는 지금 제가 학교 가서 일주일 내내 술 마시고 다니는 게 이거보다 더 중요하다, 그런 말씀이에요?"

답 대신 매서운 눈빛이 돌아왔다.

"혹시라도 과제를 놓치면 그건 따라잡아야죠. 언제나 그랬고요. 제발 절 믿어주세요. 엄마, 아빠가 믿어줘야 해요."

라비가 펍을 믿었듯이 말이다. 그리고 펍은 두 사람의 계획이 정말 성공했는지 여부를 확인하기 전까진 떠날 수 없었다. 조금의 여지도 주지 않고, 조금도 주저하지 않을 것이다. 이건 최종전이었다. 펍은 경찰에게 모든 것을 주었다. 사망 추정 시간대에 맥스의 휴대폰 통화 기록이 사건 현장 주변 기지국을 거치게 해서 사건 발생 당시 맥스의 소재를 확인하게끔 해두었고, 현장엔 맥스의 머리카락과 신발 자국을 남겨두었다. 교통 카메라엔 화재 후 맥스의 차가 도로를 달리는 장면이 찍히게 해두었고 맥스의 집에 있는 후드 티 소매엔 피를, 신발 바닥에는 진흙을 묻혀두었다. 어쩌면 아직 경찰이 이것들을 모두 확인하기 전인지도 모르지만, 어쨌든 펍은 여기에 이제 팟캐스트 새 시즌까지 추가할 생각이었다. 모든 가설과 동기를 연결 지을 것이다. 그동안 동네에서 벌어진 일들, 앤디와 베카에게 있었던 일. 제이슨과 맥스 사이의 원한 관계며 이들의 충돌을 목격한 목격자의 진술, 상처 입은 자존감과 어쩌면 너무 멀리 가버린 싸움까지 모두 언급할 것이다. 숨길 게 없다면 그의 집 CCTV 카메라를 통해 증명될 것이다. 재키의 인터뷰가 이미 어느 정도 영향을 미쳤지만 펍은 거기서 한발 더 나아가야 했다.

경찰에서 취할 수 있는 최악의 조치라 해봤자 팟캐스트를 내리고 수사 방해를 중단하라는 정도겠지만, 그때쯤엔 팟캐스트가 이미 충분히 영향력을 발휘한 이후일 것이다. 그땐 씨앗이 이미 뿌리를 내렸을 터이다. 펍은 용의자의 이름을 밝힐 수 없을 테지만, 실상 언급할 필요조차 없었다. 호킨스는 펍이 누구를 지목하는지 알 테니까. 이건 오로지 호킨스를 위한 것이었다. 이 팟캐스트의 청취자 중 의미 있는 사람은 호킨스뿐이었다. 호킨스가 이 사건 피의자로 맥스를 특정하도록, 절대 펍을 의심하지 않도록 말이다.

41.29MB 중 41.29MB 업로드 완료

여고생 핍의 사건 파일: 누가 제이슨 벨을 죽였나?

시즌 3 제1화 사운드클라우드 업로드가 완료되었습니다.

51

또 다른 게임, 또 다른 경주. 이번엔 그냥 각자 제멋대로 내달리는 핍의 심장과 핍의 발걸음 사이의 대결이었다. 핍은 그냥 앞을 향해 발을 차례로 내디디며 머리를 완전히 비우고 이 소리에 몰입하려 해보았다. 어쩌면, 핍이 속도를 높이면 오늘 밤은 잠을 잘 수 있을지도 모른다. 원래대로라면 오늘 밤 새로운 도시, 새로운 침대에서 잠을 청했어야 했겠지만, 아직은 리틀 킬턴이 핍을 순순히 놓아주지 않았다.

땅만 보고 달리는 게 아니었는데. 앞을 보고 방향을 확인했어야 했다. 이전엔 생각해본 적도 없거니와, 사실 생각할 필요도 없는 길이었다. 이건 핍이 평소 자주 달리는 루트였다. 하나의 길은 다른 길로 이어졌고 핍은 그냥 아무 생각 없이 길을 따라 달렸다.

그러다 어느 순간 들려오는 소란스러운 인파 소리, 차 소리에 핍은 고개를 들었고 그제야 자신이 어디 있는지를 깨달았다. 튜더레인, 맥스네 집이 있는 길이었다. 이미 튜더레인 절반쯤 와 있었다.

맥스네 집이 저 앞에 보였다. 그리고 평소와는 다른 광경이 핍의 시선을 끌었다. 맥스네 집 앞 거리에 경찰차 세 대와 옆면에 밝은 노랑과 파랑색 체크무늬가 그려진 밴 두 대가 서 있었다.

핍은 눈을 떼지 못하고 계속 앞으로 나아갔다. 마침내 여러 사람이 맥스네 집을 들고 나는 모습이 보였다. 발끝에서부터 머리까지 전신을 덮는 흰색 비닐 슈트를 입은 사람들이었다. 마스크에 가려 얼굴은 보이지 않았고 손에는 파란색 라텍스 장갑을 끼고 있었다. 한 명이 커다란 갈색 종이가방을 들고 맥스네 집에서 나오더니 대기 중이던 밴에 올라탔고, 또 다른 사람이 그 뒤를 따랐다.

현장 감식반이었다.

현장 감식반이 맥스네 집을 수색하고 있다.

핍은 천천히 걸음을 멈추었다. 이제 갈비뼈를 때리며 쿵쾅대는 핍의 심장 소리가 발소리를 앞지르고 있었다. 비닐 슈트를 입은 사람들은 혼란 속에서도 질서 있게 움직였다. 이 모습을 지켜보는 게 핍 혼자는 아니었다. 주변 이웃들은 제각각 자기 집 진입로 끝에 서서 눈을 크게 뜨고 손으로는 입을 가린 채 웅얼웅얼 대화를 주고받고 있었다. 흰색 밴이 길 반대편에서 정지했다. 그 차 주변으론 사람들이 더 많이 모여 있었다. 한 명은 현장 사진을 찍고, 또 다른 사람 어깨에 걸쳐 있는 커다란 카메라 렌즈는 길 건너편을 비추고 있었다.

이거다. 올 게 왔다. 핍은 미소를 지을 수도, 울 수도 없었다. 희미한 호기심 외엔 그 어떤 표정도 얼굴에 내비칠 수 없었다. 그래도 드디어 그 순간이 왔다. 결말의 시작점 말이다. 핍이 그 광경을 지켜보는 동안 심장은 다시 가슴속 블랙홀을 때렸다.

유니폼 위에 형광 노랑 재킷을 걸친 경찰관이 대기 중인 경찰차 옆에 서서 두 사람과 이야기를 나누고 있었다. 남자 한 명,

여자 한 명이었다. 남자가 흥분해서 경찰을 상대로 마구 쏟아내는 말들이 바람에 실려 핍의 귀에까지 들려왔다. 막 이탈리아에서 돌아온 맥스의 부모님이었다. 잘 그을린 피부에서 호화로웠던 시간을 짐작할 수 있었다. 핍은 맥스를 찾아보았지만 맥스는 보이지 않았다. 호킨스 경위도 없었다.

"웃기지도 않아." 맥스의 아빠가 언성을 높이며 휴대폰을 꺼냈다. 그의 행동도 거칠고 화가 나 있었다.

"헤이스팅스 씨, 이미 수색영장을 보셨잖아요. 그렇게 오래 걸리진 않을 테니 진정하시죠."

맥스의 아빠가 홱 돌아서서 휴대폰을 귀 가까이 가져갔다. "엡스!" 그가 전화기에 대고 소리쳤다.

경찰도 자리를 뜨지 않고 맥스의 아빠를 계속 지켜보았다. 핍은 행여 눈에 띌까 머리카락을 휘날리며 잽싸게 걸음을 돌렸다. 인도를 밟는 신발 소리가 요란했다.

경찰관이 핍을 알아볼지도 모른다. 핍이 여기 있으면 안 된다. 핍은 사건 주변부에 남아 있어야 한다.

핍은 뒤꿈치를 들고 다시 왔던 길을 달려가기 시작했다. 또 다른 게임, 또 다른 경주. 이제 핍이 앞서가기 시작했다.

오래 걸리진 않을 것이다. 오래 걸릴 수가 없다. 맥스네 집에 대한 수색영장이 발부됐다. 경찰은 맥스네 집을 수색하며 맥스의 방 안에서 핏자국이 묻은 후드 티와 지그재그 패턴 밑창이 있는 운동화를 찾아낼 것이다. 아니면 아까 핍이 지켜보고 있던 와중, 이미 그 두 개의 커다란 갈색 가방 안에 들어 있었을지도 모른다. 집에 대해 수색영장이 발부됐다면 맥스의 DNA 샘플을 채취할 수 있는 영장도 발부됐을 가능성이 높았고, 그럼 제이슨의 손과 바닥 위로 흐른 핏물에서 발견된 금발 머리카락이 그의 DNA와 일치하는지도 확인이 가능할 것이다. 어쩌면 맥스는 지금 DNA 채취 중인지도 모른다.

핍은 이제 모퉁이를 돌았다. 더는 땅이 아닌 잿빛 하늘에 시선을 두고 달렸다. 맥스의 옷과 제이슨의 사체에서 발견된 머리카락의 DNA 분석 결과가 나오려면 며칠은 족히 걸릴 것이다. 그러나 일단 분석 결과가 나온 후론 호킨스에게 더는 선택의 여지가 없을 것이다. 증거가 너무 압도적이었다. 체스판 위의 기물들이 움직이고 있었다. 게임에 참여하는 플레이어들은 각자의 코너에서 그 움직임을 지켜보고 있었다.

핍이 속도를 높였다. 더욱 빠르게, 더욱 세차게 달렸다. 핍은 느낄 수 있었다. 이제 끝이 다가오고 있었다.

From: mariakarras61@hotmail.com 11:39
To: AGGGTMpodcast@gmail.com

제목: 새 소식!

핍, 안녕하세요.

잘 지내죠? 방금 세 번째 시즌이 나온 걸 봤어요. 새로운 사건을 찾았군요. 아니, 그 사건이 핍을 찾아왔다고 해야 맞을까요? 너무 비극이에요. 제이슨 벨 씨도 참 안됐고요. 핍이 정말 범인을 꼭 밝혀내길 바랄게요.

빌리와 DT 살인범 사건을 재조명하는 일보단 당연히 이 사건이 우선일 수밖에 없을 것 같아요. 다만 오늘 아침에 새로운 소식을 들었는데 핍도 관심이 있지 않을까 해서 메일을 써요. 아니 글쎄, 빌리 사건을 재조사한다네요! 뭔가 새롭게 드러난 증거가 있나 봐요. 자세한 내용까진 모르지만 DNA나 지문 증거같이 꽤 결정적인 증거인가 봐요. 그래서 갑자기 다들 관심을 보이는 모양이고요. 두 번째 피해자였던 멜리사 데니에게서 발견된 확인되지 않은 지문이 혹시 확인된 걸까 추측해보네요.

금방 해결되지야 않겠죠. 그래도 무죄추정 프로젝트의 변호사가 형사사건 재심위원회에 유죄판결 취소 소송을 제기하는 건으로 빌리랑 이야기 중이에요. 그러니까 경찰이 어쩌면 진짜 DT 살인범을 찾았거나, 아니면 최소한 빌리가 더는 유죄인 게 확실하지 않다고 생각하는 것 같기도 해요. 법률 용어론 유죄판결이 '안전하지 않다'고 표현하나 보더라고요.

아무튼 그래서 저도 꽤 들떠 있답니다. 새로운 내용도 계속 공유할게요. 어쩌면 크리스마스를 빌리랑 집에서 함께 보내게 될는지도 모르죠!

빌리랑 나를 믿어줘서 고마워요.

마리아 카라스

52

핍은 손가락으로 컴퓨터 화면을 아래쪽으로 내리다가 이메일 마지막 줄에서 멈췄다.

'빌리랑 나를 믿어줘서 고마워요.'

당연히 믿고말고. 하마터면 핍이 DT 살인범의 여섯 번째 피해자가 될 뻔했으니 말이다. 아니, 어찌 보면 영원히 그의 여섯 번째 피해자로 남게 되었다고 할 수도 있겠다. 제이슨이 핍을 납치한 그 순간부터 무고한 사람이 감옥에 들어가 있단 사실엔 의심의 여지가 없었다. 다만 그놈의 '계획' 때문에 핍은 빌리를 완전히 잊고 있었다. 일단 핍에겐 살아남는 것이 급선무였다. 생존, 복수, 라비와 다른 친구들을 보호할 방법을 찾는 일이 훨씬 시급했다. 핍만큼이나 빌리도 제이슨 벨의 손아귀에서 하루빨리 벗어나야 마땅한 사람이었건만 핍은 빌리를 뒷전으로, 나중 문제로 미뤄두었다. 뭐라도 할 수 있었는데 말이다. 핍의 계획은 제이슨 벨이 DT 살인범이란 사실을 핍이 모른다는 가정에 기반할 뿐, 빌리랑은 아무 상관이 없었다. 빌리를 위해 분명 뭔가 생각해낼 수 있었을 텐데 말이다.

갑자기 새로운 깨달음이 덮치며 배 속이 서늘해졌다. 핍은 제이슨 벨이 DT 살인범이란 사실을 입증할 확실한 증거가 없을 것이라고만 생각했었다. 여기엔 두 가지 의미가 있었다. 첫째,

핍은 아마 제 일만 일단 해결되면 뒷전으로 미뤄둔 빌리 카라스 건은 결국 까마득히 잊어버렸을 것이다. 둘째, 핍이 한 짓이 어쩔 수 없었다고 정당화할 수 있는 일은 아니란 점이었다. 핍은 제이슨의 차 소리를 무시하고 애초 계획대로 그곳을 벗어날 수 있었다. 큰길을 따라, 민가를 찾아 걷다가 사람이 보이면 도움을 청해 경찰에 신고할 수도 있었다. 물론 호킨스가 여전히 핍의 말을 믿지 않았을 수도 있지만, 그래도 그가 사건을 살펴보긴 했을지 모른다. 그리고 그 과정에서, 제이슨이 다시 행동을 개시하기 전에, 핍의 진술을 뒷받침할 증거를 찾게 됐을지도 모른다. 순전히 핍이 직접 겪은 일, 핍의 진술만으로 제이슨은 철창행 신세가 되고 빌리는 풀려날 수 있었을지도 모른다.

그러나 그런 시나리오는 현실이 되지 못했다. 갈림길에 서 있던 핍은 그 길을 택하지 않았다.

어둠이 내린 숲속에서 핍은 결국 다른 길을 택하기로 했다. 그건 우발적인 생각이나 직감도 아니고, 싸움이나 도피도 아니었다. 핍은 두 갈래 길을 보았고, 선택을 내렸다. 그리고 되돌아갔다.

어쩌면 평행 우주에 사는 다른 핍은 이 세계의 핍이 내린 선택이 옳았다고 할지도 모른다. 핍은 경찰이 제 말을 절대 믿지 않을 것이라고 확신했고, 핍의 선택은 성공적이었다. 스스로를 지켜내고 예전의 본래 자기 모습을 되찾기 위한 것이었다. 어쩌면 그것도 이미 성공했는지 모른다. 이미 핍은 라비와 함께 평범한 일상으로 돌아가는 중인지도 모른다. 굳이 평행 우주의 다른 핍이 아니더라도, 지금 여기 이 핍도 자신의 선택이 옳았다고 할 수 있었다. 더는 DT 살인범으로부터 다른 피해자가 발생하지 않으려면 죽음이 가장 확실하고 유일한 방법이었다. 그리고 이 길을 택하면 맥스 헤이스팅스까지 처리할 수 있었다. 일석이조, 돌 하나로 새 두 마리를 잡는 격이었다. 두 괴물과 그들이 만들어낸 죽은, 혹은 약에 취해 영혼 없는 눈을 한 여자들. 계획대로만 된다면 괴물 하나는 죽고 다른 괴물은 평생을 감옥에 갇혀 살게 될 것이다. 그들은 그렇게 그냥 사라지는 것이다. 그들을 찾을 사람도 없다. 어쩌면 이게 더 나은 일 아닌가?

아무튼 빌리를 위해, 자신의 실수를 만회하기 위해 핍이 할 수 있는 일이 있었다. 아마도 마리아의 추측이 맞을 것이다. 제이슨의 사체를 부검하는 과정에서 데이터베이스에 지문을 검색했는데 DT 살인범 사건 중 결국 확인되지 않았던 지문 기록과 일치하는 결과가 나왔을 것이다. 혹은 어쩌면 DT 살인범 사건 현장에서 과거 경찰이 그냥 무시해버렸던 다른 DNA와 일치하는 결과가 나왔을지도 모른다. 그리고 트로피들도 있었다. 핍은 그중 세 개를 확인했고, 예전 앤디 벨의 가족사진에서 두 개를 더 찾았다. 핍이 1년 전 과제를 하며 메모판에 꽂아두었던 사진이었다. 필리파 브룩필드가 차고 다니던 동전 모양 펜던트가 달린 금목걸이는 던 벨의 목에 걸려 있었다. 베카의 양쪽 귀에서 반짝이던 연한 녹색 스톤이 달린 로즈 골드 귀걸이, 아직도 베카가 차고 다니는 이 귀걸이는 줄리아 헌터 것이었다. 핍은 어떻게든 베카에게 메시지를 보내고 싶었다. 베카에게 무슨 일이 있었는지, 그 귀걸이는 어디서 온 것인지 이야기해주고 싶었다. 베카의 귀에 그 귀걸이가 걸려 있는 한 DT가 계속해서 베카의 인생에 지배력을 행사하고 있는 거나 다름없으니까 말이다. 아내와 딸들을 볼 때마다 그는 자신이 죽인 피해자들과 살인의 그 순간을 떠올리고 있었다.

경찰은 제이슨의 집을 수색했다. 핍의 헤드폰이 발견됐다면 다른 피해자들의 트로피도 발견됐을지 모른다. 앤디의 보라색 머리빗, 던 벨이 차고 있던 목걸이, 베서니 잉엄의 카시오 손목시계, 그리고 타라 예이츠의 열쇠고리까지.

아직 트로피를 찾지 못했다면 핍이 호킨스에게 힌트를 줄 수도 있었다. 정말 그냥 그 사진만 보여주면 되는 거니까 말이다.

그뿐만이 아니었다. 핍에겐 앤디의 비밀 이메일 계정과 거기 임시보관함에 저장된 이메일도 있었다. 비록 유언은 아니지만 마치 유언처럼 느껴지는 앤디의 그 글이 제이슨 벨의 사망선고에 쐐기를 박을 것이다.

앤디의 'HH'가 무엇이었는지 경찰도 이제 알게 될 것이다. 아무래도 그 비밀 계정 비밀번호를 바꾸어야 할 것 같다. 'DT-Killer6'는 너무 눈에 띄었다. 핍은 당장 비밀번호를 'TeamAndieAndBecca'로 바꾸었다. 앤디라면 앤디와 베카가 한 팀이라는 이 비밀번호를 좋아할 것 같단 생각이 들었다.

경찰이 이미 지문을 확보했을 수도 있지만, 어쨌든 핍은 합리적 의심의 수준을 넘어 제이슨 벨이 DT라는 의심의 여지 없는 증거를 줄 수 있을 것이다. 이렇게 확실한 증거가 새로 있으면 빌리의 유죄판결이 번복될 때 굳이 다시 재판을 거치지 않고 바로 혐의를 벗을 수 있게 될 것이다. 빌리를 빨리 집으로 돌려보내자. 핍은 빌리에게 그만큼 빚을 지고 있었다.

그리고 제이슨 벨의 진짜 정체를 세상이 알게 되면, 그땐 핍도 제이슨 사건에 안타까워하는 동네 사람들 반응을 더는 듣지 않아도 될 것이다.

핍은 거울을 보며 연습했다. 내내 말 한마디 하지 않아 목소리가 메말라 있었다. "안녕하세요, 호킨스 경위님. 죄송해요. 지금 많이 바쁘신 줄 알지만 저기, 음, 아시다시피 제가 제이슨 벨 사건을 조사하고 있었는데요. 제이슨 회사랑 평소 인간관계 같은 걸 조사하다가 발견한 게 있어서요……" 핍은 이를 앙다물고 미안하단 표정을 지어보았다. "다른 사건하고 관련이 있을 것 같은 게 눈에 띄더라고요. 귀찮게 안 하고 싶었는데 이건 진짜 꼭 보셔야 할 것 같아요."

그린 신 리미티드에서 가져온 박스 테이프와 밧줄, 그 회사와 폐기장과의 관계. 타라 예이츠와 앤디가 죽은 그날 밤 회사에서 보안 경보가 울린 것을 언급했던 예전 제스 워커 인터뷰. 앤디의 비밀 이메일 계정과 방금 새로 바꿔놓은 비밀번호. 앤디의 책상 위에 놓여 있던 학교 다이어리, 그리고 그 옆에 놓여 있던 보라색 머리빗. 피해자들의 목걸이와 귀걸이를 확인할 수 있는 가족사진.

"베카는 지금도 그 귀걸이를 하고 다녀요. 제가 베카 면회를 다니기 때문에 알죠. 괜히 넘겨짚는 것일지도 모르지만 이 귀걸이 말인데요, DT 살인범이 줄리아 헌터를 죽이고 나서 트로피로 가져간 그 귀걸이랑 똑같은 것 같지 않나요?"

핍의 머릿속에서 그러지 말라는 라비의 목소리가 들렸다. 아마 실제로도 그렇게 말할 것이다. 굳이 더 관심 끌 일을 만들지 말라는 것이다. 하지만 그래도 해야 하는 일이었다. 빌리를 위해서, 또 그의 모친 마리아를 위해서. 그러면 여기에 있는 이 핍이 맞고 다른 결정을 내렸을지 모를 평행 우주의 다른 핍이 틀렸다는 게 확실해질 테니까 말이다.

펍은 한 사람에게 자유를 찾아주기 위한 모든 자료를 모아 집을 나섰다.

아머샴 경찰서로 향하는 길. 이번엔 중도 포기 없이 목적지에 도착했다. 핍의 가슴속에 이제 블랙홀은 없었다. 오로지 결심만, 분노와 공포와 결심만이 자리 잡고 있었다. 모든 것을 바로잡을 수 있는, 핍으로선 마지막 기회였다. 빌리에겐 자유를, 호킨스에겐 패배를 안겨주고 제이슨 벨과 맥스 헤이스팅스를 제거할 기회, 라비를 구해내고 핍 자신의 모습을 되찾은 후 평범한 삶을 살 수 있는 기회. 끝이 곧 시작이었고, 이제는 모두 마무리가 되어가고 있었다.

핍은 빈자리를 찾아 차를 대고 백미러로 눈 상태를 확인한 후 차에서 내렸다.

모든 것을 담은 배낭을 어깨에 걸쳐 메고 운전석 문을 쾅 닫았다. 조용한 목요일 오후를 뒤흔드는 소리였다.

그러나 벽돌 건물, 저 지독하고 끔찍한 곳을 향해 걸어가는 동안 갑자기 주변이 소란해졌다. 핍의 등 뒤에서 타이어 마찰음이 요란하게 들려왔다.

자동문까지 채 다다르기 전 핍은 어깨 너머로 뒤를 돌아보았다.

차 세 대가 막 입구 앞에서 멈춰 섰다. 노란색, 파란색으로 표시된 출동용 경찰차 한 대가 맨 앞에 서 있고 그 뒤로 아무런 표시가 되어 있지 않은 SUV 한 대, 또 그 뒤로 다른 경찰차 한 대가 보였다.

유니폼 차림의 경찰관 한 명이 첫 번째 차에서 내렸다. 핍은 잘 모르는 경찰관이었는데, 어깨에 찬 무전기에 대고 뭐라고 중얼거리고 있었다. 경찰차 뒷문이 열리고 다니엘 다 실바와 소라야 부지디가 차에서 내렸다. 핍과 눈이 마주친 다니엘이 어두운 표정으로 입을 꾹 다물었다.

아무 표시 없는 검정색 차 운전석 문이 열리고 녹색 누빔 재킷 지퍼를 목까지 다 올린 호킨스 경위가 차에서 내렸다. 호킨스는 뒷문을 열고 뒷좌석 쪽으로 허리를 숙였다. 핍이 서 있는 지점에서 한 5~6미터 정도 떨어진 거리였는데, 아직 호킨스는 핍을 발견하진 못했다.

그때 차에서 내리는 다리가 보였다. 그런 다음 콘크리트를 밟는 발이, 그리고 수갑 찬 손이 차례로 보였다. 호킨스의 지시에 따라 차에서 내리고 있는 건 바로 맥스 헤이스팅스였다.

맥스 헤이스팅스가 체포됐다.

"내가 경고하는데 당신 진짜 큰 실수 하는 거야." 맥스가 호킨스를 향해 말했다. 맥스의 목소리는 떨리고 있었는데, 그게 과연 분노 때문인지 공포 때문인지는 핍도 확신이 서지 않았다. 핍은 부디 후자이길 바랐다. "나는 이 일하곤 아무 상관이 없거니와 지금 이해가……."

맥스가 말을 멈췄다. 경찰서 쪽을 살펴보던 맥스의 옅은 파란색 눈동자가 핍을 발견하곤 눈을 떼지 못했다. 맥스의 숨소리가 거칠어졌고, 크게 뜬 눈에는 그림자가 지기 시작했다.

호킨스는 아직 핍을 보지 못하고 소라야와 다른 경찰관 중 한 명에게 그쪽으로 오라고 손짓을 하고 있었다.

그들도 예상하진 못했다. 물론 핍도 예상 못 했다. 순식간에 뭔가 휙 하더니 맥스가 호킨스의 포박을 풀었다. 호킨스는 그대로 땅바닥에 나가떨어졌다. 맥스는 핍을 향해 무서운 기세로 주차장 쪽으로 달려왔다. 핍이 눈 한번 깜짝할 새도 없었다.

그대로 핍에게 돌진한 맥스는 핍의 목을 향해 수갑 찬 손을 날리면서 핍을 벽돌 건물 쪽으로 밀어붙였다. 핍의 머리가 벽에 거세게 부딪혔다.

저 뒤쪽에서 고함과 허둥대는 소리가 들려왔지만 지금 핍의 눈에 보이는 건 불과 몇 센티미터 앞, 분노로 번뜩이는 맥스의 눈동자뿐이었다. 핍의 목을 감고 있는 맥스의 손가락 끝이 핍의 피부를 태워버릴 것처럼 겨냥하고 있었다.

맥스가 짐승처럼 이를 내보이며 위협했고 핍도 똑같이 맞받아쳤다.

"너지!" 맥스가 침을 튀기며 핍의 면전에 대고 소리쳤다. "어떻게 했는지 몰라도 너잖아!"

맥스가 핍을 더욱 거세게 밀었고, 핍의 머리는 벽돌에 사정없이 눌렸다.

핍은 굳이 맞서 싸우지 않았다. 손을 쓸 수 있었지만 굳이 맥스를 밀어내지 않았다. 핍은 마찬가지로 매서운 눈빛을 쏘아붙이며 맥스만 들을 수 있는 목소리로 조용히 속삭였다.

"너까지 땅속에 묻어버리지 않은 걸 행운으로 알아."

맥스가 핍을 향해 으르렁댔다. 궁지에 몰린 동물이 내는 그런 소리였다. 얼굴은 벌겋게 달아오르고 눈 옆에는 흉측하게 핏줄이 서 있었다. "나쁜 년!" 맥스가 막 핍의 머리를 벽에 밀치려는 순간 호킨스와 다니엘이 뒤에서 맥스를 잡아 핍으로부터 떼어냈다. 몸싸움 끝에 맥스는 제압당했고, 땅바닥에서 맥스가 경찰들을 향해 발길질을 해대는 동안 다른 경찰관들이 달려왔다.

"재 짓이라고!" 맥스가 소리쳤다. "내가 아니라니까. 난 아무 짓도 안 했어. 난 죄가 없어!"

핍은 머리 뒤쪽을 만져보았다. 피가 나진 않았다. 손이 깨끗했다.

"내가 아니라고!"

경찰들이 맥스를 다시 일으켜 세웠다.

맥스는 홱 고개를 돌려 핍을 쳐다보았다. 아주 잠깐 맥스의 본모습이 드러났다. 가늘게 치뜬 난폭한 눈, 흉측하게 벌어진 입, 벌겋게 달아오른 저 뒤틀린 얼굴. 자, 이것이 위험의 다른 이름, 맥스의 진짜 모습이었다. 모든 가면과 위장을 벗겨낸 진짜 모습 말이다.

"재가 뭔 수를 쓴 거야!" 맥스가 소리쳤다. "범인은 재야! 저건 제정신이 아니야!"

"안으로 데려가!" 호킨스 경위가 소라야와 다른 두 경찰관에게 지시했다. 경찰은 몸부림치며 저항하는 맥스를 간신히 서 안쪽으로 연행해갔다. 호킨스가 그 뒤를 따라가려다 손가락으로 핍을 가리켰다. "괜찮나?" 호킨스는 가쁜 숨을 몰아쉬며 물었다.

"네." 핍이 고개를 끄덕였다.

"좋아." 호킨스도 고개를 끄덕이곤 서둘러 맥스의 고함이 들려오는 서 안쪽으로 들어갔다.

등 뒤에서 코를 훌쩍이는 소리가 들려 핍은 고개를 돌렸다. 다니엘 다 실바가 맥스 때문에 흐트러진 옷매무새를 정리하는 중이었다.

"미안하다." 다니엘의 목소리가 무거웠다. "괜찮아? 꽤 세게 밀치는 것 같던데."

"네, 뭐 괜찮아요." 핍이 대답했다. "그냥 혹같이 약간 부었는데, 괜찮겠죠. 뇌세포 좀 죽으면 어때요. 안 그래도 아빠가 저더러 뇌세포가 유난히 많다고 하셨거든요."

"그래." 다니엘이 희미하고 씁쓸한 미소를 지으며 다시 코를 훌쩍였다.

"맥스 헤이스팅스요." 핍이 조용히 말했다. 그 이름 뒤에 질문이 숨어 있었다.

"응, 맥스." 다니엘이 대답했다.

"기소되는 거예요?" 다니엘과 핍 둘 다 경찰서 안쪽의 문을 바라보고 서 있었다. 문 저편에서 희미하게 맥스의 목소리가 들려왔다 "살인죄로?"

다니엘이 고개를 끄덕였다.

그동안 무거운 그림자가 내내 핍의 어깨를 짓누르고 가슴을 조여왔었다. 그리고 다니엘의 고개가 위아래로 움직이는 모습을 본 순간 핍은 그 무거운 그림자에서 해방됐다. 드디어 핍은 가벼워졌다. 맥스가 제이슨을 살해한 죄로 기소된다. 핍의 심장이 빠르게 뛰며 갈비뼈를 때렸다. 이번엔 공포 때문이 아니었다. 이번엔 다른 감정, 보다 희망에 가까운 감정이었다.

끝났다. 핍이 이겼다. 링 위의 싸움. 그리고 핍은 이렇게 살아남아 링 위에 서 있었다.

"쓰레기 같은 놈." 씩씩대는 다니엘의 목소리에 핍은 다시 정신이 들었다. 그래, 핍은 지독히도 끔찍한 곳에 와 있었다. "다른 데선 못 할 얘기지만…… 제이슨 벨은 나한테 아버지 같은 사람이었어. 그런데 제이슨이……" 다니엘은 맥스를 통째로 삼킨 저 유리문을 쳐다보며 감정이 폭발한 것 같았다. "제이슨이……." 다니엘이 눈가를 닦으며 주먹을 쥐고 가볍게 기침을 했다.

"유감이에요." 핍이 말했다. 거짓말이었다. 핍은 제이슨이 죽었단 사실이 조금도 유감스럽지 않았고, 자기가 제이슨을 죽인 것도 전혀 유감스럽지 않았다. 그러나 다니엘에 대해선 정말로 안타까운 마음이 들었다. 핍은 다니엘이 살인을 저지를 수도 있는 사람이라고 생각했었다. 그것도 무려 세 번씩이나 그렇게 의심했었다. 다니엘이 진짜 DT라고 거의 확신에 가깝게 믿고 있었다. 그러나 아니었다. 다니엘은 그저 회색 영역을 부유하는 영혼 중 하나였을 뿐이다. 하필이면 그 순간 그 장소에 있었던, 그냥 운 나쁜 사람이었을 뿐이다. 또다시 서늘하고 묵직한 깨달음이 찾아왔다. 다니엘은 제이슨 벨에게 이용당했다. 다니엘이 경찰이 된 이유도 결국 제이슨 벨 때문이었다. 베카를 통해 제이슨이 그에게 경찰이 될 수 있다고 확신을 심어주고 훈련 기간 동안에도 지지해주었다는 이야기를 들은 게 작년이었다. 이제야 핍은 제이슨의 진짜 목적이 보였다. 제이슨은 아들이 없어 다니엘을 아들처럼 챙긴 게 아니었다. 그게 아니라 제이슨은 DT 살인범 수사와 관련된 정보를 얻으려던 것이었다. 경찰과 수사망 내부에 끈을 원했다. 그리고 DT 살인범과 관련된 다니엘의 위험한 질문들이 실상은 전부 제이슨의 질문이었던 것이다. 수사 상황에 대한 그의 관심이 다니엘을 통해 표출된 것이다. 내막은 이러했다. 앤디가 제이슨을 두고 '어차피 그도 한패나 다름없다'고 한 것도 그런 의미였다. 제이슨이 다니엘을 이용했다. 제이슨 벨이 다니엘에게 아버지 같은 존재였던 게 아니다. 게다가 그는 앤디와 베카 자매에게도 제대로 된 아버지가 아니었다.

핍은 다니엘에게 얘기해줄 수 있었다. 이제 곧 제이슨에 대한 진실을 알게 될 거라고, 다니엘과 DT 살인범과의 관계에 대해 미리 경고해줄 수 있었다. 그러나 저 슬픈 미소와 빨개진 눈을 보니 차마 입이 떨어지지 않았다. 차마 다니엘에게서 그마저 빼앗는 사람이 되고 싶진 않았다. 지금까지 핍이 빼앗은 것만으로도 충분했다.

"응." 다니엘은 문 건너편에서 누군가 걸어오는 모습을 보고 건성으로 대답했다. 이곳은 문이 열리는 소리마저 적대적이었다.

호킨스 경위였다. "다니엘, 지금 잠깐……." 호킨스는 엄지를 들어 안쪽으로 들어오란 손짓을 해 보였다.

"알겠습니다." 다니엘은 부르르 한번 고개를 털더니 자세를 바로 하고 자동문 너머로 사라졌다.

호킨스가 핍을 향해 걸어왔다.

"괜찮은 거야?" 호킨스가 다시 물었다. "의료진을 부르는 게 좋겠나? 머리는 혹시……?" 호킨스가 눈을 가늘게 뜨고 핍을 살펴보았다.

"아뇨, 괜찮아요. 전 괜찮습니다." 핍이 거절했다.

"미안하게 됐네." 호킨스의 기침 소리가 어색했다. "내 불찰이야. 그전까진 저항하지 않았거든. 그렇게 갑자기 그럴 줄이야…… 경계하고 있었어야 했는데, 내 탓이지."

"괜찮아요." 핍은 입술을 일자로 다물고 미소를 지어 보였다. "신경 쓰지 마세요."

두 사람 사이에 무거운 침묵이 흘렀다.

"여긴 무슨 일이지?" 호킨스가 물었다.

"아, 드릴 말씀이 있어서 왔어요."

"그래?" 호킨스가 핍을 쳐다보았다.

"바쁘신 줄 잘 아는데요." 핍이 서 안쪽을 흘긋 쳐다보았다. "그래도 안에 들어가서 이야기를 좀 나눴으면 해서요. 보여드릴 게 있어요. 조사 중에 찾은 것들인데 중요한 것 같아서요."

호킨스가 핍을 빤히 쳐다보았다. 핍도 시선을 피하지 않고 호킨스를 쳐다보았다.

"그래, 좋아, 그러지." 호킨스가 재빨리 뒤를 돌아보았다. "10분만 더 기다려줄 수 있을까?"

"네, 괜찮아요." 핍이 대답했다. "여기서 기다릴게요."

호킨스가 가볍게 목례를 하고 돌아섰다.

"그럼, 맥스 짓인가요?" 핍이 호킨스의 뒤통수에 대고 물었다. "맥스가 제이슨 벨을 죽였나요?"

호킨스가 잠시 멈칫하더니 뒤를 돌아보았다. 반짝반짝 광이 나는 그의 검정 구두가 콘크리트 바닥에 미끄러지며 소리를 냈다.

끄덕임까진 아니라도 호킨스의 머리가 아주 살며시 움직였다. "증거가 압도적이야." 호킨스는 그렇게 말하더니 마치 핍의 반응을 살피기라도 하듯 핍의 눈을 다시 빤히 쳐다보았다. 핍은 아무런 반응을 보이지 않았다. 표정도 그대로였다. 무슨 반응을 기대한 거지? 미소? 그러니까 애초에 내 말이 맞지 않았느냐, 이번에도 내가 경찰보다 먼저 알아냈다, 하는 그 미소?

"아, 잘됐네요." 핍이 대꾸했다. "증거 말이에요. 의심의 여지 없는……."

"오늘 오후에 기자회견 할 거야." 호킨스가 말했다.

"그렇군요."

호킨스가 코를 가볍게 훌쩍였다. "그럼 잠깐……." 그가 자동문을 향해 나아가자 센서가 작동하며 문이 열렸다.

"네, 전 여기서 기다릴게요." 핍이 말했다.

호킨스가 다시 한 걸음을 떼다 말고 멈춰서서 고개를 절레절레 흔들며 작게 웃음을 터뜨렸다.

"핍은 행여 이런 사건에 엮이더라도," 방금 그 웃음의 여파가 아직 호킨스의 얼굴에 미소로 남아 있었다. "절대 잡히지 않겠지?"

호킨스가 그렇게 물으며 핍을 쳐다보았다. 배 속에서 묵직한 무언가가 쿵 가라앉았다. 그 무언가는 거기서 멈추지 않고 끝없이 추락하며 핍을 끌고 갔다. 목덜미의 머리카락이 쭈뼛 섰다.

그의 미소에 걸맞게 핍도 가벼운 미소를 지어 보였다. "뭐," 핍이 어깨를 으쓱해 보였다. "제가 트루 크라임 팟캐스트를 워낙 많이 듣긴 했죠."

"그래," 호킨스가 슬쩍 웃고는 바닥으로 시선을 떨구었다. "그렇겠지." 그리고 고개를 끄덕이며 말했다. "끝나고 다시 오지."

핍은 서 안쪽으로 들어가는 호킨스의 모습을 지켜보았다. 방금 들린 그 적대적인 소리는 저 문이 닫히며 난 소리였나, 아니면 핍의 머릿속에서 들린 소리였나?

53

이제 벌써 이틀 밤 연속으로 핍의 귓전엔 그 목소리만 들려왔다. 천장의 어두운 그림자를 노려보고 있으면 호킨스의 목소리가 들려오면서 그림자는 자꾸만 형체를 이루었다. 아무도 테이프로 두 눈을 가리지 못하도록 핍은 눈을 부릅떴다. 가슴속에선 총성이 울려댔다.

'핍은 행여 이런 사건에 엮이더라도 절대 잡히지 않겠지?'

핍은 머릿속으로 호킨스의 그 말을 몇 번이고 곱씹어보았다. 호킨스가 어느 음절에 강세를 뒀는지 그의 억양, 그 어투 그대로 곱씹고 또 곱씹었다.

핍이 1번 조사실에서 호킨스에게 그동안 제이슨에 대해 알아낸 내용과 자료들을 보여주고 사진이며 앤디의 이메일 계정 로그인 정보 등을 전달하는 동안 호킨스는 그 이야기를 다시 꺼내진 않았다. 호킨스는 그냥 간접적으로 이미 DT 살인범과의 관련성이 확인됐다고, 그리고 현재 조사 중이라고, 그렇지만 핍의 정보가 도움은 된다고, 고맙다고만 했다. 그리고 핍이 자리를 뜨기 전 서로 악수를 나누었다. 혹시 호킨스가 평소보다 손을 조금 오래 잡고 있었던가? 마치 뭔가 확인하고 싶은 것이라도 있는 것처럼?

핍은 호킨스의 말을 또다시 곱씹었다. 그의 목소리가 핍의 귓전을 다시 가득 채웠다. 핍은 그가 어디서 숨을 쉬고 어디서 공백을 두었는지, 그의 말을 가능한 모든 각도에서 분석했다.

겉으로야 그냥 농담일 뿐이었다. 하지만 호킨스가 그 말을 할 땐 약간 뜸을 들였다. 그의 말엔 확신이 없었지만, 호킨스는 말 속에 든 뼈를 숨기려고 웃어 보였다.

호킨스는 알고 있었다.

아니, 그럴 리가 없다. 경찰은 살인범을 찾았다. 호킨스에겐 핍을 지목하는 증거가 없었고 핍에겐 알리바이가 있었다.

좋아, 그래, 호킨스가 진실을 알진 못하더라도 분명 아주 작고 사소한 의심이 생긴 건 분명했다. 그 자신마저도 그냥 잊어버리고 묻어버렸을 그런 의심. 그도 그럴 것이, 황당하고 터무니없는 생각이었으니까. 핍에겐 철통같은 알리바이가 있었고, 맥스의 혐의는 강력했다. 하지만 혹시 너무 강력했나? 너무 뻔하고 너무 허술했나? 호킨스의 머릿속 한구석에 숨은 작은 목소리가 질문을 던졌겠지. 의심은 남지만 호킨스 본인조차 그게 과연 합당한 의심인지 자신이 없었던 것이다. 그가 핍의 눈을 바라보며 찾고 있었던 건 바로 그것이었다. 자신의 의심을 설명해줄 만한 흔적 말이다.

맥스는 체포되어 기소됐고, 경찰은 DT 살인범 사건에 대한 재수사를 진행 중이었다. 빌리 카라스는 이제 곧 석방될 것이고, 핍은 살아남았다. 핍은 자유의 몸이었고 안전했다. 라비와 핍의 친구들도 모두 이제 안전했다. 핍이 라비에게 이 소식을 전해주자 라비는 웃음을 터뜨렸다가, 눈물을 흘렸다가, 핍을 으스러지게 껴안았다. 하지만…… 하지만 핍이 승리했는데 왜 승리의 기쁨이 느껴지지 않는 거지? 왜 계속해서 이렇게 가라앉고 있는 거지?

"끝나고 다시 오지." 머릿속에서 호킨스가 말했다. 그땐 핍도 호킨스가 무슨 말을 하는 건지 알고 있었다. 맥스 일 처리가 끝나면 핍과 이야기를 나누러 나오겠단 뜻이었다. 하지만 지금 핍의 머릿속에 메아리치는 그 목소리는 그렇게 들리지 않았다. 약속이었다. 핍을 향한 협박이었다. "끝나고 다시 오지."

호킨스가 알고 있을 수도 있고 모를 수도 있었다. 의심이 들었을 수도 있고 그렇지 않을 수도 있었다. 생각하고 또 생각한 끝에 결국 이건 아니라고 떨쳐버렸다가 다시금 그 생각에 사로잡혔을 수도 있다. 하지만 어느 쪽이든 그건 상관없었다. 아무리 작은 의심이라도, 아무리 황당하고 터무니없는 생각이라고 해도 결국 어떻게든 그 생각은 호킨스 머릿속에 자리 잡았다. 거기 떡하니 자리 잡고 있었다. 호킨스의 머릿속에 핍이 떠오른 건 아주 찰나였는데, 거기서 완전히 지워지지 못한 것이다.

핍과 호킨스, 마지막으로 링에 남은 두 사람이 반대편 코너에서 각각 서로를 마주 보고 있었다. 호킨스는 진실을 택하지 않은 전적이 있었다. 샐 싱과 앤디 벨 사건에서, 또 제이미 레이놀즈 실종 당시에도 그는 진실을 믿지 않았다. 그러나 핍이 그사이 성장하고 또 변했듯, 어쩌면 호킨스도 그랬는지 모른다. 그리고 그 생각, 그의 머릿속 어느 구석에 그 작은 의심이 숨어 있다는 것 자체가 핍의 패배를 뜻했다.

핍은 울고 또 울며 가슴속에 남아 있던 모든 것들을 비워냈다. 이제 핍은 깨달았다. 핍에게 이제 평온이란 없다. 그 무엇보다 핍이 바랐던 한 가지, 평범한 일상으로 되돌아가는 일은 이제 불가능해졌다. 이 모든 일을 벌인 이유도 오로지 평범한 일상을 되찾겠단 바람 그 하나 때문이었건만, 결국 핍은 대가를 치러야 했다. 핍은 몇 시간이나 숙고에 숙고를 거듭했다. 여러 가지 시나리오를, '만약'과 '언제'를 따져보았다. 그리고 결국 모두를 안전하게 지킬 방법은 딱 하나뿐이라는 것을 깨달았다. 또다시 새로운 계획이었다.

피할 수 없단 걸 핍은 깨달았다. 그러나 정작 핍에게 그건 사형선고나 마찬가지였다.

54

키 큰 나무들 사이로 비치는 한 줄기 햇살이 핍을 바라보는 라비의 눈동자를 비추었다. 아니, 어쩌면 그 반대인지도, 어쩌면 라비의 눈이 해를 빛나게 하는 것인지도 모르겠다. 라비가 한쪽 입가만 들리는 그 특유의 미소를 지어 보였다.

"핍 경사?" 라비가 롯지우드 숲 낙엽을 밟으며 가볍게 핍을 불렀다. 바스락대는 낙엽 소리가 상쾌했다. 마치 집에 돌아온 것 같은, 수많은 시작과 끝을 알리는 소리 같았다.

"미안해." 핍이 서둘러 라비를 따라잡으며 라비와 속도를 맞추어 걸었다. "방금 뭐라고?"

"뭐라고 했냐며-언," 라비가 핍의 옆구리를 찌르며 말했다. "내일 부모님이 몇 시에 데려다주신대?" 라비가 답을 기다렸다. "케임브리지 말이야. 여보세요? 거기 아무도 없나요?"

"아, 응. 아마 일찍 갈걸?" 핍이 고개를 털며 정신을 차렸다. "10시 전에는 출발할 것 같아."

어떻게 해야 하는 건지 핍도 알 수가 없었다. 어떻게 말을 꺼내야 하는지, 또 어디서부터 시작해야 하는지. 말로는 표현할 방법이 없었다. 가슴속에, 갈비뼈 안에 턱 박힌 커다란 고통이 온몸 곳곳으로 퍼져나가고 있었다. 금이 간 뼈, 피에 물든 손, 그리고 그보다도 더욱 끔찍한 아픔.

"좋았어." 라비가 말했다. "그럼 그 전에 아버님 짐 싣는 거 도와드리러 갈게."

입은 곧이라도 작별 인사를 할 수 있었지만 조여오는 목구멍 때문에 핍은 말을 꺼내기가 쉽지 않았다. 라비는 산책로를 벗어나 숲길을 헤쳐 가느라고 아무런 눈치도 채지 못하고 있었다. '탐험을 하는 거야.' 잘 닦아놓은 길 대신 숲속을 가로지르며 라비는 그렇게 말했었다. 라비와 핍, 둘이 한 팀이 되어 야생의 숲을 탐험하는 거라고.

"언제 보러 갈까?" 나뭇가지 아래로 몸을 숙여 지나간 다음 뒤를 돌아보지도 않고 라비는 핍을 위해 나뭇가지를 그대로 잡은 채 물었다. "원래 계획은 다음 주말이었으니, 그럼 그다음 주말에 갈까? 나가서 저녁 먹든지 아니면 뭐 다른 것도 좋고."

못 하겠다. 도저히 못 하겠다. 라비를 향해 한 걸음 앞으로 더 옮기는 것조차 힘들었다.

눈물이 왈칵 쏟아졌다. 순식간에 터져 나왔다. 가슴속에 맺힌 이 고통은 절대 사라지지 않을 것이다.

"할 말이 있어." 핍이 조용히 말했다.

뭔가 이상한 낌새에 라비가 핍을 획 돌아보았다. 눈은 커다래졌고, 눈썹은 처져 있었다.

"핍, 무슨 일이야?" 라비가 다가와 핍의 팔을 부드럽게 매만졌다. "무슨 일인데? 왜 그래?" 라비는 핍을 가까이 끌어당겨 핍의 머리 뒤쪽에 한 손을 얹고 품에 안았다.

"하지 마." 핍은 몸을 뒤틀어 라비의 품을 빠져나간 다음 한 걸음 뒤로 물러났다. 핍의 몸은 마치 라비의 품이 제가 있어야 할 자리인 것마냥 다시 라비에게로 저절로 끌려갈 것 같은 느낌이 들었다. "내일 아침에 말인데…… 짐 싣는 거 도와주러 오지 마. 케임브리지에도 나 보러 오지 말고. 그러면 안 돼, 우리 그러면 안 돼……." 핍의 목소리가 갈라졌다. 흐느끼는 핍의 가슴이 들썩거렸다.

"핍, 너 지금 무슨 소리……."

"지금이 마지막이야." 핍이 말했다. "우리가 만날 수 있는 건 지금이 마지막이라고."

나무 사이로 바람이 불면서 핍의 머리칼이 얼굴을 때렸다. 눈물 때문에 머리카락이 얼굴에 붙어버렸다.

라비의 눈동자에 이제 빛은 사라지고 공포로 인한 어둠이 내렸다.

"지금 무슨 소리야? 아니야, 그렇지 않아." 나무 사이로 부는 바람 소리와 싸우느라 라비의 목소리가 점점 커지고 있었다.

"방법은 이것뿐이야." 핍이 말했다. "나 때문에 선배가 위험해지지 않으려면 방법은 이것뿐이야."

"너 때문에 내가 위험해질 일이 뭐가 있어. 다 끝났잖아. 우리가 해냈다고. 맥스가 기소됐잖아. 우린 자유야."

"아니야." 핍이 울부짖었다. "호킨스가 알고 있어. 혹시 모른다고 하더라도 의심은 하고 있어. 나한테 그렇게 말했어. 이미 내가 의심스럽다고 생각하고 있다니까."

"그래서?" 라비의 목소리엔 이제 화가 묻어 있었다. "상관없어. 맥스가 기소됐잖아. 증거도 다 있고. 네가 불리할 건 하나도 없어. 호킨스가 뭐라고 생각하든 그건 아무 상관 없어."

"있어."

"왜?" 라비의 목소리는 이제 절박하고 날카로운 절규에 가까웠다. "왜 상관이 있어?"

"왜냐면," 핍의 눈물 젖은 목소리도 덩달아 커졌다. "왜냐면 아직 끝나지 않았으니까. 우린 끝까지 생각해보지 않았잖아. 당장 재판도 있어. 배심원 열두 명이 합리적 의심을 넘어 맥스가 유죄라고 생각해야 해. 배심원들이 그렇게 생각하면, 그땐 정말 끝이지, 진짜 끝. 우리도 자유고. 호킨스도 굳이 계속 살펴볼 이유가 없겠지. 당장 통계만 봐도, 빌리 카라스만 봐도 일단 유죄 판결만 나오면 뒤집는 건 거의 불가능하니까. 그때가 되면, 맞아, 우리도 자유야."

"그래, 그리고 그렇게 될 거야." 라비가 말했다.

"그건 모르는 일이야." 핍이 훌쩍이며 소매로 얼굴을 닦았다. "맥스는 예전에도 교묘하게 잘도 빠져나갔어. 배심원들이 맥스를 유죄라고 판단하지 않으면, 그럼 어떻게 돼? 경찰은 재수사에 들어갈 거라고. 범인을 찾아야 하니까. 그리고 맥스가 무죄 판결을 받으면 호킨스 경위가 누굴 제일 먼저 조사할 것 같아? 바로 나야. 호킨스는 나부터 부를 거라고. 날 도와준 사람들 전부 다시 조사할 거라고. 왜냐면 그게 진실이고 그게 그 사람이 하는 일이니까."

"아니야." 라비가 소리쳤다.

"맞아." 핍은 이제 숨까지 가빠왔다. "재판이 생각대로 되지 않으면 내가 잡혀. 그리고 나 때문에 선배랑 다른 사람들을 위험하게 할 순 없어."

"그건 네 선택의 문제가 아니야!" 라비의 목이 메기 시작했다. 눈물 때문에 눈이 반짝거렸다.

"내 선택 맞아. 헤드폰 건으로 선배가 호킨스를 찾아갔기 때문에 선배도 의심을 피할 수 없어. 하지만 난 선배를 지킬 방법을 알고 있어."

"아니, 핍, 이제 네 말 안 들을 거야." 라비가 시선을 떨구었다.

"유죄판결이 나오지 않으면 경찰은 선배를 찾아갈 거야. 그럼 내가 한 짓이라고 해."

"싫어."

"강요에 의한 행위였다고 해, 내가 시켰다고. 그 헤드폰 관련해서도 내가 도와달라면서 그렇게 얘기하라고 시켰다고 해. 선밴 내가 제이슨에게 한 짓을 의심했다고. 선배는 선배 인생이 어떻게 될까 봐 무서웠던 거야."

"아니, 핍. 그만해!"

"그건 강요에 의한 거였어, 알겠지?" 핍은 애원했다. "꼭 그 표현을 써야 해. '강요에 의한 행위'였다고. 내 말대로 안 하면 인생이 엉망진창 될까 봐 무서워서 그런 거야, 알겠지?"

"아니! 그걸 누가 믿어!"

"믿게 만들어야지!" 핍도 소리쳤다. "믿게 만들어야지."

"싫어." 라비의 눈에서 흘러내린 눈물이 입술에 고였다. "그러고 싶지 않아. 그렇게 하기 싫어."

"나 대학 간 이후로 우린 연락 전혀 안 한 거야. 정말 그럴 거고. 선배가 나랑 헤어졌거든. 우리는 대화도 안 하고 만나지도 않고 전혀 연락도 안 했어. 하지만 그래도 경찰에 진실을 말하면 어떻게 될지 몰라서 무서웠어. 내가 혹시라도 무슨 해코지를 할까 봐."

"그만해, 핍. 제발." 라비가 두 손으로 얼굴을 가리며 울부짖었다.

"우린 이제 못 만나. 연락도 절대 하면 안 돼, 그렇게 안 하면 그 강요라는 주장이 안 먹힌단 말이야. 경찰에서 우리 휴대폰 기록을 확인할 거야. 선배는 내가 무서웠어, 남들 눈에 그렇게 보여야 해. 그래서 우리가 헤어진 거야." 가슴속에 박혀 있던 무언가가 핍의 가슴에 깊은 상처를 냈다. 너무나 큰 고통이었다.

"아니야." 라비가 손에 얼굴을 묻고 흐느꼈다. "아니야, 이럴 순 없어. 우리가 할 수 있는 게 있을 거야……" 라비가 얼굴에서 손을 떼더니 눈물로 반짝이는 눈빛을 하고서 핍을 쳐다보았다. "결혼하면 되잖아."

"뭐라고?"

"결혼하면 되잖아." 라비가 흐느낌을 삼켜 넘긴 다음 핍에게 한 걸음 가까이 다가갔다. "배우자 간 특권이란 게 있잖아. 아무리 공범이라도 부부는 서로 불리한 증거를 제공하지 않아도 되잖아. 결혼하면 돼."

"안 돼."

"결혼하면 돼." 라비의 눈에 희망이 커졌다. "그럼 괜찮아."

"안 돼."

"왜 안 돼?!" 라비의 목소리에 다시 절박함이 묻어났다. 눈 한 번 깜박이는 사이 희망은 사라져버렸다.

"왜냐면 사람을 죽인 건 선배가 아니라 나니까!" 핍은 예전처럼 라비의 손가락 사이에 제 손가락을 끼워 넣어 깍지를 끼고 라비의 손을 꼭 잡았다. "그래봤자 안전해지는 게 아니잖아. 오히려 나랑, 나한테 있었던 일이랑 더 깊은 관계를 갖게 되는 거지. 그때쯤 되면 우리 둘 다 잡아넣기 위한 진술조차 필요하지 않을지도 몰라. 그건 안 돼. 선배 이런 모습 형이 보고 싶을 것 같아? 동네 사람들이 자기 동생 보고 살인자라고 혀를 차길 바랄 것 같아? 자기가 그런 일을 겪었는데?"

"그만해." 라비가 핍의 손을 너무 꽉 쥐었다. "그렇게 몰아가지……."

"꼭 선배만을 위해 이러는 게 아냐." 핍은 라비의 말이 끝나기도 전에 다시 손을 꽉 쥐며 말했다. "모두를 위한 거야. 카라, 나탈리, 코너…… 내가 아끼는 사람들, 날 도와준 사람들 전부 나 때문에 위험해지는 일은 없어야 해. 이 사람들을 지켜야 한다고. 우리 가족들도 마찬가지고. 우리 가족들이 어떤 방식으로든 방조했다는 의심을 사게 할 수는 없어. 내가 거리를 둬야 해, 나 혼자 해결해야 한다고. 모두랑 거리를 둬야 해, 재판이 끝날 때까진 그래야 해. 그리고 그 후에도, 혹시라도 배심원이……."

"아니." 라비가 말했다. 그러나 이제 라비의 목소리엔 투쟁의 의지가 사라지고 눈물이 더욱 빠르게 떨어지고 있었다.

"난 시한폭탄이야. 그리고 폭탄이 터지는 그 순간 내가 사랑하는 사람들을 옆에 두고 있을 순 없어. 특히나 선배는 더더욱."

"터지지 않을 수도 있지." 라비가 대꾸했다.

"터질 수도 있고." 핍이 라비의 눈물을 닦아주려 손을 뻗었다. "재판 끝날 때까지만. 그리고 우리 생각대로 되면, 배심원들이 맥스를 유죄라고 판단하면, 그럼 다 되돌릴 수 있어. 내 인생, 우리 가족, 선배까지. 우리도 다시 만날 수 있어, 내가 약속할게. 물론 그때까지 선배가 아직 날 만날 생각이 있다면 얘기지만."

라비가 핍의 손을 제 뺨에 꾹 갖다 댔다.

"몇 달이 걸릴 수도 있어." 라비가 말했다. "몇 년이 걸릴 수도 있고. 살인 사건이니까 재판까지는 몇 년씩 걸릴 수도 있단 말이야."

"그럼 내가 그만큼 오래 참고 기다려야지." 핍이 울부짖었다. "그리고 그렇게 기다렸는데 맥스가 유죄가 아니라는 배심원 판정이 나오면, 그땐 호킨스한테 '강요에 의한 행위'였다고 해야 해. 선밴 현장에 없었어. 선밴 내가 제이슨을 죽인 범인인지 아닌지 확실하게 알지 못하는 상황에서 내가 선배한테 헤드폰 이야기를 그렇게 하라고 시킨 거야. 내가 시킨 거라고. 지금 연습해봐."

"강요에 의한 행위." 조용히 대답하는 라비의 얼굴이 일그러졌다. "이러고 싶지 않아." 라비가 흐느꼈다. 라비의 떨리는 손을 핍도 느낄 수 있었다. "널 잃고 싶지 않아. 난 상관없어. 무슨 일이 벌어져도 상관없어. 널 다시 못 보게 되는 거, 너랑 다시 이야기 못 하는 게 싫다고. 재판까지 기다리고 싶지 않아. 사랑해, 핍. 이건…… 난 못 해. 넌 내 사람이고, 난 네 사람이야. 우린 한 팀이라고. 이건 정말 아니야."

핍은 라비의 품을 파고들어 늘 얼굴을 묻던 그 자리, 라비의 목 바로 아래 그곳에 다시 얼굴을 묻었다. 핍의 안식처 같은 이곳. 하지만 더는 그럴 수 없겠지. 라비가 핍의 어깨 위로 고개를 떨구었다. 핍은 라비에게 그렇게 어깨를 내준 채 라비의 머리칼을 쓰다듬었다.

"나도 이러기 싫어." 그 말을 꺼내는 순간 핍은 숨을 쉴 수 없다고 느낄 만큼 고통이 너무 컸다. 이 상처는 무엇으로도 치유되지 않을 것이다. 시간으로도, 그 어떤 것으로도. "정말로 사랑해." 핍이 속삭였다. "그러니까 이럴 수밖에 없는 거야. 그러니까 난 떠나야 하고, 돌아오지 말아야 해. 날 위해서 그렇게 하도록 해줄 거잖아, 날 위해서. 그래줄 거란 거 선배도 알잖아." 핍이 창고에 갇혀 있을 때 라비가 자기도 모르는 새 핍을 구했던 것처럼, 헤드폰으로 핍을 구하며 라비가 했던 얘기를 핍은 그대로 되돌려주었다. 이제 핍이 라비를 구할 차례였다. 그게 핍의 선택이었다. 그리고 핍은 조금의 의심도 없이 그게 옳은 선택임을 알고 있었다. 어쩌면 그동안 핍의 다른 선택들이 옳지 않았을지도 모른다. 지금에 이르기까지 가지 않은 길, 다른 삶의 선택들을 내버려둔 채 핍이 내린 모든 결정이 어쩌면 그르거나 나쁜 선택이었는지도 모른다. 지금의 이 선택은 그중에서도 최악의 선택, 가장 아픈 선택이었지만 동시에 옳은 선택, 좋은 선택이었다.

라비가 핍의 어깨에 대고 소리를 질렀고 핍은 그의 머리칼을 매만졌다. 눈물이 소리 없이 핍의 뺨을 타고 흘러내렸다.

"이제 그만 갈게." 핍이 드디어 입을 열었다.

"안 돼! 안 돼!" 라비는 핍의 외투 속에 얼굴을 파묻으며 핍을 더욱 꼭 붙잡고 놓아주지 않으려 애를 썼다. "안 돼, 가지 마." 라비가 애원했다. "제발 가지 마. 떠나지 마."

하지만 둘 중 하나는 먼저 떠나야 했다. 먼저 그 마지막 눈빛을 참아내는 사람, 먼저 마지막 그 말을 꺼내는 사람은 핍이 될 수밖에 없었다.

핍이 라비의 팔을 풀고 라비를 떠날 수 있게 해주었다. 핍은 뒤꿈치를 들고 서서 라비가 평소 핍에게 하던 것처럼 라비의 이마에 제 이마를 가져다 대었다. 그렇게 해서 라비가 느끼는 고통의 반을 자신이 가져갈 수 있기를 바랐다. 나쁜 것들을 절반 덜어가면 그 자리에 좋은 것을 채워 넣을 수 있을 것이다.

"사랑해." 핍이 뒤로 한 걸음 물러서며 말했다.

"사랑해."

핍은 라비의 눈을 들여다보았다. 라비도 핍의 눈을 들여다보았다. 그리고 마침내 핍은 돌아서서 발걸음을 옮겼다.

떠나는 핍의 등 뒤에서 라비는 결국 무너져내렸다. 그의 울음소리는 바람을 타고 핍에게까지 전해져 핍의 발목을 자꾸만 붙잡았다. 핍은 애써 걸음을 옮겼다. 열 발짝. 열한 발짝. 다음 걸음을 내딛는 핍의 발이 망설였다. 못 하겠다. 도저히 못 하겠다. 이렇게 헤어질 순 없다. 핍은 어깨 너머로 뒤를 돌아보았다. 나무 사이로 낙엽 위에 무릎을 꿇고 양손엔 얼굴을 파묻은 채 오열하는 라비의 모습이 보였다. 라비의 저런 모습을 보는 것 자체가 다른 무엇보다도 고통스러웠다. 가슴을 활짝 열고 다시 라비에게 손을 뻗고 싶었다. 다시 달려가고 싶었다. 라비를 안고 저 고통을 가져오고 싶었다. 자신의 고통도 라비와 나누고 싶었다.

핍은 되돌아가고 싶었다. 라비에게 다시 달려가 저 품에 안기고 싶었다. 무엇보다도 라비와 다시 한 팀이 되고 싶었다. 두 사람끼리만 통하는 그 모든 방식으로 사랑한다고 속삭이고 싶었고, 갖가지 핍의 별명을 부르는 라비의 부드러운 목소리를 듣고 싶었다. 그러나 그럴 수 없었다. 그래선 안 된다. 라비는 핍의 사람이어선 안 되었다. 핍도 지금은 라비의 사람이 되어선 안 된다. 둘 다 원치 않는 상황이라면 핍이 더 강해져야 하는 게 맞다. 이 선택을 한 게 핍이었으니까 말이다.

마지막으로 다시 한번 핍은 라비를 바라보았다. 그런 다음 겨우 시선을 앞으로 돌렸다. 눈에 고인 눈물이 시야를 가렸고 볼 위로는 눈물이 흘러내렸다. 어쩌면 라비를 다시 볼 수 있을지도, 어쩌면 다시 볼 수 없을지도 모르지만 어쨌든 지금 다시 뒤를 돌아볼 수는 없었다. 돌아봐서도 안 되었거니와, 돌아보면 앞으로 나아갈 힘을 잃게 될 것이다.

핍은 걸음을 옮겼다. 바람에 실려오는 울음소리가 라비의 것인지, 나무들 소리인지 이제는 파악하기 쉽지 않을 만큼 멀리 떠나왔다. 그렇게 핍은 떠났다. 그리고 뒤를 돌아보지 않았다.

55

72일 차.

핍은 하루도 빠짐없이 날짜를 세며 머릿속으로 하루하루를 지워나갔다.

케임브리지에서의 12월도 벌써 중반을 향해 있었다. 해는 씻겨나간 핏물 같은 선홍빛 얼룩만 남긴 채 하늘에서 이미 사라졌다.

핍은 외투를 더욱 꼭 여미고 좁고 굽이진 케임브리지의 옛길을 걸어갔다. 3일 후면 핍은 다시 이곳에 있을 것이고, 그때는 75일째가 되겠지. 곧 100일이 될 것이다.

공판일은 아직 잡히지 않았다. 사실 그동안 별다른 소식을 듣지 못했다. 그나마 어제 마리아 카라스의 이메일 정도가 전부였다. 카라스의 이메일에는 빌리가 루돌프로 뒤덮인 흉측한 빨간 스웨터를 입고 활짝 웃으며 크리스마스트리를 장식하는 모습을 찍은 사진이 첨부돼 있었다. 핍도 화면 속 빌리를 보며 씩 웃었다. 31일 차, 빌리 카라스는 모든 혐의를 벗고 석방됐다.

33일 차, 제이슨 벨이 DT 살인범이었다는 뉴스가 드디어 터져 나왔다.

"어이, 네 고향 얘기 아니야?" 누군가 공동 공간에 틀어져 있는 TV에서 흘러나온 뉴스를 보고 핍에게 물었다. 대부분 학생들은 핍에게 말을 걸지 않았다. 핍은 주로 혼자 지냈다. 다른 사람들과는 일부러 거리를 두었다.

"응, 맞아." 핍은 그렇게 대답하고 음량을 키웠다.

제이슨 벨은 DT 살인범이기만 했던 게 아니었다. DNA 증거를 통해 1990~1994년 런던 남동부에 주로 출몰했던 강간범 역시 제이슨 벨이었단 사실이 밝혀졌다. 핍은 계산을 해보았다. 1994년이면 앤디 벨이 태어난 해다. 제이슨은 첫 딸이 출생한 해에 범죄행각을 멈추고 리틀 킬턴으로 이사했다. DT 살인범의 첫 피해자가 발생한 건 앤디가 열다섯 살이 되던 해였다. 앤디가 성인 여자로 보이기 시작한 시점에 말이다. 어쩌면 그래서 제이슨이 그런 짓을 벌인 것인지도 모른다. 제이슨 벨은 앤디가 죽은 후 다시 범죄행각을 멈췄다. 완전히 멈췄다고까지 할 수는 없지만 어쨌거나 여섯 번째 피해자가 있었다는 건 아무도 모르니까. 앤디 일생의 중요한 순간마다 한집에 살던 괴물, 그 괴물이 벌인 끔찍한 짓들이 책갈피처럼 꽂혀 있었다. 앤디는 그 괴물로부터 살아남지 못했지만 핍은 살아남았다. 앤디도 핍과 함께할 수 있을 것이다. 목적지가 어디든 말이다.

핍은 모퉁이를 돌았다. 차들이 빠르게 핍을 제치고 지나갔고, 핍은 책이 가득 든 무거운 배낭을 다시 조정했다. 외투 주머니에서 휴대폰 진동이 울렸다. 핍은 휴대폰을 꺼내 화면을 확인했다. 아빠였다.

배 속에선 긴장감이, 가슴에선 휑한 구멍이 느껴졌다. 핍은 측면 버튼을 눌러 전화를 무시하고 휴대폰을 주머니 속에 다시 집어넣었다. 전화 못 받아서 죄송하다고, 바빴다고 내일쯤 아빠에게 문자를 할 것이다. 도서관에 있었다고 핑계를 댈지도 모르겠다. 전화 통화의 간격이 몇 주에서 몇 달이 될 때까지, 전화가 점점 드물어질 때까지 간격을 점점 넓힐 것이다. 읽지 않고 답장도 하지 않은 문자들이 쌓여갔다. 학기는 이미 끝났지만 핍은 방학 동안 방을 계속 쓰겠다고 방값을 내고, 집에는 과제를 하고 싶다고 얘기했다. 크리스마스 땐 집에 가지 못하는 이유를, 뭐가 됐든 핑계를 생각해내야 했다. 부모님이 속상해하실 줄 핍도 모르지 않았고, 때문에 핍의 마음도 찢어졌지만, 그래도 방법은 이것뿐이었다. 분리. 핍이 위험 그 자체였다. 혹시라도 가족들에게 피해가 가는 상황을 염려해 핍은 가족들과 거리를 두어야 했다.

72일 차. 핍이 이 유배길에 오른 지, 자신만의 연옥에 들어온 지 겨우 두 달 반밖에 되지 않았다. 핍은 울퉁불퉁 자갈이 박힌 굽이진 이 옛길을 따라 걷고 또 걸었다. 매일같이 걸으며 핍은 약속했다. 앞으로 다른 사람, 더 나은 사람이 되겠다고. 그리하여 제 인생을, 사랑하는 모든 사람들을 되찾을 자격이 있는 사람이 되겠다고 다짐했다.

조쉬를 축구 시합에 데려다주는 일로 다시는 불평하지 않을 것이다. 호기심 어린 조쉬의 궁금증은 뭐가 됐든 다 대답해줄 것이다. 조쉬의 큰누나이자 선생님, 조쉬가 우러러볼 수 있는 사람이 되겠다. 언젠가 조쉬의 키가 핍을 추월해 핍이 조쉬를 올려다봐야 할 그날이 올 때까지는 말이다.

엄마에겐 더 다정한 딸이 될 것이다. 핍이 뭘 하든 언제나 진심으로 응원해준 엄마였건만, 핍은 엄마 말을 더 많이, 더 잘 들어주지 못했다. 핍은 엄마를 당연한 존재로 치부해버렸다. 엄마의 강인함도, 핍을 향해 눈동자를 굴리는 엄마의 모습도, 엄마의 그 팬케이크도 모두 말이다. 다시는 그러지 않을 것이다. 엄마는 핍이 이 세상에 태어나 처음 숨을 쉰 그 순간부터 핍과 한 팀이었다. 그리고 핍이 인생을 되찾는 순간 핍은 다시 엄마와 한 팀이 될 것이다. 엄마의 마지막 순간까지, 서로가 주름진 손을 함께 꼭 잡고서.

아빠. 아빠의 그 호쾌한 웃음소리, 핍의 별명을 부르는 아빠의 목소리를 다시 듣기 위해 핍이 못 할 일은 없었다. 핍은 매일매일 자신을, 엄마를 선택한 아빠에게 감사할 것이다. 아빠가 가르쳐준 모든 것들에 감사할 것이고 아빠를 빼닮은 딸이라서 무척 기쁘다고, 아빠 덕분에 이렇게 훌륭한 어른으로 자랐다고 이야기해줄 것이다. 그러려면 일단 다시 그런 사람이 되는 게 우선이었다. 그리고 다시 그런 사람이 되면, 그땐 어쩌면 아빠의 팔짱을 끼고 함께 식장을 걸어 들어가다 아빠가 귓속말로 네가 자랑스럽다고 이야기할 그런 날이 올지도 모른다.

친구들. 핍은 친구들에게 항상 먼저 안부를 묻는 사람이 될 것이다. 친구들을 뒷전으로 미루지 않을 것이며, 이해해달라고 요구하는 대신 늘 먼저 친구들을 배려하는 사람이 될 것이다. 카라와 세 시간씩 통화하며 배가 아플 때까지 웃을 것이다. 코너의 형편없는 말장난과 어색한 포옹, 제이미의 친절한 미소와 너른 가슴, 핍이 언제나 존경해 마지않는 나탈리의 강인함, 핍이 가장 필요할 때 기꺼이 핍의 큰언니가 되어주었던 나오미…… 이들에게 핍은 그런 친구가 될 것이다.

베카 벨. 핍은 두 사람 모두 자유를 되찾으면 베카에게 모든 것을 얘기하겠다고 약속했다. 핍은 베카와도 거리를 둬야 했다. 면회도 빠지고, 전화도 받지 말아야 했다. 그러나 베카에겐 감옥이 자유를 제한하는 공간은 아니었다. 베카에겐 친부의 존재가 곧 감옥이었다. 이제 제이슨은 사라졌지만 베카는 모든 것을 알아야 할 권리가 있었다. 친부가 어떤 사람이었는지, 어떻게 죽었는지, 맥스는 어떻게 됐으며 그 과정에서 핍은 어떤 역할을 했는지, 그리고 그 무엇보다도 친언니 앤디에 대해 알아야 할 권리가 있었다. 베카의 친언니는 한집에 살던 괴물의 실체를 알고 있었고, 베카를 그의 손아귀에서 구해내기 위해 할 수 있는 모든 일을 다 했다. 베카도 앤디의 이메일을 읽어야 한다. 앤디가 동생을 얼마나 사랑했는지, 그리고 앤디가 마지막 순간 베카에게 남긴 그 잔인한 말들이 실은 동생을 보호하기 위한 것이었음을 베카도 알아야 했다. 앤디는 친부가 어느 날 갑자기 자매를 죽일 수도 있단 공포 속에 살았고, 어쩌면 그게 제이슨의 심기를 거스르는 일이 될까 봐 무서웠는지도 모른다. 이런 진실을 베카에게 모두 이야기해야 했다. 살아 있었다면 앤디는 분명 동생과 함께 부친에게서 도망쳤을 거란 걸 베카도 알아야 했다.

약속과 다짐의 연속.

기회만 주어진다면 핍은 그 모두를 되찾을 것이다.

핍이 기다리고 있는 건 사실 맥스의 재판이 아니라 저 자신에 대한 심판이었다. 핍의 마지막 심판. 배심원은 맥스의 운명뿐만 아니라 핍의 운명까지 결정할 것이다. 핍이 제 인생을, 사랑하는 모든 사람들을 되찾을 수 있을지 결정할 것이다.

그리고 그 무엇보다도 라비를 되찾을 수 있을지를.

핍은 여전히 라비와 매일 이야기를 나누었다. 실제 라비 말고 핍의 머릿속에 살고 있는 라비 말이다. 겁이 나거나 확신이 들지 않을 때면 핍은 라비에게 말을 걸었다. 라비라면 어떻게 할지 물어보았다. 외롭지 않을 때를 찾기가 더 힘들었지만 어쨌든 핍이 외로움에 휴대폰 속 저장된 옛날 사진을 열어볼 때면 라비가 핍 옆에 함께 있었다. 밤이면 핍이 다시 잠드는 법을 배우는 동안 잘 자라는 인사와 함께 어둠 속에서 라비가 핍과 함께 있어주었다. 핍은 과연 이제 라비의 말투를 제대로 기억하고 있는지조차 자신이 없어졌다. 말끝을 길게 빼거나 기울이는 그 특유의 말투. 라비가 "핍 경사"를 어떤 식으로 불렀더라? 끝을 올렸나, 아니면 내렸나? 기억 속 라비를 온전히 붙들어두어야 했다.

핍은 매일같이 라비를 생각했다. 지난 72일간 거의 매일, 매순간 생각했다. 라비는 무슨 생각을 할까? 뭘 하고 있을까? 방금 핍이 먹은 샌드위치를 라비라면 좋아할까? 물론 답은 무조건 '그렇다'겠지만 말이다. 라비는 잘 지내고 있는지, 그리고 핍이 라비를 그리워하는 만큼 라비 역시 핍이 그리운지도 궁금했다. 혹시 이 부재가 분개로 번지진 않았는지도 걱정됐다.

무엇을 하고 있든 핍은 라비가 부디 다시 행복해지는 방법을 배웠기를 바랐다. 그 방법이 재판을, 그리고 핍을 기다리는 것이 됐든 혹은 다른 사람을 찾는 것이든 핍은 다 이해할 것이었다. 다른 누군가를 위해 그 삐뚜름한 미소를 짓는 라비를 상상하면, 그 누군가에게 갖가지 새로운 별명을 지어주고 '사랑해' 대신 온갖 다양한 말로 사랑을 전할 라비를 상상하면 가슴이 찢어지는 것 같았지만, 그래도 그건 라비의 선택이었다. 핍이 원하는 건 라비가 행복해지는 것, 그의 인생에 다시 좋은 일들이 생기는 것, 그뿐이었다. 라비의 자유를 위해서라면 핍은 얼마든지 다시 똑같은 선택을 할 수 있었다.

그리고 만약 라비가 핍을 기다린다면, 재판 결과가 두 사람이 원하는 방향으로 흘러간다면, 그렇다면 핍은 라비 싱에게 어울리는, 그럴 자격이 있는 사람이 되도록 매일매일 노력할 것이다.

"이렇게 마음이 여려서야 원." 라비가 핍의 귀에 속삭였다. 핍은 씩 웃었다. 웃음처럼 짧은 숨소리가 터져 나왔다.

다른 소리가 들려왔다. 희미한 울음소리였다. 높고 요란한 울음소리가 점점 가까워지고 있었다.

사이렌 소리였다.

하나가 아니라 여러 개였다.

커졌다 작아졌다, 소리가 충돌했다.

핍은 고개를 획 돌렸다. 길 끝에 경찰차 세 대가 다른 차들을 추월해 핍이 있는 방향으로 달려오고 있었다.

사이렌 소리는 점점 더 커지고 있었다.

더욱더 커졌다.

파란 불빛이 나선을 그리며 핍의 눈앞에 번쩍였다. 길가를 비추는 파란 불빛에 석양빛은 무력화됐다.

핍은 고개를 돌리고 눈을 꼭 감았다.

드디어 끝이 났다. 그들이 알아냈다. 호킨스가 찾아냈다. 여기까지다. 핍은 여기까지였다.

핍은 그 자리에 멈춰서서 숨을 멈췄다.

소리는 더욱 커졌다.

더욱 가까워졌다.

셋.

둘.

하나.

귀를 찢는 것 같은 비명이 들려왔다. 차들이 연달아 핍 옆을 지나가며 머리카락이 휘날렸다. 사이렌 소리도 점점 멀어져갔다. 핍은 보도 위에 그대로 남아 있었다.

핍은 조심스레, 천천히 눈을 떴다.

경찰은 사라졌다. 사이렌 소리가 다시 울음소리로 바뀌며 서서히 사라져갔다. 그러다 이내 더는 아무 소리도 들리지 않았다.

핍이 아니었다.

오늘은 아니었다.

언젠가 핍을 잡으러 올지도 모르지만, 오늘은 아니었다. 오늘은 72일째다.

핍은 고개를 끄덕이며 발걸음을 옮겼다.

"계속 가야겠네." 핍이 라비에게, 핍의 머릿속 모두에게 말했다. "계속 가야겠어."

핍이 심판대에 오르는 그날은 분명 오겠지만, 아직은 아니었다. 핍은 걸음을 옮기며 약속하고 다짐했다. 이뿐이었다. 비록 힘찬 걸음은 아니더라도, 계속 서 있기 버겁도록 가슴속 구멍이 너무 크게 느껴지더라도 한 발, 또 한 발 앞으로 옮겼다. 핍은 걸음을 옮기며 약속하고 다짐했다. 라비가 언제나처럼 손깍지를 낀 채 핍과 함께하고 있었다. 핍의 손끝이 라비의 주먹뼈 사이 움푹 파인 자리에 가 닿았다. 어쩌면 다시 이렇게 손을 잡을 날이 올지도 모른다. 한 발, 또 한 발, 그냥 그렇게 나아갔다. 이 길 끝에 무엇이 자신을 기다리고 있는지 펍은 알지 못했다. 그리고 그렇게 멀리 내다보지도 못했다. 빛이 저물고 어둠이 내리기 시작하고 있었다. 그러나 어쩌면, 정말로 어쩌면, 무언가 좋은 소식이 기다리고 있을지도 모른다.

1년 8개월 16일 후

697일 차

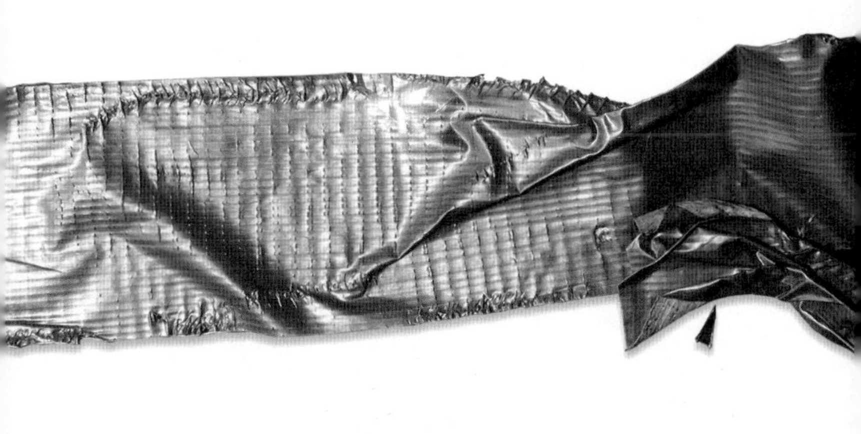

검찰 vs 맥스 헤이스팅스 판결 3분 후:

어이, 핍 경사. 나 기억나?

감사의 말

언제나처럼 에이전트 샘 코프랜드 님께 가장 먼저 감사를 전합니다. 독자에게 이 이야기가 통할 것인지 시험대가 되어주는 것은 물론 잔소리꾼 이모에서부터 나쁜 경찰, 좋은 경찰에 이르기까지 샘이 맡아준 다양한 역할에 깊이 감사드려요. 2016년 6월 '학교 과제로 과거 살인 사건을 다시 파헤치려는 소녀 이야기'라는 아이디어를 들고 처음 샘을 만났을 땐 그 이야기가 이렇게 3부작이 될 줄 몰랐지요. 그때 샘이 저에게 기회를 주지 않았다면, 그 아이디어를 글로 옮겨보라고 하지 않았다면 한 권의 책도 나오지 못했을 테죠. 그런 의미에서 고맙습니다. (물론 모든 공을 샘에게 돌릴 순 없지만요!)

다음으로 독자들의 손에 책이 닿을 수 있기까지 많은 노력을 해주신 서점에 감사를 전합니다. 특히 지난 1년 무척이나 어려운 상황 속에서도 책과 독서에 대한 여러분의 끊임없는 열정과 헌신 덕분에 이 시리즈가 성공할 수 있었습니다. 감사합니다. 블로거 분들께도 감사드려요. 서평을 작성하고 즐겁게 읽은 책을 다른 많은 이들과 공유하기 위해 여러분께서 얼마나 많은 시간을 쓰고 계신지 잘 알고 있습니다. 그간 '핍 시리즈'에 보여주신 사랑에 무척 감사드립니다. 시리즈의 마지막 권인 이 책에 대해서도 여러분의 반응을 무척 고대하고 있어요.

제 컴퓨터 속 워드 문서를 책으로 만들어내주신 일렉트릭 멍키의 모든 분들께도 감사합니다. 사라 레빈슨 님, 무지막지한 두께의 이 책을 펴내는 동안 제가 원하는 바를 정확하게 파악하시고 전문가답게 저를 이끌어주셔서 고맙습니다. 린지 헤븐 님, 3부작 출판 내내 보여주신 열정에 감사드려요. 루시 커트네이, 멜리사 하이드너, 수실라 베이바스, 로라 버드, 제닌 스펜서 님께도 감사 인사 전합니다. 이야기가 처음 책의 형태를 띠고 눈앞에 펼쳐지는 순간은 늘 마법 같습니다. 톰 샌더슨 님, 3부작 피날레에 걸맞은 훌륭한 표지 디자인 감사드려요. 앞으로 박스 테이프를 보는 시선이 달라지지 않을까 합니다. 마케팅/SNS 천재 재스 반살 님, 감사합니다. 책을 낼 때마다 마법을 부리듯 출간 준비하는 모습을 지켜보는 게 저한텐 출판 과정 중 가장 큰 즐거움 가운데 하나였어요.

케이트 제닝스, 올리비아 카슨, 에이미 돕슨 님, 더 많은 독자들이 이 책을 알 수 있게 애써주셔서 감사합니다. 이 책을 세상에 낼 수 있게 도와주신 판매 및 저작권 팀에게도 감사 인사 전합니다. 잉그리드 길모어, 로리 테이트, 레아 우즈, 브로건 퓨리 님께 특히 감사드려요. 프리실라 콜먼 님께는 특별한 감사 말씀을 드려야 할 것 같아요. 프리실라 님 덕분에 경찰 몽타주 속 DT 살인범이 생명력을 얻을 수 있었습니다.

그리고 이 자리를 빌려 영국 국가 의료시스템의 의료진에게 감사와 존경을 표하고 싶습니다. 코로나 팬데믹 중 영웅과도 같은 활약을 보여주신 의료진 여러분들에 비하면 기껏해야 가상의 인물을 꾸며내 자판으로 가상의 이야기를 두드리는 것에 지나지 않는 제 일은 이 사회에 대한 기여 측면에서 사소하고 하찮게 느껴질 정도였습니다. 끔찍했던 팬데믹 기간 동안 전 국민을 돌봐주셔서 감사드립니다. 의료진 여러분은 진정 영웅이세요. 국가 의료보험 시스템은 우리가 꼭 지켜내야 할 것입니다.

출판이라는 혼란스러운 바다를 항해하는 데 늘 도움을 주는 동료 작가들에게도 감사를 전합니다. 특히 락다운 중엔 더더욱 쉽지 않은 항해였지요. 집과 데드라인을 피해 (일시적으로나마) 가상의 세계로 도망칠 수 있게 도와준 줌 게임 세션에도 인사를 남겨야겠어요. 팬데믹 중 (원격으로) 내가 평정을 잃지 않게 도와준 '플라워 헌스'에게도 고맙습니다. 주간 퀴즈는 무척 즐거웠어요. IRL을 더 할 수 있길 기다리고 있습니다. 하지만 퀴즈는 이제 없겠죠?

그리고 부모님, 언제나처럼 변함없는 지지를 보내주셔서 감사합니다. 아무도 날 믿지 않을 때 엄마, 아빠는 저를 믿어주셨지요. 부모님은 제가 커서 작가가 되리란 걸 진작 알고 계셨겠지요? 아무튼 책과 비디오 게임, TV와 영화를 충분히 즐길 수 있는 환경을 만들어주셔서 감사합니다. 덕분에 이야기에 대한 애정을 키울 수 있었어요. 엄마, 아빠가 만들어준 환경은 모두 작가로서 저에게 자산이 되었답니다. 아빠, 제 첫 독자로서 평을 해주고 저의 책을 완벽하게 이해해주어 고마워요. 엄마, 제 책을 읽으면서 아빠한테 '구역질난다'고 말해줘서 고마워요. 엄마의 평가 덕분에 제가 의도한 바가 정확히 전달되었단 걸 알 수 있었어요!

에이미 언니, 그리고 내 동생 올리비아, 역시 변함없는 지지를 보내줘서 고마워. 두 사람은 나에게 자매의 중요성을 상기시켜주는 존재야. 핍은 자기만의 자매를 찾아야 했지만(카라, 나오미, 나탈리, 베카) 나는 운 좋게 처음부터 언니와 동생이 있었으니까. 두 사람 덕분에 지금까지는 물론 앞으로도 내 모든 작품에 형제자매간 말다툼을 잘 쓸 수 있게 됐으니, 그 점도 고마워!

우리 조카 조지, 족히 10년은 더 있어야 이모가 쓴 책을 읽을 수 있을 텐데도 벌써 이모를 제일 좋아하는 작가로 꼽아줘서 고마워. 카씨, 마감에 시달리며 괴로웠던 지난 기간 동안 팬데믹 아기로 이모에게 귀여움을 선사해주어서 고마워. 그리고 이제 거의 이모 책을 읽을 만한 나이가 된 우리 다니엘한테 특히 고마워. 네가 아홉 살 때 학교에서 창작 글쓰기 수업을 듣고 와서 모든 훌륭한 이야기는 '……'으로 끝난다고 얘기해주었지. 다니엘, 이모도 생애 첫 3부작의 마지막 권을 '……'으로 끝냈어. 이제 이모를 자랑스러워했으면 좋겠다. (너도 잘 지내고!)

피터, 게이, 케이티 콜리스, 언제나처럼 첫 독자가 되어주고 최고의 두 번째 가족이 되어주어 고마워요.

나의 동력이자 영원한 공범, 벤. 당신 없인 아무것도 못 했을 거야. 3권은커녕 핍은 햇빛조차 보지 못했겠지. 고마워.

'트루 크라임' 트렌드에 영향을 받은 작품을 쓴 이상, 우리 형사사법 시스템과 이 시스템에 대한 아쉬움을 언급하지 않을 수 없을 것 같습니다. 영국의 강간 및 성폭력 건수와 신고 및 유죄 판결 비율을 보면 거의 절망적인 수준입니다. 이건 분명 문제가 있습니다. 이 책이 제 목소리를 대신할 수 있길 바랍니다. 추행을 당한 후 아무도 믿어주지 않았을 때 분노했던 개인적 경험, 그리고 때때로 공정하지 않다고 생각되는 사법 시스템에 대한 좌절감 등이 이 책에 반영돼 있음을 독자분들도 느끼시리라 생각합니다.

마지막으로 3권에 이르기까지 저와 함께해주신 모든 분들께 고맙습니다. 저를 믿어주셔서 감사합니다. 제가 바라던 결론이었던 만큼, 이야기의 결말이 여러분의 기대에도 부합하면 좋겠습니다.

역자 후기

장르를 넘어 범죄 피해자를 생각하다

'트루 크라임' 열풍이 낳은 팟캐스트 스타이자 인플루언서, 핍 피츠-아모비가 돌아왔다. 그러나 예비 대학생이 된 핍은 불과 1년여 전 맑고 생기 넘치는 눈빛으로 샐 싱 사건의 '진실'을 갈구하던 그 여고생과는 사뭇 달라져 있다. 일련의 충격적인 사건들을 겪은 핍은 대학 생활에 대한 기대와 설렘을 만끽해야 할 시기에 불안, 불면증과 싸우느라 여념이 없다.

그러던 와중 이제 핍에게는 스토커까지 생겼다. 천하의 핍이 과연 스토커를 무서워할까 싶지만, 그 스토커가 어쩌면 과거 연쇄살인범일지 모른다고 하면 이야기는 달라진다.

여고생을 주인공으로, 학교를 배경으로 시작한 추리소설이지만 간담 서늘해지는 순간들로 나이 불문 모든 독자를 매료했던 홀리 잭슨은 이번에도 어김없이 심장이 철렁하고 간담이 서늘해지는 순간들을 촘촘히 채워 넣은 이야기로 독자를 찾아왔다. 특히나 '핍 3부작'의 마지막인 이번 편에서는 현재진행형인 범죄의 타깃이 다른 누구도 아닌 핍이라는 점에서 독자의 몰입도도 한층 깊어진다.

3부작이 진행되는 동안 핍은 어린 나이, 짧은 시간에 가혹하리만치 충격적인 사건들을 겪고 그로 인한 트라우마로 고통받는다. 독자의 입장에선 핍이 겪는 일들이 지나치게 가혹한 것 같지만, 저자는 현실이 더하다는 점에 분노하고 주목한 것 같다. 죽음의 목전에서 느끼는 공포심에 대한 묘사며 살아남은 후에도 그게 끝이 아니란 것, 거기서부터 다시 핍이 이겨내야 할 트라우마가 시작된다는 것을 잔인하리만치 꾹꾹 눌러 적은 걸 보면 말이다.

시작은 시류를 타고 등장한 또 하나의 영리한 범죄소설 정도인 줄 알았지만, 핍의 성장과 더불어 3부작의 목소리도 형사사법 시스템의 허점에 대한 비판, 범죄 피해자에 대한 공감과 연민을 담을 만큼 깊어졌다. 추리와 서스펜스, 메시지까지 모두 잡은 영리한 소설이다.

옮긴이 장여정 이화여자대학교 통번역대학원을 졸업하고 현재 번역가로 활동 중이다. 옮긴 작품으로는 『여고생 핍의 사건 파일』, 『세상에서 가장 작은 도서관』, 『파묻힌 거짓말』, 『아무것도 끝나지 않았어』, 『왼손잡이 숙녀』, 『답장할게, 꼭』 등이 있다.

누가 제이슨 벨을 죽였나
- 여고생 핍의 사건 파일 3

초판 1쇄 발행 · 2024년 8월 16일

지은이 홀리 잭슨
옮긴이 장여정
펴낸이 김요안
편집 강희진

펴낸곳 북레시피
주소 서울시 마포구 신수로 59-1
전화 02-716-1228
팩스 02-6442-9684
이메일 bookrecipe2015@naver.com | esop98@hanmail.net
홈페이지 https://bookrecipe.modoo.at/
등록 2015년 4월 24일(제2015-000141호)
창립 2015년 9월 9일

ISBN 979-11-93551-20-2 43840

종이 · 화인페이퍼 | 인쇄 · 삼신문화사 | 후가공 · 금성LSM | 제본 · 대흥제책